Les Misérables
悲惨世界

（中）

[法] 维克多·雨果　著　　李玉民　译

云南出版集团

云南人民出版社

只有在黑暗的地下才能发现钻石
也只有在深沉的思想里才能发现真理

果麦文化 出品

沙威连夜追捕

将宇宙缩小到唯一的人
将唯一的人扩展到上帝
这便是爱

马吕斯巧遇珂赛特

有一种比海洋更宏大的景象
那就是天空
还有一种比天空更宏大的景象
那就是人的内心世界

冉阿让被绑架

目 录

第三部　马吕斯

第四部　普吕梅街牧歌和圣德尼街史诗

第七卷　题外话

一、修道院，抽象意念

本书是出戏剧，主角是无限。

人是配角。

既然如此，我们路上遇见一所修院，就应该走进去看看。为什么呢？须知修院，东西方都有，古今都有，基督教有，佛教、伊斯兰教也以及其他异教都有，修院是人类观望无限的一件光学仪器。

这里不是淋漓尽致阐述某些思想的地方。不过，我们尽可有所保留，有所抑制，甚至有所愤恨，但还是应当说，每逢在人身上遇见无限，不管理解不理解，我们总要肃然起敬。犹太教圣殿上、清真寺中、佛塔里、北美印第安人的茅舍中，都有我们所唾弃的丑恶一面，也有我们所崇敬的高尚一面。对于神思是何等静观，又是何等无止境的梦幻！正是上帝在人墙上的反光辉映！

二、修道院，历史事实

从历史、理性和真理的角度来看，修道制已经判决定案了。

在一个国家，修道院繁衍过盛，就成为交通的纽结、阻碍的设施、懒惰的中心，而不是那里所需要的劳动中心。对于大社会体来说，修道团体恰似橡树上的寄生物、人体上的肿瘤。修院兴旺和肥硕，则意味地方贫困。修道制在文明初期还有益处，能用精神力量抑制野蛮行为，但是到了人民成熟的时期就有害了。况且，修道制，在纯洁时期成为有益的种种因素，到了衰朽腐败的阶段，还继续做出榜样就转为有害了。

入院修道已然过时。修院有利于现代文明的初期教育，转而妨碍并危害文明的发展壮大了。修道院作为培养人的学堂和方式，在10世纪是好的，到了15世纪就成问题，进入19世纪则十分可鄙了。意大利和西班牙那两个出色的国家，在多少世纪中，一个是欧洲的光明，一个是欧洲的荣耀，可是受到修院这种麻风病的侵害，仅剩下两副骨架子了。多亏1789年那次有力的保健治疗，那两个杰出的民族才开始好转。

修院，尤其古代修女院，正如本世纪初还出现在意大利、奥地利、西班牙的那种，确是中世纪的一种最可悲的产物。修院，那类修院，集各种恐怖之大成。地道的天主教修院，笼罩着死亡的黑色之光。

西班牙修院尤为阴森可怖。那里拱顶烟雾弥漫，穹隆因浓重的阴影而朦朦胧胧；下面巨大的神坛，在黑暗中高高耸立，赛似主教堂；那里黑暗中，用铁链吊着高大的白色耶稣受难像；那里乌木架上，陈列着魁伟的基督裸体象牙雕像；那些雕像不仅血迹斑斑，还血肉模糊，既丑陋又富丽堂皇，臂肘露出白骨，膝骨露了皮肉，创伤翻开血肉，头戴银制的荆冠，用黄金钉子钉到十字架上，额头流的血是镶嵌的红宝石，眼里流的泪是镶嵌的钻石。钻石和红宝石仿佛湿漉漉的，引来多少戴面纱的妇女匍匐在下面哭泣。那些女人满身被苦衣和铁针鞭刺破，乳房被柳条兜紧束，双膝因祈祷而磨破，她们自以为许配给了上帝，一个个全是以天使自居的幽魂。那些女人有思想吗？没有。她们有愿望吗？没有。她们爱吗？不爱。她们活着吗？没有。她们的神经变成了骨头，她们的骨头变成了石头。她们的面纱是夜幕做成的。她们在面纱里的呼吸，仿佛死神那种莫名凄惨的气息。修女院院长是个恶魔，既圣化又威吓她们。洁白无瑕的形象摆在那里，显得野蛮而凶残。这便是西班牙的古老修院：残忍修行的巢穴、处女的火坑、暴虐的场所。

西班牙信奉天主教，更甚于罗马。西班牙修院是典型的天主教修道院，有东方意味。大主教就是天国的总管，严密监视并紧紧锁住上帝备用的后宫。修女是嫔妃，神父是太监。最痴迷的修女在梦中被选中，得到基督的宠幸。到了夜晚，那个美少年从十字架赤条条走下来，成为销魂的对象。妃子以受难的耶稣为苏丹，幽居秘院，由高墙隔断人间的一切欢乐。往外窥探一眼就是不忠。"地牢"代替皮袋。在东方是投进海里，在西方是投进土中。东西方女人都呼天抢地。东方的没入波涛，西方的打入地下。那边的溺死，这边的埋葬。惨绝人寰的同工异曲。

如今，那些厚古的人也不能否认这种事实，只好一笑置之。还流行一种窍门：干脆抹杀历史的揭露，肢解哲学的评说，再省略一切碍眼的事实和模糊的问题。"这是乱弹琴的好材料。"乖巧的人如是说。"乱弹琴"，笨伯随声附和。这样，让-雅克·卢梭乱弹琴；狄德罗乱弹琴；在卡拉斯、拉巴尔和西尔旺的案件[1]上，伏尔泰也是乱弹琴。不知道是哪位明公，最近发现塔西佗[2]也是个乱弹琴的人，而尼禄则是受害者，而且毫无疑问，应当同情"那个可怜的霍洛菲尔纳"[3]。

然而，事实不会轻易给吓退，仍旧坚定不移。本书作者在离布鲁塞尔八公里处，就亲眼见过那种遗忘洞。那是如今人所共见的中世纪的缩影，在维赖尔修道院旧址，现为牧场的中间，靠迪尔河边，有四个半在地下半在水中的石室，那便是"地牢"。每座地牢都残留一扇铁门、一个粪坑、一个安了铁条的通风孔。洞口外高出水面两法尺，里边离地面六法尺。四法尺深的河水擦墙而过。牢里地面终年潮湿，幽禁的人就以这湿土为卧榻。有一间地牢里，墙上还嵌着一段枷锁。另一间里还有一个方匣，是用四块花岗岩石板砌成，卧不够长，立不够高，把一个人放在石匣里，上边再盖上石板。实物俱在，眼睛看得见，手摸得着。那些地牢、那些囚室、那些铁门、那些枷锁，还有那高高的气窗，河水齐着窗沿流过，没有那盖着花

1　拉巴尔和西尔旺，同卡拉斯一样，都因触犯天主教而处死，伏尔泰为之申冤。

2　塔西陀（55—120）：拉丁文历史学家，直书罗马暴君尼禄（54—68年在位）事。

3　犹滴是古代犹太侠烈女子，为拯救一城百姓，诱杀了敌将霍洛菲尔纳。事见《圣经·旧约》中的《犹滴传》。

岗岩石板的石匣好似一座坟墓，唯一的区别就是里边埋葬个活人，还有那粪坑、那泥泞的地面、那渗水的墙壁，全是乱弹琴！

三、什么情况下可尊重过去

出家修行的体制，像在西班牙存在的，也像在西藏存在的那样，对文明来说，无异一种肺痨，能让生命猝然终止。简言之，这种体制使人口锐减。进修院，就成为阉人。这情况在欧洲泛滥成灾。此外，还应指出，对精神施暴司空见惯，强迫许愿献身。封建制度依靠修院，长子制将家族过剩的成员投入修院，上面我们也谈了残酷的戒规、地牢，将人的口堵住，将头脑封死，多少聪明才智终生许愿，穿上修袍，不幸幽禁在地牢，活活地埋葬了。还应指出，个人所受的折磨伴随民族的堕落，无论你是谁，面对人类发明的修袍和面纱这两种殓装，你总要不寒而栗。

然而，已经到了19世纪，在某些角落和某些地方，出家修行的思想还顽抗哲学和社会进步，继续招募苦修者的怪现象，着实令文明世界震惊。陈旧过时的机构还执意存在下去，那样顽固就像哈喇的头油还要往头发上抹，那样妄想就像臭鱼还要让人吃进肚子里，那样暴虐就像孩子的衣裳硬要穿在大人身上，那样温柔又像尸体回家来拥抱活着的人。

"忘恩负义！"衣裳说，"在天气恶劣的时候，我保护过你。为什么你不要我了呢？""我来自大海。"鱼说。"我曾经是玫瑰花。"头油说。"我爱过你们。"尸体说。"我教养过你们。"修院也这样说。

对此只需回答一句："过去了。"

梦想死去的东西无限延续下去，给人的遗体涂上香料以防腐烂，修复残破的教条，给圣徒遗骸盒重新涂一层金漆，将修院粉刷一新，重新圣化圣骨盒，重新粉饰各种迷信，给宗教狂热鼓劲打气，给圣水刷和马刀换上新柄，重新确立修道制度和黩武主义，坚信社会的保障在于大力繁衍寄生虫，把过去强加给现在，这实在怪得很。然而，确有主张这些理论的理论家。那些理论家也有真才实学，掌握一套极为简便的方法，他们给过去涂上一层釉彩，即所谓社会秩序、神权、道德、家庭、尊老、古代权威、神圣传统、合法性、宗教；他们还高声叫卖："瞧一瞧！诚实的人，请要这个吧！"这种逻辑，古人早已知晓。古罗马肠卜僧[1]就运用过，他们给一头黑色牛犊全身扑上石灰，说道："牛犊是白色的。"用石灰刷白的牛。

至于我们，该尊重的就尊重，而且处处宽容，只要过去肯承认已经死了。如果它还要活在世上，我们就打击，将它打死。

迷信、虔诚、伪善、成见，这些鬼魂，虽已成鬼，却死活不肯离世，鬼气中还有牙齿和利爪。必须向它们开战，展开肉搏，永不停歇地跟它们拼杀；要知道，永生永世同鬼影搏斗，这也是人类的一种命数。既为鬼影，就难扼住喉咙而置于死地。

在19世纪正午的时候，法国的一所修道院，就是对着阳光的一窝猫头鹰。在1789年、1830年和1848年革命的圣地，修道院明目张胆地鼓吹出家苦修，让罗马在巴黎大展雄威，这是一种时间的舛错。在寻常时期，要消除时间的舛错，只要令其数一数纪元就行了。然而，我们绝非处于寻常时期。

我们战斗吧。

战斗，但是要区分。真理的特点，就是从不过分。真理有什么必要夸张呢？有的事物必须消灭，还有的事物只需辨识清楚就行了。善意而严肃的审查，具有何等力量啊！有光且已足够的地方，我们就根本不必送去火焰。

因此，既然已到19世纪，那么各国人民，无论亚洲还是欧洲，无论在印度还是土耳其，一般来说，我们都反对出家修行的制度。提起修院，就等于说沼泽。沼泽显然易于腐臭，淤泥死水有害健康，发酵的物质传染病症，使居民减少数量。出家修行的人成倍增长，成为埃及的伤痛。那些国家的僧徒、和尚、苦行僧、隐修士、隐修女、行者、苦修士，滋生繁衍，如蚁如蛆，想想怎不叫我们心惊胆战。

话虽如此，宗教问题却依然存在。这个问题有几方面很神秘，几乎很

1　古罗马依据牲畜的内脏进行占卜的僧人。

可怕，请允许我们凝神观察一下吧。

四、从本质看修院

一些人聚集而同居。凭什么权利呢？就凭结社的权利。

他们闭门幽居。凭什么权利呢？就凭人人在家都有开门关门的权利。

他们足不出户。凭什么权利呢？就凭行止的权利，其中包含守在家中的权利。

他们待在家里，干什么呢？

他们低声说话，低垂着眼睛。他们干活。他们放弃社交、城市，放弃声色享乐，放弃虚荣、自尊和利益。他们身穿粗呢或粗布衣袍，谁也不拥有任何财物。原本有钱的人，一进入那里就成为穷人，财物全分给大家。原来人称贵族、绅士和大老爷的人，就跟原来的农民一律平等。所有人的修室都一样。所有人都同样剃度，都穿同样的修袍，吃同样的黑面包，睡在同样的草铺上，死在同样的灰堆上。身后背着同样的口袋，腰上扎着同样的绳子。如果决定赤脚走路，大家都同样赤脚。那中间也许有个王子，但王子也同样是一个影子。头衔没了，甚至连姓氏也消失，只叫名字。洗礼的名是平等的，大家都得遵从。他们解脱了骨肉的家庭，在团体里组成了精神的家庭。除了全人类，他们别无亲人。他们救助穷人，护理病人。他们服从共同选举出来的人。他们彼此以弟兄相称。

你会接口高声说："真的，那正是理想的修院！"

只要可能有那样的修院，就足以引起我的重视了。

因此，在本书上一卷中，我以尊敬的口吻谈了一所修院。除开中世纪，除开亚洲，姑且不谈历史和政治问题，从纯哲学观点出发，摆脱宗教论战的手段，只要修院绝对自愿、只关着情愿的人，我就始终以严肃认真的态度，有些方面还以尊敬的态度对待修道团体。有团体的地方，就有村社。有村社的地方，就有权利。修院是平等博爱这种公式的产物。啊！自由多么伟大！转变多么壮丽！自由足能将修院变为共和国。

接着谈下去。

那些男人，或者那些女人，在四堵高墙里面，穿着棕色粗呢袍，大家平等，以兄弟姊妹相称。这很好，可是，他们还干别的事情吗？

是的。

干什么呢？

他们注视影子，双膝跪下，合拢手掌。

那是什么意思呢？

五、祈祷

他们祈祷。

祈祷谁？

上帝。

祈祷上帝，这话是什么意思？

我们身外还有个无限吗？那个无限是否一体的、内在的、永恒的呢？既是无限，就必然是物质的，那么一旦没有物质了便是止境吗？既是无限，就必然有智力，那么一旦没有智力了便到终点吗？我们只能赋予自身以存在的观念，那个无限是否在我们身上唤起本体的观念呢？换言之，难道它不是我们作为相对体所属的绝对吗？

我们身外有无限，难道身上同时没个无限吗？这两个无限（这种复数多骇人！）难道不是相互重叠的吗？第二个无限难道不是头一个无限的内里吗？难道它不是另一个无限的镜子、反光和回声，共有一个中心点吗？第二个无限是否也有智力呢？它在思考吗？它爱吗？它有愿望吗？假如两个无限都有智力，那么各有一个能产生意愿的本质，在上方那个无限中有个我，同样，在下方这个无限中也有个我。下方这个我就是灵魂，上方那个我就是上帝。

通过思想，让下方这个无限接触上方那个无限，这就叫做祈祷。

从人的意识中绝不要抽掉任何东西。取消即坏事。应当变革。人的某些特性，思考、幻想、祈祷，都指向未知世界。未知世界是浩瀚的大洋。意识是什么呢？是未知世界的罗盘。思考、幻想、祈祷，都是巨大而神秘的辐射。我们应当尊重。灵魂这种壮丽的光辉射向哪里？射向黑暗，也就是说射向光明。

民主的伟大，就在于对人类什么也不否定，什么也不否认。在人权旁边，至少在人权之外，还有灵魂的权利。

摧垮狂热，崇敬无限，这才是正道。我们不能仅仅匍匐在造物主大树之下，瞻仰那缀满星辰的巨大枝丫。我们还有一种职责：为人的灵魂而工作，维护神秘而反对奇迹，崇拜未知而鄙弃荒谬，在不可解释的事物方面只接受必然的东西，净化信仰，扫除宗教上面的迷信，清掉上帝周围的丑类。

六、祈祷的绝对善

只要诚挚，任何祈祷方式都是好的。把你的书反扣过去，置身无限中。

我们知道，有一种哲学否认无限。还有一种哲学否认太阳，按病理分类，这种哲学叫盲论。

杜撰出一种我们实所未有的感觉，这是盲人的一种大胆创造。

奇怪的是，这种瞎摸哲学，对待看见上帝的哲学，采取了高傲、妄自尊大而又垂怜的态度。人们仿佛听见鼹鼠叫嚷："他们的什么太阳，真叫我可怜！"

我们知道，有的无神论者既杰出又能干。其实，他们恰恰由自身的能力拉回到真实上来，难以肯定自己就是无神论者，对他们来说，这仅仅是一个定义问题，不管怎样，他们即使不信上帝，但作为大智大慧却证实了上帝。

我们尊他们为哲学家，同时毫不留情地对待他们的哲学。

让我们接着谈下去。

也有令人叹服的，那就是玩弄字眼的才干。北方有一个形而上学的学派，有点云山雾罩的，以为用"意志"一词取代"力量"一词，就在人的智力上进行了一场革命。[1]

不说"植物生长"，而说"植物想要"。如果再加一句"宇宙想要"，那就确实会有极大的繁殖力。为什么？因为从中可以得出这样一点：植物想要，于是它就有了一个我。宇宙想要，于是宇宙就有了一个上帝。

我们和那个学派不同，决不先行否定任何观点。在我们看来，那个学派采取植物有意志的说法，比起他们所否认的宇宙有意志的说法来，更难令人接受。

否认无限的意志，也就是说否认上帝，这只有在否认无限的前提下才有可能。这一点我们已经阐明了。

否定无限直接导致虚无主义，一切都变成"思想的概念"。

同虚无主义无法论争，因为讲逻辑的虚无主义者怀疑论争对方的存在，也难确定他本身是否存在。

以他的观点而论，他自身也可能只是"他思想的一个概念"。

然而，他丝毫没有觉察，只要一说出"思想"这个词，他就一股脑儿接受了他所否认的一切。

总之，一种哲学，将一切都归纳为一个"无"字，在思想上是无路可走的。

对于"无"，只有一个回答："有。"

虚无主义毫无意义。

没有所谓虚无。"零"并不存在。无并非无，一切无不为物。

人赖以生存的东西，"肯定"比面包还重要。

观察和说明，仅此已然不够了。哲学应当成为一种能量，应当努力并卓有成效地改善人。苏格拉底应当进入亚当的体内，生育出马尔库斯-欧雷利乌斯[2]，换言之，就是把享乐的人变为明智的人，把伊甸园变为学苑。

1　很可能指德国哲学家叔本华（1788—1860），他确实用"意志"的概念取代"力量"的概念。

2　马尔库斯-欧雷利乌斯（121—180）：罗马皇帝（161年至180年在位），也是哲学家，信奉禁欲主义，有《论思想》传世。

科学应当是一种强身增智的补药。享乐，多么可悲的目的，多么微不足道的志向！愚昧的人才享乐。思考，这才是灵魂的真正胜利。用思想供人解渴，将上帝的概念当作琼浆供大家畅饮，让心灵和科学在他们身上结为兄弟，通过这种神秘的对晤使他们成为正义的人，这就是真正哲学的功能。静观沉思导致身体力行。绝对，应当是实用的。理想，对人的精神来说，也应当是可呼吸的，可饮并可食的。理想有权这么讲："请用吧，这是我的肉，这是我的血。"智慧是一种圣餐。智慧只有在这种情况下，才不再是对科学的无益的爱，而变成人类唯一至上的联络方式，并从哲学升华为宗教。

哲学不应当是建在神秘上的看台，仅仅便于观赏，便于满足好奇心，除此别无功用。

以后有机会再阐发我们的思想，现在我们只想说，如果没有相信和爱这两种动力，我们就无从理解作为出发点的人，也无从理解当作目的的进步。

进步是目的，理想是象征。

理想是什么？是上帝。

理想、绝对、完美、无限，全是同义词。

七、慎于责备

历史和哲学负有的责任，既永恒又简单：打击大司祭该亚法[1]、法官德拉孔[2]、立法官特里马西翁[3]、皇帝提比略[4]，这是清楚、直接而明白的，毫无疑义。然而，离群索居的权利，即便有其种种缺陷和弊端，也要予以确认和宽待。群居苦修则是人类的一个重大问题。

修院那种地方，既荒唐谬误，又清静纯洁；既导向迷途，又有良好愿

1　该亚法：判处耶稣死刑的大祭司。

2　德拉孔：雅典立法官，公元前7世纪改革了司法。

3　特里马西翁：公元1世纪拉丁作家彼特罗乌斯的作品《萨特里孔》中的人物。

4　提比略（约公元前42—公元37）：罗马皇帝（14—37年在位），历史上被视为暴君。

望；既让人愚昧无知，又充满献身精神；既苦修折磨，又殉难得道，因此一提起修院，几乎总是有褒有贬。

一所修院就是一大矛盾。目的是永福，方式是牺牲。修院，是以极端克己为结果的极端自私。

以放弃为进取，这似乎是修道制的格言。

在修院中，受苦是为了享乐。开了一张到死神那里兑付的期票。拿尘世的黑夜贴现上天的光明。在修院中，是鉴于许诺赠予天堂才接受地狱生活的。

戴上面纱或穿上修袍，是支付永生的一种自杀。

这样一个话题，我们觉得不容嘲笑。是好是坏，一概是严肃的。

正义的人只能皱眉头，绝不会嘿然讪笑。我们理解愤怒，但不能理解恶意。

八、信仰，法则

再说几句。

我们谴责阴谋诡计猎獗的教会，蔑视热衷于俗权的教权。但是，我们处处敬佩思考的人。

我们向跪着的人致敬。

信仰，人所必需。毫无信仰的人实在不幸!

凝神静思不是无所事事。有有形的劳作，也有无形的劳作。

沉思静观，就是劳作。思考玄想，就是行动。交叉的胳臂在干活，合拢的手掌在工作。举目望天也是一种事业。

泰勒斯[1]静坐四年，创建了哲学。

在我们看来，静修者不是好逸恶劳的人，避世隐修者也不是懒惰成性的人。

1　泰勒斯（约公元前625—约公元前547）：希腊数学家，哲学家，米利都学派的奠基者。

遐想幽冥世界，是一件严肃的事情。

我们认为，活着的人应当念念不忘坟墓，这样讲丝毫无损于我们上述的话。在这一点上，神父和哲学家达成共识。"总要死的。"拉特拉普修院院长这样反驳贺拉斯。

生活中常念叨点儿坟墓，这是智者的法则，也是苦行僧的法则。在这方面，苦行僧和智者见解一致。

物质繁荣，我们需要；精神宏大，我们坚持。

性急的人不假思索，问道："那些木然不动的偶像神神秘秘的，究竟有什么必要呢？他们有什么用呢？他们究竟干什么呢？"

唉！面对围住并等待我们的黑暗，不知道这无边的弥撒要把我们怎么样，我们只能这样回答：那些人所为，也许是无比崇高的事业。我们还要补充一句：也许没有更为有用的工作了。

从不祈祷的人，确实需要总在祈祷的人。

在我们看来，全部问题就在于掺杂在祈祷中的大量思想。

莱布尼茨祈祷，那很伟大。伏尔泰崇拜，那很美好。"这是伏尔泰为上帝建造的。"[1]

我们拥护宗教，但反对五花八门的宗教。

我们认为祷文空乏而祈祷崇高。

再说，我们所经历的时刻，幸而在19世纪中不会留下影像。就在这种时刻，多少人垂下头，意志消沉，而周围那么多人追求享乐，沉溺于短暂而丑恶的物质生活，无论谁能退隐修道，在我们看来都是可敬的。修院就是引退的地方。牺牲即或失当，总还是牺牲。将重大的谬误当作天职，也不失为伟大。

就事情本身而论，并围绕真理巡视，直到公正而毫无遗漏地审视了所有方面，那么修院，尤其修女院最为理想，因为在我们的社会中，妇女受苦最深，隐居修院就是对社会的抗议，可以说修女院无可争辩地有几分庄严。

1　刻在菲尔来教堂的门脸上。那座教堂是伏尔泰于1770年出资建造的。

修院生活极为清苦、极为惨淡，上文粗略地谈及。那不是人生，因为没有自由；那也不是坟墓，因为尚不完满；那是个奇特的地方，犹如高山的山脊，从那里望这边可见我们身处的深渊，望那边可见我们将去的深渊。那是隔开幽明两界的狭长地带，明不明，暗不暗，烟雾迷茫，生命的衰弱之光和死亡的朦胧之光交相辉映，正是墓穴中的那种晦明。

当然，我们并不相信那些女人所信的东西，但是和她们一样生活在信仰中。那些心诚的女人，战战兢兢又信心百倍；她们心灵既卑微又崇高，敢于生活在神秘世界的边缘；在已经闭合的尘世和尚未开放的天堂之间等待，面向世人看不见的光亮；仅有一种幸福，就是想到自己知道光亮在哪里；一心向往幽冥和未知，目光凝望悄然不动的黑暗；跪在那里不能自持，浑身抖瑟，有时受太虚深邃气息的吹拂，身子又飘飘欲起。我们只要一观察她们，就不免动情，产生一种宗教式的恐惧、一种满怀钦羡的怜悯。

第八卷　墓地来者不拒

一、如何进入修院

　　按照割风的说法，冉阿让"自天而降"，正是掉进这所修院里。

　　他从波龙索街拐角翻墙进入园子。他所听见的午夜仙乐，正是修女们唱的早弥撒；他在黑暗中窥探的那座大厅，正是小礼拜堂；他瞧见趴在地上的那个幽灵，正是行大赎礼的修女；他觉得十分怪异的铃声，正是系在园丁割风膝上的铃铛。

　　珂赛特睡下之后，正如我们见到的那样，冉阿让和割风对着一炉木柴的旺火，喝了一杯葡萄酒，吃了一块奶酪。过后，他们就分头躺在就地铺的干草上，因为破房里只有一张床，让珂赛特占用了。冉阿让合眼之前说了一句："从今往后，我得留在这里了。"

　　这句话在割风头脑里闹腾了一夜。

　　老实说，他们二人谁也没有睡着。

　　冉阿让感到自己被发现了，沙威穷追不舍，他明白他和珂赛特一回到巴黎街头，就全完了。狂风骤起，既然把他吹到这所修院里，他就只有一个念头：留在这里。然而，对于落到他这种境地的不幸者来说，这所修院既是最危险又是最安全的地方。说最危险，是因为此地男人不得入内，违犯者一经发现，就以现行罪犯论处，而冉阿让只有一步之差，就从修院进入监狱。说最安全，是因为只要获准留在这里，谁还会来寻找他呢？住在一个绝无可能的地方，倒是万全之计。

割风那边却伤透了脑筋，心中开始承认他全然不摸头脑。围墙那么高，马德兰先生是怎么进来的呢？没人敢翻修院的围墙，还带了个孩子，怎么进来的呢？怀里抱个孩子，不可能翻越陡立的墙壁。那是谁的孩子？两个人从何处来？割风来到修院之后，从未听人提过海滨蒙特伊，根本不知道那里发生了什么事。看马德兰老爹那副神态，割风也不敢开口多问，况且他心中暗道：绝不能盘问一个圣徒。在他的心目中，马德兰先生始终保持全部威信。冉阿让倒是透露了几句话，园丁觉得可以这样推断：也许由于时世艰难，马德兰先生破了产，遭受债主的追逼。也许他牵连到一个政治案件中，不得不躲起来。若是这种情况，割风决不扫兴，他跟许多北方农民一样，内心里还是波拿巴分子。马德兰先生要藏身，选中修道院当避难所，要留下来是自然的事情。然而，割风百思不得其解的是，马德兰先生到这里，还带来一个小姑娘。割风看得见他们，摸得着他们，还同他们说话，可就是不相信这是真的。割风的破屋里出了不可理解的怪事。他胡猜了一通，仍不得要领，只明确一点：马德兰先生救过我的命。明确这一点就足以令他下定决心。他心里暗道：现在该轮到我了。他在头脑里还补充一句：当初要钻到车下才能救我时，马德兰先生可没有想这么多。于是，他决定搭救马德兰先生。

然而，他心中还是提出种种疑问，并给予回答："他对我有了恩情之后，若是成了盗匪，我该不该救他呢？还是要救的。他若是成了杀人凶手，我该不该救呢？既然他是个圣徒，我该不该救，还是要救的。"

不过，要让他留在修院里，这是多大的难题啊！面对这种近乎虚幻的企图，割风决不退缩，这个来自庇卡底的可怜农民，只有一颗忠心、一个良好愿望，还有这次用来见义勇为的乡下老头儿的那点精明，舍此别无梯子，但还是要攀登修院无法逾越的障碍，翻越圣伯努瓦教规所构成的悬崖峭壁。割风伯这个老汉，自私了一辈子，到了晚年，腿也瘸了，身体也残疾了，在世上再也没有什么盼头，倒觉得感恩图报还有点意思，看到一件义举可为，就冲上去，就好像一个人临终时，伸手摸到一杯从未饮过的美酒，便贪婪地喝下去。还应当补充一点，多年来他在修院呼吸的空气，已然磨灭了他的个性，结果使他感到，无论如何要干一件好事。

因此，他下了决心：全心全意为马德兰先生效劳。

刚才我们称他为"来自庇卡底的可怜农民"，称呼虽恰当，但是不完全。故事叙述到这里，有必要略微描绘一下割风伯的相貌。他原是农民，务农之前在公证事务所干过事，这就给他的精明增添了诡辩，给他的天真增添了敏锐。由于种种原因，他在职业生涯中失意，丢掉事务所的差使，沦为车夫和苦力。他赶车时虽然挥鞭子骂骂咧咧——对牲口似乎必须如此，但他在内心里始终是个公证事务员。他天生脑瓜儿挺灵，说话不像"俺哪""咱哪"那么土气，说起来一套一套的，这在乡村极为罕见，其他农民提起他来都说：他讲话就跟戴礼帽的先生差不多。割风这种人，的确是上世纪的挖苦话所称的："半城品，半乡坏。"或在平民圈子里，用贵族城堡掉到普通茅屋的隐喻牙慧，给他贴上这样的标签："有点乡巴，有点市井。胡椒和盐巴。"割风这个可怜的老家伙，尽管命不好，多灾多难，到了穷途末路，但他还是个直性子人，干事十分痛快；一个人有了这种可贵的品质绝不会变坏。他从前也有过缺点和恶习，但那只是表面现象。总之，他的面相能给仔细观察的人以好感。老人的额头上，没有一条显示残忍或愚蠢的凶纹。

割风伯琢磨了一整夜，天亮的时候睁开眼睛，瞧见马德兰先生坐在草铺上，正注视珂赛特睡觉。割风翻身起来，说道：

"现在，您人在这儿了，再怎么办才能进来呢？"

一句话概括了当时的处境，把冉阿让从沉思中唤醒。

两个老人开始合计。

"首先，"割风说，"您就不能从这房中跨出一步。您和小丫头都一样。跨进园子一步，我们就全完蛋了。"

"不错。"

"马德兰先生，"割风又说，"您来的这时候好极了，我是说糟极了。有一位嬷嬷病得厉害，这样，别人就不大注意我们这边的事了。看样子她快死了。她们正做四十小时的祈祷。整个修院一片混乱，大家都忙这事儿。要走的那位嬷嬷是一位圣女。其实呢，我们这儿的人全是圣徒。那些修女和我们只有一点差别：她们说'我们的修室'，而我说'我的窝'。要为快断气的人祈祷，等人死了还要祈祷。今儿一整天，我们在这儿可以安稳。明天就说不准了。"

"可是，"冉阿让指出，"这所房子缩在墙角里，前面有废墟遮着，还有树木，修院那边的人根本看不见。"

"我还可以补充一点，修女从不到这边来。"

"那还有什么说的？"冉阿让说道。

加重语气的这句问话表示：我觉得可以躲在这里。割风回答这个疑问：

"还有小的。"

"什么小的？"冉阿让又问道。

割风正要开口解释，一口钟响了一声。

"那修女死了，"他说，"这是丧钟。"

他示意让冉阿让听。

钟又敲响第二声。

"这是丧钟，马德兰先生。那钟要一分钟一分钟敲下去，持续二十四小时，直到出殡，遗体运出礼拜堂。喏，又敲了。在课间休息的时候，只要有一个皮球滚过来，她们就不管什么禁令，全跑过来，到处乱翻乱找。就是那些小鬼头，那些小天使。"

"谁呀？"冉阿让问道。

"那些小丫头。哼，她们很快就会发现您，会叫起来：咦！有个男人！不过，今天不会有危险，她们没有课间休息，要祈祷一整天。您听钟声，我不是跟您说过，一分钟敲一下。这是丧钟。"

"我明白了，割风伯。这里有寄宿学生。"同时，冉阿让心中暗道："这样，珂赛特的教育也没问题了。"

割风高声叹道：

"唉！有那些小姑娘！她们会围住您吵吵嚷嚷！她们会逃开！男人在

这里，就等于瘟疫。您也看到了，对我就像对待猛兽，腿上系了个铃铛。"

冉阿让越来越陷入沉思。"这所修院能救我们！"他自言自语。接着，他提高声音："是啊，难就难在怎么才能留下。"

"不，"割风说，"难在怎么出去。"

冉阿让立刻感到周身血液涌进心房。

"出去！"

"对，马德兰先生，您得先出去，才好重新进来。"

割风等着一声丧钟敲过，才接着说：

"不能就这样，让人发现您。您是从哪儿来的？在我看来，您是从天而降，因为我认识您；可是那些修女可有规矩，只让人从门进来。"

突然，另外一口钟敲出相当复杂的声响。

"哦，"割风说，"这是召集参事嬷嬷的。她们要开会。每次有人死了就要开会。她是天刚亮死的。天亮死人是常见的事。真的，您打哪儿进来的，为什么就不能打哪儿出去呢？喏，倒不是追问您，您是打哪儿进来的呢？"

冉阿让脸唰地白了。一想到再翻墙跳回那条可怕的街道，他就不寒而栗。一旦逃出虎啸狼嚎的森林，又有朋友劝你回林子里，你想想是什么感觉。冉阿让想象得出，这个街区还布满警察，到处明岗暗哨，一个个可怕的拳头伸向他的衣领，也许沙威就在街口的拐角上。

"不行！"他说道，"割风伯，就当我是从上面掉下来的。"

"这我相信，这我相信。"割风又说，"这话不用您对我讲。慈悲的上帝大概把您抓在手掌上，仔细瞧了之后，又把您放下来了。不过，上帝本来要把您投进修士院，不料投错了。喏，又是几声钟响，是让门房去市政厅登记，好让人去通知法医来验验死者。这些，就是人死了要搞的仪式。那些善良的嬷嬷，不喜欢接待那种人。一名医生，什么也不信。他要掀开面纱，有时甚至还掀开别的什么。这回，她们这么快就通知医生啦！这里边有什么奥妙呢？您这小丫头还呼呼大睡。她叫什么名字来着？"

"珂赛特。"

"是您的闺女？看样子，您大概是她爷爷吧？"

"对。"

"对她来说，从这里出去好办，我有一道便门通大院。我一敲门，门房就打开。我背上背篓，小丫头就躲在篓子里。我出门。割风老头背着篓子出门，这是极平常的事。您嘱咐小丫头一句，在篓子里老实待着别吭气。她头上盖一块油布。不用多大工夫，我就到绿径街把她放在一个好朋友家。那是个开水果店的老太婆，耳朵聋，家里有张小床。我会对着那卖水果的婆子耳朵喊：小丫头是我的侄女，要她照看到明天。接着，您再带小丫头回来。可是您呢，怎么出去呢？"

冉阿让点了点头。

"还不能让人看见我，关键就在这儿，割风伯。您让珂赛特躲进背篓里，盖上油布，也给我想个办法出去吧。"

割风用左手中指挠了挠耳根，表明十分为难。

第三阵钟声转移了他们的注意力。

"验尸医生要走了，"割风说，"他检查过了，说一句：她死了，没错。等医生签发了上天国的通行证，殡仪馆就派车送一口棺木来。死的是老嬷嬷，就由老嬷嬷入殓；死的是修女，就由修女入殓。然后，由我去钉上棺木。这也是我做园工的职责。园工也多少是个掘墓工人。尸体停放在临街的礼拜堂的一间矮厅里，除了验尸的医生，别的男人一概不准进去。我和殡仪馆的送葬工都不算男人。我就到那间矮厅里钉上棺木。殡仪馆的送葬工前来抬走，车夫鞭子一挥，人就这样上天国去。送来一口空箱子，装进点东西再运走，这就是所谓埋葬。'出自深处'。"

一束横射过来的阳光拂着珂赛特的脸，她还在睡梦中，微微张开口，仿佛一个天使在饮阳光……冉阿让转而凝视她，不再听割风讲什么了。

没人听，也不是住口的理由，厚道的老园工还滔滔不绝，平静地讲下去：

"在伏吉拉尔墓地上挖个坑。听说，要取消伏吉拉尔墓地了。那是块古老的墓地，不合规格，外形不一致，该退休了。真可惜，那块墓地很方便。那儿我有个朋友，麦斯天老头，是个掘墓工。这里的修女受到优惠待遇，在天黑的时候送到那块墓地。这是警察局专门为她们做出的一项决定。真的，从昨天起，发生了多少事啊！受难嬷嬷死了，而马德兰老爹……"

"埋葬了。"冉阿让苦笑着说。

割风接过这句话：

"嘿！您若是在这儿待下去，那真的就埋葬了。"

第四阵钟声响了，割风连忙从钉子上取下拴铃铛的皮带，又系在膝上。

"这次叫我了。院长嬷嬷叫我去。好家伙，皮带扣针扎了我一下。马德兰先生，您别动窝儿，等着我。那边有什么事儿了。您若是饿了，这儿有葡萄酒、面包和奶酪。"

他走出房门时还连声说："来啦！来啦！"

冉阿让目送他拐着腿尽快穿过园子，边走边望两旁的瓜田。

割风一路铃声不断，吓得修女们纷纷逃窜，不到十分钟，他就轻轻敲了一下门。有人柔声答道："永远如此，永远如此。"表示："请进。"

那是接待室的门，是派活儿时专门接待园工的，隔壁便是会议室。院长坐在接待室唯一的一把椅子上，正等着割风。

二、割风为难

具有某种性格和从事某种职业的人，尤其是神父和修士修女，一遇到紧急情况，神情就显得十分紧张和严肃，这是相当特别的现象。割风进门的时候，就看见院长脸上有这两种表情。院长纯洁嬷嬷，原是才貌双全的德·勃勒默尔小姐，平时总是一副快活的神态。

园工敬畏地施了个礼，站在门口。院长正拨弄念珠，抬起眼睛，说道：

"唔，您来了，割伯。"

修院里都用这种简称叫惯了。

割风又施了个礼。

"割伯，是我叫您来的。"

"我来了，尊敬的嬷嬷。"

"我要同您谈谈。"

"我也有点事儿，要跟十分尊敬的嬷嬷谈谈。"割风壮着胆子说，而心里却直打鼓。

院长注视着他：

"哦！您要向我反映什么情况。"

"有个请求。"

"那好，您说吧。"

割风老头儿从前当过公证事务员，是沉得住气的那种乡下人。几分无知加几分机灵，就形成一股力量。别人不防备，不觉就上了圈套。割风住进修院两年多，给人的印象不错。他一直独来独往，除了忙着侍弄园子，几乎没有别的事可做，不免产生好奇心。他远远望着那些戴着面纱的女人，在他眼前像影子似的来往忙碌。他注意凝望和洞察，久而久之，终于看到那些鬼影又恢复了血肉之身，那些死者又全活了。他就像聋子而目力越看越远，又像瞎子而听力越发敏锐。他极力识辨各种钟声的含义，终于完全掌握了，结果这所谜一般沉闷的修院，什么事也瞒不过他了。这个斯芬克斯把全部秘密都灌进他的耳朵里。割风无所不知，却只字不提，这就是他的乖巧之术。全修院的人都以为他愚笨。这在宗教上是一大优点。参事嬷嬷都很器重割风。他是个难得的哑巴，能赢得别人的信赖。而且，他很守规矩，除非为了果园菜地非办不可的，平时轻易不出门。他谨慎的作风也是公认的，但他还是能向两个人套出话来：修院里的门房，了解接待室里发生的奇事；墓地里的掘墓工，了解丧葬中的怪事。因此，他就像有了两盏灯照着那些修女：一盏照生，一盏照死。然而，他决不胡来。修院的人无不看重他。年迈，腿瘸，眼神儿不好，耳朵可能还有点背，这么多长处！很难找到替代他的人。

老头子觉出受人重视，便信心十足，对尊敬的院长讲了一大套话。这套话有鲜明的乡村特点，相当含混，又极为深刻，拉拉杂杂地谈到他的年纪、身体的残疾，谈到岁月不饶人，此后加倍成为他的负担，而要干的活计不断增加，园子又很大，有时晚上还得干活儿，例如昨天夜晚，他就趁着月亮出来时，给瓜秧盖草垫，绕来绕去引出这句话：他有个兄弟——
（院长动了一下）——那兄弟年纪可不轻了——（院长又动了一下，却是
放心的表示）——如果这里愿意要的话，他那兄弟可以来跟他住在一起，
帮着干活儿。那兄弟是个出色的园艺工人，能给修院出大力气，干活儿比
他强多了。否则的话，如果修院不要他兄弟，他作为兄长，感到身体垮
了，干活儿力不从心，就得说句对不起的话，只好离开了——他兄弟身
边有个小姑娘，也要带来，在修院里培养她信奉上帝，也许有一天，谁
说得准呢，她会当修女的。

等他讲完，院长就停止数念珠，对他说道：

"今天晚上之前，您能弄来一根粗铁棍吗？"

"干什么用？"

"当撬棍。"

"好吧，尊敬的嬷嬷。"割风回答。

院长没有再讲什么，起身走进隔壁房间。隔壁是会议室，参事嬷嬷可
能聚在那里了。割风独自留在接待室。

三、纯洁嬷嬷

大约过了一刻钟，院长回来，又坐到那张椅子上。

这两个对话的人似乎各有心思。我们尽量记录下来二人的对话。

"割伯！"

"尊敬的嬷嬷？"

"您熟悉礼拜堂吧？"

"我在那儿有个小隔间，能听弥撒和日课。"

"您进入唱诗室干过活儿吧？"

"去过两三次。"

"这回要掀起一块石板。"

"重吗？"

"就是祭坛旁边的铺地石板。"

"盖地窖的那块石板?"

"对。"

"正是这种时候,最好有两个男人。"

"升天嬷嬷会来帮您,她跟男人一样强壮。"

"一个女人怎么也不如男人。"

"只能有一个女人帮您,各尽所能吧。堂·马毕雍[1]发表圣贝尔纳的四百一十七封书信,而梅洛努斯·荷尔梯乌斯只发表三百六十七封,我不能因此就鄙视梅洛努斯·荷尔梯乌斯。"

"我也不会。"

"可贵的是各尽其力。一所修院不是一个工场。"

"一个女人也不是一个男人。我那兄弟非常强壮!"

"您还得弄一根撬棍。"

"那种门,只能用那种钥匙。"

"石板上有个铁环。"

"我把撬棍插进去。"

"那石板是可以转动的。"

"很好,尊敬的嬷嬷。我会打开地窖。"

"另外还有四名唱诗嬷嬷协助您。"

"地窖打开之后呢?"

"还要重新盖上。"

"这样就完事啦?"

"不。"

"指示我怎么干吧,极为尊敬的嬷嬷。"

"割伯,我们可信赖您。"

1　堂·马毕雍(1662—1707):法国木笃会修女。她致力于搜集手迹,发表了圣贝尔纳的著作。

"我在这儿，让干什么就干什么。"

"而且什么也不讲。"

"是的，尊敬的嬷嬷。"

"等地窖打开……"

"我再重新盖上。"

"不过，盖上之前……"

"怎么样呢，尊敬的嬷嬷？"

"要放进去一点东西。"

双方默然半晌。院长咬了咬下嘴唇，仿佛犹豫，终于打破冷场。

"割伯！"

"尊敬的嬷嬷！"

"您知道，今天早晨一位嬷嬷去世了。"

"不知道。"

"难道您没有听见敲钟？"

"在园子尽里头，什么也听不见。"

"真的吗？"

"召唤我的钟声，我也就勉强听见。"

"她是天刚亮时去世的。"

"难怪，今天早晨，风不是往我那边刮。"

"是那位受难嬷嬷。一个得福的人。"

院长住声了，嘴唇嚅动了一会儿，仿佛默念一段祷文，然后又说道：

"三年前，一个冉森派教徒，德·贝图纳夫人，仅仅看见受难嬷嬷祈祷，就皈依了正宗。"

"不错，现在我听见丧钟了，尊敬的嬷嬷。"

"嬷嬷们把遗体抬到连着礼拜堂的太平间里。"

"我知道。"

"除了您，任何男人都不许，也不应该进那间屋。您要好好照看。太平间里若是放进去个男人，那可就热闹啦！"

"更是常事儿！"

"啊？"

"更是常事儿！"

"您说什么？"

"我说更是常事儿。"

"比起什么更是常事儿？"

"尊敬的嬷嬷，我没说比起什么更是常事儿，我只说更是常事儿。"

"我不明白您的意思。为什么您说更是常事儿？"

"是按照您的说法，尊敬的嬷嬷。"

"可是，我没有讲更是常事儿。"

"您没有讲出来，但是我讲出来了，是按照您的说法。"

这时，钟报九点。

"早晨九点钟，每时每刻都要赞美和崇拜祭坛上最神圣的圣体。"院长说道。

"阿门。"割风说。

报时钟响得正是时候，打断"更是常事儿"的讨论。不响起报时钟，院长和割风恐怕永远也理不清这团乱麻。

割风擦了擦额头。

院长又默念了一小会儿，大概是圣祷，继而提高声音说："受难嬷嬷生前感化了不少人，死后还会显灵的。"

"她肯定能显灵！"割风答道，同时挪动一下瘸腿，运了运劲儿，免得再出差错。

"割伯，多亏了受难嬷嬷，整个修院都得到祝圣。当然，并不是人人都像贝吕勒红衣主教那样，正做圣弥撒时咽了气，口中念着'以此祭献……'[1]时灵魂升天。不过，受难嬷嬷尽管没有达到那么大程度的幸福，她的死也是弥足珍贵的。直到最后的时刻，她的神智还十分清晰。她跟我们说话，继

---

[1] 祝圣祷词开头语。

而又跟天使说话。最后，她把遗言留给我们。假如您更虔诚一点，假如您能进入她的修室，她摸一摸就会治好您的腿。她面带笑容，让别人感到她在上帝身上复活了。她的亡逝中有天堂的影子。"

割风以为讲完了一段悼词，便说了一句：

"阿门。"

"割伯，应当实现死者的遗愿。"

院长拨动了几个念珠。割风沉默不语。她接着说道：

"就这个问题，我请教了好几位神职人员，他们为耶稣–基督效力，撰写教士生平，而且成绩卓著。"

"尊敬的嬷嬷，在这里听丧钟，比在园子里清楚多了。"

"况且，她不只是个死者，而且是个圣徒。"

"同您一样，尊敬的嬷嬷。"

"她在自己的棺木里睡了二十年，那是我们的圣父庇护七世特许的。"

"正是他给皇……布奥拿巴特加冕。"

割风这样一个机灵的人，回忆起这事儿太不适宜了。幸好院长凝神思索，没有听见。她继续说道：

"割伯！"

"尊敬的嬷嬷！"

"卡帕多基亚[1]的大主教圣第奥多尔，要求在他的墓上只写：Acarus[2]，这词的意思是蚯蚓。别人照办了。这可是真的?"

"是真的，尊敬的嬷嬷。"

"阿奎拉[3]修道院院长，那位幸福的梅佐卡纳，要求把他埋葬在绞刑架下。这事照办了。"

"是的。"

1　卡帕多基亚：土耳其地区名，6世纪末成为基督教的一个中心。

2　拉丁文，意为螨属类，如疥虫，寄生在人或动物体内。

3　阿拉奎：意大利城市名。

"台伯河入海口的港口主教圣特伦梯乌斯，要求在他的墓碑刻上弑君父者坟冢上的标志，以期过往行人唾他的坟墓。那也照办了。应当遵从死者的遗愿。"

"但愿如此。"

"贝纳尔·吉道尼，出生在法国的蜂岩附近，到西班牙的图伊当主教，可是人们不顾卡斯蒂利亚[1]国王的禁令，还是按照他的遗命，把他的遗体运到利摩日城的多明我会教堂。能说这不对吗？"

"当然不能，尊敬的嬷嬷。"

"这件事，普朗塔维·德·拉弗斯证实了。"

院长又默然拨了几个念珠，才接着说道：

"割伯，受难嬷嬷在那棺木里睡了二十年，要装殓在那里面。"

"这是理所当然的。"

"在那里接着长眠。"

"要我把她钉在那口棺木里吗？"

"对。"

"把殡仪馆的那口棺木撂在一边？"

"正是。"

"我遵从非常可敬的修院的命令。"

"四名唱诗嬷嬷会协助您的。"

"钉棺木吗？用不着她们当帮手。"

"不。是要帮您把棺木放下去。"

"放哪儿去？"

"放进地窖。"

"什么地窖？"

"祭坛下面的。"

割风不禁一抖。

1　西班牙地区名，历史上曾为王国。

"祭坛下面的地窖？"

"祭坛下面的地窖。"

"可是……"

"您弄来一根铁棍。"

"嗯，可是……"

"您把撬棍插进铁环里，掀起石板。"

"可是……"

"应当遵从死者的遗愿。葬在礼拜堂祭坛下的地窖里，决不送到凡尘去，死后留在她生前祈祷过的地方，这就是受难嬷嬷最后的遗愿。她向我们提出请求，也就是说发出命令。"

"可这是禁止的。"

"人禁止，上帝却命令。"

"万一走漏风声呢？"

"我们信赖您。"

"唔，我呀，我是你们墙壁上的一块石头。"

"已经召开了会议，我刚才还征询了参事嬷嬷的意见。她们经过辩论，决定接受受难嬷嬷的遗愿，把她装殓在她的棺木里，埋葬在祭坛下面。您想一想，割伯，这里会显灵的！对我们修院来说，多么为上帝增光啊！显灵，往往是从坟墓里发生的。"

"可是，尊敬的嬷嬷，万一卫生委员会的人员……"

"圣伯努瓦二世，在丧葬问题上就抵制了君士坦丁·波戈纳图斯[1]。"

"然而，警察分局局长……"

"科诺德麦尔，君士坦斯帝国时期进入高卢的德意志七王之一，特谕承认修士葬在修院的权利，也就是说可以葬在祭坛下面。"

"可是，警察局的探长……"

"在十字架面前，人世无足挂齿。查尔特勒修会第十一任会长马尔丹，

---

1 即君士坦丁四世（654—685）：拜占庭皇帝。

为他的修会选定这句箴言：'天翻地覆，而十字架独立。'"

"阿门。"割风说了一句，每次他听人讲拉丁语，就以这种办法应付。

沉默过久，无论遇到什么对象都足以宣泄一番。古代雄辩术大师吉姆纳托拉斯出狱那天，体内积满了两刀论法和三段论法，碰见一棵大树便停下来高谈阔论，极力说服那棵大树。同样，院长平时受沉默堤坝的遏制，水库中积蓄过满，也像开了闸门似的，起身滔滔不绝地讲起来。

"我右首有伯努瓦，左首有贝尔纳。贝尔纳是何许人？是克莱尔伏修道院的第一任院长。勃艮第地区的方丹见他出生而成为福地。他父亲叫特斯兰，母亲叫阿莱特。他到锡托创业，到克莱尔伏发展，由索恩河畔沙隆的主教纪尧姆·德·香波任命为修院院长。他有过七百名初修生，创建一百六十所修院；1140年在桑斯的主教会议上，他驳倒了阿贝拉尔，还驳倒了皮埃尔·勃吕伊及其门徒亨利，以及所谓使徒派的另一伙旁门左道；他驳得阿尔诺·德·勃雷斯哑口无言，痛斥屠杀犹太人的和尚拉乌尔；1148年，他控制了在兰斯举行的主教会议。提议惩处了普瓦捷的主教吉勒贝尔·德·拉波雷，惩处了艾翁·德·莱图瓦勒，调解了王公之间的纠纷，开导过国王青年路易[1]，辅助过教皇欧仁三世，整顿过圣殿，倡导过十字军，一生中有二百五十次显圣，甚至有一天连续显圣三十九次。伯努瓦是何许人呢？是蒙迦散的长老，是圣修院的第二创建者；他是西方的圣巴西勒[2]。他创立的修会，培养出四十名教皇、二百名红衣主教、五十名长老、一千六百名大主教、四千六百名主教、四位皇帝、十二位皇后、四十六位国王、四十一位王后、三千六百名敕封的圣徒；这个修会延续至今，已有一千四百年[3]。一边是圣贝尔纳，另一边又是什么卫生委员会的人员！一边是圣伯努瓦，另一边是什么路政检查员！国家、路政、殡仪馆、规章、行政机构，难道我们管那一套？行人看见如何对待我们，都会感到气愤。我们连化作尘埃献

1　即路易十二（1120—1180）：法兰西国王（1137—1180年在位）。

2　圣巴西勒（329—379）：希腊教会主教，他大大促进修会的发展。

3　以上数字全夸大了。修会创建于6世纪初，至19世纪初，仅有一千三百年历史。

给耶稣-基督的权利都没有！你们那卫生委员会，是革命党的发明。上帝还要受警官的管制！这是什么世道。别说了，割伯！"

割风挨了这阵大雨浇淋，不大自在。院长继续说道：

"修院处理丧葬的权利，不容任何人怀疑。唯独极端派和信仰不定者，才怀疑这种权利。我们生活在一片混乱的时候。该知道的事全然不知，不该知道的事又全知道。卑鄙下流，亵渎宗教。今天，许多人分不清两个贝尔纳：一个是无比伟大的圣贝尔纳，另一个则是所谓穷苦天主教徒派的贝尔纳，即生活在13世纪的一个善良教士。还有些人，居然亵渎天主，将路易十六的断头台和耶稣-基督的十字架相提并论。路易十六不过是个国王。我们可要当心天主啊！现在也不管公道不公道了。伏尔泰的名字众所周知，而恺撒·德·布斯[1]的名字却无人知晓。殊不知恺撒·德·布斯得了真福，伏尔泰则是个不幸者。前任大主教，佩里戈尔的红衣主教，竟然不知道查理·德·孔德朗继承了贝吕勒，弗朗索瓦·布尔果安继承了孔德朗，让-弗朗索瓦·色诺继承了布尔果安，而圣玛尔特的父亲又继承了让-弗朗索瓦·色诺[2]。大家知道戈东神父这个名字，并非因为他是奥拉托利会的三个倡导者之一，而是因为那名字成为信奉新教的国王亨利四世的骂人话[3]。圣弗朗索瓦·德·撒勒能得到上流社会的青睐，是因为他赌博善于作弊。再者，还有人攻击宗教。为什么呢？因为有过坏神父，因为迦普的主教萨吉泰尔和昂勃兰的主教萨洛讷是兄弟，二人都曾追随摩莫勒。那又怎么样呢？图尔的马尔丹还不照样是个圣徒，照样把他的半件袍子送给穷人吗？有人迫害圣徒。他们闭眼不看真理。黑暗习以为常了。最凶残的野兽是瞎了眼的野兽。谁也不肯认真想想地狱。唉！讨厌的世人啊！国王的旨令，今天就意谓奉革命之命。现在，无论对活人

1　恺撒·德·布斯（1544—1607）：法国传教士，将天主教兄弟会引入法国。

2　贝吕勒、查理·德·孔德朗、弗朗索瓦·布尔果安、让-弗朗索瓦·色诺、圣玛尔特等人，是奥拉托利会自创建起直到17世末的历届会长。

3　法王亨利四世骂人时常说"我否认天主"，后来接受忏悔师戈东的建议，改说"我否认戈东"。戈东由此出了名。

还是对死人所负的责任，全都置之脑后，竟然禁止以圣洁的方式死去。丧葬成了一件民事。这真叫人寒心。圣列翁二世写过两封信，一封信给皮埃尔·诺泰尔，另一封给西哥特人国王，专就死者的问题，痛斥并拒绝总督的跋扈和皇帝的专断。在这方面，沙隆的主教戈蒂埃也抵制勃艮第公爵奥通。旧朝的司法官员倒是同意过。当年，甚至在俗事上，我们也有发言权。锡托修道院院长，本修会会长，是勃艮第高级法院的当然顾问。我们按照自己的意愿料理死者。圣伯努瓦虽然于1543年3月21日星期六，死在意大利的蒙迦散，但是，他的遗体不是还运回法国，葬在弗勒里修院，即卢瓦尔河畔圣伯努瓦那里吗？这一切都是不容置疑的。我憎恶哼哼呀呀唱诗的人，痛恨那些修院院长，憎恨异端分子，但是我尤其鄙视任何同我唱反调的人。只要读一读阿尔努·维翁、迦伯里埃尔·布斯兰、特里泰姆、摩罗利库斯，以及堂·吕克·达什里[1]的著作，就全明白了。"

院长喘了口气，继而转身，对割风说：

"割伯，说定了吧？"

"说定了，尊敬的嬷嬷。"

"可以指望您吧？"

"我听从吩咐。"

"很好。"

"我对修院忠心耿耿。"

"就这么办。您钉上棺木，几位嬷嬷将棺木抬进礼拜堂，大家做追悼弥撒，然后再回到修院。夜晚在十一点和十二点之间，您带着铁棍来。这事儿从头至尾要极其秘密地进行。礼拜堂里只有四名唱诗嬷嬷、升天嬷嬷，还有您。"

"还有跪柱子行大赎礼的修女呢。"

"她不会扭头看的。"

1　迦伯里埃尔·布斯兰：17世纪本笃会作者。若望·特里泰姆（1462—1516）：德国本笃会修士。摩罗利库斯：16世纪学者。堂·吕克·达什里：17世纪本笃会作者。

"可是她听得见。"

"她不会听的。再说，修院里知道的事，不会传出去。"

谈话又停顿一下。院长继续说：

"到时候您解下铃铛。没必要让跪柱子的修女知道您在场。"

"尊敬的嬷嬷！"

"什么事儿，割伯？"

"验尸医生来验过了吗？"

"今天四点钟他来验尸。我们敲过钟，派人去找验尸医生。怎么，什么钟声您也听不见？"

"我只注意召唤我的钟声。"

"这样很好，割伯。"

"尊敬的嬷嬷，撬棍至少得有六法尺长才行。"

"您去那儿弄呢？"

"有铁栅栏的地方，就有铁棍。在园子后头，有我一大堆废铜烂铁。"

"午夜之前三刻钟左右，不要忘了。"

"尊敬的嬷嬷！"

"什么事儿？"

"往后再有这类活儿，就用我那兄弟，他力气大，像个土耳其人！"

"到时候，您得尽快把事儿干了。"

"想快也快不到哪里，我是个残废。正是这个缘故，我需要个帮手。我腿瘸。"

"腿瘸不是过错，也许是一种福气。打倒伪教皇格列高利，重立伯努瓦八世的皇帝亨利二世，就有两个绰号：圣徒和瘸子。"

"那真不错，有两件外套。"割风自言自语，其实，他的耳朵有点背。

"割伯，我想啊，还是打一个钟头吧。一个钟头也不宽裕。十一点钟，您拿着铁棍到主祭坛旁边。追悼祭礼午夜十二点开始。在那之前全弄妥当，必须留足一刻钟。"

"我竭尽全力表达我对修院的热忱忠诚。就这样说定了。我钉上棺材。

十一点钟，我准时到礼拜堂。唱诗嬷嬷同时到那里，升天嬷嬷也到那里。若有两个男人，就更好了。行啊，没关系！我有撬棍。我们打开地窖口，将棺材放下去。事后不留一点痕迹。政府肯定毫无觉察。尊敬的嬷嬷，事情就这样妥善安排啦？"

"不行。"

"还有什么？"

"还有那口空棺材呢。"

说到这里，二人一时住了口。割风在想，院长也在考虑。

"割伯，那口棺木怎么办呢？"

"抬去埋掉。"

"空着埋掉？"

又是一阵沉默。割风挥了挥左手，仿佛挥走一个令人不安的问题。

"尊敬的嬷嬷，那口棺材停放在教堂的矮厅里，由我去钉上，除了我，谁也不能进去，我用殓布将棺材盖上就行了。"

"行啊，不过，那些搬运工要抬上灵车，放到墓穴里，他们会感到棺木里什么也没有。"

"噢！见了……"割风嚷起来。

院长立刻画了个十字，凝视着园工。"鬼"字梗在他喉咙里了。

割风情急之下，临时抓来一个办法搪塞，好把他这句亵渎话掩饰过去。

"尊敬的嬷嬷，我弄点泥土放进棺材里，就跟里面有人一样了。"

"这话有道理。泥土和人是同样的东西。您就这样处理那口空棺吧！"

"这事包在我身上。"

院长的脸一直阴沉着，隐有忧色，现在才开朗了。她摆了摆手，做了个上级要下级退下的手势。割风便朝门口走去，就要出门时，院长微微提高声音说：

"割伯，我对您很满意。明天出殡之后，就把您那兄弟带来，告诉他把小姑娘也领来。"

四、冉阿让俨然读过欧斯丹·卡斯提约[1]

瘸子跨步，如同独眼人送秋波，都不能迅速抵达目标。此外，割风正意乱心烦。他几乎花了一刻钟，才回到园角的破屋。此时，珂赛特已经醒来，冉阿让让她坐到火炉前。当割风进屋时，冉阿让正指着园丁挂在墙上的背篓，对她说：

"好好听我说，我的小珂赛特。我们必须离开这房子，不过我们还要回来，就能安稳住在这里了。这里的老爷爷要把你放在那里面背出去。你在一位太太那里等我，我好去接你。你若是不想让德纳第那婆娘抓回去，就千万听话，一声也别吭！"

珂赛特一本正经地点了点头。

冉阿让听到割风推门声，便转过身去："怎么样？"

"全安排好了，只有一点还没安排好。"割风答道，"我得到允许让您进来。可是，先得带您出去，才能领你进来。就是这点让人伤脑筋。小丫头的事儿好办。"

"您背她出去吗？"

"她答应不出声吗？"

"这我敢担保。"

"可是您呢，马德兰老爹？"

在焦虑不安的气氛中，二人沉默片刻，然后割风嚷道：

"您从哪儿进来，再从哪儿出去，不就得啦！"

冉阿让还像头一回那样，只回答一句："不可能。"

割风咕哝着，倒像自言自语：

"还有一件事叫我不放心。我说了往里边装泥土。可是我想，不装尸体而放泥土，那不一样，这办法不成，泥土在里面会移动，会乱窜。那些人能感觉出来。您明白，马德兰老爹，政府会发现的。"

1　　这多半是作者杜撰出的一个人。

冉阿让定睛注视他,以为他说起胡话了。

割风又说道:

"真见……鬼,您怎么出去呢?要知道,明天全都得办妥!明天我要带您来。院长等着见您。"

于是,他向冉阿让解释,这是他,割风,为修院效力所得的报偿。协助办理丧事是他分内的事,他要钉上棺木,帮助掘墓工葬到墓地。可是,今天早晨去世的那位修女要求,把她装殓在她平日睡觉的棺木里,葬在礼拜堂的祭坛下面,但这是违反警察条例的。而对她那样一位死者,别人什么也不能拒绝。院长和参事嬷嬷决定执行死者的遗愿。管他政府不政府呢。他,割风,要到太平间去钉上棺木,到礼拜堂去撬起石板,将死者下葬到地窖里。院长为了酬谢他,同意他带兄弟进修院当园工,带侄女儿来寄读。他兄弟就是马德兰先生,他侄女儿就是珂赛特。院长对他说,等明天到墓地假安葬之后,傍晚把他兄弟带来。然而马德兰先生不先在外面的话,他就没法把人从外面带进来。这是头一个难题。还有一个难题,就是那口空棺材。

"什么空棺材?"冉阿让问。

割风答道:

"政府部门的棺材。"

"什么棺材?什么政府部门?"

"一名修女死了。市政厅的医生来检查,然后说:有一名修女已死。政府就送来一口棺材。第二天,再派一辆灵车和几个掘墓工,将棺材抬走,运到墓地。那些掘墓工要来,要抬起棺材,可是里面什么也没有。"

"放进去点东西嘛。"

"放进去个死人?我没有啊。"

"不是。"

"那放什么?"

"放个活人。"

"什么活人?"

"我呀。"冉阿让说道。

割风本来坐着，听了这话，就好像椅子下面响了一个爆竹，霍地站起来。

"您！"

"怎么不行呢？"

冉阿让脸上露出难得的笑容，宛如冬季天空透出一束阳光。

"您不是说了吗，割风？受难嬷嬷死了。我再补充一句：马德兰老爹埋葬了。事情就这么办了。"

"哦，好哇，您开玩笑，您讲的不是正经话。"

"非常正经。不是得从这里出去吗？"

"当然了。"

"我不是跟您说过，也给我找一个背篓和一块油布来。"

"那又怎样呢？"

"背篓将是松木做的，油布是一块黑布。"

"首先，那是块白布。埋葬修女用白色殓布。"

"白色殓布也成。"

"您这人真不一般，马德兰老爹。"

这种奇思异想，无非是苦牢里粗野而狂妄的创见。而割风生活在宁静的事物当中，现在他忽然看见这种奇思异想从宁静事物中出现，要参与他所说的"修院里婆婆妈妈的事儿"，所感到的惊愕，就好比一个行人看见海鸥在圣德尼街水沟里捕鱼。

冉阿让继续说：

"关键是从这里出去，又不让人瞧见。这就是个办法。不过，您先得把情况告诉我。事情是怎么安排的？那口棺材停放在哪儿？"

"在楼下，所说的太平间里，停放在两个木架上，上面盖着殓布。"

"那口空的吗？"

"对。"

"在楼下，所说的太平间里，停放在两个木架上，上面盖着殓布。"

"那口棺材有多长？"

"六法尺。"

"那太平间是什么样子?"

"那是底层的一间屋子,对着园子有一扇安了铁条的窗户,窗板要从外面开合。有两扇门,一扇通修院,一扇通教堂。"

"什么教堂?"

"临街的教堂,大家都能进去的教堂。"

"您有那两扇门的钥匙吗?"

"没有。我只有连修院那扇门的钥匙,通教堂那扇门的钥匙掌握在门房手里。"

"门房什么时候开那扇门?"

"殡仪馆的人来抬棺木的时候,才开门放进去。棺木一抬走,门又重新关上。"

"谁钉棺木?"

"我钉。"

"谁盖殓布?"

"我盖。"

"您一个人干吗?"

"除了法医之外,男人一概不准进太平间。这一点甚至写在墙上了。"

"今天夜晚,等修院所有人都睡下的时候,您能把我藏在那屋里吗?"

"不能。不过,我可以把您藏到通太平间的一间小黑屋里,我在那里放下葬工具,还掌握着钥匙。"

"明天几点钟灵车来运棺木?"

"约莫下午三点。天快黑的时候,在伏吉拉尔公墓下葬。那地方可不近。"

"我要在工具房里躲一整夜和一上午。那么吃饭呢?我会饿的。"

"我给您送吃的来。"

"下午两点钟,您就来把我钉在棺材里。"

割风退了一步,将手指骨节掰得嘎嘎响。

"这可不行！"

"嗳！拿个锤子，将几根钉子往木板上一钉就行啦！"

我们再说一遍，在冉阿让看来很普通的事，割风就觉得闻所未闻。冉阿让一生艰难险阻，是过来人。当过囚犯的人，都有一套技巧，能按照越狱途径的尺寸缩小自己的躯体。囚犯要逃跑，就像患者病情要发作，生死系于一线。越了狱，就等于治好病。要治愈病症，什么药方不能接受呢？让人钉在木箱里，像包裹一样运走，在箱子里尽量延长生命，缺少空气也要找到空气，连续几小时节省呼吸，善于闭气而不至于死去，这是冉阿让的一种可悲的才能。

其实，活人躲进棺木里，苦役犯的这种应急办法，帝王也用过。假如欧斯丹·卡斯提约修士的记载属实，那么查理五世[1]逊位之后，想见卜隆白那女子一面，就用这种办法将她抬进圣茹斯特修院，事后又抬出去。

割风稍微定下神儿来，高声说道："可是，您怎么呼吸呢？"

"我能呼吸。"

"就在那箱子里？我呀，只要想一想，就喘不上气来。"

"您一定有螺旋钻吧。在靠近我嘴的地方钻几个小洞，您钉盖板时，也不要钉得太死。

"好吧！可是，万一您咳嗽或者打喷嚏呢？"

"要逃命的人不会咳嗽，也不会打喷嚏。"

冉阿让还补充说：

"割风伯，要拿个准主意。要么在这里被人逮住，要么接受由灵车带出去的办法。"

大家都注意到一种现象，猫爱在虚掩的门前徘徊。谁没有对猫说过：倒是进来呀！同样，有人碰到微小的事变，也容易举棋不定，左右为难，不惜让陡然截断冒险之路的命运给砸死。那些过分谨慎的人，完全属猫性，也正因为如此，才比敢作敢为的人冒更大的危险。割风生性就是这种首鼠

---

1 查理五世（1500—1558）：德国皇帝（1519—1556年在位）。

两端的人，但是他见冉阿让如此镇定，也就不由自主地服了，嘴里咕哝一句：

"老实说，还真没有别的办法。"

冉阿让又说道：

"我唯一担心的事儿，就是到墓地会发生什么情况。"

"恰恰这一点我不担心。"割风高声说，"您有把握出得了棺材，我就有把握让您出得了墓穴。那个埋葬工人是我的朋友，又是个酒鬼，叫麦斯天老爹。那老家伙见酒没命。埋葬工把死人放进墓穴里，而我把埋葬工放进我兜里。那里会发生什么情况，让我跟您说吧。我们在天黑之前，离关门还有三刻钟到达墓地，灵车一直驶到墓穴旁边。我跟到那里，那是我分内的活儿。我的兜里带着锤子、凿子和钳子。灵车停住，殡仪馆的人用绳索套住棺材，将您放下去。神父念了悼词，画个十字，洒了圣水，然后就溜了。只有我留下来陪麦斯天老爹。跟您说了，那是我的朋友。二者必居其一：他不是醉了，就是还没有醉。如果他还没醉，我就对他说：趁好木瓜酒馆还开着门，去喝一杯吧。我带他去，把他灌醉。麦斯天老爹灌不了几下就要醉倒，他每次开始喝酒就有几分醉意了，我替您把他撂倒在餐桌底下，拿着他的工卡回到墓地，抛下他，一个人回去。这样，您就只同我打交道了。如果他已经醉了，我就对他说：您走吧，这活儿我替您干了。他一走，我就从坑里把你拉出来。"

冉阿让伸过手去，割风扑上来，以乡下人那种感人的热忱紧紧握住。

"就这样定了，割风伯。肯定会非常顺利。"

"但愿别发生意外。"割风心想，"万一出点事儿，那就不堪设想啦！"

五、酒鬼不足以长生不死

次日，太阳偏西的时候，一辆老式灵车行驶在曼恩大道上，寥寥的过往行人摘下帽子。灵车上画了骷髅、胫骨和眼泪，里面装一口棺木，盖着一块白殓布。殓布上平放着一个黑色大型十字架，好像一个高大的死人，垂着两条胳膊。后边跟随一辆布篷四轮马车，只见里面坐着两个人：身穿白色法袍的神父和头戴红色瓜皮小帽的唱诗童子。两名殡仪馆的人走在灵车左右，他们身穿黑色镶边的灰制服。最后跟着一个身穿工装的瘸腿老人。这一队列正朝伏吉拉尔公墓行进。

那老人衣兜里露出一个锤子柄、一根冷淬钢凿刃，以及一把铁钳的两个把手。

在巴黎的公墓中，伏吉拉尔公墓十分独特，还保存着特殊的习惯，正如这个区的老人还认准老字眼，管墓地的大门和侧门叫跑马门和人行门一样。我们已经提过，小皮克普斯的圣贝尔纳-本笃会修女得到许可，单独划出一块墓地，并在傍晚下葬。那块地从前就属于修院，正因为如此，那个墓地的埋葬工，在夏天黄昏和冬天夜晚还干活时，必须遵守一条特殊纪律。当年，巴黎各公墓都在日落时关门，这是市政府的一项规定，伏吉拉尔公墓也不例外。跑马门和人行门是并排的两道铁栅门，旁边的亭子是建筑师佩罗奈建造的，里边住着墓地的看门人。一到太阳在残疾军人院的圆顶后面消失的时候，那两道铁栅门就刻不容缓地关闭。假如哪个埋葬工耽搁了，关门时还在墓地里，那他只能凭殡仪管理处发给的埋葬工卡方可出去。门房窗板上挂一个类似信箱的木箱，埋葬工将工卡投入箱里，门房听见工卡落下的响声，便拉动绳子，人行门就开了。埋葬工没带工卡，就得报出姓名，门房有时上床入睡了，还不得不起来，等认清了埋葬工，才拿钥匙开门，让埋葬工出去，但是要收十五法郎罚金。

这个公墓不合规定的土政策，妨碍了统一管理，因此过了1830年不久便取消了。蒙巴纳斯公墓，也称东墓地，取代了伏吉拉尔公墓，也接收了它那位于幽明两界之间的著名酒馆——酒馆构成的墙角，一面对着酒客的餐桌，另一面对着坟墓，上面有一块木瓜图案的木板，便是"好木瓜"的招牌。

可以说，伏吉拉尔公墓是一块凋敝的墓地，渐渐废弃不用了，里面处处发了霉，将花卉挤走了。市民都不大考虑葬在伏吉拉尔，那阴宅显得太寒酸了。拉雪兹神父公墓，那好极啦！葬在拉雪兹神父公墓，那就像配置了红木家具，一看就有华贵的气派。伏吉拉尔公墓是一座古老的园子，树木是按照法国旧式园林栽植的。一条条笔直的林荫小道，夹护着黄杨、侧柏和冬青。野草芊绵，古老的紫杉阴下是一座座古老坟冢。夜晚一片凄凉，景物的轮廓阴森可怖。

那辆白殓布黑十字架的灵车，驶进伏吉拉尔公墓林荫路时，太阳还没有落下去。跟在车后的那个瘸腿老人便是割风。

受难嬷嬷安葬到祭坛下面的地窖里，珂赛特转移出去，冉阿让潜入太平间，这一切毫无阻碍，进行得十分顺利。

附带说一句，受难嬷嬷葬在修院的祭坛下面，在我们看来是完全可以宽恕的事。这种过错也近乎一种天职。修女们这样做，不仅理得，而且心安。在修院里，所谓"政府"，无非当局的一种干预，而且总是令人质疑的一种干预。首先遵循教规，至于法规，那就看情况了。世人啊，随便你们高兴订多少条法律，不过，还是留给你们自己用吧。给天主的贡税，向来有剩余才给人主。比起一条教规来，一位王公无足挂齿。

割风一瘸一拐高高兴兴地跟在灵车后面。他的两件秘事，两个孪生的阴谋诡计，一个同修女合谋，一个同马德兰先生合谋；一个助修院，一个背修院，却相辅相成。剩下来要做的事就易如反掌了。两年来，他不下十次灌醉那个埋葬工，那个肥胖的老家伙，忠厚的麦斯天老爹。他摆弄麦斯天老爹，怎么摆弄怎么是，怎么别出心裁，随意给他戴什么帽子都行。麦斯天的脑瓜儿，扣上割风的便帽。这样，割风就万无一失了。

车队驶入通公墓的林荫路，割风喜滋滋的，瞧了瞧灵车，搓着两只大手，自言自语："这真是一场恶作剧！"

灵车戛然停下，到了铁栅门了。要出示埋葬许可证。殡仪馆的人和公墓看门人交涉。交涉总要耽误两分钟，这工夫，一个陌生人走到灵车后边，挨着割风站住。他是个工人模样的人，穿一件大口袋的外套，腋下夹一把镐头。

割风看了看陌生人，问道："您是干什么的？"

那人回答："掘墓工。"

当胸挨一发炮弹还幸存的人，一定会像割风这副模样。

"掘墓工！"

"对。"

"是你？"

"是我。"

"掘墓工，是麦斯天老爹呀！"

"原来是他。"

"什么？原来是他？"

"他死了。"

一名掘墓工还会死，割风想得十分周全，就是没料到这一点。然而这是事实，掘墓工也会死掉。总给别人挖墓穴，也就给自己掘开一个。

割风呆若木鸡，结结巴巴几乎说不出话来："这不可能呀！"

"事实如此。"

"可是，"他怯声怯气地又说，"掘墓工，是麦斯天老爹呀！"

"拿破仑之后，有路易十八。麦斯天之后，有格里比埃。乡下佬，我叫格里比埃。"

割风面无血色，打量这个格里比埃。这个人又瘦又长，脸色苍白，一副十足的哭丧面孔。那样子就像没做成医生，转而当了掘墓工。

割风猛然放声大哭。

"哈！真出了怪事儿啦！麦斯天老爹死了。麦斯天小老儿死了，那么勒努瓦小老儿万岁！勒努瓦小老儿是什么，您知道吗？那是柜台上六法郎一小罐的红葡萄酒。棒极了，那是苏雷纳罐装酒！名副其实巴黎的苏雷纳酒。哈！他死了，麦斯天老伙计！真叫我不痛快！他是多么快活的家伙。其实您也一样，是个快活的家伙，对吧，伙计？等一会儿，我们一道去喝一杯。"

那人回答："我念过书，念到初中二年。我从来不喝酒。"

灵车走了，驶入公墓的林荫大道。

割风放慢了脚步，他一瘸一拐，固然是腿有毛病，更主要是六神无主。

那掘墓工走在他前头。

割风再次打量突然冒出来的格里比埃。

他这种类型的人，年纪不大却老气横秋，肢体干瘦却很有力气。

"伙计！"割风高声说。

那人回过头来。

"我是修道院的埋葬工。"

"同行啊。"那人说了一句。

割风没文化，但很精明，他心下明白，碰到个不好对付的主儿、嘴皮子厉害的家伙。他咕哝道："这么说，麦斯天老爹死了。"

那人应道：

"一点不错。慈悲的上帝查了他的生死簿，麦斯天老爹期限到了。于是，麦斯天老爹就死了。"

割风机械地附和道：

"慈悲的上帝……"

"慈悲的上帝，"那人断言说道，"哲学家称为永恒之父，雅各宾党人称为最高主宰。"

"我们彼此认识认识吧？"割风结结巴巴地说。

"已经认识了。您是乡巴佬，我是巴黎人。"

"不喝酒交情不深。干了酒杯，才肝胆相照。您得跟我去喝一杯。这可不能拒绝。"

"先干活儿。"

割风心想：这下我完了。

车轮在林荫小道上再转几圈，就到达修女那角墓地了。

掘墓工又说：

"乡巴佬，我有七个小家伙要养活。他们得吃饭，所以我不能喝酒。"

他像严肃的人那样，以心满意足的口气，又抛出一句格言：

"他们的饥腹与我的干渴为敌。"

灵车绕过一棵参天的古柏，离开林荫大道，驶上小路，进入泥地和草丛，表明马上就到墓穴了。割风放慢脚步，却不能放慢灵车的速度。幸而冬季雨多，地面松软泥泞，粘住并阻碍了车轮的转速。

割风又凑近掘墓工。

"还有，阿让特伊酒，味道好极了。"割风低声说道。

"村里人，"那人又说，"本来我不应该当掘墓工。家父在会堂当传达，他要我从事文学。可是，也该他倒霉，在交易所里蚀了本。我就不得不放弃当作家的打算。不过，我还是摆摊儿代写书信的先生。"

"这么说，您不是掘墓工啦？"割风抓住这根细细的稻草，急忙问道。

"这个不妨碍那个。我兼职。"

割风不听后面这个词。

"去喝一杯。"他说道。

这里应当指出一点。割风尽管心急如焚，邀人家喝酒，还是没有说明：谁付钱？往常，割风邀请，麦斯天老爹付账。要请人喝酒，显然是新掘墓工造成的新局面引起的，这次应当请喝酒，可是老园丁还是有意置之不顾拉伯雷的那著名的时刻[1]。割风急归急，还根本不想付酒钱。

掘墓工高傲地笑了笑，接着说道：

"要糊口啊。我同意接麦斯天老爹的班。一个人差不多完成学业，就有哲学头脑了。我既动手，又动胳膊，在塞夫尔街集市上摆了个字摊儿。您知道吗？那是雨伞市场。红十字会的那些厨娘全来找我。我要替她们编写寄给大兵的情书。上午，我写一些温情脉脉的书信，傍晚就给人挖墓穴。这就是生活，土包子！"

灵车往前行驶，割风不安到了极点，眼睛四处张望，额头淌下大颗大颗的汗珠。

"然而，"掘墓工继续说道，"总不能侍候两个女主人，我得选择，要么笔，要么镐。镐会把我的手弄粗糙的。"

1　拉伯雷的那著名的时刻：指困境。当年拉伯雷去巴黎，到里昂身无分文，便弄了三个小包，分别写明是给国王、王后和太子的毒药，放在住所旁边。密探发现，把他押到巴黎，呈报国王。国王弗朗索瓦一世听了大笑，立即释放拉伯雷。

灵车停下了。

唱诗童子和神父先后从篷车下来。

灵车的一个小前轮稍微压上土堆边，再往前就是敞口的墓穴了。

"这真是一场闹剧！"割风不胜惊愕，反复念叨。

六、在棺木里

谁装在棺木里？大家知道是冉阿让。

冉阿让设法在里面存活，保持细微的呼吸。

这的确是件奇事，内心的安全感，在这么大程度上保证了一切安全。冉阿让的整个安排，从昨夜起按步骤进行，而且顺利进行。他同割风一样，把宝押在麦斯天老爹的身上。对于结局他毫不怀疑。形势无比严峻，而心情又无比平静。

四块棺材板透出一种可怕的宁静。冉阿让的恬静，似乎注入了死者长眠的某种特点。

这是他同死亡做的一场游戏，他在棺材里能做到，也注视着进行的每个阶段。

割风钉上棺材盖板之后不久，冉阿让就感到被抬走，继而放在车上行驶。从颠簸减轻的感觉来判断，马车从铺石路驶上碎石路，也就是说从小街道驶上大马路。有一阵发出低沉而空洞的声响，他猜到是过奥斯特利茨桥。第一次停车的时候，他明白要进公墓，第二次停车的时候，他心想："到墓穴了。"

忽然，他感到不少人的手抓住棺材，继而粗拉拉摩擦板壁的声响，他明白是往棺材上捆绳子好下葬。

接着，他感到一阵眩晕。

殡仪馆职工和掘墓工在下葬时，棺木大概悬空摇晃，并且大头先下去。等到接触穴底，平稳不动了，他的感觉才完全恢复了正常。

他感到一股寒气。

从他上方响起冷冰冰而严肃的声音。他听见拉丁语词一个一个传来，极其缓慢，能抓得住，但是全然不懂：

"睡在尘土中的人将醒来。一些人获得永生，另一些人蒙受耻辱，以便让他们永远看见……"

一个孩子的声音说：

"出自深处。"

那严肃的声音又说：

"主啊，让她永世长眠吧。"

那孩子的声音回答：

"让永恒的光为她照耀吧。"

冉阿让听见棺材盖上轻轻敲击，仿佛落下几滴雨。那大概是洒的圣水。

他心中暗道："仪式就要结束了。再忍耐一会儿。神父快走了。然后，割风独自回来，我就出去了。恐怕还得足足一小时。"

那严肃的声音又说：

"但愿她安眠。"

孩子的声音回答：

"阿门。"

冉阿让竖起耳朵，听见点动静，仿佛越走越远的脚步声。

"他们走了。"他想道，"只剩下我一人了。"

突然，他听见头上轰隆一声，好似遭到雷击。

那是落到棺材上的第一锹土。第二锹土又落下来。他的一个气孔堵住了。

第三锹土落下来。

接着，第四锹土。

有些事情，连最坚强的人也受不了。冉阿让失去知觉。

七、"别遗失工卡"[1]这句成语的出典

在冉阿让躺着的棺材上方，发生了这种情况。

灵车已经驶远，神父和唱诗童子也上车走了，割风目不转睛地盯着掘墓工，这时看见他弯腰拿起插在土堆里的铁锹。

于是，割风拿出最大的决心。

他走到墓穴和掘墓工之间，叉起胳膊，说道：

"我付钱！"

掘墓工惊奇地看着他，反问道：

"什么，乡巴佬？"

割风重复道：

"我付钱！"

"什么钱？"

"酒钱。"

"什么酒钱？"

"阿让特伊。"

"在哪儿，阿让特伊？"

"好木瓜。"

"见你的鬼去吧！"掘墓工说道。

他随即铲一锹土扬在棺材上。

棺木"咚"地响了一声。割风只觉得头重脚轻，几乎要跌进墓穴里。他叫喊起来，声气开始有几分哽塞了。

"伙计，趁好木瓜还没关门！"

掘墓工又铲了一锹土。割风继续说：

"我付钱！"

说着，他抓住掘墓工的胳膊。

1　"遗失工卡"或"遗失证件"，意为不知所措。

"听我说，伙计。我是修院的掘墓工，我是来帮您忙的。这种活儿，晚上干也可以。还是先去喝一杯吧。"

他嘴上这么讲，而且死缠活缠，心里却愁苦地考虑："他就是去喝酒了，会不会醉呢？"

"外地人啊，"掘墓工说道，"您若是非请不可，那我就接受。我们一道去喝。完活儿再去，绝不能撂下活儿。"

他又铲土。割风拉住他。

"那可是六法郎一瓶的阿让特伊酒！"

"还是这套，"掘墓工说，"您简直是敲钟的，叮当，叮当，只会说这个。您是想让人给赶走啊。"

他扬下去第二铲土。

到了这种时候，割风不知所云了。

"倒是去喝酒啊，"他嚷道，"我付钱嘛！"

"先把孩子哄睡了再去。"掘墓工说道。

他扬下去第三铲土。

接着，他又把铲子插进土里，补充说道：

"您瞧，今晚儿会很冷，如果我们不给盖上被，就把这个死女人丢在这儿，她会在我们身后叫喊的。"

这时，掘墓工弯腰铲土，外套的兜口就张开了。

割风失神的目光机械地移入那衣兜，在里面停留。

太阳尚未没入地平线，天色还挺亮，看得见那敞口的兜里有个白色东西。

割风的眸子里，放射出一个庇卡底乡下人眼中所能有的全部光芒。他灵机一动，有了主意。

他趁掘墓工铲土不注意的时候，从背后伸过去，从那兜里掏出白色的东西。

掘墓工往墓穴里抛下第四锹土。

在他回身铲第五锹土的时候，割风异常平静地注视他，问道：

"对了，新来的，您有工卡吗?"

掘墓工停下手，反问道:

"什么工卡?"

"太阳要落了。"

"好啊，让他戴上睡帽吧。"

"公墓的铁栅门要关了。"

"关了又怎么样?"

"您有工卡吗?"

"哦，我的工卡!"掘墓工说了一句。

他当即摸衣兜。

他搜了一个兜，又搜另一个兜，进而摸坎肩口袋，掏了第一个，又翻过来掏第二个。

"没有，"他说道，"我没带工卡，忘带了。"

"罚款十五法郎。"割风说道。

掘墓工的脸唰地绿了。脸色苍白的人一失态就变绿了。

"哎呀—耶稣—我的—弯腿—上帝—月亮—完蛋啦!"他嚷道，"罚十五法郎!"

"三枚一百苏的银币。"割风又说。

掘墓工的锹脱了手。

割风这下得逞了，他说道:

"嗳，小伙子，别痛不欲生嘛。别在这坟坑就便寻短见嘛。十五法郎，就是十五法郎，再说，您也不是非付不可。我是老手，您还是新手。我懂得窍门、妙法、奇计、绝招。看在交情分儿上，我给您出个主意。有一件事很清楚，太阳落了，已经碰到那圆顶，再过五分钟，墓地就要关门了。"

"这话不错。"掘墓工应声道。

"这跟鬼坑一样，真够深的，五分钟之内，您填不满墓穴，在关门之前也来不及出去了。"

"一点不错。"

"那就难免要罚十五法郎。"

"十五法郎。"

"不过,您还来得及……您住在哪儿?"

"离城关只有两步路。从这儿走一刻钟就到。伏吉拉尔街87号。"

"您拔腿飞跑,还来得及赶出大门。"

"没错儿。"

"您一出了铁栅门,就跑回家,拿了工卡再返回,让公墓的门房给您开门。有工卡,一苏钱也不花。到那时,您再埋葬死者。我先替您看着,不让死者逃掉。"

"您救了我一命,乡下人!"

"快点儿给我滚开吧。"割风说道。

掘墓工感激涕零,抓住他的手拼命摇晃,然后撒腿跑了。

等掘墓工一消失在树丛里,脚步声也听不见了,割风才往墓穴探下身子,低声呼唤:

"马德兰老爹!"

没人应声。

割风打了个寒战。他连滚带爬下到墓穴,扑在棺材头上,喊叫:

"您在里边吗?"

棺木里毫无动静。

割风浑身抖得厉害,连呼吸都停止了,他拿出凿子和铁锤,撬开棺材板。在朦胧的暮色中,冉阿让的脸显得惨白,双目紧闭。

割风头发都竖起来,他直起身,背靠墓壁,又颓然瘫倒,几欲瘫在棺材上。他注视着冉阿让。

冉阿让躺在那里,面色青灰,纹丝不动。

割风像吹气似的低声说道:

"他死啦!"

他又站起身,猛一使劲叉起胳膊,两只拳头击在双肩上,同时嚷道:

"哼!我就是这样救他的呀!"

这时，可怜的老人失声痛哭，边哭边自言自语。认为天地间不会有自言自语就大错特错了，强烈的情绪往往化为语言，高声表达出来。

"这是麦斯天老爹的过错。这个蠢货，干吗死了呢？何必在出乎人意料的时候，一命呜呼呢？是他要了马德兰先生的命。马德兰老爹！他躺在棺材里。他归天了。全交代了。可是，这种事情，有什么情理吗？噢！上帝啊！他死啦！好嘛，扔下小丫头，让我怎么安置呢？那卖水果的老婆子会怎么说呢？一个大活人，就这么死了，上帝呀，还会有这种事！一想起当年他钻到我的车底下！马德兰老爹呀！马德兰老爹！老天爷，他憋死了，我早就说过，他就是不听。这回可好，闹出个天大的笑话！这个大好人死了，他是好上帝的好人中最好的人。还有他那小丫头！噢！我干脆也不回那儿了，就留在这儿算了。干出了这种事！两个老家伙，活了这么大年纪，还成了两个老糊涂。真的，他是怎么进修道院的呢？开头就不妙。不应当那么干。马德兰老爹！马德兰老爹！马德兰老爹！马德兰！马德兰先生！市长先生！叫他也听不见。现在，快点醒过来吧！"

他揪起自己的头发。

远处树木间传来尖锐的"吱"的声音。那是墓地的铁栅门关闭了。

割风朝冉阿让伏下身子，又突然往后一蹿，直抵墓壁。冉阿让睁着眼睛，还看着他。

看见一个死人很可怕。看见一个死而复活的人几乎同样可怕。割风变成一尊石像，面如死灰，眼睛怔忡，他惊愕到了极点，一时蒙了头，不知要跟活人还是死人打交道。他和冉阿让四目相对。

"我睡着了。"冉阿让说。

他随即坐起来。

割风却跪下。

公正仁慈的圣母啊！您可把我吓坏啦！"

他又站起来，高声说：

"谢谢，马德兰老爹！"

冉阿让只是昏过去一阵，一有了新鲜空气，他就苏醒过来了。

517

喜悦是恐惧的逆反。割风几乎要跟冉阿让费同样的劲儿，才能缓过神儿来。

"看来您没有死啊！唔！您这个人，可真会开玩笑！我这么呼唤，才把您叫醒。我看见您紧闭着双眼，就说：好嘛！他憋死了。我非得发疯不可，会真疯，成为狂暴的疯子，要捆起来才行，也许要关进比塞特疯人院里。您若是死了，叫我怎么办呢？还有您那个小丫头！那个开水果店的婆子也会莫名其妙！把孩子丢到她怀里，老爷爷一甩手不管就死啦！真是天大的怪事儿！天堂那些善良的圣徒啊，真是天大的怪事儿！哦！您还活着，这才是天大的喜事儿。"

"我冷。"冉阿让说。

一句话把割风完全拉回紧迫的现实来。两个人虽然苏醒了，却没有意识到神志还不太清，还显得失态，是这种阴森地方所引起的精神恍惚。

"赶快从这儿出去。"割风高声说。

他摸了摸衣兜，掏出自备的酒葫芦。

"先喝一口吧！"他说道。

酒葫芦完成新鲜空气开始起的作用，冉阿让喝了一口酒，神智就完全恢复了。

他从棺材里出来，帮助割风重新钉上棺材盖。

三分钟之后，他们从墓穴里爬出来。

割风既然安了心，也就从容不迫了。墓地关了门，不必担心那掘墓工会突然闯来。格里比埃那个"新手"在家里，正忙着寻找工卡，绝难在他住所找到，因为工卡装进了割风的口袋儿里。没有工卡，他就不能回墓地了。

割风操起锹，冉阿让操起镐，二人合力掩埋那口空棺材。

等到坟坑填满，割风对冉阿让说道：

"咱们走吧。我扛着锹，您带着镐。"

天色黑下来。

冉阿让抬腿行走有点费劲。他躺棺材里肢体僵了，在一定程度上变为尸体。活人钉在四块棺材板里，就会像死尸一样僵硬。可以说，他必须摆脱坟墓中的状态。

"您冻僵了!"割风说,"可惜我是个瘸子,要不咱们就跑一段了。"

"没事儿!"冉阿让回答,"走几步,我的腿脚就活动开了。"

他们先沿着灵车驶过的林荫小道往前走,到了关闭的铁栅门和门亭,割风就把拿在手上的掘墓工卡投进木箱。门房于是拉门绳,将门打开,放他们出去了。

"这事儿真顺利!"割风说道,"您这主意太好啦,马德兰老爹!"

他们过城关十分容易。在墓地附近,一把锹和一把镐就是两张通行证。

伏吉拉尔街上阒无一人。

"马德兰老爹,"割风望着路边的房舍,边走边说,"您的眼神儿比我好,告诉我87号在哪儿。"

"碰巧就是这儿。"冉阿让答道。

"街上一个人也没有,"割风又说,"把镐给我,等我两分钟。"

割风走进87号,他受总把穷人引向阁楼的那种本能指引,一直登到最高层,摸黑敲了一间顶楼的房门。有人应声回答:"请进。"

那是格里比埃的声音。

割风推开门。掘墓工跟所有穷苦人一样,住在堆满破烂家具的陋室里。一只旧货箱——也许是一口棺材——当柜橱使用,一个黄油罐用来盛水,一张草垫当床,方砖当桌椅。屋角铺着一块破地毯片,上面挤着一堆人:瘦弱的女人和许多孩子。这穷苦的家里看样子翻得乱七八糟,就好像发生了一场"独家"地震。各种盖子都移开,破衣烂衫扔得到处都是,瓦罐打碎了。孩子的母亲刚哭过,孩子也许还挨了打。那是强行搜查所留下的痕迹。显而易见,那个掘墓工丢了工卡,拼命寻找,气急败坏,怪罪家里的一切,从瓦罐到他老婆无一幸免。他一副垂头丧气的样子。

不过,割风急于要结束这场冒险,无心观察他的成功导致这种可悲的一面。

他进门便说:"我把镐和锹给您送来了。"

格里比埃惊愕地看了看割风。

"是您啊，乡巴佬？"

"明天早晨，您到公墓门房那儿，就能拿到工卡。"

割风说着，把锹镐撂在方砖地上。

"这是怎么回事？"格里比埃问道。

"就是这么回事。您的工卡从兜里掉出来，您走后我在地上拾到，于是我埋葬死者，把坑填满，替您把活儿干完。门房会把工卡还给您，您也不用付十五法郎。就是这样，新手。"

"谢谢，老乡！"格里比埃喜笑颜开，高声说道，"下回喝酒我付钱。"

八、答问成功

一个钟头过后，在漆黑的夜晚，两个汉子和一个孩子走进皮克普斯小街62号，其中年龄最大的汉子拉起门锤敲门。

他们正是割风、冉阿让和珂赛特。

两位老人去过绿径街，接回前一天割风寄放在水果店老太婆家的珂赛特。珂赛特在那里度过二十四小时，根本不明白怎么回事，她一声不吭，只是浑身发抖，连哭也哭不出来，既不吃东西，也不睡觉。可敬的水果店老板娘问了她多少话，什么也问不出来，面对的总是那双毫无神采的眼睛。这两天所见所闻，珂赛特一点儿也没有透露。她猜出他们正渡过一个难关。她深深感到必须"听话"。一个吓得要命的孩子的耳边，听见以某种声调说出"别吱声"这三个字，就觉得有无比的威力，这一点谁没有体验过呢？恐惧是个哑巴。况且，谁也不如孩子能保密。

不过，熬过这可怕的二十四小时之后，她又见到冉阿让，立刻欢叫一声，而一个善于思考的人就能听出，这是脱离深渊的欢叫。

割风是修院的人，知道各种口令。一道道门全开了。

一出一进这双重可怕的问题，就这样解决了。

门房已得到指示，打开由庭院通园子的便门。那道便门开在里侧的院墙上，正对着大门，二十年前从街上还能望得见。他们三人由门房带领，由便门进去，到了内部专用接待室，而前一天，割风正是在那里接受了院长的命令。

院长手上拿着念珠，正等着他们。一名戴着面纱的参事嬷嬷站在她身边。一烛荧然，几乎可以说那幽光恍若照着接待室。

院长审视冉阿让。怎么观察都没有低垂的眼睛更仔细了。

接着，她发问了：

"这就是您兄弟？"

"对，尊敬的嬷嬷。"割风回答。

"您叫什么名字？"

割风回答：

"于尔梯姆·割风。"

他有个死去的兄弟，确实叫于尔梯姆。

"您是什么地方人？"

"庇奇尼人，离亚眠不远。"

"您多大年纪？"

割风回答：

"五十岁。"

"您是干哪行的？"

割风回答：

"园艺工人。"

"您是虔诚的基督教徒吗？"

割风回答：

"一家全是。"

"这小姑娘是您的吗？"

割风回答：

"对，尊敬的嬷嬷。"

"您是她父亲？"

割风回答：

"是她祖父。"

参事嬷嬷低声对院长说：

"他答得挺好。"

可是，冉阿让一句话未讲。

院长又仔细端详珂赛特，然后低声对参事嬷嬷说：

"她会是个丑姑娘。"

两个嬷嬷在接待室一角小声商量几分钟，接着，院长返身回来，说道："割伯，您再弄一副铃铛膝带，现在需要两副了。"

第二天，大家果然听见园子里有两个铃铛声了，修女们都忍不住撩起一角面纱，望见远处树下两个男人并肩翻地，割伯和另外一个。这是一件轰动的大事。她们打破沉默，相互转告："那是园工助手。"

参事嬷嬷们则补充说："他是割伯的兄弟。"

不错，冉阿让正式安顿下来了，膝上系了皮带铃铛，从此成为修院的人员了。他叫于尔梯姆·割风。

修院接收他们的决定因素，还是院长对珂赛特的那句评语："她会是个丑姑娘。"

院长有些预言，也当即善待珂赛特，让她作为免费生入学念书。

这种做法完全合乎逻辑。修院里没有镜子也是徒然，女人都会意识到自己的容貌。那些觉得自己漂亮的姑娘，都不会甘心当修女。出家修行的意愿同美貌成反比，貌丑比貌美的人更有希望。因此，她们对丑姑娘怀有浓厚的兴趣。

这一场风波提高了割风老头的身价，一举三得：他救了冉阿让，给他安置了藏身之处；掘墓工格里比埃念念不忘：多亏了他，我才免交罚金；修院也多亏了他，将装殓受难嬷嬷的灵柩葬在祭坛底下，骗了恺撒，满足了天主。一口有尸的棺木留在小皮克普斯，一口无尸的棺木葬到伏吉拉尔墓地。社会秩序无疑受到严重干扰，却没有觉察到。修院对割风尤为感激。割风一举成为最出色的仆人、最难得的园丁。后来大主教前来视察修院，院长叙述了这件事的经过，既有忏悔的成分，又有点炫耀的意味。大主教离开修院，又以赞赏的口气，悄悄把这事告诉了德·拉梯先生。德·拉梯先生是御前忏悔师，后来又就任兰斯大主教和红衣主教。对割风的敬佩不胫而走，一直传到罗马。我们手头有一封信，是当时的教皇莱昂十二世写给他的族人的。他那族人和他同名，也叫德拉·让迦，是教廷驻巴黎的使臣。信中写道："据说巴黎一所修院里有一个出色的园丁，是个圣人，名叫割丰。"教皇误把"割风"写成"割丰"。名声远扬，却没有传到割风这座破房里。他还继续嫁接，薅草，盖瓜秧，根本不知道自己那么出色，那么圣洁。他并不比达勒姆或隆里的公牛强多少；《伦敦新闻画报》刊登那头牛的照片，并注明"这头牛获得有角动物竞赛大奖"，可是牛对它那份儿光荣却一无所知。

九、隐修

珂赛特到修院，仍然少言寡语。

珂赛特以为自己是冉阿让的女儿，这是自然而然的事。再说，她什么也不知道，也不可能讲出什么去，不管了解不了解情况，她也绝不会透露。刚才我们指出过，不幸的遭遇，最能培养孩子缄口慎言的习惯了。珂赛特受尽了苦难，什么都怕，就连说话，连喘气都不敢。她常常因为说一句话，就招来一顿毒打！自从跟了冉阿让，她才稍微放了点儿心。她相当快就习惯了修院的生活，不过还是想念卡德琳，但是不敢讲。只有一次，她对冉阿让说："爹，我早知道就好了，准要把她带着。"

珂赛特成为修院的寄宿生，便换上修院的学生装。冉阿让获准收回孩子换下的衣服，那还是要离开德纳第客栈时让她穿的一身孝服，还不太旧。这些旧衣服，连同毛线袜和鞋子，都放在冉阿让设法弄到的一只小提箱里，还大量塞进修院足备的樟脑和各种香料。他把手提箱放在自己床边的一张椅子上，钥匙总随身带着。"爹，"珂赛特有一天问他，"这是什么箱子，这么香呀？"

割风伯这种好行为，除了我们讲过的连他自己都不知道的荣名之外，还得到好报：首先，他做了好事心里高兴；其次，活计有人分担，就减轻多了；最后，他爱抽烟叶，自从有马德兰先生陪伴，烟量比过去增加两倍，而且越发抽出无穷的滋味儿，因为烟叶是马德兰先生花钱买的。

修女们根本不接受于尔梯姆这个名字，就把冉阿让叫做"割二伯"。

假如修女们有几分沙威那种目光，久而久之她们会发现，侍弄园子缺什么东西要外出购置时，每次总是那个又老又残疾的瘸腿割大伯，而不是割二怕出去。不过，她们根本没有注意这一点，也许是她们眼睛总盯着上帝，不善于窥视，也许是她们更喜欢相互窥探。

冉阿让潜伏不动，的确很明智。沙威监视这一带街道长达一个多月。

对冉阿让来说，这所修院好比一个四面绝壁深水的孤岛。从今往后，这四面围墙之内就是他的世界。能望见天空，这足以令他心情恬静；能看到珂赛特，这足以令他快乐。

对他来说，又开始了一种甜美的生活。

他同老割风住在园子后面的破房里。那房子是用残砖破瓦建造的，到1845年还存在，共有三间屋，里边只有光秃秃的墙壁。那间大屋，割风硬给了马德兰先生，怎么推让也不行。屋里墙上，除了挂膝带和背篓的两个钉子外，壁炉上方还有一样装饰：93年发行的一张保王党纸钞，原样复制如下。

票面上文字为：

天主教军队

奉国王圣旨

拾利弗尔商业债券

专购军用物资

和平时期兑现

这张旺岱军用债券，是上一个园丁钉在墙上的。那个园丁是老朱安党徒[1]，死在修院，差事由割风接替。

---

1   法国革命时期，保王派在旺岱地区组织力量顽抗，称为朱安党。

冉阿让整天在园子里干活儿，而且十分得力。从前他当过树枝剪修工，这次又当上园丁正合心意。大家记得，在栽植方面，他掌握各种妙法和窍门，现在正好借上力。果园里的树几乎全是野生的，由他施行芽接，便结出丰美的果实了。

珂赛特获准每天回到他身边待一小时。修女个个愁眉苦脸，而他却和颜悦色，两相比较，孩子就更热爱他了。每天一到时间，她就跑来，一跨进门，就使这所破房变成天堂。冉阿让立刻喜笑颜开，他感到自己的幸福随着他给珂赛特的幸福而增长。我们给人带来的欢乐有这样一种妙处：这种欢乐不像反光那样渐趋削弱，而是反弹回来更加光辉灿烂。课间休息时，珂赛特嬉戏奔跑，冉阿让远远望着，能从笑声中分辨出她的笑声来。

要知道，现在珂赛特爱笑了。

甚至珂赛特的相貌也发生一定变化，抑郁的神色消失了。笑，就是阳光，就能从脸上驱走冬色。

珂赛特长得还是不美，但是变得招人喜爱了。她那童稚的声音很甜，讲起生活小事来头头是道。

课间休息过后，珂赛特又回去上课，冉阿让就望着她那教室的窗户，半夜他还起来，望着她寝室的窗户。

这自然是上帝指引的路，修院和珂赛特起同样作用，要通过冉阿让保持并完成那位主教的功业。自不待言，好品德也有引人走向骄傲的一面，那是魔鬼建造的一座桥梁。冉阿让由天意投入小皮克普斯修院，也许不知不觉中，接近了那一面和那座桥梁。他只要还拿自己同主教相比，就觉得自己很差劲，总保持谦卑的态度。然而近来，他开始同人比较，就滋长了骄傲情绪。谁说得准呢？到头来，他也许会又轻轻地滑回到仇恨上去。

在这面滑坡上，是修院把他截住了。

这是他所见的第二个囚禁人的地方。他年轻时代，在他的人生开端的时候，以及后来，直到最近，他见过另外一个不囚禁人的地方，那地方骇人听闻，十分恐怖，而他总觉得，那种严酷的惩罚是司法的不公和法律的罪恶。关过苦役牢之后，今天，他看到了修院，心想他从前是苦役牢囚犯，现在可以说成为修院的旁观者。他怀着惶恐的心情，暗暗比较两种地方。

有时，他臂肘倚着锄把儿，神思沿着旋梯，缓缓走下无底的玄想。

他忆起早年的伙伴，想到那些人太苦了，天一亮就得起来干活儿，一直干到天黑，连睡觉的时间都所剩无几，而且睡在行军床上，只准铺两法寸厚的褥垫。那么大的工棚，一年只有最寒冷的两个月才生点儿火。只有在最炎热的日子，才发善心准许穿上粗布裤子。只有"干重活"时才给点儿酒喝，给点儿肉吃。他们在生活中无名无姓了，仅用号码表示，可以说变成数字了。他们走路低垂着眼睛，说话压低声音，头发被剃光，在棍棒下忍辱苟活。

继而，他的思绪重又移到他眼前这些人身上。

这些人同样剃光了头，同样低垂着眼睛，压低声音，虽不是忍辱偷生，却受世人的嘲笑，背上虽无棒伤，肩头的皮肉却被戒律撕破了。这些人的姓名，也同样在世间消失，仅仅有尊号了。她们从不吃肉，也绝不喝酒，时常一天到晚不进食。身上虽然不穿红囚衣，但是终年披着黑呢裹尸布，夏天太厚，冬天又太薄，既不能加也不能减，想随季节换上布衫或毛外套也不成，一年有六个月穿哔叽衣衫，结果时常害热症。她们还住不上只在最寒冷的日子才生火的大房间，而是住在从不生火的修室里。她们也睡不上两法寸厚的褥垫，而是躺在麦秸上。更有甚者，就连个安稳觉也不让她们睡：劳累一整天之后，每天夜晚刚休息正困惫不堪，刚刚入睡，被窝里刚有点儿热乎气儿的时候，她们又被唤醒，不得不起来，去冰冷昏暗的祭坛里，双膝跪在石地上祈祷。

在规定的日子里，她们还轮流跪石板，或者匍匐在地，张开双臂呈十字架形，连续待上十二个小时。

那些是男人，这些是女人。

那些男人干了什么呢？他们奸淫抢掠，杀人害命。他们是强盗、骗子、下毒犯、纵火犯、杀人犯、弑亲犯。这些女人又干了什么呢？她们什么也没有干。

一方面是抢劫、走私、欺诈、暴力、奸淫、残杀，形形色色的邪恶，五花八门的罪行。而另一方面，只有一件事：清白。

尽善尽美的清白，这种升华，近乎一种神秘的圣母升天，以其美德还依恋着尘世，又以其圣洁已经连着上天了。

一方面是低声陈述罪恶，另一方面高声忏悔过失。而那是什么罪恶！这又算什么过失呢！

一方面是乌烟瘴气，另一方面则是清芬异香。一方面是精神瘟疫，要严密监视，用枪口控制，却还慢慢吞噬染上瘟疫的人。另一方面则是所有灵魂熔于一炉的纯洁的火焰。那边一片黑暗，这里则一片幽冥，不过，幽冥中却充满亮点，而亮点又光芒四射。

两处同是奴役人的地方，但是第一处还有可能解放，还有一个法定的期限可盼，还可以越狱。第二处则永无尽期，只是在未来的遥远的尽头，有一点儿自由的微光，即人们所说的死亡。

在前一个地方，那些人只是用锁链锁住，在后一个地方，这些人则用信仰锁住。

前一个地方散发出什么呢？散发出大量的诅咒、咬牙切齿的咯咯声，散发出仇恨、穷凶极恶、反对人类社会的怒吼，以及对上苍的嘲笑。

第二个地方散发出什么呢？散发出祝福和爱。

在这两种极其相似而又迥异的地方，两类截然不同的人正完成同一种事业：赎罪。

冉阿让十分了解前一类人的赎罪，那是个人赎罪，为自己赎罪。然而，他不理解另一类人的赎罪，那些无可指责、没有污点的人的赎罪，因此，他心惊胆战，暗自问道：那些人赎什么罪？什么赎罪？

他内心的一个声音回答：人类最神圣的慷慨，是为别人赎罪。

在这里，我们只是作为叙述者，将个人的见解完全抛开，站在冉阿让的角度表述他的印象。

他看到克己为人的最高境界、美德所能达到的顶峰：清白的心，恕人之过并代人赎罪；没有过失的心灵，甘为堕落的心灵受奴役、受折磨和受刑罚。以人类的爱沉浸到对上帝的爱中，但又不混同，始终保持祈求的姿态。一些温和柔弱的人承受被惩罚者的苦难，同时面带受奖赏者的微笑。

于是，冉阿让想到，自己从前竟敢抱怨！

睡到半夜，他时常爬起来，聆听那些备受戒规折磨的清纯修女的感恩歌声，想到受惩罚的人却抬高嗓门一味亵渎上天，而他本人也是个无耻之徒，竟然朝上帝挥过拳头，转念至此，不禁感到胆战心寒。

他逃脱追捕，翻过修院的围墙，冒死脱险，向上奋进虽十分艰难，却竭尽全力脱离另一个赎罪之地，只为了进入这个赎罪之地。这次经历确实惊心动魄，也令他深思，仿佛这是上苍低声向他提出的警告。难道这是他命运的征兆吗？

这所修院也是一座监狱，很像他逃离的那个地方，同样阴惨惨的，然而，他早先从来没有这样想过。

他又见到了铁栅门、铁门闩、铁窗栏，可是关谁呢？关天使。

这四面高墙，他从前见过圈着猛虎，现在却看见圈着羔羊。

这是赎罪，而不是惩罚的地方，不过比起另一个地方来，这里更加严厉，更加肃穆，更加残酷无情。这些贞女不堪重负，腰弯得比那些苦役犯还厉害。这种凛冽的寒风，从前冻僵了他的青春，后来穿过紧锁秃鹫的铁栏坑穴。如今，一股更加冷峭刺骨的朔风，吹袭关着鸽子的牢笼。

这是为什么？

他一想到这种事情，就觉得自身的一切，在这崇高的奥秘面前倾覆了。

在这种沉思默想中，傲气消失了。他反躬自省，感到自己多么渺小，因而多次潸然泪下。这六个月以来，凡是进入他生活的人和事物，珂赛特以其热爱，修道院以其谦卑，无不指引他重新奉行那主教的神圣指令。

黄昏时分，等园子寂静无人了，有时就能看见他跪在小礼拜堂旁边的小路中间，面对着他初到的那天夜晚窥探过的窗户。他知道进行大赎罪的修女，正匍匐在里面祈祷，他就是朝向那位修女，这样跪着祈祷。

他似乎不敢直接跪到上帝面前。

他周围的一切：这静谧的园子、芬芳的花朵、这些欢叫的孩子、这些严肃而朴实的女人、这寂静的修院，都慢慢进入他的心扉。他的心境逐渐变化，也像这修院一样寂静，像这些鲜花一样芬芳，像这园子一样静谧，像这些女人一样朴实，像这些孩子一样欢乐了。继而，他又想到，生活中两次危急关头，而两处上帝的住宅都相继收容了他。头一次是所有大门都关闭，人类社会拒绝他；第二次是苦役牢门重又打开，人类社会重又追捕他。没有头一处接纳，他就会再次坠入犯罪的道路；没有第二处接纳，他就会再次陷入牢狱之灾。

他的一颗心化为感恩戴德，越来越变为一颗爱心了。

一连几年就这样过去，珂赛特渐渐长大了。

第三部　马吕斯

第一卷 从其原子看巴黎

一、小不点儿

巴黎有个小孩儿，而森林有只小鸟。小鸟叫麻雀，而小孩儿叫流浪儿。

这两个概念，一个包含整个大火炉，一个包含全部曙光，两个概念结合起来，巴黎和童年这两点火星儿相撞，就会进射出一个小家伙。若按普劳图斯[1]的说法，就是小人儿。

这小家伙乐乐呵呵。他不一定每天都吃得上饭，可是他只要愿意，每天晚上就去看演出。他身上没穿衬衫，脚下没穿鞋子，头上没有屋顶，这些一样没有，就好似空中的飞虫。小家伙的年龄，在七岁至十三岁之间，过着群体生活，终日在街上游荡，露宿街头，穿着父亲的一条旧裤，裤角拖在鞋后跟，头戴另一个父亲的一顶破帽，一直扣到耳朵上，只挎着一条黄边背带，总是跑来跑去，东瞧瞧，西望望，到处耗时间，烟斗抽得挂满烟炱，满嘴脏话，搅扰酒馆，结识盗贼，亲近窑姐儿，会讲黑话，哼唱淫荡小曲，而心地却没有一点邪恶。这是因为他心灵里有一颗珍珠：天真无邪，珍珠不会融化在污泥里。人只要处于童年，就天真无邪，这是天意。

假如有人问这大都市："那是什么东西？"就能得到这样回答："那是我的孩子。"

---

1 普劳图斯（约公元前254—公元前184）：拉丁喜剧诗人。

二、他的一些特征

巴黎的流浪儿，就是女巨人生的小豆子。

无须夸张，这个在水沟边长大的小鬼，有时也穿衬衫，但只有一件；有时他也穿鞋，但是没有鞋底；有时他也有住处，而且挺喜爱，因为到那里能找见母亲；但是他更喜欢街头，因为在街头能找到自由。他有自己的一套把戏，有自己的一套诡计，而那套诡计是基于对有产者的仇恨；他也有自己的一套隐喻，人死不说死了，而叫做"吃蒲公英的根"；同样，他有自己的一套行业，替人叫马车，给人放下车踏板，在瓢泼大雨中收取过街费，他称作"艺术桥赏"，大声宣扬当局对法兰西人民有利的讲话，给铺路石块剔缝儿；他也有自己的一套货币，是从街上拾来的各种各样小铜片。那种奇特的钱叫做"破布片"，在这群流浪儿中始终流通，有固定的面值。

最后，他还有自己的一系列动物，而且在各个角落细心观察：圣体虫、骷髅头蚜虫、盲蛛、"鬼虫"，即扭动双尾吓人的黑虫子。他有自己传奇的怪物：腹下有鳞片又不是蜥蜴，背上长癞又不是蟾蜍，住在旧石灰窑洞或干涸的污水坑里，黑不溜秋，毛烘烘黏糊糊的，爬行时慢时快，不会叫，但是瞪眼瞧你，样子十分可怕，谁也没有见过，他管那怪物叫"聋子"。到石头缝里找聋子，是一件非常吓人的开心事儿。另外一件开心事儿，就是猛地掀起一块石头，瞧瞧躲在下面叫鼠妇的甲虫。巴黎每个区都有点儿名堂，能发现有趣的玩意儿。玉树林工场有钻耳虫，先贤祠有千足虫，演武场水沟里有蝌蚪。

至于辞令，这孩子比得上塔列朗[1]。比较起来，他同样厚颜无耻，但是更为诚实。不知怎么，他天生就有一种出人意料的快活劲头儿。他突发一阵狂笑，弄得店铺老板目瞪口呆。他开的玩笑非常精彩，从高级喜剧到闹剧，能表现各种不同的风格。

看见出殡的队列经过，送葬的人中有一名医生，一个流浪儿就嚷道：

1　塔列朗（1754—1838）：法国政治家，给拿破仑和路易十八当过外交部长。

"嘿！打什么时候起，医生还要把自己的活计护送回去！"

另一个流浪儿混在队伍里。一个戴眼镜、身上挂着小饰物的严肃男人，突然回过身来，恼火地说："流氓，你摸了我的女人的腰！"

"说我，先生！搜我的身好啦。"

三、他有趣

这"小人儿"总有法儿弄到几个铜板，晚上便去看戏。一跨进那道神奇的门，他就变了一副模样：从流浪儿一变而为"弟弟"[1]。戏院犹如底舱翻到上面的船。弟弟就挤在底舱里。弟弟之于流浪儿，恰如飞蛾之于幼虫，同是飞翔的生物。只要他在场，有他那洋洋的喜气，有他那热烈欢快的劲头，有他那鼓翅般的鼓掌，这个狭窄、恶臭、昏暗、肮脏不堪、污秽丑陋、令人作呕的底舱，就能称得上天堂了。

你把无用的东西给一个人，再从他那儿取走必需的东西，你就有了一个流浪儿。

流浪儿对于文学不是一点感受能力也没有。不过，我们相当遗憾地指出，他对古典主义毫无兴趣，天生与学院派没有什么渊源。举个例子来说吧，在这群能闹翻天的孩子中间，马尔斯小姐[2]名气特别大，简直具有讽刺意味。野孩子都叫她"妙煞"小姐。

小家伙总是吵闹、嘲笑、戏弄、打架，形容花哨像个孩童，衣衫褴褛又像个哲人；在污水沟里捕鱼，在垃圾场里打猎，从肮脏污秽的东西中寻乐子；在街头巷尾找激情，冷嘲热讽，又吹哨又唱歌，又是喝彩又是叫骂，用淫调浪曲来冲淡天主颂歌，而且从"深渊底"到"狗上床"，什么节律音调都能唱；无论什么，他不寻就能找见，不了解也会知道，顽强到了不择手段，疯狂到了冷静明智，多情到了追腥逐臭；上能蹲在奥林匹斯神山顶，下

1　俗语，指巴黎街头的顽童。

2　马尔斯小姐（1779—1847）：法国喜剧院著名演员。

能滚在粪堆里，而出来却满身星辰。巴黎的野孩子，就是小时候的拉伯雷。

他不满意自己的裤子，除非裤子上有个表袋。

他不轻易大惊小怪，更不会惊慌失措，用歌谣讽刺迷信的东西，用舌剑戳破妄言诳语，嘲笑神秘怪异，对着鬼魂伸舌头，剥掉空架子上的华彩，画一画浮夸虚饰的丑相。这并不是说他缺乏诗意，远非如此，而是他以滑稽的怪诞代替庄严的幻象。假如巨人阿达马托尔出现在面前，流浪儿也要说："哼！吓唬小孩子的妖怪！"

四、他可能有用

巴黎以闲汉始，以流浪儿终，这两类人是任何别的城市所难具备的。前者是满足于观望的被动接受，后者表现出无穷无尽的主动性。一个是普吕多姆[1]，一个是伏义乌[2]。唯独巴黎在其自然发展史中，拥有这两种人物。整个君主制体现在闲汉身上。整个无政府主义则体现在流浪儿身上。

巴黎城郊的这个孩子脸色灰白，在苦难中生活并成长，开花结果并"长个儿"，面对社会现实和人间事物，他看在眼里，并若有所思。他自以为无忧无虑，其实不然。不管你是谁，不管你叫成见也好，叫流弊也罢；叫厚颜无耻也好，叫压迫、不公道、专制也罢；叫不义、狂热也好，叫暴政也罢，你可得当心愣头愣脑的流浪儿。

小家伙要长大的。

他是什么材料做成的呢？随便一点污泥、一把泥土，吹一口气，就有了亚当。只需哪位神仙过一下。而流浪儿身上总有神仙经过的痕迹。命运在塑造这小家伙。我们这里所说的命运，有点偶然侥幸的意思。这个用普通泥土捏出来的小人儿，既无知又不识字，既傻里傻气，又粗俗低下，将来

1　普吕多姆：法国作家亨利·莫尼埃（1799—1877）所创作的喜剧中的人物，一种关注时事而又自以为是的市民典型。
2　伏义乌：法国文学中流浪儿的形象。

他能成为英才还是蠢物呢？等着瞧吧，"制陶轮子旋转"，巴黎的精神，这个恶魔凭偶然制造孩童，凭命运制造成人，它与拉丁陶土不同，能把粗瓦罐变成精陶瓮。

五、他的疆界

流浪儿爱城市，也爱荒野，他身上有贤哲的影子。像伏斯库斯那样，"是城市的情人"，也像弗拉库斯那样，"是乡野的情人"。[1]

大凡哲人，总好边走边想，即信步游荡，这是消磨时间的好办法。尤其某些大城市，特别是巴黎周围的郊野，由两种景物合成，类似杂种，既丑陋又怪异。观赏城郊，如同观赏两栖动物。树木终止即屋顶的开始，荒草终止即铺石路的开端，垄沟终止即店铺的起始，辙沟终止即欲望的前奏，天籁终止即尘嚣的先声，因此特别引人注目。

也正因为如此，思考者漫无目的，爱到这种缺乏魅力，又被过路人冠以"凄凉"的永久别号的地方散步。

写下这一行行文字的人，就曾在巴黎城郊久久徘徊，至今这还是他深长回忆的源泉。那浅草地、那石子小径、那白垩土、那泥灰石、那白灰墙、那单调刺眼的荒地和休耕地、突然瞧见洼地中栽种的时鲜蔬菜，还有那野趣和市民气的混杂景物、那大片荒僻的角落、军营战鼓咚咚以打仗为儿戏的地方、那白天的旷野而夜晚打劫的凶险之地、那笨拙旋转的磨坊风车、采石场上的轮盘、墓地角上的酒馆，还有那幽暗的高墙切断大片阳光灿烂、蝴蝶纷飞的空场所具有的神奇魅力，那一切无不吸引他。

世上几乎没人了解这些奇特的地方：冰窖村、排水沟城关、格雷奈勒街区弹痕累累而难看的墙壁，帕纳斯山、豺狼坑街区、马尔纳河畔的欧比埃镇、蒙苏里村、伊索瓦坟、夏蒂荣石台：那里有个旧采石场，废弃不用，改种蘑菇了，齐地面的井口盖了一道朽了的活板门。罗马周围的乡村是一

---

1   语出拉丁诗人贺拉斯的《书简集》。伏斯库斯与弗拉库斯均为贺拉斯。

种景象，巴黎的郊区是另一种景象。举目眺望，如果只见田野、房舍和树木，那就是停留在表象，须知事物的各种面貌都体现上帝的思想。原野和城郭的结合部，总有一种令人销魂的莫名的惆怅。在那种地方，大自然和人类同时对你说话；那里也就显现出地方特色。

我们四周的郊野，可以称为巴黎的边缘。谁同我们一样在那里游荡过，就会在最偏僻的地方，最意想不到的时候，撞见一群面黄肌瘦、头发蓬乱、衣衫褴褛、满身灰尘的孩子，聚在一起吵吵嚷嚷，一个个头戴矢车菊花冠，躲在一道稀疏的树篱后面，或在一个阴森的墙角进行赌博游戏。他们是穷苦人家跑出来的孩子，城外大道是他们的自由天地，郊野是他们的地盘。

那是他们永久逃学的地方。

他们在那里天真地唱着成套的下流歌曲。

他们待在那里，更确切地说，他们在那里生存，远离别人的视线，沐浴着五六月明媚的阳光，跪在地上，围着小坑弹球，要赌几苏钱的输赢，大家什么也不放在心上，无拘无束，快活极了。可是，他们一瞧见你，就想起自己的行当，得挣钱糊口，于是向你兜售一只爬满金龟子的旧毛袜，或者一把丁香花。碰见这些怪孩子，是游巴黎郊区的一件特别有趣又令人痛心的事。

在男孩儿堆里，也时有女孩儿，那是不是他们的姐妹呢？几乎是大姑娘了，瘦瘦的，显得急躁不安，两手黝黑，脸上有雀斑，头上插着黑麦穗和虞美人，光着脚，又快活又粗野。还有的在麦田里吃樱桃。夜晚，能听见他们的笑声。那一伙伙孩子，在中午的太阳下暖烘烘的，或者在暮色中隐约可见，那景象在沉思的漫步者心头久久萦绕，同他的遐想交织起来。

巴黎、市中心、城郊、周遭，那就是那些孩子的整个世界。他们从不贸然出界。鱼儿离不开水，同样，他们也离不开巴黎的空气。对他们来说，城关以外两里就什么也没有了。伊弗里、让蒂伊、阿尔克伊、美丽城、欧贝维利埃、梅尼蒙唐、苏瓦西王、比扬库尔、默东、鸽城、罗曼城、夏图、阿尼埃尔、布吉瓦勒、南地、昂菲安、努瓦西旱地、诺让、古尔奈、德朗西、戈奈斯[1]，那就是天尽头。

六、一点历史

本书故事发生的时期，几乎是现代了，但还不像今天这样，巴黎每个街口都有个警察（这是善政，但还不是讨论的时候）。那时，到处都是流浪儿。据统计，警察巡逻队在没有围墙的空场上、建造中的房屋里和桥拱下面，平均每年要收容二百六十名孩子。他们的巢穴有一处名声远扬，养育了"阿尔科勒桥的燕子"。当然，那是社会最严重的病兆。人类的全部罪恶，都是从儿童的流浪生活开始的。

不过，巴黎自当别论。尽管我们提起那种往事，但是在一定程度上，将巴黎列为例外还是对的。可以说在任何一个大城市里，一个流浪儿就是一个毁掉的成人，儿童放任自流，就要不可避免地染上社会的种种恶习，丧失天生的诚实和良心，几乎无处不是如此。然而，我们还要强调指出，巴黎的流浪儿，表面上看再怎么粗野，再怎么学坏了，可是内心差不多却完好无损。这种现象确实壮观，在我们历次民众革命所显示的光明磊落中大放异彩。巴黎空气的氛围，就像海水中的盐一样，能产生拒腐蚀性。呼吸巴黎的空气，能保持心灵的纯洁。

我们这样讲，绝不表明我们遇见那样一个孩子不会感到揪心。在他们周围，似乎漂浮着离散家庭的游丝。现代文明还远非完善，一些家庭抛弃亲骨肉，将子女丢进黑暗，丢在大马路上，不知所终，这种事情也绝非极不正常。这样就命运难卜。这种可悲的事还形成固定的说法，叫做"扔在巴黎石马路上"。

附带说一句，旧朝君主制决不禁止丢儿弃女的现象。城郊下层人的行为有点像埃及和吉卜赛，倒合乎城里上层人的口味，给那些有权有势的人解决问题。仇视平民百姓孩子的教育，原就是一种信条。何必培养"半瓶

1　以上全是巴黎城郊地名。

子醋"呢？这就是当年的口号。因此，无知儿童必然成为流浪儿。

况且，君主制有时需要儿童，于是就在大街上搜罗。

不必追溯得太远，就说路易十四在位的时候，国王要建一支舰队，自有其道理。主意不错，再看看办法如何。帆船是风的玩物，必要时还得牵引，如果仅有帆船，而没有以桨或蒸汽为动力，随意航行的战船就谈不上舰队。当年海军的桨帆船，就相当于今天的蒸汽舰。因此，必须造桨帆船，而桨帆船航行要靠桨手，也就需要当桨手的苦役犯了。柯尔柏授意各省总督和高等法院尽多制造苦役犯。司法官员都积极配合。在宗教仪式行列走过时，一个人不脱帽，就表明是新教徒，就要送去当桨手。儿童只要到十五岁还流离失所，在街上撞见就送去当桨手。圣朝盛世啊！

在路易十五统治时期，巴黎街头的孩子消失了，让警察劫走，秘而不宣，不知弄去干什么了。老百姓恐怖万分，窃窃私议，推测国王洗红水浴那种骇人听闻的事。巴尔比埃也直书其事[1]。有时，孩子供不应求，军警就抓那些有父亲的孩子。父亲悲痛欲绝，跑去向军警讨还。于是法院出面干涉，判处绞刑。绞死谁呢？绞死军警吗？不是，要绞死父亲。

七、在印度等级中，也许有流浪儿的地位

巴黎流浪儿差不多构成一个阶层。也可以说，哪个阶层也不要。

流浪儿gamin这个词，到1834年才初次印成文字，从大众语言进入文学语言。那是出现在题名为《无赖汉克罗德》的大书里[2]，当即引起轰动。这个词也就得到公认了。

流浪儿之间赢得敬重的因素是多种多样的。我们认识并与之交往的流浪儿，有的特别受到尊敬和钦佩。其中一个是因为见过有人从圣母院的钟

1　巴尔比埃（1805—1882）是法国诗人。事见他的《日记》（1847年至1856年发表）。
2　其实，这个词早就见于印刷文字。《无赖汉克罗德》是雨果的小说，1834年刊载在《巴黎杂志》上。

楼顶摔下来；另一个是因为钻进残疾军人院的后院，从暂时存放在那儿的大圆顶的塑像身上"抠"了一块铅；第三个是因为见过一辆驿车翻车；还有一个是因为"认识"一个险些打瞎一位绅士眼睛的士兵。

这就是为什么巴黎流浪儿动不动就嚷一句："上帝的上帝！我真倒霉！都没见过有人从六楼摔下来！"（"我真"说成"我整"，"六楼"说成"流楼"。）这种含义深刻的感叹，那些俗物听不懂，只能笑一笑。

当然，乡下人也能出语惊人："我说老爹，您老婆害病死了，您干吗不去请医生呢？""有什么办法呢，先生，我们这些穷人，自己死自己的就完了。"如果说这句话完全表明了乡下人那种揶揄的消极态度，那么下面这句话则完全包含了郊区孩子自由思想的无政府状态。一名死犯在囚车里听忏悔师说教，巴黎的孩子就嚷道："他还跟狗教士说话！哼！这只草鸡！"

在宗教事物上胆大妄为，能提高流浪儿的身价。保持极强的个性非常重要。

去看处决犯人是流浪儿的一种天职。他们指着断头台，又说又笑，给那些烦人起了各种各样的绰号：喝光的菜汤、咕咴鬼、蓝天（升天）妈妈、最后一口，等等。那种热闹场面，他们什么也不愿漏掉，都纷纷上墙头、上阳台，上树，钩住铁栅栏，搂住烟囱。流浪儿天生是水手，也天生是盖瓦匠。在他们看来，上房顶并不比爬桅杆可怕。什么节日也不如河滩广场热闹。桑松和蒙泰斯神父的名字的确妇孺皆知。对于要处决的犯人，他们用嘘声给鼓劲儿，有时也发出赞美声。拉斯奈尔[1]，当年就是流浪儿，目睹悍匪都屯勇敢就刑，说过这样一句预示未来的话："看着真叫我眼红。"流浪儿不知伏尔泰为何人，却都了解巴巴乌瓦[2]。他们把"政客"和杀人犯混为一谈。所有死犯临刑的装束，大家都口耳相传。他们知道，托勒龙头戴一顶炉工帽，阿夫里尔头戴水獭鸭舌帽，卢威尔头戴圆帽，老德拉波特是个

1　拉斯奈尔（1800—1835）：法国诗人，是窃贼和凶手。1815年3月28日处决都屯时，他正是流浪儿。

2　巴巴乌瓦（1794—1825）：杀害两名儿童的凶手。

秃头，没戴帽子，卡斯坦皮肤鲜红，非常好看，博里斯留着浪漫派的山羊小胡，若望－马尔丹还穿着有吊带的裤子，勒库弗勒还同母亲吵嘴。"别再相互埋怨啦！"有个流浪儿冲他们嚷了一句。另外一个人要看德巴克经过，挤在人群中个子太矮，瞧见河沿儿的路灯杆，都要爬上去。旁边一名站岗的警察皱起眉头。"让我上去吧，警察先生！"那孩子说。为了打动那执法官，他又赶紧补充一句："我不会摔下来的。""我管你摔不摔下来呢！"那警察回答。

在流浪儿中间，一件难忘的意外事特别受到重视。一个人割了深口子，如果"伤到骨头"，那么受人尊敬就会达到顶峰。

拳头也是令人敬畏的一种不可忽视的因素。流浪儿常挂在口头上的一句话："哼，我这儿可够块儿的！"左撇子特别受人羡慕，斗鸡眼也会得到高度的评价。

八、末代国王的妙语

到了夏天，流浪儿就变成青蛙。黄昏时分，夜幕降临的时候，流浪儿不顾任何廉耻和治安条例，在奥斯特利茨桥和耶拿桥的前边，脑袋朝下，从煤炭船队和洗衣女工船的上方扎进塞纳河。然而，城区警察总在监视，有时就发生极富戏剧色彩的情况。例如有一次引起令人难忘的呼喊，约莫在1830年，那声情同手足的呼喊十分出名，是流浪儿向流浪儿发出的战略性的警告，那节奏跟荷马的诗句一样铿锵有力，那韵味儿几乎跟雅典娜节日上埃莱夫西斯人朗诵一样难以描摹，颇有祭酒神欢呼声的古调。那声呼喊是这样："噢唉，弟弟，噢唉！恶鬼来啦！警棍来啦！小心点儿，快溜啊，溜进阴沟里去！"

流浪儿自称小鬼，这小鬼有时还识字，还会写字，总能胡乱写出来。不知道是什么互教互学的秘法，他们能掌握各种各样本领，有利于公益事业。从1815年到1830年，他们都模仿火鸡叫；从1830年到1848年，他们又往墙壁上画梨。夏天一个傍晚，路易·菲利浦步行回宫，瞧见一个小不点儿，踮着脚在讷伊铁栅门的一根柱子上画一个巨型的梨，累得满头大汗。国王继续了亨利四世的和善性情，帮孩子把梨画完，又给了一枚路易金币，说了一句："这上边也有一个梨。"[1]流浪儿爱起哄，爱采取激烈的态度。他们痛恨"神父"。有一天在大学街，那样一个淘气鬼对着69号大门，右拇指顶着鼻尖并摇动其余四指[2]。一个过路人问道："你干吗对着这道门这样做？"孩子回答："里面住着一个本堂神父。"那里确实住着教廷的使臣。然而，不管信奉什么伏尔泰主义，如果有机会当唱诗童子，流浪儿也可能接受，而且会规规矩矩地做弥撒。有两件事儿，对他们来说总是可望而不可即：推翻政府和补好自己的裤子。

流浪儿熟知所有治安警察，碰到一张面孔就能叫上名字。他们掐着指头能一一点出来，还研究他们的脾气，对他们各有各的评价。他们就像翻看书一样，了解警察的内心，能一口气流畅地告诉你："某某阴险；某某非常凶狠；某某伟大；某某可笑……"（阴险、凶狠、伟大、可笑，所有这些词，在他们嘴里都有特殊意义）"这家伙自以为新桥是他的，不许人家到栏杆外边桥沿上散步。那家伙有个怪癖，爱揪别人的耳朵。"等等，等等。

九、高卢古风

菜市场的儿子波克兰[3]的作品中有这种孩子，博马舍的戏剧中有这种孩子。这种调皮相是高卢精神的余韵。调皮加入良知，有时能给良知增添力量，如同葡萄酒掺了酒精一样。有时，这种调皮是缺点。荷马总是翻来覆去，不错；伏尔泰，则可以说是调皮。加米尔·德穆兰[4]是郊区人。尚皮

1　火鸡和梨，都有"蠢物"的意思，讽刺当时的国王路易十八查理十世。国王的脸型像个梨，故讽刺国王而画梨成风。

2　表示鄙视的动作。

3　波克兰：法国著名戏剧作家莫里哀的姓氏。

4　加米尔·德穆兰（1760—1794）：法国政治家，1789年参加法国革命，持温和态度，被革命法庭逮捕并处以绞刑。

奥奈[1]出身巴黎街头，对神迹毫不客气，他在很小的时候，就随人潮到博维的圣约翰和山上圣艾蒂安两座教堂，"淹没那里的回廊"。他对圣日内维埃芙[2]的圣体盒相当不敬，还向圣让维埃[3]的圣血瓶发号施令。

巴黎流浪儿既恭敬，又好嘲弄，又特别放肆。他们的牙齿难看，因为营养不良，肠胃有病。他们的眼睛美丽，因为他们有智慧。他们当着耶和华的面，能单脚跳上天堂的台阶。他们的拳脚很棒，无论什么情况都能发育成长。他们在水沟里嬉戏，一遇骚乱就挺身而出，面对枪林弹雨也狂放不羁，既是顽童，又是英雄，就像庞比斯城的孩子，敢于揪住狮子的皮毛摇晃。军鼓手巴拉[4]，当初就是巴黎流浪儿。他高呼：前进！正如《圣经》中的马叫一声：哗！眨眼工夫，他就由猴崽子变成巨人。

污泥中的孩子也是理想的孩子。衡量一下从莫里哀到巴拉所包容的范围吧。

总之，一言以蔽之，流浪儿因为受苦，才是寻开心的人。

十、瞧这巴黎，瞧这人

再简而言之，今天巴黎的流浪儿，就是昔日罗马的希腊小瘪三，即额头有古国皱纹的孩子大众。

流浪儿是民族的一颗美痣，同时也是一种病症。是病就得医治。如何医治呢？通过光明。

光明能消灾除病。

光明能发智启蒙。

---

1 尚皮奥奈（1762—1800）：法国革命时期的将军。
2 圣日内维埃芙：巴黎城的保护神。
3 圣让维埃：那不勒斯城的保护神，他殉教时留下的圣血装在瓶里，据说每年三次沸腾显圣。尚皮奥奈率法军到达时，听说不再显圣，他怕此事激起人民反对法军，就威胁神职人员，不显圣就轰炸城市。结果他的威胁收到效果。
4 约瑟夫·巴拉（1779—1793）：参加共和军，中埋伏被俘，14岁英勇就义。

社会上一切善行义举，都是科学、文学、艺术和教育放射的光芒。培养人，开启他们的心智，好让他们给你温暖。全民教育的光辉问题，迟早要以绝对真理的不可抗拒的威力提出来。到了那时，在法兰西思想监督下统治国家的人，就必须做出选择：要法兰西的儿女还是巴黎的流浪儿，要光明中的火焰还是黑暗中的鬼火。

流浪儿表示巴黎，而巴黎表示世界。

因为，巴黎是个总和，巴黎是人类的顶篷。这座奇异的城市，是已死和现存的各种习俗的缩影。谁见到巴黎，就以为见到全部历史的内幕，以及缝隙间的天空和星辰。巴黎有座卡皮托利山[1]，就是市政厅；有座巴特农神庙，就是圣母院；有座阿文蒂诺山[2]，就是圣安托万城郊；有个阿西纳驴路，就是索尔邦[3]；有座潘提翁神殿[4]，就是先贤祠；有一条神圣大路，就是意大利大街；有座风塔[5]，就是舆论。巴黎还丑化地取代了罪犯曝尸众场[6]。巴黎的马若叫法罗[7]，它的河对岸人[8]叫郊区人，它的哈马尔[9]叫菜市场的壮工，它的拉杂罗尼[10]叫盗贼，它的柯克内[11]叫花花公子。别处有的，巴黎无不具备。杜马尔塞的卖鱼妇可以反驳欧里庇得斯的卖草妇，踩绳人弗雅努斯转世为绳技演员弗里奥索[12]，士兵特拉朋戈努斯挽着羽林军士瓦德朋克尔

1　卡皮托利山：罗马周围七个山丘之一，古罗马发祥地，宗教中心。

2　阿文蒂诺山：罗马周围七个山丘之一，位于城南。

3　阿西纳驴路：雨果杜撰的词。罗马有一条驴路；索尔邦神学院是巴黎大学前身。

4　潘提翁神殿：古罗马的万神殿。

5　风塔：公元前1世纪建造于雅典。

6　罗马卡皮托利山坡的曝尸台阶。

7　"马若"是西班牙语，"法罗"是法语，均有爱打扮的自命不凡的男人之意。

8　指隔着台伯河与罗马城相望的地区人。

9　哈马尔：阿拉伯国家的搬运工。

10　拉杂罗尼：那不勒斯的乞丐。

11　柯克内：伦敦市中心的时髦青年。

12　弗雅努斯：拉丁诗人贺拉斯书信中提到的斗士。弗里奥索：巴黎著名杂技演员。

的胳臂[1]，古董收藏家达马西普斯[2]肯定喜欢逛巴黎的旧货店；万森会抓住苏格拉底，正如阿戈拉能囚禁狄德罗[3]；格里莫·德·拉雷尼埃尔发现羊脂牛排，正如库尔提卢斯发明了烤刺猬[4]；我们看见星门的气球下面又出现普劳图斯剧中的高空杂技，阿普列乌斯在坡西勒遇见的吞剑人[5]，就是新桥上的吞刀人；拉摩的侄儿和寄生虫库尔库利翁是孪生兄弟[6]；埃尔加西勒斯由埃格尔费伊介绍，会到康巴塞雷斯家做客[7]；罗马四大公子：阿勒塞西马库斯、佛德罗穆斯、狄亚博卢斯和阿尔格里普[8]，乘坐拉巴士的邮车，从库尔蒂勒[9]驶过来；欧吕－惹勒在孔格里奥面前停留的时间，并不比查理·诺地埃在波利希奈勒面前停留的时间长[10]；马尔通不是母老虎，但帕尔达斯[11]也绝非一条龙；庞托拉布斯那个滑稽家伙，在英国咖啡馆嘲弄享乐的家伙诺门塔努斯[12]；赫尔摩热努斯[13]是香榭丽舍的男高音歌唱家，而且，在他周围，乞丐特拉西乌斯[14]装扮成博贝什[15]行乞；你走在杜伊勒利公园，被一个讨厌鬼揪住衣扣，不得不停下脚步，又重复两千年前台斯普里翁的惊呼："我正

1　特拉朋戈努斯：拉丁喜剧诗人普劳图斯（公元前254—公元前184）的剧中人物。瓦德朋克尔：18世纪勇敢士兵的化身。

2　达马西普斯：贺拉斯在讽喻诗中的对话者。

3　万森：巴黎东部万森树林，有万森城堡。阿戈拉不是监狱，而是广场。

4　库尔提卢斯发明的不是烤刺猬，而是烤小熊。

5　阿普列乌斯（约125—170之后）：拉丁作家，他的著名小说《金驴》的开头，就写到吞剑人。

6　拉摩的侄儿：狄德罗的同名小说。库尔库利翁是普劳图斯的一部小说的主人公。

7　埃尔加西勒斯也是寄生虫，康巴塞雷斯十分好客。

8　这四人全是普劳图斯作品中的人物。

9　库尔蒂勒：巴黎东部的一个旧区名。封斋前的星期二狂欢节，戴假面具的人，就从美丽城经过库尔蒂勒进城。

10　孔格里奥：普劳图斯作品中的厨师，欧吕－惹勒在《雅典之夜》中谈过。诺地埃：19世纪初的法国作家。波利希奈勒：文学作品中的滑稽人物。

11　帕尔达斯：卡普劳图斯作品《卡西纳》中的奴隶。

12　两个人都是贺拉斯在《讽喻诗》中嘲笑的人物。

13　赫尔摩热努斯：贺拉斯在《讽喻诗》中提到的歌手。

14　特拉西乌斯：在奥维德著作中，有一个叫这个名字的预言者，但不是乞丐，雨果可能记混了。

15　博贝什：巴黎神庙大街的小丑，在帝国时期和王朝复辟时期很出名。

有急事儿，是谁拉住我的衣襟？"苏雷纳酒滑稽地模仿阿尔伯酒，德索吉埃

的红滚边正配巴拉特龙的大礼服[1]；拉雪兹神父公墓在夜雨中发出埃斯琪利

公墓那种磷光；购置用五年的穷人墓穴，比得上奴隶租用的棺材。

找一找巴黎没有的东西吧。特罗弗尼乌斯的桶里所装的，无一不在梅

斯迈特的小木桶里[2]；埃尔伽菲拉斯在加格利奥斯特罗身上还魂；婆罗门僧

人梵隆方塔转世为圣日耳曼伯爵；圣梅达尔公墓[3]圣梅达尔公墓；影射18

世纪冉森派新教徒。同大马士革乌姆密埃清真寺一样显灵。

巴黎也有个伊索，名叫马耶[4]，也有个卡妮狄，名叫勒诺尔芒小姐[5]。巴

黎同德尔菲[6]一样，在幻视的耀眼现实前惊慌失措；它转动桌子，正像多多

纳转动三脚架一样[7]；它让轻佻的年轻女工坐上宝座，如同罗马让妓女坐上

宝座。总而言之，如果说路易十五比克劳狄还差劲，那么杜巴丽夫人却比

梅萨琳要好些[8]。巴黎将希腊的裸体、希伯来的脓疮和加斯科涅的嘲笑合起

来，造出一个前所未闻的家伙，一个确曾存在并同我们擦肩而过的人。巴

黎将第欧根尼[9]、约伯和帕雅斯[10]糅杂一起，用《立宪报》的旧报纸做衣裳，

给一个幽灵穿上，装扮出肖德吕克·杜克洛[11]。

普卢塔克尽管说过："暴君不易老"，但是罗马在苏拉统治下，正如在

1　德索吉埃（1772—1827）：滑稽歌舞剧作家。巴拉特龙：是说大话者的通用名字，见
　　贺拉斯的《讽喻诗》。

2　特罗弗尼乌斯：希腊古地区被俄提亚人信奉的神，住在地下，预言人间事。梅斯迈特
　　（1734—1815）：德国医生，他自称发现动物磁性，从而找到包治百病的药方。

3　圣梅达尔公墓：影射18世纪冉森派新教徒。

4　马耶：漫画家特拉维埃创造的人物，同伊索一样是瞎子。

5　勒诺尔芒小姐（1772—1843）：著名的算卦人，连大人物都向她问卦。

6　德尔菲：希腊古城市名。

7　多多纳：希腊伊庇鲁斯著名宙斯神殿，但以鸟儿、橡树和神泉显灵，而不像德尔菲那
　　样以三脚架显灵。

8　克劳狄（公元前10—54）：罗马皇帝。梅萨琳死于公元48年，是克劳狄的皇后，生活
　　淫荡，甚至当过妓女。

9　第欧根尼：公元3世纪初的希腊作家。

10　帕雅斯：闹剧中的丑角，愚蠢而可笑。

11　肖德吕克·杜克洛：王朝复辟时期的一个怪人，穿着奇装异服在王宫花园露面。

多米蒂安统治下一样，最能忍气吞声，情愿往酒中掺水。台伯河是一条迷津，假如我们相信瓦鲁斯·维毕斯库有点空泛的赞扬："我们有台伯河对付格拉克库斯[1]。喝了台伯河水，就会忘记反叛。"巴黎每天要喝一百万公升水，尽管如此，时机一到，它总要吹号紧急集合，敲钟进入警备状态。

除开这一点，巴黎是个好孩子，豁达大度，什么都能容下，在维纳斯的问题上也从不挑拣，把霍屯都[2]女郎奉为美神。巴黎只要情绪好，就能宽谅一切，见了丑陋就高兴，见了畸形就发笑，见了恶行就开心。你的行为怪诞吧，就可以成为一个怪人。即使见了虚伪这种极端的无耻，巴黎也不会反感。它酷爱文学，见到巴西尔[3]不会捂上鼻子，见到达尔丢夫[4]的祈祷，也不会比贺拉斯听见普里阿普斯的"嗝逆"更为憎恶。全世界面貌的线条，巴黎身影上一根也不少。马比勒舞会跳的不是雅尼古卢姆山上的波吕许尼亚舞[5]，不过，卖化妆品的女贩，眼睛盯着漂亮而轻佻的女人，恰似媒婆斯塔菲拉拿眼瞟着处子普拉内修姆[6]。搏斗城关不比罗马斗技场，但是这里的人十分凶狠，就好像恺撒在观赏。叙利亚老板娘比萨盖大妈[7]风流多了，然而，如果说维吉尔光顾罗马酒馆，那么，大卫·德·昂热、巴尔扎克和夏尔莱则泡巴黎小酒馆。巴黎君临天下。在巴黎，天才俊士大放异彩，红尾小丑兴旺发达。阿多纳伊[8]乘坐十二轮雷鸣闪电车经过巴黎。西勒诺斯[9]骑着母驴进城。西勒诺斯，就是指朗波诺[10]。

巴黎是宇宙的同义词。巴黎是雅典、罗马、锡巴里斯、耶路撒冷、庞

1　格拉克库斯指罗马一个平民家族，这里泛指平民百姓。

2　霍屯都：非洲西部的部族。

3　巴西尔：博马舍剧本《塞维利亚的理发师》中的伪君子。

4　达尔丢夫：莫里哀剧本《伪君子》中的主人公。

5　马比勒舞会是香榭丽舍公共跳舞的场所。雅尼古卢姆山是罗马周围的七山丘之一。波吕许尼亚：希腊神话中主管颂歌的缪斯。

6　斯塔菲拉、普拉内修姆都是普劳图斯作品中的人物。

7　萨盖大妈在巴黎蒙巴纳斯开饭馆。

8　阿多纳伊：希伯来语"天父"，上帝的另一种呼。

9　西勒诺斯：酒神狄俄尼索斯的抚养者和伙伴。

10　朗波诺：巴黎著名酒馆老板。

丹。这里有所有文明的缩影，也有所有野蛮的缩影。巴黎若是没有断头台，就会太遗憾了。

来一点河滩广场就好。没有这种调料，这一桌永不散的筵席会成什么样子呢？我们的法律高明而齐备，多亏了法律，这断头大斧就能在狂欢节上滴血了。

十一、嘲笑，统治

巴黎的边界，根本没有。任何城市也不像巴黎这样，不但统治，还往往嘲弄自己所控制的人。"要赢得你们的欢心，雅典人啊！"亚历山大叹道。巴黎不只制定法律，还制造风尚，也不只制造风尚，还制造常规。巴黎若是愿意，可以成为傻瓜，有时，它就这样任性奢侈一下，于是普天下都跟着它傻了。继而，巴黎清醒过来，揉揉眼睛，说道："我可真愚蠢！"并且冲人类的面孔哈哈大笑。这样一座城市实在绝妙。事情怪就怪在，雄伟壮丽和荒唐可笑，并行不悖，而这种滑稽模仿，毫不妨害崇高的尊严。同一张嘴，今天能吹响末日审判的号角，明天又能吹奏葱管笛子！巴黎有一种君主帝王式的快活。它的欢欣如同霹雳，它的戏谑持着权杖。它的风暴有时起于一个鬼脸怪相。巴黎的发作、纪念日、杰作、奇迹、丰功，一直波及天涯海角，它的胡言乱语也传到天涯海角。巴黎的笑口就是火山口，熔浆飞溅全球。它的插科打诨就是火花。它的讽刺夸张和理想，都同样强加给别国人民。人类文明的最高丰碑，都接受它的嘲讽，任由它戏弄自己的永世盛名。巴黎的确出色：它有一个能解放全球的神奇的7月14日；它促使所有民族都像网球厅那样宣誓[1]；它的8月4日夜晚仅用三小时就废除了一千年的封建制；它将自己的逻辑变成万众一心的力量；它分身化为各种各样的

1　1789年6月20日，第三等级代表在巴黎网球厅宣誓，不完成宪法不解散。

崇高形象；它的光辉普照华盛顿、柯斯丘什科[1]、玻利瓦尔[2]、博察里斯[3]、里格[4]、贝姆[5]、马宁[6]、洛佩斯[7]、约翰·布朗[8]、加里波第[9]；凡是点亮未来的地方都有它的身影，1779年在波士顿，1820年在莱翁岛，1848年在佩斯，1860年在巴勒莫；它对着聚在哈佩渡口渡船上的美国废奴运动者的耳朵，对着聚在海边戈兹客栈门前阿尔齐暗地里的安科纳爱国者的耳朵，轻声传播这有威力的口号：自由；它创造出卡纳里斯[10]，创造出基罗加[11]，创造出比萨卡纳[12]；它的伟大光辉射到全球；正是受它灵气的吹拂，拜伦去迈索隆吉翁，马泽去巴塞罗那献出生命[13]；它在米拉博脚下是讲坛，在罗伯斯庇尔脚下是火山口；它的书籍、戏剧、艺术、科学、文学、哲学，都是人类的教科书；它有帕斯卡尔、雷尼埃、高乃依、笛卡尔、卢梭、伏尔泰，这些都是须臾不可少的人物，而莫里哀则是世代不可少的人物；巴黎让全世界都讲它的语言，这种语言成为圣言；它让每人的头脑都树起进步的思想；它铸造的解放信条，是世代人的床头剑，而1789年以来各国人民的所有英雄，都是由它的思想家和诗人的灵魂陶冶出来的；尽管如此，它还照样顽皮；人称巴

1　柯斯丘什科（1746—1817）：波兰军官和爱国者，反抗俄国和奥地利占领军，为国家独立而战。

2　玻利瓦尔（1783—1830）：南美洲将军和政治家，反对西班牙殖民者，为南美独立而战。

3　博察里斯（1788—1823）：希腊独立战争中的英雄。

4　里格（1785—1823）：西班牙将军和政治家，先后率军反对拿破仑一世和波旁王朝。

5　贝姆（1795—1850）：匈牙利将军，1849年率军起义反抗奥地利军。

6　马宁（1804—1857）：意大利政治家，为反对奥地利占领军而鼓动共和会议，又参加1848年革命，驱逐奥地利军。

7　洛佩斯（1827—1870）：巴拉圭总统，曾反抗阿根廷和巴西的干涉。

8　约翰·布朗（1800—1859）：美国农民起义领袖。

9　加里波第（1807—1882）：意大利政治家，1859年率军打败奥地利军。

10　卡纳里斯（1790—1877）：希腊独立战争的领袖人物。

11　基罗加（1784—1841）：1820年西班牙自由运动的首领之一。

12　比萨卡纳（1818—1857）：意大利革命者。

13　英国诗人拜伦前往希腊，投入希腊人民反抗土耳其统治的独立战争，1824年死于迈索隆吉翁。法国医生马泽（1793—1821）于1821年前往西班牙巴塞罗那研究鼠疫，染病而死。

黎的这个巨大天才，在用它的光明改变世界的同时，还去忒修斯神庙，涂黑墙上布吉尼埃的鼻子，还往金字塔上涂写："盗贼克雷德维尔。"

巴黎总露出牙齿：它不是吼叫，就是咧嘴笑。

这个巴黎就是如此。它房顶的炊烟是整个世界的思想。若说这是一堆烂泥和石头也未尝不可，但是，最主要的它有一种精神。它不仅伟大，而且还无边无际。为什么呢？就因为它敢作敢为。

敢作敢为，这就是进步的代价。

任何卓越的成就功绩，都多少取决于胆识。要革命，单凭孟德斯鸠预感、狄德罗宣扬、博马舍宣布、孔多塞测算、阿鲁埃筹备、卢梭策划，还是不够的，必须有丹东敢作敢为。

"要有胆量！"这一喊声就是一句"要有光"。人类要前进，就必须高瞻远瞩，不断进行关于勇气的自豪教育。大无畏行为彪炳千古，是人的一束强光。

晨曦升起时，就敢于冲破黑暗。尝试，闯荡，坚忍不拔，锲而不舍，矢志不移，同命运肉搏，处变不惊而反令灾难惊怪，时而抗拒多行不义的势力，时而羞辱欣喜若狂的胜利，站得稳，顶得住，这就是人民所需要的榜样，这就是激励他们的电光。正是这神奇的闪电，从普罗米修斯的火炬传到康伯伦[1]的烟斗。

十二、人民潜在的未来

至于巴黎民众，虽已成年，但始终是个顽童。描绘这个孩子，就等于描绘出这座城市。正因为如此，我们才通过这只无拘无束的麻雀来研究这只雄鹰。

应当着重指出，巴黎人种尤其出现在城郊，那是纯种，是真正的相貌。巴黎人在那里劳作和受苦，而苦难和劳作则是人的两副面孔。那里众生芸

1　康伯伦在滑铁卢战场上，面对英军宁死不降。事见本书第二部第一卷。

芸，默默无闻，麇集着形形色色的奇人怪客，从拉培的卸货工到鹰山的屠夫。"城市的渣滓。"西塞罗叫嚷。"贱民。"柏尔克咬牙切齿地补充。群氓，乌合之众，贱民，这些字眼，随口就说出来。就算如此，又有何妨？他们赤脚走路又怎么样呢？他们不识字，那也只好认倒霉。难道因此就要丢弃他们吗？难道还要诅咒他们受了苦难吗？难道光明就不能透进这密集的人群吗？我们要再次高呼：光明！我们坚持追求光明！光明！光明！谁敢说有朝一日，这重重黑暗不会变得通明透亮呢？革命不就是改观吗？干吧，哲学家们，要教导，要启发，要点燃，要把想法讲出来，要高声讲话，要欢欣鼓舞奔向伟大的太阳，去熟悉广场，宣布好消息，不惜苦口婆心，要宣扬人权，高唱马赛曲，要散播热情，折下橡树的青枝条，要把思想变成旋风。这民众就可以升华。我们要善于利用原则和美德的烈火，到了一定时候，这烈火就噼啪作响，抖动跳跃，势成燎原。这些赤足、这些赤臂、这些破衣烂衫、这种种愚昧无知、这种种卑贱下流、这重重黑暗，都可以利用来争取实现理想。你深入民众里观察，就会发现真理。任人践踏的毫无价值的沙子，如果投进炉里熔化沸腾，就会变成光彩夺目的水晶，而伽利略和牛顿正是借助于这种水晶，才发现了那些星球。

十三、小伽弗洛什

在这个故事第二部分叙述的事件发生后八九年，在神庙大街和水塔一带，常能看见一个十一二岁的男孩，嘴角挂着他那年龄所常有的笑容，正是前面勾画的流浪儿典型的化身，相当准确，只是他的心灵完全凄苦而空虚。那孩子确也穿一条成人长裤，但不是接他父亲的；他确也穿一件女人上衣，但不是接他母亲的。一些普通人行善，给他穿上了破衣烂衫。然而，他却有父有母。不过，父亲想不到他，母亲根本不爱他。有父母而又成为孤儿，他这种孩子真值得可怜。

他一向觉得，待在街上最自在。铺路的石块也不如他母亲的心肠硬。

他父母早就一脚将他踢进人生。他干脆独自起飞了。

这孩子脸色发青，爱吵闹，也爱嘲笑人，他又敏捷又机警，一副病态而又快活的样子。他来来往往，哼唱歌曲，玩赌铜板，掏水沟，有时还偷点东西，但是就跟馋猫和鸟雀一样，只为好玩儿。听人叫他淘气鬼，他就嘻嘻笑；听人叫他流氓，他就恼火。他没有住处，没有面包，没有爱，但是他很快活，因为他自由自在。

这些可怜的孩子一旦长大成人，几乎总要滚进社会秩序的磨盘，被磨碎。不过，他们只要还是孩子，因为小就能逃脱。有一点点小洞就能救他们。

这个孩子，尽管完全被抛弃，但每隔两三个月，他还会说一句："咦，我得去瞧瞧妈妈！"于是，他离开大街，离开马戏场、圣马尔丹门，来到河滨马路，过了桥，往郊区走去，到了硝石库，到达什么地方呢？恰恰是读者所熟悉的戈尔博老屋50—52那个双号。

当时，50—52老屋常年空着，总挂着"房屋出租"的牌子。有时里边也住了几个人，但这种情况是罕见的。那些人之间毫无关系，也不来往，这在巴黎也是常事。他们全属于穷困潦倒的阶层，原本是生活艰难的小市民，在社会底层越混越悲惨，最终沦为清淤泥的阴沟工和收破烂的小贩：这两类人最后接收人类文明的所有物质的残渣。

冉阿让居住时的那个"二房东"已经死了，接替的人也一模一样。不知哪位哲学家说过：什么时候也不缺老太婆。

新来的老太婆叫布尔贡太太，她一生没有任何值得一提的事，唯有三只鹦鹉的王朝，曾相继统治她的心灵。

老屋住户最穷困的是一个四口之家：父母领着两个已经长大的女儿，四人挤在一间破屋里，那种单间屋我们已经介绍过了。

头一眼望去，这家人除了一贫如洗，并没有什么特别之处。租房时，户主自称容德雷特。他搬家的情景，出奇地像二房东讲的一句令人难忘的话，借用来就是："什么也没搬进来。"二房东可以当他的长辈，既看门，又打扫楼道。容德雷特住下不久，就对老太婆说："我说大妈，万一有人来找一个波兰人，或者意大利人，再或者西班牙人，那就是找我。"

这就是那个赤脚的快活小孩儿的家。他到了家里，看到的是穷困、愁苦，更可悲的是见不到一丝笑容；炉膛是冷的，亲人的心也是冷的。他一进门，家里人就问他："你从哪儿来？"他回答："从大街上来。"他要走时，家里人又问他："你到哪儿去？"他回答："到大街上去。"母亲还对他说："你到这儿干什么来啦？"

这孩子就生活在这种缺乏亲情的环境里，就像地窖里长出的苍白的小草。他这样并不难过，也不怨恨任何人。他还弄不清楚父母应该是什么样子。

况且，他母亲爱他姐姐。

我们忘记说了，在神庙大街上，大家管这孩子叫小伽弗洛什。为什么叫伽弗洛什呢？大概是因为他父亲叫容德雷特吧。

割断骨肉关系，这似乎是一些穷苦家庭的本能。

容德雷特住的那间屋，位于戈尔博破房走廊的最里端。隔壁的单间住一个很穷的小伙子，名叫马吕斯。

下面谈谈马吕斯先生是何许人。

第二卷　大绅士

一、九十岁和三十二颗牙

布什拉街、诺曼底街和桑东日街，现在还有几个老住户，都记得一个叫吉诺曼先生的老人，提起他来还都津津乐道。在他们年轻的时候，那老人就年事已高。对于惆怅地回顾所谓往昔那朦胧的憧憧黑影的人来说，那老人的身影，还没有完全消失在神庙一带迷宫似的街道里。在路易十四时代，那些街是用全国行省来命名，正如今天，蒂沃利新区[1]街道以欧洲各国首都命名一样。附带说一句，这种进展，其中进步意义是显而易见的。

在1831年，那位吉诺曼先生活得十分健朗，他仅仅因为活得长久而成为引人注目的奇人，也因为从前像所有人而今不像任何人则成为老怪物。那老人确实特别，是另一个时代的人，是个有点儿18世纪傲慢的十足的绅士，还一成不变地保持他那老绅士派头，犹如侯爵保持那爵衔和领地。他过了九旬高龄，走路还挺直腰板，说话声音洪亮，眼睛看得清楚，能喝酒，也吃得多，睡得好，睡觉还打呼噜。他三十二颗牙齿完好无损，看书不用戴老花镜。而且，他还有香艳的情怀，不过他说，十年来，他已经毅然决然放弃了女人。他说他再也不能讨人欢心了，还补充一句"我太穷"，而不是"我太老了"。他还常说："假如我的家道没有衰败的话……哼，哼！"的确，

1　蒂沃利新区：如今改为"欧洲"街区。

他只剩下大约一千五千法郎年金了。他梦想继承一笔遗产，能有十万法郎年金，好找几个情妇。可以看出，他决不像伏尔泰先生那样，一辈子半死不活，恹恹瘦损的八十老翁。也不像满身残疾、风烛之年的老寿星，这位顽健的老人身子骨始终硬实。他看事肤浅，又风风火火，容易动怒，动辄大发雷霆，却往往违拗情理。谁反驳他的话，他就举起手杖。他时常打人，就好像还生活在伟大的世纪[1]。他有个五十出头的女儿，未结过婚，他发火时就痛打女儿，恨不能用鞭子狠抽，还拿她当八岁的孩子。他还时常恶狠狠地骂用人，说什么："哼！烂货！"他的骂人话有一句是："蠢货中的蠢东西！"有时候，他又沉静得出奇。他天天让人给刮脸，那理发匠害过疯症，非常讨厌吉诺曼先生，有点儿吃醋，因为他那女人、理发店老板娘又漂亮又风骚。吉诺曼先生特别欣赏自己对一切事物的分辨力，自称明察秋毫，他这样说过："老实讲，我还有点儿洞察力，我能说出叮我的跳蚤，是从哪个女人跳到我身上来的。"他常挂在口头上的字眼是："敏感的男人"和"天性"。他所说的"天性"，没有我们时代所赋予的主要含义，而是按照他自己的意思，将这个词用在他的俏皮话里。"天性，"他说，"就是让文明什么都有点儿，甚至带点儿有趣的野蛮的标本。欧洲有亚洲和非洲的一些样品，只是尺寸小点儿。猫是沙龙的老虎，壁虎是袖珍鳄鱼。歌剧院的舞女是玫瑰色的蛮女，她们不吃男人，只是榨取男人。也可以说，她们是巫婆，将男人变成牡蛎，再把他们吞下去。加勒比蛮婆吃人只剩下骨头，而她们只剩下贝壳。这就是我们的风尚。我们不吞食，只是啃噬。我们不屠戮，只是撕抓。"

二、有其主，必有其屋

他住在沼泽区受难会修女街6号。房子为他所有。那所房子后来拆毁重建，门牌号可能也改了，顺应巴黎街道大排号的潮流。他在二楼占用一大套老式房间，一面临街，一面靠花园，墙壁直到棚顶，全镶了戈伯兰和

1　伟大的世纪：法国人指17世纪。

博维生产的大幅牧羊图案的壁毯。天棚和镶壁的图案，又缩成微幅出现在扶手椅上。一扇九折柯罗曼德尔[1]漆画长屏围住床铺。窗口垂帘披散修长，那几折几弯的大褶纹显得十分美观。窗外便是花园，由把角的一扇落地窗外的台阶连接起来，那十二至十五级台阶，老人每天都健步上上下下。卧室隔壁是书房，此外还有一间小客厅，非常雅致，最受他的青睐，墙围麦黄色壁布十分华美，上面有百合花和其他花卉图案，是路易十四的帆桨战舰上的产品，由德·维沃纳先生为他情妇向苦役犯定做的。这东西是吉诺曼先生从一个脾气古怪、活了百岁的姨祖母处继承来的。他结过两次婚。他的举止介乎于朝臣和法官之间，但他从未做过朝臣，本来可以却也没有当法官。他终日兴致勃勃，愿意的时候对人很亲热。他年轻时，属于总受妻子欺骗而从不受情妇欺骗的那种男人，因为他既是最讨厌的丈夫，又是最可爱的情夫。在绘画方面他是行家，他卧室里挂一幅约尔丹斯[2]的作品，不知是何人的肖像画，笔势纵恣，配有无数细腻的处理，看似杂乱，仿佛随意涂抹的。吉诺曼的衣着不是路易十五时期，甚至也不是路易十六时期的式样，而是督政府时期新潮青年的奇装异服。到了这个年头，他还自以为非常年轻，还在赶时髦。他的薄呢礼服有肥大的翻领、长长的燕尾和大号钢扣。下身穿礼服短裤，脚上穿着带搭扣的皮鞋。他的双手总插在坎肩兜里。他时常武断地说："法兰西革命是一堆无赖。"

三、明慧

他十六岁那年，一天晚上在歌剧院，有幸受到两个成年美人用观剧镜的注视：处于伏尔泰歌颂过的著名的卡玛戈和萨莱[3]啊！卡玛戈，照人的容貌多光艳！而萨莱，神明，又这么秀色可餐！两面火力的夹击，他勇敢地

1　柯罗曼德尔：印度地名。

2　约尔丹斯（1593—1678）：佛兰德著名画家。

3　卡玛戈（1710—1770）、萨莱（1743—1816）：巴黎歌剧院的舞蹈演员，确实因伏尔泰的一首小情诗而出名。

退下阵，去找一个他爱上的跳舞小姑娘。那个姑娘名叫娜安丽，和他一样正当二八妙龄，也像猫儿一样默默无闻。往事历历，回忆不尽。他时常高声说道："她真美啊，那个吉玛尔[1]－吉玛尔狄妮－吉玛尔狄乃特。最后一次我在龙尚跑马场看见她，那一往情深式的鬈发、那快来瞧式的绿松宝石首饰、新来人式的花衣裙，还有那急不可待式的手笼!"青少年时，他穿过一件伦敦矮子呢的外衣，后来总是津津乐道。他常说："那年头，我打扮得像一个东方日出的土耳其人。"他二十岁那年，德·布弗莱夫人偶然瞧见，称他是"疯狂的美少年"。他看到政界和当权人物的所有名字，都认为又卑贱又庸俗。他看报纸，即他所说的"新闻""小报"，每每忍俊不禁，放声大笑。"哈!"他说道，"这都是些什么人! 科比埃尔! 于曼! 卡西米尔·佩里埃[2]! 这些东西也叫大臣! 我这样设想，报上刊登吉诺曼先生，大臣! 这可能被看成是恶作剧。好哇! 他们愚蠢透顶，才会出现这种情况。"任何事物的名称，不管干净不干净，他都直呼出来，有女士在场也毫无顾忌。他谈论各种粗俗、淫荡和污秽的事情，却还那么泰然自若，不以为怪，有一种说不出来的文雅之态。这是他那时代不拘小节的作风。应当指出，那个时代诗歌迂回隐晦，散文也粗糙生涩。他的教父就曾预言：将来他能成为才华横溢的人，而且替他取名用这样两个含义隽永的字：明—慧。

四、长命百岁

他生于穆兰城，小时在穆兰中学得过几项奖，是他称为讷韦尔公爵的尼韦泰公爵亲自授予的。无论国民公会、处死路易十六、拿破仑，还是波旁王朝复辟，都丝毫未能从他的记忆中抹掉那次授奖仪式。在他的心目中，"讷韦尔公爵"才是那个世纪的伟人。他常说："多么和蔼可亲的大老爷，

1　吉玛尔（1743—1816）：巴黎歌剧院著名舞蹈演员。
2　科比埃尔：波旁王朝复辟时期的内政大臣。于曼：路易－菲利浦在位时的财政大臣。
　　卡西米尔·佩里埃：七月王朝初期的议会议长。

佩戴着圣灵勋章多么神气！"在吉诺曼先生的眼里，卡特琳娜二世花三千卢布，向贝图切夫买了金酒的秘方，就算补赎了瓜分波兰的罪恶。他提起这个话题非常兴奋，抬高嗓门儿说："金酒，那是贝图切夫的黄酊，是拉莫特将军的琼浆。在18世纪，每半两瓶装卖一个路易金币，那是医治情场失意的灵丹妙药，是对付爱神维纳斯的万灵药方。路易十五就赠送给教皇二百瓶。"假如有人对他说，金酒不过是过氯化铁，他一定会怒不可遏，暴跳如雷。吉诺曼先生崇拜波旁王室，憎恶1789。动不动他就叙述一遍，他在恐怖时期如何逃脱，又如何强颜欢笑，见机行事，才没有被人砍掉脑袋。假如哪个年轻人胆敢在他面前称赞共和制度，他会气得脸色发青，甚至背过气去。有时他影射自己的九十高龄，说道："但愿我不要两度碰见九十三[1]。"有时他又向人暗示，他打算活到一百岁。

五、巴斯克和妮珂莱特

他有一套理论。举例来说："一个男子贪恋女色，自己有妻室又不大放在心上，因为妻子长得丑陋，脾气又糟糕，但有合法地位，享有各种权利，稳坐在法典上，必要时还要争风吃醋，那么，当丈夫的要想解脱，要想安宁，只有一个办法，就是把财权交给妻子。拱手让权，换取自由。于是，太太就有了营生干，整天热衷于摆弄钱，手指都染上铜绿，她还用心培养佃户，训练长工，召见诉讼代理，主持公证人会议，指导公证事务人员，拜访法官，出席法庭判案，草拟租契，口授合同，感到自己掌家理财。卖出买进，处理问题，发号施令，许诺又收回许诺，合作又分手，出让、租让、转让，安排好，又打乱安排，聚敛资财，挥霍浪费。她干了不少蠢事，却又趾高气扬，自鸣得意。她从中得到安慰。就在丈夫不屑理睬她的时候，她把丈夫弄破产而心满意足。"这一理论，吉诺曼先生躬行实践，也就成了他的一段身世。他的夫人，即那个续弦，为他管理财产，管到他成为鳏夫

1　指1793年和九十三岁。1793年是法国革命进入高潮的一年。

那一天，剩下的产业仅够他维持生活了。他几乎将所有东西抵押出去，才能拿到一万五千法郎的年金，其中四分之三还要随他离世而注销。他没有犹豫，也并不怎么在乎留遗产。况且他见识过遗产遭遇了变故的情况，例如转变为"公有财产"，他也见识过有保证的公债的神话，不大相信那公债的大账本。他说："全是甘康普瓦街[1]的那套把戏！"我们说过，他在受难会修女街住的昰自己的房子。他有两个用人，"一公一母"。用人受雇进门的时候，吉诺曼先生总要给人家更改名字。男用人，他按省籍称呼；"尼姆人、孔泰人、普瓦图人、庇卡底人。"最后那个男用人五十五岁，终日气喘吁吁，显得疲惫不堪，跑不动二十步，但他生在巴约讷城，吉诺曼先生就叫他巴斯克人。女佣则统统叫妮珂莱特（甚至后文要谈的马侬大妈也是一样）。有一天来了一位很自负的厨娘，是个高明的厨师，属于门房种类的佼佼者。"您想每月挣多少工钱？"吉诺曼先生问道。"三十法郎。""您叫什么名字？""奥林匹。""你可以挣五十法郎，但名字要叫妮珂莱特。"

六、略谈马侬及其两个孩子

在吉诺曼身上，苦痛往往表现为恼怒，他失望的时候更是火冒三丈。他有各种各样偏见，而又放荡不羁。组成他外表特色和内心满足的一种表现，正如我们刚刚指出的，就是老当益壮，风流不减，并且极力给人这种印象。他管这叫"声华卓著"。有时，他那卓著声华会意外地给他引来奇货。一天，有人往他家送来一只装牡蛎的筐子，装的却是一个初生的胖娃娃。那男婴包得严严实实，大哭大叫，是半年前一个被赶走的女佣送还给他的骨肉。当时，吉诺曼先生已是十足的八十四岁老人了。四邻都很愤慨，高声谴责。这个厚颜无耻的坏女人，想让谁来相信这种鬼事呢！真是胆大妄为！

1　苏格兰银行家约翰·劳（1671—1729）应法国朝廷的邀请，到法国创建印度公司，1716年创建总银行，设在巴黎甘康普瓦街，还创建存款贴现银行。后者改为发行银行，于1720年宣布破产，使买公债的人遭受损失。

真是可恶透顶的诬陷！然而，吉诺曼先生却不气不恼，他笑呵呵地看着襁褓，就像受诬陷而开心的老好人，对围着的一圈人说："嗳！干什么？怎么啦？这有什么？有什么不得了的？你们这样大惊小怪，实在无知到了极点。昂古莱姆公爵先生，就是查理九世陛下的私生子，到了八十五岁，还同一个十五岁的傻大姐结了婚；魏吉纳耳先生，德·阿吕伊侯爵，苏尔迪红衣主教的兄弟，波尔多的大主教，到了八十三岁，还同雅甘院长夫人的侍女生了一个儿子，那是名副其实的爱情结晶，后来成为马耳他骑士和御前军事参赞；本世纪一个伟大人物，塔巴罗神父，就是八十七岁老头生的儿子。这种事儿平常得很。《圣经》里还有那么多呢！说过这些，我声明这个小先生不是我的。大家来照看他吧。这不是他的过错。"这种方式倒显得很宽厚。那个女人叫马侬，下一年又给他送来一份礼，同样是一个男婴。这样一来，吉诺曼先生让步了。他将两个孩子交还给那母亲，答应每月出八十法郎抚养费，但不许她再故伎重演。他还补充说："我要求那母亲精心照料孩子。我要不时去看望。"他的确去看望过。他有一个做神父的兄弟，三十三岁当上普瓦捷大学校长，七十九岁去世。吉诺曼先生常说："他那么年轻，就丢下我走了。"那个兄弟给人留下的记忆不多，为人平和而悭吝，认为自己既然是神父，遇到穷人就应当布施，但出手一向只给几个小钱，或者贬了值的铜板，那是他找到的通过天堂之路下地狱的途径。至于老大吉诺曼先生，他施舍起来并不计较，出手既痛快又大方。他那人性情粗暴，但是心肠好，乐善好施，他若是富有，会做得更加出色。凡是涉及他的事情，哪怕是欺诈的行为，他都要求做得有气派。例如，有一天，在继承财产一事上，他让一个代理人给骗了一笔，而且手段又拙劣又露骨，就当场郑重其事地发了一通感慨："呸！这事干得太不地道啦！这种鼠窃狗盗的伎俩，真让我感到羞愧。当今时代，什么都退化，连恶棍也退化了。见鬼！向我这样的人窃取，绝不该用这种手段。我就像树林里给人抢了，可是干得太糟糕。'森林总得无愧于一个执政官！'[1]"

1　引自维吉尔的作品。此处只引半句话，前半句为："如果我们歌颂森林。"

我们讲过，他一生结过两次婚，同头一个妻子生个女儿没有出嫁，同续弦也生个女儿；二女儿嫁过人，活了三十岁，不知由于爱情还是偶然，或者别的什么原因，她嫁给一个走运的军人。那人在共和国和帝国的军队里效力，在奥斯特利茨战役中得过勋章，在滑铁卢战役中晋升为上校。"这是我的家丑。"老绅士常说。他的鼻烟瘾很大，用手背拂一拂花边胸饰，动作特别文雅。他不大信上帝。

七、规矩：晚上才会客

明慧·吉诺曼先生就是这样，他一点儿也没有脱发，也只是花白而未斑白，总梳成狗耳朵式发型。总之，尽管如此，他还是可敬的人。

他从18世纪继承了轻浮和高贵。

在波旁王朝复辟时期头几年，吉诺曼先生住在圣日耳曼城郊，圣绪尔皮斯教堂附近的塞旺道尼街，当时还很年轻，1814年刚满七十四岁。到了八十出头好一阵，他才退出社交界，到沼泽区隐居了。

他虽然离开社交界，但仍然恪守老习惯。主要习惯就是白天杜门谢客，这条规矩雷打不动，不管什么人，也不管有什么事情，只有等到晚上才接待。他五点钟用晚餐，餐后就敞开大门。这是他那个世纪的风尚，他决不肯放弃。"阳光是恶棍，"他说，"只配吃闭门羹。有教养的人，要等苍穹点亮星光，才点燃自己的智慧。"他森严壁垒，任何人，哪怕国王也不接待。这是他那时代的古雅之风。

八、两个不成双

我们刚才提到吉诺曼先生的两个女儿。她们相差十来岁，年轻时长得就很不相像，无论从相貌还是性格上看，简直不像姊妹俩。妹妹是个可爱的姑娘，目光总转向光明的事物，心思总放在鲜花、诗歌和音乐上，整个人儿翱翔在光辉灿烂的空间；她又热情又纯洁，童年时就怀着理想，许身给一个朦胧的英雄人物。姐姐也有自己的幻想，她望见蓝天上有个商人，是个和善的胖家伙，富有的军火商，望见一个顶呱呱的傻丈夫，百万堆成的一个男人，或者一位省督。她还望见省府的招待会、颈上挂着链子的前厅执达吏、官方举办的舞会、市府里的演说，以及做"省督夫人"，这些情景在她的想象中萦绕回旋。两姊妹在青春年少时，各做各的美梦。她们都有翅膀，但是一个像天使，另一个像鹅。

任何抱负都不会百分之百地实现，至少在人间是这样。在这年头，什么地方都不可能变成人间天堂。那妹妹嫁给了意中人，却好命不长，而那姐姐根本没有嫁出去。

她在我们叙述的故事中上场的时候，已是一位老贞女，一个烧不着的死木头疙瘩，那尖鼻子见所未见，那钝脑袋也闻所未闻。一件很典型的事例：除了家里极少几个人，从来没人知道她的昵称，大家都叫她吉诺曼大小姐。

在假装正经方面，吉诺曼大小姐要胜过一个英国密斯。她一生中有件往事，一想起来就不寒而栗。有一天，一个男人瞧见了她的吊袜带。

那种无情的羞耻心，只能随着年岁而增长。她总嫌自己的胸衣不够厚实，总嫌开领不够高。衣裙上谁也想不到看一眼的部位，她也密密麻麻加了搭扣和别针。假正经的特点，就像越不受威胁而越设防的堡垒。

这种老妪贞洁的秘密，谁能解释呢，然而，她让在长矛骑队当军官的侄孙特奥杜勒亲吻，却是不无快感的。

尽管有这样一个心爱的长矛骑兵，我们给她贴上"假正经"的标签，还是绝对适合的。吉诺曼大小姐的心灵颇为晦暗。假正经也是五分贞洁，五分邪恶。

假正经加上笃信上帝，恰好互为表里，相得益彰。她是圣母会的信女，每逢某些节日就戴上白面纱，喃喃念着特定的经文，拜"圣血"，拜"圣心"，待在不对一般信徒开放的小教堂里，面对洛可可-耶稣式祭坛静思几小时，让她的灵魂在大理石的小片云烟之间飞旋，穿过漆金柱子的巨大光线。

她在小教堂交了一个朋友，也是老处女，名叫伏布瓦小姐，绝对痴呆。吉诺曼小姐与她交往，能尝到自己成为鹰的乐趣。伏布瓦小姐那点儿脑子，除了念上帝羔羊经和圣母经之外，就只会做果酱的几种方法。她是她那类人的完美形象，愚蠢得好像白鼬皮，毫无聪明的斑点。

　　应当说，吉诺曼小姐进入老境，所得多于所失。这种现象发生在天性被动顺随的人身上。她对人从无恶念，这就是一种相对的善良。而且，岁月磨平了棱角，久而久之，她也变得温和了。她一副忧伤的神态，是淡淡的忧伤，连她自己都不知其来由。她整个人儿透出人生还未开场就已结束的那种惊愕。

　　她为父亲料理家务。吉诺曼先生身边有这个女儿，正如前文看到的，卞福汝主教身边有他妹妹。由一个老头子和一个老姑娘组成的家庭并不罕见；两个年老体弱的人相依为命，那情景总是非常感人的。

　　家里除了老姑娘和老头儿之外，还有一个孩子。那小男孩到了吉诺曼先生面前总发抖，不敢吭声。吉诺曼先生跟他讲话也一向声色俱厉，有时还扬起手杖："站起来！先生！——孽种，淘气精！到近前来！回答我，小坏蛋！——让我瞧瞧你，促狭鬼！"等等，全是这类话，可是在心里，他却把孩子当宝贝。

　　孩子是他外孙。下文我们还会见到。

第三卷　外祖和外孙

一、古老客厅

吉诺曼先生住在塞旺道尼街时，经常出入几处高雅华贵的沙龙。他是资产者，虽非出身世族，却受到接待。他有双倍的智慧，一是本来有的，二是别人以为他有的，因此，有人甚至主动邀请和款待他。而他也只去他能控驭全场的沙龙。有些人不惜一切代价造成影响，引起别人的关注，他们所到之处，不能语惊四座，也要充当小丑。吉诺曼先生可不是这种性情，他光顾保王党人沙龙，能掌握整个场面，又毫不损及自己的尊严。他到处都谈锋甚健，有时还同德·保纳尔先生，甚至同班吉－普伊－瓦莱先生分庭抗礼。

约莫1817年，他每周必到附近费鲁街德·T男爵夫人府上，消磨两个下午。那是位高尚可敬的夫人。她丈夫德·T男爵在路易十六时期，曾出任法国驻柏林大使。他生前迷恋通灵玄想和幻视，流亡期间家道破败而死，留下的财产只有十册红色山羊皮面切口涂金的精装手稿，是关于迈斯梅尔及其小木桶的珍奇的回忆。男爵夫人考虑到尊严，没有拿出去发表，只靠不知怎么残留下来的一小笔年金度日。她疏远朝廷，说那是"鱼龙混杂的场所"，自己过着孤独而高尚、清贫而自豪的生活。几个朋友每周两次聚到这位孀妇的炉火旁，组成一个纯粹的保王派沙龙。大家一起喝茶，随着风向低沉或激烈，发几声哀叹，或者怒斥这个世道，怒斥宪章、布奥拿巴分子、授勋给资产者的出卖行为、路易十八的雅各宾主义，随后又窃窃私议，寄希望于后来成为查理十世的御弟。

他们兴高采烈地传唱将拿破仑称作尼古拉的粗俗歌曲。一些公爵夫人，世上最文雅最可爱的女子，也都忘情地高唱，例如唱这首针对"联盟军[1]军人"的歌：

> 你们别拖衬衣尾，
> 赶快塞进裤子里。
> 免得人说爱国者
> 已经投降举白旗！

他们玩弄自以为非常可怕的同音异义的词句，玩弄自以为非常恶毒实则无伤大雅的文字游戏，戏作四行诗，甚至戏作对子。例如，以德索勒内阁，有德卡兹和德塞尔参加的温和内阁[2]为题，作了一个对子：

> 要从基础上巩固动摇的宝座，
> 必须更换土壤换温室和间格。[3]

要不然，他们觉得"元老院的雅各宾气味太浓"，就排列元老名单，巧妙地将名字连成语句，例如连成这样一句话：达马斯、沙白朗、古维雍·圣西尔[4]。整个排列过程乐趣无穷。

在那种场所，他们滑稽地模仿革命的事物，不知怀着什么意图，从反方向激发同样的愤怒。他们改唱《一切都会好》，变成自己的小调：

1　联盟军：指1815年拿破仑百日政变时组成的军队。
2　德索勒将军于1818年12月至1819年11月出任内阁总理大臣；德卡兹任内政大臣；德塞尔任司法大臣。
3　"更换土壤换温室和间格"，原文谐音意为：更换德索勒、德塞尔和德卡兹。
4　这三人都是元老院元老。元老院有两个叫达马斯的，都曾流亡国外，而古维雍·圣西尔曾是帝国军人。三个名字连句的意思为："达马斯杀掉古维雍·圣西尔。"这是典型的极端保王党人的文字游戏。

啊！一切都会好啊！一切都会好！

布奥拿巴分子路灯柱上高高吊！ [1]

歌曲好似断头台，今天砍这个脑袋，明天砍那个脑袋，视同儿戏。这可不是一种变异。

弗阿代斯案件[2]发生在1816年，正是那个时期。他们都站在巴斯莘德和若西翁一边，只因弗阿代斯是"布奥拿巴分子"。他们称自由派为"兄弟朋友会"，这是最恶毒的侮辱了。

如同一些教堂的钟楼，德·T男爵夫人的沙龙也有两只雄鸡：一只是吉诺曼先生，另一只是德·拉莫特－华卢瓦伯爵。他们谈到那位伯爵，总带着几分敬佩耳语道："您知道吧？就是项链事件[3]的那个拉莫特呀！"朋党之间，总是特别宽谅。

补充一点：资产阶级择交过于轻率，就会损及自己的声誉地位。必须注意交往的对象：近低贱者损声望，近衣寒者耗热量。而上流社会的世族，则超越这条规律和一切规律。蓬巴杜夫人的兄弟马里尼，是苏比兹亲王府的常客[4]。不管身份？不管，自有原因。伏贝尼埃夫人的教父杜巴里，在黎塞留元帅府上极受欢迎[5]。那个社会是奥林匹亚神山。墨丘利[6]和盖梅内亲王在那里如在家中。只要是个神，窃贼也能接纳。

---

1 《一切都会好》是法国1789年革命时期的革命歌曲，这里将"达官贵人"改为"布奥拿巴分子"。

2 弗阿代斯：帝国时期的司法官，因债务纠纷被巴斯莘德和若西翁二人杀害，这一案件在社会上引起极大反响。

3 项链事件：罗昂红衣主教想讨好王后，在拉莫特－华卢瓦伯爵夫人的怂恿下买了钻石项链，交给伯爵夫人的情夫，冒充王后侍卫官的军官。事败后，路易十六将此案交由巴黎高等法院公开审理。结果伯爵夫人被判杖刑和打烙印，关进监狱；王宫奢侈也引起公愤。

4 德·马里尼侯爵同元老院元老苏比兹亲王（1715—1787）过从甚密。

5 伏贝尼埃夫人即杜巴里伯爵夫人，路易十五的情归。她的教父若望·杜巴里也是她的大伯，他和黎塞留元帅共同斡旋，使她成为国王的情妇。

6 墨丘利：罗马神话中的商业神，即希腊神话中的赫耳墨斯，主管商业等，乃至主管盗窃之神。故说神山也能接纳窃贼。

德·拉莫特伯爵，到1815年，已是七十五岁的老人，显得突出的是那副沉默寡言又好训人的样子、那张棱角分明的冷面孔、那种彬彬有礼的举止、那件一直扣到领结的礼服，以及那总跷着的二郎腿。他穿着锡耶纳焦土色的宽松长裤，一如他的脸色。

这个拉莫特先生因其"名气"，算是这个沙龙圈子里的人，而且，说来奇怪，却又千真万确，这也是由于他的姓氏华卢瓦[1]。

至于吉诺曼先生，他所受到的尊敬完全货真价实。他起权威作用，就因为他起权威作用，不管多么轻浮，他还是有一种派头，显得威严、高雅而正直，但这又毫不妨碍他的快活。当然，他的高龄也起了几分作用，人活一个世纪，不会没有烙印。悠悠岁月最终要给一个人的头罩上可敬的光环。

此外，他说出话来，绝似古石的火花。例如，普鲁士王帮助路易十八复辟之后，又假冒德·吕潘伯爵前来拜访，路易十四的这位后裔接待他的方式，有点像对待勃兰登堡选侯，态度颇为傲慢，又让人挑不出一点理来。吉诺曼先生赞赏这种态度，他说："除了法兰西国王而外，其他所有王只能算地方王。"还有一天，有人在他面前这样一问一答：《法兰西邮报》的那名编辑，是怎么判的？"停职（A etre suspendu）。""sus是多余的。"[2]吉诺曼先生指出。这类话就能给人赢得地位。

在庆祝波旁王室复国的周年大弥撒上，他看见塔列朗先生走过，就说"恶大人驾到"。

通常陪同吉诺曼先生出门的有两个人：一个是他女儿，当时，那个瘦高的小姐年过四十，却像五十岁的人了；另一个是七岁的小男孩，生得白净漂亮，脸蛋粉红鲜艳，一双眼睛又喜幸又亲近人。他一走进客厅，就听见周围的人纷纷议论："这孩子真俊！多可惜呀！可怜的孩子！这孩子就是我们刚才提到的那个。"他们称他"可怜的孩子"，只因为他父亲是"卢

1　华卢瓦：法国卡佩家族的一支，从1328年至1589年统治法国。

2　suspendu去掉sus，就变成处以"绞刑"的意思。

瓦尔河的匪徒"[1]。

那个卢瓦尔河的匪徒是吉诺曼先生的女婿,前面讲过,也就是吉诺曼先生所说的"家丑"。

二、当年一个红鬼

那个时期,有人若是经过小城维尔农,在美丽壮观的石桥上游览——但愿不久,那石桥就要被一座丑恶不堪的铁索桥取代了——在桥上凭栏俯瞰,就会看见一个五十岁左右的汉子。他头戴皮革鸭舌帽,身穿灰色粗呢布外衣和长裤,衣襟上缝着原本是红绸带的黄色东西,脚穿木底鞋,皮肤晒成深褐色,脸色几乎黧黑,头发几乎全白了,一道宽宽的刀伤疤从额头延至面颊,整个人弯腰驼背,未老先衰。他拿着一把锄或一把剪枝刀,整天徘徊在小庭园里。那类小庭园靠近塞纳河左岸桥头,像链子似的排开,全是由围墙隔开的土台,栽植的花木,十分悦目。那些庭园再大些可以叫花园,再小些可以叫花坛。那类庭园全都一侧通河边,一侧通房舍。上面提到的那个穿外套和木鞋的人,在1817年前后,就住在这种最狭窄的一座庭园,最简陋的一所房屋里。他过着孤苦无依,默默无言的生活,有一个不老不少、不美不丑、不是农妇也不是市民的女人侍候。他管那一方块园地叫花园,因为他栽植的花卉特别鲜艳,在小城里很有名气。养花是他的营生。

他勤于侍弄,坚持不懈,又特别细心,及时浇灌,终于继造物主之后,创造出似乎被大自然遗忘的几种郁金香和大丽花。他心灵手巧,在苏朗日·博丹[2]之前,就合成绿肥小土堆,用来培植美洲和中国稀有珍贵的木本花卉。夏季天刚亮,他就在庭园小径上忙着插苗、修枝、薅草、浇水,在花间走动,那副样子又和善,又忧伤,又温柔。有时沉入遐想,一连几小

1   1815年巴黎沦陷之后,达乌部队撤到卢瓦尔河彼岸,半数不肯归顺波旁王朝而逃散。因此,激进保王党人称他们是"卢瓦尔河的匪徒"。

2   苏朗日·博丹(1774—1846):法国一个园艺学派的创始人。

时不动窝，倾听树上一只鸟儿鸣叫，倾听人家一个孩子的咿呀学语，或者凝视草茎尖上被阳光化为宝石的露珠。他一天粗茶淡饭，多喝牛奶少喝酒。一个小孩子能让他顺从，女佣也常申斥他。他非常胆怯，好像怕见人，极少出门，只见见来敲他家窗户的穷人和一个和善的老本堂神父。不过，本城居民或者外地人，无论是谁，若是想观赏他的郁金香和玫瑰，前来敲他小房的门，他就开门笑迎客人。他就是那个卢瓦尔河匪徒。

在同一时期，有人若是看了军事回忆录、各种传记、《导报》以及大军战报，就可能注意到乔治·彭迈西的名字经常出现，留下深刻印象。这个乔治·彭迈西少年就从戎，在圣东日团当兵。革命爆发了，圣东日团编入莱茵军团。须知君主制废除之后许久，旧团队还保持各省的命名，直到1794年才统一改为旅建制。彭迈西先后在斯皮尔、沃尔姆斯、诺伊斯塔特、蒂克海姆、阿尔蔡、美因茨等地打过仗。在美因茨一役中，他参加了乌沙尔率领的二百人断后部队。他们十二人小分队在安德纳赫古城墙里面，阻击赫斯亲王所部的大军，直到敌军炮火从墙垛到护墙斜面打开缺口，他们才撤离，回归大部队。他在克莱伯麾下到过马谢纳城，在帕利塞尔山战斗中，被火铳打伤一条胳膊。后来，他又调到意大利边境，和茹贝尔一起，共三十名精壮军人守卫坦德山口，战功卓著，茹贝尔升为准将，彭迈西则升为少尉。在洛迪激战那天，彭迈西不离贝尔蒂埃左右，冒着炮火东奔西突。拿破仑见了那情景，说道："贝尔蒂埃当过炮兵、骑兵和榴弹兵。"在诺维，他眼看着他的老长官茹贝尔将军举起战刀，高呼"前进！"的时候倒下去。为了战事军需，他率连队乘快帆船，从热那亚出发，不知要去哪个小港口，途中逢险，遭遇七八艘英国帆船。热那亚船长主张将火炮抛进海里，士兵躲进中舱，扮成商船悄悄混过去。然而，彭迈西却将三色旗高高升到桅杆上，骄傲地冲过英国舰队的炮火。行驶二十来海里，他越发胆大，以他的快帆船攻击并俘获英国一艘大型运输舰。那艘英舰往西西里岛运送部队，装满了兵员、马匹，一直拥到舱口围板。1805年，他隶属马勒师，从菲尔迪南大公手中夺取了金茨堡。在韦廷根，他冒着枪林弹雨，双手抱住受了致命伤的第九龙骑队队长莫普蒂上校。在奥斯特利茨战役中，他立下战功。参加了迎着敌军炮火英勇前进的梯队。俄皇禁卫军骑队践踏第四步兵团一个营时，彭迈西参加反击，重创了敌军骑队。皇帝授予他十字勋章。彭迈西先后在曼托瓦俘获沃尔姆塞，在亚历山大俘获梅拉斯，在乌尔米俘获马克。他还参加了莫尔蒂埃指挥的第八军团，攻占了汉堡。后来，他调入原佛兰德团的第五十五团。埃伊洛之役，他在墓地作战。当时，本书作者的叔父路易·雨果上尉，率领八十三人孤军死守两小时，阻击敌军大部队的猛攻。防守墓地的法军仅存活三人，彭迈西即是其中一个。他转战弗里德兰，看见莫斯科，又到别列津诺、吕岑、包岑、德累斯顿、瓦豪、莱比锡，穿越盖尔恩豪森隘道，继而又转战蒙米赖、蒂耶里堡、克拉翁、马尔纳河畔、埃纳河畔，以及拉昂可怕的阵地。在阿尔奈勒迪克，他是上尉，挥战刀砍翻了十名哥萨克骑兵，救的不是他的将军，而是他的下士。在这场战斗中，他遍体鳞伤，动手术时仅从左臂就取出二十七块碎骨。巴黎投降的前一周，他同一个战友对调，参加了骑兵。他像旧朝代所说的有"两手儿"，也就是说，当兵既会用刀，也能使枪；当官既能指挥骑兵队，也能指挥步兵营。某些特殊兵种，例如龙骑兵，就有这种才干，并通过军事教育得到提高，既是骑兵也是步兵。他随拿破仑去了厄尔巴岛。在滑铁卢战役中，他是杜布瓦旅的铁甲骑兵队长，正是他夺取了月亮堡营的军旗。他将那面军旗掷到皇帝脚下，站在那儿浑身是血，他夺旗时脸颊挨了一刀。皇帝见了心头大悦，冲他高声说："你是上校，你是男爵，你是荣誉团军官！"彭迈西回答："陛下，我代表我的寡妻感谢您。"一小时之后，他掉进奥安的凹路沟里。现在要问一句：这个乔治·彭迈西是什么人呢？正是那个卢瓦尔河匪徒。

他的经历，我们已经略知一点，还记得，滑铁卢战役之后，彭迈西被人从奥安凹路中扒出来，又辗转回到部队，从战地一个急救站转到另一个急救站，最后到了卢瓦尔河营地。

复辟王朝当局将他编入领半军饷的人员中，继而遣送到居住地维尔农，也就是说监视起来。百日政变期间的政令决定，国王路易十八认为一概无效，因此既不承认彭迈西的荣誉团军官称号，也不承认他的上校军衔和男爵爵位。然而他却不失时机，总签署"上校男爵彭迈西"。他只有一套蓝色旧军服，上街总佩戴玫瑰花形荣誉团勋章。当地检察官派人警告他，再"非法佩戴这枚勋章"，法院就要予以追究。来转达这个通知的是一个非正式的中间人，彭迈西当即苦笑一下，回答说："我简直弄不明白，究竟是我听不懂法语了，还是您不再讲法语了，反正我听不懂您的话。"接着一连八天，他戴着勋章上街溜达，谁也没敢找他麻烦。国防部和省军区司令给他写来两三封信，他一见信封上写着"彭迈西少校先生收"，就原封不动地退回去。与此同时，拿破仑在圣赫勒拿岛，也以同样方式对待赫德森·洛[1]爵士写给"波拿巴将军"的信件。恕我们直言，到头来，彭迈西嘴里的唾液跟皇上的一样。

同样，从前罗马有一些迦太基士兵俘虏，他们还有点汉尼拔的灵魂，不肯向弗拉米尼努斯[2]致敬。

一天早晨，彭迈西在维尔农街上碰见检察官，就走过去对他说："检察官先生，我脸上带着这条刀伤疤允许吗？"

彭迈西一无所有，仅靠微薄的骑兵队长半饷度日。他在维尔农租了所能找到的最小的房子，独自生活，我们看到了过的是什么日子。在帝国时期，他抓住战争的间歇，同吉诺曼小姐结了婚。那位老绅士心中愤恨不已，又不得同意，连声叹气说道："什么样的高门巨族，碰到这种事儿也只好认了。"彭迈西太太是个有教养的难得的女人，同他丈夫十分匹配，各方面都很出色，可惜1815年去世，留下一个孩子。那孩子本来可以成为上校孤寂中的欣慰，可是老外公硬要讨去，扬言不交到他手里，他就取消外孙的财产继承权。父亲为了孩子的利益只好让步，他身边失去孩子，就移情爱起花木。

1　赫德森·洛（1769—1844）：英国将军，看守拿破仑的典狱长。

2　弗拉米尼努斯：罗马将军，死于公元前175年。公元前197年任执政官。在第二次迦太基战争中，最后打败迦太基将军汉尼拔。

再说，他什么都放弃了，既不想活动，也不想密谋，整个心思分摊到现时做的简单的事情和从前做的伟大的事情，时间也花在盼望一株新香石竹或回忆奥斯特利茨战役。

吉诺曼先生同他女婿毫无来往。在他看来，上校是"匪徒"，而在上校眼里，他则是个"老傻瓜"。吉诺曼先生绝口不提上校，只是偶尔影射嘲笑两句"他那男爵爵位"。双方明确约定：彭迈西永远不得企图看望儿子，不得同儿子说话，否则就取消孩子的财产继承权，赶回他父亲家去。吉诺曼一家人把彭迈西看成瘟疫患者，他们要按自己的意愿教育孩子。也许上校错了，不该接受这种条件，但是他容忍了，以为这样做得对，只牺牲他个人。吉诺曼老头的财产微不足道，而吉诺曼大小姐却能留下大宗遗产。那位没有出嫁的姨妈很有钱，是从母亲的本家继承来的，她的继承人自然是她妹妹的孩子。

那孩子叫马吕斯，知道自己有个父亲，此外一无所知。谁也不在他面前多嘴。然而，在外公领他去的场所，别人的窃窃私议、半吞半吐的话语、相互交换的眼色，久而久之，那含义在孩子的头脑里渐渐清晰，终于使他多少明白一点。而且，那些思想和见解，可以说是他的生活环境，由于潜移默化的作用，他自然而然接受了，结果他一想到父亲，就不免又羞愧又伤心。

在他这样成长的过程中，每隔两三个月，上校总要偷偷溜到巴黎，好似违反规定的累犯，趁吉诺曼姨妈领马吕斯去做弥撒的工夫，守候在圣绪尔皮斯教堂里，躲在柱子后面不敢喘大气，战战兢兢，害怕那姨妈回头发现。这个脸上挂刀痕的汉子，还真怕那个老姑娘。

也正是这个缘故，他结交了维尔农的本堂神父马伯夫先生。

那位可敬的神父的兄弟，是圣绪尔皮斯教堂的财产管理员。那管理员多次看见那汉子凝望那孩子，注意到他脸上有刀伤，眼里噙着大滴泪水，觉得他样子像个硬汉子，流泪又像个女人，心下十分诧异，那张面孔也就印在他脑海里。有一天，他到维尔农看望兄弟，在桥上遇见彭迈西上校，认出正是在圣绪尔皮斯教堂看见之人。管理员对本堂神父讲了此事，二人便找了个借口去拜访上校。于是彼此开始往来。起初，上校还不肯透露，到后来才和盘托出，本堂神父和财产管理员终于了解整个这件事，明白彭迈西为了孩子的未来如何牺牲个人幸福。从那以后，本堂神父对他特别敬重，特别亲热，上校也特别喜欢本堂神父。况且，一位老神父和一名老战士，碰巧二人都很诚恳善良，那彼此就最容易沟通，最容易契合了。在骨子里，那原本是一个人。一个献身于尘世的祖国，一个献身于上天的祖国，此外没有别的差异。

每年两次，逢元旦和圣乔治节，马吕斯才给父亲写信，那是应酬的信，由姨妈口授，很像从尺牍抄来的，吉诺曼先生只容忍这一点。而孩子的父亲的回信却充满感情，可是老外公收到连看也不看，就塞进衣兜里了。

三、愿他们安息

马吕斯·彭迈西所认识的全部世界，就是德·T夫人的沙龙。那是他窥视人生的唯一窗口。那个窗口很昏暗，而那天窗给他送来的寒气却多于温暖，夜色却多于阳光。这孩子刚进这个奇怪的社会圈子，还完全是快乐和光明，然而时过不久，他的神情就变得忧伤了，尤其同他年龄不相称的是，他的神态也变得严肃了。周围的人都那么威严而奇特，他观看四周，目光里流露出极大的惊诧，全都聚拢来增加他内心的这种惊愕。德·T夫人的沙龙里，有几位非常可敬的老贵妇，名叫马德安、挪亚、改呼利未的利未斯、改呼康比兹的康比斯[1]。那一张张古老的面孔、那一个个《圣经》上的名字，在孩子的头脑里，同他背诵的《旧约》搅在一起。她们围着奄奄欲熄的炉火，坐在绿纱罩微弱的灯光下，那肃穆的身影朦朦胧胧，头发花白或全白，身穿旧时代的长裙只能分辨出惨淡的颜色，偶尔打破沉默，讲一两句又庄严又刻薄的话。而小马吕斯眼神惶恐地注视她们，真以为见到的不是妇人，而是古人先贤，不是真人而是幽灵。

1　康比兹等全是历史或《圣经》中的人物。

这些幽灵中还杂有几位教士和贵族，都是这古老沙龙的常客。其中有德·贝里夫人的戒律秘书德·萨斯奈侯爵；用笔名查理·安托万发表单韵颂歌的德·瓦洛里子爵；相当年轻而头发已花白的博夫尔蒙王爷，带着一个身穿金丝条低领口朱红天鹅绒衣裙、令那些黑影惊慌失措的漂亮聪明的女子；还有法兰西最懂"礼节分寸"的德·柯里奥利·德斯皮努斯侯爵；一个慈眉善目的老先生德·阿芒德尔伯爵；以及德·波尔·德·居伊骑士，所谓御书房的卢浮宫图书馆的台柱子。德·波尔·德·居伊先生秃了顶，年事不高人却很老。他讲述1793年他十六岁那时候，因抗命关进苦役牢房，同米尔普瓦主教，一个八十岁老头关在一起。那主教也是个抗命者，不过，他的罪名是逃避兵役，而那主教则是拒绝宣誓[1]。当时关在土伦，他们的任务是夜晚到断头台上，去收白天处决的犯人头颅和尸体。背着血淋淋的躯干，苦役犯红帽子后面凝了血块，早晨干了，晚上又湿了。德·T夫人沙龙里讲述的这类惨事数不胜数，而且拼命咒骂马拉，还居然赞扬起特雷斯塔永[2]来。沙龙里还有几个活宝，打惠斯特牌的议员：蒂博尔·杜夏拉尔先生、勒马尚·德·戈米库尔先生，以及右派中以嘲笑著称的柯尔奈-丹库尔先生。德·费雷特大法官穿着超短裤，露出两条瘦腿，他去塔列朗先生府上的途中，有时也到这沙龙走走。他是德·阿尔图瓦伯爵[3]寻欢作乐的朋友，但不像亚里士多德那样对着康帕丝佩卑躬屈膝，反而让吉玛尔五体投地，从而向世世代代表明，一名大法官为一个哲学家雪了耻。

至于教士，有阿尔马神父，他编《雷霆》的合作者拉罗兹先生这句话，就是对他讲的："哼！谁没有五十岁？几个嘴上没毛的人，也许吧！"还有国王讲道师勒图尔奈神父；弗雷西努斯神父，当时他既不是伯爵，也不是主教，既不是大臣，也不是元老，身穿一件缺纽扣的旧道袍；另一位克拉夫南神父，圣日耳曼草场区本堂神父；教皇使臣，当时叫马齐大人的尼西

1　法国革命时期，神职人员必须宣誓遵守新宪法。

2　特雷斯塔永：雅克·杜蓬的绰号，在尼姆城施行白色恐怖的主谋之一。

3　德·阿尔图瓦伯爵：路易十八的兄弟，继位后称查理十世。

比斯大主教，后来当上红衣主教，最引人注目的是给他一副思索相的那个长鼻子；另一位大人这样称呼：帕尔米里院长，教廷内侍，圣廷七名秘书之一，利比里亚大教堂司铎，圣徒的辩护士，这就与封圣有关，相当于天堂部的审查官了[1]；最后，还有两位红衣主教：德·拉吕泽尔纳先生和德·克莱蒙-托奈尔先生。德·拉吕泽尔纳红衣主教先生是位作家，几年之后，他有了名望，能在《保守派》上同夏多布里昂并排发表文章了。德·克莱蒙-托奈尔红衣主教先生是图卢兹大主教，时常到巴黎来休假，住在当过海军和陆军大臣的侄儿德·托奈尔侯爵府上。他是个快活的小老头儿，常常撸起道袍，露出红色长袜。他专门痛恨百科全书，专门爱打弹子。当年夏天晚上，有人经过德·克莱蒙-托奈尔府所在的夫人街，常站住倾听弹子相击的声响，以及红衣主教那尖嗓门，只听他冲卡里斯特名义主教、教皇选举人的随员柯特雷大人高喊："记分，神父，我连击两球！"德·克莱蒙-托奈尔红衣主教是由德·罗克洛尔先生带到德·T夫人府上的，那是他最亲密的朋友，当桑利斯的主教，是四十位学士院院士中的一个。德·罗克洛尔先生值得注意的是他身材高大，去学士院最勤。图书馆隔壁大厅是学士院举行会议的地方，每逢星期四，好奇的人就可以隔着大厅的玻璃门，观看桑利斯的前任主教，只见他像往常那样，假发新扑了粉，穿着紫长袜，背对着门站立，显然是让人更清楚地看到他那小打褶颈圈。所有这些教士，尽管大多数既是朝臣又任教职，却都给德·T夫人沙龙增添了严肃的气氛，而五位法兰西元老院元老，德·维伯雷侯爵、德·塔拉吕侯爵、德·埃布维尔侯爵、当伯雷子爵和德·瓦朗蒂努瓦公爵，又加强了显贵的气派。那位瓦朗蒂努瓦公爵，虽说是摩纳哥王公，即外国君主，却把法兰西和元老称号看得特别高，并从这两个角度观察一切事物。他常说："红衣主教是罗马的法兰西元老，勋爵是英格兰的法兰西元老。"不过应当指出，在本世纪中，革命无处不在，这座封建的沙龙，也正如我们讲过的，是由一个资产者控制的。

1　评圣徒时，先审查著作和德行，然后由上帝的律师和魔鬼的律师争论，教皇最后裁决是否封为圣徒。

吉诺曼先生在其间起主导作用。

那是巴黎白色社会精英荟萃的地方。有名气的人，哪怕是保王派，在那里也会受到孤立。夏多布里昂走进那里，也会给人以"傻大爷"的印象。不过，几个归顺分子[1]得到宽待，跻身那个正统的社会圈子。伯纽[2]伯爵就是同意接受改造才得以进去的。

如今的"贵族"沙龙，已非当年那种沙龙了。圣日耳曼城郊区，现在就有柴薪的气味。眼下的保王派，说得好听一点，不过是哗众取宠。

在德·T夫人府上，宾客显贵，趣味高雅脱俗，又特别彬彬有礼。他们的行为习惯，不自觉体现出雅人深致，不愧是已然埋葬的旧朝的活风范。有些习惯，尤其所讲的语言，听起来很怪。有的人只知其一，不知其二，把仅仅陈旧的东西当成外省的俗话。一位女子叫"将军夫人""上校夫人"的称谓，并没有完全弃绝不用。那位可爱的德·莱翁夫人就喜欢这种称呼，而不用她的公主头衔，无疑是念念不忘德·龙格维尔和德·舍夫勒兹二位公爵夫人[3]。同样，德·克雷齐侯爵夫人也让人叫她"上校夫人"。

正是这个上流社会小圈子，为杜伊勒利宫发明了考究的字眼，在私下同国王交谈时，总以第三人称说"国王他"，绝不说"陛下您"，认为"陛下您"的称呼已"被篡位者玷污"。

他们在那里品评时事和人物，嘲笑这个时代，这就免得去理解。他们竞相大惊小怪，彼此交流所有的知识。马图扎莱姆[4]向埃庇米尼得斯传授[5]，聋子向瞎子通报。他们声称科布伦茨[6]之后的时间是无效的。路易十八奉天承运，在位已是二十五个年头[7]，同样，流亡者正当二十五岁的少壮时期，也

1　指拿破仑的拥护者归顺复辟的波旁王朝。

2　伯纽（1761—1835）：在帝国时期任高级官员，是著名的"归顺者"。

3　两位夫人都积极参加投石党人运动，即权贵反对权倾朝野的宰相马扎然的斗争。

4　马图扎莱姆：意为老寿星，《旧约》中的犹太族，据传活了九百六十九岁。

5　埃庇米尼得斯：希腊克里特的公元前8世纪哲学家，据传他在山洞里睡了五十七年。

6　科布伦茨：当时普鲁士的城市。1792年，法国流亡贵族在此组织武装力量反对革命。

7　路易十七于1795年死于狱中。路易十八虽然到1814年才复辟，但他继承王位时间却从路易十七死的日子算起，到1817年也只有二十二年。

是理所当然的。

那里一切都是那么和谐，什么也不显得过火。话语顶多像一股气息，报纸也同沙龙协调一致，好似一种纸莎草纸刊物。那里也有年轻人，但都死气沉沉。前厅里那些号服十分老气。那些完全过时的人，由同样类型的仆人侍候，那样子全都像早已故世又不肯进坟墓。保存、保守、守旧，差不多是他们词典的全部词汇。"要有香味"，这就是问题之所在。那种遗老圈子的见解中，的确有香料，而他们表达的思想，则散发香根草的气味。那是一个僵尸的世界，主人全用防腐香料保存躯体，仆人也都制成了标本。

一位年迈可敬的侯爵夫人，流亡并破产之后，仅有一个女仆，还继续说："我的仆役们。"

在德·T夫人的沙龙里，他们干什么营生呢？当极端保王派。

当极端保王派，这种说法，尽管其含义也许没有消失，但如今却没有意义了。让我们来解释一下。

当极端保王派，就是要过火，就是以王位之名攻击王权，以神坛之名攻击教权。就是拉车又不好好行驶，在辕套里乱蹦乱跳；就是在烧死异端的火势上挑剔柴堆；就是责怪偶像缺少崇拜；就是敬重过分而辱骂起来；就是觉得教皇神威不足，国王王威不足，而黑夜又太明亮；就是以白色之名不满雪花石，不满白雪，不满白天鹅和百合花；就是赞同某些事物又反成仇敌；就是过分拥护以致反对了。

极端思想成为复辟王朝初期的鲜明特点。

历史上任何时期都不像这一时刻。从1814年起始，约莫到1820年右派实干家德·维莱勒先生上台为止，那六年是个非常时期，既沸反盈天，又死气沉沉；既欢天喜地，又愁眉苦脸；既像晨曦照耀那样明朗，又覆盖着仍然充塞天际并渐渐没入过去的大灾大难的乌云。在那光亮和黑影中，有那么一个小圈子人，他们既新又老，既滑稽又悲伤，既少壮又衰朽，揉着惺忪的眼睛，再也没有像还乡这样如梦初醒。一小撮人气哼哼地瞧着法兰西，法兰西则投去讥笑的目光。满大街都是好玩的老猫头鹰侯爵，还乡的人和还魂的鬼。那些旧贵族，见到什么都大惊小怪，那些勇敢而高贵的绅士，回到法兰西又是笑又是哭泣，因为重又见到祖国而欢欣鼓舞，又因再也见不到他们的王朝而悲痛欲绝。十字军时代的贵族笑骂帝国时期的贵族，也就是军人贵族。历史悠久的世族丧失了历史概念。查理大帝战友的子孙蔑视拿破仑的战友。正如我们讲的，双方的剑相互辱骂。封特努瓦的剑未免可笑，完全成了一块锈铁；马伦戈的剑也很可恶，不过是一把战刀。往昔无视昨天。大家丧失了什么是伟大的观念，什么是可笑的观念。有个人曾把波拿巴称为司卡班[1]。那个世界不存在了。再说一遍，如今什么也没有留下来。我们若是随意拣出一个人物，试图让他在我们头脑中复活，就会觉得奇怪，仿佛那是大洪水之前的世界。的确，那个世界也被大洪水吞没了，消失在两次革命的下面。思潮是多大的洪流啊！何等迅速地覆盖了它负有使命摧毁并埋葬的一切，又何等快捷冲出惊人的深度！

　　这就是那久远而天真的沙龙的面貌，在那里，马尔坦维尔[2]先生远比伏尔泰有才智。

　　那种沙龙有自己一套文学和政治。那里推崇菲耶维[3]。阿吉埃[4]先生在那里发号施令。那里评论柯尔奈[5]先生，马拉凯河滨路的旧书商和政论家。那里把拿破仑完全视为科西嘉的吃人魔怪。后来，将德·布奥拿巴侯爵先生写进历史，称为王国军队少将，那还是向时代精神做出的让步。那种沙龙的纯洁没有保持多久。一到1818年，有几个空论家[6]在那里开始亮相，那是令人不安的苗头。那些人的作风，既为保王派，又感到歉疚。在极端派神气十足的地方，空论家有点惭愧。他们有头脑，也能金人缄口。他们的政治信条适当附了一层自负的色彩。他们一定能够成功。他们的领带特别洁白，衣冠特别整饬，而且，这种仪容相当有用。空论派的过错或不幸，就在于

1　司卡班：莫里哀的剧作《司卡班的诡计》中的主人公，是个善用计谋的仆人。

2　马尔坦维尔（1776—1830）：《白旗报》创办人，极端保王派的狂热鼓吹者。

3　菲耶维：法国平庸的小说家，狂热的极端保王派。

4　阿吉埃：在政治活动中，起初为保王派，但从1824年起，在议会中成为中间派首领。

5　柯尔奈：《法兰西报》的主编。

6　复辟时期，以基佐、库辛等为代表的一些思想家，试图从理论上建立第三党，介于保王派和自由派之间。

要创造老青年。他们摆出智者的姿态，梦想将一种温和政权嫁接到过激的绝对原则上，有时还表现出少见的机智，以保守型的自由主义反对破坏型的自由主义。时常听见他们这样讲："饶了保王主义吧！保王主义还是有不少功劳的。它带回来传统、崇拜、宗教、尊敬。它体现了忠实、勇敢、骑士精神、多情和忠诚。它尽管遗憾，还是把君主制数百年的荣誉，掺进民族新的荣誉中。它错在不理解革命、帝国、光荣、自由、年轻的思想、年轻一代和这个世纪。然而，它错待我们，我们有时不也错待它吗？我们是革命事业的继承者，而革命应当理解一切。抨击保王主义，就是同自由主义背道而驰。大错而特错！简直糊涂透顶！革命的法兰西不尊敬历史的法兰西，也就是说不尊敬自己的母亲，不尊敬自身。9月5日[1]之后，如何对待君主时期的贵族，7月8日[2]之后，就如何对待帝国时期的贵族。他们对雄鹰曾经不公正，我们对百合花也不够公正。人们总要废除点儿什么！除掉路易十四王冠的镀金层，抠掉亨利四世徽章的光彩，这类举动有什么益处呢？我们嘲笑德·沃布朗先生抹掉耶拿桥的N字母！他那算什么行为呢？我们也正是那样干的。布维讷[3]属于我们，马伦戈也属于我们。百合花同字母N一样，都是我们的，都是我们的遗产。为什么要贬低呢？无论过去的祖国还是现在的祖国，都不应当否认。为什么不接受全部历史呢？为什么不爱整个法兰西呢？"

空论派就是这样既批评又保护保王主义的，而保王主义者既因受批评而不满，又因受保护而老羞成怒。

极端派是保王主义第一阶段的标志，圣会[4]则构成第二阶段的特点。灵活代替狂暴。简要的描述就到此为止。

1　1816年9月5日，无双议院解散。
2　1815年7月8日，路易十八第二次返回巴黎，无双议院实行白色恐怖政策，迫害波拿巴分子。
3　布维讷之役：1214年7月27日，法国国王奥古斯特在法国北部布维讷城，打败日耳曼皇帝奥托四世。历史学家认为这次战役是法兰西民族的第一次胜利。
4　圣会：复辟时期创建的宗教团体，统治阶层的一些人参加，1830年解散。

本书作者在叙述过程中，遇到现代历史的这一奇特时期，不免顺便瞥上一眼，同时勾画几笔，再现如今已感陌生的这个社会的怪模样。不过，他匆匆走笔，毫无挖苦或嘲笑之意。这些记忆关系他母亲，因此充满感情和尊敬，并把他同这段过去联系起来。况且，未尝不可以说，即使这个小小社会，也自有它伟大之处。提起来笑一笑倒是可以，但是既不能蔑视，也不能仇视它。那是从前的法兰西。

马吕斯·彭迈西跟所有儿童一样，好歹学习点儿什么。他从吉诺曼姑妈的手里出来，又由外公托付给一个最地道的老学究。这颗刚刚发蒙的童心从一个虔婆转到了一个学究手中。马吕斯念完中学，又进了法学院。他成了保王派，既狂热又冷峻。他不大喜欢外公，讨厌他那快活神气和厚颜无耻，想到父亲又心情忧郁怅惘。

不过，这个小伙子内心热情而表面冷淡，品格高尚而慷慨，又自豪又虔诚，有一股激情。严肃到了冷酷无情的程度，又纯洁到了未开化的状态。

四、匪徒的下场

马吕斯读完中学古典学科，恰巧是吉诺曼先生退出社交界的时候。老人告别了圣日耳曼城郊区，告别了德·T夫人的沙龙，迁往沼泽区受难会修女街，住进自己的房子里。他的用人除了门房之外，还有接替马侬的那个清扫女工妮柯莱特，以及前面提过的那个患气喘病的巴斯克人。

到1827年，马吕斯刚满十七岁。一天傍晚，他回到家，看见外公手里拿着一封信。

"马吕斯，"吉诺曼先生说，"明天，你往维尔农走一趟。"

"干什么？"马吕斯问道。

"去看看你父亲。"

马吕斯惊抖了一下，他什么都想过，就是没有想到会有一天他要去看父亲。对他而言，没有比这更突然、更意外，可以说更讨厌的事情了。这是被迫去接近的疏远感觉。这不是一件苦恼的事，不是的，而是一件苦差事。

除了政治上对立的因素之外，马吕斯还确信，他父亲，正如吉诺曼先生在心平气和时所称呼的，那个武夫，并不喜爱他，这是显而易见的，否则就不会这么抛弃他，丢给别人不管了。既然感到别人根本不爱他，他也绝不爱别人。这道理再简单不过了，他心里这样想。

当时他十分惊诧，竟没想到问一问吉诺曼先生。外公倒是又说了一句：

"他好像病了，要见见你。"

他停了一下，又补充说：

"明天早晨动身吧。我想，水泉大院有一辆车，每天六点钟启程，傍晚到达。你就乘那辆车吧。他说要赶紧去。"

说罢，他把信揉成一团，塞进衣兜里。马吕斯本来当天晚上就可以动身，次日早晨赶到父亲身边。当时，布卢瓦街有一趟驿车，夜间驶往鲁昂，经过维尔农。无论吉诺曼先生还是马吕斯，谁也没有想到去打听一下。

次日，马吕斯在暮色中到达维尔农。住户开始上灯了。他逢人打听"彭迈西先生的住所"。要知道，他在思想上同意复辟时期的举措，也一概不承认他父亲的男爵和上校头衔。

他来到人家指点给他的住所，拉了门铃。一位妇人端着一盏小油灯，来给他开门。

"彭迈西先生在吗？"马吕斯问道。

那妇人站立不动。

"是这儿吧？"马吕斯又问道。

那妇人点了点头。

"我能跟他谈谈吗？"

那妇人又摇了摇头。

"我可是他儿子呀！"马吕斯又说，"他正等着我呢。"

"他不等您了。"那妇人说道。

马吕斯这才发现她在流泪。

她指了指一间矮厅的门，让马吕斯进去。

一根羊脂烛放在厅里的壁炉上，照见三个男人：一个站立，一个跪着，另一个身穿衬衣，直挺挺躺在方砖地上。躺在地上的人便是上校。

那两人，一个是大夫，一个是在祈祷的神父。

上校患了大脑炎有三天了。刚一发病，他就感到情况不妙，给吉诺曼先生写了信，要求见见儿子。病情恶化了，就在马吕斯到达维尔农的这天傍晚，上校突然发作，进入谵妄状态。他从床上起来，推开女用人，嚷道："我儿子还不到！我就迎他去！"接着，他走出房间，摔倒在前厅的方砖地上。他刚刚咽气。

早就有人去叫大夫和本堂神父。大夫来得太迟了，神父来得太迟了。同样，他儿子也来得太迟了。

在昏暗的烛光中，只见上校躺在地上，脸色惨白，眼里流出一大滴泪。眼睛已无神采，泪珠还没有干。那滴眼泪，是因为儿子迟迟不到。

马吕斯注视着他头一次也是最后一次见到的这个人，这张令人钦敬的男子汉的脸，这双睁着而不视人的眼睛，这一头白发，这健壮的肢体，只见肢体上刀伤留下的一道道疤痕、弹洞留下的一颗颗红星。他端详着给这张面孔增添英雄气概的巨大创伤、上帝给这张面孔打上的善良的印记，心想这个人就是他父亲，这个人死了，而他却显得很冷静。

他所感到的悲哀，也是面对任何躺着的死者就会产生的悲哀。

然而，这屋里人都在哀悼，沉痛地哀悼。女用人在角落里抹眼泪，本堂神父听得出在抽噎着祈祷，大夫在擦眼睛，死者本身也流泪了。

大夫、本堂神父和那女人，在悲痛中看着马吕斯，谁也没有讲一句话。这里他才是外人。马吕斯无动于衷，不免感到惭愧，持这种态度也很尴尬，便让手中拿的帽子失落到地上，以便让人相信他十分痛苦，连拿帽子的气力都没有了。

同时他又感到几分内疚，蔑视自己这种行为。然而，这是他的过错吗？他不爱父亲，就是这样！

上校什么也没有留下。变卖家具的钱也勉强够丧葬费。女用人发现一张破纸，交给了马吕斯，纸上有上校亲笔写的几句话：

"吾儿亲览：皇上在滑铁卢战场上亲口封我为男爵。既然复辟政权否认我用鲜血换来的这一爵衔，吾儿就应当承袭过去。毫无疑问，吾儿是当之无愧的。"

上校在后面还补充几句：

"就在滑铁卢那场战役，一名中士救了我的命。那人叫德纳第。近来，我恍惚听说，他开一家小客栈，在巴黎附近一个村庄，晒勒或者蒙菲郿。吾儿若遇见那个德纳第，万望尽力报答。"

马吕斯接过纸条，紧紧握在手里，他倒不是多么崇敬父亲，而是对死者产生一种泛泛的尊重。须知这种尊重，在人心里总是不可遏制的。

上校的遗物什么也没有留下。吉诺曼先生派人把他的佩剑和军服卖给旧货商。左邻右舍将他的园子掠夺一空，窃取了稀有花草。其余花木变成了杂草丛生的荆棘或者死掉。

马吕斯在维尔农只逗留了四十八小时。等安葬一结束，他就回到巴黎，继续修法律，并不怀念父亲，就好像世上从来没有他那个人似的。上校两天就葬入地下，三天就被人遗忘了。

马吕斯帽子上多了一条黑纱。仅此而已。

五、去做弥撒能变成革命派

马吕斯保持了童年养成的宗教习惯。一个星期天，他去圣绪尔皮斯做弥撒，那正是他小时由姨妈带去做弥撒的圣母堂。那天，他比平常更加心不在焉，神不守舍，随意跪在一根柱子后面的椅子上。那张乌得勒支丝绒面的椅子靠背上写着这个名字："本堂财产管理员，马伯夫先生。"弥撒刚刚开始，一位老人走过来，对马吕斯说：

"先生，这是我的席位。"

马吕斯赶紧让开，老人这才就座。

弥撒结束后，马吕斯站在几步远的地方，还在想心事。老人又走上前来，对他说：

"先生，我请您原谅刚才打扰您，现在又来打扰您。您大概觉得我这人不讲情理，我有必要向您解释一下。"

"先生，不必了。"马吕斯说道。

"不行！"老人又说道，"我不愿意给您留下坏印象。您看到了，我特别看重那个座位，觉得在那个位置上做弥撒好得多。为什么呢？让我来告诉您。一连好几年，每隔两三个月，我总看见一个可怜的好父亲来到这里，就坐在那个位置上，看望他的孩子。除此以外，他没有别的机会和办法，因为家里达成协议，不准他接近自己的孩子。他及时赶来，掌握什么时候有人带他儿子来做弥撒。那孩子并不知道他父亲来了。天真的孩子，也许他都不清楚自己还有个父亲！那父亲怕被人瞧见，就躲在这根柱子后面，一边望他孩子一边流泪。那可怜的人，他多么喜爱那孩子呀！那情景我见到了，因此在我的心目中，这里变得神圣了，我来这里做弥撒已经形成习惯。我是本堂财产管理员，有权坐功德凳，但我更喜欢这里。我还多少了解一点那位不幸的先生。他有个岳父，有个富有的大姨子，还有几个亲戚，我就不大清楚了，他们威胁不准他这个做父亲的看儿子，否则就取消孩子的财产继承权。他牺牲了个人，好让儿子有朝一日又有钱又幸福。他们是因为政治见解拆散那对父子的。当然，我同意政治见解，但是有些人不懂得适可而止。上帝啊！一个人只因到过滑铁卢，总不能就说是魔怪，不能为了这个就把父亲和孩子拆开。他是波拿巴的一名上校，听说已经死了。当时他住在维尔农，那里有我一个任本堂神父的兄弟。他好像叫什么彭迈里，或者彭派西……好家伙，他脸上有一大道刀伤。"

"叫彭迈西！"马吕斯脸唰地白了，说道。

"一点不错。彭迈西。您认识他吗？"

"先生，"马吕斯答道，"那是我父亲。"

那位老管理员合拢双手，高声说道："哦！您就是那个孩子！对，是这样，现在该长成大人了。嘿！可怜的孩子，您可以说，您有个非常爱您的父亲！"

马吕斯让老人挽住胳臂，一直送他回到住所。次日，马吕斯对吉诺曼先生说：

"我们几个朋友约好去打猎，您能准许我出去三天吗？"

"四天吧！"外公回答，"去吧，痛快玩一玩。"

接着，他眨了眨眼，低声对他女儿说；"去会小妞儿啦！"

六、遇见教堂财产管理员的后果

马吕斯去了什么地方，稍后就会知晓。

马吕斯出去三天，返回巴黎，又径直去法学院图书馆，借阅《政府公报》的合订本。

他读了《政府公报》，读了共和国和帝国的全部历史、《圣赫勒拿岛回忆录》、各种回忆录、报纸、战报、公告。他饱览一切。他在大军战报上头一次遇见他父亲的名字，就整整发了一周的高烧。他去拜访乔治·彭迈西曾在其麾下效过力的那些将军，其中有H伯爵。他又去看过本堂财产管理员，那位马伯夫神父向他讲述了上校退休，在维尔农的生活，栽种花草和孤单的日子。马吕斯这才完了了解他父亲那个人，那个少有的杰出而温厚的人，那个猛如雄狮又驯如羔羊的人。

这期间，他全部时间和整个心思，都用来研究文献，几乎不怎么见吉诺曼家的人，只到吃饭的时刻才露面，饭后再找他就不见了。姨妈开始咕哝起来。吉诺曼老头则微微一笑，说道："嗳！嗳！这是追小妞儿的时候嘛！"有时，老人还补充一句："我还以为随便玩玩呢，看样子还真迷上啦！"

的确迷上了。

马吕斯开始着迷地崇拜他父亲。

与此同时，他的思想发生了异乎寻常的变化。这种变化有许多阶段，也是逐步进行的。这也是我们时代许多人的思想历程，因此，我们认为有必要一步一步追踪，逐个勾画出这些阶段。

这段历史，他刚投上几眼就大为惊骇。

头一个反应便是眼花缭乱。

直到那时，共和国、帝国这些字眼，对他来说十分可怕。共和国，是黄昏中一个绞刑架；帝国，是黑夜里一把战刀。可是，他投眼望去，本以为只能看见一片黑暗的混沌，不料望见闪闪发光的星辰、冉冉升起的太阳，真是万分惊讶，又喜又怕。那些星辰是米拉博、韦尼奥、圣茹斯特、罗伯斯庇尔、加米尔·德穆兰、丹东，而那太阳就是拿破仑。他晕头转向，连连后退，只觉得辉光耀眼。继而，一阵惊愕过后，他渐渐适应这一道道灿烂的光芒，注视那些行动而不目眩，审视那些人而不恐惧了。革命和帝国通明透亮，远远出现在他幻视的目光前面。他望见那两组事件和人分别概括在两个巨大的事实中：共和国的事实，就是归还给民众的民权取得崇高地位；帝国的事实，就是强加给欧洲的法兰西思想取得崇高地位。他望见从革命里出现人民的伟大形象，从帝国里出现法兰西的伟大形象。他在内心里宣布，这一切都是好的。

这种初步评价还太笼统，他一时目眩所忽略的方面，我们认为没有必要在此指明。须知，这是人的思想进展中的状态。进步不可能一蹴而就。这话对上文和下文都适合，交代了这一点，我们再往下说。

于是他发觉，直到那时候，他既不了解自己的国家，也不了解自己的父亲。无论祖国还是父亲，他都毫无认识，真好像故意让夜幕蒙住自己的眼睛。现在，他看见了：对祖国他赞美，对父亲他热爱。

他心里充满懊悔和愧疚，现在他百感交集，只能向一座坟墓诉说了，想想怎不悲痛欲绝！唉！如果他父亲还在人世，如果他还拥有父亲，如果上帝大慈大悲，还让这位父亲活着，那么，他会怎样飞速跑去，会怎样扑向父亲，会怎样高喊："父亲！我来啦！是我呀！我有你这样一颗心！我是你儿子呀！"他会怎样拥抱父亲的头，泪水洒满他的白发；他会怎样瞻仰父亲的刀伤，紧握父亲的双手；会怎样欣赏父亲的衣服，亲吻父亲的双脚！唉！这位父亲，为什么早早就离世，还没有上年纪，还没有得到公正待遇，还没有得到儿子的爱呀！马吕斯心中无时不在饮泣，无时不在唉声叹气！与此同时，他变了，变得真的更加严肃，真的更加深沉，真的更加确信自己的信念和思想了。真实的光芒时刻照来，充实他的理念。他内心仿佛成长起来，感到自身壮大了，那是两种新事物，他的父亲和祖国给他带来的。

一旦有了钥匙，什么门都能打开。同样，马吕斯也弄明白了他从前所仇恨的，洞悉了他从前所憎恶的。从此他清晰地看到，别人教他鄙视的那些伟大事物，别人教他诅咒的那些伟大人物所体现的天意、神意和人意。原来的见解不过是昨天的事，现在想起来却恍若隔世，他心中又气恼，又哑然失笑。

他转变了对父亲的看法，接着也自然改变了对拿破仑的看法。

不过应当指出，改变对拿破仑的看法，不是一帆风顺的。

他从小脑袋里就灌满了1814年党人对拿破仑的评价。复辟王朝的各种偏见、全部利益和本能，都极力歪曲拿破仑。王朝憎恨罗伯斯庇尔，更憎恨拿破仑，而且相当巧妙地利用了国家的疲敝和母亲的怨恨，把波拿巴描绘成了近乎传说中的魔怪。正如我们刚才指出的，民众的想象类似儿童的想象，为了按照民众的想象来描绘拿破仑，1814年党人陆续抛出形形色色的骇人脸谱，从可怕而不失为伟大的直到可怕转而可笑的，从提比略[1]直到吓唬孩子的妖怪。因此，一提起拿破仑，只要泄愤，就可以号啕大哭，也可以纵声大笑。对于人们习惯称呼的"那个人"，马吕斯的头脑里从来没有别的看法。而那种看法又同他的倔强秉性相结合，他身上附了一个憎恨拿破仑的顽固小人儿。

在阅读历史，尤其通过文献和材料研究历史的过程中，在马吕斯眼中遮盖拿破仑的幕布渐渐撕开了。他隐约望见无比巨大的影像，怀疑起自己直到这时为止，就像看错其他事物一样，也看错了拿破仑。他一天比一天看得清楚了，并开始一步一步缓慢地攀登，起初还颇为遗憾，继而兴奋起来，仿佛受到一种不可抗拒的诱惑力所吸引。他步上的是狂热崇拜的梯阶，开头很昏暗，渐渐才有了亮光，最后终于光明灿烂了。

一天夜晚，马吕斯独自待在顶楼的小卧室里，双肘支靠在面对着敞开的窗口的桌子上，借着烛光阅读。各种各样的幻想自天而降，同他的思想交织起来。夜景多么奇妙！不知从什么地方隐隐传来声响，比地球大一千

1　　提比略（公元前42—37）：罗马皇帝（14年至37年在位），历史上被视为暴君。

二百倍的木星好似一块火炭，闪耀着红光，幽暗的苍穹星光闪烁，真是奇妙无比。

他在翻阅大军战报，那是在战场上写出来的荷马史诗般的诗篇。他时而遇见父亲的名字，随处可见皇帝的名字，眼前就出现整个大帝国。他胸中的海潮汹涌上涨，有时觉得父亲像一阵清风，从他身边经过，对着他耳朵说话；他越来越变得怪异了，恍若听见战鼓声、炮声、军号声、营队行进的整齐步伐、远处骑队奔驰的隐约马蹄声。他不时抬起眼睛眺望天空，凝望无垠的深邃中闪耀着巨大的星辰，继而目光收回到书本，他看见另一些巨大的事物影影绰绰地晃动。他的心缩紧，激动起来，浑身开始颤抖，呼吸也急促了。突然，他站起来，不知心里想到什么，也不知在顺从什么，双臂却伸到窗外，凝望那巨影、那沉寂、那幽邃的无限、那茫无垠际的永恒，高喊了一声：皇帝万岁！

从这时起，大势已定。什么科西嘉的吃人魔怪，什么篡位者，什么暴君，什么同胞妹乱伦的禽兽，什么跟塔尔马学艺的小丑，什么在雅法下毒的罪犯，什么老虎，什么布奥拿巴，这一切统统化为乌有；在他头脑里让位给一片浩茫而灿烂的光芒，在那光芒中高不可攀的地方，挺立着一尊恺撒大理石像，好似惨白的幽灵。在马吕斯父亲的心目中，皇帝还仅仅是人们所敬佩并愿为效命的亲爱的统帅。而在马吕斯看来，他是继罗马人之后，法国人统御世界的命定的设计师，他是一个崩溃世界的伟大建筑师，继承了查理大帝、路易十一、亨利四世、黎塞留、路易十四以及公安委员会。当然他也有污点，有过错，甚至有罪恶，就是说他是人。不过，他在过错中仍不失庄严，在污点中仍不失辉煌，在罪恶中仍不失英伟。他是上天派遣的人，来迫使所有国家说："伟大的国家。"他做得还要出色：他是法兰西的化身，以他手中之剑征服欧洲，以他放射的光明征服世界。在马吕斯看来，波拿巴是个闪闪发光的幽灵，始终屹立在边境线上，保卫着未来。他是独裁者，却是狄克推多[1]，是从一个共和国诞生出来并概括一场革命的独

---

[1]　狄克推多：古罗马的独裁官。

裁者。在马吕斯看来，拿破仑成为人民的人，正如耶稣成为神人一样。

可以看出，他的行为酷似新皈依一种宗教的人，因自己的皈依而极度兴奋，急不可待地投进去，而且走得太远。他天性如此，一旦从斜坡往下滑，就很难收住脚了。对武力的狂热占据了他的头脑，使他对思想的热忱变得复杂了。他丝毫也没有意识到，他崇拜天才，也夹杂着崇拜武力，换句话说，他往自己偶像的两个格子里，分别安放了神圣的东西和野蛮的东西。在许多方面，他也出了别的差错。他什么都接受。在追求真理的路上，有可能遇到谬误。他有一种强烈的诚心，什么都囫囵吞下去。他走上新的道路，无论审判旧制度的错误，还是衡量拿破仑的光荣，他都忽略了应当打折扣的情况。

不管怎样，飞跃了一步。他看到从前君主制衰败的地方，现在法兰西崛起了。他改变了方向，落日变成日出的地方。他掉了个头。

这一系列转变在他身上完成，而他家人却毫无觉察。

在这种隐秘的变化中，他完全蜕掉波旁和极端派的那层旧皮，抛掉了贵族、雅各派[1]和保王派，变成完全的革命派、彻底的民主派，而且接近革命派了。于是，他到金银河滨路的一家刻字店，定制了一百张"马吕斯·彭迈西男爵"的名片。

他围绕着父亲在内心所发生的变化，这仅仅是极合逻辑的一种后果。可是，他不认识任何人，又不能把名片散发到人家的门房，就只好揣在自己的衣兜里。

还有一种自然的后果，就是他越接近他父亲及其名望，越接近上校为之战斗二十五年的事物，就越疏远他外公。我们说过，他根本不喜欢吉诺曼先生的性情，这情况由来已久。在这个严肃的青年和这个轻浮的老人之间，处处都不合调儿。老东西的快活刺激并加剧了维特的忧伤。只要政治见解和思想一致，就等于有一座桥梁，马吕斯可以在上面和吉诺曼先生相会。一旦这座桥梁坍毁，就出现鸿沟了。还有最重要的一点，吉诺曼先生

1　英国1688年革命后，还拥护雅各二世和斯图亚特王朝的人，称雅各派。

出于愚蠢的动机，无情地把他从上校的身边夺走，既让父亲失去孩子，也让孩子失去父亲，马吕斯一想到这事儿，心里对吉诺曼先生就产生一种难以名状的激愤。

马吕斯对父亲实在太敬重了，结果对老外公几乎产生了厌恶的情绪。

我们已经提过，这一切丝毫也没有流露出来，只是他变得越来越冷淡了，在餐桌上寡言少语，也不大待在家里。姨妈为此责备过他，他回答的口气非常温和，总说有事：研究、上课、考试、听讲座等。老外公总脱离不开他那把握十足的判断："有了心上人！这事儿我懂！"

马吕斯不时要外出。

"他总走，到哪儿去呢？"姨妈问道。

他外出旅行，时间总是很短，有一次去了蒙菲郿，那是遵从父亲的遗言，去找从前在滑铁卢的那个中士，客栈老板德纳第。德纳第破了产，小客栈关了门，下落不明。马吕斯离家寻访了四天。

"毫无疑问，他什么也不顾了。"老外公说道。

有人仿佛看到，他胸前衬衫里有什么东西，吊在他颈上的一条黑带上。

七、追小妞儿

我们提过一个枪骑兵。

他是吉诺曼先生的侄孙，一向离家在外，也远离所有居家住户，过着军营生活。特奥杜勒·吉诺曼中尉具备所谓英俊军官的全部条件。他有一副"仕女的身段"，有一种拖曳战刀的英武姿势，还有两撇向上翘的小胡子。他极少来巴黎，就连马吕斯也从未见过。这对儿表兄弟彼此仅仅知道名字。我们好像说过，特奥杜勒是吉诺曼姑妈的宠儿。只因见不到，姑妈才特别喜欢他。见不到面的人，就会令人想得非常完美。

一天早晨，吉诺曼大小姐回到屋里，一副平静惯了所能表露出来的激动神情。刚才，马吕斯又请求外公准许他外出短期旅行，并说打算当天晚上就动身。"去吧！"老外公回答。吉诺曼先生随即又转过身，两道眉毛挑到额头上，旁白了一句："在外留宿，屡教不改。"吉诺曼小姐上楼回房，在楼梯上抛出这样一个感叹句："太过分啦！"还抛出这样一个疑问句："他到底去哪儿呢？"她隐约猜出多少难于启齿的一次艳情，隐约看到暗中有个女人，是一次约会，一次偷情。她很想借助眼镜仔细瞧瞧，领略一下偷情，就像乍见一场风波那样新鲜，圣洁的灵魂也决不厌恶，虔诚的心曲也有密室，装着对丑闻的好奇。

　　因此，她隐约渴望了解这样一件事的经过。

　　这种好奇所引起的躁动稍微打乱她的习惯，为了转移注意力，她就往自己的手艺中逃避，开始把剪布图案绣在布上。那种剪接绣满车轮图案的饰物，在帝国和王朝复辟时期非常流行。腻烦的活计，烦躁的绣工。吉诺曼小姐已经坐了好几个小时未动窝，忽然房门打开，她扬起鼻子，看到特奥杜勒中尉站到面前，正向她行军礼。她高兴得叫起来。一个女人老了，又一贯正经、虔诚，又是姑妈，不过，看到一名枪骑兵走进房间，总归是件快活的事儿。

　　"你到这儿啦，特奥杜勒！"她惊叫道。

　　"是顺道看看，姑妈。"

　　"倒是快点拥抱我呀。"

　　"好哇！"特奥杜勒回答。

　　他上前拥抱了吉诺曼姑妈。姑妈走到写字台前，打开抽屉。

　　"你至少陪我们一周吧？"

　　"姑妈，今天晚上我就得走。"

　　"怎么可能！"

　　"一点儿不错！"

　　"留下吧，我的小特奥杜勒，求求你啦。"

　　"心要留下，可是军令不行。事情很简单：我们要换防，原先驻扎在默伦，现在转移到加永。从老防地去新防地，要经过巴黎。我就说：我要去看看姑妈。"

　　"喏，这是你的辛苦费。"

她往侄儿手中塞了十枚金路易。

"您是说给我的娱乐费吧，亲爱的姑妈。"

特奥杜勒再次拥抱姑妈，而老姑妈脖子让他军服的饰带划了一下，产生一阵快感。

"一路上，你是随着团队骑马走吧?"姑妈问他。

"不，姑妈。我打定主意来看您，得到特殊允许。我的勤务兵把我的马带走了，我乘驿车去。对了，我要问您一件事。"

"什么事?"

"我那表弟马吕斯·彭迈西，他也要外出吗?"

"这事儿你怎么知道?"姑妈说，一句问话突然搔到她好奇心的最痒处。

"我刚一到，就去驿站订了一个下层座。"

"那又怎么样?"

"有个旅客来过，订了一个上层座。我在单子上见到他的名字。"

"叫什么?"

"马吕斯·彭迈西。"

"坏小子!"姑妈嚷道，"哼! 你那表弟可不像你这样规矩。在驿车上过夜，成什么体统!"

"跟我一样。"

"你不一样，是执行任务。而他呢，是去胡闹。"

"好家伙!"特奥杜勒说道。

说到这里，吉诺曼大小姐灵机一动，有了个主意。她若是个男子汉，一定会拍拍额头。

她责备特奥杜勒:

"你知道吗? 你那表弟都不认识你!"

"不知道。我是见过他，可是，他从来不屑仔细瞧我一眼。"

"你们是要同车旅行啦?"

"他在上层座，我在下层座。"

"那趟车去哪儿呢?"

"去昂德利斯。"

"马吕斯要去那儿吗?"

"除非跟我一样中途下车。我到维尔农换车去加永。马吕斯的路线,我根本不知道。"

"马吕斯!这名字难听死了!怎么能想到起马吕斯这名字呢!而你,叫特奥杜勒,至少说得过去!"

"我倒更愿意叫阿尔弗雷德。"军官说道。

"听我说,特奥杜勒。"

"我听着呢,姑妈。"

"注意!"

"我注意了。"

"准备好了吗?"

"好了。"

"告诉你,马吕斯时常不回家。"

"嘿,嘿!"

"他时常旅行。"

"哦,哦!"

"他时常在外面过夜。"

"嗬,嗬!"

"我们想了解这里面有什么名堂。"

特奥杜勒像老练而麻木的人那样,平静地回答:

"有条短裙子吧。"

接着,他皮笑肉不笑,显得把握十足,又补充一句:

"有个小妞儿吧。"

"显而易见。"姑妈高声附和。她听那口气,真像吉诺曼先生说的话:叔公和侄孙几乎以同样的腔调说出"小妞儿"这个词,这就使她确信无疑了。她又说道:

"请你帮我们一个忙,盯着点儿马吕斯。这事儿容易做,他不认识你。

既然有小妞儿，那就设法瞧瞧那小妞儿。然后写信来，向我们讲讲这段有趣的故事，让他外公开开心。"

对这种跟踪盯梢儿的事，特奥杜勒不大感兴趣。不过，他接了十路易金币，非常感动，觉得以后还可能哗哗地跟来。于是，他接受了使命，说道：

"听您的吩咐，姑妈。"但他心下又暗说一句："这下子我成了老保姆了。"

吉诺曼小姐亲了他一下。

"你呀，特奥杜勒，你可不会干那种荒唐事儿。你遵守纪律，是营规的奴隶，是安分尽职的人，你绝不会离开家，去会那种女人。"

枪骑兵做了个鬼脸，那种满意的神色，就像伽尔图什[1]听人称赞他奉公守法一样。

在这次谈话的当天晚上，马吕斯上了驿车，根本想不到会有人监视他。至于那位监视人，他做的头一件事就是呼呼大睡，可以说高枕无忧，完全进入梦乡。阿耳戈斯[2]鼾声响了一整夜。

天蒙蒙亮的时候，车夫嚷道："维尔农！维尔农站到啦！到维尔农的旅客下车啦！"特奥杜勒中尉醒来。

"对，"他还处于半睡状态，咕哝道，"我是在这儿下车。"

继而，他完全醒来，头脑也渐渐清晰了，这才想到他姑妈、那十路易，以及他肩负的使命，要汇报马吕斯的举动。想到这里他笑了。

他一边重新把紧身军衣扣上，一边想道：也许他不在车上了。他到普瓦西就可能下去了，到特里埃尔就可能下去了。他若是没在默朗下车，就可能在芒特下车，除非到罗勒布瓦兹下去了，或者一直到帕西，再换车往左边去埃夫勒，或者往右边去拉罗什－吉永。你在后边追吧，我的姑妈。鬼

1　伽尔图什（1693—1721）：法国一个盗匪团伙的首领。
2　阿耳戈斯：希腊神话中的百眼巨人，奉天后之命看守被变成小母牛的伊娥。他睡觉时闭五十只眼睛，睁五十只眼睛。

晓得我写信向那个老太婆说什么？

正在这时候，从顶层车厢下来一条黑裤子，出现在下层车厢的窗口。

"会是马吕斯吗？"中尉说道。

正是马吕斯。

车下有个农村小姑娘，混在马匹和马夫当中，正向旅客叫卖鲜花："鲜花送给您的太太小姐吧。"

马吕斯走上前，买了她篮子里最美的鲜花。

"这下可把我的劲头挑起来！"特奥杜勒说着，跳下底层车厢，"见鬼，这些花，他要送给谁呢？这样一束美丽的花，只有一个绝色女子才配。我要见她一面。"

于是，他开始跟随马吕斯，但现在不再顾什么使命，而是受好奇心的驱使了，就好像猎犬为自己捕猎了。

马吕斯根本没注意特奥杜勒。驿车上下来几位衣着华丽的女子，而他旁若无人，连看也不看一眼。

"他可真够痴情的！"特奥杜勒想道。

马吕斯朝教堂走去。

"好极了！"特奥杜勒心下暗道，"教堂！正是。情侣约会，加点弥撒当佐料，就最有味道了。从仁慈上帝的头顶抛送秋波，再也没有比这更美妙的事了。"

马吕斯走到教堂，却没有进去，而是绕到后殿，过了半圆后殿的一个墙垛就不见了。

"露天约会。"特奥杜勒咕哝道，"瞧瞧那小妞儿。"

他踮起长筒靴，朝马吕斯拐过去的墙角走去。

到了那儿，他惊愕地站住了。

马吕斯双手捧着额头，跪在一座坟茔的杂草中，他揪下那束鲜花的花瓣撒在坟前。坟墓一端突出的部分，表明是坟头，插着一座黑色木十字架，上面白色的字是这个名字："上校彭迈西男爵"。只听马吕斯痛哭失声。

那"小妞儿"就是一座坟茔。

八、大理石碰花岗岩

马吕斯头一回离开巴黎，就是来这里。后来吉诺曼先生每次说他在外留宿，他也是来这里。

特奥杜勒中尉不料碰上一座坟墓，真是惊诧不已，产生一种特殊的不快，这种感觉难以分析，既有对一座坟茔，也有对上校的敬意。他退回去，丢下马吕斯独自待在公墓里。这种后撤也是遵守纪律的表现。眼前出现的戴着大肩章的死者，他差一点行了个军礼。他不知道该如何给姑妈写信，就干脆不写了。如果不是偶然中常见的那种鬼使神差，使维尔农这一场面立即在巴黎掀起一场风波的话，马吕斯的爱被特奥杜勒发现，大概也不会造成任何后果。

第三天大清早，马吕斯从维尔农返回外公家。在驿车上过了两夜，他感到十分疲惫，需要去学一小时游泳才能补偿睡眠，于是匆忙上楼回房间，脱下旅行装，摘下脖子上的黑带子，就赶往浴场。

吉诺曼先生同所有健康的老人一样，早早就起床，听见外孙回来，就迈动两条老腿，以最快的速度爬楼梯，到马吕斯住的阁楼拥抱他，问问情况，了解一下他从什么地方回来。

可是，小伙子下楼比八旬老人上楼用的时间少得多，等吉诺曼老头走进阁楼房间，马吕斯已经不在了。

床铺没有动过，上边随意摊着那身旅行装和那条黑带子。

"有这东西更好。"吉诺曼先生说了一句。

过了一会儿，他走进客厅，只见吉诺曼大小姐已经坐在那儿，正绣她那车轮图案呢。

吉诺曼先生进来得意扬扬。

他一手拎着旅行装，一手提着脖颈带子，进门就嚷道：

"胜利啦！我们就要探到秘密啦！我们就要弄个水落石出啦！我们就要摸到这个鬼鬼祟祟的小子的风流事儿啦！我们掌握了他的浪漫故事。我拿到了肖像！"

果然，颈带吊着一个黑色驴皮圆盒，颇像一枚大勋章。

老人拿起小盒，先不忙打开，赏玩了一阵，那神态就像一个可怜的饿鬼，眼看一顿丰盛的晚餐从自己鼻下给别人端去，真是又欣喜若狂，又心头火起。

"里面装的显然是肖像，这事我内行，这东西情意缠绵地挂在胸口。他们也太傻啦！很可能是个丑八怪，见了叫人不寒而栗！如今的年轻人呀，口味儿也太差劲啦！"

"先拿出来瞧瞧吧，父亲。"老小姐说道。

按一下弹簧盒子就开了，可是里面只有仔细折叠好的一张纸。

"老一套。"吉诺曼先生哈哈大笑，说道，"我知道是什么玩意儿。一封情书！"

"哦！那就念念吧！"老小姐说道。

说着，她戴上眼镜。他们打开那张纸，只见上面写道：

"吾儿亲览：皇上在滑铁卢战场上亲口封我为男爵。既然复辟政权否认我用鲜血换来的这一爵衔，吾儿就应当承袭过去。毫无疑问，吾儿是当之无愧的。"

父女二人的感觉真是难以言传，浑身仿佛让骷髅头吹的寒气冻僵了。他们没有交换一句话，只有吉诺曼先生好像自言自语，低声说道：

"正是那个武夫的笔迹。"

老小姐翻来覆去地检查那张纸，然后放回小盒里。

与此同时，一个长方形的蓝纸包从旅行装的一个兜里掉出来。吉诺曼小姐拾起，打开蓝纸包。那正是马吕斯的一百张名片。吉诺曼先生从她手里接过一张，念道："马吕斯·彭迈西男爵。"

老人拉铃叫来妮珂莱特，拿起颈带、小盒和旅行装，全扔到客厅中央的地上，说道：

"把这些破烂儿都拿走！"

在沉默中整整过去了一小时。老头子和老姑娘背对背坐着，各自想心事，也许在想同样的事。一小时过后，吉诺曼姨妈说了一句：

"精彩！"

又过了一会儿，马吕斯回来了。他刚一到，还未跨进客厅的门，就看见他外公手里拿着他的一张名片；外公一同他照面，就摆出高人一等的绅士派头，带几分蔑视的口气，大声嘲笑道：

"嗬！嗬！嗬！嗬！好家伙，现在你是男爵啦！恭贺你呀。这究竟是什么意思呢？"

马吕斯的脸微微一红，答道：

"这就是说，我是我父亲的儿子。"

吉诺曼先生收敛冷笑，厉声说道：

"你父亲是我！"

"我父亲，"马吕斯垂下目光，神态严肃地接着说，"是个低微而英勇的人。他为共和国和法兰西光荣地效过力，他是人类最伟大的历史时期的伟大的人。他在野营中度过四分之一世纪，白天冒着枪林弹雨，夜晚冒雨睡在雪地泥地，他夺过两面敌军军旗，受过二十几处伤，死后遭人遗忘和背弃。他一生只有一个过错，就是过分爱了两个忘恩负义的东西：他的国家和我！"

吉诺曼先生哪能容忍这种话，他一听到"共和国"，就霍地起来，说得更恰当些，挺身而立。马吕斯说的每一句，都像鼓风炉吹旺火的热气，扑到那老牌保王派的脸上。只见他那张脸由阴沉变红，由红变紫，又由紫变得燃烧起来。

"马吕斯！"他吼道，"你这可恶的孩子！我不知道你父亲是什么东西！我也不想知道！我不知道他干了什么，也不知道他那个人！而我所知道的，就是他们那伙人当中，全都是无耻之徒！他们那些人，全是无赖、杀人凶手、红帽子党徒、盗匪！我说全是！我说全是，但我一个也不认识！我说全是！听见了吗，马吕斯！你明白了吧，你是男爵，就跟我这拖鞋一样！他们全是为罗伯斯庇尔卖命的匪徒！全是布—奥—拿—巴卖命的强盗！他们全是逆贼，背叛，背叛，背叛！背叛了他们合法的国王！他们全是胆小鬼，在滑铁卢见到普鲁士和英国人望风而逃！我就知道这个。令尊大人也在那里，我不得而知，我很遗憾，算他活该，恕在下直言！"

马吕斯一听这话，面颊也变成炭火，而吉诺曼先生却成热风了。马吕斯浑身颤抖，脑袋冒火，不知道该怎么办，如同眼睁睁看人将圣饼扔一地的神父，又像干看着行人唾其偶像的僧人。在他面前说出这种话，绝不能不受惩罚。可是怎么办？刚才当着他的面，把他的父亲践踏了一阵，是谁践踏的呢？是他外公。怎么能为一个雪耻而又不冒犯另一个呢？他不可能辱骂外公，同样不可能不为父亲雪耻。一边是一座神圣的坟墓，另一边是白发苍苍的脑袋。这一切在他头脑中回旋翻腾，他一时像醉了一样，站立不稳。继而，他抬起头，眼睛盯着老外公，像打雷一般吼叫一声：

"打倒波旁王室，打倒肥猪路易十八！"

老人本来涨红的脸陡然变色，比头发还白了。他转向摆在壁炉上的德·贝里公爵半身像，以庄严得出奇的姿态深鞠一躬。接着，他从壁炉到窗口，又从窗口到壁炉，缓步默默地走了两个来回，如同一尊石雕像行走那样，踏得地板咯咯山响。走第二趟的时候，到了在冲突面前像老绵羊一样惊得发呆的女儿跟前，他便俯过身去，面带近乎平静的微笑说道：

"一位像先生那样的男爵，一个像我这样的市民，是不能住在同一个屋顶下的。"

他猛地直起身，面无血色，额头因盛怒的骇人光芒而扩大了，颤抖地朝马吕斯举起手臂，吼道：

"滚出去！"

马吕斯离开了住宅。

第二天，吉诺曼先生对他女儿说：

"每六个月，您寄六十皮斯托尔[1]给那个吸血鬼。今后，您永远也不要向我提起他。"

还有满腔怒火无处发泄，他就连续三个多月用"您"称呼女儿。

马吕斯也气冲冲地走了。应当指出，有一个情况更加激怒了他。这类

1　皮斯托尔：法国古币名，1皮斯托尔相当于10利弗尔。

意外的小误会，总要使家庭风波变得更复杂。各人过错实际上虽然没有增加，可是怨恨却加深了。那个妮珂莱特遵照老外公的吩咐，急忙将那些"破烂"送回马吕斯的卧室，无意中将珍藏上校遗书的黑色圆皮盒失落，大概掉在昏暗的顶楼楼梯上。那张纸和圆盒再也没有找见。马吕斯断定是"吉诺曼先生"——从这天起，他不再以别的称谓叫他——把"他父亲的遗嘱"烧了。上校写的几行字都记在他心里，因此一个字也没有丢掉。然而，那张纸、那笔迹，是神圣的遗物，是他整个一颗心。而别人怎么那样对待呢？

马吕斯走了，没说去哪里，也不知道去什么地方，身上只有三十法郎、一只表，以及装着日常衣物的一个旅行包。他登上一辆出租马车，说好按时计费，便漫无目的地朝拉丁区驶去。

马吕斯后来的情况如何呢？

第四卷　ABC朋友会

一、几乎载入史册的一个团体

那个时期表面上风平浪静，而暗中却激荡着一股革命潮流。1789年和1792年幽谷的气流，又吹回到空中。青年一代，请允许我们使用这个字眼，正在"蜕变"。他们几乎毫无觉察，就随着时间的流动而改变了。表盘上行走的时针，也在心灵里行走。每人都不可避免地迈出前进的脚步。保王党人变成自由派，而自由派则变成民主派。

那就像一次大海潮，只见无数浪涛起落流转，而浪涛起落流转的特点就是大交汇，那便是蔚为奇观的思想大汇合：人们同时崇拜拿破仑和自由。在此我们谈一点历史。这正是那个时期的幻景。观点和主张经过不同阶段。伏尔泰保王主义，这一奇特的变种，也有同样怪异的类似物，就是波拿巴自由主义。

另外一些思想团体较为严肃。有的探讨原理，有的看重人权。有的热衷于绝对真理，放眼可望实现的无限远大的目标。绝对真理，以其自身的刚硬严苛，把人的思想推向霄汉，在无限空间里漂浮。信条比什么都更能令人产生梦想，而梦想又比什么都更能孕育未来。今天的乌托邦，就是明天的骨肉。

先进的主张有双重背景。一种神秘的端倪威胁了"既定秩序"，显得可疑而诡秘。这是最为革命的一种标志。当权者的意图，在坑道里同人民的意图狭路相逢。酝酿起义正好道出密谋政变。

当时，法国还没有德国道德团[1]，或者意大利烧炭党那样庞大的地下组织；然而，有些地方，挖掘的暗道正伸展蔓延。艾克斯那儿的库古尔德会[2]已见雏形，巴黎这类社团中，有一个叫ABC朋友会。

何谓ABC朋友会呢？是一个团体，其宗旨，表面上为教育孩子，实际上为培训成人。

他们自称为ABC的朋友。ABC就是民众[3]。他们要把民众拉起来。双关语的文字游戏，谁要嘲笑就错了。这种文字游戏，有时在政治上相当严肃。例如："阉人上战场"[4]，就使得纳尔雷斯当上将军；再如："野蛮人所不为，巴尔贝里尼干出来"[5]；再如："自由和家"[6]；再如："你是石头，在这石头上我要建造……"[7]等等。

ABC朋友会成员不多，是一个处于萌芽状态的秘密团体，几乎可以说是个小集团，当然要有小集团能产生英雄的含义。他们在巴黎聚会有两个地点：一个是"科林斯"酒馆，在菜市场附近，以后还要谈到；另一个是穆赞咖啡馆，在先贤祠附近圣米歇尔广场边上，那家小咖啡馆如今已然拆毁。两个聚会地点，前一个接近工人，后一个接近大学生。

ABC朋友会经常在穆赞咖啡馆后间秘密聚会。后间离店铺相当远，由很长一条走廊相通，有两扇窗户和一道后门，出后门下一道暗梯，便是砂岩小街。他们聚在那里抽烟、喝酒、打牌，说说笑笑，纵论天下大事，谈到某些事又压低嗓门。墙上钉着一幅共和时期的法国旧地图，这一标志就足以唤起警探的嗅觉了。

1　道德团：1808年德国爱国青年组成的团体。

2　库古尔德会：一个小型的共和党人秘密组织；在普罗旺斯地区，意为"笨蛋社"。

3　"ABC"与法文词"身份低下"发音相似，故隐含"民众"之意。

4　拜占庭皇帝查士丁尼一世（527年至565年在位），曾派宦官纳尔雷斯出征。

5　原文为意大利文。17世纪，巴尔贝里尼家族为建府邸，在罗马拆毁古建筑。"巴尔贝里尼"与"野蛮人"读音相近。

6　原文为西班牙文。是西班牙自由派联合的口号。

7　耶稣对彼得说的话。彼得意味石头，故说在石头上建教堂。

ABC朋友会的成员大部分是大学生，他们同几个工人关系十分密切，主要人物的名字如下：安灼拉、公白飞、若望·普鲁维尔、弗伊、库费拉克、巴奥雷、赖格尔或飞鹰、若李、格朗太尔。在一定程度上，他们成为历史人物了。

这些青年极其看重友情，成为一家人了。除了赖格尔以外，他们全是南方人。

这伙人很出色，但是，他们已经消失在我们脑后无形的深渊中了。故事叙述到这里，趁读者还未目睹他们坠入一场悲壮冒险的黑暗中，也许有必要移过去一束光，照一照这些年轻的面孔。

安灼拉是有钱人家的独生子，以后会明白我们为什么头一个提到他。

安灼拉是个可爱的小伙子，但厉害起来也很吓人。他像天使一样俊美，是安蒂诺乌斯古[1]再世，但又桀骜不驯。看他那沉思眼神的反光，可以说他在前世就经历过革命的大风暴。他以见证人的身份继承了革命传统，了解这件大事的全部细节。他天生仪态威严，而又勇武好斗，这集在青年一身，简直不可思议。他既是主祭，又是斗士。以直接的观点来判断，他是民主的战士，如果超越当时的运动来看，他是宣扬理想的教士。他目光深邃，眼睑微红，下嘴唇厚实，容易做出鄙夷之态，而额头则显得高耸。一张面孔上额头高耸，就像天际上一片晴空，如同上世纪末本世纪初少年得志的一些人，他的青春也跟少女一样，奔逸而鲜艳，尽管也有略显苍白的时候。他已成年，却还像个孩子。他到了二十二岁，却还像十七岁少年。他十分严肃，就仿佛不知道天下还有所谓女人。他只有一种迷恋，就是人权，只有一个念头，就是清除障碍。他在阿文蒂诺山上会是格拉库斯[2]，在国民公会里会是圣茹斯特。他视而不见玫瑰，不理睬春天，也听不见鸟儿歌唱。他看

---

1 安蒂诺乌斯古：传说中的希腊美少年，阿德里安皇帝的宠儿，130年溺死在尼罗河后被封为神。

2 阿文蒂诺山是罗马城外七山冈之一。格拉库斯兄弟二人先后是罗马护民官：兄蒂贝里乌斯（公元前162—公元前133）、弟卡伊乌斯（公元前154—公元前121），因主张土地改革而被大地主杀害。

见爱娃德奈裸露的酥胸，也不会比阿里斯托吉通更为动情，在他眼里，就像在哈尔莫狄乌斯眼里那样，鲜花只配掩藏利剑[1]。他在欢乐中也不苟言笑。凡遇同共和无关的事物，他总怕被玷污似的垂下目光。他是自由女神大理石雕像的情人，他的语言直穿胸腔，像圣歌一般娓娓动听。难以预料他什么时候张开翅膀。哪个多情女子去试探他，那就自找倒霉！康伯雷广场或圣让·德博维街的年轻女工，见到这张逃学的中学生面孔、这副少年侍从的模样儿，见到这金黄的长睫毛、这蓝眼睛、这迎风蓬乱的头发、粉红的脸蛋、鲜艳的嘴唇、洁白的牙齿，如果要饱餐这整个曙光，走到安灼拉面前搔首弄姿，那她就会从一副惊人而凶狠的目光中突然看到深渊，从而明白不该把以西结的威猛天使，同博马舍的风流天使混为一谈[2]。

安灼拉这边代表革命的逻辑，而公白飞那边则体现革命的哲学。革命的逻辑和哲学之间，唯一的差异就是它的逻辑能导致战争的结论，而它的哲学则能达到和平的结果。公白飞补充并修正安灼拉，个头儿没有那么高，肩膀却要宽些。他主张往人们的头脑里灌输总体思想的广泛原则。他常说：革命，其实就是文明。他在悬崖峭壁的山峰周围，展示了辽阔的碧空。因此，在公白飞的全部主张里，有些切实可行的东西。公白飞倡导的革命，要比安灼拉所倡导的容易让人接受。安灼拉宣扬革命的神圣权利，公白飞则宣扬自然的权利。前者追慕罗伯斯庇尔，后者接近孔多塞[3]。对于大众生活，公白飞要比安灼拉体验多。这两个青年若能留名青史，那么一个是正义者，另一个则是贤哲。安灼拉更多阳刚之气，公白飞更多人情味儿。“人”和“成年人”，这正是两者之间的细微差异。安灼拉严厉，公白飞则不同，由于天性纯洁而显得温和。他喜欢“公民”这个词，但是更爱“人”这个词，

1 　爱娃德奈是古代传说中的钟情女子，她见人焚烧她丈夫的尸体，便跳进柴堆里；哈尔莫狄乌斯和阿里斯托吉通是雅典人，他们合力杀了暴君希帕尔克（公元前527—公元前514在位），然后将凶器藏在爱神的木枝叶下面。

2 　以西结是《圣经·旧约》中四大先知的第三名，是自述体的《以西结书》的作者。博马舍的风流天使指他剧作的主人公费加罗。

3 　孔多塞（1743—1794）：法国数学家，哲学家，经济学家，政治家。法国革命中持温和态度，国民公会议员。

还好故意像西班牙人那样讲：Hombre[1]。他博览群书，常去看、去听公共课，听阿拉戈[2]讲解光的极化，特别爱上若弗鲁瓦·圣伊赖尔[3]的课，听他讲外颈动脉和内颈动脉的两种功能，一个管面部，一个管大脑。他密切注视并了解科学的发展，对比分析圣西门和傅立叶的学说，解读古代象形文字，砸开鹅卵石推测地质，凭记忆能画出蚕蛾，指出法兰西学院词典中法文的错误，还研究普伊塞古和德勒兹[4]，什么也不肯定，连奇迹也不例外；什么也不否定，连鬼魂也一样，还浏览政府《公报》合订本，而且总爱思索。公白飞宣称，未来掌握在教师手中，他特别关心教育问题。他希望社会要不懈地努力，提高人民的才智和道德水平，推广使用科学，传播思想，使青年增长智慧。他担心目前的教学方法太贫乏，文学观点太浅陋，仅仅局限于两三个世纪的所谓古典主义；学阀专断的教条肆虐，以及种种经院的偏见和陈规，这一切要把我们的学校搞成牡蛎[5]的人工培植场。他学识渊博，什么都讲求纯正、精确，又多才多艺，有开拓精神，同时又善思索，正如友人所说，"简直到了想入非非的程度"。所有这些梦想：建造铁路，动手术免除疼痛，暗室里固定影像，打电报，气球定向行驶，他都深信不疑。不仅如此，他也不畏惧由迷信、专制和成见在各处建造的反对人类的堡垒。他这种人认为，科学迟早要扭转局面。安灼拉是首领，公白飞则是导师。人们愿意跟随前者战斗，跟随后者前进。这并不是说公白飞不能战斗，他遇到障碍照样展开肉搏，奋力猛攻。但是，他更喜欢通过原理的教育和颁布切实可行的法规，逐步让人类同命运协调一致。在两种光明中，他倾向于光照而不是火焰。熊熊大火固然能映红半边天，但是何不等日出呢？火山爆发也能照亮，但是毕竟不如曙光。公白飞欣赏壮丽的红焰，也许更看重美的白色。混杂着烟尘的光明、由暴力换取的进步，只能给这个温和而严

1　西班牙文"人"的写法。

2　阿拉戈（1786—1853）：巴黎观象台台长。

3　若弗鲁瓦·圣伊赖尔（1772—1844）：法国自然学家。

4　普伊塞古和德勒兹：帝国旧军官，成为磁学专家。

5　法语中的"牡蛎"，引申意思为"愚蠢的人"。

肃的人带来一半儿满足。像1793年那样，让人民从悬崖直坠真理之谷，他望而生畏，然而，他更憎恶一潭死水的状态，能嗅出那里的恶臭和死亡。总而言之，他喜欢飞沫而讨厌瘴气，喜欢激流而讨厌污水坑，喜欢尼亚加拉瀑布而讨厌鹰山湖。一句话，他既不愿停顿，也不愿过激。他那些闹哄哄的朋友，一个个威武雄壮，力主完美绝对，赞赏并呼唤波澜壮阔的革命冒险行动，而公白飞却倾向于自然的进步：这种有益的进步也许显得平静，但是很纯洁；也许显得按部就班，但是无可指责；也许显得冷漠，但是不可动摇。他不惜跪在地下，双手合拢，祈求未来以其完全纯洁的面貌到来，又丝毫不打扰人民向善的巨大进程。"善必须是纯洁的。"他反复这样强调。的确，如果说革命的伟大，就是凝视光彩夺目的理想，利爪携着血和火，穿越雷电向它飞去，那么进步的美，就是保持纯洁无瑕。华盛顿代表一个，丹东体现另一个，两者的区别就在于，一个是长着天鹅翅膀的天使，另一个是长着鹰翅膀的天使。

若望·普鲁维尔的色彩比公白飞还要柔和。一段时间他任点儿性，叫做"若安"，当时正研究一场强有力的深刻运动，那对于了解中世纪是必要的。若望·普鲁维尔很重情，他侍弄盆花，喜欢吹笛子，作诗，热爱民众，可怜妇女，为儿童流泪，同样相信未来和上帝，责备革命砍了一个王者的头，即安德列·舍尼埃[1]的头。他的声音平时很轻柔，有时又突然雄壮起来。他是文人，博古通今，可以说通晓东方事物。他的最大长处就是心地善良。他作诗气魄恢宏，这对于深知善良和伟大相近的人来说，是极其自然的事。他会意大利文、拉丁文、希腊文和希伯来文。他会这些文字，只用来读四位诗人的作品：但丁、尤维纳利斯、埃斯库罗斯和以赛亚。至于法国诗人，他喜欢高乃依超过拉辛，喜欢阿格里帕·德·奥比涅超过高乃依。他爱在长满野燕麦和矢车菊的田野里游荡，关心云彩不亚于关注时事。他的精神有两种姿态，一种对人，一种对上帝。他不是研究探索，就是冥思静观。他

1　安德列·舍尼埃（1762—1794）：法国诗人。他先是参加革命运动，后又反对恐怖政策而被送上断头台。

整天都深入考虑社会问题，诸如工资、资本、信贷、婚姻、宗教、思想自由、爱好自由、教育、刑罚、贫困、结社、财产所有权、生产和分配、昏昧蒙蔽芸芸众生的底层之谜。到了夜晚，他观望星相，观望那些巨大的天体。他跟安灼拉一样，是富家的独生子。他讲话慢声细语，低着头，垂下目光，局促不安地微笑着，神态不自然，样子笨拙，动不动就脸红，性情十分腼腆。然而，他却英勇无畏。

弗伊是制扇子工人，自幼父母双亡，每天干活勉强挣三法郎，却只有一个念头：解放全世界。他还关心一件事：学习。他说，这也是自我解放。他自学读书写字，他获取的知识全靠自学。弗伊为人慷慨仗义，胸襟豁达。这个孤儿却收养了民众。他想念母亲，就思考祖国。他不希望有一个人没有祖国。他来自民众，具有远见卓识，心中蕴含着今天所说的"民族意识"。他自修历史，就是要了解情况，有的放矢地表示愤慨。这小圈子乌托邦青年特别关注法国，唯独他面向国外，专门了解希腊、波兰、匈牙利、罗马尼亚、意大利。他以理所当然的顽强态度，总提起这些国名，也不管场合适当不适当。土耳其对希腊和色萨利的侵犯，俄罗斯对华沙、奥地利对威尼斯的侵犯，这些暴行令他义愤填膺。尤其1772年的那场大暴行[1]，更令他切齿痛恨。愤慨中所包含的正确，是最有威力的雄辩。他的雄辩就是这种类型。他滔滔不绝地谈论1772这个无耻的年份，谈论这个被出卖的高尚而勇敢的人民，这种三国共同犯下的罪行、这种骇人听闻的阴谋诡计，竟然成为消灭别国的模式，从那之后有多少高尚的民族遭殃，可以说被勾销了出生证。现代社会的全部行凶犯罪，无不是从瓜分波兰的行动中派生出来的。瓜分波兰已成为定理，现在所有政治暴行全是它的推论。近百年来，所有独裁者、所有叛逆，无一例外，都参与策划，在合谋瓜分波兰书上签字画押了。要查阅近代叛卖案件的档案，这便是头一卷。维也纳会议[2]先参照

1　1772年，列强第一次瓜分波兰。

2　1815年，拿破仑在滑铁卢失败后，被迫再次退位。俄、普、奥三国为战胜国，在维也纳开会决定制裁法国。

了这一罪案，才完成自己的罪行。1772年吹响出猎的号角，1815年则吹响分赃的号角。这就是弗伊常说的一套话。这位可怜的工人充当起正义的保护者，正义作为回报也使他伟大。这是因为正义中的确有永恒。华沙绝不会变成鞑靼城，同样，威尼斯也绝不能成为条顿的国度。那些君主枉费心机，只能名誉扫地。沉没的国家迟早要浮出水面，希腊还要恢复为希腊，意大利还要恢复为意大利。伸张正义而反对暴行，会永远坚持下去。掠夺一国人民的暴行，也不会随着时间的推移而一笔勾销。这种大规模的诈骗毫无前途，绝不可能像从一块手帕上撕掉商标那样，抹掉一个国家的名称。

库费拉克有位父亲，人称德·库费拉克先生。复辟王朝时期，资产阶级在贵族问题上有个认识错误，就是太相信这个小小的"德"字。众所周知，这个词在这里毫无意义。然而，在《密涅瓦报》刊行时期，资产者把这个可怜的"德"字估计得过高，认为必须取消。德·肖夫兰改称肖夫兰先生，德·科马尔丹先生改称科马尔丹先生，德·孔斯唐先生改称孔斯唐先生，德·拉法耶特先生改称拉法耶特先生。库费拉克也不愿意落伍，去掉一切累赘，只叫库费拉克。

关于库费拉克，说这一点就差不多了，余下的只补充一句：欲知库费拉克，请看托洛米埃[1]。

库费拉克有一种青春活力，可以说是机灵鬼的慧美。过了一段时间，整个这种慧美，就跟小猫的娇媚一样消失，如果原来是两只脚的，就会成为绅士；如果原来是四条腿的，就会成为老猫。

这种鬼机灵，通过读书的一届一届学生，通过服兵役的一批一批青年，几乎总是以同样方式相互传递，就像接力赛跑一样；因此，正如我们指出的，谁在1828年听库费拉克讲话，就会以为听到托洛米埃1817年的讲话。不过，库费拉克是个诚实的小伙子，表面上看两个人都显得同样聪明，但差异却很大，两者身上潜在的成年人，截然不同。托洛米埃身上蕴藏着一名检察官，库费拉克身上蕴藏着一名勇士。

1　参看本书第一部第三卷。

安灼拉是首领，公白飞是导师，库费拉克是中心。其他人多发光，而他则多发热。他的确具备一个中心的所有品质：圆形和辐射。

巴奥雷参加了1822年6月小拉勒芒[1]出殡时的流血冲突。

巴奥雷性子好，修养差，人很诚实，手上留不住钱，他挥霍的程度近于慷慨，健谈的程度近于口若悬河，大胆的程度近于放肆无礼，真是最优质的当魔鬼的料儿。身穿怪模怪样的坎肩，持有鲜红色的见解。他是起哄大王，最喜欢争吵，只要还不是一场暴乱，也最喜欢暴乱，只要还不是一场革命。随时准备砸玻璃，接着掀起街道的石块，再接着搞毁政府，就是要看看行动的效果。他上了十一年学，嗅嗅法律，但又不修。他的座右铭是：律师绝不干！他的徽章是：一个床头柜，里边露出方形睡帽。他难得去法学院，偶尔去一下，便扣好礼服的纽扣儿（须知当时还没有发明短外套），并采取一点卫生措施。他对学校大门说：多标致的老头儿！见到院长戴万库尔先生就说：多雄伟的建筑！他在课本里时常发现歌曲的题材，在教师身上时常发现漫画的原型。他无所事事，干吃着相当一大笔生活费，每年差不多三千法郎。父母是农民，这儿子很有一套，反复向他们表示敬意。

他常这样说他们：他们是农民，不是资产阶级。正因为如此，他们才聪明一些。

巴奥雷是个任性的人，要去好几家咖啡馆。别人都有习惯的固定地方，他则不然，喜欢游荡。流浪是人类的特点，游荡是巴黎人的特点。表面上看不出来，其实他洞察事理，很有头脑。

在ABC朋友会和后来逐渐成形的一些团体之间，他起纽带作用。

在这个青年的团体中，有一个秃顶的成员。

德·阿瓦雷侯爵在路易十八出亡那天，把国王扶上一辆出租马车，当即被封为公爵。他讲述了一件事，1814年国王返回法国，在加来上岸，一个男子递上一份申请书。国王问道："您有什么请求？""陛下，想要一个驿

---

[1] 拉勒芒：1820年6月，巴黎自由派游行示威中被杀害的大学生。

站。""您叫什么名字?""赖格尔。"[1]

国王皱起眉头，看了看申请书上的签字，见到名字是这样写的：Lesgle。这种缺乏波拿巴色彩的写法打动了国王，他开始面露笑容。"陛下，"申请人又说，"我的祖先是宫廷饲养狗的仆从，绰号叫'赖狗儿'。这个绰号成为我的姓氏，我就叫'赖狗儿'，简写为'赖格儿'，又错写成'赖格尔'。"听到这里，国王终于笑了。后来，不知是特意还是失误，国王还真的委派那人管理莫城驿站。

这个团体的秃顶成员就是那个赖狗儿或赖格儿的儿子，署名为赖格尔·德·莫。伙伴们都简化叫他博须埃[2]。

博须埃是个倒霉的快活的小伙子。他的特长是一事无成。反之，他却嘲笑一切。到二十五岁便秃了顶。他父亲终于置了一所房子和一块田产，可是这个儿子却急不可待，在一次失算的投机交易中，一下子将房产地产赔进去了，什么也没有剩下。他人聪明，又有学识，就是办不成事。他事事落空，处处上当。他搭起来的架子，倒塌在自己身上；他若是劈木柴，准会剁掉自己的手指；他若是有一个情妇，就会很快发现又多了个男友。他随时都会碰到倒霉事儿，因此，他总是那么快活。他常说："我住的房子总往下掉瓦。"他不以为怪，因为对他来说，意外事件全在意料之中；他对晦气泰然处之，对命运的戏弄一笑置之，就像善解玩笑话儿的人那样。他钱袋空空如也，而口袋里的好兴致却取之不尽，用之不竭。往往出现这种情况，他很快就用到最后一苏钱，但是从未发出最后一声大笑。他见厄运进门，就热烈欢迎这个老相识；他见灾星降临，也会拍拍灾星的肚子；他同命运混得极熟，甚至用小名称呼，常说："你好，倒霉鬼！"

他受命运的迫害多了，就增长了创造力，一肚子鬼点子。他身无分文，但只要高兴，就会"大肆挥霍一通"。一天夜晚，他跟一个傻大姐吃饭花掉

1 赖格尔在法文中是"鹰"的意思，"鹰"是拿破仑的徽志，因此路易十八听了不悦。

2 博须埃（1627—1704）：是当时法国教会的实际领袖，曾任莫城的主教。

"一百法郎"，席间突发灵感，讲了这么一句值得回忆的话："五路易[1]姑娘，给我脱靴子。"

博须埃缓步走向律师那一行业，他修法律，学习态度同巴奥雷一样。博须埃没有什么住处，有时根本没有，时而住这人家里，时而住那人家里，往若李家投宿的次数最多。若李攻读医学，比博须埃小两岁。

若李是个疑心害了病的青年。他学医所得，当患者比从医更够格。年仅二十三岁，他就认为百病缠身，整天对着镜子照舌苔。他断言，人体同针一样能磁化，因此将卧室的床摆成头朝南脚朝北，以便夜晚睡觉时，血液循环不受地球巨大磁流的阻碍。每逢暴风雨，他就给自己把脉。不过，他比谁都快活。年轻、乖僻、病弱、快活，这些毫不相干的属性，却在他身上和睦相处，结果他成了一个既古怪又可爱的人，而喜欢连发轻快辅音的伙伴都叫他若勒勒勒李。"你可以用四只翅膀飞翔了。[2]"若望·普鲁维尔对他说。

若李爱用手杖头戳自己的鼻子，这是头脑机敏的一种标志。

所有这些青年尽管各不相同，却有同一种信念，谈论他们只能以严肃的态度。

他们全是法兰西革命的亲儿子。一提起1789年，最轻浮的人神情也都变得庄严了。他们的生身之父曾经是，或者仍然是君主立宪派、保王派，还是空论派，这已无关紧要。从前发生的混乱，同这些年轻人毫不相干。道义的血液在他们的脉管里流淌。他们色调一致地信奉不受腐蚀的正义和绝对的职责。

现在，他们参加了秘密团体，暗中开始描绘理想的蓝图。

在这些满腔热忱、坚信不疑的人中间，却有一个怀疑派。他是进去的呢？连带进去的吧。这个怀疑派名叫格朗太尔，好用字谜式的签名：R^3。格朗太尔特别当心，绝不相信什么。在巴黎求学的大学生，他是学得的东

1　五路易等于一百法郎，又是"圣路易"的谐音。

2　若李的名字只有一个"L"，现在连发四个"L"，而法语这个字母的发音跟"翅膀"相同，故说"用四个翅膀飞翔"。

3　格朗太尔的发音与大"R"相同。

西最多的人，知道最好的咖啡是在朗索兰咖啡馆，最好的台球设施是在伏尔泰咖啡馆，知道在曼恩大道的隐士居有美味的烘饼和美妙的侍女，在萨盖大妈店有烤童子鸡，在居奈特城关有水手鱼，战斗城关有一种自酿的白葡萄酒。无论什么东西，他全知道哪里的最好。此外，他还会拳击、踢打术，会跳几种舞蹈，棍术也很有造诣，还尤其嗜酒。他的长相丑得出奇，当时最漂亮的制鞋女工伊尔玛·布瓦西，挺恨他那副丑相，说了这样一句精辟的话："格朗太尔没法儿看。"然而，格朗太尔自命不凡，对此并不介意。他多情地注视着所有女人，那神气仿佛是说无论她们哪一个："只要我愿意！"而且，他也极力让伙伴们相信，到处都有女人追他。

所有这些词语：民权、人权、社会契约、法兰西革命、共和、民主、人道、文明、宗教、进步，等等，在格朗太尔看来都毫无意义，他总是一笑置之。怀疑主义，人类智慧的这种干性骨疡，没有给他的头脑留下一个完整的思想。他以嘲笑的态度对待生活，这便是他的原则："我的酒杯满着，只有这一点是真实可信的。"无论何党何派的何种忠心，他都一概嘲弄，不管兄弟辈还是父老辈，也不管青年罗伯斯庇尔还是洛瓦兹罗尔。"他们可真够激进的，全都死了。"他时常高声这样说。他对耶稣受难十字架的评价是："这才是个成功的绞刑架。"他好色，爱赌博，放荡不羁，经常醉醺醺的，还不怕惹那些爱思考的青年讨厌，不停地哼唱"我爱姑娘爱美酒"，正是《亨利四世万岁》曲。

不过，这位怀疑主义者却表现出一种狂热。狂热的对象既不是一种思想，也不是一种教条，既不是艺术也不是科学，而是一个人，即安灼拉。格朗太尔佩服、喜爱并崇拜安灼拉。这个无政府的怀疑者，在思想绝对的这圈儿人中间，究竟归顺谁呢？最绝对的人。安灼拉又是如何控制他的呢？是通过思想吗？不是。是通过性格。这种现象常能见到。一个怀疑主义者归附于一个有信仰的人，这就像互补色的规律简单。我们缺少的东西吸引我们。谁也没有像盲人那样喜爱阳光。矮女人崇拜高大的军鼓手。癞蛤蟆的眼睛总望着天空，为什么？为了观望鸟飞。格朗太尔有怀疑就趴在背上，爱通过安灼拉看信念飞翔。他需要安灼拉。他迷恋这个贞洁、健康、坚定、正直、刚强而天真的性格，自己也不明白其中的缘故，也不想弄清楚，只是出于本能钦羡自己的反面。他的畸形而病态的思想软绵绵的，支离破碎而不成形状，就把安灼拉当作脊椎紧紧着附。他的精神支柱要依靠这个坚定不移的人。格朗太尔在安灼拉身边才有个人样儿。况且，他本身是由两种表面上互不相容的成分构成。他既爱嘲弄人，又很热情；他态度冷漠，又有所喜爱；他的头脑抛开了信仰，可是他的心却离不开友情。莫大的矛盾，须知一种感情也是一种信念。他的天性如此。有的人生来仿佛就是当背面、反面、对立面。他们是波吕涅刻斯、帕特洛克罗斯、尼索斯、厄达米达斯、埃菲斯蒂翁、佩什梅雅那类人物，只有背靠另一个人才能生活；他们的姓名是接续部分，总写在连词"和"的后边；他们的存在不属于自己，而是他人命运的另一面。格朗太尔就是这样一个人。他是安灼拉的反面。

几乎可以说，这种投契是以字母开始的。在字母序列中，O和P是分不开的。您随便讲，说O和P可以，说俄瑞斯忒斯和皮拉得斯[1]也可以。

格朗太尔是安灼拉的名副其实的卫星，他寄居在这伙青年的圈子里，在那里生活，只喜欢跟他们在一起，他们走到哪里就跟到哪里。他的乐趣就在于在酒气中望着那些身影来来往往。大家冲着他的好情绪才容忍他。

安灼拉有信念，瞧不起这个怀疑派，他生活有节制，也瞧不起这个醉鬼，仅仅以高傲的态度对他表示一点怜悯。格朗太尔想做个皮拉得斯，可是对方根本不接受。他总受安灼拉呵斥，被粗暴地赶开，但是斥退又复来。他说安灼拉："多美的大理石雕像！"

二、博须埃悼勃隆多的诔辞

一天下午，发生了上边所讲的巧合事件，下面就会看到详情。赖格尔·德·莫在穆赞咖啡馆，淫荡地靠在门框上，好似一根女像石柱，一副百无聊赖的样子，脑袋里除了幻想空无一物，眼睛注视着圣米歇尔广

1　据希腊神话传说，皮拉得斯是俄瑞斯忒斯的朋友，并帮助他报了杀父之仇。

场。背靠门框站着，是站立睡觉的一种方式，也不为思考者所憎恶。赖格尔·德·莫在想一件倒霉事，但并不伤心。那是前天在法学院发生的事情，打乱了他的未来计划，当然他那计划也并不十分明确。

遐想并不妨碍马车经过，也不妨碍遐想的人注意那辆马车。赖格尔·德·莫的目光漫无目的地游荡，朦朦胧胧中望见一辆双轮马车在广场上缓缓行驶，仿佛没有明确的方向。那辆马车怪谁呢？为什么那样慢悠悠的呢？赖格尔注意一看，只见车上一个青年坐在车夫身旁，前面放着一个大旅行袋。旅行袋上缝了一张卡片，行人可以看见写着黑体大字：马吕斯·彭迈西。

赖格尔一看到这个名字，便改变姿势，直起身来，冲马车上的青年喊道：

"马吕斯·彭迈西先生！"

喊声叫住了马车。

那青年似乎也在沉思，这时抬起眼睛，应了一声：

"嗯？"

"您是马吕斯·彭迈西先生吧？"

"不错。"

"我正找您呢。"赖格尔·德·莫又说道。

"有什么事？"马吕斯问道。那青年的确是马吕斯，他刚刚离开外公家，就碰见一张新面孔。"我不认识您。"

"我也一样，根本不认识您。"赖格尔回答。

马吕斯以为碰见一个爱开玩笑的人，以为大街上要搞什么鬼名堂。当时，他可没有闲心凑趣，便皱起眉头。赖格尔·德·莫并不理会，接着问道：

"前天您没上学吧？"

"可能没有去。"

"肯定没去。"

"您是大学生吗？"马吕斯问道。

"对，先生，跟您一样。前天，我偶然走进学校。您也知道，人有时会产生这种念头。老师正在课堂上点名。您应当清楚，教师在点名时很可笑，连叫三声没人答应，就把人从名单上划掉。六十法郎学费也就白扔了。"

马吕斯开始注意听了。赖格尔继续说道：

"点名的老师叫勃隆多。您认识，勃隆多那个鼻子特别尖，又特别灵，喜滋滋地嗅着缺课的人。他阴险地从P字头开始。这个字母同我毫不相干，我也就没有注意听。点名挺顺利，没有一个被除名的。全世界的人都来了！勃隆多神情沮丧。我心下暗想：勃隆多，我的心肝儿，今天，你找人开刀，连鬼影子也抓不到。突然，勃隆多点到马吕斯·彭迈西。没人应声。勃隆多满怀希望，又提高嗓门叫了一遍：马吕斯·彭迈西，同时拿起笔。先生，我这人心肠好，当时就想：一个好小伙子要被除名了。注意，那可是个不准时的大活人，算不上个好学生，但绝不是个铅屁股，不是个用功的人，不是精通科学、文学、神学、哲学的小书呆子，也不是用别针将自己别在四个学院的书虫，而是个可敬的懒家伙，喜欢东游西逛，游山玩水，喜欢教导青年女工，追求漂亮姑娘，此刻也许正在我的情妇那里。要救他一命，让勃隆多死去！这时，勃隆多将沾有除名墨迹的鹅毛管笔插进墨水瓶，那凶恶的目光扫视课堂，第三次喊道：'马吕斯·彭迈西！'我应声回答：'到！'就这样，您没有被除名。"

"先生……"马吕斯说。

"而我，却被除名了。"赖格尔·德·莫补充道。

"我不明白您这话。"马吕斯说道。

赖格尔接着说：

"这再简单不过了。我的座位靠近讲台便于应到，也靠近门口便于溜走。那教师注视我片刻。勃隆多一定是布瓦洛所说的鬼精灵鼻子戏[1]，他突然跳到L字头，恰恰是我名字的开头字母。我叫赖格尔·德·莫。"

"赖格尔！"马吕斯接口说道，"好漂亮的名字！"

1　引布瓦洛《诗艺》中的话："法兰西人，天生鬼精灵……"法语中的"鼻子"和"天生"同音。

"先生，勃隆多那家伙点到这个漂亮的名字，喊道：'赖格尔！'我答应一声：'到！'于是，勃隆多用老虎那种温柔的神色望着我，微笑着说道：'您既然是彭迈西，就不是赖格尔。'这话您听了也许刺耳，但仅仅给我带来悲惨的后果。他说着，就把我的名字划掉了。"

马吕斯叹道：

"先生，我实在汗颜无地……"

"首先，"赖格尔接口说道，"我请求用几句由衷的赞语裹住勃隆多，以防腐烂。我假定他死了。我这样假定，并不冤枉他那身皮包骨、那张苍白的脸、那冰冷的神气、那僵硬的姿态，以及那股臭味。于是我说道：'要调查清楚，人间的法官。'勃隆多在此长眠，鼻子勃隆多，勃隆多长鼻猴，讲纪律如老牛，守纪如老牛，执行命令牧羊狗，课堂点名当天使，又公正，又耿直，又准确，又严厉，相貌丑陋却诚实。上帝划掉他的名字，正如他划掉我的名字。"

马吕斯又说：

"实在抱歉……"

"年轻人，"赖格尔·德·莫说道，"这事儿是给您的一次教训。今后应当准时。"

"真是万分抱歉。"

"今后再也不要害得别人被除名。"

"我真是万分遗憾……"

赖格尔放声大笑。

"而我却喜出望外。我正在顺坡滑向律师的职业，这一除名便救了我。我放弃法庭上的荣耀风光，不用去保护什么寡妇，也不必去攻击什么孤儿。不用穿法袍，也不必见习了。我终于获准除名啦。多亏了您啊，彭迈西先生。我打算到府上拜访，郑重向您表示感谢。您住在哪里？"

"就在这车里。"马吕斯答道。

"阔气的标志，"赖格尔平静地又说道，"祝贺您。您这住所，每年要付九千法郎租金。"

这时，库费拉克走出咖啡馆。

马吕斯苦笑道：

"我在这租的地方待了两小时，正打算离开呢。可是，说来话长，我还不知道去哪儿。"

"先生，"库费拉克说道，"去我家吧。"

"本该我优先邀请，"赖格尔指出，"不过，我没有家。"

"住口，博须埃。"库费拉克又说道。

"博须埃，"马吕斯怪道，"您好像叫赖格尔。"

"赖格尔·德·莫，"赖格尔答道，"别号博须埃。"

库费拉克登上马车，说道：

"车夫，去圣雅克门旅馆。"

当天晚上，马吕斯就到圣雅克门旅馆，在库费拉克的隔壁房间住下。

三、马吕斯的惊奇

相处几天，马吕斯便成了库费拉克的朋友。青春是创伤愈合最快的季节。马吕斯在库费拉克身边能自由地呼吸，这对他来说是件颇为新鲜的事儿。库费拉克不问他什么，甚至连这种念头也没有。在这种年龄，什么事都立刻表现在脸上，用不着说话。可以说，有一种青年脸上话很多；彼此一见面，就相互了解了。

然而，一天早晨，库费拉克劈头问一句："喂，您有政治见解吗？"

"这还用问！"马吕斯说，他觉得对方问得有点唐突。

"您是什么派的？"

"波拿巴民主派。"

"灰色调，安心的小老鼠。"库费拉克说道。

次日，库费拉克带他去穆赞咖啡馆。然后，他面带微笑，凑到耳边轻声对他说："我应当把您引入革命的门。"于是，他把马吕斯带到ABC朋友会那间大厅，介绍给其他伙伴，并低声说了一句简单而马吕斯却听不懂的话:"一名学生。"

马吕斯落入才气横溢的一伙人的蜂窝里。不过,他尽管神态严肃而寡言少语,但是既不少翅膀,也不少螫针。

基于习惯和情趣,马吕斯一直落落寡合,喜欢自言自语和个别谈话,乍一进入这伙青年的圈子,不免有点惶遽畏怯。这里各种各样的首创精神同时吸引他,又同时争夺他。这些思想又自由又活跃,乱纷纷地来来往往,也把他的思想卷入旋荡中。有时他六神无主。思绪跑得极远,几乎难以追寻了。他听见别人议论哲学、文学、艺术、历史、宗教,而议论的方式却出乎意料。他隐约看到一些奇特的景象,由于没有放在远景上观望,就未免觉得一片混乱。他从外公的观点转到父亲的观点上,就自以为稳定下来了。可是现在他怀疑并没有稳定,对此心里隐隐不安,又不敢承认。他观察任何问题的角度重又开始移动,头脑中的全部视野好像也随之晃动起来。这内心的翻腾来得奇特,他几乎感到痛苦。

在这些青年的眼中,似乎没有什么"定论的东西"。无论什么话题,马吕斯都能听到别出心裁的言论,令他那还有几分胆怯的思想颇不自在。

一张剧院海报赫然在目,那一出悲剧的花体字标题,正是所谓古典主义的老剧目。巴奥雷喊道:"打倒资产阶级喜爱的悲剧!"马吕斯却听见公白飞反驳道:

"你错了,巴奥雷。资产阶级喜爱悲剧,在这一点上,就不要打扰他们的清兴了。人物戴假发的悲剧,自有它存在的道理。我绝不像某些人那样,以埃斯库罗斯的名义否认它的存在权利。自然界里有的初具形体,万物中有的完全是滑稽的模仿:鸟嘴不是鸟嘴,翅膀不是翅膀,鳍不是鳍,爪子不是爪子,痛苦的叫声令人发笑,这就是鸭子。不过,既然家禽与鸟类共存,那么我就看不出,为什么古典主义悲剧就不能同古代悲剧共存。"

还有一次,马吕斯走在安灼拉和库费拉克中间,碰巧经过让-雅克·卢梭街。

库费拉克抓住他的胳臂,说道:

"注意!这是石膏窑街,只因六十年前,这里住过一对奇怪的夫妇,今天就叫让-雅克·卢梭街了。那对夫妇叫让-雅克和泰蕾丝，不时生孩子，泰蕾丝只管生，让-雅克只管放生。"

安灼拉立刻呵斥公白飞。

"在让-雅克面前不要说三道四。这个人我敬佩。不错，他遗弃了自己的孩子，可是他收养了人民。"

这些青年中，谁也不讲"皇帝"这个词。唯独若望·普鲁维尔有时称"拿破仑"，其他人都叫"波拿巴"，安灼拉则称作"布奥拿巴"。

马吕斯心中暗暗称奇："智慧的初萌。[1]"

四、穆赞咖啡馆后厅

在这些青年的谈话中，马吕斯有时也插上两句，有一次谈话当真震撼了他的思想。

那是在穆赞咖啡馆后厅。ABC朋友会的成员，那天晚上几乎到齐了，郑重其事地点上了大油灯。大家随便闲聊，谈兴不高，嗓门却很大。只有安灼拉和马吕斯沉默不语，其他人都多少东拉西扯。伙伴之间的谈话有时就是这样，既心平气和，又吵吵嚷嚷。一种嬉戏，一种胡闹，也相互谈话。大家你抛一句，我抛一句，再赶紧追上话茬儿。他们从四角交谈。

女人不准进入后厅，只有洗杯盘的女工路易松例外，她从洗碗间到配膳室，要穿过后厅。

格朗太尔已经酩酊大醉，在占据的角落叫嚷，那声音震耳欲聋。他翻来覆去拼命地论争：

"我渴了。世人啊，我做了一个梦，梦见海德堡的大酒桶突然中了风，于是放上十二条蚂蟥吮吸，我就是其中之一。我要喝。我渴望忘掉人生。人生，不知道是谁的丑恶发明。人生一晃就过去，而且毫无意义。为了生活累死累活。生活这个布景极少可通行的门窗。幸福也只是一面上油

1　引自《圣经》中《箴言》："上帝的担心是智慧的初萌。"

漆的旧木框。《传道书》中说：一切都是虚荣。我跟这个传道的老兄看法一样，也许世上从来没有他那个人。零，不愿意赤条条地出去，就穿上虚荣的外衣。虚荣啊！用大话美饰一切的外衣！厨房叫配膳室，跳舞的称老师，街头卖艺的是体操家，打拳的称拳击家，卖药的称化学家，理发的叫艺术家，和泥工称建筑师，赛马手叫运动员，甲壳虫叫鼠妇。虚荣有正反两面：正面傻，是浑身挂满彩色玻璃珠子的黑人；反面蠢，是满身破衣烂衫的哲人。我要为一个流泪，为另一个发笑。所谓的荣誉和尊严，就算是荣誉和尊严吧，一般来说也是混杂的东西。帝王拿人的尊严当玩物。卡利古拉[1]曾把一匹马封为执政官，查理二世把一块牛排封为骑士。现在，你们就到'飞驰'执政官和'牛排'小骑士中间炫耀自己吧。至于人的自身价值，也不见得多受两分尊重。听一听邻居是怎么赞扬邻居的吧。白对白残酷得很。百合花若是有口说话，不知会把白鸽糟蹋成什么样子！一个虔婆嚼舌头说一个信妇，那话比蛇蝎还要恶毒。可惜我是个不学无术的人，要不然，就给你们举出一大堆这类事情。可是，我什么也不知道。其实，我一直挺聪明。当初我在格罗门下学绘画，就不愿意胡乱涂抹，有时间就去偷苹果吃。艺人和强人，不过一字之差。这对我合适；至于你们这些人，跟我也不相上下。我才不在乎你们的完美、优点和长处。任何长处都会陷入一种短处：节俭接近吝啬，慷慨类似挥霍，勇敢近乎逞能；谁说十分虔诚，就表明有点虚伪。美德中的罪恶，恰恰跟第欧根尼[2]袍子上的洞一样多。你们赞赏谁，被杀者还是杀人者？恺撒还是布鲁图斯？一般来说，人总是拥护杀人者。布鲁图斯万岁！他杀了人。这就是美德。是美德吗？就算是吧，但也是疯狂。那些伟大人物身上总有些奇怪的污点。杀了恺撒的那个布鲁图斯，爱上了一个小男孩的雕像。那尊雕像是希腊雕塑家斯特隆吉利翁[3]的作品，他还雕塑了一个骑马

1　卡利古拉（12—41）：罗马帝国皇帝，因神经错乱而行为怪异。

2　第欧根尼：公元3世纪希腊作家。

3　斯特隆吉利翁：公元前5世纪末希腊雕塑家。

女子的形象，名叫厄克纳莫斯，又称美腿，尼禄常携带着旅行。那个斯特隆吉利翁只留下两尊雕像，就使布鲁图斯和尼禄结为同好：布鲁图斯爱上一个，尼禄爱上另一个。整个历史就是不厌其烦地重复。一个世纪是另一个世纪的翻版。马伦戈战役是彼得那战役的仿作。克洛维斯的托尔皮亚克战役和拿破仑的奥斯特利茨战役，就像两滴血似的一模一样。愚蠢的行为莫过于征服，真正的胜利是说服。真的，还是尽量证明点什么吧！你们只满足于成功，多么庸俗啊！只满足于征服，多么可怜啊！唉，虚荣和卑怯到处泛滥。什么都得服从成功，连语法也不例外。贺拉斯就说过：'如果这是约定俗成。'因此，我鄙视人类。难道我们要从总体降到局部上吗？难道要我赞赏人民吗？请问哪一国人民呢？是希腊吗？雅典人，即古代的巴黎人，杀了福基翁[1]，正如巴黎人杀了柯利尼[2]；而且诣媚暴君，阿纳塞福雷甚至说：庇西斯特拉特[3]的尿能引来蜜蜂。五十年间，希腊最重要的人物，就是那位语法家菲勒塔斯，可是他身子极小极矮，怕被风刮跑，鞋底不得不灌了铅。在科林斯的最大广场上，有西拉尼翁[4]所雕的一尊石像，曾由普林尼收入总汇，那是埃庇斯塔特的雕像。埃庇斯塔特是干什么的呢？他发明了一种勾腿绊。这就概括了希腊和光荣。再谈谈别的人民。我会赞赏英国吗？我会赞赏法国吗？赞赏法国？为什么呢？是因为巴黎吗？刚才对你们讲了我对雅典的看法。赞赏英国吗？为什么呢？是因为伦敦吗？我恨迦太基。再说，伦敦，作为穷奢极欲的大都市，也是贫穷困苦的首府。仅仅在查林－克罗斯教区，每年就饿死一百人。阿尔比翁[5]就是这样。再补充一点，更有甚者，我目睹一个英国女郎戴着玫瑰花冠和蓝眼镜跳舞。因此，去它的英国吧！我若是不赏识约翰

1　福基翁（约公元前402—公元前318）：雅典将军和政治家，因主张和平而被判处死刑。

2　加斯帕尔·柯利尼（1519—1572）：海军元帅，因信奉新教而被朝廷杀害。

3　庇西斯特拉特（公元前600—公元前527）：雅典暴君。

4　西拉尼翁：公元前4世纪希腊雕塑家。

5　阿尔比翁：英格兰的古称。

牛，难道就赏识约拿单[1]。那个买卖奴隶的弟兄，不大合乎我的口味。去掉
'时间就是金钱'[2]，英国还剩下什么呢？去掉'棉花就是王'[3]，美国还剩下
什么呢？德国嘛，那是淋巴液。意大利嘛，那是胆汁。我们是不是对俄
罗斯倾倒呢？伏尔泰赞赏俄罗斯，他也赞赏中国。我承认俄罗斯有美的
东西，其中就有一种牢固的专制主义。不过，我可怜那些专制君主。他
们弱不禁风。有一个阿列克赛丢了脑袋，有一个彼得被刺杀，一个保罗
被勒死，另一个保罗被靴子踏成肉饼，好几个伊凡被掐死，好几个尼古
拉和瓦西里被毒死，这一切表明，俄罗斯皇宫明显处于有害健康的状态。
所有文明的民族无不让思想家欣赏战争这种东西。然而战争，文明战争，
把强盗抢掠的各种形式，从贾克萨山口雪茄走私者的欺诈，到柯曼什印
第安人在险隘道的掠夺，全都汇总用上了。哼！你们要对我说，欧洲总
比亚洲强些吧？我承认亚洲很滑稽。然而，你们这些西方人，你们时髦
的盛装艳服附有高贵的各种污秽，从伊萨伯拉王后的脏衬衫到太子的便
桶无不具备，我想不通你们还有什么资格嘲笑大喇嘛。称作人的先生们，
告诉你们，完蛋啦！要知道，布鲁塞尔消费的啤酒最多，斯德哥尔摩消
费的烈酒最多，马德里消费的巧克力最多，阿姆斯特丹消费的刺柏子酒
最多，伦敦消费的葡萄酒最多，君士坦丁堡消费的咖啡最多，巴黎消费
的苦艾酒最多：这就是全部有用的知识。总的来说，巴黎占了上风。在
巴黎，连旧货商贩都花天酒地。第欧根尼在比雷埃夫斯当哲学家，也许
同样愿意在摩贝尔广场卖破烂儿。还要学学这些：卖破衣烂衫的商贩喝
酒的地方，都叫劣质酒馆，最有名的有'炒锅'酒馆和'屠宰场'酒馆。
因此，啊！城郊酒家、宴席馆、小酒店、小小酒馆、大众咖啡馆、小酒
家、酒馆舞厅、醉仙楼、破烂商贩去的劣质酒店、哈里发沙漠旅行队客
栈，向你们说明了这些。要知道我是个爱享乐的人，常去理查饭店吃四

---

1 约拿单：美国人的贬称。

2 原文为英文。

3 原文为英文。

十苏的份儿饭。我需要一块波斯地毯，在那里裹上赤条条的克娄巴特拉！克娄巴特拉在哪儿？哦！是你呀，路易松。你好。"

格朗太尔醉到十二分，待在穆赞咖啡馆后厅的角落里，就这样喋喋不休，又撩逗经过这里的洗杯盘女工。

博须埃伸手指他，试图让他住口，而格朗太尔越发起劲了：

"莫城的鹰，收起你的爪子！你那样对我不起一点作用，那姿势就像希波克拉底拒绝阿尔塔薛西斯的陈词滥调。你就不必费劲儿劝我安静。况且，我正伤心，让我对你们讲什么呢？人是坏东西，人是畸形的。蝴蝶是成功之作。人是做坏了，上帝没把这种动物创造好。人群里一个比一个丑陋，碰到一个就是无赖。女人下流无耻。是啊，我害了忧郁症，既忧伤，又思乡，还神经衰弱，心中烦躁，好发急，好打哈欠，好憋闷，好厌倦，好无聊！让上帝见鬼去吧！"

"住口，大Ｒ！"博须埃又说。他正同周围的人讨论一个法律问题，一句法学界行话讲了大半，下面是收尾：

"……至于我，虽然还难以称上法学家，顶多是个业余检察官，但我却支持这一点：根据诺曼底的习惯做法，每年到圣米歇尔节，无论业主还是遗产被扣押者，除了其他义务之外，所有人以及每个人，都要向领主缴纳一笔等值税，这适用于长期租约、普通租约、自由地产、教产租约和公产租约、典押契约……"

"回音，哀怨的仙女。"格朗太尔低声吟咏。

格朗太尔身边有一张桌子相当安静，上面放着一张纸、一个墨水瓶和一支笔，两边各摆一只小酒杯，这表明正在酝酿创作一出闹剧。两颗运转的脑袋靠在一起，正低声商量这件大事。

"先拟定角色的名字。有了名字，就找到主题了。"

"不错。你说吧，我来写。"

"多利蒙先生？"

"吃年息的？"

"当然。"

"他女儿，赛莱丝汀。"

"……汀。还有呢？"

"圣瓦尔上校。"

"圣瓦尔这名字太旧了，叫瓦尔散吧。"

挨着两个想当闹剧作家的，还有一伙人，他们趁着别人喧嚷，正小声谈论一场决斗。一个三十岁的老手教导一个十八岁的青年，向他介绍他所碰到的对手。

"见鬼！您可得当心。那是个出色的剑手，剑术很精，善于攻击，招不虚发，手腕有力，腾闪灵活，动作疾如闪电，招架恰到好处，反击准确无误，呱呱叫！而且，他还是左撇子。"

若李和巴奥雷在格朗太尔对面的角落，一边玩骨牌一边谈论爱情。

"你呀，多幸福啊，"若李说道，"有一个总爱笑的情妇。"

"这正是她的缺点。"巴奥雷回答，"当人情妇不要总笑，总笑就鼓励人欺骗她。看见她高兴，你就不会感到内疚。反之，看见她伤心，你就会受到良心的责备。"

"真没良心！一个爱笑的女人该有多好！你们两个绝不会吵嘴。"

"这是因为我们有协定。我们组成小小的神圣同盟的时候，就划定了每人的边界，我们从不超越。北侧属于沃地区，南侧属于热克斯地区[1]。于是就相安无事了。"

"相安无事，这种幸福是可以消受的。"

"你怎么样，若勒勒勒李？你同那姑娘闹别扭，闹到什么程度啦？你知道我指的是谁。"

"她倒沉得住气，狠心跟我赌气。"

"你可是个情种，肯为心上人憔悴。"

"唉，是啊！"

1　指法国和瑞士因1815年巴黎第二协定的条款所产生的边界争端：热克斯地区属于法国，但又位于法国海关之外。

"换了我，就让她一边儿待着去。"

"说说容易。"

"做起来也不难。她不是叫穆西什塔吗？"

"对。噢！我可怜的巴奥雷，她是个非常漂亮的姑娘，很有文学修养，小手小脚，特会穿戴打扮，生得又白净又丰满，有一双用纸牌给人算命的女人的眼睛。我迷上她了。"

"亲爱的，那就应当讨她的欢心，衣着要漂亮些，装作无精打采的样子。到斯托伯商店买一条高质量皮裤吧。也有出租的。"

"要多少钱？"格朗太尔嚷道。

第三个角落的人正热烈地议论诗歌。世俗的神话与基督教神话相互较量。若望·普鲁维尔正是基于浪漫主义而拥戴奥林匹斯山。别看他平时很腼腆，一旦激动起来，他就会慷慨陈词，进入兴奋状态，情绪越发高涨，显得既欢快又抒情。

"不要亵渎神仙，"他说道，"那些神仙也许并没有走。朱庇特丝毫没有给我以死去的印象。你们总说，神仙是幻象。然而，即使在自然界，在幻象消失之后今天的自然界，还能重新找到所有古老而伟大的世俗神话。有的轮廓像城堡的山，例如维尼马尔峰，在我看来还是席柏勒[1]的发髻。也没有什么能向我证明，夜晚潘神不会来吹中空的柳树干，并用手指轮番按树洞；我还始终相信，伊娥[2]同牛渡瀑布有点关联。"

最后那个角落在谈论政治，抨击御赐的宪章。公白飞支持宪章但软弱无力，库费拉克攻势很猛，已经打开缺口。那著名的图盖宪章也该倒霉，正好有一份摆在餐桌上，库费拉克抓在手里，一边阐述他的观点，一边抖得那张纸唰唰作响。

"首先，我不要国王。哪怕是单从经济观点来看，也不要国王。国王是寄生虫，世上没有无偿的国王。听听这一点：国王的糜费。弗朗索

1　席柏勒：希腊神话中的众神之母。

2　伊娥：希腊神话中天后赫拉的首席祭司，因得到宙斯的爱，被赫拉变成小母牛。

瓦一世死的时候，法兰西公债为三万利弗尔。路易十四死的时候，公债为二十六亿；二十八利弗尔合一马克，据德马雷说，在1760年合四十五亿，在今天则合一百二十亿。其次，请公白飞别见怪，一部御赐的宪章，是文明的一种糟糕的措施。什么拯救过渡、缓和过程、减少动荡，通过宪章虚幻的条文，要国家在不知不觉中从君主制转为民主制，这些全是拙劣的理由！不行！不行！绝不能用虚假的光去照耀人民。立国之道，在你们立宪的地窖里，定会枯萎衰败。不要变种，不要折中，不要国王恩赐给人民。在所有恩赐的条款里，就有一个第十四款[1]。一只手赠给，旁边还有一只爪子要收回。我坚决拒绝你们的宪章。宪章是个假面具，下面掩藏着谎言。人民接受宪章就等于拱手让位。只有完整，人权才成其为人权。不行！不要宪章！"

正值寒冬，两段劈柴在壁炉里噼啪作响，颇具诱惑力。库费拉克按捺不住，将那可怜的图盖宪章搓成一团，扔进火里。纸团燃起来了。

公白飞以哲人的冷静态度望着路易十八的杰作燃烧，仅仅说了一句："宪章化为火焰。"

挖苦奚落，俏皮风趣，冷嘲热讽，这类东西在法国叫活跃，在英国叫幽默，不管趣味高低，由头好坏，谈锋好似钻天的烟火，一齐发射，在大厅的各个角落相交叉，在头上形成一种快乐的轰击。

五、扩大视野

青年的思想互相撞击，有一种奇妙的现象，就是绝难预见会迸出什么火花，也绝难预测会激发何等闪电。等一会儿要迸发什么呢？无从知晓。动情的谈话中突然爆发一阵笑声。在插科打诨的时候，忽又进入严肃的气氛。随便一句话就能引起冲动，每人都受兴致的主宰，一句俏皮话就足以

1 　宪章第十四款给国王保留为国家安全颁布法令的权力，从而引起自由派的怀疑，并成为1830年7月革命的导火线。

别开生面。这种交谈峰回路转，景象往往瞬息万变，而偶然则是这种谈话的巧妙安排者。

这天，格朗太尔、巴奥雷、普鲁维尔、博须埃、公白飞和库费拉克，他们舌剑唇枪，混战一场。突然，一个严肃的思想奇怪地出现，穿过嘈杂的话语。

在交谈中，一句话是怎么出现的呢？又是如何凭自身引起听者的注意呢？刚才我们说过，谁也弄不清楚。在喧闹声中，博须埃接着公白飞的一通指责，突然说出这个日期：

"1815年6月18日：滑铁卢。"

马吕斯旁边放着酒杯，臂肘支在餐桌上，他听到这个名称，便把手腕从下颏儿抽开，开始凝视在座的人。

"没错，"库费拉克嚷道（当时，"当真"已经不大讲了），"'十八'这个数字很特别，总令我吃惊。这是波拿巴的命数。把路易放在这个数字前边[1]，把雾月放在这个数字的后边[2]，你就看到了这个人的整个命运，特点也很突出：开场后面紧跟着终场。"

安灼拉一直未讲话，这时打破沉默，冲库费拉克说了一句：

"你是说罪行后面紧跟着惩罚吧。"

马吕斯听人突然提到滑铁卢，就深受触动，"罪行"这个词则超出了马吕斯可能接受的限度了。

他站起身，从容走向墙上挂的法兰西地图，用手指按住地图下方有个岛屿的单独方格上，说道：

"科西嘉，一个使法兰西变得伟大的小岛。"

好似吹来一股冷风。大家都戛然住口，感到要发生什么事情。

巴奥雷昂首挺胸，正要回击博须埃，这时也放下架子倾听。

1　指路易十八，拿破仑下台后的法国国王。
2　法国写年月日的顺序与中国的相反。共和八年雾月十八日（1799年11月9日—10日），拿破仑发动政变，上台执政。

安灼拉的蓝色目光没有落到任何人身上，仿佛凝注虚空，他并不看马吕斯，答道：

"法兰西要伟大，不需要什么科西嘉。法兰西伟大，就因为她是法兰西。'因为我叫狮子。'"

马吕斯毫无退却之意，他转向安灼拉，以发自肺腑的洪亮声音说：

"我绝不想贬低法兰西！不过，将拿破仑同她合起来，绝没有贬低她。哦，这个问题，倒可以谈一谈。我是新来到你们中间的，但是老实说，你们叫我惊讶。我们处于什么状态？我们是什么人？你们是什么人？我是什么人？我们就来谈谈皇帝吧。我听你们讲布奥拿巴，就像保王派那样突出'乌'音。可以告诉你们，我外公讲得更地道，他说布奥拿巴特。我原以为你们是青年，可是，你们的热情到底放在什么上面呢？到底用来做什么呢？你们不敬佩皇帝，那么敬佩谁呢？你们还要求什么呢？这个伟人你们都不要，那么还要什么伟人呢？他什么都具备，是个完人，头脑里装有人类才智的立方。他跟查士丁尼一样制定了法典，跟恺撒一样治理；他的谈话兼有帕斯卡尔的闪电和塔西佗的雷霆；他既创造历史，又写历史，他的战报就是史诗，他组合了牛顿的数字和穆罕默德的象喻，身后在东方留下了如金字塔一般巨大的话语；他在蒂尔西特[1]教导帝王们如何保持尊严，在科学院反驳拉普拉斯[2]，在国务会议上同梅尔兰[3]分庭抗礼，给一些人的几何学注入灵魂，也给另一些人的诡辩注入灵魂；他跟检察官在一起就是法学家，跟天文学家在一起就是星相家；如同克伦威尔两根蜡烛要吹灭一根那样，他也去神庙街为窗帘的一个坠球讨价还价；他无所不见，无所不知，尽管如此，他笑起来，也像守着小孩摇篮的天真汉那样。猛然间，惊慌的欧洲开始倾听了。大军浩浩荡荡，炮队滚滚向前，浮桥在河上伸延，骑兵飞驰如同暴风中翻滚的乌云。呐喊声、军号声，各国宝座都动摇了，各王

1　当时俄国地名。

2　拉普拉斯（1749—1827）：法国天文学家、数学家和物理学家。

3　梅尔兰（1754—1838）：法国政治家。

国的边界在地图上晃动。忽听一把超人的宝剑出鞘的声响，只见他在地平线上站起来，手中烈焰熊熊，眼里金光闪闪，两只翅膀在雷电里展开，即大军和老羽林军，那便是战争大天使！"

全场默然，安灼拉低着头。沉默总有点默许或无言以对的意味。马吕斯几乎没有缓气儿，更加激动地继续说：

"朋友们，大家要公正！有这样一个皇帝的帝国，这是人民多么光辉灿烂的命运！尤其是法兰西人民，能把自己的天才加入此人的天才中！纵横驰骋，节节胜利，到各国首都宿营，让手下的士卒当国王，宣布各个王朝覆灭，以冲锋的步伐改换欧洲的面貌。你一发威，就让人感到你手握上帝的宝剑。跟随的这一个人，却是汉尼拔、恺撒和查理大帝的化身。做一个用捷报每天为你报晓的人的人民。以残疾军人院的大炮为闹钟。让马伦戈、阿科莱、奥斯特利茨、耶拿、瓦格拉姆这些神奇的词彪炳千古！随时让胜利之星跃上千秋万代的苍穹，使法兰西帝国同罗马帝国旗鼓相当。成为伟大的民族，孕育伟大的军队，派军飞赴世界各地，如同一座山峰遣雄鹰飞向四方，去战胜，去控制，去摧毁，在欧洲成为因荣耀而金光闪闪的人民，奏响穿越历史的天人的音乐，凭武功和叹服两次征服世界，这真是无与伦比，还有什么更伟大的呢？"

"自由。"公白飞说道。

这回，轮到马吕斯低下头。这个简单而冰冷的词儿，宛如一把钢刀刺透他的慷慨陈词。他立时感到内心的激情化为乌有。等他又抬起眼睛的时候，公白飞已经不在了，大概驳斥了这通高论而心满意足，随即走开。除了安灼拉之外，其他人也随他而去。大厅一下子空了，只留下安灼拉独对马吕斯，神色严肃地看着他。然而，马吕斯并不认输，他稍微收拢一下思想，那内心激动的余波自然要表露出来，要同安灼拉展开论战。这时，忽听有人边下楼边歌唱。那正是公白飞，只听他唱道：

　　　　恺撒如相赠
　　　　光荣与战争，

628

并要我离开

母亲那份爱，

我要对伟大的恺撒说：

收回你那权杖和战车，

我更爱母亲，咿呀嗨！

我更爱母亲。

公白飞声调温柔而粗犷，赋予这段歌一种奇特的雄浑气势。马吕斯若有所思，望着天花板，几乎下意识地重复道："母亲？……"

这时，他感到安灼拉的手搭到他肩上。

"公民，"安灼拉对他说，"母亲，就是共和国。"

六、窘境

这次晚间聚会深深震动了马吕斯，给他心灵留下一片忧伤的阴影。他的感受，也许就像大地被铁犁破开并播下麦种那样，只感到伤痛，要等以后才能尝到萌芽的颤动和结实的喜悦。

马吕斯心情沉重。一种信念刚刚树立起来，难道就要抛弃了吗？他心里明确说不行，明确说他不愿意怀疑，可是，他又不由自主地开始怀疑了。处于尚未走出和尚未走入的两种信仰之间，是难以忍受的。这种黄昏的暮色，只有蝙蝠那种心灵才喜欢。而他马吕斯心明眼亮，需要见到真正的光，受不了怀疑的半明半暗。他要留在原地，固守在那里，这种愿望不管多么强烈，他也抵挡不住另一股力量，不得不继续前进，不得不验证思考，走得更远。那股力量要把他引向何处？他走了多少路才接近他父亲，怕是现在又要一步一步远离而去。思潮翻腾，越想越苦恼。只见周围出现悬崖峭壁，无路可通。他既不赞成外公的思想，也不同意他朋友的观点。他在前者眼中大胆冒进，而在后者看来又落伍了。于是他承认自己既脱离了老一辈，又脱离了年轻一代，从两方面都是孤立的。他不再去穆赞咖啡馆了。

他的思想处于这种混乱状态，就不大考虑生存的一些实际问题。而生活的现实却不容忽视，突然来捅他一臂肘。

一天早晨，客栈老板走进马吕斯的房间，对他说道：

"库费拉克先生为您担保。"

"对。"

"可是，我得收房费了。"

"请库费拉克来跟我谈谈吧。"马吕斯说道。

老板请来库费拉克，便离去了。马吕斯和盘托出他还没有想到告诉库费拉克的情况，说他父母双亡，在世上孤单一人。

"那您打算怎么办呢？"库费拉克问道。

"毫无打算。"马吕斯答道。

"您打算做什么呢？"

"毫无打算。"

"您有钱吗？"

"有十五法郎。"

"要我借给您一些吗？"

"绝不。"

"您有衣服吗？"

"就这些。"

"您有首饰吗？"

"有一只表。"

"银的？"

"金表。就是这只。"

"我认识一个服装商人，他会收购您的燕尾服和长裤。"

"很好。"

"这样，您就只剩下一条长裤、一件坎肩、一件上衣和一顶帽子。"

"还有这双靴子。"

"什么！您总不至于打赤脚吧？真够阔气呀！"

"有这些就够了。"

"我还认识一个钟表商，他会买您的怀表。"

"很好。"

"嗳，好什么，今后您怎么办呢？"

"怎么办都行，反正要老老实实做人。"

"您会英文吗？"

"不会。"

"会德文吗？"

"不会。"

"那就算了。"

"问这干什么？"

"我有个朋友是书商，他要出版一种百科全书。您若是行，就可以翻译德文或英文词条。稿费很少，但总可以糊口。"

"那我就学习英文和德文。"

"学习期间呢？"

"学习期间，我就变卖衣服和表。"

服装商人找来了，他出二十法郎买下那身旧衣裳。两个青年又去钟表店，将那只表卖了四十五法郎。

"还不赖，"回到客栈，马吕斯对库费拉克说，"加上我这十五法郎，一共八十法郎。"

"还有客栈的账单呢？"库费拉克提醒道。

"哦，我倒忘了。"马吕斯说道。

"见鬼，"库费拉克又说道，"您学英语期间用五法郎吃饭，学德语期间用五法郎吃饭。这就意味着课本要狼吞虎咽，或者一百苏钱要细嚼慢咽。"

这期间，吉诺曼姨妈终于摸到马吕斯的住处，其实她心地相当善良，不忍看别人落入凄凉的境况。一天上午，马吕斯从学校回来，发现姨妈的一封信和六十银币，即封在盒里的六百金法郎。

马吕斯将钱如数退还给姨妈，并附了一封措辞恭敬的信，说他已有谋生手段，今后足能维持生活了。当时，他身上只剩下三法郎。

　　拒绝收钱的事，姨妈只字未提，怕外公一气之下永绝亲情。况且他发过话："永远也不要向我提起这个吸血鬼！"

　　马吕斯不愿负债，就离开了圣雅克门旅店。

第五卷 苦难的妙处

一、马吕斯穷困潦倒

马吕斯生活艰难了。卖掉衣服和表糊口，还不算什么，他又尝到了难以言传的东西，所谓的"贫穷生活"。可怕的东西，这其中包含白天没有面包，夜晚失眠，晚间无烛光，炉膛无火，一周周虚度，未来希望渺茫，衣服袖肘磨破了，旧帽子惹姑娘们笑话，因为欠房租而夜晚吃闭门羹，门房和客栈老板傲慢无礼，邻居讥笑，受人白眼侮辱，尊严遭到践踏，为了糊口什么活儿都得干，饱尝生活的厌恶、苦涩和沮丧。马吕斯学会了如何吞下这一切，如何总吞下同样的东西。人生到这个阶段需要自尊，因为需要爱情，可是，他却感到衣衫褴褛而受人蔑视，感到自己穷苦而显得可笑。人到青春的这个年龄，心胸充满了冲天的自豪，而他却总要低头去瞧脚上磨出洞的靴子，体验到了穷困的不公正的耻辱和刺心的羞惭。可赞而又可怕的考验，考验出来，意志薄弱的人会变得无耻卑鄙，意志坚强的人则变得超凡脱俗。穷困是一个熔炉，每当命运需要一个坏蛋或一个神人，就把一个人投进去。

须知在细小的搏斗中，会有许多伟大的行动。在黑暗中对付生计和丑恶的致命侵犯，要步步防卫，表现出坚忍不拔而又鲜为人知的勇敢。高尚而隐秘的胜利，不为人所见，不能扬名，也没有鼓乐欢迎。生活、不幸、孤独、遗弃、穷困，无一不是战场，无一不产生英雄。无名英雄，有时比著名的英雄更伟大。

罕见的坚强性格就是这样创造出来的。穷困，几乎总是后母，有时还是亲娘。困苦往往孕育着心灵和精神的力量。艰苦是志气的奶母。不幸是哺育高尚之人的好乳汁。

生活中有个时期，马吕斯自己打扫楼道，去果品店买一苏钱的布里地区奶酪，要等天黑下来才溜进面包铺，买一块面包，悄悄带回阁楼，就好像是偷来的。偶然也有人看见一个笨拙的青年，腋下夹着书本，钻进街角的肉铺里，挤入爱挖苦人并推搡他的厨娘中间，那样子又胆怯又气恼，一见面就摘下帽子，露出流汗的脑门儿，冲着惊奇的老板娘深施一礼，又冲肉店伙计鞠了一躬，要一块羊排骨，付六七苏钱，用纸包起来，夹到腋下的书本中间，然后离去。他就是马吕斯。他自己做好那块排骨，要吃三天。

头一天吃肉，第二天吃肥油，第三天啃骨头。

吉诺曼姨妈多次设法给他那六十皮斯托尔，马吕斯总是把钱退回去，说他什么也不缺。

前边讲过他思想发生了革命，当时他还为父亲服丧，后来就一直没有离开那套黑服装。然而，衣服却离他而去。终于有一天，衣服没有了。那条长裤还过得去。怎么办？库费拉克念他帮过几次忙，便送给他一件旧上衣。马吕斯花了三十苏，让一个看门人给翻了新。不过，那衣服是绿色的，他只好等天黑再出门，看着就像黑色衣服了。他要一直服丧，就只能披上夜色了。

经过这一段生活，马吕斯应聘为律师，他声称住在库费拉克那间客房。那个房间比较体面，有一定数量的法律书籍，再加上七拼八凑的小说帮着撑门面，书房也就算合乎规格了。他让人往库费拉克那里给他写信。

马吕斯当上律师，就写信告诉他外公，信的口气很冷淡，但措辞极为恭顺，充满敬意。吉诺曼先生颤抖着拿起信，看完撕成四片，扔进废纸篓里。过了两三天，吉诺曼小姐听见她父亲在卧室独自高声说话，他每次特别激动时就有这种情况。她附耳听见父亲说道："你若不是个蠢材，就应当知道，人不能同时既是男爵，又是律师。"

二、马吕斯清贫寒苦

贫穷同其他事物一样，最终能成为自然存在，逐渐形成并定型。一种清苦生活，只要维持生命，人就能生长发展。请看马吕斯·彭迈西是如何安排这种生活的。

他走出间不容身的逼仄小路，前面逐渐宽了一点。他十分勤奋，表现出非凡的勇气、恒心和意志，终于凭劳动每年能挣约七百法郎。他学会了德文和英文，由库费拉克推荐给开书店的朋友，就在文学书店里充当有用的小角色，撰写新书介绍，翻译报刊文章，注释一些著作，编纂作者的年谱，等等。收入稳定，不管丰年歉年，总是七百法郎，他能维持生活，日子过得还不错。情况如何呢？我们来谈谈。

马吕斯住到戈尔博老屋，每年付三十法郎年租金。那是一间没有壁炉的破屋，名为办公室，却只有必不可少的一点家具。家具是他本人的。他每月付给二房东老太婆三法郎，让她来打扫陋室，每天早晨送点开水、一个鲜鸡蛋和一苏钱的面包。面包和鸡蛋就是他的午餐，要花两苏到四苏钱，得看鸡蛋的售价涨落而定。晚上六点钟，他沿圣雅克街走下去，到马图兰街拐角巴赛版画店对面卢梭餐馆吃饭。他不喝汤，只要六苏的一盘肉、三苏的半盘蔬菜和三苏的甜点心。花三苏钱，面包随便吃。他以水代酒。饭后到柜台付账时，他给伙计一苏小费，端坐在柜台里的始终肥胖、但风韵犹存的卢梭太太冲他微微一笑。然后他就离去。花十六苏钱，能看到一张笑脸，吃一顿晚饭。

卢梭餐馆里，喝空的酒瓶极少，倒空的水瓶极多，那既是餐馆，更是放松休憩的地方，现今已不复存在。餐馆老板有个漂亮的绰号，称为"水族卢梭"。

这样算起来，午餐四苏，晚餐十六苏，每天吃饭花二十苏，一年下来便是三百六十五法郎。再加上三十法郎的房钱，给那老太婆三十六法郎，再加上点零用钱，总共四百五十法郎的花销，马吕斯吃住解决了，还有人给料理家务。礼服花费一百法郎，内衣花五十法郎，洗衣费五十法郎，总共也不过六百五十法郎，还能富余五十法郎。他有钱了，有时还借给朋友十法郎。有一次，库费拉克借钱，从他那儿拿了六十法郎。至于取暖，屋里既然没有壁炉，马吕斯就把这事儿"简化"了。

马吕斯总有两套外衣：一套旧的，"每天出门"穿；另一套新的，重大场合穿。两套全是黑色的。他只有三件衬衣：一件身上穿着；一件放在五斗柜里；另一件在洗衣店里。等破得不能穿了，再一件件换新的。一般撕破口子还穿着，将外衣纽扣全扣上遮住。

马吕斯要经过好几年，才达到开始兴旺的境况。这几年十分艰难，困难的年头，有些要穿越，有些要跋涉。马吕斯一天也没有泄气。忍饥挨饿，他全经受住了。除了借债，他什么都干过。他问心无愧，从不欠人一苏钱。在他看来，借债就是奴役的开端。他甚至想，一个债主比一个主人还糟糕，因为主人只拥有你的人身，而债主却占有你的尊严，可以糟蹋你的尊严。他宁肯饿肚子，也不愿借钱。有不少日子他吃不上饭，感到事物的极端无不相接，如不小心，命运沦落能导致灵魂堕落，于是他十分审慎，唯恐丧失自尊。有的话和举动，如在寻常情况下，他觉得只是礼貌尊敬的表示，在这种处境就认为有点卑躬屈膝了，因此，他反而挺起胸膛。他不愿退却，什么事也不图侥幸，脸上显露一种略带红晕的严峻神色，胆怯到了不近情理的程度。

每逢严重关头，他就感到内心有一股秘密的力量在鼓舞，有时甚至推动他。灵魂翼助肉体，在某种时刻，还能将肉体带起来。这是唯一能支持鸟笼的鸟儿。

马吕斯心中刻着两个名字：他父亲和德纳第。他天性热情而严肃，在思想上给他父亲的救命恩人、那个在滑铁卢枪林弹雨中救了上校的大无畏的中士，罩上一圈光环。在记忆中，从不把这人同他父亲分开，而是一起崇敬，就好像两个等级的崇拜：大龛供上校，小龛供德纳第。他了解到德纳第陷入悲惨境地，想想那情景，就倍加铭感于心。马吕斯到过蒙菲郿，听说那个不幸的客栈老板亏本破产了。从那之后，他便做出极大的努力，寻找德纳第的踪迹，到他沉入的穷困的黑暗深渊中探访。马吕斯走遍了那一带地方，到过晒勒、朋地、古尔奈、诺让、拉尼。一连三年，他积极查访，花掉了积攒的一点钱。没人能向他提供德纳第的消息，有人以为他去外国了。那些债主也在追寻，虽然少些感情的因素，但是同样锲而不舍，却都没有抓住他的影子。马吕斯没能找到人，就责备自己，几乎怪罪自己。这是上校留下的唯一债务，马吕斯决心践约偿还，他心中暗道："怎么，我父亲躺在战场上奄奄一息，德纳第并不欠他什么，却能从硝烟和枪林弹雨中找到他，将他背走。而我，欠德纳第这么大恩情，却不能在他呻吟待毙的黑暗中找到他，同样把他从死亡中救出来！哼！我一定要找到他！"的确，要能找到德纳第，马吕斯断掉一条臂膀也在所不惜，要能把他从苦难中救出来，流尽自己的鲜血也在所不惜。见到德纳第，帮他做点什么，并且对他说："您不认识我，可是，我认识您！有我在，要我干什么，请吩咐吧！"这是马吕斯最甜最美的梦想。

三、马吕斯长大成人

这时，马吕斯二十岁了，离开外公已有三年，彼此还保持原来的关系，谁也无意接近和好，也没有谋求见面。况且，见面又有什么好处呢？再相互冲突吗？谁又能硬得过谁呢？马吕斯是铜钵，吉诺曼老头儿是铁罐。

老实说，马吕斯误解了外公的心，以为吉诺曼先生就没有爱过他，觉得这个老人生硬、粗暴，好嘲笑人，总斥骂，叫嚷，发脾气，并扬起手杖，对他顶多具有喜剧中老辈人物那种既肤浅又严厉的感情。马吕斯想错了。天下有不爱子女的父亲，绝没有不宠爱自己孙子的祖父。我们说过，吉诺曼先生从内心里喜爱马吕斯，但有自己的喜爱方式，不时拿话敲打，甚至扇耳光。等这孩子一走，他就感到心中一片空虚黑暗。他不许别人再向他提起马吕斯，可是私下又遗憾别人那么听话。起初，他还抱有希望，这个布奥拿巴分子，这个雅各宾党徒，这个恐怖分子，这个九月暴徒，肯定能回来。然而，一周又一周，一月又一月，一年又一年过去了，这个吸血鬼没有再露面，真叫吉诺曼先生心痛欲碎。"然而，我别无他法，只能赶他走。"外公时常这样想。同时他还问自己："如果事情从头开始，我还会这么干吗?"他的自尊心立即回答"会的",可是,他那颗苍老的头却默默摇晃,悲伤地回答"不会"。有时候他十分颓丧,心中想念马吕斯。老人需要感情,如同需要阳光,也就是温暖。不管他性情多么倔强,他失去马吕斯,内心多少发生了变化。他死也不肯朝这个"小鬼东西"走一步,但心中苦不堪言。他住在沼泽区,越来越深居简出了。他虽然还像从前那样,又快活又狂暴,但是那种快活显得生硬而逞强,仿佛里面有痛苦和恼怒,而他狂暴一通之后,总是进入一种沮丧状态,显得温和而沉郁了。有几次他这样说:"哼!他若是回来,看我怎么扇他耳光!"

至于那位姨妈,她不大想事儿,也就谈不上有多少爱。在她的心目中,马吕斯仅仅成了一个模模糊糊的黑影了。到后来,他对马吕斯还不如对猫和鹦鹉那么关心了,顺便说一句,她很可能养过猫和鹦鹉。

吉诺曼老头儿把痛苦完全埋藏在心里,一点儿也不让人看出来,这就倍加痛苦了。他的忧郁犹如新近发明的火炉,连烟都燃尽。有时,一些献殷勤的人不识趣,向他询问马吕斯的情况:"您的外孙先生在做什么?"或者:"您的外孙先生近况如何?"老绅士如果大伤心,就叹口气,如果要装出高兴的样子,就弹一弹衣袖,说一句:"彭迈西男爵先生正在什么地方,为人打小官司呢。"

老人那边深自悔恨,而马吕斯这边则拍手称快。不幸的遭遇消除了他心中的怨恨,心地善良的人无不如此。他想到吉诺曼先生时,就只有温情了,但是,他始终坚持不再接受"对他父亲不好"的人的一钱一物。这是他最初的愤恨和缓之后,现在所表现的情绪。而且,他高兴受过苦并还在受苦。这是为了纪念他父亲。生活艰苦,他感到又满足又喜欢。有时,他带着几分欣悦自言自语:"这是最起码的";这本身……就是一种赎罪;如果不这样,而是对他父亲,对这样一位父亲,抱不敬的冷漠态度,那么日后他就会受到别种惩罚;父亲饱受苦难,而他一点苦也不吃,这就不正直了;况且,比起上校的英勇一生来,他的辛劳和清苦又算什么呢?归根结底,他要接近父亲,要像父亲的样子,唯一的方式就是以上校杀敌的那种勇敢对付穷苦生活;而上校留下的这句话:"他会当之无愧……"无疑就想表达这种意思。上校的话，由于遗书已丢失，马吕斯不能佩戴在胸前，却刻在心上了。

况且，外公赶他走的那天，他还是个孩子，现在则长大成人了。他自己也有这种感觉。我们还是要强调这一点，穷困对他来说是好事。青少年清贫，到成功之日方显出妙处：能把人的整个意志引向发奋的道路，把人的整个灵魂引向高尚的追求。贫穷能立刻把物质生活剥露，显示其丑恶面目，从而激发人以无比冲劲奔向理想生活。阔少则不同，有各种各样出色而庸俗的娱乐：赛马、打猎、养狗、抽烟、赌博、宴饮，等等。在这类消遣中，灵魂的低劣部分损害高尚部分。穷苦的青年要花费气力，才能挣来面包吃，吃过之后，就只有幻想了。他去观赏上帝组织的免费演出，欣赏蓝天、空间、星辰、鲜花、儿童、他在其间受罪的芸芸众生，以及他在其间放光彩的自然万物。他观望久了芸芸众生，就看见了灵魂。他观望久了自然万物，就看见了上帝。他幻想，于是感到自己伟大。他再幻想，又感到自己温柔了。他从受苦人的自私心转向思索者的同情心。一种令人赞叹的情感在他身上焕发：忘记自我并悲悯世人。一想到大自然无私提供的不可胜数的乐事，给予敞开的心灵而拒绝封闭的心灵，他这个精神的百万富翁，就可怜起那金钱的百万富翁了。随着他的头脑一片光明，全部怨恨也从他心中离去。再说，他是不幸的人吗？不是。一个青年的穷苦绝不悲惨。随便一个小伙子，不管怎么穷，有他那健康、力量、轻快的步伐、明亮的眼睛、沸腾的热血、黑黑的头发、鲜艳的脸蛋、粉红的嘴唇、雪白的牙齿、纯净的呼吸，总要让一个老皇帝羡慕不已。每天早晨，他都要重新开始挣面包。他靠双手挣面包吃，同时他的脊梁骨也挣来自豪，他的头脑也挣来思想。他干完了活计，又回到那难以描摹的陶醉，沉入静思和喜悦。他活在世上，双脚绊在苦难和障碍中，停留在铺石路上，踏在荆丛里，有时陷入泥中，但是那颗头却高举在光明里。他显得那么坚定、泰然、温和、平静、专心、严肃，知足常乐，善气迎人。他也特别感谢上帝给了他富人所没有的两种财富：使他得到自由的劳动，使他保持尊严的思想。

这正是马吕斯身上所发生的情况。一句话，他偏爱沉思甚至有点过分了。他的生计差不多有了保障之后，便停下来，觉得还是安贫为好，减少工作，以便多多思索。这就是说，有时他一连几天思考，沉浸在静思和内心光照的无言愉悦中。他这样安排生活问题：尽量少做物质劳动，尽量多做难以捉摸的劳动，换句话说，费几个小时用在实际生活上，其余时间全用在对"无限"的思索中。他自以为吃穿不愁，却没有发觉他这样理解的沉思，结果要成为一种懒惰的形式，没有发觉他满足于生活的最低需要，过早地歇手不干了。

显而易见，对这个禀性刚强而豪迈的人来说，这只能是一种过渡状态，一旦撞击不可避免的复杂的命运，马吕斯就会觉醒。

眼下，他虽是律师，也不管吉诺曼老头儿怎么看，他却既不接大案，也不为人打小官司。他沉于梦想，就远离了辩论。纠缠公证人，随庭听审，寻找作案动机，这些事实在烦人。何必这样呢？他想不出有任何理由改变现在的谋生方式。这家不知名的印书馆终于给他一份稳定的工作，正如我们解释过的，他干点活儿就足够了。

雇用他的一个书商，我想是叫马其梅尔先生吧，曾提出雇他当全工，向他提供舒适的住所和固定的工作，年薪为一千五百法郎。舒适的住所！一千五百法郎！当然是好差使。可是要他放弃自由！当一名雇员！当一个雇佣文人！马吕斯考虑一旦接受，他的境况既改善又变坏：生活优裕了，尊严却丧失了。这是完整而美好的不幸变成丑恶而可笑的窘境，好比盲人变成独眼龙。他谢绝了。

马吕斯独来独往。什么事他都喜欢置身局外，而且对上次争论还心有余悸，他决计不参加安灼拉领导的团体。大家还是好朋友，必要时也都能尽力相助，但仅此而已。马吕斯有两个朋友，一老一少：少者库费拉克，老者马伯夫先生。他与老者更为投契。首先，多亏那老者，他的思想才发生巨大的变化；其次，也多亏那老者，他了解并爱戴他父亲。他常说："他给我切除了眼中的白内障。"

毫无疑问，那位教堂财产管理员起了决定性作用。

然而，在这件事情上，马伯夫先生只不过受命运的派遣，是一个冷静而无动于衷的使者。他照亮了马吕斯的心扉，纯属偶然，是不自觉的行为，如同一个人举着的蜡烛。他是那根蜡烛，而不是那个人。

至于马吕斯内心产生的政治变革，马伯夫先生根本理解不了，也根本不可能祈望和引导。

以后还要见到马伯夫先生，因此有必要交代几句。

四、马伯夫先生

马伯夫先生对马吕斯说过："当然，我完全赞同政治观点。"那天他的确表达出他思想的真实状态。对所有政治见解，他都抱着无所谓的态度，不加区别而一概同意，只要让他清静就成，正如希腊人统称复仇女神为"美丽的、善良的、可爱的"，欧墨尼得斯[1]。马伯夫先生所持的政治观点，就是酷爱花木，尤其酷爱书籍。他跟所有人一样，也隶属一个"派"，须知在那年头，无派之人简直没法儿活。然而，他既不是保王派，也不是波拿巴派；既不是宪章派，也不是奥尔良派，更不是无政府派，他是书迷派。

世上有那么多青苔、芳草和绿树可供观赏，有那么多对开本和三十二开本的书可供浏览。他不明白世人为什么要为宪章、民主、正统、君主制、共和制等空话而相互仇视呢。他特别注意自己别成为无用的人。拥有书籍并不妨碍他阅读，成为植物学家并不妨碍他侍弄园子。他认识彭迈西的时候，和上校之间就产生一种好感，上校如何培育花卉，他就如何培植果树。马伯夫先生用播种方式结出的梨，同圣日耳曼梨一样鲜美。如今非常出名的十月黄香李，同夏熟黄香李一样香甜，据说就是他通过杂交培育出来的一种。他去做弥撒，与其说出于虔诚，不如说出于温和的性情，也是因为他喜爱人的面孔，而厌恶人的声音。只有在教堂里，他才能看到人聚在一起而静默，感到自己应当择业，于是选中了教堂财产管理员的生涯。他从来没有像爱一个郁金香鳞茎那样爱任何女人，也从来没有像喜欢一个埃尔泽

---

1 欧墨尼得斯：希腊神话中的复仇三女神。

菲尔版本那样喜欢任何男人。他早已年过六旬，有一天忽然有人问他："您一辈子就没有结过婚？"他回答："我把这事忘了。"也有过这种情况，这种情况谁没有过呢？他说："唉！当年我若是有钱！"他讲这话的时候，绝不会像吉诺曼老头儿那样，盯着看一个漂亮姑娘，而是欣赏一本古书。他独身生活，家中只有一个年老的女用人。他患轻度的手痛风，睡觉时僵硬的老手指在被里总弯曲着。他编写并出版了《科特雷地区植物志》，有彩色插图，书颇受好评，他拥有铜版，并且自己销售。每天总有两三个人来买书，到梅齐埃尔街敲他的家门。每年售书能有两千法郎的收入，差不多这就是他的全部家当。虽说贫穷，他却凭借耐心、节俭和时间，得以收藏不少各种珍本。他出门腋下总夹着一本书，回来往往夹两本书。他住在楼下，有四间屋和一个小园子，家中唯一的装饰，就是镜框里装的植物标本和大师的版画。他一看见刀枪之类的兵器就不寒而栗。他一生也没有走到一尊大炮跟前，甚至到残疾军人院也是如此。他的胃还过得去，满头白发，无论嘴里还是头脑里都没牙齿了，浑身总颤抖，说话带着庇卡底口音，笑起来像孩子，容易受惊吓，一副老绵羊的模样。他有一个当本堂神父的兄弟，除此之外，在世人中只有一个常来往，名叫鲁瓦约尔，是在圣雅克门开书店的老先生。他还有一个梦想，将靛蓝植物移植到法国来。

他那女用人也是一个老天真。可怜而和善的老太婆还是个老处女。她的老雄猫名叫苏丹，能在西斯丁小教堂喵喵唱阿莱格里作曲的《上帝怜我》的圣诗，也占据了女主人整个一颗心，足够她寄托心中的全部感情。她的梦想没有一个接触到男人，她也始终未能超越她这只猫。她跟猫一样，嘴上都长了胡须。她的光轮在她总保持洁白的软帽里。星期天做完弥撒，她就点数箱子里的衣物消磨时间，将买来却始终没送出去做的衣裙料子摊在床上。她能看书，马伯夫先生给她起个绰号叫"普卢塔克大妈"。

马伯夫先生喜欢马吕斯，因为马吕斯又年轻又温存，能温暖他那颗老迈的心，又不会惊吓他的胆怯性情。对老人来说，温和的青年好似无风的太阳。马吕斯脑子灌满了军人的光荣、大炮火药、进攻和反攻，灌满了他父亲挥刀杀敌并受伤的各次大战役，然后去看望马伯夫先生，马伯夫先生则从花卉的角度同他论英雄。

大约1830年，他那任本堂神父的兄弟去世，这对马伯夫先生来说，好像黑夜忽然降临，整个天地全暗下来了。公证人的一次背信弃义，剥夺了他应有的一万法郎，这是他兄弟二人名下的全部财产。七月革命又引起图书业的一场危机。困难时期，植物志这类书首当其冲，《科特雷地区植物志》顿时无人问津，几周不见一名顾客。有时门铃声响，马伯夫先生不禁一抖。"先生，"普卢塔克大妈愁眉苦脸对他说，"是送水的。"终于有一天，马伯夫先生辞掉财产管理员的职务，脱离圣绪尔皮斯教堂，离开梅齐埃尔街，卖掉一部分……不是他的藏书，而是他的版画，这是他最容易撒手的……搬到蒙巴纳斯大街的一座小房子。但是他在那儿只住了一个季度，这有两个原因：一是那楼下住房和小园子租金三百法郎，而他用于房租不敢超出两百法郎；二是那里靠近法图射击场，整天枪声不断，叫他无法忍受。

他带走他的《科特雷地区植物志》、铜版、植物标本、活页夹和藏书，又搬到妇女救济院附近，住进奥斯特利茨村一座茅屋里，年租五十埃居，共有三间屋和一座围着篱笆带水井的园子。他趁这次搬家，几乎把家具全卖了。他迁入新居那天特别高兴，亲自往墙上钉钉子，好挂版画和植物标本，余下的时间又给园子翻土。到了晚上，他见普卢塔克大妈愁眉不展，心事重重，就拍拍她的肩，微笑着对她说："没关系！我们有靛蓝呢！"

他只准许两个客人，圣雅克门那个书商和马吕斯，来茅舍看望他，说穿了，他觉得奥斯特利茨这个村名就够喧嚣讨厌的了。

再者，正如我们所指出的，头脑钻进一种智慧或一种妄想中，或者同时钻进智慧和妄想中——这也是常有的事——对生活事物的反应就特别迟缓。他们觉得自己的命运还很遥远。这种专心致志的状态会产生出一种被动性，而这一被动性如果合乎理智，就类似哲学了。一个人衰退，下降，颓败，直到颓败还不大明白。当然，终有觉醒的一天，但是太迟了。在那之前，人在赌祸福的赌局中仿佛处于中立状态；自身就是赌注，却冷眼旁观。

马伯夫先生就是这样，周围逐渐昏黑，而希望一一破灭，他还始终泰然自若，虽说有点儿幼稚，但是非常深沉。他的思维习惯如同钟摆来回摆动，一旦由幻想上了发条，即使幻想破灭了，还要走很长时间。一个座钟，不会恰恰在上发条的钥匙失落的时候，就戛然停摆了。

马伯夫先生有些纯真的乐趣。这些乐趣不需要什么代价，往往意外得之，一点偶然的机会就能向他提供。有一天，普卢塔克大妈在房间角落看一本小说。她高声念出来，觉得这样能理解透些。高声朗读，就是确认自己所读的东西。有些念书声音特别高，那神态就像为他们所读的内容打保票。

普卢塔克大妈手捧小说，就是以这种劲头阅读。马伯夫先生则听而不闻。

普卢塔克大妈念到这句话，是关于一名龙骑兵军官和一位美人的故事：

"……那美人弗悦，而龙……"念到这里，她停下来擦拭眼镜。

"佛爷和龙，"马伯夫先生低声接话说，"对，确有其事。从前是有一条龙，住在山洞里，口中喷火焰烧天空，好几颗星辰都燃烧了。那条怪龙还长着猛虎的利爪。佛爷走进龙洞，说服龙饭依了。普卢塔克大妈，您看的是一本好书。没有比这更美的传奇故事了。"

马伯夫先生随即沉入美妙的梦幻中。

五、穷是苦的芳邻

马伯夫先生慢慢看到自己陷入穷困，越来越感到惊奇，不过还没有怨天尤人。马吕斯喜欢这个天真老汉。他时常遇见库费拉克，但总是主动去拜访马伯夫先生，然而极少见面，每月最多一两次。

马吕斯的乐趣是独自长时间散步，走在环城大道上，或者演武场上，或者卢森堡公园的幽径上。有时，他花半天时间去看菜园子，看生菜畦、粪堆上的鸡群和拉水车的马。过路人以惊奇的目光打量他，有的人还觉得他衣着可疑，面目不善。其实，他不过是个穷苦的青年，站在那儿出神遐想。

正是在一次散步中，他发现了戈尔博老屋，受到那僻静的地点和便宜的房租的吸引，便搬过去住了。那里的人知道他叫马吕斯先生。

有几位前朝的将军和他父亲的老同事，认识他之后，就邀请他去做客。马吕斯没有谢绝，那是谈论他父亲的好机会。因此，他不时去府上拜访巴若尔伯爵、贝拉维恩将军，去残疾军人院拜访弗里利翁将军。在那里聚会，或是演奏音乐，或是跳舞。马吕斯总穿上新装去参加晚会。然而，不是天寒地冻的日子，他绝不去参加晚会或舞会，因为他付不起车钱，而上门时又想保持皮靴油光锃亮。

他有时这样讲，但毫无刻薄之意："人天生就是这样，进人家的客厅，浑身是泥都没有关系，唯独鞋子不能脏。要人家热情地接待你，只需有一样东西无可指责：是良心吗？不对，是靴子。"

不是发自内心的各种热情，在幻想中无不化为乌有。马吕斯的政治狂热就是这样风流云散了。1830年革命，在给他满足和安慰的同时，在这一点上也起到了推动作用。除了好激愤这一面，他仍保持老样子，观点还是原来的观点，只是温和多了。确切地说，他只讲好感，而不持什么观点了。他属于什么党派呢？属于人类党。在人类中，他选择了法兰西；在国家中，他选择了人民；在人民中，他选择了妇女。那是他怜悯的主要走向。现在，他看重一个思想超过一种事实，看重一位诗人超过一个英雄。比起马伦戈战役那样的事件来，他更欣赏像《约伯记》那样一本书。而且，他沉思遐想一整天，傍晚沿环城大道回家，透过树枝窥见无垠的空间、无名的光亮，窥见幽邃、黝黯、神秘，就感到一切人事都十分渺小了。

他自以为认识了，也许的确认识了生命和人生哲学的真谛，结果他眼无余物，几乎只望天空了。天空，是真理在井底唯一能望见的东西。

这并不妨碍他做出许多计划、方案、构想、未来的蓝图。马吕斯处于这种梦想状态，哪只慧眼如若洞察他的内心，就会惊叹这颗灵魂有多纯洁。的确，我们的肉眼若能看见别人的意识，那么判断一个人，凭他的梦想比凭他的思想更可靠。思想中有意志，梦想中没有。梦想完全是自发的，即使梦想宏伟的和理想的东西，也还是显示并保持我们头脑的本相；我们灵魂深处最直接最坦率的流露，莫过于对光辉命运的不假思索而适当的憧憬。主要是在这类憧憬中，而不是在那种经过综合、推敲和整理的思想中，才能找出一个人的真实性格。我们的幻象酷似我们自己。每人都按自己性情梦想未知而不可能的事物。

1813年6、7月份之间，给马吕斯做家务的老妇人对他说，他的邻居，容德雷特那户穷苦人家要被赶走。马吕斯几乎整天在外面游荡，不大清楚他还有邻居。

"为什么要赶走他们呢?"他问道。

"因为他们没付房租，拖欠了两个季度。"

"欠多少钱?"

"二十法郎。"老妇人回答。

马吕斯有三十法郎备用钱，放在一个抽屉里。

"拿着吧，"他对老太婆说，"这是二十五法郎。替那家可怜的人付房租，剩下五法郎给他们，不要说是我给的。"

六、替身

特奥杜勒中尉所属的团队，碰巧又调防到巴黎。借此机会，吉诺曼姨妈又生一计。头一回，她想象出让特奥杜勒监视马吕斯。这回，她又策划让特奥杜勒替代马吕斯。

老外公很可能有一种朦胧的需要，家中应有一张年轻面孔，这种晨曦有时能温暖废墟，因此，另外找一个马吕斯，也不失为一种办法。"就这么办，"吉诺曼姨妈想到，"就跟我在书中看到的勘误表一样，马吕斯改为特奥杜勒。"

侄孙也相当于外孙。一名律师走了，就抓来个枪骑兵。

一天早晨，吉诺曼先生正看《每日新闻》一类的报纸，他女儿走进屋，拿出最温柔的声音同他讲话，因为事关她的宠儿:

"父亲，特奥杜勒今天早晨要来给您请安。"

"特奥杜勒，是谁呀?"

"您的侄孙。"

"唔!"老人哼了一声。

他随即又看起报纸,不再想那侄孙,管他那特奥杜勒呢,而且,工夫不大,他就憋了一肚子气,几乎每次看报都是这样。自不待言,他看的是保王派报纸,上面刊登一则消息:次日风雨无阻,又要发生一个小事件。那时的巴黎天天有类似的事件发生:法学院和医学院的学生,中午十二点将在先贤祠广场集会……要进行辩论……辩论一个现时问题:国民卫队的炮队,以及关于卢浮宫院内停放大炮一事,国防大臣和"民兵总部"之间的冲突。大学生要辩论这类问题,无须看别的新闻,只此一条就让吉诺曼先生满腹怒气了。

他想到马吕斯,马吕斯是大学生,很可能跟别人一道去,"中午在先贤祠广场辩论"。

他想到这里,心中正难受,特奥杜勒中尉进来了,是由吉诺曼姑妈悄悄引进屋的。这名枪骑兵换上便装,这也不失为机灵之举。他心中早有盘算:老祖宗大概没有把全部资财换成养老金,这样,就值得他不时乔装打扮,换上便装。

吉诺曼小姐高声对父亲说:

"特奥杜勒,您的侄孙。"

她又低声对中尉说:

"说什么你都点头。"

她随即退出去了。

中尉不大习惯会见德高望重的老人,不禁有点胆怯,结结巴巴地说:"您好,叔公!"同时行了一个不三不四的礼:下意识地以军礼开头,再以俗礼结尾。

"哦!是您啊,好,请坐吧。"老人说道。

应酬一声,他就完全把枪骑兵置于脑后了。

特奥杜勒坐下,吉诺曼先生却站起来。

吉诺曼先生开始来回踱步,他双手插进坎肩兜里,一边高声说话,一边用烦躁的老手指揉搓兜里的两只怀表。

"这帮流鼻涕的小崽子！居然还要到先贤祠广场集会！瞧那份儿德行！一帮猴崽子，昨天还吃奶呢！若是捏他们的鼻子，准有奶水流出来！就他们，明天中午要辩论！这成什么世道？这成什么世道？显然世界走向末日啦。那些无衫党人[1]西班牙革命党人的绰号。就是把我们带向那里！国民炮队！辩论国民炮队！为了国民卫队的联珠屁，跑到广场上去信口开河！他们到那儿，要跟什么人混在一起呢？瞧瞧，雅各宾主义要发展到什么地步。我敢打赌，赌多少都成，去那里的准都是累犯和释放的苦役犯，我输了给一百万，赢了分文不取。共和派和苦役犯，就是鼻子和手绢的关系。加尔诺说过：'叛徒，你要让我往哪里去？'富歇回答：'随你便，蠢货！'这就是共和派。"

"的确如此。"特奥杜勒说道。

吉诺曼先生半转过头，瞧见特奥杜勒，继续说道：

"一想起这东西全无心肝，竟然去当烧炭党徒！你为什么离开家？要去投共和派。算了吧。首先，人民不要你那共和制，人民不稀罕。他们通情达理，完全清楚自古以来就有国王，将来也永远有国王，完全清楚归根结底，人民只不过是人民。你那共和制，他们嗤之以鼻，你明白吗？小傻瓜！那么任性，也真够坏的！迷上《杜舍纳老爹》[2]，向断头台送秋波，在93号[3]的阳台下面弹吉他、唱情歌，这帮青年多么愚蠢，真该唾他们！他们全是一路货，一个也不例外。只要吸一口街上的空气，就会鬼迷心窍。19世纪是毒药。随便一个顽皮小子留起山羊胡子，就当真自以为奇人了，丢下家里的长辈不管了。这就是共和派，这就是浪漫派。浪漫派，究竟是什么东西呢？请赏脸告诉我，究竟是什么东西？荒唐透顶。一年前，他们还去为《艾那尼》捧场。我倒要问问，《艾那尼》！什么对比法，语句糟透了，写的简直不是法文！还有，卢浮宫院子里停放大炮。这年头的强盗行径就是

1 　西班牙革命党人的绰号。

2 　《杜舍纳老爹》：埃贝尔从1790年至1794年出版的报纸，是宣传革命的主要报刊。

3 　影射1793年的革命恐怖时期。

这样。"

"您说得对，叔公。"特奥杜勒说道。

吉诺曼先生又说道：

"博物院的庭院里陈列大炮！干什么呀？大炮，你想干什么？要炮轰贝尔韦代雷的阿波罗吗？弹药想要跟梅迪奇的维纳斯打什么交道？ [1]哼！如今这些年轻人，没有一个是好东西！他们的邦雅曼·龚斯当[2]，根本不管什么！他们不是坏蛋，就是笨蛋！他们什么都干得出来，总出丑，穿的衣裳也难看，还惧怕女人，他们围着花裙子转，却是一副乞讨的样子，让那些傻丫头看了都大笑不止。老实说，他们就像为爱情害羞的可怜虫。他们一个个奇形怪状，又用笨头笨脑的样子来弥补。他们拾人牙慧，重复梯埃斯兰和波蒂埃的文字游戏。他们穿着布口袋似的衣服、马夫的坎肩、粗布衬衣、粗呢裤子、粗革皮靴，身上的图案就跟鸟毛一样。他们的粗话可以垫他们的破靴底。就这群愚蠢的娃娃，居然还有政治见解。就应当严禁有政治见解。他们杜撰制度，改造社会，推翻君主制，将所有法律都抛在地下，将顶楼放到地窖的位置，将我的门房送上国王的位置。他们把欧洲搞得底儿朝天，还要重建世界；他们的艳福，就是鬼鬼祟祟偷看上车的洗衣女工的大腿。噢！马吕斯！噢！小无赖！到广场上去信口开河！讨论，争论，采取措施，公正的神灵啊，管那叫措施！胡作非为，又大大地缩小，变成愚昧无知。我见识过天下大乱，现在看到的是胡闹捣乱。小小的学生讨论国民卫队的问题，这种事情，在奥吉布瓦蛮人那里，在卡多达什野人那里，也不见得有！那些赤条条的野人，那些头发梳成羽毛球状、拿着木棒的野人，也不如这些学生野蛮！一群毛头小伙子，不知天多高地多厚！自以为了不起，还要发号施令！还要辩论，夸夸其谈！真到了世界末日！这个可怜的地球显然要完蛋了。这最后打一个嗝，由法兰西打出来。小子们，讨论吧！只要他们还在奥德翁剧院拱廊下看报，这类事情就会发生。他们

---

1   这里的阿波罗和维纳斯是指从两地出土的古代雕像。
2   邦雅曼·龚斯当（1767—1830）：法国政治家和作家。

看报，只花一苏钱，但是他们也得赔上理性，赔上智慧，赔上良心，赔上灵魂，赔上精神。从报里出来，就要抛弃家庭。所有报纸都是瘟疫，无一例外，连《白旗报》也算上！说穿了，马丹维尔是个雅各宾党人。噢！老天有眼！你让老外公痛苦万分，这回可以炫耀啦，你！"

"这是明摆着的事儿。"特奥杜勒说道。

枪骑兵趁吉诺曼先生喘口气的机会，又庄严地补充一句：

"除了《政府公报》，不应当有别的报纸。除了《军事年鉴》，也不应该有别的书。"

吉诺曼先生继续说道：

"就像他们的席埃耶斯！一个弑君贼，结果还当上元老院元老！要知道，最后总爬上那种地位。他们以你我相称公民，相互砍伤脸，然后又让人称为伯爵先生，跟胳膊一样粗细的伯爵先生，那些九月的屠夫！席埃耶斯，哲学家！说句公道话，所有那些哲学家的哲学，我从来没有看得比梯沃利做鬼脸的眼镜更重要！有一天，我看见元老院元老经过马拉凯河滨路，他们披着绣有蜜蜂的紫红丝绒斗篷，头戴亨利四世式的帽子，那样子丑陋不堪，就像老虎朝廷上的猴子。公民们，我向你们宣布，你们的进步是一种疯狂，你们的人道是一种幻想，你们的革命是一种罪恶，你们的共和是一种怪物，你们的年轻法兰西，是从妓院出来的婊子。这种看法，我敢在所有人面前坚持，不管你们是什么人，不管你们是政治家、经济学家，还是法学家，也不管你们是否比断头台的铡刀更了解自由、平等和博爱！我向你们指出这一点，我的娃娃们！"

"当然啦，"中尉嚷道，"这话对极啦！"

吉诺曼先生中断刚开始打的手势，回身定睛注视着特奥杜勒，对他说：

"您是个笨蛋！"

第六卷　双星会

一、绰号：姓氏形成方式

这时期，马吕斯已长成英俊青年。他中等身材，头发乌黑，额头饱满而聪颖，鼻孔张扩而热情，那副神态又坦诚又稳重，整个相貌透出难以描摹的高傲、凝思和纯真。他的周身线条圆润，但不乏坚定有力，具有经由阿尔萨斯和洛林渗入法兰西相貌中的那种日耳曼式的柔和，而绝无西康伯尔族[1]区别于罗马人、鹰族区别于狮族的那种棱角。他所处的年龄段，正是爱思考的人头脑中，深沉和天真几乎等分，各占一半。碰到危急关头，他很可能显得愚不可及，然而只要一拧钥匙，他又表现出不同凡响。他的举止神态有点矜持、冷淡，彬彬有礼，并不开朗。不过，他的嘴很可爱，嘴唇特别红，牙齿特别白，微微一笑就能冲淡他那外貌的严肃相。他那纯洁的额头和性感的嘴唇，有时形成奇特的对比。他的眼睛小，视域却很宽。

他在最穷苦的时候，注意到年轻姑娘路上相遇还回头看他，他就急忙走掉，或者躲到一旁，心如死灰。他以为她们看他是因为他衣衫破旧，存心嘲笑他，殊不知她们是看他仪容俊秀，并且梦寐求之。

他和过路的漂亮姑娘之间的无言的误会，越发使他胆小怕生。那些姑娘他一个也没有选中，其绝妙的原因就是他见到哪一个都逃窜。拿库费拉

---

[1]　西康伯尔族：属日耳曼族，一支在鲁尔盆地，一支进入高卢，与法兰克人同化。

克的话来说，他就是这样无限期"愚蠢地"活着。

库费拉克还对他说过："你别追求别人的敬重（现在他们以'你'相称，这是青年之间友谊发展的必然结果）。老弟，给你个忠告：不要总钻在书本里，多瞧一瞧那些轻浮的姑娘。马吕斯呀，风骚女人身上可有好东西！你见着就逃跑，就脸红，时间一长就成傻瓜蛋了。"

还有几回，库费拉克遇见他，便对他说：

"您好，神父先生。"

马吕斯每次听库费拉克这样讲，就有一周越发回避女人，不管年轻还是年老的，尤其回避库费拉克。

然而，在芸芸众女人中有两个，马吕斯既不逃避也不留意。实际上，如果有人告诉他那是女人，他还会大吃一惊。一个是给他打扫房间的长胡须的老太婆，库费拉克见了还打趣地说："马吕斯见女佣留了胡子，自己一根也不留了。"另一个是小姑娘，他却视而不见。

一年多以来，在卢森堡公园一条靠苗圃护墙的幽径上，马吕斯注意到一个老头儿和一个很年轻的姑娘，他俩在这条路径靠西街最僻静的那端，几乎总是并排坐在同一条椅子上。偶然性往往参与目光移向内心的人的散步，马吕斯每回由偶然性引上这条幽径，几乎每天他都看见那一老一少在那里。那男人约有六旬，神情忧伤而严肃，整个外表是一副退役军人那种强壮而疲惫的样子。如果他戴一枚勋章，马吕斯就会说：他从前是个军官。他面目和善，但善气并不迎人。他的目光从不与别人的目光对视。他穿着蓝裤子、蓝色礼服，戴一顶宽檐儿帽，衣帽好像总是新的；扎一条黑领带，穿一件教友派式的衬衫，也就是说白得耀眼，但是粗布的。有一天，一名轻佻的年轻女工从他身边走过，说了一句："好一个洁净的老光棍。"他的头发雪白了。

那小姑娘头一次同他来的时候，他们似乎就选定了这张座椅。她是个十三四岁的女孩，浑身精瘦，简直有点难看了，举止笨拙，一无可取，只有那双眼睛将来也许会挺美，但是抬起来的时候，总有一种令人讨厌的自信的神色。她的穿戴像修道院寄宿生那样，既老气又幼稚，那件黑色粗毛呢衣裙剪裁不合体。看样子他们是父女俩。

这个还未年迈的老头儿和这个还未成人的女孩，马吕斯观察了两天，随后就不注意了。而他们更甚，仿佛没有看见他。他们平静地谈话，根本不理睬周围。女孩喋喋不休，又说又笑。老人话不多，不时抬头注视她，眼里充满难以描摹的父爱的神色。

马吕斯不自觉养成一种习惯，总往这条路上散步，每次总能见到他们。

事情的经过是这样：

马吕斯最喜欢从遥对他们座椅的小路那端走过来，整段路走完，从他们面前经过，再掉头回到起点。每次散步如此往返五六趟，而这样的散步每周又有五六回，可是，他和他们两人彼此却从未打过招呼。这个人物和这个少女，好像有意避开别人的目光。尽管如此，也许正因为如此，他们就自然引起五六个大学生的注意，其中有的是课后，有的是打完弹子，到这里沿着苗圃散步的。库费拉克就是后一种情况，他观察他们两人一段时间，但觉得姑娘相貌丑陋，很快就不声不响避开了。他像帕尔特人[1]善射回马箭那样，逃跑时回头射了个绰号。他印象最鲜明的是那女孩的衣裙和那老人的头发，于是称他们父女为“黑小姐”和“白先生”，况且无人知道他们的姓名，绰号也就通用了。那些大学生常说：“嘿！白先生在他那椅子上落座啦！”马吕斯同其他人一样，也认为叫那陌生先生为白先生很方便。

为叙述方便起见，我们也照样，称他为白先生。

头一年就是这样，马吕斯几乎每天在同一时间见到他俩。他看那老头儿挺顺眼，而看那女孩却很差劲儿。

二、有了光

第二年，就在读者看到故事的这个阶段，马吕斯自己也不大清楚为什么，忽然打破这种习惯，将近半年没踏进卢森堡公园，到这条小径散步了。

1　　帕尔特人：属西徐亚族的古民族，于公元前3世纪在伊朗东北部定居。

后来有一天，他又旧地重游。那是夏天的一个晴朗上午，马吕斯就像人逢好天气那样，心情特别快活，心里仿佛充满他所听见的鸟儿的歌声、他从树叶缝间所望见的点点蓝天。

他径直走上"他的小路"，走到那一端，看见那熟悉的一对仍坐在那张椅子上。不过，他走近了仔细一瞧，那男子虽然还是原先那个男子，但那女孩好像不是原先那个女孩了。现在眼前是个修长美丽的姑娘，正是女子初成的特定时刻，具有最妙丽的全部形貌，又保留女孩儿最天真的全部情态。这一转瞬即逝的纯洁时刻，只能用两个词表示：十五岁。那头美发，栗色间有金黄色纹理；那额头仿佛是大理石雕成的，那脸颊宛如玫瑰花瓣儿长成的，红里透白，白里透红；那芳唇妙口，粲然一笑好似阳光，婉转一语如同音乐；那颗头，拉斐尔会赋予圣母玛利亚；那脖颈，让·古戎会赋予维纳斯；而那鼻子算不上美，却很俏丽，好让那张光艳照人的脸完美无缺了；那鼻子不直不弯，既非意大利型，也非希腊型，而是巴黎型的，也就是说有几分灵秀，有几分娇丽，稍欠规整，但显得纯洁，足令画家失望，却叫诗人着迷。

马吕斯从她身边走过时，看不到她那双始终低垂的眼睛，只见那褐色长睫毛投下暗影，饱含羞赧。

那美丽的女孩尽管羞赧，还是边微笑边听白发老人说话。迷人莫过于低垂双眼的这种清纯笑容。

马吕斯乍一见，以为是同一个男人的另一个女儿，大概是先头那个的姐姐。可是，他遵循不可改易的散步习惯，第二次走到那座椅跟前时，就注意打量那姑娘，这才认出是同一个人。半年工夫，小姑娘变成少女了，仅此而已。这种现象太常见了。女孩儿好似蓓蕾，时候一到，眨眼间就开放，忽然变成一朵朵玫瑰花。昨天还把她们当成孩子视而不见，今天再一照面，就觉得她们能勾走人的魂儿了。

这一个不仅长大了，而且还出落个理想的模样儿。正如4月份，有些树木三天工夫就鲜花满枝头，六个月就足够她换上美妆了。她的4月艳阳天到了。

有时能见到这种情况：一些可怜而庸俗不堪的人仿佛一觉儿醒来，从赤贫骤然变成巨富，开始奢华靡丽，一时挥霍铺张，讲究起排场。这是因为一大笔年金进了腰包，昨天到期取款了。那姑娘也领到了半年度的金额。

再说，她已不是头戴长毛绒帽子，身穿粗呢衣裙，脚穿平底鞋，双手通红的寄宿生。人美衣着也漂亮了，一身穿戴十分优雅，又朴素又华丽，毫不矫揉造作：一件黑锦缎衣裙、一条同样料子的披肩、一顶白皱呢帽子。她的白手套衬出一双纤巧的手，手中把玩着中国象牙柄的阳伞，而她的锦缎靴则显出一对纤足。从她跟前走过时，能闻到她周身散发的沁人心脾的青春香气。

至于那老人，还是原来的模样。

马吕斯第二次走到她跟前时，那少女抬起眼帘。那眼睛一片幽深的天蓝色，而在那迷蒙的蓝天里，还只有童稚的眼神。她似乎不经意地看了看马吕斯，就好像望望梣树下玩跑的那个孩子，或者望望影子投到椅子上的那个大理石承露盘。马吕斯则继续散步，心里想别的事儿。

他又从那少女坐的椅子旁边经过四五趟，目光甚至没有转向她。

后来几天，他还和往常一样到卢森堡公园散步，还像往常一样见到"父女俩"在那里，但是他不再留意了。姑娘丑的时候他没有多想，长得美了他也没有多想。他总是离姑娘坐的椅子很近的地方经过，因为那是他的习惯。

三、春天的效力

有一天暖融融的，卢森堡公园沐浴在阳光绿影中，仿佛清晨时分，天使将全园洗了一遍，鸟雀在栗林深处啾啾鸣啭。马吕斯向大自然敞开心怀，不再想什么，只是在生活，在呼吸。他又从那张椅子前经过，那少女抬起眼睛，二人的目光相遇。

这一回，年轻姑娘的眼神里有什么呢？马吕斯说不上来。什么都有，什么也没有。那是一道奇异的电光。

那姑娘又垂下眼睛，而他还继续散步。

他刚才所见，不是一个孩子的天真单纯的目光，而是一个微微张开，又猛然合上的神秘的深渊。

凡是少女，都有这样看人的一天。谁碰上谁就要倒霉！

一颗还不自知的心灵的头一瞥，宛若天空的曙光，那是某种光灿的、陌生的东西的苏醒。这出人意料的微光，突然从绝妙的黑暗中显亮，由现时的全部纯真和未来的全部情爱合成，其危险的魅力，什么语言也描绘不出来。这是一种尚不明晰的柔情，偶一流露并有所期待。这是纯真无意中设下的陷阱，捕捉人心，但既非有意，又不知道自己所为。这是一个像成年女子看人的处子。

这种目光落到哪里，不引起无限遐想的情况则很少见。这束命运的天光，比风骚女人功夫最深的媚眼更具魔力，能促使人称爱情的这朵饱含芳香和毒汁的幽暗的花，在一颗心灵的深处突然开放。

那天晚上，马吕斯回到陋室，瞧了瞧自己的衣服，头一次发觉穿这身"日常"服装，也就是说戴一顶绦带旁已经折破的帽子，穿一双车夫的粗大靴子、一条膝头磨白的黑裤、一件臂肘磨白的黑上衣，这么不整洁、不体面，就跑到卢森堡公园去散步，简直是愚蠢透顶。

四、大病初发

第二天，到了习惯的时刻，马吕斯从五斗橱里拿出新上装、新裤子、新帽子和新靴子，全套武装，又戴上手套——惊人的奢侈品，这才前往卢森堡公园。

路上遇到库费拉克，他却装作没看见。库费拉克回到家里，对朋友说："刚才我撞见马吕斯的新帽子和新衣裳，和包在里边的马吕斯。他肯定是去考试，一副呆头呆脑的样子。"

马吕斯到了卢森堡公园，绕着大水池转了一圈，注视水上的天鹅，接着又站到脑袋霉黑并缺个胯骨的一尊雕像前，久久地端详。水池旁边，有个四十来岁大腹便便的绅士，手拉着一个五岁的小男孩，他对孩子说："要避免过分。儿子，对专制主义和无政府主义，你要保持等距离。"马吕斯听那绅士说话，接着又围着水池绕了一圈，这才朝"他的小径"走去，但步子缓慢，就好像去那里极不情愿，就好像有人既强迫又阻拦他去似的。这一切，他自己毫无意识，还以为跟每天一样散步。

他走上那条小径，就望见另一端，白先生和那姑娘坐在"他们的椅子上"。他把上衣纽扣全扣好，再挺起腰板，免得衣裳出褶儿，又带着几分满意的心情，审视一番裤子的光泽，然后便向那座椅挺进。这种步伐有进攻的意味，自不待言，也期望旗开得胜。我说：朝那座椅挺进，这就等于说：汉尼拔向罗马挺进。

不过，他的动作完全是机械的，他也没有中断精神和学习上习惯性的思虑。此刻他想道：《中学毕业会考手册》是一本荒唐的书，一定是由罕见的笨伯编写的，因此选取分析的人类思想杰作，有拉辛的三篇悲剧，而只有莫里哀的一篇喜剧。他渐渐走近座椅，就抚平衣服的皱纹，眼睛盯住那姑娘，就觉得她发出的幽幽蓝光笼罩了小径的那一端。

他越走越近，脚步也越来越慢了。离那座椅还有一段距离，远没有到小路的尽头，他就停下脚步，连自己也不知道是怎么回事，就掉头往回走，而心中根本没想过不要走到头。那姑娘只能远远望见他，未必能看清他穿上新装的风采。然而，他还是挺直身板儿，好显得十分精神，以防背后有人看他。

他走到小路另一边终点，又返回来，这回朝那座椅走近了一些，甚至到了只有三段树间距的地方，就又犹豫起来。他仿佛看见那姑娘的脸转向他。于是，他拿出男子汉的勇气，振作一下，控制住犹豫的情绪，继续往前走。几秒钟之后，他从那张座椅前经过，身子挺直，神态坚定，但是脸却红到耳根子，眼睛不敢左顾右盼，像政界人物一样双手插在兜里。他从那大理石承露盘下经过的时候，只感到心怦怦狂跳。而那姑娘还像昨天一样，身穿锦缎衣裙，头戴皱呢帽子。马吕斯听见一种难以形容的声音，那一定是"她的声音"了。她正在安安静静地聊天儿。她模样儿很美。马吕斯能觉出这一点，尽管没有试图瞧她一眼。他心中暗道："不过，她一旦知道论马可·奥贝贡·德·拉龙达那篇文章的真正作者是我，就不能不敬重我了。那篇论文，弗朗索瓦·德·讷沙多先生据为己有，当作他出版的《吉尔·布拉斯》的前言！"

他走过了那张长椅，再走不远就到小径尽头，然后转身返回，又从美丽的姑娘面前经过。这回他脸色刷白了，而且只有一种极为不快的感觉。他从那张长椅和那姑娘跟前走开，在转过背去的时候，想象那姑娘在看他，走路就不禁踉踉跄跄了。

他不想再走近那座椅了，到半路就停下来，而且还坐下，这是从未有过的情况。他坐在那里不时瞥过去一眼，思想深处模糊不清，心想：不管怎么说，我欣赏人家的白帽子和黑衣裙，人家对我的发亮的裤子和新上装，就不可能完全无动于衷。

过了一刻钟，他站起身，好像又要走向那张罩着光环的长椅，然而，他却站在那里一动不动。十五个月以来，他头一次想到，每天同他女儿坐在那儿的先生，肯定也注意他了，也许觉得他来得这么勤有点蹊跷。

他还头一次感到，用"白先生"这一绰号，即使在他思想隐秘处，去称呼那个陌生人，也未免有些不敬。

他这样低头待了几分钟，手中拿根小木棒往沙地上画图案。

继而，他猛一转身，背向那长椅，背向白先生和他女儿，径直回家去了。

这天，他忘了去吃晚饭，到了晚上八点钟才发觉，但为时太晚，不能去圣雅克街了，感叹一声："怪啦！"只好啃一块面包。

他用刷子刷净衣服，再仔细叠好，然后才上床睡觉。

五、布贡妈连遭雷击

第二天，布贡妈——库费拉克就是这样称呼戈尔博老屋那个兼为门房、二房东和清洁工的老太婆，其实她叫布尔贡大妈，这情况我们已经知道，可是库费拉克那个捣蛋鬼对什么都不尊重——布贡妈不禁大吃一惊，注意到马吕斯先生又穿新衣裳出门了。

马吕斯又去了卢森堡公园，可是，他在小径上只走了一半路，没有越过他那椅子一步。他像昨天那样坐下，远远观望，能清楚地看见那顶白帽和那条黑衣裙，尤其那片蓝光。他没有动地方，直到公园关门才回家。他没看见白先生父女出公园大门，从而断定他们是从公园临西街的铁栅门出去的。几周之后，他再回想，却怎么也忆不起来那天晚上他是在哪儿吃的饭。

次日，也就是第三天，布贡妈又如雷轰顶：马吕斯穿着新衣裳出去了。

"接连三天！"她嚷道。

她企图跟踪，但是马吕斯脚步敏捷，大步流星。她就像河马追羚羊，两分钟工夫就不见人影了，只好气喘吁吁地回家，惹起喘病憋个半死，真是气急败坏，恨恨说道："是不是昏了头，天天穿上新衣裳，还害得别人跟着白跑一趟！"

马吕斯去了卢森堡公园。

那姑娘同白先生已在那里。马吕斯佯装看书，尽量靠近些，可是离得还很远就站住，接着又返身，坐到他那张椅子上，一坐就是四个钟头，看着自由自在的麻雀在小径上蹦跳，就觉得是在嘲笑他。

半个月时间就这样流逝了。马吕斯到卢森堡公园不再是去散步，而是去闲坐了，不知道为什么总坐在同一地方，一到那儿就不动弹了。他每天早晨穿上新衣裳，却又不想显示，第二天再周而复始。

毫无疑问，那姑娘长得佳妙无双。唯一能指出来近乎批评的一点，就是她那忧伤的眼神和欢快的笑容形成矛盾，给她的脸平添两分精神恍惚的神态，结果她那张脸虽然始终柔丽迷人，有时表情却显得古怪。

六、被俘

第二周的后几天，有一次马吕斯跟往常一样，坐在长椅上，手里捧着一本书，打开两小时却没有翻一页。他猛然惊抖一下，小路那边有情况：白先生父女离开座位，女儿挽着父亲的手臂，两人缓步朝马吕斯所在的小路中段走来。马吕斯当即合上书,接着又打开,竭力收拢心思阅读。他浑身颤抖:那光环径直朝他走来。"噢!上帝呀!"他心中暗道,"我怎么也来不及摆好姿态了。"这工夫,白发男人和那姑娘越走越近。他觉得这情景持续了一个世纪,又觉得这不过才一秒钟。"他们来这儿干什么呢?"他心中琢磨。"怎么!她要到这儿来!她的双脚要走在这沙地上,走在离我只有两步的小路上!"他心慌意乱,多么希望自己非常英俊,多么希望自己戴着勋章。他听见他们轻柔而有节奏的脚步声渐近,不禁想象白先生一定朝他抛来气愤的目光。"难道这位先生要问我话?"他心中思忖,随即低下头,等他又抬起头来的时候,他们走到跟前了。那姑娘走过,边走边看他。她凝眸注视他,那若有所思的温柔神态,令马吕斯从头到脚都酥软了。那姑娘似乎责备他这么长时间没去她那里,似乎对他说:只好我过来了。面对那双蓄满光芒又如深渊的眸子,马吕斯目眩神摇。

他感到脑子里燃着一块炽炭。那姑娘来接近他,真叫人喜出望外!而且,她是用什么眼神看他呀!他觉得她比以前更美了。是一种兼美,即女性美和天使美的综合。还是一种完美,足令彼特拉克歌颂,但丁拜倒。他恍若遨游碧空,同时又十分懊恼,只为靴子上有灰尘。

马吕斯确信她也看他的靴子了。

他目送她,直到她消失不见了。接着,他发疯似的,在卢森堡公园里狂走,有时很可能还独自大笑,高声说话。他从带孩子的小保姆身边走过时,那副想入非非的样子,让她们每人都以为爱上她了。

他出了卢森堡公园,希望在街上能再见到那姑娘。

在奥德翁剧院的拱廊下,他却撞见库费拉克,就说了一句:"跟我去吃晚饭。"于是,他们一道去卢梭餐馆,吃了六法郎。马吕斯狼吞虎咽,赛似饕餮,给了伙计六苏小费。上甜食的时候,他对库费拉克说:"你看过报了吧?欧德里·德·庇拉伏[1]那篇演说真精彩!"

他坠入情网,神魂颠倒了。

1　欧德里·德·庇拉伏:法国波旁王朝复辟时期和七月王朝时期的左派议员。

晚饭后，他对库费拉克说："我请你看戏。"于是，他们又去圣马尔丹门，欣赏弗雷德里克主演的《阿德雷客栈》。马吕斯看得十分开心。

与此同时，他越发显得孤僻。从剧院出来时，他不屑于看一个跨过水沟的制帽女工的吊袜带，而且，听库费拉克说："我情愿把这女人收进我的队伍里。"他几乎感到恶心。

次日，库费拉克回请吃午饭，马吕斯跟他去伏尔泰咖啡馆，比昨天吃得还多。他满腹心事，却又显得非常快活，就好像要抓住每个机会开怀大笑。他还热情地拥抱了介绍给他的一个不相干的外省人。他们的餐桌围了一圈大学生，大学生议论国家花钱请冬烘先生，到索邦大学讲坛上大放厥词，继而又谈到各种词典和齐什拉韵律学的谬误和纰漏。马吕斯高声打断大家的讨论："真的，戴上勋章那才神气呢!"

"这话真滑稽!"库费拉克低声对若望·普鲁维尔说。

"哪里呀，"若望·普鲁维尔应道，"这话很认真。"

这话的确很认真。马吕斯正处于热恋初始的冲动而陶醉的时刻。

一眼就引起这一连串后果。

一旦火药装好，导火线齐备，事情就再简单不过了。一瞥就是一个火星。

这下完了。马吕斯爱上一个女人。他的命运进入未知难测的阶段。

女人的眼神好比某些齿轮，表面平静实则可怕。我们天天从旁边经过，坦然自若，也毫无妨害，没有什么感觉，有时甚至忘记这种东西的存在，只管来来往往，沉思默想，或者有说有笑。可是突然，你感到被绞住了。全完了。齿轮绞住你，那眼神钩住你。眼神钩住你，不管钩在哪儿，也不管如何钩住的，反正钩住你悠长神思的一角，或者钩住你一时的走神。你算完了，整个身子要绞进去。一种神秘力量的机关装置将你咬住，你挣扎也是徒然，人力再也救不了啦。你从一道齿轮落进另一道齿轮，从一种惶遽落进另一种惶遽，从一种折磨落进另一种折磨，你本身、你的精神、财产、前程和灵魂，无一幸免。你落入性情凶悍的女人手中，或者心地善良的女人手中，你从这种可怕的机制里出来，或者因蒙羞而变形失态，或者因热恋而焕然一新。

七、猜测 U 字谜

孤独，超脱一切，骄傲，特立独行，喜爱大自然，摆脱日常物质活动，沉浸于内心生活，为保持贞洁而进行的隐秘搏斗，与整个造物为善并迷醉，凡此种种，都养成马吕斯易于受所谓痴情控制的性格。他对父亲的崇拜渐渐化为一种宗教，而且同所有宗教一样，退隐到灵魂深处去了。可是眼前近景要有东西充实，于是爱情应运而生。

整整一个月过去了，在此期间，马吕斯天天去卢森堡公园。时间一到，什么也拉不住他。"他上岗去了。"库费拉克这样讲。马吕斯喜不自胜，生活在美梦中。那姑娘肯定注视他了。

他的胆子终于大起来，又逐渐靠近那些座椅，但是不再从前面走过，这是恋人遵从胆怯的本能和谨慎的本能，他认为不必引起"那父亲的注意"。他运用老谋深算，在树后和雕像基座后面选了几个据点，躲在那里，尽量让那姑娘看见，又尽量不让那位老先生发现。有时，他躲在一尊莱奥尼达斯雕像的阴影里，或者随便一尊斯巴达克斯雕像的阴影里，一待就是半小时，手里捧着书，眼睛却微微抬起，去寻觅那美丽的姑娘，而姑娘那边也隐隐含笑，朝他转过那迷人的倩影。她一边极其自然、极为平静地同那皓首之人聊天，一边又以处女的炽热目光将全部梦想寄托在马吕斯身上。这是自古以来的老把戏，夏娃从世界诞生之日起就知道，任何女人从出生之日起也都知道！她的嘴应付一个人，她的眼神却回答另一个人。

不过，也应当相信，白先生终于有所觉察，因为，等马吕斯一到，他往往站起身，开始散步了。他离开他们坐惯的地方，走到小径的另一头，捡了那个角斗士雕像旁边的长椅坐下，以便观察马吕斯是否跟来。马吕斯一点不明白，犯了这个错误。那"父亲"又开始不准时了，也不再天天带他"女儿"来。有时他独自一人来公园。马吕斯见此情景，也就不久待了。又犯一个错误。

马吕斯根本不注意这些征象，又从胆怯阶段跨入盲目阶段，这是自然而命定的进步。他的爱情与日俱增，他每天夜晚都做美梦。而且，他还碰到一件意想不到的喜事儿，不啻火上浇油，使他倍加盲目了。一天黄昏时分，他在"白先生父女"刚离开的长椅上，拾到一块手帕。那是极普通的手帕，没有绣花，但细布洁白，似乎散发着无法形容的香味儿。他一阵狂喜，赶紧抓在手里，只见手帕上标着U·F两个字母。马吕斯对那美丽的女孩儿一无所知，她的家庭、姓名和住址都无从知晓。这两个字母是他得到她的头一样东西，美妙极了，肯定是姓名的开头字母，他立刻在这上面搭起建筑的脚手架。"U"显然是名字。"玉秀儿！"他想道，"多么甜美的名字！"他捧着手帕又吻又嗅，白天贴身放在胸口，夜晚放在嘴边睡觉。

"从这上面，我感到她整个一颗心灵！"他感叹道。

手帕是那位老先生的，不过是从他兜里失落罢了。

拾到手帕之后几天，他一到卢森堡公园就吻手帕，并按在胸口。那美丽的女孩莫名其妙，只是用难以觉察的手势眼神向他示意。

"这么害羞！"马吕斯咕哝道。

八、残疾军人也有乐子

我们既然提到"害羞"这个词，既然无须隐瞒什么，那么就应当讲出来。他正沉浸在美好的憧憬中，有一次他的"玉秀儿"却给了他一个严重打击。那几天，她说服了白先生离开座位，在小路上散步。那天正值牧月[1]，和风劲吹，摇动梧桐树的枝头。父女二人挽着胳臂，刚从马吕斯的坐椅前走过。马吕斯就站起身，在背后目送他们，人处于神魂颠倒的状态自然会这样。

突然，一阵风格外快活，大概负有春天的使命，从苗圃飞来，扑向小路，缠住那姑娘，使她浑身一抖，那美妙的姿态，胜似维吉尔的山林仙女和

1　牧月：法兰西共和历9月，相当于公历5月20日至6月18日。

忒奥克里托斯[1]的农牧神女。不料那风掀起她的衣裙，竟然掀起比伊希斯[2]的仙袂还神圣的衣裙，几乎掀到吊袜带的高度，露出那曼妙标致的腿。马吕斯看见了，他心头火起，义愤填膺。

那姑娘像惊慌的女神那样，赶紧拉下衣裙。然而，马吕斯并没有因此就息怒——不错，小路上只有他一个人。可是，还可能有其他人啊。万一有旁人呢！这种事怎么能让人理解！她这么干太不像话啦——唉！可怜的姑娘什么也没有干，唯一有罪的是风。马吕斯这个薛吕班身上却附有霸尔托洛[3]，蠢蠢欲动，一心要表示不满，甚至连自己的影子都嫉妒。肉体的这种强烈而奇特的醋意，的确就是这样在人心里萌生的，甚至无缘无故就肆虐。况且，即使抛开嫉妒不谈，马吕斯看到那迷人的腿，丝毫也没有快意，他可能更乐意看随便一个女人的白袜子。

至于他的"玉秀儿"，走到小路的那一头，又同白先生原路返回，从马吕斯的坐椅前面经过。马吕斯则狠狠瞪了她一眼。那姑娘微微向后挺了挺身子，同时眼皮儿往上一挑，分明是说：咦，到底怎么啦？

这是他们的"初次争吵"。

马吕斯刚朝姑娘瞪了一眼，就有一个人穿过小路。那是个伤残军人，驼着背，满脸皱纹，头发全白了，还穿着路易十五时期的军装，胸前挂着一块椭圆形红呢小牌，牌上有两把剑交叉的图案，那便是士兵的圣路易十字章，此外，身上还装饰着一只没有胳膊的衣袖、一副银护下颏儿和一条木腿。马吕斯仿佛看出那人一副十分得意的神情，甚至觉得那不要脸的老家伙一瘸一拐从他身边走过时，还特别亲热特别快活地朝他挤了挤眼睛，就好像他们俩偶然串通一气，共同偷尝了一盘野味佳肴。这个战神的残渣余孽，什么事儿这么高兴呢？这条木腿和那条腿之间，究竟发生了什么情况呢？马吕斯嫉妒到了极点，他心中嘀咕："刚才也许他在那儿！也许他看见

1　忒奥克里托斯（约公元前310—公元前250）：希腊诗人。

2　伊希斯：古埃及女神，是理想妻子和母亲的典型。

3　霸尔托洛和薛吕班是博马舍的戏剧《塞维勒的理发师》和《费加罗的婚礼》中的人物，前者是个嫉妒的老人，后者是个多情的男孩。

啦!"想到这里,他恨不得把那伤残军人干掉。

时间一长,什么尖利的东西都能磨钝。马吕斯对"玉秀儿"的这股怒气,再怎么有理,再怎么正当,也会消下去。他到底宽恕了,但是毕竟费了好大劲儿。他赌了三天气。

这期间他通过这件事,也正因为这件事,恋情激增,越发痴迷了。

九、失踪

上文看到,马吕斯是如何发现,或者自以为发现她叫"玉秀儿"的。

胃口越爱越大。了解她叫玉秀儿,这已经相当不错了,但还是太少。这一幸福,马吕斯吞食了三四周,又想得到另一种幸福,要知道她的住址。

他犯了头一个错误:在角斗士雕像旁的坐椅那儿中了埋伏。又犯了第二个错误:见白先生独自去公园,他没有久留。还要犯第三个错误,天大的错误:跟踪"玉秀儿"。

她住在西街,那地段行人极少,是一栋外观极普通的四层新楼。

从这时起,马吕斯又增添了一种幸福。除了在卢森堡公园见她面,又一直跟到她家。

欲望越来越大。他已经知道她叫什么,至少知道她的小名,那可爱的名字,一个女人的真正名字,又了解了她住的地方,还要弄清她是什么人。

一天傍晚,他一直跟到他们家,看着他们进了大门不见了,便随后进去,大着胆子问门房:

"刚回来的是二楼上的那位先生吧?"

"不是,"门房回答,"是四楼上的那位先生。"

又跨进一步。马吕斯得了手,胆子更大了。

"临街的房屋吗?"他又问道。

"当然啦!"门房说道,"这房子只有临街这面。"

"那位先生是干什么的?"马吕斯追问一句。

"他靠年金生活,先生。是个大好人,虽然不富,总能帮助不幸者。"

"他叫什么名字？"马吕斯又问道。

门房抬起头，反问道：

"先生是密探吧？"

问得马吕斯好尴尬，他只得走开，但心里乐不可支。事情又有进展。

"很好，"他心中暗道，"我知道她叫玉秀儿，父亲有年金，就住西街这儿，在四楼上。"

第二天，白先生父女到卢森堡公园，逗留时间很短，天还大亮就离去。马吕斯尾随到西街，这已经成为他的习惯。走到大门口，白先生让女儿先进去，他进门之前，却回过头去，定睛注视马吕斯。

次日，他们没有去卢森堡公园。马吕斯白白等了一天。

天黑下来，他就去西街，望见四楼窗户有灯光，便在窗下散步，直到熄灯。

又到次日，他们谁也没有去卢森堡公园。马吕斯等了一整天，晚上又到窗下去守候，一直守到十点钟，晚饭就随它去了。病人以高烧为食，恋人则以爱情为食。

这种情景持续了八天。白先生父女不再去卢森堡公园。马吕斯胡乱猜测，总往坏处想，又不敢在大白天去窥视大门，只好到晚上去仰望玻璃窗映红的灯光，有时看见窗里人影走动，他的心便怦怦直跳。

到了第八天头上，他又来到窗下，却不见灯光。"咦！"他咕哝道，"还没有点上灯，可是天黑了呀。难道他们出门啦？"他还是等候着，直到十点钟，直到午夜，直到次日凌晨一点钟。四楼窗口没有亮灯，没有人回屋。他灰心丧气，只好离去。

第二天——须知，他现在只靠一个接一个的第二天活着，可以说今天对他不存在——第二天，他到卢森堡公园，还是没有见到人，等到天黑，又去那小楼下面。窗户没有一点亮光，窗板关着，四楼一片漆黑。

马吕斯敲了大门，走进去问门房：

"四楼上那位先生呢？"

"搬走了。"门房回答。

马吕斯两腿发软，有气无力地问道：

"什么时候搬走的?"

"昨天。"

"现在他住哪儿?"

"不知道。"

"他没有留下新地址吗?"

"没有。"

门房扬起鼻子，认出马吕斯。

"咦! 又是您!"他说道，"看来没错，您准是个探子啦?"

第七卷　咪老板

一、坑道和坑道工

　　人类社会无不有剧院中所说的"地下第三层"。社会土壤无处不挖了坑道，或为行善，或为逞恶。坑坑道道相互重叠，有上层坑道和下层坑道之分。黑暗的地下层也有高低之分，在文明的重压下往往坍毁，而我们践踏在上面却无动于衷，无忧无虑。上个世纪，百科全书几乎是露天坑道。黑暗——原始基督教义这种晦隐的孵化器，只待机会成熟，就会在帝王的宝座下爆发，以光流淹没人类。因为，在神圣的黑暗中潜伏着光明。火山饱含能化为烈焰的黑暗，熔岩初始无不呈现夜色。最初举行弥撒的地下墓穴，不仅仅是罗马的地下穴道，也是世界的地下穴道。

　　社会建筑这种奇迹，也像破房那样复杂，下面有各种各样的挖掘工程。有宗教坑道、哲学坑道、政治坑道、革命坑道。挖掘坑道的镐，有的是思想，有的是数字，有的是愤怒。从一条坑道到另一条坑道，人们相互应答。形形色色的乌托邦，就是在这地下道里行进，朝四面八方蔓延伸展，有时相遇，彼此亲如兄弟。让-雅克·卢梭将尖镐借给第欧根尼，而第欧根尼则将灯笼借给让-雅克。有时不同的乌托邦也相互搏斗。加尔文揪住索齐尼[1]

1　索齐尼（1525—1562）：意大利天主教异端的鼻祖，他否认耶稣-基督的神性，否认圣灵的存在。

的头发。然而，所有这些力量都朝既定目标进展，大规模的活动同时进行，在黑暗的坑道里来来往往，上上下下，从下面缓慢地改变上面，从里面缓慢地改变外面，这种鲜为人知而又无限的蝇营蚁动，什么东西也挡不住，什么东西也阻断不了。社会几乎没有觉察到这种给它留下表面、却换掉它五脏六腑的挖掘。地下有多少层，就有多少不同的工程，就有多少内脏被摘除。从这一系列深深挖掘中，究竟要挖出什么呢？未来。

越往深挖，挖掘工越神秘。到社会哲学家能承认的程度之前，这种劳作还是好的。超过这个度数，事情就变得可疑而混杂了。到了一定深度，那里的坑道文明的精神渗透不进去了，超过了人呼吸的极限，可能开始有怪魔了。

放下的梯子也很奇特，每一级都通向哲学可以立足的一个地下层，在那里能碰见工人，也许是非凡的，也许是丑恶的。在扬·胡斯[1]下面有路德，路德下面有笛卡尔，笛卡尔下面有伏尔泰，伏尔泰下面有孔多塞，孔多塞下面有罗伯斯庇尔，罗伯斯庇尔下面有马拉，马拉下面有巴贝夫[2]。这情况还要继续，再往下就模糊了，到了看不清和看不见的分界线，还会另有所见：一些也许尚未存在的幽暗的人影。昨天的已成幽灵，明天的还是鬼魂。慧眼能够隐隐约约看出他们。未来萌芽的工作，是哲学家的一种幻视。

在鬼蜮中处于胎儿状态的一个世界，该是多么离奇的轮廓！

圣西门、欧文、傅立叶也都在那儿，在侧面坑道里。

所有这些地下先驱，虽然不知道被一条看不见的神链连在一起，并不孤立而几乎总自以为孤立。但是他们的工作却很不同，这些人的光明同另一些人的烈焰形成鲜明对照。这些人属于天堂，那些人属于悲剧。然而，不管反差多大，所有这些劳作者，从最崇高到最卑微，从最明智到最疯狂，却有一个共同点，那就是无私忘我。马拉跟耶稣一样忘记自己，将自己搁在一边，一笔勾销，丝毫不予考虑。他们看到别的事物而无视自身。他们有眼光，那眼

1　扬·胡斯（1369—1415）：捷克改革家，布拉格大学校长。
2　巴贝夫（1760—1797）：法国革命家。

光在寻找绝对真理。头一个，眼里是整个天空。而最后那个，不管多么神秘莫测，在眉毛下面也有无极的淡淡的光。无论是谁，无论做什么，只要有眸子闪着星光这一特征，就应当受到尊敬。

另外一种特征，就是眸子充满暗影。

恶从这一特征开始。碰到没有目光的人，就应当深思，就应当发抖。社会秩序有其黑色的坑道工。

有那么一个分点，再往下就是埋葬，光明熄灭了。

在上述所有那些坑道下面，在所有那些通道下面，在进步和乌托邦那广布的地下网络下面，还要往地下深入许多，比马拉还低，比巴贝夫还低；再往下，再深许多，同上面那几层毫无关系，还有最低一层坑道。那是非常可怕的地方，是我们所称的"地下第三层"。那是黑暗的坑道，那是盲人的巢穴。地狱。

那里通向深渊。

二、底层

到了底层，无私忘我的精神消失了。魔鬼隐约初具形体，在那里各自为己。没有眼睛的自我吼叫、寻找、摸索并啃啮。人类社会的乌格里诺[1]就在那深渊里。

狰狞的形体在那深层坑道里游荡，近似恶兽，也近似鬼魅，它们不关心普遍的进步，不懂思想和文字，只想一己的餍足。它们几乎没有意识，内里挖空而可怕。它们有两个母亲，全是后娘：愚昧和穷困。它们有一个向导：欲求；而满足的所有形式归结为一个：食欲。它们贪食到了残暴的程度，也就是凶残，但不像暴君，而像猛虎那样。这些鬼怪从受苦走向犯罪，这也是命里注定的演变关系、骇人听闻的生殖、黑暗的逻辑。在社会底下第

1　乌格里诺：13世纪末意大利比萨暴君，被皇帝派成员控为叛国，将他同子孙关进塔中；他受不了饥饿，企图吃子孙的肉。但丁《神曲》中有一章叙述这个故事。

三层匍匐的，不再是绝对真理窒息的呼声，而是物质的抗议了。在那里，人变成了恶龙。饥饿、干渴，就是出发点。成为撒旦，就是终点。拉斯奈尔就是从那地窟里钻出来的。

刚才在第四卷中看到上层坑道一个区，即政治、革命和哲学的大坑道。正如我们所指出的，那里无不高尚、纯洁、可敬、诚实。当然，那里也可能有人出错，而且真的错了。但错误只要包含英雄主义，在那里就令人敬佩。那里的工作总括来说，可以名之曰：进步。

现在是时候了，应当看看别的深度，那丑恶不堪的深层。

还要强调指出，只要一天不消除愚昧无知，社会底下巨大的恶窟就存在一天。

这一窟穴在其他窟穴之下，也同所有窟穴为敌。那是一无例外的仇恨。这个窟穴没有哲学家，这里的匕首从未削过笔。它这黑色不能跟高尚的墨迹同日而语。在这压抑窒息的棚顶下面，黑夜的手指蜷曲着，却从未翻阅过一本书，也未打开过一份报纸。在卡尔图什眼里，巴贝夫是个剥削者！在辛德汉[1]看来，马拉还是个贵族。这一窟穴旨在让整个建筑坍毁。

全坍毁，包括它所痛恨的那些上层坑道。它在丑恶的蚁动蝇营中，不仅破坏现存的社会秩序，而且还破坏哲学，破坏科学，破坏法律，破坏人类思想，破坏文明，破坏革命，破坏进步。它干脆就叫盗窃、卖淫、谋害和凶杀。它就是黑暗，它就是要混乱。它的顶棚由愚昧无知构成。

在它上面所有那些窟穴，也只有一个目的：将它消灭。哲学和进步同时启动全部机制，既通过改善现实又通过憧憬完美，正是要奋力达到这个目标。摧毁愚昧无知窟穴，就是摧毁罪恶渊薮。

简而言之，社会的唯一危害，就是黑暗。

人类即同类。人人都是用同样的黏土做成的，毫无差异，至少在下界宿命如此。生前为同样魂影，在世是同样肉体，死后化为同样灰尘。然而，捏人的泥团里掺进愚昧就变黑了。这种难以清除的黑色，进入人心便

1　辛德汉：一伙盗匪的首领，于1803年被处决。

成为恶。

三、巴伯、海口、囚底和蒙巴纳斯

从1830年至1835年，一个四人匪帮，囚底、海口、巴伯和蒙巴纳斯，统治着巴黎地下第三层。

海口是个降级的大力士。他的老巢在玛丽蓉拱桥街的阴沟里。他身高六法尺，胸如石雕，臂如铜铸，鼻息赛似山洞风声，身躯像巨人，而脑袋如鸟雀。看他那样子，真像法尔内塞的赫拉克勒斯穿上布裤和棉绒上衣。海口的躯体犹如巨型雕塑，本可以伏妖降魔，却觉得自己当个妖魔更痛快。他的额头低矮，脸颊宽阔，未到四十岁眼角就有了鱼尾纹，毛发又短又硬，两颊平刷髯须，下巴野猪胡子。由此可以想见其人。他浑身肌肉要求干活，而他愚蠢的脑袋却不愿意。那是个懒惰的大力士，因懒散而成为杀人凶手。有人认为他是克里奥尔人[1]。他可能与布吕讷元帅有点关系，1815年在阿维尼翁城当过搬运夫。这段见习生活之后，他便改行当了强盗。

巴伯的精瘦和海口的肥壮形成鲜明对照。巴伯瘦小而博学。他是透明的，却又叫人看不透，透过他的骨头能看见光，但是透过他的眸子却什么也看不见。他自称是化学家，从前，在博贝什戏班当过小丑，在博比诺戏班当过滑稽演员，还在圣米歇尔山演过闹剧。此人自命不凡，而且能言善辩，突出他的笑容，强调他的手势。他的行当就是露天摆摊儿，叫卖"政府首脑"半身石膏像和画像。此外，他还给人拔牙。他在集市上让人看一些古怪的东西，还有一辆带喇叭的木棚车，贴着这样的广告："巴伯，牙科艺术家，科学院院士，在金属和非金属物上做物理实验，给人拔牙，治理他的同行抛弃的残牙断齿。费用：拔一颗牙，一法郎五十生丁；两颗牙，两法郎；三颗牙，两法郎五十生丁。不要错过机会。"（"不要错过机会"这句话的意思是：要尽量多拔牙）他结过婚，也有过孩子，却不知道妻子儿女

1　克里奥尔人：安的列斯群岛上的白种人后裔。

的下落。他把他们遗失了，就像丢一块手绢一样。巴伯看报，这在他那黑界中是杰出的例外。还在家人同他生活在流动货车上的时候，有一天他看《信使报》，读到一条新闻：有个女人生了个能够成活的牛嘴婴儿，就大声感叹道："那可是棵摇钱树！我老婆就没有那种智慧，给我生一个同样的孩子！"

从那以后，他就全部丢开，去"闯巴黎"。这是他的原话。

囚底是什么东西？那是黑夜。他要等天空全抹黑了才露面。他在一个洞里昼伏夜出。那洞在什么地方？谁也不知道。即使在伸手不见五指的黑暗中跟同伙说话，他也是背对着人。他名叫"囚底"吗？不对。他说：我叫"绝没有"。若是突然有烛光，他就戴上面具。他肚子能说话。巴伯说："囚底是二声部的小夜曲。"囚底有影无踪，飘忽不定，极为可怕。很难说他有名有姓，囚底只有个绰号。很难说他能发出声音，他的肚子比他的嘴说话的时候多。也很难说他有一张脸，从来没有人看到，只见过他的面具。他忽而不见，仿佛消逝了一般，每次出现，就好像从地下钻出来的。

还有一个阴森可怕的人，名叫蒙巴纳斯。蒙巴纳斯是个毛头小伙子，还不到二十岁，脸蛋儿很漂亮，嘴唇好似樱桃，一头黑发很美，眼睛闪着明媚的春光。然而，他占尽了邪恶，还渴望无罪不犯。干了坏事又作恶，胃口越来越大。他从流浪儿变成流氓，又从流氓变成强盗。他带点女人气，温文尔雅，却很强健，浑身软绵绵的，却凶猛残忍。他按照1829年的式样，左边帽檐儿卷起，露出一绺头发。他以行凶抢劫为生。他的礼服剪裁得最好。蒙巴纳斯，简直是一幅式样图，因穷困而图财害命。这个少年屡屡犯罪，唯一的动机就是要一身好穿戴。头一个对他说"你真美"的青年女工，就往他心上投了黑点，把这个亚伯变成了该隐。既然长得美，他就想要风雅，而风雅的首要一点，便是悠闲自在。穷人的悠闲自在，就是犯罪。神出鬼没的强盗，很少像蒙巴纳斯那样令人畏惧。到了十八岁，他身后就留下了好几具尸体。不止一个行人手臂张开，脸朝血泊，倒在这恶徒的身影下。头发烫了弯，上了发蜡，腰身和臀部跟女人一样，胸膛则像普鲁士军官。他走在街头，周围的姑娘都啧啧称赞。上衣扣眼插着一朵鲜花，兜里却装着行凶的短棒。这便是索命的花花公子。

四、黑帮的组成

这四名强盗结为帮伙，成了变幻无常的海神，在警探的缝隙中迂回周旋，"用不同的外貌、树木、火焰、喷泉"来掩饰，极力逃脱维道克[1]的敏锐目光。相互借用姓名和诀窍，藏匿在自身的阴影里，也相互提供秘密巢穴和避难所，像在化装舞会上取下假鼻子那样改头换面。有时几个人干脆化为一个，有时又一人化为许多人，连可可－拉库尔都错以为他们是一大群强盗。

这四人绝非四人，而是长了四颗脑袋的一个神秘大盗，专门在巴黎大肆活动，也是作恶的巨大章鱼，栖息在社会的底下层中。

巴伯、海口、囚底和蒙巴纳斯伸展蔓延，结成地下关系网，通常在塞纳省拦路打劫，对行客下黑手。在这方面点子多的人，富于黑夜想象的人，往往找他们付诸实施，向这四人帮提供脚本，由他们排练上演。只要是杀人越货，有利可图，需要助一臂之力，他们总能派出适当的人手。一桩犯罪活动寻求助援，他们就提供帮凶。他们掌握一个黑暗的戏班子，能演出各种匪窟的悲剧。

他们通常在睡醒的时刻，即天黑时到妇女救济院一带草地上碰头，商议事情。他们眼前有十二个黑钟点，要安排用场。

"咪老板"，这是送给四人帮地下通用的称号。在日渐消亡的古老怪诞的民间语言中，"咪老板"是清晨的意思，正如"犬狼之间"这句成语表示黄昏一样。咪老板这一称号，大概是由结束活计的时刻而来。天一蒙蒙亮，这些幽灵就消失了，这些强盗就分手了。四名强盗以这个绰号闻名。重罪法庭庭长到监狱看拉斯奈尔，追问他否认的一桩罪案。"那么是谁干的？"庭长问道。"也许是咪老板吧。"拉斯奈尔的这种回答，在法官听来像谜语，而警察却很清楚。

有时，从人物表能猜想一部剧，同样，从匪徒名单几乎也能看出一个

1　　维道克：当时著名的警探，原为囚犯。

匪帮。下面这些名字由特别讼状保存下来，是咪老板主要同伙相应的称号：

邦灼，别号春生儿，又称比格纳伊。

勃吕戎（有一个勃吕戎家族，有机会我们还会提到）。

布拉驴儿，已经露过面的养路工。

寡妇。

非你私台。

荷马·荷古，黑鬼。

星期三晚。

快讯。

福恩王，别号卖花女。

光荣汉，刑满释放的苦役犯。

刹车杠，别号杜蓬先生。

南苑。

捕杀力夫。

短裙子。

克吕铜钱，别号怪罗。

吃花边。

脚朝天。

半苏钱，别号二十亿。

等等。

我们只列举这些，也不是最坏的。这些名字均有所指，不仅代表个人，而且代表一个个类型。每个名字，都对应文明下面滋生的怪形毒菌中的一种。

这些人轻易不肯露出真面目，不是常见在街头来往的人。夜晚逞凶之后疲倦了，白天他们就去睡觉，有时睡在石灰窑里，有时睡在蒙马特高地或红山遗弃的采石场里，有时干脆睡在地下水道里。他们躲藏起来。

这些人怎么样了呢？他们一直存在。他们始终存在。贺拉斯这样谈论他们："吹笛子卖艺的班子、卖药的郎中、募捐者、滑稽剧演员……"只要社会还是老样子，他们也就总是这样。他们在窟穴的黯黮棚顶下，从社会渗漏的潮湿里滋生不息。

这些幽灵去而复来，总是老样子，仅仅换了名字，换了一层皮。

一个个成员剔除了，部族仍然存在。

他们始终保持原来的技能。从流浪汉到剪径强人，一直保持纯种儿。他们能猜出衣兜里的钱包，能嗅出坎肩兜里的怀表。对他们来说，金银都有气味。一些资产者挺天真，可以说一看样子就值得一偷。那些人总是耐心地跟着这些有钱的主儿。他们若是看到一个外国人或外省人走过，就会像蜘蛛一样惊喜得浑身战栗。

那些人，半夜时分若是在僻静无人的街上遇到或望见，就叫人心惊胆战。他们不像人，而是雾气成精幻化的形体，仿佛他们常用黑暗融为一体，分辨不出来；除了阴影并没有别的灵魂，即使暂时闯出黑夜，也不过几分钟，干一下魔鬼的营生。

怎样才能驱除这些魑魅魍魉呢？要有阳光，要有强烈的阳光。哪只蝙蝠也抗拒不了曙光。要从底层照亮社会。

第八卷　坏穷人

一、马吕斯寻觅一个戴帽子的姑娘，
却遇到一个戴鸭舌帽的男子

　　夏季和秋季相继过去，冬天来临了。无论白先生还是那姑娘，都没有再步入卢森堡公园。马吕斯心中只有一个念头：再见到那张温柔可爱的脸蛋儿。他一直寻找，到处寻找，却一无所获。曾几何时，马吕斯还是个满怀激情的梦想者，是个果断、热情而坚定的男子汉，是个头脑构筑一个个未来、大胆向命运的挑战者，是个富有种种雄图、方略、豪情、理想和志愿的有为青年，而现在却成了一条丧家之犬。他极度悲伤，眼前一片黑暗。完了。工作觉得心烦，散步觉得疲惫，独自一人又觉得无聊。曾几何时，广阔的自然还五彩缤纷，充满各种形体、光亮和声音，充满启迪、教育、远景和前途，而现在却向他展示一片空虚，仿佛这一切全都消逝了。

　　他还一直在思考，舍此也干不了别的事，但是思考中已无乐趣可言了。而思考不断低声向他提出的种种建议，他每次都黯然回答：有什么用呢？

　　他百般责备自己。为什么我要跟随她呢？当时只要看见她，我就满心欢喜啦！她不时瞧我一眼，难道这不已经很可观了吗？看她那神气是爱我，这不已经足够了吗？我还要怎么样呢？到此为止，不会再有什么，我也太荒唐了，是我的过错，等等诸如此类的想法。他的心事丝毫没向库费拉克吐露，这是天性使然；可是，库费拉克猜得八九不离十，这也是天性使然。起初，他祝贺马吕斯有了意中人，同时也诧为奇事，后来见马吕斯十分忧伤，就终于对他说："我看你这家伙简直是个蠢货。嘿，到郊外茅庐去走走吧。"

9月有一天，马吕斯见风和日丽，便打起了精神，让库费拉克、博须埃和格朗太尔拖到索镇舞会，期望也许能在那里找见那姑娘。真是白日做梦！自不待言，他没有见到他寻找的人。"怪事，凡是丢失的女人，都能在这儿找到啊。"格朗太尔独自咕哝道。马吕斯丢下朋友，离开舞会，步行回家去。他孤单一人，又疲倦又焦躁不安，在夜色中眼睛模糊而忧伤。身旁驶过一辆车，满载着从舞会归来的欢乐歌唱的人们。他让这喧嚣和尘土弄得头晕目眩，实在心灰意冷，只好吸着路边核桃树的刺鼻气味来清醒头脑。

他的生活又恢复旧观，越来越孤独、迷惘而沮丧，完全沉浸在内心的惶惑中，在自己的痛苦中来回徘徊，如同落入陷阱的狼，怀着一片痴情，到处搜寻那不见踪影的姑娘。

还有一次，他遇见一个人，立即产生异样的感觉。当时，他走在残疾军人院大道旁边的小街上，迎面碰见一个头戴鸭舌帽、一身工人打扮的男子。马吕斯惊叹那帽下露出的几缕白发美得出奇，又注意打量那人，只见他步履迟缓，仿佛忧心忡忡，沉浸在冥思苦索中。说来也怪，他似乎认出那是白先生，同样的头发、同样的身影，只是多了一顶鸭舌帽，走路的姿势也一样，只是显得更加忧伤。可是，为什么换上这身工人装束呢？这是什么意思呢？这种乔装打扮意味什么呢？马吕斯十分诧异，等他缓过神儿来，头一个举动就是跟上去，说不定他终于能抓住他寻觅的踪迹呢？总之，应当靠近再瞧瞧那人，解开这个谜。然而，他这个念头来得太迟，那人已经不见了。马吕斯走进一条横巷，未能找见那人。这次相遇，在他脑海里萦绕了数日才消失。他心中暗道："说到底，那人很可能只是外表相像罢了。"

二、发现

马吕斯一直住在戈尔博老屋，对谁也不留意。

当时那座破房子的住户，也的确只有他和容德雷特一家。他为那家人付了一次房租，但无论同那父亲，同那母亲，还是同那两个女儿，他都没有讲过话。其他房客不是搬走就是死了，或是因拖欠房租而被赶出去。

那年冬季的一天下午，太阳露了一下面。那是2月2日，正是古老的圣烛节，而不讲信义的太阳，却预报了六周的寒冷天气，并引发马蒂厄·朗斯堡[1]的灵感，使他写出堪称古典名句的两句诗：

> 大晴或小晴，
> 老熊回山洞。

那天，马吕斯从自己的洞里出来。夜幕降临，正是去吃晚饭的时候，唉！还得吃饭，胸怀多少理想激情的人，也有这种弱点啊！

他刚跨出门槛，就听见扫地的布贡妈讲出这段令人难忘的独白：

"现在，有什么东西便宜？全那么贵。世上只有痛苦便宜。这世上的痛苦，真是一钱不值！

马吕斯沿着大街，缓步朝城关走去，以便拐上圣雅克街。他低着头，边走边想心事。

在夜雾中，他突然感到被人撞了一下，扭头一看，却是两个衣裙褴褛的年轻姑娘，一个瘦长，一个稍矮，二人气喘吁吁，神色慌张，飞快跑过去，就好像要逃命似的。刚才她们迎面跑来，没有看见他，交叉而过时撞了他一下。在暮色中，马吕斯看见她们脸色苍白，披头散发，戴着破烂不堪的软帽，穿着破成布条的裙子，光着脚。她们边跑边说话。那个高的低声说道：

1　马蒂厄·朗斯堡：17世纪比利时列日城司铎。

“冲子[1]来了，差点儿把我铐住！”

另一个说：“我一看见他们，就溜了，溜啊，溜啊！”

马吕斯从这种凶恶的黑话中听出，宪兵或市警差一点儿抓住那两个女孩儿，两个女孩儿还是逃脱了。

她们钻到他身后路旁的树木下面，那白色的身影，在黑暗中还依稀可见，过了一会儿才消失。

马吕斯站住望了片刻。

他正要继续往前走，忽见脚下有个灰色的小包，便俯身拾了起来，看似一个信封，里面好像还有纸。

“唔，”他自言自语，“大概是那两个不幸的女孩儿失落的！”

他掉头往回走，连声呼唤，但没有找到她们，心想她们已经走远，便揣进兜里，前去吃晚饭。

他走到穆夫塔尔街的一条小径上，看见一口儿童棺木，蒙着黑色殓布，架在三把椅子上，由一根蜡烛照亮。暮色中的两个女孩儿重又浮现在他的脑海。他想道：

“可怜的母亲！还有比看见自己的孩子死去更伤心的事，那就是看着他们活受罪。”

继而，这些令他触景伤情的影子，都离开他的头脑里，他重又沉浸在习惯的思想中，重又想到在卢森堡公园的芳树下，那露天沐浴阳光的爱情和幸福的六个月。

“我的生活变得多么黯淡忧伤！”他心中暗道，“我的眼前总有年轻姑娘出现。不过，从前全是天使，现在全是女鬼。”

三、四面人

晚上，他脱衣裳要睡觉时，手触到他在路上拾起放进衣兜里的小纸袋。

1　冲子：黑话中指警察。

他早已置于脑后，这时想到，应当打开看看，也许里边有那两个女孩儿的住址，如果真是她们的东西，不管是谁的，找到线索就好归还给失主。

他打开信封。

信封并没有封住，里面装有四封信，都没有封上。

每封信上都有姓名地址。

四封信都散发一股烟草的辛辣气味儿。

第一封信的姓名地址写道："夫人收，德格吕贝雷侯爵夫人，议会对面广场第……号"。

马吕斯心想，信上很可能查到他要找的线索，况且有信没有封，看一看似无不妥。

信的内容如下：

侯爵夫人：

悲天恫（悯）人之心是更加紧密团结社会的美德。移动您的基督教徒的感情和慈悲的目光，看一看这个不辛（幸）的西斑（班）牙人吧。他忠实于正桶（统）的神圣事业，现（献）出自己的鲜血和全部钱财，以便悍（捍）卫这一事业，结果自己糟（遭）难，如今落到一贪（贫）如洗的地步。夫人是令人敬佩的人，无移（疑）能给予救挤（济），以使一个骗（遍）体怜（鳞）伤、受教育有荣誉的军人，在及（极）度困苦中保全生在（存）。侯爵夫人，事先就似（仰）仗您满怀的人道，以及您如此不辛（幸）的国家发生的兴趣。他们的祈祷不会图（徒）劳，而他们的敢（感）机（激）之情永远保留美好的回意（忆）。

夫人，请接受在下的敬意，有此荣辛（幸）

堂·阿尔瓦雷兹，西斑（班）（牙）泡（炮）兵上尉，到法国避难的保王党人，正为祖国奈（奔）波，又因缺少经挤（济）来原（源）而奈（奔）波无法继续。

信上虽署了名，却根本没写地址，马吕斯希望能从第二封信上找到。第二封信姓名地址为"夫人收，德·蒙维尔内白（伯）爵夫人，珠宝街9号"。马吕斯念道：

白（伯）爵夫人：

　　写信人是一个不辛（幸）的母亲，有六个孩子，最小的才八个月。自从上次分免（娩）以来，我就一直生病，又被丈夫扔（抛）弃有五个月了，毫无经挤（济）来原（源），进入及（极）度贪（贫）困境地。

　　满怀深深敬意，并一心指望白（伯）爵夫人，有此荣辛（幸）的妇人巴利扎尔。

马吕斯再看第三封，还是求告信。信中写道：

　　巴布尔若先生，选举人，针织品批发商，圣德尼街和马蹄铁街拐角。

　　我贸然给您写信，请求您同晴（情），给予针（珍）贵的照顾，关心一个刚给法兰西剧院送了剧本的一个文人。那个剧本是历史提（题）材，故事发生在帝国时期的奥维涅。自（至）于风格，我认为是自然的、简练的，可能有点特色。还有四个地方的几个唱段。滑机（稽）、严肃、出人意料，再加上人物性格多样性，再加上点梁（染）全剧的浪慢（漫）主义色彩，而整个剧晴（情）又神密（秘）地进展，曲折跌当（宕），几经突变才结束。

　　我的主要目的，就是要满足逐渐机（激）发本世纪人的种种裕（欲）望，也就是说"时毛（髦）风上（尚）"。这是一种认（任）性古怪的风信旗，几乎总随着新刮的风变化。

　　尽管有这么多优点，我还是有理由担心，那些享有特权作者又疾（嫉）妒又自私，让剧院拒决（绝）采用我的剧本，因为我深知人总要让初出道者吃尽受挫的苦头。

巴布尔若先生，您是文学坐（作）家的贤明的保护人，我久闻大名，因此大胆派我女儿去向您沉（陈）述在这炎（严）冬时节，我们机（饥）寒交迫的苦状。我之所以请求您接受我把这个剧本和今后写的剧本全敬现（献）给您，就是要向您证明我多么渴望有辛（幸）得到您的屁（庇）护并用您的大名为我坐（作）品增光。如不见气（弃），多少赏我一点，我就立刻着手写一部湿（诗）剧，以表示我的敢（感）机（激）。这部湿（诗）剧，我要尽量写得完美，先成（呈）送给您，然后再编入那部历史剧的开头并般（搬）上舞台。

向巴布尔若先生和夫人志（致）以最深切的敬意。

尚弗洛 文学家

又及：哪怕只给四十苏。
请原谅派小女前去，我不能亲玲（聆）教悔（诲），唉！
说来原因真可怜，衣关（冠）难以见人⋯⋯

最后，马吕斯又打开第四封信。姓名地址为："高台阶圣雅克教堂的行善先生"。内容有如下几行文字：

善人：

您若肯劳动大架（驾），陪小女来一趟，就会看到贪（贫）困的灾难场面，我也可以向您出示我的证书。

您看到这些文字，康（慷）概（慨）的灵魂一定会动侧（恻）隐之心，因为，真正的哲学家总会产生强烈的冲动。

富有同晴（情）心的人，您会承认，人到了机（饥）寒交迫不甚（堪）忍受的地步，为了得到点救挤（济），要让当局同意实在是痛苦的事，就好像我们贪（贫）困等救挤（济）的时候，连啼机（饥）号寒和饿死的自由都没有了。命运对一些人残哭（酷）无晴（情）；而对另一些人却无比康（慷）概（慨），爱护备自（至）。

我等待大架（驾）位（莅）临，或者您的捐曾（赠），如果您肯行好的话，那么我请您赏面子，真正高上（尚）的人，接受我的敬意，怀此敬意有辛（幸）做您的十分卑微并十分恭顺的仆人。

P. 法邦杜 戏剧艺术家

马吕斯看完四封信，还是不甚了了。

首先，没有一个署名人留下地址。

其次，这些信仿佛出自堂·阿尔瓦雷兹、妇人巴利扎尔、诗人尚弗洛、戏剧艺术家法邦杜这四个不同人之手，然而奇怪的是笔体一模一样。

如果说四封信不是一个人写的，那又怎么解释呢？

此外，还有一点表明这样猜测很贴近，全是同样粗糙发黄的信纸，全是同样的烟草味儿。尽管写信人明显力求变换笔调，但是同样的错别字却堂而皇之地反复出现，文学家尚弗洛和西班牙上尉都同样未能避免。

费心猜测这一小小谜团徒劳无益。这东西如果不是拾来的，倒真像是一场捉弄人的把戏。马吕斯太忧伤，即使一个偶然的玩笑也无心凑趣，无心参加仿佛马路要同他玩的游戏。这四封信就好像在嘲笑他，同他捉迷藏。

况且，毫无迹象表明，这些信属于马吕斯在大路上碰见的那两个姑娘。总之，这显然是毫无价值的废纸。

马吕斯又把信装回信封里，整个儿扔到角落里，便上床睡觉了。

约莫早晨七点钟，他刚起床用过早饭，正要开始工作，忽听有人轻轻敲他的房门。

他一无所有，从不锁门取下钥匙，只有少数几次有急活儿才例外。而且，他即使出去，也往往把钥匙留在门上。"有人会偷您东西的。"布贡妈常说。"偷什么？"马吕斯回答。还真言中了，有一天，一双旧靴子被偷走，让布贡妈好不得意。

又敲了一下门，很轻，还像头一次那样。

"请进。"马吕斯说道。

房门打开了。

"有什么事儿，布贡妈?"马吕斯问道，但他眼睛并没有离开桌上的书稿。

回答的却不是布贡妈的声音:

"对不起，先生……"

那声音低沉、微弱、哽塞而嘶哑，是个老头子喝烧酒烈酒过量的破嗓子。

马吕斯急忙回过头去，却看见一个少女。

四、贫穷一朵玫瑰花

一个非常年轻的姑娘，半打开房门站住。陋室的天窗正对着房门，惨淡的天光透进来，照到姑娘的脸上，只见她面色苍白，身子羸弱枯瘦，只穿着一件单衣和一条裙子，赤条条的躯体在里边冻得瑟瑟发抖。一根绳子当作腰带，另一根绳子就当发带。尖突的双肩从衬衣顶出来，肌肤白里透黄，好似淋巴液色，锁骨积了泥垢，双手通红，嘴半张开，黯然无色，里边牙齿不全，两眼无神，又大胆又猥贱，整个形象是个先天不足的少女，而那眼神却像个堕落的老妇人。五十岁和十五岁相混淆，这种人集软弱和可怕于一身，叫人见了不落泪就会不寒而栗。

马吕斯站起来，神情愕然，打量眼前这个人，觉得她酷似穿越他梦境的那个身影。

这个姑娘生来并不丑，却落到这种丑样，叫人见了格外痛心。她幼年时期，模样儿一定还很美。青春的光彩尚在抗拒因堕落和贫困而未老先衰的丑态。残存的美，在这十六岁的脸上奄奄一息，犹如冬天早晨的白日，就要在狰狞的云雾中消失。

这张脸并不完全陌生，马吕斯恍惚记得在什么地方见过。

"有什么事吗，小姐?"他问道。

姑娘回答的声音像醉鬼苦役犯："这是给您的一封信，马吕斯先生。"

她叫出马吕斯的名字，那就无疑是找他来的；然而，这姑娘是谁？她怎么知道他的名字呢？

她未等主人发话就走进来，毫不迟疑，走进来又扫视整个房间和凌乱的床铺，那泰然自若的神态看着真叫人难受。她光着脚，裙子有大洞，露出长腿和瘦膝盖。她瑟瑟发抖。

她真的拿着一封信，递给马吕斯。

马吕斯拆信封，注意到用来封口的面包糊又宽又厚，还是湿的，信不可能从很远的地方送来。他念道：

> 可爱的邻居，年轻人！
>
> 我知道您为我做的好事，半年前替我付了一季度房钱。年轻人，我为您祝福。我大女儿会告诉您，进（近）两天来，我们四口人，连一快（块）面包也没有，我老半（伴）有病了。如果说我在思想上毫不决（绝）望，也是因为我相信可以指望您康（慷）概（慨）之心，您看到这种沉（陈）述，一定会有人道之举，并渴望保护我，大肚（度）布失（施）给我一点点恩会（惠）。
>
> 我向您致以人类的恩人应得的祟（崇）高的敬意。
>
> 容德雷特
>
> 又及：我女儿等待您的分（吩）付（咐），亲爱的马吕斯先生。

从昨晚起，马吕斯就陷入迷魂阵里，看了这封信，如同地窖里有了烛光，顿时全明白了。

这封信和另外四封信是同一出处。笔迹一样，风格一样，错别字一样，信纸一样，连烟草味儿也一样。

五封信，五个故事，五个名字，五种署名，却只有一个署名者。西班牙上尉堂·阿尔瓦雷兹、不幸的母亲巴利扎尔、诗剧作家尚弗洛、老戏剧家法邦杜，四个人全叫容德雷特，假如容德雷特本人真叫容德雷特的话。

马吕斯住进这栋破房子有好长一段时间了，我们说过，他极少有机会看见，乃至瞥见他那寥寥无几的邻居。他心不在焉，目光也随神思而转移。应当说，在走廊里或楼梯上，他不止一次同容德雷特家人擦肩而过。但在他眼里，那不过是些人影，他根本不注意。因而昨天晚上他在大马路撞见容德雷特家姑娘，却没有认出来，那显然是她们姐儿俩，而这一个刚才进屋来，他在厌恶和怜悯中，也只是恍惚记得在什么地方见过。

现在，他一目了然了，明白他这邻居容德雷特生活艰难，就靠投机取巧，利用行善人的施舍谋生，搞来地址，用假名字给他认为有怜悯心的富人写信，让女儿冒险送去。须知这个当父亲的到了穷途末路，不惜拿女儿冒险，当作赌注，跟命运进行一场赌博。马吕斯还明白一点，从昨天傍晚她们气喘吁吁、仓皇逃窜的情景，从她们讲的黑话来判断，这两个不幸的女孩还可能干些见不得人的勾当。她们堕落到如此地步，全是这一切造成的，她们在人类的现实社会中，既不是孩子，也不是少女，也不是成年妇女，而是贫穷制造出来的又淫荡又纯洁的怪物。

可悲的生灵，无名无姓，无年龄，无性别，也无善恶之分了。走出童年，在这世上就丧失一切，既无自由，无贞操，也无责任。这灵魂，昨天才吐放，今天就枯萎，宛如失落街头的鲜花，沾满了污泥，只等车轮碾碎。

这工夫，马吕斯以惊奇而痛苦的目光注视着她，而姑娘则像幽灵一样肆无忌惮，在破屋里走来走去，毫不顾忌难以蔽体的衣裙，有时，她那未扣好的破衬衫几乎滑落到腰上。她搬动椅子，弄乱放在五斗柜上的盥洗用具，还摸摸马吕斯的衣服，各个角落都搜索遍了。

"嘿！"她说道，"您还有镜子呢！"

她旁若无人，哼唱闹剧中的唱段、轻佻的小曲儿，那沙哑的喉音实在惨不忍闻。然而，这种毫无顾忌的行为，却透出一种说不出来的窘迫、不安和屈辱的意味。无耻即可耻。

看着她在屋里乱冲乱闯，或者说打转转，就好像见了阳光惊飞或折了翅膀的小鸟，这场面比什么都惨不忍睹。但是这又能让人感到，如果换一种命运，受了教育，那么，这个少女欢快活泼的举动，倒会给人以温柔可爱的印象。在动物中间，生而为白鸽，绝不会变成白尾海雕。这种情况只有在人类中间才会发生。

马吕斯这样想着，由着她做去。

姑娘走到桌前，说道：

"嘿！这些书！"

她那黯淡的眼睛亮了一下，又说道：

"我呀，我识字。"

她的声调表达出能炫耀点什么的那种高兴劲儿，任何人听了都不会无动于衷。

她急忙抓起在桌子上摊开的一本书，相当流利地念道：

"……博端将军接到命令，要他率所部旅的五营人马，攻占位于滑铁卢平原正中的乌戈蒙古堡……"

她停下来，说道：

"啊！滑铁卢！这我知道。当年在那里打过仗。我父亲参加了。当时我父亲在军队服役。我们一家人不含糊，全是波拿巴派，真的！滑铁卢，就是打英国人。"

她放下书，又拿起笔，嚷道：

"我也会写字！"

她蘸了墨水，转身对马吕斯说道：

"您想看一看吗？喏，我来写几个字给您瞧瞧。"

她未等马吕斯回答，就在桌子中央的一张白纸上写了："冲子来了。"

写罢掷下笔，说道：

"没有错别字。您可以瞧一瞧，我和妹妹，我们受过教育。我们从前可不是这个样子，天生并不是……"

她话说半截儿住了口，无神的眸子盯着马吕斯，继而又哈哈大笑，说了一声："算啦！"那声调包含了极度恬不知耻所压抑的极度惶恐。

接着，她又开始用欢快的曲调哼唱这样歌词：

我饿呀，爸爸。

没有吃的。

我冷呀，妈妈。

没有穿的。

哆嗦吧，

小洛洛！

啼哭吧，

小雅克！

她刚唱完这一段，又马上嚷道：

"马吕斯先生，您有时去看戏吗？我呀，就常去。我有个小弟弟，他同艺术家交上朋友，时常给我们门票。老实说，我不喜欢侧面的条凳座。坐在那儿别扭，不舒服，有时还很挤。那些人身上的味儿也真难闻。"

接着，她一副怪样子，端详马吕斯，对他说：

"马吕斯先生，您知道自己长得很美吗？"

二人同时想到一点上，姑娘微笑起来，马吕斯脸却唰地红了。

她凑上来，一只手搭到马吕斯的肩上。

"您没有注意我，可我认识您，马吕斯先生。我在这儿楼梯上遇见您。还有几回，我到奥斯特利茨那边溜达，看见您走进一个叫马伯夫老爹的家里。您头发乱糟糟的，这样倒是很好看。"

她的声音有意发得十分轻柔，结果只是变得十分轻微，有些字从喉头到嘴唇的路上丢失了，如同在一个缺音的琴键上弹奏。

马吕斯微微往后退一下，以冷淡而严肃的口气说：

"小姐，我这儿有一小袋东西，想必是您的，请允许我交还给您。"

说着，他把装有四封信的纸袋递给姑娘。

姑娘拍手嚷道：

"我们到处找啊!"

她一把抓过纸袋,边打开边说:

"上帝的上帝! 我和妹妹好找啊! 哪儿知道让您捡去啦! 是在马路上捡的吧? 大概是在马路上吧? 要知道,我们是跑的时候丢掉的。是我妹妹那死丫头干的蠢事。我们回到家里才发现不见了。我们不想挨打,打也没用,一点儿没用,绝对没用,所以我们回家就说,信全送到了,人家对我们说:'滚蛋!'这些可怜的信,原来在这儿! 您怎么看出来是我们的呢? 哦,对啦! 是看字体! 这么说,昨天傍晚,我们跑过时撞到的是您呀。这也不奇怪。没有看见。我还对妹妹说呢: 是位先生吧? 我妹妹说:'我想是位先生!'"

这工夫,她打开了一封寄给"高台阶圣雅克教堂的行善先生"的求告信。

"咦!"她说道,"这封是给去做弥撒的那个老头儿。对了,正是时候,我给他送去。也许他能给我们点儿钱吃饭。"

她又笑起来,补充道:

"我们今天要是能吃上饭,您知道算什么吗? 就算我们前天的午饭、前天的晚饭,也算昨天的午饭、昨天的晚饭,都留在今天上午一顿吃了。哼! 少废话! 狗东西,你们还不满意那就饿死!"

马吕斯听了这话,才想起不幸的姑娘来他这儿寻求什么。

他摸摸坎肩兜,什么也没有摸到。

那姑娘还讲个没完,就好像忘了马吕斯在跟前。

"有时,我晚上出去,有时干脆不回家。搬到这儿来之前,那年冬天,我们就躲在桥洞下面。大家紧紧挤在一块儿,免得冻僵。我小妹妹冻得直哭。水,多么凄凉! 我想到投水淹死,可心里嘀咕: 不行,那太凉了。我一个人随便乱跑,有时就在沟里睡觉。您知道吗? 半夜里,我走在大马路上,看见树木像刀叉,看见漆黑的房子那么高大,就像圣母院的钟楼。在我的想象中,那白墙就是河流,我心里嘀咕: 咦! 那儿也是水。星星好似彩灯,仿佛冒烟,要被风吹灭。我都看呆了,耳边好像有许多马呼呼喘气。尽管大半夜了,我还听见手摇风琴的声音和纺纱机的声响,是不是我怎么知道？我以为有人向我投石子，我弄不清怎么回事，赶紧逃跑，什么东西都旋转，什么东西都旋转。人没有吃东西，就是这种鬼样子。"

她失态地注视着马吕斯。

马吕斯搜索了所有衣兜，挖掘好一阵，终于凑了五法郎十六苏，眼下这是他的全部财富。"够今天吃晚饭的就行了。"他心想，"明天再说明天的。"于是，他留下十六苏，将五法郎给那姑娘。

她一把抓起钱币，说道：

"嘿，出太阳啦！"

这太阳好像能融化并在她头脑里引起雪崩，她讲出一连串黑话：

"五个法郎！亮晶晶的！大头币！在这破洞里！可真邪门！您是个好娃子。我可以把我这老跳的心掏给您。宝贝儿真棒呀！够两天吃喝的啦！吃肉的穆升啦！吃烩大马尔啦！可劲儿吃啦！穷得好舒服呀！"

她将衬衫拉上肩头，朝马吕斯深施一礼，又亲热地打了个手势，边说边朝门口走去：

"您好，先生。说什么没关系。我得去见老人家了。"

她经过五斗柜，发现上面有一块在灰尘里发霉的干面包，就扑过去，抓起来边啃边说："挺好吃嘛！真硬！要把我的牙硌坏啦！"

说着，她出去了。

五、天赐的窥视孔

五年来，马吕斯一直生活在贫穷、清苦乃至困境中，现在才发觉他根本不了解真正的贫困。真正的贫困，刚才他见到了，就是刚刚从他眼前走过的那个鬼魂。只见识过男人的贫困，其实还不算什么，应当见识一下女人的贫困。只见识过女人的贫困也不算什么，应当见识一下孩子的贫困。

一个男人到了穷途末路，那就真的一点办法也没有了。他周围那些没有自卫能力的人，也就跟着遭殃！工作、薪金、面包、炉火、勇气、善良，一下子全没有了。外面的阳光仿佛熄灭了，内心精神之光也熄灭。在一片黑暗中，男人遇到处于软弱境地的妇女、儿童，便凶暴地逼迫他们去干卑鄙的勾当。

这样，什么伤天害理的事都干得出来。围住绝望的壁板又薄又脆，每一面都对着邪恶和犯罪。

健康、青春、荣誉、初长成的肉体圣洁的顾忌、心灵、童贞、廉耻，灵魂的这层护膜，全遭受这种摸索出路的行为所控制和残害，而这种摸索碰到污秽便安于其状。父母、儿女、兄弟、姊妹、男子、妇女、少女，全都聚合混杂，不分性别、亲缘、年龄，也不分卑污和纯洁，几乎像矿物结构层。他们挤作一团，蜷缩在一种命运的破巢里，面面相觑，陷入悲苦凄惶之中。那些不幸的人啊！他们脸色多么惨白！他们多么冷啊！他们好像住在离太阳比我们远的一个星球上。

在马吕斯看来，这姑娘就是从阴间派来的。

她向他宣示了黑暗世界整个丑恶的一面。

马吕斯几乎自责，不敢想入非非，陷入儿女情长，结果时至今日，连邻居都没有瞧一眼。为他们付房租，只是一种机械的举动，人人都做得到，而他马吕斯，本应做得更好。怎么！他同这些贫苦无告的人，仅有一墙之隔。他们被排斥在世人之外，在黑夜中摸索着生活。他同他们摩肩擦背，可以说是他们所接触的人类链条的最后一环；他听见他们在身边过活，更确切地说是苟延残喘，而他却视若未见！隔着墙壁，每日每时他都听见他们走动，来来往往，说话，而他却闻若未闻！他们话语中有呻吟之声，而他却听也不听！他的神思飞往别处，飞向梦想，飞向不可能有的光芒，飞向虚无缥缈的爱情，飞向痴心妄想的情恋。然而有些人，他在耶稣－基督那里论称的兄弟，他在民众间的同胞兄弟，就在他身边奄奄一息！就要白白死去！他甚至也有份儿，造成他们的苦难，加剧了他们的苦难。因为，假如他们换个别的邻居，换一个少些幻想多些关心的邻居，一个好善乐施的普通人，那么显然，他们的穷困就会受到注意，他们苦难的迹象就会被发现，也许他们早就得到救济，脱离困境了。毫无疑问，看上去他们非常无耻，非常下作，非常龌龊，甚至令人憎恶，不过，他们是为数不多摔倒而未完全堕落的人。况且，不幸的人和无耻之徒到了某一点，就混淆起来，只用一个词，一个命里注定的词来称呼：丑类。这究竟是谁的过错呢？再说，跌落得越深，慈悲不是应当更大吗？

马吕斯跟所有真正诚实的人一样，碰到情况往往自我教育，责己过严。这次他一边教训自己，一边注视着同容德雷特一家的隔壁墙，就好像他那充满怜悯的目光能透过墙壁，去温暖那些穷苦的人。间壁墙很薄，是钉的板条抹了灰泥，正如前所说，对面说话和每人的声音都听得一清二楚，只有像马吕斯这样驰心旁骛的人，才一直没有觉察。间壁墙无论是容德雷特一边还是马吕斯一边，都没有糊纸，光秃秃看得见粗糙的墙面。马吕斯几乎下意识地查看间壁墙。梦想有时跟思想一样，也能查看、观察、审视。他猛地站起来，刚刚注意到墙上方，靠近天棚有个三角形洞眼，是三个板条构成的空隙，塞空的灰泥已经剥落。登上五斗柜，对着洞就能看见容德雷特的破屋。仁慈的心也好奇，而且应当好奇。这是现成的窥视洞。为了救助而偷看不幸是允许的。马吕斯心想："瞧瞧这家人的情况，究竟到了什么地步。"

他登上五斗柜，眼睛凑到小洞口，往里观瞧。

六、人兽窟

城市如森林，也有最凶恶最可怕的东西藏匿的洞穴。只不过城市里隐藏的东西凶残、邪恶而短小，也就是说丑恶。森林中隐藏的东西凶残、野性而伟壮，也就是说美观。同为巢穴，但是兽穴胜过人穴，岩洞优于破屋。

马吕斯见到的是一间陋室。

马吕斯贫穷，他的房间也四壁萧然，但是他人穷志不穷，室陋也洁净。然而，此刻他所目睹的破屋恶俗不堪、臭气熏天，又黑暗又肮脏。全部家具只有一把草垫椅子和一张破桌，几个破瓶烂罐，两个屋角各有一张无法描述的破床。全部光线来自挂满蜘蛛网的四块方玻璃天窗，透过来的光线恰好把人脸照成鬼脸。墙壁像害了麻风病，百孔千疮，好似因恶疾破了相的一张脸，上面潮湿渗出黄脓水，还有木炭画的粗俗猥亵的图形。

马吕斯住的房间还是砖铺地面，尽管有些残破，可是，隔壁这屋既没有铺砖，也没有镶地板，人走上面直接踩在原来的灰泥地面，踏得黑糊糊的。地面高低不平，满是永驻的尘土，只有从一个角度看还是处女地，就是从未接触过扫帚。满地都是旧鞋、烂拖鞋和破布片，仿佛撒的满天星斗。屋里还有个壁炉，因而年租多要四十法郎。壁炉上应有尽有：一个炒勺、一个火锅、几块截断的木板、钉子上挂的布片、一只鸟笼、灰烬，甚至还有一点火。两块焦柴在炉膛里凄惨地冒着烟。

这屋显得格外恶俗，还有一个缘故，就是间量很大，有不少凸凹之角，有不少黑洞、斜顶、海湾和地岬。因而构成许多幽深难测的骇人角落，里边可能蜷缩着拳头大的蜘蛛、脚掌宽的鼠妇，说不准还躲藏着妖人怪物。

两张破床，一张靠门，一张靠窗，但是都有一头顶着壁炉，并且正对着马吕斯。

临近马吕斯窥视洞的一个角落，墙上挂着镶在黑木框中的一幅彩色版画，下方写着"梦境"两个大字。画上一名女子和一个孩子在睡觉，孩子枕在女子的膝上，云中一只鹰衔着一个花冠，那女子在睡梦中用手将花冠从孩子头上推开。远处拿破仑罩着光轮，背靠着一根带黄顶的蓝色大圆柱，柱上刻着这样几行字：

马伦戈

奥斯特利茨

耶拿

瓦格拉姆

埃洛特

画框下方，一个长方形的大木牌就地斜靠在墙上，好似反放的一幅画，或是反面涂坏了的画布框，抑或从墙上摘下来的一面穿衣镜，丢在那里准备再挂上去。

马吕斯望见桌上放着鹅毛管笔、墨水和纸张，旁边坐着一个六十来岁的男子，身材矮小精瘦，脸色苍白，眼神惶恐，样子狡猾、凶狠而惴惴不安，是个面目可憎的无赖。

拉瓦特尔[1]若能端详这张脸，就会看出秃鹫和检察官的混合相：猛禽和讼棍相互丑化，相互补充，讼棍让猛禽丑恶，猛禽使讼棍可怕。

那人满脸灰白长胡须，上身穿一件女衬衫，露出毛茸茸的胸脯和竖着寒毛的赤臂，下身穿一条沾满泥垢的长裤，脚上穿一双靴子，脚趾全探出来了。

他嘴上叼着一支烟斗，正吸着烟。破家里没有面包了，但是还有烟叶。

他正在写什么，也许在写马吕斯看过的那一类信。

只见桌子一角放着不成套的一本旧书，好像一本小说，是从前租书铺的那种十二开的旧版本，淡红色封面，印着大字体书名：

《上帝、国王、荣誉和贵妇》

杜克雷·杜米尼尔 著

1814年

那人边写边高谈阔论，马吕斯听他说道：

"哼！世上就是没有平等，死了也一样！瞧瞧拉雪兹神父公墓吧！大人物，那些阔佬，全葬在上头，槐树夹护的铺石路，马车一直能驶上去。小人物，那些穷光蛋，可怜虫，没说的！全埋在下边，那里烂泥浆没到膝盖，就埋在泥坑里，埋在湿土里，埋在那里好快点儿烂掉！要去那里扫墓，就非得陷进土里不可。"

说到这里，他住了口，往桌上猛击一拳，咬牙切齿地补充一句：

"哼！这世界，我恨不能一口吃掉！"

一个胖女人在壁炉边，半坐在自己的赤脚上，看样子有四十岁，也可能上百岁了。

1　拉瓦特尔（1741—1801）：瑞士哲学家、诗人、神学家，"相面术"的创始人。

她上身也穿一件衬衫，下身穿一条针织裙子，好几处补了旧呢布，还扎着一条粗布围裙，将裙子遮住大半。她虽然蜷缩成一团，仍看得出她身高马大，跟她丈夫一比，简直就是个巨人。她那头发黄不黄，红不红，已然花白，难看极了，她那扁平指甲的油污发亮的大手不时抬起来拢一拢。

她身边也有一本书摊在地上，同另一本版面同样大小，也许是同一部小说的一册。

马吕斯瞥见一张破床上坐着一个瘦长的小姑娘，她几乎光着身子，脸色惨白，双脚垂下去，那样子既不听说话，也不看东西，不像活人。

想必她就是刚才到他屋来的那个姑娘的妹妹。

她好像有十一二岁，但是仔细瞧一瞧，就能看出准有十五岁。她正是昨晚在大马路上说"我一看见他们，就溜了，溜啊！溜啊！"的那个女孩儿。

她属于那种病态的女孩儿，长期停滞发育，然后突然猛长起来。人类植物的这种可悲状况，正是贫困造成的。这些生灵既没有童年，也没有少年。到了十五岁还像十二岁，刚过十六岁又像二十岁了。今天是少女，明天就成了少妇，就好像她们要跨越年龄，要快些结束一生。

此刻，这人还是个孩子模样儿。

再者，这家庭没有任何劳作的迹象，没有织机，没有纺车，连一件工具也没有。在一个角落倒有几件废铁，难说是不是工具。整个景象，正是绝望之后坐以待毙的那种死气沉沉。

马吕斯观望半晌，这屋里比墓穴还要阴森可怖，因为让人感到有人的灵魂在晃悠，有生命在悸动。

陋室、地穴、深坑，这是一些穷苦人在社会建筑匍匐的最底层，但还不是墓穴，而是墓室的前室。世间，富人往往将最富丽堂皇的东西陈列在候见厅，而与之毗邻的阴间，死亡似乎把最破烂不堪的东西摆在前室。

那男人住了口，那女人不说话，那姑娘似乎连气儿都不喘，只听见鹅毛管笔划纸的唰唰声响。

那男人不停地写，嘴里也不停地咕哝："浑蛋！浑蛋！全是浑蛋！"

所罗门感喟[1]的这种变体，却引起那女人的叹息，她说道：

"小朋友，消消气儿，别气坏了身子，宝贝儿。给那些人写信，你这人也太好了，老头子。"

人受穷就像挨冻一样，身子紧紧靠在一起，但是心却远离了。从整个表面看来，这个女人以仅有的爱心，一定爱过这个男人，然而，全家在巨大苦难的重压下，不免天天相互责备，因此，她心中的那点感情很可能熄灭，只剩下死灰了。不过，亲昵的称呼还往往延续，如叫他"心肝儿、小朋友、老头子"等等，只是动动口，却不动心了。

那男的又写开了。

七、战略战术

马吕斯胸口实在憋闷，正要从临时瞭望台下来，他的注意力忽被一声响动吸引过去，便留在原地未动。

刚才，破屋的房门猛然打开。

大女儿出现在门口。

她穿一双男人的大鞋，满是泥点，都溅到冻红的脚脖子上，身上披一件破烂不堪的旧斗篷。一小时前马吕斯没看见她披斗篷，也许是她要引起更大的怜悯，进屋时放在门外，出去时重又披上。这回她气喘吁吁，走进来随身带上房门，站住缓了口气，这才又得意又欢喜地嚷道：

"他来啦！"

父亲扭过眼珠，老婆扭过脑袋，小姑娘一动未动。

"谁？"父亲问道。

"那位先生啊！"

"那个慈善家吗？"

"对。"

---

1   所罗门的原话是："虚荣，虚荣，全是虚荣！"

"圣雅克教堂的那个?"

"对。"

"那个老头儿?"

"对。"

"他要来啦?"

"紧跟在我后边。"

"你有把握吗?"

"有把握。"

"是真的吗,他来啦?"

"他乘马车来的。"

"乘马车。他是银行家呀!"

父亲站起身。

"你怎么就有把握呢?他若是乘马车来,你怎么先到了呢?至少,家里地址你对他说准了吧?有没有说明白在走廊尽头右手最后一扇门?但愿他别认错门!你是教堂里找见他的吗?他看了我写的信吗?他对你说了些什么?"

"得,得,得!"女儿说,"看你这么急,老人家,问话像连珠炮!情况是这样:我走进教堂,看见他坐在老地方,就冲他施了个礼,把信交给他。他看完信,就问我:'孩子,你家住在哪里?'我回答说:'先生,我带您去。'他又对我说:'不必,把你家地址告诉我。我女儿要去买东西,我叫一辆车,会跟你同时到你家的。'我就把地址告诉他了。他一听我说这栋房子,好像有点吃惊,犹豫了一下,才说:'行吧,我去一趟。'做完弥撒,我看见他父女俩走出教堂,登上马车。我跟他说得一清二楚,是走廊尽头右手最后一个门。"

"你怎么就知道他会来呢?"

"刚才我看见那辆车到了小银行街,因此,我就急忙跑回来。"

"你怎么知道是同一辆马车呢?"

"因为我注意看了车牌号了嘛!"

"多少号?"

"440。"

"很好,你是个聪明姑娘。"

女儿理直气壮地看着他父亲,指了指她脚上穿的鞋子!

"一个聪明的姑娘,可能是这样。不过我说,我再也不穿这双鞋了,不愿意穿了,首先考虑身体,其次是清洁。这双破鞋,底子总出水,一路咕叽咕叽,比什么都叫人恼火。我宁肯打赤脚。"

"你说得对。"父亲答道,他和蔼的口气,同他女儿的粗暴声调形成鲜明对照,"不过,打赤脚,不会让你进教堂。穷人得穿着鞋……去拜访慈悲的上帝,总不能打赤脚吧。"他尖刻地补充一句,又回到惦念的事情上,"这么说你有把握,肯定他能来啦?"

"他在我脚后就跟来了。"她答道。

那男人挺起胸,脸上简直容光焕发。

"老婆呀!"他嚷道,"你听见了。慈善家来了。快把火灭掉。"

母亲愣住了,一动不动。

父亲像耍把戏的一样敏捷,从壁炉上一把抓起破水罐,往焦柴上泼水。

接着,又对大女儿说:

"还有你!把椅垫的草掏出来!"

女儿根本不明白什么意思。

父亲抓起椅子,一脚踹漏椅座,连腿都进去了。

他一边往外拔腿,一边问女儿:

"天儿冷吗?"

"很冷。下雪了。"

父亲转过身去,对着坐在靠窗的床上的小女儿,像打雷一般吼道:

"快点!下床,懒蛋!一点儿事你也不干!敲碎一块玻璃!"

小姑娘哆哆嗦嗦跳下床。

"敲碎一块玻璃!"他重复道。

孩子吓呆了。

"听见我的话了吗?"父亲又说一遍,"跟你说敲碎一块玻璃!"

孩子惊恐万状,只好服从,她踮起腿,对准玻璃就是一拳。玻璃碎了,哗啦掉下来。

"很好!"父亲说道。

他神态严肃,说话生硬,目光迅速扫遍了破屋的每个角落。

他那神气,俨然一位将军,要开战时做最后布置。

母亲一直没开口,这时终于站起来,问道:

"宝贝儿,你要干什么呀?"

她的声音又缓慢又低沉,说出来的话仿佛凝固了似的。

"你上床躺下。"男人说道。

那口气不容置辩,老婆子只好顺从,大坨子沉甸甸地倒在一张破床上。

这时,一个角落里传来抽噎声。

"怎么啦?"父亲大嗓门问道。

丫头蜷缩在角落里,她没有从黑地里出来,只是伸出血淋淋的拳头。她打碎玻璃时划破了,就来到母亲床边偷偷哭泣。

这回,做娘的又坐起来,嚷道:

"瞧见了吧!你干的蠢事!你叫她砸玻璃,手都伤啦!"

"好极啦!"男人说,"早就料到了。"

"什么?好极啦?"女人重复道。

"住口!"父亲反驳道,"我取消言论自由。"

接着,他从自己穿的女人衬衫上撕下一条,当作绷带,迅速给小丫头流血的手腕缠上。

缠好之后,他又满意地瞧了瞧撕破的衬衫,说道:

"这衬衫也行了。现在全像样了。"

一阵寒风从破玻璃窗吹进来,带进户外的烟雾,好似白絮一般扩散,仿佛由无形的手指撕开。透过破玻璃窗能望见外面正下雪。昨天圣烛节的太阳预示的寒冷果然降临。

父亲扫视一下周围,仿佛要确认他什么也没有忽略。他拿起一把旧铲子，用炉灰将浇湿的焦柴完全盖上。

然后，他直起腰，靠到壁炉上，说道：

"现在，我们可以接待那位慈善家了。"

八、光明照进陋室

大丫头走过来，把手放在父亲的手上，说道："摸摸我冻得冰凉。"

"嗳！"父亲回答，"我比你这手还要凉得多。"

母亲激烈地嚷道：

"你呀，无论什么，总比别人强！就连遭的罪也一样。"

"住口！"男人说道。

母亲见盯着她的目光很凶，就不再吭声了。

陋室寂静了一会儿。大女儿满不在乎的样子，正从斗篷下摆往下抠泥巴，小女儿还在哭泣。母亲双手搂住小女儿的头，连连亲吻，同时低声对她说：

"我的小宝贝儿，求求你，没事儿，别哭了，要惹你爸爸发火的。"

"不！"父亲嚷道，"正相反！哭吧！哭吧！哭哭好哇。"

接着，他又对大丫头说：

"这通折腾，怎么，他还不到！万一他不来呢？我浇灭炉火，蹬穿了椅子，撕了衬衫，打碎了玻璃，就白折腾啦！"

"还白伤了小妹呢！"母亲咕哝道。

"你们知道吗？"父亲又说道，"这破房子鬼地方，冷得都能冻死狗！那人万一不来呢？噢！对了！他是让人恭候啊！他心里说：好吧！他们会等我的！他们待在那儿就是为了这事！哼！我恨透了那些阔佬，恨不能把他们一个个全掐死，我心里才痛快，才满意！那些所谓的善人，装作特别虔诚，去做弥撒，迷信耍嘴皮子的狗教士，迷信那些装神弄鬼的家伙，还自以为高我们一等，前来侮辱我们，说是给我们送衣服来，说得好听！还不是一钱不值的破烂儿，还送什么面包！这帮恶棍！我要的不是这些东西，而是要钱！哼！要钱！没门儿！他们说什么我们拿了钱就去喝酒，我们是酒鬼，是懒汉！可是他们呢？究竟是什么东西，从前是干什么的呢？是盗贼！不偷不盗他们发不了财！哼！就像揪住台布四角那样，把整个社会往空中一抛，全都摔个稀巴烂，有这种可能，但至少人人都成了穷光蛋，这样也算划得来！真的，你那行善的牛嘴巴先生，他究竟干什么呢？到底来不来？那畜生也许把地址忘啦！我敢打赌，那老牲口……"

这时，有人轻轻敲了一下门。这个人急忙冲过去，将门打开，连连深鞠躬，万分敬仰地满脸堆笑，高声说道：

"请进，先生！我的尊敬的恩人，以及这位可爱的小姐，光临寒舍，屈尊请进。"

破屋门口出现一个年迈的男人和一个年轻姑娘。

马吕斯没有离开他窥视的位置，此刻他的感受难以言传。

那是"她"呀！

爱过的人都知道，这简单的一个"她"字，包含多少光辉灿烂的意思。

的确是她。马吕斯眼里立时浮起亮晶晶的水雾，看不太清楚，勉强辨出那是久违的意中人，是照耀他六个月的那颗星，是那对明眸、那个额头、那张嘴，是走了便留下黑夜的那张消失的俏脸。幻象隐没之后又重现啦！

她重现在这昏暗中，在这陋室里，在这畸形丑恶的破屋里，在这不是人待的地方！

马吕斯止不住浑身颤抖。怎么！是她！心怦怦狂跳，害得他眼睛发花，感到眼泪就要涌出来了。怎么！寻找了这么久，终于又见到她的面！他仿佛又招回了迷魂。

她的容颜依旧，只是脸色略显苍白，清秀的脸蛋儿镶嵌在一顶紫色帽子里，腰身则掩藏在黑缎斗篷中，只见长袍下方露出穿着紧帮缎靴的一双纤足。

她仍由白先生陪伴。

她往屋里走了几步，将一个挺大的包裹放到桌上。

容德雷特家大姑娘退到门后，以阴沉的目光注视这顶丝绒帽、这件缎斗篷，以及这张可爱幸福的脸。

九、容德雷特几乎挤出眼泪

这破屋十分昏暗，从外面乍一走进来，就会以为下到地窖。两位新客看不清周围模糊的形体，脚步难免有点迟疑，而住在这里的人，眼睛早已习惯昏暗，看得清清楚楚，自然就仔细打量他们。

白先生眼神和善而忧郁，走到男当家的容德雷特跟前，说道：

"先生，这包里装了几件日常穿的衣服，是新的，还有袜子和毛毯，请您收下。"

"我们天使般的恩人，对我们关心备至。"容德雷特说着一躬到地。他又趁着两位客人观察这破烂不堪的家居，急忙俯过身去，悄声对他大女儿补充道：

"嗯？刚才我怎么说的？破衣裳！不给钱。他们全是一路货色！对了，给这个老笨蛋的信签的什么名？"

"法邦杜。"女儿回答。

"戏剧艺术家，对！"

容德雷特问得真及时，恰好这时，白先生转身对他说话，那神情好像在回想对方的名字：

"看来……先生，你们的生活状况真令人同情……先生……"

"法邦杜。"容德雷特急忙应道。

"法邦杜先生，对，正是，我想起来了。"

"戏剧艺术家，先生，还颇有成就。"

说到这里，容德雷特认为，抓住这个"慈善家"的时机显然到了，于是他操起集市上耍把戏的那种大言不惭，以及大道旁行乞的那种苦苦哀求的混合腔调，提高嗓门说道：

"是塔尔马的弟子，先生！我是塔尔马的弟子！从前，我也有过走运的时候。唉！现在却倒运啦。您瞧瞧，我的恩人，没有面包，没有火。两个可怜的丫头没有火！只有一张椅子也坐穿啦！坏了一块窗玻璃！正赶上这种天气！我的妻子病了，卧床不起！"

"可怜的女人！"白先生叹道。

"我的孩子也受了伤！"容德雷特补充道。

那孩子见来了外人，便分了心，停止哭泣，端详起那位"小姐"。

"你倒是哭啊！号啊！"容德雷特低声道。

他说着，就掐了一把她那只受伤的手，这一系列动作显出扒手的本领。

小姑娘疼得哭号起来。

那个光彩照人的姑娘，即马吕斯私心里称为他的"玉秀儿"，急忙走上前去，说道：

"可爱的孩子真可怜！"

"您瞧，美丽的小姐，"容德雷特继续说道，"她的腕子还流血呢！为了每天挣六苏钱，她在机器下面干活，结果出了事故。再这样干下去，说不定胳膊要给切掉！"

"真的吗？"老先生惊慌地问道。

小姑娘信以为真，哭得越发厉害了。

"唉！对呀，我的恩人！"那父亲回答。

这阵工夫，容德雷特注视着"慈善家"，神情有点异常，他一边说话，一边仔细打量对方，就好像在搜索记忆。他趁来客关切地询问伤了手的小姑娘的时机，突然走到床前，对他那样子颓丧迟钝的老婆，低声快速地说了一句：

"留心看那个男的！"

随即他又转向白先生，接着诉苦：

"您瞧，先生！我只穿一件衬衫，还是我妻子的！全撕烂啦！又到了隆冬季节。我没有衣服，连门都出不去。但凡有点衣服穿，我就会去拜访马尔斯小姐，她认识我，也非常喜欢我。她不是一直住在夫人塔街吗？我们曾经一同到外省演过戏，您知道吗，先生？她获得桂冠，也有我的一份儿功劳。赛丽曼娜[1]会来救助我的，先生！艾耳密尔也会向贝利塞尔施舍的[2]。可是不然，什么也没有！家里一个铜子也没有！我妻子病了，一个铜子也没有！我女儿受了伤，很危险，一个铜子也没有！我妻子呼吸困难，有时气闷，是年纪关系，神经系统也有毛病。她需要救护，我女儿也一样！可是，请大夫！可是，去抓药！怎么付钱呢？连一苏钱也没有！先生，对着一个大钱，我情愿下跪！艺术贬低到什么地步呀！我的迷人的小姐，还有您，我的慷慨的保护人，你们体现美德和慈善，给那座教堂带去芬芳。你们知道吗，我可怜的女儿也去祈祷，天天看见你们？因为，先生，我培养女儿信教，不愿意让她们去演戏。噢！女孩子呀，让我看着她们失足！我呀，可不是开玩笑！我总向她们灌输荣誉、道德、操行这些观念！问问她们就明白了。人要走正路。她们有父亲，而不是那种苦命的女孩儿，早早就没了家，结果就嫁给了大众，没名没姓的姑娘，又成为'众人'太太。当然啦！法邦杜家绝没有这种事！我要教育她们懂得廉耻，正经做人，要文雅，要信奉上帝！活见鬼！然而，先生，我尊贵的先生，您知道明天会出现什么情况吗？明天，是2月4日，是要命的日子，是房东给我的最后期限。如果今晚我交不上房钱，那么明天，我大女儿、我本人、我这发烧的妻子、受伤的小女儿，我们四个人就要从这里给赶出去，赶到大街上，赶到大马路上，冒着雨雪，没有避身的地方。情况就是这样，先生。我欠了四个季度，整整一年的房租！也就是说六十法郎。"

容德雷特说谎。四个季度房租只有四十法郎，而且，他也不可能欠上四个季度，马吕斯替他付了两个季度，这事过去还不到半年。

白先生从兜里掏出五法郎，放到桌上。

容德雷特抓住这个空隙，又对着大女儿的耳朵咕哝一句：

"无赖！他给这五法郎让我干什么呢？还不够赔我的椅子和玻璃钱呢！

1　赛丽曼娜：莫里哀《厌世者》剧中女主角，以此泛指演主角的女演员。

2　艾耳密尔：莫里哀《伪君子》剧中的角色，男主人公奥尔贡的续弦，此处泛指富有同情心的女人；贝利塞尔（500—565）：东罗马帝国名将，屡建战功，为皇帝所妒，流落为乞丐。

一定得把本钱捞回来！"

这时，白先生脱下套在蓝色礼服上面的棕色大衣，搭在椅背上。

"法邦杜先生，"他说道，"我身上只有这五法郎了。不过，我把女儿送回家，今天傍晚再来一趟。今晚您一定得付房租，对不对？"

容德雷特的脸豁然开朗，现出一种奇特的表情。他忙不迭地回答：

"对，我尊敬的先生。八点钟，我就得去见房东。"

"我六点钟到这儿，给您带来六十法郎。"

"真是我的大恩人！"容德雷特无比激动地高声说道。

紧接着，他又悄声补充一句：

"老婆，仔细看看他！"

白先生挽上那美丽姑娘的手臂，朝房门走去，说道：

"今晚见，朋友们。"

"六点钟吧？"容德雷特问道。

"六点整。"

这时，放在椅背上的大衣引起容德雷特大女儿的注意。

"先生，"她说道，"您忘了穿大衣了。"

容德雷特狠狠瞪女儿一眼，同时狠命地耸了耸肩。

白先生转过身，微笑着回答："我没有忘，是留下的。"

"啊，我的保护人，"容德雷特说道，"我的崇高恩人，我真是感激涕零！请允许我一直送您上车。"

"您若是出去，"白先生又说道，"就把这件大衣穿上吧。天气确实冷得很。"

容德雷特不等人说第二次，急忙穿上棕色大衣。

他们三人一道出去，容德雷特给两位客人带路。

十、包车每小时两法郎

这一场景的始末，马吕斯全看在眼里，而实际上却又什么也没有看见，眼睛只顾盯住那姑娘，也可以说他那颗心，从姑娘一走进破屋，就将她抓住并整个儿裹起来。在姑娘停留的这一段时间，他完全陶醉了，感官知觉停顿，整个灵魂扑在一点上。他瞻仰的不是那个姑娘，而是披缀斗篷戴丝绒帽的一团光辉。就是天狼星进入这屋子，也不会令他如此目眩神摇。

当时，姑娘打开包裹，摊开衣服和毛毯，又和蔼地询问那母亲的病情，怜爱地询问那小姑娘的伤势，那一举一动他全窥见，那一言一语他也凝神聆听。他熟悉她的眼睛、额头，她的容貌、身材和举止，但是还不了解她的声音。有一回在卢森堡公园，他隐约捕捉到她讲的几句话，可又不十分真切。如能听见她的声音，心灵上如能留下一点这种音乐，就是减寿十年他也在所不惜。然而，她的话语完全淹没在容德雷特的诉苦和怪叫声中了，真叫马吕斯又欣喜又恼火。他贪婪地看着姑娘，不敢想象在这破烂不堪的房子里，在这帮恶俗不堪的人中间，他所见到的真是这个天仙一样的姑娘。

等姑娘离去，他只有一个念头，要紧紧跟踪，直到弄清她的住址才放手，至少如此巧遇之后，绝不能再失去她。他跳下五斗柜，戴上帽子，伸手拉门闩，正要出门，忽一转念，又停下来。走廊很长，楼梯极陡，容德雷特话又多，白先生恐怕还没有上车。万一在走廊里，或在楼梯上，或在车门口，白先生回过头来，瞧见他马吕斯住在这所房子里，那会警觉起来，设法再次摆脱他，那么事情就又搞糟了。怎么办呢？稍等片刻？可是在这工夫，马车可能走了。马吕斯一时左右为难，最后心一横，冒险走出房间。

走廊里阒无一人。他跑到楼梯，也不见人影，于是跑下楼，来到大街，刚好望见一辆马车在小银行家街拐弯，驶回巴黎市区。

马吕斯朝那个方向追过去，到了大马路的拐角，又望见那辆马车沿着穆夫塔尔街下坡路疾驶，已经跑得很远了，根本追不上。怎么办？跟在马车后边跑？那不行，况且，从车上肯定能看见有人拼命追赶，那老头儿会认出他来。只有一个办法，登上旁边这辆车去追赶另一辆。这样非常稳妥，既有效又无危险。

马吕斯向车夫招手停车，冲他喊道：

"按钟点包车！"

马吕斯没有打领带。穿的是少纽扣的旧工作服，衬衣大襟打褶处还撕破一条。

车夫停下车，挤了挤眼睛，向马吕斯伸出左手，轻轻搓着大拇指和食指。

"什么意思？"马吕斯问道。

"先付钱。"车夫说道。

"多少钱？"他又问道。

"四十苏。"

马吕斯这才想起他身上只有十六苏。

"我回来再付。"

车夫不屑回答，吹起《拉帕利斯》小调，并且冲马抽了一鞭。

马吕斯愣愣地望着马车驶远。只差二十四苏，他就丧失了欢乐、幸福和爱情！他重又跌进黑夜中！刚见光明，重又变成盲人！他冥思苦索，老实说，他万分后悔，那五法郎，早上真不该送给那个穷丫头。有那五法郎，他就能得救，就能再生，就能走出迷惘和黑暗，摆脱孤独和忧伤，结束单身汉的生活；可是，那条美丽的金线在他眼前飘动，未待他重新结上他那命运的黑线，就再次断了。他痛不欲生，回到陋室。

按说他应该想到，白先生答应傍晚再来一趟，这回只要准备好跟踪就是了；然而，当时他看出神了，几乎没有听见那句话。

马吕斯正要上楼，忽见容德雷特在大马路的另一头。他身上裹着那位"慈善家"的大衣，沿着戈伯兰城关街那堵人迹罕至的墙根，正同一个面目不善的人交谈。那种人可以称作"城关盗贼"，面目可疑，言语晦涩，一副存心不良的样子，往往白天睡觉，这就意味着黑夜行动。

那两个人冒着鹅毛飞雪，站在那里谈话。那样一伙人，城区警察见了准会注意，而马吕斯却不大留心。

不过，他再怎么黯然神伤，也还是不禁想到，同容德雷特说话的那个城关盗贼，好像是一个叫邦灼的人。那人外号叫春生儿，又叫比格纳伊，有一回库费拉克指着那人让他瞧，说那家伙相当危险，夜间常在这一带出没。

这个人的名字，在上一卷见过。这个有春生儿和比格纳伊两个绰号的邦灼，后来屡次犯罪，作恶多端，成为名闻遐迩的歹徒。如今，他在盗匪圈子里已成为传奇人物，大约在前朝末期创立新派。傍晚天要黑下来的时候，在强力监狱的狮子沟里，犯人三五成群，低声交谈，往往谈论他。监狱有一条排粪便的阴沟，从巡逻道下面通到外边，1843年那起越狱大案，大白天三十名犯人逃走，就是从粪沟出去的。盖粪沟的石板上面能看到"邦灼"的名字，那是有一次他企图越狱时，大胆刻在墙上的。1832年，他还没有正式出道，就有警察密切注视了。

十一、穷苦为痛苦效劳

马吕斯缓步登上老屋的楼梯，正要回到自己的独居室，忽见容德雷特家大姑娘从走廊跟过来。在他眼里，那姑娘十分讨厌，正是她拿走了他的五法郎，再向她讨还已为时太晚，要租的轻便马车走了，要追的那辆马车早已驶远。况且，她也不会还钱。至于刚才来的那二人的地址，问她也没用，显然她不知道，因为署名法邦杜的那封信上写的是："高台阶圣雅克教堂行善先生收"。

马吕斯走进屋，回手关门。

门却关不上，他回头一看，只见有一只手顶住半开的房门。

"怎么回事？"他问道，"是谁呀？"

正是容德雷特家大姑娘。

"是您？"马吕斯几乎气势汹汹，又问道，"您总缠着！要干什么？"

她似乎若有所思，未予回答。早上那副泰然自若的神态不见了，她站在走廊的暗地里，并不进屋，马吕斯只能从门缝瞧见她。

"啊，怎么不回答？"马吕斯说道，"您要干什么？"

姑娘冲他抬起无神的目光，眼里仿佛隐隐闪现一点光芒，她说道：

"马吕斯先生，看您伤心的样子，有什么心事吧？"

"我？"马吕斯重复道。

"对，是您。"

"我没什么。"

"不对！"

"是没什么。"

"跟您说不对！"

"让我安静点吧！"

马吕斯又要把门推上，可她仍然顶住。

"喏，"姑娘说道，"您不该这样。您虽然不是有钱人，但今天早上非常和善。现在，您还是和善点儿吧。您给了我吃饭的钱，现在告诉我您有什么事。您这样伤心，这一眼就能看出来。我不愿意看您伤心。怎么做就好了呢？我能帮上忙吗？要我干什么就说吧。我并不问您的秘密，您也不必告诉我，总之，我可能帮上忙。我完全可以帮帮您，既然我能帮父亲干事。送个信啦，去到什么人家啦，挨门打听啦，找谁的住址啦，跟踪哪个人啦，这些事我全能干。怎么样，有什么事尽可告诉我，我把话传给那人家。有时候让人捎个话，他们就知道了，事情也就全解决了。您就吩咐吧。"

这时，马吕斯灵机一动，有了个主意。一个人觉得要掉下去的时候，抓住哪根树枝还有挑拣吗？

他往前凑了凑，对容德雷特家姑娘说：

"你听着……"

姑娘眼里闪现喜悦的光芒，打断他的话。

"哦！这就对了，您和我说话，就称'你'吧！这样我更喜欢。"

"好吧，"马吕斯接着说，"是你把那位老先生父女带到这儿的……"

"对。"

"你知道他们的住址吗？"

"不知道。"

"替我找到。"

容德雷特姑娘的眼神，刚才由黯淡转为喜悦，现在又由喜悦转为阴沉。

"您就想知道这个？"她问道。

"对。"

"您认识他们吗？"

"不认识。"

"这就是说，"她急忙接口说，"您不认识她，但是想要认识。"

将"他们"改为"她"，这其中有一种说不出来的苦涩，意味深长。

"到底行不行？"马吕斯问道。

"替您找到那位漂亮小姐的住址吗？"

"漂亮小姐"这种说法，又令马吕斯不自在的意味。他又说道：

"怎么说都无所谓！父亲和女儿的住址。有什么，他们的住址嘛！"

姑娘定睛看着他。

"您拿什么回报我呢？"

"你要干什么都行！"

"我要什么都行吗？"

"对。"

"我准能给您搞到住址。"

她垂下头，继而突然一下将门拉上。

马吕斯又独自一人了。

他仰身倒在椅子上，头和双肘则放在床沿儿上，沉浸到纷乱的思绪中，头晕目眩，什么也抓不住。从这天早晨起所发生的种种情况，那位天使突然出现，又突然消失。这个姑娘刚才对他说的话，无限失望中又漂浮着一线希望之光，这一切乱纷纷充斥着他的头脑。

他正自胡思乱想，突然又猛醒过来。

他听见容德雷特那凶狠的大嗓门讲了一句话，对他具有极特殊的利害关系：

"跟你说，没错儿，我认出他了。"

容德雷特讲的是谁？他认出谁啦？认出白先生吗？他的"玉秀儿"的父亲？怎么！难道容德雷特认识他？难道就这样突如其来，情况就要全部明了，免得他马吕斯稀里糊涂过一辈子吗？难道他终于要知道他爱的人是谁，那姑娘是谁，她父亲是谁吗？遮掩他们的极度浓厚的阴影，已经到了清朗起来的时候啦？幕布就要撕开了吗？天啊！

他急不可待，不是爬上，而是纵身跳上五斗柜，又回到隔墙窥视的小洞的位置。

他又看见容德雷特的破家。

十二、白先生那五法郎的用场

那家里的样子毫无变化，只是那母女三人分光了包里的东西，穿上了袜子和毛线衣，将两条毛毯扔到两张床上。

容德雷特呼吸还很急促，显然刚刚从户外归来。两个女儿坐在靠壁炉的地上，姐姐在给妹妹包扎手。那女人好像瘫在挨壁炉的破床上，满脸惊诧的神色。容德雷特在破屋里大步走来走去，两眼神色异常。

在丈夫面前，那女人仿佛惊呆了，有点胆怯，试探着说道：

"怎么，真的吗？你有把握吗？"

"有把握！那是八年前的事儿啦！不过我认出他啦！哈！我认出他啦！我一眼就认出他来！怎么，你就没有看出来？"

"没有。"

"我不是跟你说了嘛：注意瞧瞧！还是那个头，还是那张脸，没怎么见老，有些人就是不老，不知道他们是怎么搞的，说话还是那嗓音。只有一点，他穿得好些罢啦！哼！老家伙，神秘的鬼东西，好了，我抓住你啦！"

他停下脚步，对两个女儿说：

"你们两个，给我滚开！真怪了，你就没有看出来。"

两个女儿挺听话，赶忙站起来。

做母亲的讷讷地说：

"她的手不是受伤了吗？"

"冷空气对她有好处，"容德雷特说道，"走吧。"

显而易见，这个人在家里说一不二。两个女儿出去了。

就在她们出门的时候，父亲一把拉住大丫头的胳膊，以特别的声调说道：

"你们准五点钟回这儿。两个都回来。我要用你们。"

马吕斯更加注意了。

屋里只剩下容德雷特和他老婆了，他又开始走起来，转了两三圈没有吭声，接着花了几分钟，往裤腰里掖他那件女人衬衫的下摆。

他猛地转向他女人，又起双臂，高声说道：

"有件事儿要我告诉你吗？那小姐……"

"哦，怎么！"他女人接口说，"那小姐？"

马吕斯确信，他们说的准是她。他心急火燎，侧耳细听，全部精力都集中到耳朵上。

然而，容德雷特却俯下身，低声对他女人说了几句话，最后直起腰，才高声说道："就是她！"

"那东西？"女人说。

"是那东西！"丈夫说。

那母亲一句"那东西"的意味，任何语言都难以表达。其中有惊讶、气恼、仇恨、愤怒，混杂而成为一种恶狠狠的声调。丈夫在她耳边说了点什么，无疑说出了名字，那肥胖女人就从昏昏沉沉的状态中醒来，从丑相变为凶相了。

"不可能！"她嚷道，"我女儿打着赤脚，连一件衣裙都穿不上，我一想到这一点，怎么！她又是披缎斗篷，又是戴丝绒帽，又是穿缎子靴，行头齐全！要置办得两百多法郎！简直像个贵妇人！不可能，你看错啦！先从长相说，那一个是丑八怪，而这一个却不赖！长得真不赖！不可能是她！"

"跟你说准是她。你就等着瞧吧。"

如此坚信不疑，容德雷特婆娘一听，就仰起那张又红又黄的大宽脸，注视天花板，那神态丑极了。此刻在马吕斯看来，她比她丈夫还吓人，那是虎视眈眈的一头母猪。

"什么！"她又嚷道，"那个讨厌的漂亮小姐，用可怜的样子看着我的丫头，她竟然是那个小叫花子！哼！我真想一鞋跟儿将她的肠子给踹出来！"

她跳下床，只见她头发蓬乱，鼻孔鼓张，嘴半咧开，握紧的两个拳头抛到身后，这样站了一会儿，又一仰倒在破床上了。那男的走来走去，根本不注意他女人。

沉默了一阵之后，容德雷特又走到他女人跟前站住，像刚才那样又起胳膊。

"还要我告诉你一件事吗？"

"什么事？"女人问道。

他低声干脆地回答：

"我发了一笔财。"

婆娘凝视他，那眼神分明表示：跟我说话的这个人难道疯啦？

他继续说道：

"天打五雷轰！在这个'有火会饿死——有面包也会冻死的教区'里，我当教民的时间已经够长的啦！穷日子也过够啦！我活受罪，别人也受罪！不开玩笑了，我不再觉得这有趣了，游戏玩够了，老天爷呀！别再捉弄人了，永恒的天父！吃饭我要吃个够，喝酒我要喝个痛快！足吃足睡！什么也不干！嘿，也该轮到我享享福！在一命呜呼之前，我要尝尝百万富翁的滋味儿！"

他在破屋里兜了一圈，又补充一句：

"跟别人一样。"

"你想说什么呀？"他老婆问道。

他摇头晃脑，挤挤眼睛，提高嗓门，像街头卖艺人要表演似的：

"我想说什么？听好！"

"嘘！"容德雷特婆娘咕哝道，"别嚷嚷！要是那种事儿，就不能让人听见！"

"嗳！谁听见？那个邻居？刚才我看见他出去了。再说了，那个大傻瓜，他听得见吗？话又说回来，告诉你，我眼见他出去的。"

不过，容德雷特出于本能，还是放低了声音，然而马吕斯尚能听得见，他听清了整个谈话，还多亏一个有利的情况，就是马路上积雪减轻了过往车辆的声响。

马吕斯听到这样的对话：

"听清楚了。逮住他了，那个阔佬！就等于逮住了。这事板上钉钉子，全都安排妥当。我见了几个人。今晚六点钟他会来，送那六十法郎，老浑蛋！我瞧见了，我那六十法郎、房东、2月4号的日期，我是怎么给你们诌出来的！这可不是一个季度！傻不傻！这样，他六点钟就到。那时候，邻居正好去吃晚饭，布贡妈也正好进城去洗杯盘，这房子里没人了。邻居十二点之前从不回来。两个丫头放风，你也可以下手帮我们。他会就范的。"

"他要是不就范呢？"女人问道。

容德雷特险恶地劈了一下手，说道：

"那就打发他。"

说着，他哈哈大笑。

这是马吕斯头一回看见他笑，那笑声冷森森而平稳，叫人不寒而栗。

容德雷特打开壁炉旁边的壁橱，取出一顶旧鸭舌帽，用衣袖擦了擦，便扣在头上。

"现在，我出去一趟，"他说道，"我还要见几个人，几个好把式。等着瞧吧，这事准能得手。我尽快赶回来。这是一桩好买卖。你看好家。"

说罢，他把两个拳头插进裤兜里。站着想了一会儿，又大声说道：

"你知道吗，也亏了他没认出我来！他若是认出我，就不会再来，就会从我们手中溜掉！是我这胡子救了我！我这浪漫派的山羊胡子！我这漂亮的浪漫派小山羊胡子！"

他又笑起来。

他走到窗前。雪下个不停，涂掉了天空的灰色。

"什么鬼天气！"他说道。

说着，他拿起大衣。

"这大衣太肥了。不过没关系。"他又补充说，"那老浑蛋，把大衣留给我，还真干了一件大好事！没它我出不了门，这桩买卖也就做不成！鬼使神差，天下的事也真怪！"

　　说罢，他将帽舌拉到眼皮上，出门去了。

　　他出去没走几步，房门忽又开了，门缝里又探进来他那猛兽般狡狯的身影。

　　"忘了件事，"他说道，"你准备一炉子煤。"

　　接着，他把"慈善家"给他的五法郎，扔到女人的围裙里。

　　"一炉子煤？"婆娘问道。

　　"对。"

　　"买几斗煤？"

　　"两满斗。"

　　"那得三十苏。剩下的钱还够我买东西做晚饭。"

　　"见鬼，那不行。"

　　"干吗不行？"

　　"这钱不能花。"

　　"干吗不能花？"

　　"我还要买东西。"

　　"买什么？"

　　"买点儿东西！"

　　"要花多少钱？"

　　"这附近有五金店吗？"

　　"穆夫塔尔街上有。"

　　"哦，对了，就在同另一条街的拐角，那店铺我有印象。"

　　"你买东西要花多少钱，总可以告诉我吧？"

　　"五十苏到三法郎。"

　　"给晚饭剩下的可就不多了。"

　　"今天谈不上吃饭，还有更好的事要干。"

　　"也将就了，我的宝贝儿。"

　　他婆娘说完这话，容德雷特又带上房门，这回，马吕斯听见他的脚步

716

声越来越远，先穿过老屋走廊，又快速下楼。

这时，圣梅达尔教堂正打一点钟。

十三、在僻静地方单独相对，想必他们不会念"天父"

马吕斯尽管总好沉思默想，但是正如我们指出的，他的性格既坚强又刚毅。独自思索的习惯，发展了他的同情心和怜悯心，与此同时，也许消磨了他好动肝火的性情，却毫未减损他那见义勇为的气概。他既有婆罗门教徒的善心，又有法官的严厉。他不忍伤害一只蛤蟆，但是能踏死一条毒蛇。而他现在窥视的，正是一个毒蛇洞，眼前正是一个魔窟。

"这帮无赖，应当踏上一只脚。"他心中暗道。

他期望弄清的谜团，非但一个也没有解开，也许神秘层反而加厚了。他并没有进一步了解卢森堡公园邂逅的那个美丽的女孩儿，以及他称作白先生的那个男人，只知道容德雷特认识他们。他听到的话十分晦涩，只能听出一件事，就是这里正在设置陷阱，设置一个隐秘而凶险的陷阱。他们父女二人面临巨大危险，也许她能免遭于难，但她父亲要遭毒手。一定要搭救他们，挫败容德雷特一家人的阴谋诡计，扯断这些蜘蛛结的网。

他又观察一会儿，只见容德雷特婆娘从角落里拖出一个旧铁炉子，又在废铁堆里翻找什么。

马吕斯轻手轻脚，从五斗柜下来，尽量不弄出一点声响。

他看出策划的这场阴谋，心中不免惶恐，对容德雷特一家人深恶痛绝。但是想到在这样事情上，也许他能为他所爱的人帮上忙，又不禁感到一阵喜悦。

然而，怎么办呢？给两个受到威胁的人通风报信吗？但是到哪儿去找他们呢？他不知道他们的住址。他们在他眼前重现了片刻，随即又沉入巴黎的汪洋大海里。傍晚六点在门口守候，等白先生一到就告诉他有埋伏吗？可是，容德雷特及其同伙一定会发现他，这地方僻静无人，他们比他健壮，有办法抓住他，或者把他赶走，那么他要救的人也就性命难保。一点的钟声刚刚敲过，他们六点钟下手，马吕斯还有五个小时。

只有一个办法。

他穿上还看得过去的衣服，往脖颈上结了一条领巾，又戴上帽子，悄悄溜出去，毫无响动，就好像赤脚走在青苔上。

他出了楼门，便走上小银行家街。

这条街中段路边有一道矮墙，有几处人能跨越，墙里是一片空地。马吕斯心中有事，走得很慢，踏着雪地也没有什么声音。忽然，他听见身边有人谈话，便扭头瞧瞧，寂静的街道不见一个人影，现在又是大白天，然而，他却清清楚楚地听见了人语。

于是，他想到探头瞧瞧墙里面。

果然有两个人，靠墙坐在雪中，低声交谈。

那两张面孔他从未见过。一个汉子满脸胡须，身穿罩衣，头戴希腊式圆帽。另一个汉子衣衫褴褛，没戴帽子，长头发里落了雪花。

马吕斯再往里探探，在他们的头上才能听见谈话。

长发汉子用臂肘捅捅对方，说道："跟咪老板干，不可能失手。"

"你这么看？"络腮胡子说道。

长发汉子又说：

"每人得五百法郎的一张票子，就是触霉头，大不了五年、六年，顶多十年！"

另一个颇为迟疑，手伸进希腊帽子搔头发，答道：

"这件事倒实实在在，碰到这种事总不会背过身去。"

"跟你说嘛，这事儿失不了手。"长发汉子又说道，"老家伙的两轮车会套上牲口的。"

接着，他们又谈起昨晚他们在娱乐剧院看的音乐剧。

马吕斯继续往前走。

他觉得那两个人好奇怪，躲在墙后，蜷缩在雪地里，讲些莫名其妙的话，恐怕跟容德雷特的罪恶计划不无关系，也许就是"那桩买卖"。

他走向圣马尔索城郊区，一碰到店铺就打听哪有警察派出所。

人家告诉他在蓬图瓦兹街14号。

马吕斯赶往那条街。

他经过一家面包铺时，买了两苏面包吃，估计晚饭吃不上了。

他边走边感谢上天，心想他那五法郎，早上如不给容德雷特家姑娘，他就能乘车跟踪白先生，因而无从了解这一切，也就无从阻止容德雷特的阴谋，白先生必然遇害，他女儿也难幸免。

十四、警察给律师两个 "拳头"

马吕斯来到蓬图瓦兹街14号，上了二楼，请求见派出所所长。

"所长先生不在，"一个办事员回答，"有位探长代替他工作。您要跟探长谈谈吗？有急事吗？"

"有急事。"马吕斯说道。

于是，办事员将他带进所长办公室。一道铁栅里面，有个身材高大的人靠炉子站着，他身穿三叠领的大外套，双手提着外套的下摆。那人方脸盘，嘴唇薄而坚毅，花白颊髯浓密而凶悍，那目光能搜遍人的衣兜，可以说，那目光只能搜索，不能洞彻。

那人凶恶可怕的样子，并不怎么逊于容德雷特。有时见到恶狗，几乎跟遇见狼一样，叫人心惊胆战。

"您有什么事？"他对马吕斯说，连句先生也不称。

"所长先生吗？"

"他不在，我替他办公。"

"我要谈一件很机密的事。"

"那就谈吧。"

"非常紧急。"

"那就快点儿谈。"

这人又冷静又生硬，叫人见了又害怕又放心。他能让人产生畏惧和信赖。马吕斯向他叙述了这个意外事件，说有个男子，他只见过面而不相识，当晚要遭毒手，而他本人，马吕斯·彭迈西，身为律师，就住在那魔窟的隔壁，隔墙听到了全部阴谋。设置陷阱的主谋，是个叫容德雷特的家伙，他有同谋，大概是城关的盗贼，其中有个叫邦灼的，外号春生儿，又叫比格纳伊。容德雷特的女儿在外面放风。根本无法通知那个生命受到威胁的人，因为连他的姓名都不知道。总之，这起图财害命的案犯要在当晚六点钟下手，那济贫院大道最僻静的地点，在50—52号那栋房子里。

探长听到这个门牌号，便抬起头，冷冷地说："就在那栋房子走廊的最里端喽？"

"正是。"马吕斯说道，他又问一句，"您熟悉那栋房子？"

探长沉默了片刻，接着，他把靴子后跟举到炉口烤火，答道："有点儿印象。"

他继续从牙缝里咕哝，主要不是对马吕斯，而是对他自己的领带说话："那里面恐怕有咪老板的行迹。"

马吕斯听了这话很惊讶，说道：

"咪老板，我的确听他们提过这个名字。"

于是，他向探长讲述了在小银行家街墙后的雪地里，那个长发汉子和那个络腮胡子的话。

探长咕哝道：

"那长发一定是勃吕戎，那络腮胡子一定是半苏钱，外号二十亿。"

他又垂下眼帘思考：

"至于那老东西，我也能猜出个大概。哎呀，我这外套烤焦了。这该死的炉子，火总是太旺。50—52号，从前是戈尔博的房子。"

接着，他又注视着马吕斯。

"您只见过络腮胡子和长头发吗？"

"还见过邦灼。"

"您没看见一个花花公子模样的小魔头，在那儿转悠吗？"

"没有。"

"也没看见一个又高又壮，跟植物园大象似的大块头吗？"

"没有。"

"也没看见像过去红辫子小丑那样一个滑头吗?"

"没有。"

"至于第四个,谁也见不到,就连他的打手、伙计和爪牙也见不到。您没有发现他,倒不足为怪。"

"没见到。那些家伙是干什么的?"马吕斯问道。

探长则答道:

"不过,现在还不是他们活动的时候。"

他默然片刻,接着说道:

"50—52号,那房子我了解。我们藏到里面,没法躲过那些艺术家的眼睛。一有情况,他们就停止演戏。他们谦虚到了极点,见了观众就不自在!这样不成,这样不成。我要听他们歌唱,让他们跳舞。"

一段独白之后,他又转过身,定睛凝视着马吕斯,问道:

"您害怕吗?"

"怕什么?"马吕斯问道。

"怕那些人吗?"

"也超不过怕您!"马吕斯生硬地回了一句,因为他开始注意到,这名警探还没有称过他一声先生呢。

这时,警探更加目不转睛地盯住马吕斯,以训导式的庄严口气又说道:

"听您这话,像个有胆量的人,也像个诚实人。勇气不畏罪恶,而诚实也不畏官家。"

马吕斯接口说道:

"是啊,那么您打算怎么办呢?"

探长仅仅这样回答:

"那栋房子的住户都有万能钥匙,夜间回家开门用。您也应当有一把。"

"有一把。"马吕斯说道。

"带在身上吗?"

"带在身上。"

"交给我吧。"探长说道。

马吕斯从坎肩兜里掏出钥匙,交给探长,又叮嘱一句:

"您若是相信我的话,就多带几个人手去。"

探长瞥了马吕斯一眼,那神色,就像伏尔泰瞧一个向他建议一处韵脚的外省学士院院士。他两只大手一下子插进外套特大号的兜里,掏出两支人称"拳头"的小钢枪,递给马吕斯,急促而干脆地说道:

"拿着这个!您回家去,就藏在房间里,要让人以为您出去了。枪都上了子弹,每支上两颗。您要注意观察。您对我说过,墙上有个洞。等那些人到了,就让他们多少行动一下。您判断到了一定火候,应当制止了,就开一枪。不能过早。接下来的事情由我管。朝空中开一枪,对着天花板,对着什么地方都行。千万注意不能过早,要等到他们开始行动之后。您是律师,明白为什么要这样。"

马吕斯接过两支手枪,塞进外衣旁边的兜里。

"这样鼓鼓囊囊,太明显了,"探长说道,"还是放在坎肩兜里吧。"

马吕斯将手枪分别藏在坎肩的两个兜里。

"现在,"探长接着说道,"谁都不能再耽误一分钟了。几点钟啦?两点半。他们预定七点钟动手吗?"

"六点钟。"马吕斯说道。

"还有时间,"探长又说道,"不过,时间刚好。我对您说的话,一句也不要忘了。砰!开一枪。"

"放心吧。"马吕斯答道。

马吕斯抓住门闩正要出去,探长又冲他嚷道:"还有,事发之前,您要是需要我,亲自来或是派个人来,说一声要找沙威探长就行了。"

十五、容德雷特采购

过了一会儿,将近三点钟,库费拉克由博须埃陪同,偶然经过穆夫塔尔街。大雪满天,下得更紧了。博须埃正在对库费拉克说:"瞧着这一团团雪降落，真像漫天飞舞的白蝴蝶……"博须埃忽然望见马吕斯样子古怪，顺着这条街朝城关走去。

"咦！马吕斯！"博须埃嚷道。

"我看见了，"库费拉克说道，"不要叫他。"

"为什么？"

"他忙着呢。"

"忙什么？"

"他那副神态你没看见吗？"

"什么神态？"

"他那样子就像跟踪什么人。"

"那倒是。"博须埃说道。

"瞧他那双眼睛！"库费拉克又说道。

"见鬼，他跟踪谁呢？"

"跟踪哪个花花－帽子－咪咪－小妞儿吧！他恋爱呢。"

"可是，"博须埃指出，"这街上，我没有看见什么咪咪、什么小妞儿，也没看见什么花花帽子。一个女人也没有。"

库费拉克望了望，又嚷道：

"他跟踪一个男人！"

那确是个男人，头戴鸭舌帽，走在马吕斯前边二十来步远，虽然背向，却能看出他那花白胡须。

那人穿一件过分肥大的崭新大衣、一条沾满泥点而破烂不堪的长裤。

博须埃哈哈大笑。

"那是个什么人？"

"那个吗？"库费拉克接口说，"是个诗人吧。诗人就爱穿兔皮贩子卖的旧裤、法兰西元老院元老的大礼服。"

"瞧瞧马吕斯去哪儿，"博须埃说道，"瞧瞧那人去哪儿，跟踪他们，好吗？"

"博须埃呀！"库费拉高声说，"莫城的鹰！你真是天下第一糊涂蛋。跟

723

踪一个跟踪另一个男人的男人！"

他们掉头往回走。

刚才，马吕斯确实看见容德雷特经过穆夫塔尔街，于是盯梢窥伺。

容德雷特只顾往前走，没料到被人盯上了。

马吕斯望见他离开穆夫塔尔街，走进优雅街一栋极其破烂的房子，停留有一刻钟，又回到穆夫塔尔街，走进当年在皮埃尔－龙巴尔街拐角开设的五金店，几分钟后从店铺里出来，拿着一把白木柄的钢錾，并藏掖在大衣里，走到小尚蒂伊街往左拐，急匆匆走上小银行家街。天色渐渐黑下来，雪停了一会儿又下起来了。小银行家街一向僻静无人，马吕斯就躲在拐角，没有往前跟踪，幸而如此，否则就坏事了。因为容德雷特走到刚才马吕斯听到长头发和络腮胡子谈话的墙根，忽然回头张望，看看是否有人跟踪，确定身后无人，这才跨过墙头不见了。

墙里那片荒地通向一家旧出租车行的后院。那个业主名声不好，已经破产，但是车库里还有几辆破车。

马吕斯忽然想到，趁容德雷特不在，最好赶紧回家。再说，时间也不早了，每天傍晚，布贡妈都进城去洗杯盘，黄昏时分走时，照习惯总锁上楼门。马吕斯已将钥匙交给了警探，因此要赶快回去。

夜幕降临，暮色几乎弥合，唯独寥廓的天边还有太阳照亮的一点，那便是月亮。

红红的月亮，从妇女救济院的矮圆顶后面升起。

马吕斯大步流星赶回50—52号，到达时楼门还开着。他踮起脚上楼，顺着走廊墙根溜回房间。大家还记得，走廊两侧的破屋当时全空着，没有租出去。布贡妈通常总让房门敞着。马吕斯经过一扇房门时，仿佛看见空屋里待着不动的人头，让透进天窗的残照余光映得隐隐发白。马吕斯怕被人瞧见，不便细察，悄无声息回到房间，没有让人发现。回来得正是时候，不大工夫，他就听见布贡妈离开，并锁上楼门。

十六、又听见套用1832年英国流行曲调的一首歌

马吕斯坐到床上，现在约莫五点半，再有半小时他们就动手了。他听见自己脉管怦怦直跳，就像黑暗中听见怀表的嘀嗒声响，联想到此刻，两种行动正分头并进。罪恶从一个方向逼近，法律则从另一个方向赶来。他并不害怕，但是一想即将发生的事情，就难免不寒而栗。正如遭受意外事件突袭的人那样，他经历这一整天，仿佛做了一场梦，而且为了证实自己不在梦魇中，他需要感受一下兜里两支钢枪的凉意。

雪不下了，月亮穿破暮霭，越来越明亮，那清光同雪色相辉映，给房间增添了一种黄昏的景象。

容德雷特那巢穴里有亮光，从那墙洞射过来，马吕斯看那红光就像血色。

那样的红光，实际上不可能由一根蜡烛发出来。况且，容德雷特家里毫无动静，没人走动，也没人说话，连点声息都没有，一片冷寂沉静，若是没有那亮光，真像同坟墓为邻。

他轻轻脱掉靴子，推到床底下。

过了几分钟，马吕斯听见下面楼门开启的声响，接着，沉重的脚步急速上楼，穿过走廊，隔壁破屋当啷一声拉起门闩，是容德雷特回来了。

立即响起好几个人的声音，原来全家人全在破窝，不过当家的不在，都一声不吭，如同老狼出去时的一窝狼崽子。

"是我。"容德雷特说。

"晚上好，老爸!"两个女儿尖叫。

"怎么样?"妈妈问道。

"爸爸一切顺利，"容德雷特答道，"可是，我的脚要冻僵了。好，就这样，你换了花衣服，这样也好让人家放心。"

"全准备好了，说走就走。"

"我教你的话，一句也没忘吧? 你全能照办吗?"

"你就放心吧。"

"要知道……"容德雷特说道，但是话未说完。

马吕斯听见一件重东西撂在桌上，大概是买的那把钢錾。

"唉，你们吃了点儿东西吗？"容德雷特又问道。

"吃了，"那母亲答道，"有三个大土豆，加点盐吃了。就这炉火烤熟的。"

"好，"容德雷特又说道，"明天，我带你们下馆子，要整只鸭子和配菜。你们可以像查理十世那样大吃大喝。一切顺利！"

接着，他压低点声音补充道："捕鼠笼子打开了。猫儿全到了。"

他再压低点声音说道："把这放进炉火里。"

马吕斯听见用火钳或铁器捅煤块的声响。容德雷特继续说：

"房门折页涂上油了吧？别让门出声音。"

"涂上了。"那母亲回答。

"几点钟啦？"

"快六点了。圣梅达尔教堂已经敲过半点的钟声。"

"见鬼！"容德雷特说道，"两个小丫头该去放风了。你们俩过来，听我说。"

接着一阵耳语之声。

容德雷特又提高嗓门："布贡妈走了吗？"

"走了。"那母亲回答。

"你有把握隔壁没人吗？"

"他一整天没回来，你也清楚这是他吃晚饭的时间。"

"你有把握？"

"有把握。"

"不管怎么说，到他屋看看他在不在，总没什么坏处。"容德雷特又说道，"大丫头，拿着蜡烛，过去瞧瞧。"

马吕斯赶紧趴下，手膝并用，悄悄爬到床下。

他刚蜷缩在床底下，就看见门缝里射进光亮。

"爸爸，"一个声音喊道，"他出去了。"

他听出是那大姑娘的声音。

"你进屋了吗?"父亲问道。

"没有,"女儿回答,"这不钥匙在门上,他肯定出去了。"

父亲喊道:

"还是进去瞧瞧。"

房门推开了,马吕斯看见容德雷特地大姑娘端着蜡烛走进来。她还是早晨那模样,不过烛光一照显得更吓人了。

她径直朝床铺走来,马吕斯惶恐之状难以描摹。其实,床旁边墙上挂了一面镜子,她是奔镜子去的。她踮起脚,对着镜子顾盼。隔壁房间传来翻破铜烂铁的声响。

她用手掌抚平自己的乱发,冲着镜子微笑,同时用那阴森可怕的破嗓门哼唱:

> 我们的情爱,持续整一周,
>
> 幸福的时刻,该有多短暂!
>
> 相爱八昼夜,人生欲何求!
>
> 情恋的时间,应当到永远!
>
> 应当到永远!应当到永远!

这工夫,马吕斯抖得厉害,他觉得那姑娘不可能听不到他的喘息声。

她走向窗口,朝外张望,同时拿出她那疯疯癫癫的样子高声说话。

"巴黎穿上白衣衫,该有多丑啊!"她说道。

她回到镜子前,又忸怩作态,从正面,再从两个侧面,接连自我欣赏。

"怎么样!"父亲喊道,"你在那儿干什么呢?"

"我在看床下,桌椅下边,"她一边回答,一边继续拢头发,"哪儿都没人。"

"笨丫头!"父亲吼道,"还不快回来!别在那儿磨蹭了。"

"这就回去!这就回去!"她说道,"在这破家里,干什么都没时间!"

她又哼唱：

> 你就离开我，要去建功业，
> 可怜我的心，随你走天涯。

她对着镜子又最后望了一眼，这才出去，随手带上房门。

过了一会儿，马吕斯听见走廊里两个姑娘赤脚的声响，以及容德雷特冲她们的喊叫：

"千万留心！一个在城关那边，一个守在小银行家街拐角。紧紧盯住这个楼门，一眼也不要放松，发现一点点情况，就赶紧跑回来！三步并作两步！你们带上一把进楼门的钥匙。"

大女儿咕哝道：

"光着脚，站在雪地里放哨！"

"明天，你们就有闪光缎子靴穿啦！"父亲说道。

她们走下楼梯，几秒钟之后，下边的楼门"咣"的一声关上，这表明她们出去了。

现在，这栋房子里只剩下马吕斯和容德雷特夫妇了。也许还有那几个神秘人物，刚才在昏暗中，马吕斯瞥见他们躲在一间空屋的门后。

十七、马吕斯那五法郎的用场

马吕斯认为到了重新观察的时候，便凭着年轻人的敏捷，一眨眼跳上观望台，凑近墙壁的小洞。

他往里张望。

容德雷特家中景象异常，马吕斯这才看清刚才引起他注意的奇特的亮光。一个生了铜锈的烛台上点着一根蜡烛，然而照亮整个破屋的并不是烛光，而是炉火的反光。一个相当大的铁皮炉子，正是容德雷特婆娘早上准备的那个，挪到壁炉里，满炉煤火烧得正旺，铁皮全红了，蓝色火焰在欢跳，看得见容德雷特在皮埃尔－龙巴尔街买来的那把钢錾，深插在烈火中烧红的形状。还看见靠门的角落有两堆东西，好像一堆铁器和一堆绳子，仿佛有用场特意放在那儿的。一个根本不了解这场阴谋的人，看到这种情景，思想会漂浮于非常凶险和非常简单的两种念头之间。这个巢穴让炉火一照，像个地狱口，更像个铁匠炉，然而，容德雷特映着那火光，样子三分像铁匠，七分倒像魔鬼。

炉火温度极高，桌子上那根蜡烛烤化半边，结果呈斜面燃烧。

壁炉上放一盏有遮光罩的旧铜灯，配得上变成卡尔图什的第欧根尼。

铁炉放在壁炉膛里，挨着几根将熄的焦柴。煤烟从壁炉烟囱冒出去，并没有散出气味。

月亮有清辉，从四块窗玻璃射进红光闪耀的破屋，即使在这要行动的时刻，马吕斯头脑里也还是充满诗情，联想到这情景好似天空来参与大地的梦魇。

冷风从打碎玻璃的窗口吹进来，既驱散了煤烟味，也掩饰了火炉。

读者若是还记得前面介绍戈尔博老屋的情况，就会明白容德雷特选择这个巢穴作案，是再合适不过了。这个房间位于最孤立房子的最里端，又地处巴黎最偏僻的大街。即或还未有过绑票的案例，这里也会发明出来。

这栋房子往里延长很深，因此，这巢穴由许多空房间同大道隔开，而唯一的窗户又对着有围墙和栅栏的大片空场。

容德雷特已点着烟斗，坐在草垫破了的椅子上吸烟。他老婆低声跟他说话。

若不是马吕斯，而是换了库费拉克，也就是，换了在生活中随时随地都能发现笑料的人，一看到容德雷特婆娘那副打扮，肯定要哈哈大笑。她头上戴着那顶插羽翎的帽子，颇像查理十世祝圣大典上武士的军帽；身上穿的那条针织裙子上边，又扎了一条格子花呢的特大围巾；脚下穿的那双男鞋，正是早上她女儿不屑穿的那双。就是这身穿戴引出容德雷特一句称赞："好！你换了衣服！做得对，这样也好让人家放心！"

至于容德雷特，他没有脱下白先生给他的那件过分肥大的新大衣，还保持新大衣和破裤子所形成的鲜明对照，也正是在库费拉克眼中所谓诗人的典型。

突然，容德雷特提高嗓门儿：

"对啦！我想起来了。这样的天气，他会乘车来的。你点上灯笼，提到楼下去，守在门后。一听到停车声，你就立刻开门，给他照亮上楼，穿过走廊。等他一进这屋，你再赶紧下楼，付了车钱，将出租马车打发走。"

"拿什么付车钱？"那婆娘反问道。

容德雷特搜索裤兜，掏出五法郎给她。

"这是哪儿来的？"她高声问道。

容德雷特神气十足地回答：

"就是今儿早上邻居给的那个银币。"

他又补充道：

"知道吗？这儿需要两张椅子。"

"干什么？"

"坐呀。"

"成啊！我把隔壁的给你搬过来。"容德雷特婆娘平静地说道。

马吕斯听了这话，脊背一阵冒凉气。那婆娘动作很快，打开破家的门，就冲到走廊。

马吕斯纵有天大的本事，也来不及跳下五斗柜，钻进床底下躲起来。

"拿着蜡烛！"容德雷特嚷道。

"不用，"她说道，"拿着还碍事，我要搬两张椅子呢，有月亮光就行了。"

马吕斯听见容德雷特婆娘那只笨重的手，在黑暗中摸索找他的钥匙。房门打开了。他惊呆了，定在原地。

容德雷特婆娘走进来。

天窗射进一束月光，夹在两大片黑影之间。马吕斯背靠的墙壁正巧笼罩着一片黑影，因而他隐没在里边了。

容德雷特婆娘抬起眼睛，却没有看见马吕斯，她操起马吕斯仅有的两把椅子走了，随手重重地带上房门。

她回到破家：

"两把椅子拿来了。"

"给你灯笼，"她丈夫说道，"快点儿下去。"

她急忙照办，屋里只剩下容德雷特了。

容德雷特将两把椅子摆到桌子两侧，又翻了翻炉火中的钢錾，搬一道旧屏风来，放到壁炉前遮住火炉，然后又走到放了一堆绳子的角落，弯下腰仿佛查看什么。马吕斯这才看清刚才以为的一堆烂绳子，原来是一条结得很好的软梯，有一根根木横杆儿和两个搭钩。

这副软梯和几件地道的大头铁棒的大家伙，胡乱放在门后的废铁堆上，今天早晨还没有见到，显然是在下午马吕斯外出时，搬进容德雷特这里的。

"那是铁匠用的家什。"马吕斯想道。

马吕斯在这方面若是稍微多点见识，就会看出他认作的铁匠家什中，有些是撬锁开门的工具，还有些砍杀的工具。这两类凶器，盗贼分别称为"小兄弟"和"收割器"。

壁炉、桌子和那两把椅子，正对着马吕斯。火炉遮住了，照亮屋子的就只有蜡烛了。桌上或壁炉上一点点破瓶烂罐，都映出巨大的影子。一个豁嘴水罐的影子就占了半面墙壁。屋里的平静气氛却有一种难以名状的险恶，令人感到即将发生骇人听闻的事情。

容德雷特又回到原座，烟斗熄灭他也不管，这是他专心想事的重大标志。在烛光中，他那张脸凶狠狡猾的棱角显得十分突出，紧皱着眉头，右手掌猛地张开，就好像他心中暗自盘算，最后拿定主意。他这样反复盘算中，有一回忽然拉开桌子的抽屉，取出藏在里边的一把长长的厨刀，在手指甲上试了试锋刃，然后又放回去，关上抽屉。

马吕斯这边也一把抓住放在坎肩右兜里的手枪，抽出来将子弹推上膛。

子弹上膛发出一个清脆的声响。

容德雷特惊抖一下，从椅子上欠起身。

"谁呀?"他喊道。

马吕斯屏住呼吸。

容德雷特侧耳听了片刻，继而笑起来，说道:

"我怎么糊涂啦! 是隔壁墙迸裂的声音。"

马吕斯仍握着手枪。

十八、马吕斯的两把椅子相对摆着

忽然，远处传来令人惆怅的钟声，震动了窗玻璃。圣梅达尔教堂敲起六点钟。

容德雷特点头数着钟点，等第六响一敲过，他就用手指掐灭烛芯。

然后，他开始在屋里踱步，走几步，听听走廊的动静，又走几步，又听听，嘴里咕哝道:"但愿他来!"继而，他回到座椅。

他刚坐下，房门就打开了。

容德雷特婆娘推门，但是还停留在走廊里，提灯一个洞透出的光亮，从下面照出她脸上做出的狰狞媚态。

"请进，先生。"她说道。

"请进，我的恩人。"容德雷特急忙起身重复道。

白先生出现在门口。

他神态安详，格外显得令人敬重。

他把四枚路易金币搁在桌上。

"法邦杜先生，"他说道，"这钱您先用来付房费和应急，下一步再说。"

"上帝保佑您，我的慷慨的恩人!"容德雷特说着，急忙凑近他老婆，"把出租马车打发走!"

她趁着丈夫一再点头哈腰，给白先生让座的工夫，就赶紧溜掉，不大工夫又回来，对着丈夫的耳朵悄悄说:

"行了。"

从早晨起雪就未停，积了很厚，没人听见马车来去的声响。

这时，白先生已经落座。

容德雷特则占了白先生对面的那张椅子。

现在，要想对即将发生的场面有个概念，读者就必须想象一个严寒的夜晚。妇女救济院那一带偏僻的地方覆盖了雪，在月光下一片惨白，好似巨幅的殓尸布。路灯点点红光，映照着凄凉的大道和黝黑的长排榆树。方圆一公里大概也没有一个行人，戈尔博老屋更是岑寂、黑暗而可怖到了极点。而在这老屋里，在这僻静的地方，在这昏黑的环境中，只有容德雷特这间大屋子点着蜡烛。这间破屋里有两个男人坐在桌子两边，白先生神态安详，容德雷特满脸堆笑而面目可憎。他的老婆那条母狼则待在角落里，而马吕斯则隐身在隔壁墙后，站着不动，手里握着枪，眼睛注视着隔壁房间，不漏掉一句话，也不漏掉一点举动。

马吕斯毫不畏惧，只感到一种强烈的憎恶。他紧握手枪柄，就像吃了定心丸。"这个坏蛋，我随时都可以阻止他。"他心中暗道。

他也感到，警察就埋伏在附近，只等一发信号就动手。

此外，他还希望，容德雷特和白先生的这场冲突，能透露出点情况，有助于他了解他所感兴趣的一切。

十九、心系暗处

白先生刚坐下，目光便移向那两张空了的破床。

"那可怜的小姑娘受了伤，现在怎么样啦？"他问道。

"不好，"容德雷特又伤心又感激地笑了笑，回答，"很不好，尊敬的先生。她姐姐带她上淤泥街医院包扎去了。她们过一会儿就回来，您能见到。"

白先生瞧了瞧身穿奇装异服的容德雷特女人，只见她站在他和房门之间，仿佛守住出口，摆出一副威胁的、近乎要搏斗的架势，紧紧盯着他，于是又问道："看样子，法邦杜太太身体好多啦？"

"她就剩下最后一口气了，"容德雷特答道，"可是，有什么办法呢，先生？这个女人呀，干起事来不要命！她哪儿是个女人，简直是头公牛。"

容德雷特婆娘受到称赞深为感动，像妖魔受到爱抚一样怪叫道："你对我总是好得过头，容德雷特先生！"

"容德雷特！"白先生说道，"我还以为您叫法邦杜呢！"

"法邦杜，又称容德雷特，"丈夫急忙接口说，"艺术家的别号！"

同时，他朝老婆耸了一下肩膀，但是没让白先生瞧见，接着又拿出夸张而动听的声调，继续说道：

"哦！没得说，这个可怜的人和我，我们总是非常和睦！我们若是没有这种情分，还剩下什么呢！我可敬的先生，我们太不幸啦！人家有胳膊有腿儿的，就是没活儿干！人家有勇气，就是没有工作！我不知道政府如何解决这个问题！但是讲老实话，先生，我不是雅各宾派，先生，也不是民主派，我不想攻击政府，不过，假如我是大臣，我以最神圣的东西发誓，局面肯定不一样。喏，比方说，我本想让两个女儿去学糊纸盒的手艺。您会对我说：什么！学手艺？对呀！一门手艺！一门简单的手艺！挣口面包吃！沦落到什么地步，我的恩人！跟我们从前的状况比较，降低到什么层次啦！唉！当年我们兴旺的时期，什么也没有留下来！只剩下一样东西，是一幅油画，我特别珍视，但又不得不割舍，人总得活下去！还是这句话，人总得活下去！"

容德雷特显然语无伦次，但毫未损减他那面目的审慎而精明的表情。在他东拉西扯的时候，马吕斯抬起目光，忽然发现屋子里端有个人，是他没有见过的。那汉子刚进来，而且开门极轻，谁也没有听见响动。他穿着紫色针织旧坎肩，又破又脏，每一条皱褶都张着口，下身穿一条肥大的棉绒裤，脚下穿一双垫木屐的鞋套，没有穿衬衣，脖颈裸露，两条赤臂纹了图案，满脸抹了黑灰。他叉着手臂，坐在靠近的那张床上一声不响，正好在容德雷特婆娘身后，因而仅仅隐约可见。

直觉具有磁性，往往能警告视觉，白先生几乎跟马吕斯同时扭过头去，不禁惊抖一下，这没有逃过客德雷特的眼睛。

734

"哦！我明白！"容德雷特一副殷勤姿态，边结纽扣边说，"您是瞧您这大衣吧？我穿着挺合身！真的，我穿着挺合身！"

"那人是谁？"白先生问道。

"他吗？"容德雷特答道，"是个邻居，不要管他。"

那邻居样子很怪。不过，圣马尔索城郊区有不少化工厂，许多工人的面孔都可能熏黑。况且，白先生整个人儿都体现出一种憨厚而无畏的信赖。他又说道：

"对不起，刚才您对我说什么来着，法邦杜先生？"

"刚才我对您说，先生，我亲爱的保护人，"容德雷特接着说道，同时双肘撑在桌上，用蟒蛇似的温和而凝注的眼睛盯住白先生，"刚才我对您说，我有一幅画要出手。"

房门轻微响了一下，又进来一个汉子，坐到容德雷特婆娘后的床上。他跟头一个人一样，也赤裸着手臂，脸上涂了墨或者抹了烟灰。

那人虽是溜进屋，却没法避开白先生的目光。

"您不必理睬，"容德雷特说道，"他们都是这里的房客。刚才说，我还剩下一幅画，一幅珍贵的画……就是这个，先生，您瞧瞧。"

他起身走过去，把我们提过的戳在墙根的那个画板翻个面，仍戳在那里。烛光多少照见一点儿，那确实像一幅油画。但是，有容德雷特在中间挡着，马吕斯根本看不清楚，只隐约望见那粗劣的画面。一个主要人物色彩刺眼，类似集市上兜售的画或屏风上的绘画。

"这是什么呀？"白先生问道。

容德雷特赞叹道：

"这是大师的绘画，一件价值极高的作品，我的恩人！我就像对待两个女儿一样珍视它，它能唤起我许多往事！但是，我跟您说过了，说过就不改口，我的命太苦了，不能不把它卖掉！"

也许是偶然，也许是开始戒惧了，白先生看着看着画，目光又移向屋子另一端。现在已经有四条汉子了，三人坐在床上，一个立在门框旁边，四个全都赤臂，一动不动，全都抹成了黑脸。坐在床上的三人中，有一个合目靠着墙，好像睡着了。那是个老家伙，白发耷拉在黑脸上，形象十分可怕。另外两个显得年轻，一个胡子拉碴，一个长头发。谁都没有穿鞋，不是穿鞋套，就是光着脚。

容德雷特注意到，白先生目不转睛，看着那些人。

"他们是朋友，是邻居。"他说道，"他们的脸那么黑，是因为整天在煤堆里干活。他们是通烟囱的，您不必管他们，我的恩人，还是买我的画吧。可怜可怜吧，我这么穷苦。我不会向您卖高价。您估一估，多少钱？"

"嗳!"白先生说道，他直视容德雷特的眼睛，好像进入戒备状态的人，"这是客栈的招牌呀，也就值三法郎。"

容德雷特和气地答道：

"钱包您带了吧？我只要一千银币。"

白先生站起来，背靠墙壁，目光迅速扫视整个房间：左侧靠窗户一边有容德雷特，右侧靠门一边有容德雷特婆娘和那条汉子；那四人没有动弹，甚至就像没有看见他。容德雷特又诉起苦来，那眼神极为迷惘，那声调极为凄惨，白先生简直以为，眼前这个人只不过是穷得发了疯。

"亲爱的恩人，如果您不买我的画，那么我就没路了，只好跳河自杀。"容德雷特说道，"我早就想让两个女儿学糊半精致的纸盒，就是逢年过节的那种礼盒。想想那么容易啊？要有设备，先得在屋子里端放一张桌案；要带一块挡板，免得玻璃东西掉到地下。还得有个特制的炉子，一个里面有三格的钵子，好装三种黏度不同的糨糊，分别用来糊木面、纸面和绸面。此外，还得有一把裁纸板刀、一个校正的模子、一把钉铁皮的锤子，还有刷子，还要什么鬼玩意儿，我怎么知道？摆这么一大摊子，只为每天挣四苏钱！还得干十四个钟点！每个盒子在女工手里要经过十三道工序！把纸弄湿，又不准弄上脏点！还得用热糨糊，不能冷掉！跟您说，真是鬼差使！每天挣四苏，让人怎么活呀？"

容德雷特这样唠叨，眼睛并不看白先生。白先生定眼看着他，而他的眼睛却盯着房门。马吕斯一颗心悬着，目光来回注视着二人。白先生仿佛在考虑：难道这是个白痴吗？容德雷特则变换声调，有气无力地哀求，重复两三遍："我只好投河自杀了，有一天，在奥斯特利茨桥附近，我朝水里走下三个台阶！"

他那黯淡的眼神突然亮起来，射出凶光，这矮个子男人挺起胸膛，变得气势汹汹，朝白先生逼进一步，雷鸣般的声音冲他喊道：

"这些全不着边！您认出我来了吗？"

二十、陷阱

破屋的门猛地打开，出现三条汉子。他们身穿粗布蓝罩衫，脸戴黑纸面具：头一个精瘦，手操一根包铁皮的长木棒；第二个彪形大汉，手握一把屠牛斧；第三个膀阔腰圆，不像头一个那么瘦，也不像第二个那么高大，手中攥一把大钥匙，不知是从哪个监狱偷来的。

看来，容德雷特就等着这几个人，他同拿木棒的那个瘦子迅速地对了几句话。

"全准备好啦？"容德雷特问道。

"好啦。"那瘦子回答。

"怎么不见蒙巴纳斯？"

"小伙子停在那儿，跟你闺女聊天呢。"

"哪一个？"

"大闺女。"

"楼下有出租马车吗？"

"有。"

"那辆车套好牲口了吗？"

"套好了。"

"两匹好马？"

"棒极了！"

"是在我指定的地点等着吗？"

"对。"

"很好。"容德雷特说道。

白先生面无血色，显然他明白自己落到什么境地，便注意整个屋里的动静，头在脖颈上缓缓扭动，注视他周围的一颗颗脑袋，那神情又专注又诡异，但并无畏惧之色。他把桌子当作临时防御工事。这人，刚才还是一副和善老人的样子，却赫然变成一个威武斗士，粗大有力的拳头放在椅背上，那姿势着实令人胆战心惊。

这老人面临巨大危险，仍然如此坚定而勇敢，仿佛天性如此。勇敢和善良一样，都是那么自然而然的。我们爱一个女子，绝不会把她父亲视为路人。同样，马吕斯也为这个尚未结识的人感到骄傲。

容德雷特称为"通烟囱的"那三个赤臂汉子，也都从废铁堆里操起家伙：一个拿了一把大剪刀，另一个拣了一根铁杠杆，第三个挑了一把大锤。他们全都一声不吭，挡住出门的路。那老家伙仍坐在床上，只略睁一下眼睛。容德雷特婆娘坐在他旁边。

马吕斯心想，再过几秒钟，就该是他干预的时候了，他举起右手，枪口指向靠走廊一侧的天棚，随时准备开火。

容德雷特同那个拿包铁皮棒子的人对完话，又转向白先生，伴随他那低沉、克制而又可怕的笑声，重复问道："您认不出我了吗？"

白先生面对面瞧着他，答道：

"不认识。"

于是，容德雷特一直走到桌子前，俯身凑到蜡烛上面，又起双臂，那棱角突出的凶狠的下巴，伸向白先生那张平静的脸，尽量逼近，但没有吓退白先生，他就保持猛兽要捕食的这种姿势，吼道：

"我不叫法邦杜，也不叫容德雷特，我叫德纳第！就是蒙菲郿的那客栈老板！听清楚了吧？德纳第！现在，您认出我了吧？"

白先生额头掠过一丝难以捕捉的红晕，他的声音既不发抖，也没有提高，仍像平时那样沉着地回答：

"还是认不出来。"

马吕斯没有听见这句回答。此刻，谁若是瞧见，就会发现他在黑暗中那么惊愕、怔忡而震悚。当容德雷特说"我叫德纳第!"的时候，马吕斯浑身抖起来，只觉一阵心寒，仿佛利剑刺进去，他赶紧靠在墙上，准备开枪打信号的右臂也缓缓放下；当容德雷特重复"听清楚了吧? 德纳第!"的时候，马吕斯手指一软，手枪险些失落。容德雷特揭示自己的身份，并没有触动白先生，却大大震动了马吕斯。德纳第这个姓名，白先生似乎不认识，马吕斯却认识。让我们回想一下，这名字对他究竟意味着什么! 这名字，写在他父亲的遗嘱里，更铭刻在他的心上! 这名字，他铭刻在思想深处、记忆深处，在这神圣的遗嘱中："一个名叫德纳第的人救了我的命。吾儿若遇见他，望尽力报答。"我们记得，这名字是他灵魂的一个敬仰，同他父亲的名字并列受他崇拜。怎么! 这人就是德纳第，这人就是他久寻不见的蒙菲郿那个客栈老板! 现在终于找到了，怎么会是这样! 他父亲的救命恩人竟然是个强盗! 马吕斯渴望效命的这个人，竟然是个魔鬼! 彭迈西上校的这个搭救者正在行凶，虽然马吕斯还看不清楚是什么方式，但是很像要谋财害命。天主啊，要害谁的命呀! 真是劫数啊! 命运的嘲弄多么惨苦啊! 父亲在棺木里命令他全力报答德纳第，而且四年来，他也一心想偿清父亲的这笔债，讵料，他正要协助法律逮捕一个行凶的强盗时，命运却向他大喝一声：这是德纳第! 在滑铁卢的英勇战场上，人家把他父亲从枪林弹雨中救出来，他终于能够报答了，却报答人家一个断头台! 他曾许下心愿，一旦找见那个德纳第，他一定要跪拜，而现在果然找到了，却要把人家交给刽子手! 父亲对他说："要救助德纳第!"而他却要毁掉德纳第，以这种行为来回答那至爱神圣的声音! 这个人冒着生命危险，把他父亲从死亡中抢出来，他马吕斯却告发父亲托付给他的人，让父亲从坟墓里观赏将这人押赴圣雅克广场受刑! 多少年来，他心中牢记父亲写下的遗愿，现在却背道而驰，这该有多么荒唐可笑啊! 然而，从另一方面说，目睹发生一场命案而不加以制止! 什么，坐视不管有人受害，让凶手逍遥法外? 对这样一个歹徒，难道还能一味知恩图报吗? 马吕斯四年来的全部念头，仿佛被这意外的打击彻底搅乱了。他浑身战栗，全取决于他了。眼前这些气势汹汹的人，却不知道全控制在他手里，他一开枪，白先生就会得救，德纳第就完蛋了。如不开枪，白先生就要遭殃，而德纳第，谁知道呢？也许会逃之夭夭。抛弃这一个，还是让另一个倒下？左右为难，都要受良心的责备。怎么办呢？何去何从呢？背弃刻骨铭心的记忆，背弃从内心深处许下的诺言，背弃最神圣的职责，背弃最为珍视的遗书！违背父亲的遗嘱，还是纵容犯罪？两难之间，他仿佛听见这边他的"玉秀儿"为她父亲恳求他，那边上校则叮嘱他照顾德纳第。他感到自己要发疯了，两条腿发软，站立不稳。眼前的事态急转直下，根本不容他仔细斟酌。这真像一场旋风，他自以为处于主动，却身不由己裹卷而去，眼看就要昏倒了。

这工夫，德纳第——此后我们不再用别的名字称呼他了——在桌子前走来走去，神态失常，得意到了疯狂的程度。

他一把操起烛台，"啪"地往壁炉上一撂，用力极猛，烛芯差点震灭，蜡油也溅到墙上。

随即一转身，面目狰狞，冲白先生狂叫：

"火烧的！烟熏的！千刀万剐！扒皮抽筋！"

接着，他又走起来，同时大肆发泄，如雷吼道：

"哼！我总算找到你了，慈善家先生！穿破衣烂衫的百万富翁！送布娃娃的好先生！老傻瓜！哼，你认不出我来啦？怎么，八年前，1832年圣诞节那天晚上，不就是你到蒙菲郿，到我的客栈吗？不就是你从我家带走芳汀的孩子云雀的吗？不就是你穿一件黄外套吗？不是吗？手里还拎一大包破烂衣裳，就像今天早晨一样到我家来！你说说，老婆子！看来，他有这瘾，到别人家去，总带着装满毛线袜子的包裹！老慈善家，算啦！难道你是开衣帽袜店的吗，百万富翁先生？你这圣徒，专门把店底货送给穷人！真会耍把戏！哼！你认不出我啦？好吧，我却认出你，我呀，一见你这牛鼻子伸进这里，我当即就认出你来。哼！这回瞧瞧吧，就这样随便闯进别人家里，不是什么好事！借口那是客栈，穿着破衣烂衫，装出一副穷相，好像让人给一个铜子钱也是好的，瞒骗人家，再摆出慷慨的派头，把人家饭碗夺走，还在树林子里威胁人，赖着这笔账，等人家破落了，才送来一件大肥的大衣、两条医院病床用的破毯子。老无赖，拐骗儿童的老贼！"

他停下来，一时仿佛自言自语，火气也消了，就好像罗讷河水流进地洞里。继而，他又像要高声讲完他低声自语的事情，一拳击在桌子上，嚷道：

"还摆出一副老好人的样子！"

他指着白先生，又说道：

"当然喽，从前你耍了我！你是我这全部苦难的根源。你花了一千五百法郎，把在我那儿的一个女孩带走。她肯定是有钱人家的孩子，当时已经给我挣来不少钱，本来我可以靠她过一辈子，那姑娘本来可以把我开店赔的钱全捞回来。在我那可恶的大车店里，别人大吃大喝，我却像个傻瓜，把全部家当吃进去了！哼！但愿他们在我店里喝的全是毒药！算了，没关系！说说看，当初你把云雀带走，一定觉得我很可笑吧？那时在树林子里，你拿一根短木棍，可以逞凶。现在一报还一报，王牌攥在我手里啦！你完蛋了，我的老儿！哈，今天该我笑了，真的，我要开怀大笑！这回你可落入圈套啦！我跟你说，我是演戏的，我叫法邦杜，曾经跟马尔斯小姐、穆什小姐同台演出。我说明天2月4日，房东要收我房租，你却一点也没有看出来，是1月8日，而不是4月4日到一个季度！愚蠢透顶！给我送来这可怜巴巴的四枚金币！恶棍！心肠真狠，连一百法郎都不肯凑足！我那一阵恭维，还真把你给迷惑住了！叫我好不开心。我心里想：傻瓜蛋！嘿，这回让我逮住了。今天早晨，我舔你的爪子，今天晚上，我就要啃你的心！"

德纳第住了口，他气喘吁吁，那狭小的胸膛呼哧呼哧像拉风箱。他的眼神充满了下流的喜悦，表现出怯懦而凶残的小人终于能击败自己所畏惧的人，终于能凌辱自己所恭维的人了，那是侏儒站到巨人头顶的喜悦，也是豺狗遇到一头病得不能自卫、但还有口气儿能感知疼痛的公牛，开始撕咬时的喜悦。

白先生没有打断他的话，等他住了口才对他说：

"我不明白您要说什么。您认错人了，我是个很穷的人，根本不是什么百万富翁。我不认识您。您把我当成另外一个人了。"

"哼！胡扯！"德纳第嘶哑的嗓子嚷道。"这场玩笑你还要开下去！老兄，你还垂死挣扎！嗯！你想不起来啦？你看不出我是谁！"

"对不起，先生，"白先生回答，那礼貌的口吻在此刻显得既有力又特别，"我看出您是个强盗。"

众所周知，丑类也有触怒的地方，魔怪也有怕痒的部位。听到"强盗"这个字眼，德纳第婆娘腾地跳下床，德纳第也一把抓住椅子，好像要把它弄个稀巴烂。"别动，你！"他冲老婆喊道，然后又转向白先生：

"强盗！对，我知道，富有的先生们，你们就这样称呼我们！嘿！不错，我破了产，躲藏起来，没有面包，身上连一个铜子也没有，我是个强盗！我一连三天没吃饭了，我是个强盗！哼！你们那些人，脚上穿得暖暖的，穿萨哥斯基制造的薄底皮鞋，像大主教那样穿着棉大衣，你们住在有门房的楼房的二楼，你们吃块菰，1月份吃四十法郎一把的芦笋，吃豌豆，总之你们肥吃肥喝吧。而你们要想知道天气冷不冷，还得看报上登的舍瓦利埃[1]工程师的寒暑表记录。我们呀！我们本身就是寒暑表！我们就用不着跑到河滨路的钟楼脚下，看看冷了多少度。我们觉得出身上的血液凝结了，冰块钻进心里，于是我们说：这世界没有上帝！现在，你来到我们的洞穴，对，来到我们的洞穴，管我们叫强盗！好吧，我们要吃掉你！好吧，我们这些穷小子，要把你吞下去！百万富翁先生！告诉你一个情况：当初我是有经营的人，也有执照，也是选民，也是个绅士，我！可你呢，很可能就不是！"

德纳第说到这里，朝守住门口的那几个人跨了一步，颤抖着补充了一句："一想到他跑到这儿来，竟敢像对待补鞋匠的那种口气跟我讲话！"

随即他又转向白先生，倍加狂暴地说：

"慈善家先生！你还应当了解这一点：我不是个形迹可疑的人，我！我不是个没名没姓、拐人家小孩的人！我是个法兰西老军人，本应该荣获勋章！我呀，参加了滑铁卢战役！在战斗中，我还救了一个叫什么伯爵的将军！他倒是向我报了名字，但那鬼声音太微弱，我没有听清楚，只听见'美谢'。谢不谢没关系，我宁愿知道他的姓名，好能找到他。你看见的这幅

1　舍瓦利埃：巴黎钟表河滨路的光学技师。

画，是大卫在布鲁克塞尔画的，你知道画的是谁吗？画的是我。大卫打算让这一功绩流芳百世。我背这个将军，穿过枪林弹雨。事情的经过就是这样。那个将军，按说什么也没有为我做，他也不比别的将军强什么！可是，我照样冒着生命危险救了他一命，我口袋里装满了这类证件。我是滑铁卢的一个士兵，上帝他祖宗的！我好心把情况全告诉你了，现在就把这事了结。我要钱，要很多钱，要一大笔钱，不给钱，就要你的命，我以天雷发誓！"

马吕斯焦虑的情绪稍能控制住了，他侧耳细听，心中最后一点疑云消散了。此人确是遗嘱所说的那个德纳第。听他谴责父亲忘恩负义，马吕斯不禁浑身颤抖，真觉得责无旁贷，应当承认人家言之有理。他越发首鼠两端，不知如何是好了。再说，有一种像罪恶一样可憎、像真情一样揪心的东西，体现在德纳第的每句话里，体现在他那声调、手势和使字字迸出火花的眼神里，体现在那种火暴性子一吐为快的喷发中，体现在那种大吹大擂和卑鄙下流、高傲和渺小、狂怒和愚妄的混杂中，体现在真怨恨和假感情的糅合里，体现在一个恶人品尝肆虐快感的那种粗鄙中、一颗丑恶灵魂的那种无耻暴露中，体现在全部痛苦和全部仇恨交织的竞相宣泄中。

读者已然猜出，他要卖给白先生的那幅所谓名作，大卫的绘画，只不过是他那车马店的招牌；我们还记得是他自己画的，也是他在蒙菲郿破产后唯一保留下来的残物。

这时，德纳第不再遮挡马吕斯的视线，马吕斯可以仔细观赏那涂抹的东西，还真看出画的是战场，背景硝烟弥漫，画上一个男人背着另一个男人。那两人正是德纳第和彭迈西，救命恩人中士和被救者上校。一时间，马吕斯仿佛喝醉了，觉得他父亲在画上活了，那不再是蒙菲郿客栈的招牌，而是复活的场面，一座坟墓裂开，一个幽灵从墓穴里站起来。马吕斯听见太阳穴上脉搏的跳动，耳畔回响着滑铁卢的炮声。他父亲满身鲜血，模模糊糊画在这凶险的画板上。令他胆战心寒，那丑陋的身影仿佛定睛凝视着他。

德纳第缓过气来，那双血红的眼睛又盯住白先生，低声而干脆地对他说：

"在我们把你灌醉之前，你有什么要说的吗？"

白先生沉默不语。在这寂静中，走廊里响起一个破锣嗓子，开了这样一句瘆人的玩笑话：

"要劈木头，看我的！"

是那个手持屠牛斧的汉子在寻开心。

话音未落，门口出现一张黑不溜秋、毛发竖起的大宽脸，笑口咧得吓人，露出满嘴獠牙。

这正是手持着屠牛斧那汉子的嘴脸。

"你干吗拿下假面具？"德纳第怒气冲冲地对他嚷道。

"笑起来痛快。"那人回答。

有一阵工夫，白先生似乎密切注视着德纳第的一举一动，而德纳第却被自己的狂怒弄得头晕目眩，在那巢穴里走来走去，觉得稳操胜券。房门有人把守，他们有家伙，逮住一个手无寸铁的人，而且九个对付一个，假如德纳第婆娘也算一个人的话。德纳第转身呵斥手持大斧的人，正好背对着白先生。

白先生抓住这个时机，一脚踢开椅子，又一拳推开桌子，身形敏捷得出奇，不待德纳第转身，一个箭步就蹿到窗口，打开窗户，跳上窗台，跨到窗外，只用一秒钟的工夫，半截身子已经出去了，却又被六只有力的大手揪住，硬把他拖回破屋里。扑上去抓住他的人，是那三个"通烟囱的"。德纳第婆娘也同时上去揪住他的头发。

其他强盗听到蹿动声，纷纷从走廊跑来。那个坐在破床上仿佛喝醉酒的老家伙，也跳下床，手持养路工用的铁锤赶到。

烛光正好照见一个"通烟囱的"，那张脸虽然抹黑了，马吕斯还是认出他是邦灼，外号春生儿，又叫比格纳伊。那人拿着铁棒两端安铅球的双头锤，举在白先生的头顶。

这场景马吕斯不忍看下去，他心中暗道："父亲啊，宽恕我吧！"同时他的手指摸向手枪扳机，正要开枪时，忽听德纳第又喊了一声：

"不要伤着他！"

受害者这种绝望的挣扎，非但没有激怒德纳第，反而令他平静下来。

他身上有两个人，一个凶残，一个精明。直到这一刻，面对束手就擒的猎物，他得意忘形，是凶残的人得了逞。而他看到受害者要拼死一搏，身上那个精明人又出来占了上风。

"不要伤着他！"他重复道。可他却没有想到，这话的头一个效果，就是制止了欲发的一枪，喝住了马吕斯。马吕斯觉得，紧急情况已过，出现新局面，再观望一下也未尝不可。况且谁知道呢？也许会出现转机，把他从两难境地解脱出来，不必眼睁睁看着"玉秀儿"的父亲遇害，也不必毁掉上校的救命恩人。

这时，展开了一场恶斗。白先生当胸一拳，把那老家伙送到屋子中央打滚，随即又反手两掌，将另外两个袭击者打倒在地，两个膝头各按住一个，像石磨盘一般，压得两个坏蛋喘不上气来。然而，其余四个家伙抓住这令人生畏的老人臂膀和脖颈，把他压在两个倒地的"通烟囱的"身上。这样一来，白先生既制人又为人所制，把人压在身下，而身上又被人死死压住，使尽全身力气也摆脱不掉，完全让一帮可怕的强盗给糊住了，就像一头野猪被一群狂吠的猎犬糊住一样。

他们终于把他拖到靠窗户的那张床上，掀翻了按住。德纳第婆娘揪住他的头发不放。

"你呀，别掺和了。"德纳第说道，"你的围巾要撕破了。"

德纳第婆娘服从了，嘴里还咕哝两句，就像母狼服从公狼一样。

"你们几个，搜搜他的身。"德纳第又说道。

白先生似乎放弃反抗了。众人上下搜他全身，只搜出一条手绢、一个仅装六法郎的皮钱袋。

德纳第将那条手绢揣进自己兜里。

"什么！没有钱包吗？"他问道。

"连怀表也没有。"一个"通烟囱的"答道。

"也没什么关系。"那个戴面具手拿大钥匙的人，用腹部发音咕哝道，"这是个老滑头！"

德纳第走到门后角落，拿起一盘绳子，扔给他们。

"把他捆到床脚上。"他说道。继而，他瞧见挨了白先生一拳躺在屋中间不动的老家伙，又问道：

"布拉驴儿死了怎么的？"

"死倒没死，他喝醉了。"比格纳伊回答。

"把他扫到角落去。"德纳第又说道。

两个"通烟囱的"用脚把醉鬼踢到废铁堆边上。

"巴伯，干吗带这么多人手来？"德纳第低声问手持木棒的汉子，"没必要。"

"有什么办法呢？"手持木棒的汉子回答，"他们都要入伙。现在是淡季，没什么生意。"

白先生刚才被掀倒在床上，现在任他们摆布。那是医院用的破木床，四条粗腿几乎没有怎么加工。强盗们让他站在地下，把他牢牢捆在离窗口最远、靠壁炉最近的床腿上。

等最后一个结打好，德纳第搬来一把椅子，几乎面对着白先生坐下。转瞬间，德纳第变了个人，那副面孔由气势汹汹转为温和狡猾，刚才还唾沫横飞、近乎野兽的那张嘴上，忽然浮现出办公室人员那种礼貌的微笑。马吕斯简直认不出了，他注视着这种令人不安的幻变，心中骇然，那种感觉就像目睹一只猛虎摇身一变而为律师。

"先生……"德纳第开口了。

他摆了摆手，将几个揪住白先生的强盗挥退。

"你们站远点儿，让我跟这位先生谈谈。"

众人退向门口。他接着说道：

"先生，您错打主意了，不该跳窗户，那会摔断腿的。现在，您若是允许的话，咱们就心平气和地聊聊。首先我要告诉您，我注意到一个情况，就是您一声也没有叫喊。"

德纳第说得对，情况的确如此，只是马吕斯心慌意乱，没有看出来。白先生仅仅说了几句话，并未提高嗓门，甚至在窗口同六名强盗搏斗时，他也一声不吭，实在怪得很。

德纳第继续说道：

"上帝呀！您本来可以喊一两嗓子'捉贼呀'，我认为没有什么不妥！在这种情况下，就是喊'抓凶手啊！'在我看来，也绝不是无理取闹。谁落到信不过的一帮人当中，都要叫喊一阵，这是非常自然的事儿。您若是喊起来，不会有人制止，甚至不会把您的嘴堵上。让我来告诉您为什么吧。这间屋子非常隔音，它只有这一点好处，但好处终归是好处。这是个地窖，哪怕丢一颗炸弹，离这里最近的巡警也会以为是醉鬼打鼾。在这里，大炮也只是噗的一下，打雷也不过嘭的一声。这住房很实用。总而言之，您没有叫喊，这样很好，令我敬佩。我也要告诉您，我从中得出的结论。亲爱的先生，您一叫喊，会喊来谁呢？喊来警察。跟随警察而来的呢？是司法。而您没有喊，可见您跟我一样，也不想看到司法警察前来。可见，这一点我早有觉察，您要隐藏什么！这对您挺重要，就我们而言也同样重要。因此，咱们能够谈得拢。"

德纳第嘴上这么说，眼睛则紧紧盯住白先生，眸子里仿佛射出两支利箭，要穿透他这俘虏的意识。再者，他使用的语言，也涂了一层险诈放肆的色彩，但很有分寸，几乎字斟句酌，让人感到这坏蛋刚才还是一副强盗的嘴脸，现在完全像个"受过教育要当神父的人"了。

这个被擒获的人保持沉默，有生命危险也不喊叫，采取了一种谨慎的态度，抵制本能的反应。我们应当指出，马吕斯一注意到这种情景，就感到不对头，又惊讶又难以接受。这个由库费拉克抛给绰号的白先生，是个严肃而奇特的人，本来就藏匿在厚厚的神秘中，又经德纳第指出这一确凿的事实，在马吕斯看来，他就更加神秘莫测了。然而，不管他是什么人，现在他被绳索绑缚，又陷于刽子手的重围，可以说半截身子陷入坑中，每时每刻都往下沉。但是面对德纳第咆哮也好，和颜悦色也罢，他始终毫不动容。在这种时刻，那张面孔还神情忧郁，仪态非凡，不能不令马吕斯暗中赞叹。

显而易见，这样一颗灵魂不会恐惧，也不知惊慌失措为何物。这种人善于驾驭出乎意料的绝境。形势再怎么危急，灾难再怎么不可避免，他也绝不像要淹死的人那样，在水下睁开惶恐万状的眼睛。

德纳第这回毫不做作，起身走向壁炉，挪开挡板，把它立在一旁的破床边上，显示一铁炉子旺火。而被绑缚的人也能清清楚楚地看到，火中有一根钢錾烧到白热化，周围散布点点小红星。

然后，德纳第又回到白先生对面坐下。

"我接着讲。"他说道，"咱们能谈得拢，和和气气地把这事解决了。刚才我不该发火，一时犯糊涂，未免过分，说了过头的话。例如，因为您是百万富翁，我就说向您要钱，要许多钱，要大笔钱。这样讲不合情理。我的上帝，您有钱也不行，还有负担呢，哪个人没有负担？我并不想把您搞得倾家荡产。说到底，我不是个贪得无厌的人，也不是那种得势不让人而显得可笑的人。喏，我让一让，从我这方面做出点儿牺牲。我只要二十万法郎。"

白先生还是一声不吭。德纳第继续说道：

"您瞧，我这酒里掺了不少水了。我不了解您的财产状况，但是我知道您不在乎钱，况且，像您这样一位慈善家，拿出二十万法郎，给一个境况不好的户主，是完全可以的。不用说，您也是个通情达理的人，总不会认为我像今天这样劳神，组织晚上这件事，而且这些先生会一致同意安排得很好，费了这么大劲，您总不会认为是要向您讨点小钱，好去德奴瓦耶店，喝喝十五法郎一瓶的红葡萄酒，吃吃小牛肉吧。二十万法郎，值这个数。这点小意思，只要从您口袋里掏出来，我向您保证完事儿，您不必担心谁碰您一根毫毛。您会对我说：可是，我身上没带二十万法郎啊。唔！我可不是没有分寸的人。我没有要求这样，只要求您一件事。劳驾照我说的写下来就成了。"

说到这里，德纳第顿了顿，朝小火炉抛了个笑脸，一字字加重语气说道：

"先告诉您，我不能允许您说不会写字。"

宗教裁判所大法官见了他那笑脸，也要艳羡不已。

德纳第把桌子推到白先生跟前，又拉开抽屉，拿出一个墨水瓶、一支笔和一张纸，让抽屉半敞着，露出一把雪亮的长尖刀。

他将纸放到白先生面前，说道：

"写吧。"

被捆住的人终于开口了：

"这么捆着，您叫我怎么写呀？"

"不错，对不起！"德纳第说道，"您说得太对了。"

他随即转向比格纳伊：

"给先生的右胳膊松绑。"

邦灼，外号春生儿，又叫比格纳伊，执行了德纳第的命令。等捆住的人右臂解开之后，德纳第便拿起笔，蘸了墨水递给他，说道：

"仔细看清楚了，先生，您由我们掌握，由我们支配，完全由我们支配，任何人力都不能把您从这里救走。要是逼得我们采取极端的行动，造成不愉快，那我们的确非常遗憾。我不知道您的姓名，也不知道您的住址。不过我要事先告诉您，派去送您这封信的人不回来，绝不会给您松绑。现在，请写吧。"

"写什么？"被绑的人问道。

"我说您写。"

白先生拿起笔。

德纳第开始口授：

"我的女儿……"

被缚的人浑身一抖，抬眼看看德纳第。

"写上'我亲爱的女儿'吧。"德纳第说道。白先生照写了。德纳第继续口授：

"你马上来一趟……"

他停下来，问道：

"平时您是以'你'称呼她的，对吧？"

"谁？"白先生问道。

"还用问！"德纳第说道，"那小姑娘，云雀呀。"

白先生毫不动容，答道：

"我不明白您的意思。"

"您就往下写吧。"德纳第说着，又继续口授，"您马上来一趟，缺你不可。送这便函的人，是我派去接你的。我等着你。放心来吧。"

白先生写完，德纳第又说道：

"哦！划掉'放心来吧！'这句话可能让人猜想事情不简单，还可能产生戒心。"

白先生便划掉这四个字。

"现在，请签名吧！"德纳第接着说。

被缚的人放下笔，问道：

"这信是送给谁的？"

"您完全清楚，"德纳第答道，"送给小姑娘的。刚才不是跟您说了嘛。"

显然，德纳第故意不讲出那姑娘的名字，他只说"云雀"，只说"小姑娘"，就是不提名字。这是机灵人的谨慎，在同谋面前保守秘密。一讲出名字，就等于把"整桩买卖"交给他们，告诉他们不该了解的事情。

他又说道：

"签字吧。您叫什么名？"

"玉尔班·法伯尔。"被缚人答道。

德纳第像猫一样，一伸爪子，从兜里掏出刚才从白先生身上搜来的手绢，寻找标志，凑近烛光。

"是U．F．，正对。玉尔班·法伯尔。好吧，签上U．F．吧。"

被缚人签了名。

"折信得用两只手，还是由我代劳吧。"

德纳第折好信，又说道：

"写上地址。法伯尔小姐，您家的地址。我知道您的家离这儿不远，在高台阶圣雅克教堂那一带，既然您每天都去那里做弥撒，但我不清楚在哪条街。看来您明白自己的处境，在名字上没有说谎，想必也不会说个假地址。还是您自己写上吧。"

被缚人想了一下，才拿起笔来写道：

"圣多米尼克-唐斐街17号，玉尔班·法伯尔先生寓所，法伯尔小姐收。"

德纳第好像急不可待，一把抓过那封信，喊了一声：

"老婆子！"

德纳第婆娘赶紧跑过来。

"给你信。你知道该怎么办。楼下有马车，快去快回。"

他又转向手持大斧的人。

"你呢，既然取下了面罩，那就陪老板娘去一趟。你上去站在车后面。车停在哪儿你知道吗？"

"知道。"那人回答。

他将大斧放在一个角落，便跟德纳第婆娘往外走。

等他们出去，德纳第又从门缝儿探出头，冲走廊喊道：

"千万别把信丢啦！别忘了，你身上带着二十万法郎！"

德纳第婆娘的沙哑声音回答：

"放心吧，我把信放进肚子里了。"

还未过一分钟，便传来鞭声，而且声音渐弱，很快就听不见了。

"很好！"德纳第咕哝道，"他们走得好快，照这样赶路，只要三刻钟，老板娘就能返回。"

他搬一把椅子，挨壁炉坐下，又起胳膊，朝铁炉子伸出两只带泥的靴子。

"我脚冷了。"他说道。

这破屋里只剩下德纳第和被缚人，以及五名强盗。这几个人脸上戴着面具，或者抹了黑胶，装扮成煤炭工、黑人或者鬼怪，借以吓人，然而他们那种样子，又迟钝又没精神，让人感到他们作案犯罪就像干活计，不紧不慢，既不气愤也不怜悯，只是有点儿无聊。他们挤在一个角落里，一声不吭，好似一群没开化的人。德纳第在烤脚。被缚者重又陷入沉默。这间破屋刚才喧哗鼓噪，沸反盈天，现在忽然平静凄清了。

烛芯结了个大烛花，炉火也黯淡了，昏光难以照亮空荡荡的破屋子，墙壁和天花板上映出那些魔头鬼脑的怪影。

没有一点儿响动，唯闻熟睡的那老醉鬼平和的呼吸。

马吕斯等待着，这里发生的一切，无不加剧他的焦灼心情。这个谜团更加解不开了。那个"小姑娘"，德纳第还称为"云雀"，究竟是谁呢？难道是他的"玉秀儿"吗？被缚的人听到"云雀"这称呼，似乎毫不动容，而是极其自然地回答一句："我不明白您的意思。"另外，"U. F."这两个字母有了解释，是玉尔班·法伯尔的简写，"玉秀儿"不叫玉秀儿了。只有这一点，马吕斯看得最清楚了。他观察俯瞰整个场面，受到极大的迷惑，钉在原地不动，仿佛看到眼前的恶行，精神一时极度沮丧，几乎失去了思考和行动的能力，根本集中不起来思想，茫然失措，只是立在那里等待，企盼发生点儿情况，无论发生点儿什么情况也好。

"不管怎样，"他心中暗道，"如果云雀就是她，反正德纳第那老婆子一会儿就会把她带来，我马上就能弄清楚。到那时候，如果有必要，我献出鲜血和生命，也一定要把她救出去！什么也阻挡不了我。"

就这样约莫过了半小时。德纳第仿佛沉浸在晦暗的思索中。被缚者一动不动。然而，有好一阵工夫，马吕斯似乎断断续续听见轻微的声，是从被缚者那边传来的。

突然，德纳第呵斥被缚者：

"法伯尔先生，听着，干脆现在就向您挑明了吧。"

这句话好像开场白，接着要澄清事情了。马吕斯倾耳细听。德纳第继续说道：

"我老婆快回来了，您不要着急。我想，云雀真的是您的女儿，您把她留在身边，我也认为是极其自然的。不过，听我说两句。我老婆带着您的亲笔信，一定能找到她。我早就告诉老婆换上衣裳，这您也看到了，好让您家小姐不难跟她走。她们二人登上出租马车，那后边有我的伙计。在城关外不远处，还停一辆套两匹好马的双轮小马车。您家小姐乘车到了那儿，就下车，同我那伙计上小马车；我老婆回到这儿，对我们说一声：办好了。至于您家小姐，不会有人伤害她的，双轮马车把她带到地方，就让她安安稳稳待在那儿；等您一把区区二十万法郎交到我手，我们就把她还给您。您要是让人抓我，我那伙计就会动那云雀一手指头。情况就是这样。"

被缚者一句话也不讲。德纳第停了一下，又继续说道：

"您瞧，就是这么简单。您不想出事，就不会有事。我都交代给您，事先说明白，好让您心中有数。"

他住口了，但被缚者仍不打破沉默，德纳第接着说道：

"等我老婆一回来，跟我说一声：云雀上路了，我们就放了您，您可以随便回家睡觉。您瞧，我们并没有恶意。"

马吕斯脑海中掠过一幕幕可怖的景象。什么！那位姑娘，他们要劫走，而不是带到这儿来？这些魔鬼中间有一个要把她劫持到阴暗的角落？何处？万一就是她呢！显而易见，那肯定是她！马吕斯感到心停止跳动了。怎么办呢？开枪示警吗？将所有这些恶棍绳之以法吗？可是，拿板斧那个悍匪挟持那姑娘，还照样逍遥法外。马吕斯想到德纳第讲的这句话，觉出其血腥意味："您要是让人抓我，我那伙计就会动那云雀一手指头。"

马吕斯感到，现在阻止他行动的，不仅是上校的遗嘱，还有他的恋情，以及他的意中人所面临的危险。

这样险恶的形势已经持续了一个多小时，而且变幻莫测。但是，马吕斯仍有勇气，做出种种撕肝裂胆的推测，绞尽脑汁，也看不到一线希望。他脑海中的喧腾同这魔窟的死寂，恰成鲜明的对比。

在这寂静中，忽听楼门开闭的声响。

被缚人在绳索中动了一下。

"老板娘回来了！"德纳第说道。

他的话音未落，德纳第婆娘果然冲进屋，她气喘如牛，满脸涨红，两眼冒火，用两只肥大的手掌同时拍着大腿根，嚷道：

"假地址！"

她带去的那个强盗也跟着进来，过去又操起板斧。

"假地址？"德纳第重复道。

她又说道：

"一个人也没有！圣多米尼克街17号，根本就没有玉尔班·法伯尔先生！人家不知道他是谁。"

她停了一下，缓了口气，才又说道：

"德纳第先生！这老家伙让你白等啦！你心肠太好了，知道吧！要是换了我，我先就把他那张嘴撕成四瓣！他要是再逞凶，我就活活把他煮熟！他必须讲出来，说他女儿在哪儿，那猴子在哪儿！换了我，就这么干啦！怪不得有人说，男人比女人蠢呢！一个人影也没有！17号！那是一道通车的大门！圣多米尼克街，根本没有法伯尔先生这个人！赶这趟快车，给车夫小费，还有全部花销！我问了门房夫妇，那女的倒长得又结实又漂亮，他们都不认识这个人！"

马吕斯长出一口气。她，"玉秀儿"或"云雀"，不知该怎么称呼的姑娘，还是脱险了。

就在他老婆气急败坏、大喊大叫的时候，德纳第坐到桌子上，摇荡着右腿，一副粗野的沉思神态望着火炉，半晌没有讲一句话。

终于，他慢悠悠地，声调特别恶毒地对被缚者说：

"给个假地址？你想得到什么？"

"争取时间！"被缚者声音洪亮地嚷道。

同时，他抖开已然割断的绳索，唯有一条腿还绑在床脚腿上了。

那七人还未省过神儿来扑上去阻挡，他已经俯过身去，手伸向壁炉中的火炉，接着又直起身。这下子，德纳第和他女人，以及那七名歹徒，全都吓得退向破屋里边，惊愕地望着他，只见他几乎挣脱，将一根烧红而凶光逼人的钢錾举在头顶，那姿势好不吓人。

后来法院调查戈尔博老屋谋财害命案，就记录了警察进入现场之后，在床上发现半片经过特殊加工的大铜钱。那是一种精巧的奇物，是在苦役监狱黑暗中，耐心磨制出来的，为了在黑暗中使用，不过是越狱的工具。那种奇异的艺术品，又丑恶又精致，放到珠宝店里，犹如黑话隐语纳入诗歌。在苦役监狱中有邦伏努托·塞利尼[1]之辈，同样，文坛上也有维庸[2]一类人。

1　邦伏努托·塞利尼（1500—1571）：意大利雕塑家，金银首饰匠。

2　维庸（1431—1463）：法国流浪汉诗人，好同贩夫窃贼混于酒肆。

狱中不幸的囚犯渴望自由，便千方百计，用木柄小刀或旧砍刀，有时根本没有工具，把一枚大铜钱锯成两个薄片，将中间挖空，但毫不损坏币面的花纹，两片钱币的边沿又刻上螺纹，可以通过旋钮随意扣合和开启，成为一个小盒，小盒里藏一条怀表的弹簧，而弹簧加了工，能锯断铁链环和铁条。别人以为这个不幸者不过拥有一个大铜钱，其实不然，他拥有自由。事发后警察检查现场，在那巢穴靠窗的破床下，找到两片这样的大铜钱。他们还发现一根蓝钢小锯条，能藏在铜钱里面。估计当时情况是这样：那帮歹徒搜身时，受害者暗中将身上的大铜钱握在手中。后来，他的右手松了绑，就乘机拧开铜钱，取出锯条，割断绑缚的绳索，正是这个缘故，有的声响和不易觉察的动作，才引起了马吕斯的注意。

当时，被缚者怕暴露，不敢弯腰，也就没有割断左腿上的绳索。

几个强盗起初惊慌失措，现在又镇定下来。

"放心吧。"比格纳伊对德纳第说，"他有一条腿还绑着哪，跑不掉。我敢打保票，那蹄子是我给绑上的。"

这时，被缚者朗声说道：

"你们都是穷苦人，其实我的命也一样。你们以为一动硬的，就能逼我说话，就能逼我写我不愿意写的，说我不愿意说的话……"

他撸起左衣袖，补充一句：

"你们瞧。"

说着，他伸出左手臂，右手握着木柄，将灼热的钢錾压到赤臂的肉上。

只听肉烙得吱吱响，破屋里登时弥漫刑拷室的气味。马吕斯唬得魂飞魄散，站立不稳，歹徒们也都不寒而栗。只见红錾嵌进肉中，而那怪老头儿若无其事，一副凛然的神态，脸上的肌肉仅仅微微抽搐，那双并不噙恨的虎目，紧紧盯住德纳第，痛苦完全化入威严肃穆的神色中了。

在天生伟大而崇高的人身上，肉体和感官因疼痛而产生的反应，往往促使灵魂显露在眉宇间，如同士兵哗变迫使军官出面一样。

"你们这些可怜虫，"他说道，"我不怕你们，你们也不必怕我。"

他随即将钢錾从伤口拔出来，挥臂抛出敞着的窗口。那烧红而骇人的工具翻了几个跟头，消失在夜色中，远远落在雪地上熄火了。

被缚者又说道：

"你们随便怎么处置我吧。"

他放弃了武器。

"抓住他！"德纳第嚷道。

两名强盗按住他的肩膀，戴面具并用腹声说话的那个人，冲到他面前，等他动一动，就用大钥匙敲碎他的脑壳。

这时，马吕斯听见在他下方墙根窃窃私语，但因靠隔壁墙太近而看不见。只听他们说道：

"只有一个办法了。"

"把他劈两半！"

"就这么干。"

是那对夫妇在商量。

德纳第缓步走向桌子，拉开抽屉，取出尖刀。

马吕斯攥紧了手枪圆柄，为难到了极点。两种声音在他头脑里萦绕了一小时，一个吩咐他遵从父亲的遗嘱，另一个呼吁他救那被缚的人。两个声音争斗不休，将他置于极度苦恼的境地。他一直隐隐抱着一线希望，能找到两全其美的办法，却没有出现一点可能性。然而，现在千钧一发，观望已经超过极限，德纳第手持尖刀在考虑，离被缚者只有几步远。

马吕斯六神无主，眼睛四面扫扫，这种机械动作是人在绝望时的最后一招。

他突然一抖。

圆月的一束亮光，正好射在他脚下旁边的桌子上，似乎照见一张纸，上面有德纳第家大姑娘早晨写的几个大字：冲子来啦！

马吕斯心头一亮，有主意了，这正是他要寻找的办法，解决一直折磨他的这个难题：既姑息凶手，又搭救受害者。他跪到五斗柜上，伸手臂抓起那张纸，又从夹壁墙上轻轻剥下一个小灰泥块，裹在纸里，从墙洞投到隔壁破屋中央。

真玄啊。德纳第已经克服了最后的恐惧或顾虑，正朝那被缚者走去。

"什么东西掉下来啦！"德纳第婆娘嚷道。

"是什么？"她丈夫问道。

那女人冲过去，拾起纸包的灰泥块。

她回头将纸包交给丈夫。

"是从哪儿来的？"德纳第问道。

"见鬼！"他女人说，"你说能从哪进来呢？是从窗口飞来的。"

"从我眼前飞过。"比格纳伊附和道。

德纳第急忙把纸打开，凑到烛光下。

"这是爱波妮的字。见鬼啦！"

他打了个手势，老婆赶忙过去，他指着纸上写的那行字给老婆看，又低声补充道：

"快！准备软梯！把肥肉留在老鼠笼子里，咱们快溜吧！"

"不割了这家伙的脖子啦？"德纳第婆娘问道。

"来不及了。"

"从哪儿溜？"比格纳伊也问道。

"走窗户，"德纳第答道，"既然爱波妮从窗口丢进这石块，这就表明房子那面没人围着。"

戴面具并用腹音说话的那个人，把大钥匙往上一扔，朝空中举起双臂，一句话不讲，双手迅速合拢三下。这好比向海员发出起航的信号。按住被缚者的那两个歹徒，也都放开手。眨眼间，软梯就从窗口放下去，由两个铁钩牢牢卡在窗台上。

被缚者并不注意周围发生的情况，他仿佛在遐想或祈祷。

软梯一固定，德纳第就嚷道：

"走！老板娘！"

他立刻冲向窗口。

他刚要跨上去，比格纳伊就一把狠狠揪住他的衣领。

"别急，唉，老滑头！让我们先走！"

"让我们先走！"那帮强盗吼道。

"你们耍小孩子脾气。"德纳第说道，"我们这是耽误工夫，冤家对头跟上来了。"

"好吧，"一个强盗说，"咱们抽签，看谁头一个下。"

德纳第呵斥道：

"你们疯啦！神经出毛病啦！真是一帮蠢货！白耽误工夫，对不对？抽签，对不对？猜手指头！抽草茎！写上我们的名字！放进帽子里！……"

"要用我的帽子吗？"有人在门口喊道。

众人回头看去：沙威来了。

他手拿帽子，微笑着举过去。

二十一、还应先捉受害人

夜幕降临时，沙威已布置好了人手，他本人则守在大马路另一边，躲在戈尔博老屋对面戈伯兰城关街的树后。他一上来就"敞开口袋"，要把在巢穴外围放风的两个姑娘兜进去，但是仅仅捉住阿兹玛。爱波妮不在岗位上，溜号了，因而没有被他擒住。随后，沙威便埋伏下来，侧耳等待约定的信号。他看到那辆出租马车往返行驶，心中七上八下，实在耐不住性子，"算定那儿有个巢穴，是一笔大买卖"，也认出进去的一些歹徒的面孔，终于决定不等枪声就上楼去。

我们还记得，他拿着马吕斯那把万能钥匙。

正在节骨眼儿上，他赶到了。

匪徒们惊慌失措，又纷纷抓起要逃跑时丢在各个角落的凶器。不到一秒钟的工夫，七条汉子聚在一起，摆出抗拒的架势，一个手持屠牛斧，一个手举大钥匙，另一个手握铅头棍，其余的则操起钢凿、铁钳和锤子，德纳第还握着那把尖刀，张牙舞爪十分吓人。德纳第婆娘在窗口脚下，就顺势搬起平时给女儿当凳子坐的一大块铺路石。

沙威又戴上帽子，朝屋里跨了两步，又起胳膊，剑不出鞘，手杖也夹在腋下。

"不许动！"他说道，"你们不要跳窗户，还是从房门出去，这样危险小些。你们七个，我们十五个。咱们别像大老粗那样动手，大家客气一点儿吧。"

比格纳伊抽出藏在罩衫里的手枪，塞进德纳第手里，对着他耳朵说：

"他是沙威。我不敢朝这个人开枪。你敢吗？"

"当然敢啦！"德纳第答道。

"那就开枪吧。"

德纳第接过手枪，对准沙威。

沙威只离三步远，定睛注视着他，仅仅说了一句：

"算了，别开枪！你打不中。"

德纳第扣动扳机，一枪打飞了。

"我有言在先啊！"沙威说道。

比格纳伊将铅头棍丢在沙威脚下。

"你是魔鬼的皇帝！我投降。"

"你们呢？"沙威问其他匪徒。

他们答道：

"我们也投降。"

沙威又平静地说道：

"对了，这样才好，我不是说了嘛，大家要客气点儿。"

"我只要求一件事，"比格纳伊又说道，"关在那里的时候，要给我烟叶抽。"

"同意。"沙威应道。

他回头冲身后喊道：

"现在，你们进来吧。"

一小队人，持剑的宪兵和拿着警棍大头棒的警察，听到沙威招呼，就一拥而入。他们将匪徒绑了起来。烛光昏暗，这一大群拥进魔窟，黑压压一片。

"把他们全铐上！"沙威喊道。

"你们上来试试！"有人吼道，那不是男人的声音，但也不能说是女人的声音。

德纳第婆娘退守到窗口一角，这一吼声正是她发出来的。

宪兵警察纷纷后退。

她还戴着帽子，但已甩掉围巾。丈夫蜷缩在她身后，几乎让脱落的围巾盖住。她用身体护住丈夫，双手将铺路石举过头顶，猛力一晃，赛似要抛掷山石的女巨人。

"小心！"她喊道。

众人退向走廊。破屋中间空出一大块地方。德纳第婆娘朝束手就擒的一帮强盗瞥了一眼，用沙哑的喉音骂了一句：

"胆小鬼！"

沙威笑容可掬，走到空地，而德纳第婆娘两个眼珠子则瞪着那地方。

"别上来，滚开。"她嚷道，"要不我就砸扁了你！"

"好一个榴弹大兵！"沙威说道，"老大妈，你像男人一样长胡子，我也跟女人一样有利爪。"

他继续往前走。

德纳第婆娘头发披散，气势汹汹，又开两条腿，身子往后一仰，用尽全力将路石朝沙威的头抛去。沙威一弯腰，大石块从头顶飞过，撞到对面墙上，撞下一大块墙皮，又弹回来，从一个角落滚到另一个角落，幸而这破屋人几乎躲空，最后滚到沙威脚前不动了。

这工夫，沙威已赶到德纳第夫妇面前，两只大手掌一只抓住那妇人的肩膀，另一只按住那丈夫的脑袋。

"铐起来！"他喊道。

警察又蜂拥进来，转瞬间就执行完沙威的命令。

德纳第婆娘气力耗尽，望望自己和丈夫的手全铐住了，便一屁股坐到地上，号啕大哭，嘴里还嚷着：

"我那两个闺女啊！"

"全看起来了。"沙威说道。

这时，警查看见在门后酣睡的醉鬼，就上前用力摇他。他醒来，结结巴巴问道：

"完事了吗，容德雷特？"

"完事了。"沙威答道。

六名双手铐起的歹徒站开，他们还保持鬼怪的模样：三个抹黑脸，三个戴面具。

"戴着面具吧。"沙威说道。

接着，他以弗雷德里克二世在波茨坦阅兵的目光，检阅一遍，对三个"通烟囱的"说：

"你好，比格纳伊。你好，勃吕戎。你好，二十亿。"

继而又转向三个戴面具的人，他对刚才手持屠牛斧的汉子说：

"你好，海口。"

又对刚才拿铅头棍的人说：

"你好，巴伯。"

又对用腹音说话的人说：

"嘿，囚底。"

这时，他发现了受害者。自从警察进来之后，让歹徒绑起来的那个人总是低着头，一句话也没有讲。

"给这位先生松绑！"沙威说道，"谁也不准出去。"

说罢，他傲然端坐到桌子前，桌上已有烛光和写字用品，他就从兜里掏出一张公文纸，开始写报告。

他写完头几行套话之后，抬起眼睛，说道：

"把这些先生刚才捆绑的那位先生带上来。"

警察四下张望。

"怎么，"沙威问道，"他人哪？"

歹徒们抓到的人，那位白先生，玉尔班·法伯尔先生，玉秀儿或者云雀的父亲，人忽然不见了。

房门有人把守，但是窗口没人注意。受害者一见给自己松了绑，沙威正在写报告，屋里烛光昏暗，人员拥挤，喧闹混乱，一时没人盯着他，他就趁机跳窗逃走了。

一名警察跑到窗口查看，外面不见人影。

那副软梯还在轻微晃动。

"见鬼！"沙威咕哝道，"跑掉的也许是个大家伙！"

二十二、在第三卷啼叫的孩子[1]

在救济院大道那栋老屋出了上述事件，次日，有个男孩，仿佛从奥斯特利茨桥那边过来，顺着大道右侧的平行便道，朝枫丹白露城关走去。天色已黑，那孩子面无血色，骨瘦如柴，身上衣裳破成烂布条，2月里还穿一条布单裤，但他却声嘶力竭地唱着歌。

他走到小银行家街的拐角，撞到借路灯光弯腰翻垃圾堆的一个老太婆，就边后退边嚷道：

"咦！我还以为是老大个儿，老大个儿的一条狗呢！"

他重复"老大个儿"的那种挖苦刻薄的声调，只有用大号黑字体才能表达出几分：老大个儿，老大个儿一条狗！

老太婆直起腰，火冒三丈。

"该死的小鬼！"她骂道，"我要不是弯着腰，看我不找准地方给你一脚。"

可是，那孩子已经走开。

"哎呀呀！哎呀呀！"他说道，"还别说，刚才我也许没有看错。"

老太婆气急败坏，完全直起腰，那张青灰脸正好迎着发红的路灯光，

1　本书初版时每部有两卷。此处的第三卷，即第二部《珂赛特》中的第三卷《蒙菲郿的用水问题》。

只见布满棱角和皱纹，沟壑纵横，眼角的鱼尾纹连到嘴角。她整个身子隐没在黑暗中，只露出一个脑袋，真好像在黑夜中一道光切下来的衰老形象的面具。那孩子打量着她，说道：

"夫人，这样的绝色不合我的眼光。"

他继续赶路，重又放声歌唱：

> 国王"尥蹶子"，
>
> 有兴去打猎，
>
> 要去猎乌鸦……

刚唱三句，歌声就中断了，他到了50—52号门前，一看楼门紧闭，便用脚踹，踹得又响又凶，但是那猛劲儿发自他那双大人鞋，而非来自他那两只孩子脚。

他在小银行家街拐角撞见的那个老太婆，这工夫，在后面追上来，她连声喊叫，双手拼命地挥舞。

"干什么？干什么？上帝救世主啊！要砸破门啦！要砸破房子啦！"

小孩子照旧踹门。

老太婆扯破嗓子喊叫。

"如今，就是这样照料房子的吗？"

老太婆戛然住口，她认出了那孩子。

"怎么！是你这个小魔头！"

"咦，是老人家呀！"孩子说，"你好，布贡老妈妈。我来瞧瞧我那两位老人家。"

老太婆做了个鬼脸，表情十分复杂，是借助衰朽和丑陋所即兴表达的仇恨，非常精彩，可惜让黑暗给埋没了。她答道：

"一个人也没了，小牛犊子。"

"哦！"孩子又说，"我老爸在哪儿？"

"在强力监狱。"

"咦！那我老娘呢？"

"在圣拉扎尔监狱。"

"嗬！那我两个姐姐呢？"

"在玛德洛奈特监狱。"

那孩子搔搔耳根，瞧了瞧布贡妈，说了一声："噢！"

他旋即掉头走了，门前台阶上只剩老太婆一人。过了一会儿，只听他那年少清亮的歌声，从在冬夜寒风中抖瑟的黝黑榆树下传来：

> 国王"尥蹶子"，
>
> 有兴去打猎，
>
> 要去猎乌鸦，
>
> 踩着高跷子。
>
> 要从胯下钻，
>
> 两苏买路钱。

第四部　普吕梅街牧歌和圣德尼街史诗

第一卷　几页历史

一、善始

紧接着七月革命的1831和1832这两年，是历史上最特殊也最惊人的一个时期。这两年好似两座高山，耸立在前前后后那数年之间，显示革命的高峻，悬崖峭壁赫然可见。各种体制、狂热信仰和理论风云变幻，文明基础的社会民众、利害相关并依存的牢固群体、法兰西古老结构的旧貌，在这期间随时忽现忽隐。这类显现和隐没，都被称为抗拒和运动。不过，时而也能看见真理闪光，看见人类灵魂的这颗太阳放射光芒。

这个令人瞩目的阶段相当短，过去已有一段时间，现在我们再回顾反思，就能抓住主要脉络了。

我们试论之。

王朝复辟时期是个过渡阶段，难于下定义，其间有疲惫、怨艾、物议、沉睡、喧扰，这仅仅表明一个伟大民族赶完一段路程。这类阶段非常独特，往往让那些想从中渔利的政客上当。开头，整个民族只有一种要求：休息；大家只有一种渴望：安定；大家只有一种野心：当小百姓；换句话说，就是过安稳日子。大事件、大机遇、大冒险、大人物，谢天谢地，这些见得多了，已经烦透了。人们宁愿舍弃恺撒，而要普吕西亚斯[1]，宁愿舍弃拿破仑，而要伊夫托国王[2]。"那个小国王多好啊！"从天亮就赶路，艰难跋涉了一整天，一直走到天黑。头一程跟随米拉博，第二程跟随罗伯斯庇尔，第三程跟随波拿巴，人人疲惫不堪，都想要一张床。

献身精神已疲软，英雄主义已衰老，野心餍足壮志已酬，富贵荣华已到手，那么还寻求、索求、恳求、乞求什么呢？一个安乐窝。这东西得到了，拥有了安定、宁静和闲适，也就心满意足了。然而，与此同时，有些事实又冒出头，也开始敲门，要求得到公认。这些事实从革命和战争中产生出来，是活生生的存在，有权在社会上定位，而且在社会上安顿下来了。但这些事实通常是中士和先行官的角色，只为各种原则准备住处。

于是，政治哲学家们面前就出现这种情况：

疲惫的人们要求休息，同时，既成事实也要求得到保证。保证之对于事实，正如休息之对于人民，可以说是一码事。

这是英国在护国公[3]之后，对斯图亚特王朝的要求，这也是法国在帝国之后，对波旁王朝的要求。

这种保证是时代的需要，非同意不可。这种保证，表面上由王公们"赐予"，而其实，乃是事物的力量所给予的。这一条富有教益的深刻真理，斯图亚特王室在1660年浑然不觉，而波旁王室在1814年甚至一无所见。

拿破仑垮台时，返回法国的那个命定的家族，不幸天真到极点，竟认为是它赐予的，而且可以收回它所赐予的东西。它还认为波旁王室拥有神圣的权力，而法兰西则一无所有。路易十八宪章中让出的政治权力，不过是那神圣权力的一根枝权，由波旁家族折下来，恩赐给人民，直到有朝一日，国王心血来潮就夺回去。按说，波旁王室在赠予时既感不快，就应当意识到这并不是它的赠予。

1　普吕西亚斯：俾提尼亚国王，公元前1183年，他要把兵败来投奔他的汉尼拔引渡给罗马人，汉尼拔被逼自杀。

2　伊夫托国王：法国童话中的滑稽人物。

3　护国公：英国17世纪共和国时期执政者克伦威尔的称号。

到了19世纪，波旁王室便一副怏怏气相了，每逢全民族兴高采烈，它就怒形于色。我们在这里用一个粗俗的字眼儿，即通俗而实在的字眼儿：它总呱嗒着脸。人民早就看出来了。

它自以为强大，只因帝国像舞台上的一个布景，从它面前给搬走了，殊不知它本身也是那样给搬来的。它没有看到，它也握在搬开拿破仑的那只手掌里。

它是过去的东西，也就自认为有根基，其实不然。它是过去的一部分，而整个过去是法兰西。法国社会的根须绝没有深入波旁家族里，而是长在民族当中。这些看不见而又生机勃勃的根须，绝不构成一个家族的权力，而构成一国人民的历史。这些根须四处伸延，唯独不到王座下面。

对法兰西而言，波旁家族只是它历史上的血腥突出的节疤，已不是它命运的主要因素和它政治的必要基础了。人们可以抛开波旁家族，而且抛开了二十二年，持续的问题已经解决，波旁家族却没有意识到这一点。他们在热月九日还想象路易十七当政，在马伦戈大捷那天还想象路易十八在统治，怎么可能意识到这一点呢？有史以来，王公们还从来没有如此无视事实，无视事实所包含并颁布的那部分神圣权威。所谓国王权力的这种下界的妄念，还从来没有如此否认上天的权力。

天大的谬误，导致这个家族又伸手取回1814年"赐予"的保证，取回他们所称之为的让步。实在可悲！他们所说的他们的让步，正是我们赢得的成果。他们所谓的我们的侵占，也正是我们的权利。

复辟王朝自以为战胜了波拿巴，在全国有根基，也就是说自认为力量强大，根深蒂固，觉得时机一到，就突然打定主意，孤注一掷了。一天早晨，它挺立在法兰西面前，提高嗓门，否认集体的名分和个人的名分，否认人民的主权和公民的自由。换句话说，它否认了人民之所以为人民，公民之所以为公民的原本。

这就是七月敕令的臭名昭著法案的实质。

复辟王朝垮了。

它垮得合情合理。然而应当指出，它并不是绝对敌视一切形式的进步。

但是，重大事件发生的时候，它却袖手旁观。

王朝复辟时期，全国习惯了心平气和地讨论，这是共和时期所缺乏的；全国也习惯了在和平中求强盛，这也是帝国所缺乏的。自由而强盛的法兰西，成为鼓舞欧洲各国人民的景象。在罗伯斯庇尔统治时期，革命有了发言权；在波拿巴统治时期，大炮有了发言权；在路易十八和查理十世统治时期，就轮到才智发言了。大风止息，火炬重又燃起。只见宁静的顶峰上，闪烁着思想的纯洁之光。那美妙的景象，又有益又迷人。这十五年间可以看到，在法律面前人人平等，信仰自由，言论自由，新闻自由，任人唯贤等，这些对思想家已十分陈旧、而对政治家却极为新鲜的伟大原则，在和平环境并在公开场合发挥作用了。这种局面一直延续到1830年。波旁家族不过是文明的一个工具，在上天的手中折断了。

波旁家族下台时气度恢宏，但不是他们，而是人民表现出来的。他们离开宝座时神态严肃，但已丧失威望了。他们步入黑夜，并不是那种隆重的引退，而能给历史留下巨大的伤怀，既不像查理一世那样保持幽灵般平静，也不像拿破仑那样发出雄鹰般长啸。他们离开了，仅此而已。他们放下王冠，也没有保住光环。他们神气十足，却毫无威仪。在一定程度上，他们违背了遭逢厄运时所应有的庄严。查理十世在去瑟堡的途中，命人将一张圆桌改成方桌，看来，他特别关心别坏了礼仪，而不在乎要倾覆的君主制。这种萎缩退化，足令热爱他们本人的那些效忠者伤心，也足令赞赏他们家族的严肃者伤心。人民，却是值得钦佩的。忽然一天早晨，国民遭到王室叛乱的武装袭击，但国民感到无比强大，并没有动怒。他们自卫，而且有节制，让事物各归其位，将政府置于法律的轨道，将波旁家族置于流放的路上，可惜呀！到此就止步了。他们把老王路易十世从遮蔽过路易十四的华盖下拉出来，却轻轻地放在地上。他们触到王族成员的躯体小心翼翼，心中唯有悲凄。当年，在街垒巷战那日[1]之后，纪尧姆·德·维尔说："那些

1　1588年5月12日，巴黎下层市民起义，筑街垒巷战。纪尧姆·德·维尔是政治活动家，在事件后发表演说。1589年，波旁家族的亨利四世登上王位。

惯于博得大人物欢心的人，那些像从一根树枝跳到另一根树枝的鸟儿，从厄运跳到旺运的人，要显示胆量，反对处于逆境中的君王，是非常容易的事。然而在我看来，君王的命运，尤其遭难的君王的命运，始终应当受到敬重。"忆起这番话并在全世界面前付诸实践的，似乎不是一个人，也不是几个人，而是法兰西，整个法兰西，胜利了并陶醉在胜利中的法兰西。

波旁家族带走了尊敬而不是惋惜。正如刚才讲的，他们的不幸大于他们本身。他们在地平线上消失了。

七月革命伊始，在全世界敌友就分明了。有些人欣欣鼓舞，前来投奔。另一些人则转过身去，这要由各自的天性而定。在这一拂晓的最初时刻，欧洲的君主们又惊诧又伤了自尊心，好似猫头鹰闭上眼睛，等再睁开便射出凶光了。惊惧可以理解，气恼也情有可原。这场奇异的革命只引起轻微的震动，连视为敌人并使其流血的那份光荣，都没有给予战败的王朝。专制政府总希望自由力量自我谤毁，认为七月革命不该来势那么凶猛，进行得又那么温和。况且，也没有发生任何企图破坏这场革命的事件。最不满的人、最恼火的人、最害怕的人，最后也都欢迎这场革命。我们不管有多大私心和怨恨，在这场事变中也能感到，有个合作者在人之上效力，不能不油然而生一种神秘的敬意。

七月革命是人权击垮事实的胜利。这真是光辉灿烂的事物。

人权击垮事实。正因为如此，1830年革命放射光芒，也正因为如此，革命显示了宽容。获胜的人权，根本不需要使用暴力。

人权，就是正义和真理。

人权的特性，就是永葆美好和纯洁。既成事实，如果极少包含或者根本不包含人权，那么即使表面上最为需要，即使最为当代人所接受，随着时间的延伸，也必定要变成畸形的、丑恶的，甚至怪诞的。要想一下子就验证，既成事实能达到何等丑恶的程度，只需隔着几世纪，看一看马基雅弗利就够了。马基雅弗利绝不是个凶神恶煞，不是魔鬼，也不是无耻下流的作家，他仅仅是个事实而已。不仅仅是意大利的事实，还是欧洲的事实、16世纪的事实。他似乎十分可憎，以19世纪的道德观念来看的确如此。

人权和事实的这种斗争，从人类社会之初延续至今。结束决斗，让纯洁思想和人类实际相融合，以和平方式让人权和事实相互渗透，这就是贤哲的工作。

二、不善终

然而，贤哲的工作是一回事，机灵者的工作是另一回事。

1830年革命很快就止步了。

革命一旦搁浅，机灵者就来拆毁沉船。

在本世纪，机灵者自封为政治家。结果用来用去，"政治家"一词就多少染上点行话的色彩。的确不应忘记，哪里只讲机灵，哪里必行小气。机灵者，庸人之所谓也。

同样，政治家，有时也是民贼之所谓。

照机灵者的说法，像七月革命那样的革命，是割断的动脉管，必须赶紧接上。人权，如要求过高，就会引起社会动荡。因此，人权一经确认，就应当巩固国家。自由一有保障，就应当为政权着想。

事情到这里，贤哲还没有同机灵者分家，但是开始有了警觉。政权，就算这样吧。然而先得明确，政权是什么呢？其次要明确，政权从何而来？

机灵者似乎没有听见低声的异议，还继续着他们的勾当。

这些政客善于给自己的图谋戴上必要性的面具，他们声称一场革命之后，如果是在君主制国度里，人民最迫切的需要，就是找到一支王族。据他们说，这样，人民革命之后生活就能安定，也就是说，有时间包扎伤口和修缮房舍。王朝保存了脚手架，庇护了野战医院的医务人员。

然而，找到一支王族并非总是易事。

必要时，任何一个有才能的人，抑或任何一个有钱财的人都可以当国王。头一种情况如波拿巴，后一种情况如伊图尔维德。[1]

1　伊图尔维德：墨西哥将军，1821年称帝，1823年被赶下台，次年被枪毙。

不过，并非任何一个家族都可以成为王族，必须是年代悠久的世族才行，而几个世纪的皱纹不是一日之工。

如果站在"政治家"的观点上看问题，当然不管其对错与否，那么一切革命之后，从中产生出来的国王应当具备哪些品质呢？他可以是而且最好是革命派，不管是亲身参加还是插手革命，不管是给革命抹黑还是增光，也不管使用的是大斧还是利剑。

一个王族应当具备哪些品质呢？它应当是全国性的，也就是说，对革命不即不离，不采取行动，仅接受思想。它应由过去构成，有历史渊源，也就由未来构成，有一副讨人喜欢的面孔。

这一切说明了为什么早期革命只要找到一个人，克伦威尔或者拿破仑就行了，而后来的革命则非要寻求一个家族不可，勃兰斯维克家族或者奥尔良家族。

这类王族类似印度的无花果树，那种树的枝条垂到地面就能扎根，长出幼树。每一支都能变成一支王族，唯一的条件就是俯向人民。

这就是机灵者的理论。

伟大的艺术也正在于此：给胜利多少配上一点灾难的声响，以便让获利的人世心有余悸；每走一步都散布点儿畏惧情绪，拉长过渡时期的弧度，直到进步稳慢下来；淡化曙光的色彩，揭露并削减热情的激烈度，削掉棱角和尖爪；往胜利中絮棉花，给人权穿上暖和舒服的衣裳，给高大的人民套上法兰绒装，赶紧扶持他们睡下；规定精力过旺的人节食，给大汉安排初愈病人的饮食，将事件纳入权宜之计的轨道；请那些渴望远大理想的人喝些甜酒加药茶，采取种种措施防止扩大战果，给革命安上遮光罩。

这种理论，1688年在英国实施过，1830年又采用了。

1830年那场革命，到半山腰停止。半拉子进步，近似之人权。然而，逻辑可不管什么差不多，绝似太阳无视蜡烛。

是谁让历次革命停在半山腰呢？资产阶级。

为什么呢？

因为资产阶级就是得到满足的利益。昨天挨饿，今天吃饱，明天餍足。

1814年拿破仑之后的现象，到1830年查理十世下台之后又重演了。

其实，不该把资产阶级当成一个阶级。所谓资产阶级，无非是民众之间得到满足的那部分人。所谓资产者，就是现在有时间闲坐的人。一张椅子并不是一个社会等级。

然而，急于要坐下，人类的步伐就可能停下。这往往是资产阶级的过错。

不能因为共同犯了一个错误，就可以成为一个阶级。利己主义，也不是用以划分出来的一个社会阶层。

再说，即使对待利己主义，也应当公正。人民中间称为资产阶级的那部分，经历了1830年的震荡之后，所渴望的状态，既不是掺杂冷漠和懒惰，并包含一点惭愧的那种委顿，也不是进入梦乡暂忘现实的那种休眠，而是立定。

"立定"这个字眼有双重意思，既奇特又颇为矛盾：部队行进，也就是运动；停歇下来，也就是休息。

立定，就是休整队伍，就是武装警惕着的休息，就是布置岗哨而又处于戒备状态的既成事实。立定意味着昨天的战斗和明天的战斗。

这是1830年和1848年的间隙。

我们这里所说的战斗，也可以叫做进步。

因此，无论资产阶级还是政治活动家，都需要有一个人出来喊这个口令：立定。一个"应时而生"的人，一个具有双重性的人，既代表革命，又代表稳定，换言之，能明显地协调过去和未来，从而巩固现在的一个人。

这个人是"现成"的，他叫路易-菲利浦·德·奥尔良。

二百二十一人将路易-菲利浦抬上王位。拉法耶特主持了加冕典礼，称他是"最好的共和国"。巴黎市政厅取代了兰斯大教堂[1]。

半王位替代全王位，这就是"1830年的业绩"。

等机灵者大功一告成，他们这种解决方式的大弊病也就显露出来。这

---

1 法国国王大多在兰斯大教堂举行加冕典礼。

一切，是在排除绝对人权的情况下完成的。绝对人权高喊一声："我抗议！"接着，事情真可怕，人权又回到黑暗中。

三、路易-菲利浦

革命有威猛的胳臂和幸运的手。革命打得狠，选得好。即使不彻底，即使串种儿而不纯了，像1830年革命那样降到次等革命的地位，革命也几乎无一例外，总有上天的保佑，能保持足够的清醒，而不至于成为不速之客。革命一时黯然失色，但绝不会退位。

当然，我们也不要过分吹嘘。革命同样会出错，而且出过严重错误。

话题还是回到1830年吧。1830年虽然偏ловж，但还是幸运的。那场革命突然终止，随后建立起来所谓秩序，在那机构中，国王超过王位，胜任有余。路易-菲利浦是个不可多得的人。

他父子二人，一个备受指责，一个备受尊敬。当然，历史会向他父亲提供减轻罪责的情节，而他则有全部私德和好几种公德。路易-菲利浦关注自己的健康、自己的前程、自己的形象、自己的事业；他了解一分钟的价值，有时却认不清一年的价值；他为人审慎、安详、平和、宽容，是好好先生，也是好好王爷；跟妻子同房，王府中专有仆人引导有产者参观他们夫妇的卧榻，在当年长房炫耀淫靡生活之后，这样展示正经的私生活就变得有益了；他会欧洲各种语言，尤为难能可贵的是，他懂得并会讲各种利益的话；他是"中产阶级"的杰出代表，而且超越这个阶级，至少比这个阶级伟大；他珍视自己的血统，但又极为明智，特别倚重自身价值，即使在血统问题上，他也表现得十分特别，自称奥尔良系，而非波旁系；他还仅仅是尊贵的殿下的时候，就俨然以正统大王爷自居，一旦成为国王陛下，他反而像个厚道的市民，在大庭广众说话啰唆，在亲随密友中间说话却简洁明了；他有吝啬的名声，但未经证实，其实，他既节俭，又为豪兴或职责而轻易挥霍；他有文学修养，但对文学没有多大兴趣；他有贵族气派，却没有骑士精神；他朴实、沉静，又很坚强，受到家人和族人的爱戴；他的言谈特别吸引人；他是个憬悟的政治家，内心冷漠，遵从眼前利益，事必躬亲，既不报恩也不结怨，用平庸琐事无情地消磨高才俊杰，善于利用议会的多数，批驳在王座下面神秘而一致的隐隐怨声；他感情外露，外露有时则失慎，但是失慎中又蕴含绝妙的灵巧；他点子多，脸变得快，脸谱也多，常借欧洲恫吓法国，又借法国恫吓欧洲；毫无疑问他爱国，但他更爱家；他视治理重于威权，视威权重于尊严，这种倾向有糟糕的一面：凡事务求成功，有时就不择手段，也不绝对摈斥卑劣行径。但也有顶用的一面：避免政治激烈冲突、国家分裂和社会灾难；他还特别细致、准确、警惕、关注、精明，而且不知疲倦，有时自相矛盾，自己违令负约；他在安科纳[1]大胆地反对奥地利，在西班牙顽强对抗英国，还炮轰安特卫普[2]，赔偿普里查德[3]，充满信念高唱《马赛曲》；他从不沮丧，从不疲倦，喜欢美好和理想、大胆的豪迈，喜欢乌托邦、幻想，也爱愤怒、虚荣和恐惧，具有坚忍不拔的全部个人素质；在瓦尔密当将军，在热马普又当士兵，八次险遭毒手，脸上笑容常驻，勇敢赛似榴弹兵，胆量比得上思想家，仅仅担心欧洲可能发生动荡；绝不在政治上大冒风险，随时准备牺牲生命，但绝不放弃自己的事业；常把自己的意志化为影响，以便让人服从一个聪明人，而不是服从国王；善于观察，却不善于预测；不大注意才智，却有知人之明，也就是说见到人才下结论；感觉敏锐洞彻，明智务实，能言善辩，记忆力惊人，不断汲取这种记忆，他唯独这一点像恺撒、亚历山大和拿破仑；了解事实、详情、日期、人名地名，却无视趋势、热情、民众的各种才能、内心的憧憬、灵魂隐藏不露的悸动，总之，无视可以称作意识潜流的一切；为表层所接受，但与底层的法兰西不甚融洽；能巧妙机变，但管理有余而统治不足；委任自己当内阁总理，擅长利用现实的小东西阻挡思想的潮流；在文明、秩序和组织方面的真正创新才能中，掺杂莫名其妙的讲求程序和吹毛

---

1 1832年，法国派一支远征部队，到意大利的安科纳抗击奥地利。

2 1832年，法军赶走拒绝将安特卫普交还比利时的荷兰军。

3 普里查德（1796—1883）：英国传教士，在法国支持新教反对法国，1844年被法国当局逮捕。同年，在英国政府抗议下，法国政府赔偿普里查德25000法郎。

求疵的精神；一个王朝的创始人兼代理人，某点像查理大帝，某点又像公证人；总之，形象高大而特殊，为王不顾法兰西的不安而能确立政权，不顾欧洲的嫉妒而能求强盛。因此，路易－菲利浦将划入本世纪杰出人物之列，而且，他若是稍微喜爱点儿荣名，若是对实用和伟大一视同仁，那就可能跻身历史上最著名的统治者之列。

路易－菲利浦年轻时很英俊，老来依然风度翩翩，虽然不能说总得到全国人的称许，但总能受到大多数人的赞赏。他就是讨人喜欢，具有这种天赋：魅力。威仪，他倒是缺乏。身为国王而不戴王冠，人已老迈却无白发。他保持旧朝的举止，却有新朝的习惯，是贵族和资产阶级的杂种，正合乎1830年，代表过渡政权；他保留了法语的古代发音和书法，拿来为现代思想服务；他喜爱波兰和匈牙利，但是他写成"波利人"，说成"匈牙兰人"。他像查理十世那样，穿一身国民警卫队军装；又像拿破仑那样，佩戴一条荣誉团勋章绶带。

他很少去礼拜堂，根本不去打猎，也从不光顾歌剧院，绝不受神职人员、养狗官和舞女的腐蚀，因此在资产阶级中深孚众望。他根本没有扈从，出门时腋下就夹把雨伞；在相当长的一段时间里，那把雨伞就是他的光环。他懂点儿泥瓦匠活儿，也懂点儿园艺，还懂点儿医道，曾给一个从马上摔下来的马夫放血。路易－菲利浦身上总带着一把手术刀，正如亨利三世身上总带着一把匕首那样。保王派常常讥讽这个可笑的国王，而他却是头一个以放血方式治病的人。

历史对路易－菲利浦的问罪，要扣除一部分。指控王国，指控政府，指控国王，这三笔账各有一个总数。民主权利被剥夺，发展进步退居第二位，上街抗议遭粗暴弹压，起义被武装镇压下去，暴乱也以武力平息，特朗斯诺南街事件[1]，军事委员会问题，真正的国家为合法国家所吞没，政府同三十万特权人物均摊盈亏，这些算在王国的账上；拒绝比利时，强行征服阿尔及利亚，跟英国人征服印度一样，手段野蛮的程度大于文明的程度，对

1　1834年4月14日，巴黎居民在特朗斯诺南街起义，遭政府军屠杀。

阿布德－埃勒－卡迪尔失信[1]，收买德茨[2]，赔偿普里查德，这些算在政府的账上；偏重于家庭式而不是国家式的政治，这要算在国王的账上。

可见这样一算细账，国王的责任就减轻了。

他的大错，则是代表法国时太谦虚了。

这个错误是怎么铸成的呢？

不妨谈一谈。

路易－菲利浦身为国王，还摆脱不了当父亲的形象。一个家族通过孵化而成为一个王朝，总是前怕狼后怕虎，不敢轻举妄动，因而处处过分畏怯，这就惹恼了既有7月15日的民权传统，又有奥斯特利茨军事传统的人民。

不过，若是抛开应当首先履行的公职不谈，路易－菲利浦对家庭一往情深，那家庭也受之无愧。他那家人很出色，德才兼备。他的一个女儿，玛丽·德·奥尔良，将族名打进艺术家圈子里，正如查理·德·奥尔良将族名捧上诗坛一样。她将自己的灵魂雕成一尊大理石像，由她命名为贞德。路易－菲利浦的儿子，有两个赢得梅特涅这样一句颇具煽动性的恭维话：

"这是两个不可多得的青年，也是两个得不到的王子。"

这就是路易－菲利浦的真实情况，毫不减损也毫不夸大。

充当平等君王，本身就载负复着辟王朝和革命之间的矛盾，具有身为革命者令人不安，而身为统治者又变得令人心安的这种因素，因此在1830年，路易－菲利浦适逢其时。人和时势从来没有像这样一拍即合，彼此交融，浑然一体。路易－菲利浦，这是1830年造出的人物。此外还有一个条件，王座非他莫属，就是流亡。当年他被放逐，一贫如洗，四处流浪，要靠自己的劳动过活。法国这个拥有最富饶采邑的王公，在瑞士要卖掉老马好填饱肚子。在赖谢瑙，他给人上数学课，而他妹妹阿黛拉伊德则刺绣和缝纫。一位国王的这种经历，特别鼓舞资产阶级。他亲手拆毁圣米歇尔山

1　阿布德－埃勒－卡迪尔（1808—1883）：阿拉伯酋长，曾抗击法国征服阿尔及利亚的殖民军，1848年被迫投降，押往法国囚禁，1852年退隐到大马士革。

2　1832年，西蒙·德茨为10万法郎赏金，将贝里公爵夫人出卖给政府。

最后那个铁笼子，那是路易十一下令造的，路易十五还使用过。他是迪穆里埃的伙伴，是拉法耶特的朋友。他参加过雅各宾俱乐部，米拉博拍过他的肩膀，丹东叫过他："年轻人！"1793年时他二十四岁，叫德·沙特尔先生，曾坐在国民公会一个幽暗的小隔间里，目睹审判那个让人十分恰当地称为"可怜的暴君"的路易十六。革命盲目的远见，要在国王身上摧毁君主制，也将国王随同君主制一并摧毁，几乎没有注意处于思想狂暴碾轧中的那个人，风暴席卷审判厅全场，公众愤怒质问，卡佩无言以对，这个国王的头无比惊愕，剧烈摇晃，眼看要被这阴风吹掉，而在这场灾难中，无论判决者和被判决者，所有人都相对清白。这些情况，路易-菲利浦见到了。他观望了这些惊心动魄的场景，看到几个世纪押到国民公会的案前受审，看到从路易十六身后，从这个替罪羊身后的黑暗中，挺立起骇人的被告：君主政体。因而，他灵魂中始终保存一种敬畏情绪，敬畏几乎跟天道一样不问是谁的那种人民的普遍裁决。

革命在他心上留下的痕迹是不可思议的。他的记忆仿佛是那伟大年代每分钟的活的标记。有一个见证人是无可怀疑的，有一天，他当着那人的面，仅凭记忆纠正了制宪议会以A字母开头的名单。

路易-菲利浦是明如白昼的国王。他统治时期，有新闻自由、集会自由、信仰和言论自由。9月的法律[1]是宽松的。他虽然知道阳光对特权的侵蚀力，还是将王座放在阳光之下。他这种诚实态度，历史会有公论。

如同所有退出舞台的历史人物，路易-菲利浦今天也接受了人类良心的审判。他的案子还仅仅是一审。

历史以令人肃然起敬的自由声调说话的时刻，对他来说还未到来。时候未到，还不能对这位国王宣布最后判决。严厉而出色的历史学家路易·勃朗，近来就缓和了他最初的判词。路易-菲利浦是由所谓"221"和"1830"这两个半拉子选出来的，也就是由半拉子议会和半拉子革命选出来的。不管怎样，从哲学所应处的高度来看，我们今天评价他，必须根据绝对民主

1　1836年9月颁布的刑事法规。

的原则有所保留，正如读者在上文所见的那样。从绝对的角度看，首先是人权，其次是民权，除此而外，任何权利都是僭越。不过，有了这些保留之后，我们今天所能讲的，总括起来说，不管从哪方面观察，不管从他本人还是从人类善良的角度看，拿旧历史的老话来说，路易－菲利浦都将是历代最好的一个君王。

有什么可指责他的呢？无非是王位。去掉国王这一名号，路易－菲利浦就只是个人，而他这个人是好的，有时好得令人赞叹。就是在最严重的忧虑困扰中，同大陆的整个外交使团斗争了一天之后，晚上回到房间，疲惫不堪，又十分困倦，他做什么呢？他往往拿起一份卷宗，连夜复查一桩刑事案件，认为同欧洲抗衡固然重要，但是从刽子手那里夺回一条人命更重要。他常常固执己见，同司法大臣争辩，同检察长争夺断头台前每寸地盘，而且叫他们"这些法律的长舌头"。有时桌案上堆满了卷宗，他总一一审阅，如果丢弃那些被判决的可怜人，他会深感不安。有一天，他对上面刚提到的那个见证人说："昨天夜晚，我赢得了七颗头。"在他统治的头几年，死刑几乎废除了，而重新建起的断头台，是针对国王的一种暴力。河滩法场随同王族长房消失了，资产阶级的河滩法场又建起来，称为圣雅克城关法场。"务实的人"感到需要一个大致合法的断头台，这是资产阶级阵营中，代表狭隘派的卡西米尔·佩里埃[1]，对代表自由派的路易－菲利浦的一个胜利。路易－菲利浦亲手注释过贝卡里亚[2]的著作。在破获菲埃斯齐[3]的爆炸装置之后，路易－菲利浦高声叹道："这回没伤到我还真遗憾，否则，我就可以赦免那个人了。"还有一次，关于我们时代一个最侠义的人，一个被判决的政治犯[4]，路易－菲利浦针对内阁的阻力写道："同意赦免，只待我去

1　卡西米尔·佩里埃（1777—1832）：法国银行家、政治家。1831年任内阁总理，镇压了巴黎和里昂人民起义，帮助比利时驱逐拿骚，出兵安科纳阻击奥地利远征军。

2　贝卡里亚（1738—1794）：意大利经济学家、刑法学家。

3　菲埃斯齐（1790—1836）：科西嘉阴谋分子，1835年企图暗杀路易－菲利浦未遂。

4　指巴贝斯（1809—1870），法国政治家，激进共和党人，1839年被判处死刑，赦免后又屡次被捕并囚禁，后来流亡国外。

争取了。"路易-菲利浦跟路易九世一样温和，跟亨利四世一样善良。

在历史中，善良是稀有的珍珠，因而在我们看来，善良的人几乎总要排在伟大的人前面。

路易-菲利浦受到的评价，有的很严厉，有的也许很生硬，而一个认识这位国王、如今已成为游魂的人[1]，来到历史面前为他作证，也是很自然的事情。

显而易见，这一证词无论怎样，首先是无私的。已亡人写的墓志铭自应坦率。一个亡魂可以安慰另一个亡魂。同在冥府，便有权称颂。不必害怕有人指着流亡中的两座坟墓说：这个吹捧了那个。

四、基础下的裂缝

路易-菲利浦统治初期，险恶的乌云阵阵笼罩，而本书叙述的故事即将钻进那样一片乌云的时候，就不能含混，必须表明对这位国王的看法。

路易-菲利浦登上王位，既没有使用暴力，也没有直接争取，而是革命的一种转折的结果，显然同革命的真正目的大相径庭。但是在这中间，他身为奥尔良公爵，的确没有任何主动的行为。他生为王公，也自认为是选定的国王。他绝没有给自己加上这一称号，绝不是攫取，是别人授予他的，他就接受了，而且确信，当然错误地确信，授予符合权利，接受也符合义务。因此，他柄国出于诚意，我们也由衷地说，路易-菲利浦善意柄国。民主派抨击也出于善意，社会斗争所产生的种种惊骇，既不能怪罪国王，也不能怪罪民主派。原则的冲突犹如物质的冲突。海洋保卫水，狂风保卫空气，国王保卫王国，民主保卫人民。君主制这个相对的东西，要抵御共和制这个绝对的东西。社会在这种冲突中流血，不过，今天社会所受的痛苦，日后将转化为社会安定。不管怎样，在这里绝不应谴责那些相斗的人，两

---

1   作者自谓，其时雨果流亡国外，自比游魂和已亡人。

派中显然有一派错了。人权并不像罗得岛的巨人[1]那样横跨两岸，一只脚踏在共和一方，一只脚踏在君主制一方。其实，人权不能分割，必须整个儿站在一边。不过，那些错了的人，错了也不失真诚。盲人看不见不是罪过，正如旺岱人那种行为不算土匪一样。因此，这种剧烈的冲突，只能归咎于事物的必然性。不管这些风暴多么猛烈，人卷入其中并无责任。

结束这一论述吧。

1830年的政府立即碰到艰难的生活。它昨天刚刚诞生，今天就要战斗。

7月的国家机器还刚刚安装，尚不牢固，就已经感到四处蠢蠢欲动了。

阻力第二天出现了，也许昨天就已生成。

敌意逐月增长，暗斗化为明争。

前面说过，七月革命，外国各君王不接受，法国内部又有不同的理解。

上帝的意志是鲜明的，但通过事件向人宣示，就是神秘语言写成的天书。人们当场解释，未免草率、失真，充满错误、纰漏和反义。极少人能懂得神的语言。最聪明的人、最冷静的人、最深邃的人，能慢慢地辨读，可是，等他们拿出诠释来，事情早成定局，广场上已经有二十几种解释了。每种解释产生一个党，每种反义产生一个派别。而且，每个党都认为掌握了唯一正确的阐述，每个派别也都认为拥有真理。

政权本身，也往往是一个派别。

在革命洪流中，有人逆水游泳，那是旧党派。

旧党自恃奉天承运，把住继承权不放，认为革命既然是由反抗的权利产生出来的，那么人们就有权反抗革命。大谬不然。须知在革命中，反抗者不是人民，而是国王。革命恰恰是反抗的反面。任何革命只要正常完成，本身就包含了合法性。革命，有时会被假革命者玷污，尽管玷污，也要坚持到底；尽管沾了鲜血，也要生存下去。革命不是偶然现象，而是应时而

1　公元前280年，希腊罗得岛上竖起一尊巨大的太阳神像，脚踏港湾两岸，后毁于大地震。

生的。一场革命就是由伪归真。有革命，因为革命乃必有。

正统的旧党从错误的论证出发，不遗余力地猛烈攻击革命。谬误是绝好的炮弹，能灵巧地打击革命的要害，打击它的铠甲的薄弱处，打击它不合逻辑的地方。正统派恰恰抓住王位问题攻击这场革命。他们冲革命吼道："革命，要这国王干什么？"派别是瞎子，却能瞄准。

共和派也同样发出这种吼声。但是从他们口里喊出来就合逻辑了。在正统派那边表现为盲目，在民主派这边就表现为明见了。1830年令民众破产。民主派义愤填膺，要责问它这一点。

七月政权，处于过去和未来两面夹击，只好苦苦经营；它仅仅体现这一短暂时刻，后有几百年的君主制，前有千秋万代的人权。

此外，1830年既然不复为革命，而变成君主制，那么在对外，就不得不同欧洲步伐一致。局面尤为复杂的是，还要保持和平。逆方向寻求和睦，往往比进行一场战争还要靡费。这种暗斗总要忍气吞声，又总愤愤不平，由此产生出来全副武装的和平，无异于饮鸩止渴，连文明都怀疑起自身了。七月王朝套进欧洲各国内阁的车辕里，只能徒然地蹦跳，而梅特涅很想用皮带将它捆住。七月王朝在法国受进步的推动，在欧洲又推动君主国那些缓慢的爬行动物：一方面被拖着，一方面又拖着后面的。

这期间，国内贫穷、无产阶级、工资、教育、刑罚、卖淫、妇女的命运、财富、苦难、生产、消费、分配、交换、货币、信贷、资本的权利、劳工的权利，所有这些问题，在社会上层出不穷，险象环生。

除了名副其实的政党，还显出一种动向：哲学的沸腾，同民主的沸腾相呼应。精英同民众一样，都感到惶惑不安，虽然表现形式不同，但是同样强烈。

一些思想家在思考，而人民大众这片土壤，经过革命洪流的冲击，在下面还莫名其妙地狂震乱颤。思考者有的单干，有的聚为门户，几乎结社，冷静而深入地探讨社会问题，而地表下面的人却不为所动，静静地挖掘坑道，推进到一座火山的深层，不大在乎隐隐欲发的震动和依稀可辨的烈焰。

在这动荡的时期，这种相对平静，也不失为壮观的景象。

下层人将各种权利问题留给政党，只是一心解决幸福问题。

人的福利，才是他们要从社会中提取的东西。

他们把物质问题，把农业、工业、商业等问题，提高到宗教那样神圣的地位。文明的形成，上帝的意志少，人为的成分多，各种利益根据一条活跃的法则，相互聚拢，凝结并混杂，从而形成一种真正坚硬的岩石。须知这条法则，早由政治上的地质学家——那些经济学家精心研究过了。

这些人组成团体，取了各种名称，但可以总称为社会主义者，他们力图凿穿这岩石，让人类幸福的泉水喷射出来。

他们的工程包容一切，从断头台问题直到战争问题。在法兰西革命所宣告的人权上，他们又增添了妇女的权利和儿童的权利。

由于种种原因，我们在这里，还不能从理论上深入探讨社会主义提出的问题，这也不足为怪。我们只限于指出这些问题。

社会主义者向自己提出的全部问题，抛开宇观幻象、梦想和神秘主义，可以概括为两个主要问题：

第一个问题：生产财富。

第二个问题：分配财富。

第一个问题包含劳动问题。

第二个问题包含工资问题。

第一个问题涉及劳力的使用。

第二个问题涉及福利的分配。

合理使用劳力，国家才有权力。

合理分配福利，个人才有幸福。

所谓合理分配，并不是平均分配，而是公平分配。首要的平等，是公平合理。

外有国家权力，内有个人幸福，两者结合便出现社会繁荣。

社会繁荣就意味人民幸福，公民自由，国家强大。

这两个问题，英国解决了头一个，创造了财富，令人赞叹，然而分配不当。这种解决办法只完成一个方面，就必然导致两个极端：极富和极穷。

少数人享受应有尽有，其他人，即人民受穷一无所有。特权、例外、垄断、封建制正是从劳动中产生出来的。国家权力建立在个人穷困上，国家强大扎根于个人痛苦中，这种形势既虚假又危险。强大，但是结构很糟，全是物质因素，毫无精神因素。

　　共产主义和土地法旨在解决第二个问题。大谬不然。那种分配扼杀生产。均等平分便消除竞争，从而也消除劳动。这是屠夫式先分后宰的分配办法。因此，这种所谓的解决方式是行不通的。扼杀财富不等于分配财富。

　　这两个问题要解决得好，必须一同解决，解决方式要合二而一。

　　两个问题如果只解决头一个，你就会成为威尼斯，你就会成为英格兰。你会像威尼斯那样徒具人为的强盛，或者像英格兰那样徒具物质的强盛，你将是为富不仁。你要像威尼斯夭亡那样死于非命，或者像英格兰垮台那样毁于破产。大众会袖手旁观，任由你毙命和垮掉，因为，只图私利的东西，不能代表人类一种美德或一种思想的东西，要垮掉要毙命，大众一概不予理睬。

　　自不待言，这里用威尼斯、英格兰等字眼，不是指人民，而是指社会结构；不是指民族，而是指附在民族上面的寡头政治集团。那些民族，始终赢得我们的敬意和好感。人民的威尼斯必将复活，贵族的英格兰必将垮台。然而，作为民族的英格兰，则是永生的。申明了这一点，我们继续往下谈。

　　解决上述两个问题，鼓励富人，保护穷人，消灭贫穷，制止强者不公正地剥削弱者，煞住半路上的人对到达者邪恶的嫉妒，以手足之情精确地调准劳动工资，根据儿童的成长实行免费义务教育，让成年人具有科学基础，使用手臂的同时发展智力，要成为强大的人民，同时又是幸福人的家庭，财产所有制要民主化，不是废除，而是普及，让每个公民毫无例外都成为有产者，这比人们想象的要容易，总之，要善于生产财富，也要善于分配财富。那样一来，你们就兼有物质上的伟大和精神上的伟大，就不愧称为法兰西。

　　这就是在走入迷途的宗派之外，宗派之上的社会主义所讲的。这就是社会主义在实际中探索，在思想上规划的。

　　令人赞叹的努力！神圣的尝试！

然而，路易-菲利浦忧虑的事情太多了。例如这些学说、这些理论、这些阻力，作为政治家有时格外需要重视哲学家，有些事情看似明显而又模糊混乱。要制定新政策，既顺着旧社会，又不太违反革命思想。要应付必须用拉法耶特来保护波利尼亚克[1]的局面，对暴乱中透出的进步要有预感，既考虑议会又考虑街头，平衡他周围力量的竞争。还有他对革命的信念，也许是一种说不清的顺应，隐隐接受一种最高的权力，同时又绝不背离自己的血统，保持家庭观念，真诚地尊敬民众，表明自己的诚实和善良。这一切萦绕于心，路易-菲利浦未免苦恼。他再怎么坚强，再怎么勇气十足，也深感做国王之难，简直不胜其负。

他感到脚下要分崩离析，但又绝不会土崩瓦解，因为法兰西比以往更加法兰西了。

天边布满大块大块乌云，奇异的阴影越逼越近，渐渐遮住人、物和思想，那是各种愤怒和各种派系的阴影。一切被匆忙遏制的东西，又都蠢蠢欲动，开始活跃了。这种诡辩和真理混杂的空气令人窒息，这诚实人的良心有时不得不喘息一下。社会惶惶不安，人心浮动，好似暴风雨前的树叶。电压极强，有时不知什么人一个闪光，突然显现一下，继而又一片昏黑。隆隆的闷雷声不时传来，可以判断出乌云中饱蓄了雷电。

七月革命刚过去二十个月，1832年伊始，形势便一触即发。人民生活在水深火热之中，劳动者没有面包；最后一个孔代亲王命赴黄泉[2]；布鲁塞尔驱逐了拿骚家族[3]，就像巴黎赶走了波旁家族一样；比利时要奉一位法兰西王公为君主，最终还是交给了一位英格兰王公；尼古拉统治的俄罗斯恨之入骨，我们身后还站着两个南方魔鬼：西班牙的费迪南德和葡萄牙的米盖尔；意大利发生地震；梅特涅将手伸向博洛尼亚；法兰西在安科纳粗暴

1　波利尼亚克（1780—1847）：法国政治家，1829年任查理十世内阁总理，他在1830年7月25日签发的法令，导致了七月革命，革命后被判终身监禁，1836年被赦。

2　孔代是波旁家族的支系，1830年，最后一个孔代亲王被吊死在郊野。

3　拿骚家族：12世纪前，在拿骚附近建立领地的家族，其孙曾为德意志王、荷兰国王等，为显赫家族。

对待奥地利；北方传来将波兰钉入棺木的特别瘆人的钉子声。整个欧洲怒目窥视法兰西，靠不住的盟友英格兰随时准备推波助澜、趁火打劫。贵族院拿贝卡里亚做挡箭牌，拒绝向法律交出四颗人头。百合花图案从御辇上刮掉了，十字架也从圣母院强行取走，拉法耶特[1]收缩了，拉斐特破产了，邦雅曼·贡斯唐[2]饿死了，卡西米尔·佩里埃[3]累死了。王国的思想都市和劳动都市双双害病，一个害了政治病，一个害了社会病。巴黎发生内战，里昂发生奴役战。两座城市都像熔炉，冒出同样的火光。百姓额头上显现火山爆发前的紫光。南部狂热，西部混乱，德·贝里公爵夫人[4]去了旺岱地区，阴谋、谋反、起义、霍乱，这一切又给汹汹的思潮增添了纷纷的事变。

五、历史经历而又无视的事实

将近4月底，整个局势恶化了。发酵转为沸腾。从1830年起，零星发生过局部小暴动，迅速被弹压，但压而复起，这是暗流大汇合的信号，酝酿社会大乱。一场可能爆发的革命，虽然轮廓还不清晰，但已隐约可见了。法兰西注视着巴黎，巴黎注视着圣安托万区。

圣安托万区底火很旺，就要沸腾起来了。

夏龙街上那些酒馆的气氛，可以说又严肃又激荡，尽管联用这两个词形容酒馆显得有些怪。

在那些酒馆里，政府根本不在话下，大家公开讨论"究竟是大干一场还是老实待着的问题"。在店铺后间，有人组织工人宣誓："一听见警报的喊声，立刻上街投入战斗，不管有多少敌人。"宣誓完了，坐在酒店角落的

---

1 拉法耶特（1757—1834）：1830年为国民卫队司令，倒向革命，成为七月王朝的创始人之一，但很快同路易-菲利浦分道扬镳。

2 邦雅曼·贡斯唐（1767—1830）：法国政治家、作家。

3 卡西米尔·佩里埃（1777—1832）：法国银行家、政治家。1831年任内阁总理，镇压了巴黎和里昂人民起义，帮助比利时驱逐拿骚，出兵安科纳阻击奥地利远征军。

4 德·贝里公爵夫人（1798—1870）：1832年在旺岱鼓动起事反对路易-菲利浦未遂。

一个男人"嗓门洪亮",说道:"你理解啦!你宣誓啦!"有时还上二楼,到一个房门紧关的房间,那里有近似秘密组织的场景,让新加入的人明誓:"要像对待家长那样效力。"这是套话。

在楼下餐厅,大家阅读"颠覆性"小册子。"他们抨击政府",当时一份密报上这样说。

在那里常能听见这样的话:"我不知道头儿的名字。我们这些人,只能提前两小时知道行动的日期。"一名工人说:"我们有三百人,每人就算出十苏钱,也能凑一百五十法郎,用来制造子弹火药。"另一名工人说:"我不要求半年,两个月也不要,两周之内,我们就能跟政府分庭抗礼了。有两万五千人,就可以跟政府较量较量了。"还有一名工人说:"我觉都不睡了,要连夜赶制子弹。"有时,一些"衣着漂亮的绅士打扮"的人走来,"装腔作势",摆出一副"指挥"的样子,同"最重要的人物"握握手,随即又走掉,逗留从来不超过十分钟。大家低声交谈,说出来的话意味深长:"密谋万事俱备,这回盼到头了。"引用当时一个在场的人原话说:"那里所有人议论纷纷,全都这么讲。"群情激昂到了极点,甚至有一天,一名工人冲满店的顾客嚷道:"我们没有武器!"他的一个同伙回答:"士兵那里有啊!"这话颇为滑稽,无意中模仿了波拿巴告意大利军团书。还有一份报告补充说明:"他们更秘密的事情,就不在那里传递了。"旁人听了他们说的话,还不大明白话里隐藏着什么。

那些聚会往往是定期的。有些聚会从不超过八个到十个人,而且总是原来那几个。另外一些集会随便参加,大厅里人太多,不得不站着。来的人有些是出于满腔激情和狂热,有些是上班路过。革命时期,酒馆里有些爱国妇女,她们拥抱新来参加集会的人。

还有一些生动的事例。

一个人进了一家酒馆,喝完酒说了一句:"酒家,欠多少账,革命会付的。"

在夏龙街对面一家酒馆,大家还推选革命委员,鸭舌帽就当投票箱。

有些工人去科特街一位剑术师家聚会。那位剑术师收徒传艺,厅里陈列各式各样武器：木剑、棍棒、花剑。有一天，他们脱下套子试花剑。后来有个工人提起："我们是二十五人，但他们把我看成笨蛋，指望不上。"那个笨蛋，就是后来的喀尼赛。

随便酝酿的事情，不知怎的渐渐传得神乎其神。一个打扫门口的女人对另一个女人说："他们早就拼命赶制枪弹。"大街能看见告各省革命卫队书。有一份呼吁书上签名是："酒商，布尔托。"

有一天，在勒努瓦市场一家酒店门前，一个留络腮胡子的汉子登上街角石，操着意大利口音，宣读一份似乎由秘密权力发布的奇特文告。一群群人围住他，给他鼓掌。有人搜集记录了最激动人心的片段："我们的学说受阻，我们的公告被撕毁，我们张贴公告的人受监视，被投进监狱……""棉布市场的混乱现象，将好多中间派推到我们这边。""……创造人民的未来，还要在我们这默默无闻的行列中进行。""态度要明确：行动还是反动，革命还是反革命。要知道，在我们这个时代，再也不相信有什么无为状态或停滞状态。拥护还是反对人民，问题就在这里。没有别的问题了。""……等到有一天，我们不再合乎你们的要求，那就把我击垮，不过，在那之前，还是帮助我们向前进。"这些话，全是在光天化日之下讲的。

还有一些事例更为大胆，唯其太胆大，反而引起民众的戒心。1832年4月4日，一个行人登上圣玛格丽特街的街角石，嚷道："我是巴贝夫主义者！"然而，民众从"巴贝夫"的字眼中嗅出吉斯凯[1]的气味。

那人讲了一大通，其中有这么一段：

"打倒私有制！左派反对这一点，又卑鄙又口是心非。他们要表现自己正确的时候，就宣扬革命。他们怕被打倒的时候，就自称是民主派。不想战斗的时候，又摇身一变为保王派。共和主义者是带羽毛的动物。你们要当心共和派，劳动者公民。"

"闭嘴，密探公民！"一名工人喝道。

这一声喝断了那人的演讲。

1　吉斯凯：1831年至1836年任警察总署署长。

还发生一些颇为神秘的情况。

傍晚天黑的时候，在运河附近，一名工人同"一个穿戴讲究的人"相遇。那人问："你去哪儿，公民？""先生，"工人回答，"我没有这份儿荣幸认识您。""可我认识你。"那人又说，"不要怕，我是委员会委员。有人怀疑你靠不住。你也知道，你要是走漏消息，别人就会盯住你。"说罢，他同工人握了握手，分开时说了一句："很快我们就会再见面。"

警察不仅在酒馆，而且在街上偷听，搜集一些奇特的对话：

"你快点儿让人吸收进去吧。"一名纺织工对木器工说。

"为什么？"

"要开火啦！"

两个衣衫褴褛的行人，讲了这样几句明显富有雅克团[1]意味的精彩话：

"谁统治我们？"

"菲利浦先生。"

"不对，是资产阶级。"

这里使用"雅克团意味"的字眼，谁若是认为含有贬义，那就错了。雅克，当时是穷人。而饿肚子的人是有权利行动的。

还有一回，有两个人走过，只听一个对另一个人说："我们有一个巧妙的进攻计划。"

宝座城关圆盘道一个土坑里，蹲着四个人密谋，有人只听见这么一句："要想方设法，再也不让他在巴黎散步了。"

"他"，谁呀？这费解的话杀气腾腾。

城郊街区常说的"主要头头"避开这类聚会。据说，他们常在圣厄斯塔什角附近一家酒馆相聚，商讨问题。一个叫欧格的人，是蒙德图尔街缝纫互助社社长，他似乎是主要联络员，来往于那些头头和圣安托万区之间。然而，那些头头却总是非常隐蔽，后来一个被告在元老院受审时，没有任何确凿的事实能驳倒这句回答得特别傲慢的口气：

1　雅克团：指1358年法国农民大起义。

"你们的首领是谁？"

"首领，一个我也不认识，一个我也认不出来。"

这些还不过是听似明白、实则模糊的片言只语，也有些空泛之论、道听途说。此外，还有一些蛛丝马迹。

一名木工在勒伊街建房工地周围钉木栅栏时，拾到撕毁信件的一个残片，只见上面写有这样几行字：

> ……委员会应立即采取措施，阻止派别组织从各分部招募成员……

还有附言：

> 我们获悉，城郊鱼市街乙5号有个武器商人，庭院里存放五六千件武器，而我们分部却手无寸铁。

在相隔几步远的地方，那木工又拾到一张纸片，看了更为惊奇，便给同伴们看：那也是撕毁的纸片，上面的文字更是意味深长。这种奇特的材料有历史价值，不妨原样复制出来：

				这个名单熟记心中，然后撕毁。 接纳人员，一旦接受了你们传达的指示， 也应照此处理。 　　兄弟般的敬礼 　　　　L. 　　U og a^lfe
Q	C	D	E	

拾到这张秘密表格的人，后来才弄清那四个大写字母的含义：Q为

五人队长，C 为百人队长，D 为十人队长，E 为侦察队；U og aᶠfe 这些字母则表示日期，为 1832 年 4 月 15 日。每个大写字母的下面，都登记了姓名及其特殊的说明。例如：Q. 巴纳雷尔。步枪八支，子弹八十三发。人可靠；C. 布比埃尔。手枪一把，子弹四十发；D. 罗莱。花剑一把、手枪一把、火药一斤；E. 泰西埃。战刀一把、子弹盒一个。准时；特雷尔。步枪八支，勇敢，等等。

那个木工在同一工地还拾到第三张纸，纸上用铅笔十分清楚地列出这样奇妙的单子：

> 团结。勃朗夏尔。干树。六。
>
> 巴拉。苏瓦兹。伯爵厅。
>
> 柯丘斯科。欧伯里屠夫？
>
> J. J. R.
>
> 加伊乌斯·格拉库斯。
>
> 审核权。杜峰。富尔。
>
> 吉伦特党垮台。德尔巴克。莫布埃。
>
> 华盛顿。潘松。手枪一把、子弹八十六发。
>
> 马赛曲。
>
> 人民主权。米歇尔。干岗普瓦。战刀。
>
> 奥什。
>
> 马尔索。柏拉图。干树。
>
> 华沙。梯利，《人民报》报贩。

保存这张单子的那个老实的市民，本来知道其中的含义。这似乎是人权社第四区各分部的总单，标明分部头儿的姓名和住址。所有这些湮没了的事实，如今完全成为历史了，不妨公布出来。要说明一点，人权社成立的日期，似乎在发现这张单子之后。也许这只是一份草稿。

当然，在那些道听途说之后，在发现那些字迹之后，有些行迹也开始显露出来了。

在波班库尔街一家旧货店里，从五斗柜的抽屉里搜出七张灰色纸，都同样叠成四折，下面压着同样灰纸裁成的二十六张四方块，并卷成子弹壳的形状；另外还有一张卡片，上面写着：

硝石十二两

硫黄二两

炭二两五

水二两

调查报告还指出，抽屉散发着刺鼻的火药味。

一名瓦工下工回家，将一个小包遗失在奥斯特利茨桥旁边的长椅上。小包让人捡到送交警卫所，打开一看，里面有拉奥杰尔署名的两份印刷版对话录、一首《工人们，组织起来》的歌曲，还有一个装满子弹的白铁盒。

一名工人让一起喝酒的伙伴摸摸他身上有多热，那伙伴就摸到他外套里别着一把手枪。

拉雪兹神父公墓和宝座城关之间那条大道，有一段最为僻静无人。一群孩子就在那路边沟里嬉戏，在一堆刨花和垃圾下面发现一个口袋，只见里面装着一个子弹模子、一个做子弹壳的木芯棒、一只还剩有猎枪火药末的木碗，以及一口小生铁锅，锅里明显有化铅水的痕迹。

清晨五点钟，几名警察突然冲进一个叫帕尔东的人家里，碰见他站在床边，手里拿着几个正在做的子弹壳。那人后来参加了梅里街全国民卫队，在1834年4月起义中牺牲了。

工人快休息的时候，看见皮克普斯城关和夏朗东城关之间有两个人，到门前有暹罗游戏柱的一家酒馆附近，在两堵墙中间的巡逻小道上碰头。其中一个从罩衣里面掏出一把手枪，要交给另外一个人，在过手的当儿他发现，胸口的汗气将火药弄潮了，就试了试打火，又往药池里添了点儿火药。然后，那两人就分手了。

一个叫加莱的人，常夸口他家有七百发子弹和二十四粒火石。后来在四月事件中，他在博堡街丧命。

有一天，政府得到情报，城郊区刚刚分发了武器和二十万发子弹。过了一周又分发了三万发子弹。值得注意的是，警察未能破获，连一发子弹也没有搜出来。一封被截获的信上说："日子不远了，八万爱国者四小时之内就全拿起武器。"

酝酿起事的活动全部公开，几乎可以说是平静地进行。即将举事，却当着政府的面，从容不迫地酝酿一场风暴。这场危机虽然潜行待发，但已显露征兆，可以说无奇不有。市民坦然地问工人准备的情况。有人就这样问："暴动怎么样啦？"那口气就像说："尊夫人怎么样？"

莫罗街一个家具店老板问道："喂，你们什么时候进攻啊？"

另一家店铺老板说道：

"很快就要进攻了。这情况我知道。一个月前，你们还是一万五千人，现在就有两万人。"他献出自己的步枪。一位邻居有把小手枪，本想卖七法郎，也献出去了。

总之，革命情绪高涨，无论巴黎还是全法国，没有一处例外。大动脉处处跳动。正如人体炎症生成薄膜那样，秘密组织的网开始向全国各地伸延。从又公开又秘密的人民之友社产生出来的人权社，在它一份议事日程上注明这样的日期："共和四十年雨月。"人权社不顾重罪法庭勒令解散的判决，仍继续活动，并给各分部起了意味深长的名称，诸如：

长矛。

警钟。

警炮。

弗里吉亚帽。

1月21日[1]。

---

1   1793年1月21日，法国国王路易十六被判处死刑。

穷鬼。

流浪汉。

前进。

罗伯斯庇尔。

水平仪。

没问题[1]。

人权社又产生行动社。那是激进分子，脱离出来跑到前面去。还有一些社团极力从大型母社团中拉人。那些成员抱怨让人四下拉扯。例如高卢社和市镇组织委员会。又如：争取新闻自由会、争取个人自由会、争取人民教育会、反对间接税会。还有工人平等社，内部分成平等派、共产派、改革派等各派。还有巴士底军，是一种按军事编制的队伍，四人由下士率领，十人由中士率领，二十人由少尉率领，四十人由中尉率领，内部相识的从来不超过五个人。这是一种谨慎和大胆相结合的创造，似乎带有威尼斯才华的特色。为首的中央委员会有两条手臂：行动社和巴士底军。正统派有一个团体，名为忠心骑士团，在共和派这些组织之间活动，后来被揭穿而驱逐了。

巴黎社团在各大城市建立了分部。里昂、南特、里尔和马赛，都有人权社、烧炭党、自由人会。艾克斯有一个革命社团，名叫库古尔德会，前面我们已经提过。

在巴黎城郊，马尔索区闹腾的程度，不亚于圣安托万区，而学校激动的程度，也不亚于城郊各区。圣雅三特街的一家咖啡馆、马图兰-圣雅克街的七球台酒店，是大学生们的联络地点。ABC朋友会跟昂热城的互助社，以及艾克斯城的库古尔德会结盟。前边我们见过，朋友会的人常在穆赞咖啡馆聚会，这些年轻人也时常去蒙德图尔街附近，在一家名叫科林斯的酒楼相聚。那类聚会秘密进行，另一些聚会却尽量公开。从后来一次审讯记录的片段中，也可以判断出他们多么大胆："那次会议在哪里举行

1　《没问题》是法国1789年革命时期的一首歌曲。

的?""在和平街。""在谁家里?""在大街上。""几个分部参加?""只有一个分部。""哪一个?""手工分部。""谁是头儿?""我。""你太年轻了,一个人做不出向政府进攻的决定。你接受哪儿的指令?""中央委员会。"

军队和民众一样内部挖空了,贝尔福、吕内维尔和埃皮纳勒等地后来发生的运动,都证明了这一点。人们对五十二团、五团、八团、三十八团和第二十轻骑团特别寄予希望。在勃艮第地区和南方城市中,都植了"自由树",即给旗杆戴上一顶革命红帽。

形势就是这样。

一开始我们就说过,圣安托万区民众的情绪,比其他任何区都更激烈,也使这种形势更为敏感和紧张。这是病痛症结所在。

这个老区居民稠密得像个蚂蚁窝,勤劳、勇敢而愤怒得又像一窝蜂,在躁动中等待和盼望一次大动荡。一片扰攘喧嚣,但没有停止劳作。这种又活跃又沉郁的面貌,什么言语也无法描摹。这个区阁楼的屋顶下,隐藏了多少辛酸和苦难,同时也掩盖了多少火热而罕见的聪明才智。苦难和聪明才智达到极点,两极一旦相遇,情况就尤为危险。

圣安托万区骚动还有别的原因,与政治大动荡相关的商业危机、实业倒闭、罢工、失业等,都要在这里产生反响。革命时期,穷困同时为因果,穷困的打击往往返回自身。这些百姓,身上满是高傲的品德,潜伏的热力能达到最高点,随时准备拿起武器,他们愤怒、深沉,仿佛装满了炸药,只待落下一点火星儿,就会突然爆炸。每逢星星之火让事变之风吹逐,漂浮在天边,人们就不由得想到圣安托万区,这个充满苦难和思潮的火药库,想到是什么鬼使神差,将它置于巴黎的大门口。

圣安托万区那些酒馆,前面已经多次描述过,在历史上相当有名。在动荡的岁月,人们去那里不仅畅饮,更要畅谈。那里流动着预见的精神和未来的气息,既激荡人心,又提高人的胆识。圣安托万区的酒馆,好似阿文蒂诺山上的酒家;那些酒家建在女巫洞穴上面,与灵气暗暗相通,那里的餐桌几乎全是三条腿，人们饮用恩尼乌斯[1]所称的预言女巫酒。

圣安托万区是一座积蓄民众的水库，革命的震动造成裂缝，民众的主权便流出来。这种主权可能为害，也像任何主权那样会出错。然而，它即使偏离正道，仍不失其伟大，可以喻为独眼巨神安根斯[2]。

在1793年，从圣安托万区时而开出野蛮的军团，时而开出英雄的部队，这要视当时的思潮是好是坏、当日是狂热还是热诚而定。

用"野蛮"一词，这里说明一下。在破天荒的革命大混乱的日子里，这些人毛发倒竖，衣衫褴褛，扬起铁锤，高举长矛，一个个凶相毕露，呐喊着冲向魂飞魄散的老巴黎，他们要干什么呢？他们要结束压迫，结束暴政，结束战争；他们要求男人有工作，儿童受教育，妇女有社会温暖；要求自由、平等、博爱，要求人人有面包，人人有思想，要建成人间天堂，要进步。他们忍无可忍，怒不可遏，半裸着身子，手持棍棒，大吼大叫，要争取的就是这种神圣、美好而甜蜜的东西：进步。不错，他们是野蛮人，然而却是文明的野蛮人。

他们怒气冲天宣布人权，不惜引起惊抖和恐怖，也要逼使人类登上天堂。他们貌似蛮人，实则是人类的救星。他们戴着黑夜的面具要求光明。

我们承认，这些人看样子又粗野又凶恶，然而是为了争取善而粗野凶恶的。比起这些人来，还有另一类人，他们总是笑容满面，浑身锦衣绣服，金饰彩绶，珠光宝气，脚穿丝织袜，头插白羽毛，戴着黄手套，皮鞋油光锃亮，手臂支在大理石壁炉旁的丝绒罩桌子上，温文尔雅地坚持维护和保存过去的东西：中世纪、神权、宗教狂热、愚昧、奴隶制、死刑、战争；他们慢声细语而又彬彬有礼地颂扬战刀、火刑柴堆和断头台。至于我们，在这些文明的野蛮人和野蛮的文明人之间，假如一定要做出选择的话，那么我们宁愿选择野蛮人。

1　恩尼乌斯（公元前239—公元前169）：拉丁文诗人。

2　安根斯：出自维吉尔的长诗《伊尼德》，原意为"巨大的"，形容可怕的魔怪，即指独眼巨神波吕斐摩斯。

不过，谢天谢地，还有别种选择的可能性。无论向前还是向后，都不必从陡壁跳下去。既不要专制主义，也不要恐怖主义。我们需要的是缓坡的进步。

上帝提供了。缓缓的坡路，这就是上帝的全部政策。

六、安灼拉及其副手

临近这个时期，安灼拉为了应付可能发生的事变，暗中开始清理队伍了。

全体成员在穆赞咖啡馆秘密聚会。

安灼拉发言，用了一些玄妙的，但有深意的隐喻。他说道：

"现在应当摸清局势如何，什么人靠得住。若是需要战士，就必须培养。拥有打击力量，有备无患。行人在路上碰见牛，总比碰不见牛挨牛顶的机会多。因此，我们给牛群点点数，总共有多少？这事不能留待明天去做。革命者任何时候都要争分夺秒。进步，绝不能拖时间。我们要应付意外情况，到时候免得措手不及。现在就必须检查一下，看看我们缝制的活计是否结实。这件事，今天就必须摸底。库费拉克，你去瞧瞧综合工科学院的学生，现在是他们的假日。今天星期三，弗伊，对不对？你去瞧瞧冰库那儿的人。公白飞已经答应去皮克普斯，那里有好大一股可动员的力量。巴奥雷去查看吊刑台。普鲁维尔，那些泥瓦匠情绪有点冷了，你去格雷奈勒－圣奥诺雷街，把那里共济会支部的情况带回来。若李，你到杜普伊特朗医院去一趟，摸摸医学校的动态。博须埃到法院转转，同那些见习生聊聊。我呢，负责库古尔德。"

"全安排妥当。"库费拉克说道。

"不妥。"

"还有什么事？"

"一件非常重要的事。"

"什么事？"公白飞问道。

"曼恩城关。"安灼拉答道。

安灼拉停了一下，仿佛凝思，然后又说道：

"曼恩城关那里，大理石匠、油漆匠、雕刻场的粗坯工，是个热情很高的大家庭，但往往忽冷忽热。不知道他们近来怎么了，心思转到别的事情上，好像心灰意冷，在骨牌桌上消磨时间。赶紧去同他们谈谈，口气要坚决。他们常常在里什弗店聚会，从中午到一点在那儿能见到他们。必须给那堆火灰吹吹风。这件事，我本来打算让马吕斯去干，他那人还是不错的，就是魂不守舍，也不来了。我得有个人去曼恩城关，可眼下派不出了。"

"还有我呢？"格朗太尔说道，"有我在呀。"

"你呀？"

"我呀。"

"就你，去教导共和党人？就你，以原理的名义去温暖冷却的心？"

"有何不可？"

"你还能干点正事吗？"

"这点儿雄心，模模糊糊我还有吧。"格朗太尔答道。

"你一点信仰也没有。"

"我信仰你呀。"

"格朗太尔，你能帮我个忙吗？"

"干什么都行，给你擦皮鞋也干。"

"那好，别掺和我们的事，去喝你的苦艾酒吧。"

"你真没良心，安灼拉。"

"你这个人，能适合派往曼恩城关？你能胜任？"

"我能到砂岩街，穿过圣米歇尔广场，从亲王街斜插过去，取道伏吉拉尔街，过了加尔默罗会修院，拐进阿萨街，到寻午街，把军事法庭抛在后面，大步走过老瓦窑街，踏上大道，沿着曼恩大道，再过城关，就走进里什弗店。这一趟路我能胜任。我的鞋也能胜任。"

"里什弗店那里的同志，你多少还熟悉吗？"

"不太熟。我们只是你我相称罢了。"

"你打算跟他们谈什么呢?"

"这还用问,跟他们谈罗伯斯庇尔,谈丹东,谈主义原则。"

"就你?"

"就我呀。真的,对我也太不公道了。我一旦动手,那可不得了。我读过《普吕多姆》[1]。我了解《社会契约》,还能背出共和二年这部宪法。'公民自由终止,便是另一个公民自由的起始。'怎么,你把我当成蛮人啦?我的抽屉里还有一张旧国家证券呢。人权、人民主权,活见鬼!我甚至带点儿埃贝尔派[2]的色彩。我手里拿着表,讲上六个钟头,能说得天花乱坠。"

"正经点儿。"安灼拉说道。

"都把我说急了。"格朗太尔答道。

安灼拉斟酌了几秒钟,像做出决定那样打了个手势。

"格朗太尔,"他郑重其事地说,"我同意让你试一试。你到曼恩城关走一趟吧。"

格朗太尔就住在穆赞咖啡馆旁边,是带家具的出租房。他出去五分钟就回来了,回家换上了罗伯斯庇尔式坎肩。

"红色。"他走进来,眼睛盯着安灼拉说道。

接着,他一只有力的手掌,一下将猩红坎肩的两个角按在胸上。

他走上前,对着安灼拉的耳朵说:"放心吧。"

他毅然决然,帽子往头上一扣就走了。

过了一刻钟,穆赞咖啡馆后间人就走空了。ABC朋友会分头去执行任务。安灼拉将库古尔德留给自己,最后一个离开。

艾克斯的库古尔德会在巴黎的成员,常在伊西平原一处废弃的采石场聚会。巴黎那一边有不少那类废弃的采石场。

安灼拉前往那个聚会地点,边走边回顾整个形势。事态显然很严重。那些事件,潜伏期的社会病所呈现的症状,笨重地移动,稍有并发症就会

1　普吕多姆:法国作家、漫画家亨利·莫尼埃(1799—1877)塑造的庸俗小市民典型。

2　埃贝尔派:法国1789年革命雅各宾派的左翼。

受阻而紊乱。这就是纷纷崩溃和纷纷再生的现象。安灼拉展望未来，隐约看见黑幕脚下拱起一点微光。谁说得准呢？时机也许临近。人民要重获权利，多么美好的景象！革命要再度庄严地掌握法兰西，并向世界宣布！看明天的吧！安灼拉越想越高兴。炉火旺起来了。就在这种时刻，他的几个朋友带着火药分赴巴黎各处，算来有公白飞透辟的哲学雄辩、弗伊世界主义的热忱、库费拉克的激情、巴奥雷的欢笑、若望·普鲁维尔的忧郁、若李的才能、博须埃的嘲讽，这一切，在他头脑里构成一种电火花，能在各处同时点燃大火。全体出动。大家努力，肯定会有成效。情况很好。他不免又想起格朗太尔，心中暗道："对了，经过曼恩城关也不怎么绕脚，何不往里什弗店走一趟呢？去看看格朗太尔在干什么，事情办得如何。"

伏吉拉尔钟楼敲一点钟时，安灼拉到达里什弗烟店，推门进去，又起双臂，让两个门扇反弹到他肩上，他扫视着烟雾笼罩的挤满餐桌和人的大厅。

烟雾中响起一个人的声音，又突然被另一个人的声音打断。那是格朗太尔同他的对手交锋。

格朗太尔和另一张面孔同桌，面对面坐着。圣安娜大理石面桌上有麸皮面包渣儿和骨牌，格朗太尔敲着大理石桌面。安灼拉听到如下对话：

"双六。"

"四点。"

"猪！我全光了。"

"你死了。两点。"

"六点。"

"三点。"

"老幺。"

"该我出牌。"

"四点。"

"难办。"

"该你了。"

"我出了个大错。"

"你还不赖。"

"十五点。"

"再加七点。"

"这样我就二十二点了。（若有所思）二十二点！"

"这双六出乎你意料。一开头我若是就打这张牌，这一局就完全不同。"

"还是两点。"

"老幺。"

"老幺！那好，五点。"

"光了。"

"刚才是你出的牌，对吧?"

"对。"

"白点。"

"他运气真好！嘿！你还有一次机会！（沉思半晌）两点。"

"老幺。"

"五点不成，老幺也不成。你麻烦了。"

"赢了。"

"活见鬼!"

第二卷　爱波妮

一、云雀场

马吕斯将那次图财害命的线索告诉沙威，并目击了出乎意料的结局，可是等沙威一离开破屋，将俘获的罪犯押上三辆马车，他也从老屋溜走了。当时刚到晚上九点钟，马吕斯去找库费拉克。库费拉克已不是拉丁区坚定的居民了，鉴于"政治原因"，他早就搬到玻璃厂街，那是当时容易发生暴动的一个街区。马吕斯对库费拉克说："我到你这儿来过夜。"库费拉克将床上两条褥垫抽出一条，铺到地上，说道："就睡在这儿吧。"

第二天一大早，刚七点钟，马吕斯就返回老屋，向布贡妈付了房钱，雇来一辆手推车，将他的书籍、床、桌子、五斗柜和两把椅子全装上车，没有留下新住址就离去。等沙威上午再来向马吕斯了解昨晚的情况，就只见到布贡妈，只得到她一声回答："搬走啦！"

布贡妈深信，马吕斯跟昨晚抓住的那些强盗有点儿牵连，她去找本街的那些看门女人，嚷道："谁料得到呢？一个小伙子，看上去还像个大姑娘呢！"

马吕斯匆匆搬走，有两个原因。首先，他在那里看到了为恶的穷人，也许比为富不仁还可憎的一种社会丑恶。看到这种无比可恨、无比凶残的丑恶在他眼前展示全过程，因此，现在他十分憎恶那老屋。其次，他不想卷入任何诉讼里，否则就很可能被迫出庭作证，不利于德纳第。

沙威没有记住这个年轻人的姓名，认为他怕事避开了，抑或在那些人作案时，他根本没有回家。不过，沙威还是设法寻找，但终未找到。

　　一个月过去，接着又过了一个月。马吕斯一直住在库费拉克那里。他从常去法院接待室的一名见习律师那里得知，德纳第关进了监狱。每星期一，马吕斯都去强力监狱管理处，托人将五法郎转交给德纳第。

　　马吕斯没钱了，每次都向库费拉克借五法郎。有生以来，他这是头一回向人借钱。这定期的五法郎，对出钱的库费拉克和收钱的德纳第双方都是个谜。库费拉克常琢磨："这钱是给谁的呢？"德纳第也常纳闷："这钱是谁给的呢？"

　　而马吕斯则十分伤心。眼前重又一片黑暗，什么也看不见了。他的生活重又陷入这片迷雾中，只好摸索彷徨。不久前，他所爱的那位年轻姑娘、约莫是她父亲的那位老人，在这世上他唯一关心并寄予希望的两个陌生人，从黑暗中倏忽再现一下，而且近在眼前，他正以为要抓住他们的时候，一阵风又将两个身影吹走了。甚至这次惊心动魄的冲突，也没有进发出一点儿能照亮真情实况的火星。根本无法推测。连他原以为知道的名字，现在也不知道了。可以肯定她不叫玉秀儿，云雀也只是个绰号。又该怎么看那位老人呢？难道他真的在躲避警察吗？马吕斯脑海里又浮现出他在残疾军人院附近碰见的白发工人，现在想来，那工人和白先生可能就是一个人。难道他乔装打扮吗？这人，既有大义凛然的一面，又有暧昧可疑的一面。为什么他不呼救呢？为什么他逃跑了呢？他究竟是不是那姑娘的父亲？说到底，他真是德纳第以为认出的那个人吗？德纳第有可能认错了。这么多疑问找不到答案。然而这一切，却丝毫无损于卢森堡公园那姑娘天使般的魅力。真是柔肠百转，马吕斯心中一片痴情，眼前却一片黑暗。他被一股力量推着，牵拉，却又无法移动。除了爱情，一切都化为泡影。即使爱情，对他来说也丧失了能激发本能反应和灵悟的动力。爱情这种火焰，通常能燃烧我们的心，多少照亮我们的眼睛，往外射出一点有益的光芒。可是，就连痴情这种暗中的导引，马吕斯也听不见了。他从来没有这样盘算过：我去那儿看看怎么样？我这么试试怎么样？他不能再称为玉秀儿的那个姑娘，显然还住在什么地方，但是毫无线索，马吕斯不知往哪儿去寻找。现在，他的全部生活可以概括为一句话：在茫茫迷雾中完全无所适从。重新找到她，他始终这么渴望，却不抱这种希望了。

更糟的是，贫困又来了。这股寒气，他感到逼近了，从身后袭来。他沉浸在忧思苦恼中，长时间中断工作。而中断工作比什么都危险：丧失一种习惯。习惯，丧失容易恢复难。

一定程度的幻想有益处，如同适量的麻醉剂，能够抑制活动中的神智兴奋乃至过度兴奋，让头脑产生一种轻柔舒爽的雾气，用以抹平纯理念的过于分明的轮廓，填补各处的空隙和裂缝，将各个部分弥合起来，抹掉思想的棱角。然而，幻想过分就要沉溺。脑力工作者，让整个脑子沉溺于幻想就糟啦！他认为沉下去还容易浮上来，心想归根结底，这两者是一码事。大错特错！

思想是智慧的活动，幻想是欲念的活动。用幻想取代思想，无异于将毒物当成食物。

我们记得，马吕斯就是从这一点开始的。爱情一产生便狂热，将他推入没有目标又无底的幻想中。现在他出门，只为了去胡思乱想。滋生懒惰。喧闹而停滞的深渊。工作减少，需求则增加。这是一条规律。人处于梦想的状态，自然无所顾忌而又怠惰，精神松弛，就承受不了紧张的生活。这种生活方式好坏参半，萎靡不振固然有害，慷慨大度却有益于健康。不过，穷人徒然慷慨而高尚，如不劳动就注定完蛋。生活来源枯竭，而需求却涌现。

这是灾难的斜坡，最诚实最坚定的人，也像最邪恶最软弱的人一样滑下去，一直跌进两个深坑中的一个：自杀或者犯罪。

一个人经常出门去胡思乱想，总有一天出门要去投水。

想入非非，就会步艾斯库斯和利勃拉的后尘[1]。

马吕斯眼睛盯着那个望不见的姑娘，顺着这斜坡慢慢滑下去。我们这

1　艾斯库斯和利勃拉：巴黎的两个青年诗人。1831年，十八岁的艾斯库斯创作了两部诗剧并演出成功。1832年，两个朋友合写剧本《雷蒙》，因演出失败而自杀。

样描述，看似怪异，实则千真万确。思念一个不在眼前的人，就会在内心一片漆黑中点燃光亮。那人越无踪影，就越放射光芒。幽暗而绝望的灵魂，能望见那天边的亮光：内心夜空的明星。她，就是马吕斯的全部念头，心中再也没有别的事情。他隐约感到那身旧装无法穿了，那身新装也变成旧装，衬衣破烂了，帽子破烂了，靴子也破烂了，这就是说他的生命全破烂了。他心中暗道："死之前哪怕再见她一面也好啊！"

他只留下一个甜美的念头，就是她爱过他，她那眼神告诉他了；她不知道他的姓名，却了解他的心。而现在，她在那地方，不管那地方多么神秘，也许她还爱他呢。说不准她在思念他，正如他思念她一样？每颗爱恋的心都会经历无法解释的时刻，本来只有理由痛苦，却隐隐感到一种喜悦的战栗；马吕斯有几次逢这种时刻，就不禁想到："是她的思念传到我这里！"接着他又补充了一句，"我的思念也许同样传到她那里。"

这种幻想，过后他虽然摇头，却终于有一束时而类似希望的光芒，射进他的灵魂。他不时提笔，尤其在最令思念者惆怅的夜晚，在只做这种用途的白纸簿上，写下他头脑里灌满的爱情最纯洁、最浮泛、最理想的幻梦。他称这是"给她写信"。

不要以为他理智混乱了。恰恰相反。他固然丧失了工作的能力，不能朝一个确定目标坚定地前进，但是他比以往更清醒，判断更准确了。现在，马吕斯则以冷静而实际、又很奇特的目光，观察眼前发生的事情，观察最不关痛痒的事件和人。无论什么他都能给予中肯的评价，显出一个诚实而天真的人虽然消沉却又无私的态度。他的判断，几乎弃绝希望，便能够高瞻远瞩。

他处于这种精神状态，任何事都逃不过他的眼睛，什么也骗不过他。每时每刻，他都洞见人生、人类和命运的底蕴。一个人由上帝赋予一颗充满爱情又饱受苦难的灵魂，即使在忧心如焚中，也还是快乐的呀！谁没有凭借这两种光照观察过世事和人心，谁就没有看到一点真实的东西，也就一无所知。

爱恋而痛苦的灵魂，总达到崇高的境界。

话又说回来，一天天过去，却没有发现一点点新情况，他只是觉得余下要他穿越的黑暗空间日益缩小，分明望见了那无底深渊的边缘。

"什么！"他心中常常念叨，"难道在那之前，我就不能再见她一面？"

行人沿着圣雅克街上坡，从城关旁边过去，再往左拐，走一段老内马路，便到健康街，往前便是冰库。离戈伯兰小溪不远，就会看到一片空场，那是在巴黎又长又单调的环城大道内，唯一能吸引雷斯达尔[1]坐下来的地方。

那地方不知怎的溢出清新的生趣，一片青草地上拉了几根绳子，迎风晾着破衣烂衫。菜农的一座古老房舍，建于路易十三时代，大屋顶上怪模怪样钻出几个顶楼窗，木栅栏已经残破。白杨树之间有个小水塘，几个女人，欢声笑语。远处望得见先贤祠、聋哑院的树木以及恩惠谷医院那黝黑低矮、怪诞有趣的出色建筑，更远处则是圣母院钟楼肃穆的方顶。

正因为那地方值得一看，才没有人前往。每隔一刻钟，难得有一辆小车或一辆大板车经过。

马吕斯独自漫步，有一次信步走到那里的小水塘附近。那天，千载难逢，大道上有一个行人。那地方有几分野趣，马吕斯见了不禁怦然心动，便问那行人："这地方叫什么名字？"

那行人回答："叫云雀场。"

接着，他又补充一句："就是在这里，于尔巴克杀害了伊弗里的牧羊女。"

然而，一听到"云雀"这两个字，马吕斯就再什么也听不见了。有时一句话，就足以使梦幻状态突然凝固。整个神思，蓦地聚集在一个念头的周围，再也感受不到别种事物了。云雀这个名称，在马吕斯忧伤的内心深处，早已取代了玉秀儿。"嘿，"他自言自语，处于痴迷状态就好讲这种没头没脑的话，"这是她的场地。我一定能在这里找到她的住所。"

这个念头很荒唐，但是无法抗拒。

1　雷斯达尔（1628或1629—1682）：荷兰风景画家。

此后，他天天去云雀场。

二、监狱孵化中的罪恶胚胎

沙威在戈尔博老屋仿佛大获全胜，其实不然。

首先，这也是沙威主要忧虑的一点，他没有俘获那个被俘的人。那个潜逃的受害者比凶手更可疑。那个人物，既然被匪徒视为肥肉，很可能也是当局的好猎物。

其次，蒙巴纳斯也逃脱了沙威的手掌。

还得另找机会抓住那个"花花公子小魔头"。当时，蒙巴纳斯遇见在大道旁树下放风的爱波妮，就把她带走了；他还是愿意跟姑娘充当情侣，不想去跟那老爸充当好汉。算他走运，仍逍遥法外。至于爱波妮，沙威派人把她"逮捕归案"。爱波妮被关进玛德洛奈特监狱，同阿兹玛会合了。

还有，从戈尔博老屋押往强力监狱的途中抓住的要犯之一囚底不见了。大家弄不清是怎么回事，警察和宪兵都莫名其妙。他化成一股气，从手铐里滑出来，从车缝间流走了；马车确实有裂缝，让他逃脱了，谁也无法解释，只知道抵达监狱时，囚底不见了。这里边有魔法或者警察手脚。囚底能像雪团融化在水中一样，融化在黑夜中了吗？这其中有没有警察暗中配合呢？这人是不是有双重秘密身份，既属于混乱又属于秩序呢？难道他是犯法和执法两个圈子共有的中心点吗？这只狮身人面兽是不是前爪插在罪恶中，后爪立在政权上呢？沙威决不能容忍这种手段，他看到这种勾结会怒发冲冠。殊不知在他的队伍里，还有些警探，虽是他的下属，也许比他更了解警察局的秘密，而囚底这种恶棍，很可能成为得力的警探。运用变脸术同黑暗势力保持密切关系，匪徒一方得利，警方也受益。这些无赖，有的就是阴阳脸。不管怎么说，囚底逃掉了，再也没有抓回来。对此沙威虽然诧异，但是更为恼火。

至于马吕斯，"那个傻小子律师很可能怕事"，沙威没放在心上，连他的姓名都忘了。况且，一个律师算什么，随时都能找到。不过，那小子真的是律师吗?

此案已开始预审了。

预审法官想得到点儿口风,认为有必要将咪老板匪帮的人留下一个,不投入监狱。留下的人是勃吕戒,小银行家街的那个长发。他们将他放在查理大帝庭院,而监视他的人都睁大了眼睛。

勃吕戒这个名字也是强力监狱的一个纪念。监狱所谓新楼那个丑恶不堪的院子,管理处称为圣贝尔纳院,盗贼们则叫做狮子院。院子有一道锈了的旧铁门,通向已改为牢房的原强力公爵府礼拜堂。门左侧耸立一堵与屋顶齐高的垣墙,布满麻麻癫癫的斑痕;十二年前还能见到一个堡垒图形,是用铁钉粗糙刻在墙石上,下方有这样的签字:

勃吕戒,1811。

1811年那个勃吕戒,是1832年这个勃吕戒的父亲。

这个勃吕戒,在戈尔博老屋作案中仅露了一面,他是个十分狡猾、十分机灵的小伙子,但是样子却又痴痴呆呆、可怜巴巴的。预审法官正是看他痴呆的样子,才放了他,认为把他关进大牢,还不如放在查理大帝院里。

这些盗匪并不因为落入法网就停止活动,他们绝不会为了这点儿小麻烦就收敛。犯罪坐牢,并不妨碍再行犯罪。艺术家有一幅画挂在展厅,还照样在画室里创作一幅新作品。

勃吕戒仿佛让大牢吓傻了,有时看见他在查理大帝院里,像个白痴一样站在小卖部窗口旁边,眼睛盯着那块肮脏的价目牌,从第一项:"大蒜,六十二生丁",直看到最后一项:"雪茄,五生丁"。再不然,他就浑身发抖,牙齿打战,说他发了高烧,问病房里那二十八张病床是否有空位。

1832年2月下半月,人们突然发现,勃吕戒这个整天迷迷糊糊的人,居然通过狱中几个杂役办了三件事;不是以他的名义,而是以他三个伙伴的名义,总共花了五十苏。这样巨大的开销引起监狱警卫队长的注意。

经过调查,并核对张贴在囚犯会见室中的办事计费表,终于弄清五十苏分为三笔委托送信费：一封信送至先贤祠，十苏；一封信送至恩惠谷，十五苏；还有一封送至格雷奈勒城关，二十五苏，在计费表上数额最高。须知先贤祠、恩惠谷和格雷奈勒城关，正是三个城关恶徒住的地方：一个叫克吕铜钱，外号怪罗；一个叫光荣汉，是个刑满释放的苦役犯；另一个叫刹车杠。这次事件，就把警察的目光引到他们身上。据估计，这三个人参加了咪老板的匪帮，而两个匪首，巴伯和海口刚刚落网。勃吕戎的信件并不按地址送交，而是交给在街上等候的人，从而可以猜测信中可能秘密联络，阴谋准备作案。警方还掌握一些别的线索，于是逮捕了这三个匪徒，以为这样就挫败了勃吕戎的任何诡计。

采取了这些措施之后，大约过了一周，有一天夜晚，一名巡夜的看守检查新楼的楼下牢房。当时有一种办法，能查明看守是否严格执勤，就是每小时都要往钉在牢门的箱里投个执勤牌。这个看守正要投牌的时候，从勃吕戎号子的窥视孔，忽然看见他坐在床上，正借着壁灯光写什么。看守冲进去，但是没能搜出他写的东西，便罚他关了一个月黑牢。警方也没有进一步查明情况。

不过，有一个情况确切无疑。次日，一个"驿站车夫"从查理大帝院抛过六层大楼，落到另一边的狮子坑。

囚犯所说的"驿站车夫"，就是巧妙糅合的一个面包团；送到"爱尔兰"，也就是说越过监狱的房顶，从一个院落抛到另一个院落。照词源学解释：越过英格兰，从一块陆地到另一块陆地，到达"爱尔兰"。面包团落到另一个院子里，拾到的人就掰开，发现裹在里面的字条，是给这个院里某个囚犯的。拾到的人若是个囚犯，就会送到地方。若是个看守，或是暗中被收买的囚犯，即狱中所说的绵羊、黑牢里所说的狐狸，就会把字条送交管理处，转给警察局。

这一次，"驿站车夫"到达了目的地，尽管收件人正"隔离"关押。那收件人不是别人，正是巴伯，咪老板的四巨头之一。

"驿站车夫"裹着一个纸卷，上面只有两行字：

"巴伯。普吕梅街有一笔买卖。对着花园的一道铁栅门。"

这就是那天夜晚勃吕戎写的东西。

尽管要通过男女搜查人员的一道道关，巴伯还是设法将字条从强力监狱传到妇女监狱，交给关在那里的一个"相好"的手里。那姑娘又把字条转给她认识的一个女人。那女人叫马侬，受到警察的密切注意，但还没有被逮捕。马侬这个名字读者见过，她跟德纳第一家人有关系，等以后再说明。她去探望爱波妮，就能在硝石库妇女监狱和玛德洛奈特监狱起桥梁作用。

恰好在这时候，在预审德纳第的案子中，由于缺乏足够的证据，他的两个女儿爱波妮和阿兹玛就放出来了。

爱波妮出狱时，马侬就守候在玛德洛奈特监狱门外，把勃吕戎写给巴伯的字条交给她，派她去"侦察"那桩买卖。

爱波妮前往普吕梅街，找到铁栅门和花园，观察那栋房子，守望窥伺了几天，这才去钟孔街，交给马侬一块饼干；马侬又把饼干送到硝石库监狱，转给巴伯的相好。在监狱的暗号中，一块饼干就意味："毫无办法"。

因此，事情不过一周，巴伯和勃吕戎，一个去接受"审讯"，一个受"审讯"回来，在巡逻道上相遇，勃吕戎问了一句："普街，怎么样？"巴伯回答："饼干。"

勃吕戎在强力监狱里孕育的罪胎，就这样流产了。

然而，这次流产却产生了其他后果，但与勃吕戎的计划已毫不相干。后面我们会看到。

常常有这种情况：我们以为结一条线，却连上了另一条线。

三、马伯夫老头儿见了鬼

马吕斯再也不拜访任何人，只是时而见见马伯夫老头儿。

马吕斯从凄惨的阶梯缓步走下去，马伯夫先生那边也同样往下走。这种凄惨的阶梯可以称作地窖台阶，通向不见天日的地方，在那里能听见头上幸福者的脚步声。

《科特雷地区植物志》根本卖不出去了。奥斯特利茨的那座小园子阳光不足，试种靛青也毫无成绩。马伯夫先生在那里只能栽些爱阴暗潮湿的稀有植物。他并不气馁，又在植物园弄到一角光照好的园地，"自费"试种靛青。为此，他将《科特雷地区植物志》的铜版全送进当铺。他把早餐也缩减为两个鸡蛋，一个给他年迈的女用人吃，他已有十五个月没付工钱了。时常他一天就吃这一顿饭。他再也没有那种稚气的笑声，而是整天愁眉苦脸，也不接待朋友了。好在马吕斯也不想去。马伯夫先生去植物园，这一老一少有时在济贫院大道上相遇。他们彼此并不说话，只是凄苦地点点头。这情景真叫人心酸：穷困能一时让人疏远。往日朋友，如今形同路人。

书商鲁瓦约尔已经故去。现在，马伯夫先生只认他的书籍、园子和靛青，这是体现他的幸福、乐趣和希望的三种形式。有这些，他就能活下去。他心里常常这样想："等我做成蓝色染料球，我就有钱了，要把铜版从当铺里赎回来。还要敲起大鼓，在报上登广告，大吹大擂，大肆推销我的《科特雷地区植物志》。还有，我要买一本彼得·德·梅丁的《航海艺术》，我知道哪儿能买到带木刻插图的1559年版本。"他心中这样盼望，白天侍弄靛青园，傍晚回家浇自己的园子，然后看书。马伯夫先生这时年近八旬了。

一天傍晚，他见了鬼。

那天，他回到家里，天色还大亮。女用人普卢塔克大妈身体违和，病倒在床。晚饭他只啃了一根还挂点肉的骨头，吃了从厨房桌子上找到的一片面包，便到园子里，坐在当长凳的一条横放的界石上。按照老式果园的布局，长凳旁边有一个大立柜，隔条和木板已经残破，底层为兔子窝，上层是果子架。窝里没有兔子，架上却还有几个苹果，这是仅余的过冬食物。

马伯夫先生戴着眼镜，翻阅两本书。这两本书令他入迷，而且令他心神不宁，这后一点，对他这样年纪的人来说尤为严重。他天生怯懦，在一定程度上接受了迷信思想。他这两本书，一本是德朗克尔会长的名著《论魔鬼的幻变》；另一本是《关于沃维尔的鬼怪和比埃夫尔的精灵》[1]，是穆托

1　据传，中世纪时期，巴黎沃维尔公馆闹鬼，故有俗谚"去见沃维尔魔鬼去吧"。比埃夫尔也是巴黎的街区名。

尔·德·拉昌博迪耶的四开本。他这园子从前是精灵出没的地方，因而他对第二本书更感兴趣。暮色开始将景物上面照白，下面染黑。马伯夫老头儿一边看书，目光一边越过手中的书本，端详他的花草，其中一株鲜艳的杜鹃花尤其是他的安慰。然而，一连干旱了四天，风吹日晒，没下一滴雨，枝头垂下，花蕾蔫了，叶子也脱落，都需要浇水了，尤其那株杜鹃花，样子十分可怜。马伯夫老头儿这种人，认为草木也有灵魂。老人在靛青团上干了一整天，累得精疲力竭，但他还是站起来，把书放在石凳上，佝偻着腰，脚步踉踉跄跄，一直走到井边，伸手抓住铁链，可是想把它从挂钩摘下来的气力都不够了。他只好转过身，惶恐不安地举目望望满天星斗。

夜晚静穆的气氛，用一种莫名的阴森而永恒的快乐，来压抑人的痛苦。看来，这一夜又要跟白天一样干燥。

"满天星星！"老人想道，"不见一丝云彩！不会下一滴雨！"

他的头仰了一会儿，又垂到胸前。

继而，他又抬起头，望着夜空，喃喃说道：

"下点儿露水吧！可怜可怜吧！"

他又试了试，想把井链摘下来，可是徒然。

这时，他忽然听见一个声音说：

"马伯夫老爹，让我替您浇园子好吗？"

话音未落，就传来野兽钻篱笆的声响，老人看见一个姑娘模样的人，瘦高挑儿，立到他面前，大胆地注视他。这身形倒三分像人，七分像黄昏显形的精灵。

我们说过，马伯夫老头儿胆儿特别小，动不动就吓得心惊肉跳。这次还未容他回答一个字，那精灵就一把摘下井链，放下吊桶，又提上来，将喷壶灌满，那动作在昏暗中显得突兀而怪异。老人看见那精灵赤着双脚，穿一条破裙子，在花坛之间奔忙，向周围散发生命。水喷到叶子上的声响，让马伯夫老人的灵魂充满欢欣。他仿佛感到，杜鹃花现在幸福了。

第一桶浇完，那姑娘又提第二桶，然后又是第三桶，整个园子她都浇遍了。

她在小径上来来往往，身影黑黝黝的，撕成条的破披肩，随着两条瘦骨嶙峋的长胳膊飘动，看上去不知为什么，真有点像一只蝙蝠。

等她浇完园子，马伯夫老人热泪盈眶，走上前去，将手掌放到她额头上，说道：

"上帝保佑您！您这样爱惜花儿，真是个天使。"

"不，"她回答，"我是魔鬼，其实，是什么我都不在乎。"

老人没等她回答，也没听见她回答，高声说道：

"真可惜，我这么不幸，这么穷，一点儿也帮助不了您。"

"您能帮上忙。"她说道。

"帮什么忙？"

"告诉我马吕斯先生住在哪儿。"

老人根本没听懂。

"哪个马吕斯先生？"

他抬起无神的眼睛，仿佛追索消逝的事情。

"一个年轻人，早先常来这儿。"

这工夫，马伯夫先生搜索了记忆，大声说道：

"哦！对……我明白您的意思了。等一等！马吕斯先生……瞧我，马吕斯·彭迈西男爵呀！他住在……不如说他已不住在……哎呀，我不记得了。"

他边说边弯下腰，去扶一根杜鹃花枝，接着又说道：

"对了，现在我想起来了。他常常经过那条大道，朝冰库那个方向走去。落须街、云雀场，到那里去找吧，不难遇见他。"

等马伯夫先生又直起腰，人已经没了，那姑娘无影无踪。

他着实有点儿怕。

"老实说，"他想道，"如果园子没有浇水，我真会以为见了鬼。"

一小时之后，他躺在床上，脑海又浮现出刚才的情景。在要入睡的时刻，神思朦朦胧胧，好似寓言中化为鱼好渡海的那只鸟，也渐渐化为梦好穿越睡眠，他含混地自言自语：

"真的，这情景，特别像拉吕博迪耶讲述的精灵的故事。也许是个精灵吧？"

四、马吕斯见了鬼

一个"鬼"拜访了马伯夫老爹之后，过了几天，在一天早晨——是个星期一，是马吕斯向库费拉克借五法郎，给德纳第送去的日子——马吕斯将五法郎揣进兜里，送交监狱管理处之前，先去"散散步"，希望回来好有精神头儿干点儿事。况且，他每次都是这么期望。他一起床，就面对一本书和一张纸坐下，要草草翻译几段。这段时间，他的工作就是将德国人的一场著名的论战，甘斯和萨维尼[1]的争论译成法文。他看看萨维尼，又看看甘斯，读了四行，试着写上一行，可是写不出来，总看见他和那张纸之间有一颗星，于是他离开座位，说道："出去走走，回来就有精神了。"

他去了云雀场。

到了那里，在他眼前那颗星越发明亮，而萨维尼和甘斯越发模糊了。

他回到住处，想重新捡起工作，可是根本办不到，头脑里的思路全断了，一条也连不起来，于是他又说："明天我不出去了，出去会妨碍我工作。"——然而，他还是天天出门。

他住在库费拉克的家，不如说住在云雀场。真正的住址是这样：健康路，过了落须街第七棵树。

这天早晨，他离开第七棵树，走到戈伯兰溪边，坐在栏杆上。一束快活的阳光，透过欣欣向荣的树叶射下来。

他在思念"她"，而思念又转为自责。他沉痛地想道，自己渐渐被灵魂麻痹症——懒惰所控制，渐渐走进这黑夜，甚至连阳光都看不见了。

他的内心活动已极度削弱，连自怨自艾的气力都没有了，往外发泄模糊的意念，甚至形不成自言自语。然而，通过这种艰难的发泄，通过这种

---

1   爱德华·甘斯和弗雷德里克—查理·德·萨维尼：德国法学家。

忧伤的凝神专注，他还是感受到了外界，听见戈伯兰溪两岸洗衣妇的捣衣声，从他身后、从他下边传来，还听见头上榆树枝头鸟雀叽叽喳喳的鸣唱。一边是自由的声音，是无忧无虑和长了翅膀的自得其乐的声音，另一边是劳作的声音。这两种快乐的声音，令他遐想，几乎令他深长思之。

他正在冥思苦索，忽然听见一个熟悉的声音说：

"嘿！他在这儿呢！"

他抬眼望去，认出是德纳第家大姑娘爱波妮，一天早晨闯进他屋的那个可怜女孩。事情也怪，她越穷困越漂亮了，这是同时迈出的两步，好像她根本不可能做到。她实现了双重的进步，既走向光明又走向苦难。她赤着双脚，衣不蔽体，还是那天毅然闯进他屋里的那副样子，只不过这身破衣烂衫多穿了两个月，破洞更大，布片更脏了。还是那副嘶哑的嗓音，还是那个因风吹日晒雨淋黧黑多皱纹的额头，还是那种放任、迷惘而闪忽不定的目光。经历了这次牢狱生活，她那饱受苦难的面容上，又添了一种难以描摹的凄惶哀婉的神情。

她头发沾了麦秸和草屑，倒不是像我菲丽娅那样，受哈姆雷特疯症的传染而发了疯，而是因为在哪个马厩的草堆上睡过觉。

尽管如此，她还是美丽的。啊！青春，你是多么灿烂的明星！

这时，她来到马吕斯跟前站住，苍白的脸上浮现出一点喜色，还恍惚浮现出一点笑意。

她停了半晌，仿佛说不出话来。

"这回可找见您啦！"她终于说道，"马伯夫老头说得对，就在这条大道上！真叫我好找啊！您哪儿知道啊！您知道吗？我给关押了。十五天呀！他们把我放啦！因为在我身上找不出什么毛病，况且，我还不到判断事物的年龄。还差两个月。噢！您让我好找啊！有六个星期了。您不住在那儿了吧？"

"不了。"马吕斯回答。

"哦！我明白了。就因为那件事。那样胡闹是够烦人的。您搬走了。咦！您干吗戴这样旧帽子呀？像您这样的青年，应当穿上漂亮的衣服。您知道吗，马吕斯先生？马伯夫老爹管您叫马吕斯什么男爵。您不会是什么男爵吧？男爵，都是那些老家伙，喜欢去卢森堡公园，待在宫殿前边，阳光最好的地方，还看一苏一份的《日报》。有一回我去送信，就到了这样一个男爵家。他有上百岁了。告诉我，您现在住在哪儿？"

马吕斯沉默不答。

"唉！"她继续说道，"您衬衣破了个洞，我得给您补上。"

她神色渐渐黯然了，又说道：

"看您这样子，见到我不高兴吧？"

马吕斯仍然沉默。她也不说了，停了一会儿，又大声说道：

"哼，我要是愿意，准能叫您高兴起来！"

"什么？"马吕斯问道，"您这话是什么意思？"

"哦！您原先跟我说话，可是称'你'！"她又说道。

"好吧，你这话是什么意思？"

她咬住嘴唇，仿佛内心在斗争，还犹豫不决。最后，她好像拿定了主意：

"算了，反正都一样。您一副伤心的样子，我要让您高兴起来。您得答应我，一定要笑一笑。我要看见您笑起来，听见您说：真好，棒极了。可怜的马吕斯先生！您知道呀！您原先答应过我，我要什么您都给……"

"对！你倒是说呀！"

她白了马吕斯一眼，对他说："我有了地址。"

马吕斯脸唰地白了，他周身的血液全涌入心房。

"什么地址？"

"您要我找的那个地址呀！"

她好像十分勉强，又补充一句：

"那个……地址，您完全清楚吧？"

"是，清楚！"马吕斯结结巴巴地说。

"那位小姐的！"

说出这个词，她深深叹了一口气。

马吕斯从他坐的栏杆上跳下来，狠命抓住她的手：

"哈！太好啦！带我去吧！告诉我！随你向我要什么都行！在什么地方？"

"跟我去吧。"她回答，"我弄不清是什么街，门牌多少号。完全在另一边，不过，那房子我认识，我这就带您去。"

她把手抽回来，又说了一句：

"嗬！瞧您这高兴的样子！"

她说话的声调，能令一个旁观者伤心，却丝毫没有触动如醉如痴的马吕斯。

马吕斯的额头掠过一片云影，他抓住爱波妮的手臂。

"向我发个誓！"

"发誓？"她说道，"这是什么意思？咦！您要我发誓？"

她咯咯笑起来。

"关于你父亲！答应我，爱波妮，向我发誓，你不把这地址告诉你父亲！"

她朝他转过脸，一副惊愕的神情，问道：

"爱波妮！您怎么知道我叫爱波妮？"

"答应我的要求！"

然而，她好像没听见他的话似的：

"这样真好！您叫了我一声爱波妮！"

马吕斯同时抓住她两条胳膊：

"倒是回答我的话呀，看在上天分儿上！注意听我对你说的话，向我发誓，不把你知道的那个地址告诉你父亲！"

"我父亲吗？"她说道，"哦，对了，我父亲！您就放心吧，他关在大牢里呢。再说，我才不管我父亲呢！"

"你还是没有答应我！"马吕斯大声说。

"您倒是放开我呀！"她说着咯咯大笑，"瞧您这么用劲摇晃我！好吧！好吧！我答应您！我向您发誓！这算什么呢？我不把那地址告诉我父亲。好啦！满意吗？这样行吗？"

"也不告诉任何人？"马吕斯说道。

“也不告诉任何人。”

“现在，带我去吧。”马吕斯又说道。

“马上走？”

“马上走。”

“走吧——嗬！瞧他多高兴啊！”她说道。

走了几步，她又停下来：

“您跟得太近了，马吕斯先生。让我在前边走，您就这样跟着，别太显眼。不要让人看出您这样一个体面的青年，跟我这样一个女人一道走。”

任何语言都无法表述这女孩儿嘴里说出的“女人”的全部含义。

她走了十来步，又站住了，等马吕斯跟上来，就冲身边说话，但是并不把脸转向他：“对了，您还记得答应过我什么事吧？”

马吕斯伸手摸兜，他在这世上仅有的财富，就是要给德纳第的五法郎，现在掏出来，放到爱波妮手上。

她张开手指，让钱币落到地上，神色快快地看着他，说道：

“我不要您的钱。”

第三卷　普吕梅街的宅院

一、幽室

在上世纪中叶，巴黎高等法院一位戴法帽的院长，私下养了个情妇。要知道，那时大贵族炫耀自己的情妇，而资产阶级则金屋藏娇。因此，他在圣日耳曼城郊区所谓的"斗兽场"附近，僻静的布洛梅街，即今天的普吕梅街[1]，建了一座"小宅院"。

那是一座两层小楼：楼下两间厅室，楼上两间卧室。此外，楼下有厨房，楼上有起居室，顶层还有阁楼。小楼面对花园，临街隔一道铁栅大门。园子面积约一阿尔旁[2]。这就是过路人所能望见的整个宅院。可是，小楼后身还有一个小院落，院子里端又有两间带地窖的平房，以备不时之需，可以藏匿一个孩子和一名乳母。房后有一扇伪装的暗门，连着一个狭长的露天通道。通道地面铺了石板，弯弯曲曲，夹在两堵高墙中间，隐蔽得极为巧妙；在各家园子莱地之间拐弯抹角地穿行，由两边的藩篱遮护，伸延足有一公里，通到另一道同样的暗门，出去便是巴比伦街僻静的尾端，几乎到另一个街区了。

院长先生就是从这道暗门进去，哪怕监视并跟踪的人发现，院长先生

1　现在称乌迪诺街，位于巴黎七区。
2　阿尔旁：法国旧时土地面积单位，一阿尔旁约合二十至五十公亩。

形迹诡秘，天天去什么地方，也绝想不到去巴比伦街就是去布洛梅街。这个精明的法官通过巧妙的办法收购土地，才能营建这条秘密通道，因建在私地上而无人查问。后来，他将通道两侧的园地分成小块抛售，而两侧园地的主人哪儿会想到，他们的花园和果园之间有两堵墙，夹着长长一条斗折蛇行的石板通道。唯有飞鸟能望见这一奇观。上世纪的黄莺和山雀叽叽喳喳，大概没少议论这位院长先生。

石砌小楼是按照芒萨尔[1]风格建造的，而内装修的护壁和陈设，则是华托[2]的格调，内里为洛可可式的华丽；外观为古典建筑风格，有三道花篱围护，显得又矜持，又风雅，又庄重，恰恰符合法官的艳遇。

小楼和通道，十五六年前还有，如今已不复存在。1793年，有个锅炉厂主买下这栋房子，准备拆毁，但未能如期付款，就被国家宣告破产，结果这座房子反而拆毁了厂主。从那以后，这座宅院一直没住人，也就渐渐毁坏了。楼内仍保留那套老家具，终年出售或招租——每年经过普吕梅街的那十来个人，从1810年以来，就看见庭园铁栅门上，挂着一块字迹模糊的发黄广告牌。

到了复辟王朝末年，那些过路人忽然发现牌子不见了，楼上的窗板甚至打开了。小楼确实有人住进去。窗上拉着小窗帘，表明楼里有个女人。

1829年10月份，一个上了年纪的男子出面交涉，原封不动地租下小楼，当然也包括后院的平房和通向巴比伦街的小道。他又雇人将通道两端的两扇暗门修好。我们说过，楼内陈设大致还是那位院长的原套家具，新房客只是雇人稍微修理一下，零星添点缺少的东西，庭院重新铺好路石，室内重新铺好方砖，楼梯修好阶级，地板镶补木板条，窗户也上好玻璃。这样修缮好了，他才悄无声息，带着一个年轻姑娘和一名老保姆进住，不像迁入新居，倒像是溜进去的。邻居并没有饶舌，因为根本就没有邻居。

这个敛声屏息的房客就是冉阿让，年轻姑娘就是珂赛特。保姆是个老

1　弗朗索瓦·芒萨尔（1598—1666）：法国建筑师。
2　华托（1684—1721）：法国画家。

处女，名叫都圣，是冉阿让从济贫院和苦难中救出来的，年纪又老，又是外地人，说话又口吃，正是这三点长处，才促使冉阿让收留了她。他以割风先生这姓名、吃年息者的身份租下宅院。看了上文的叙述，想必读者认出了冉阿让，不会落在德纳第的后边。

冉阿让为何要离开小皮克普斯修院呢？究竟出了什么事儿呢？

什么事儿也没有出。

我们记得，冉阿让在修院里生活很幸福，甚至幸福过分，良心反而不安起来。他每天见到珂赛特，感到内心里产生父爱，并且日益增长。他一心扑在这孩子身上，心想这孩子属于他，谁也休想把她夺走，这样生活会无限期进行下去。在修院这种环境中，每天耳濡目染，她一定会出家当修女，这里却是他们二人的整个天地，他在这里衰老，孩子在这里长大，随后也要衰老，而他就在这里死去，总而言之，令人神往的希望，绝不可能分离。这事儿他反复思索，忽然又困惑起来。他扪心自问，审视这种幸福是否完全属于他个人，是否也有被他这个老人拐带来的孩子的一份儿，这其中是否一点也没有窃取的意味呢？他常常思忖，这孩子放弃人生之前，也有权认识人生。如果以使她免遭人间的风雨为由，也不同她商量，就先行斩断她和一切欢乐的联系，利用她蒙昧无知和孤苦伶仃，就引导她萌发献身修道的志向，那就违反了人的天性，也欺骗了上帝。况且，谁敢说不会有那么一天，她恍然大悟，后悔当了修女，就要转而怨恨他呢？最后这个念头，基本上也出于私心，虽然不如其他念头光明正大，但是却令他寝食不安。于是，他决定离开修院。

他一做出这个决定，就伤心地承认非如此不可。要说碍难，却没有什么。他在这四堵墙里住了五年，已然销声匿迹，足以消除或驱散忧惧的因素。他可以放心回到人间了。他也老了，完全变了样，现在，谁还能认出他来呢？即使往最坏处想，也只是他本身有危险，总不能因为他被判过刑，送进苦役犯监狱，他就有权把珂赛特关在修院。况且，在职责面前，危险又算什么呢？归根结底，他尽可以谨慎从事，处处当心，这样做毫无阻碍。

至于珂赛特的教育，也差不多完成，可以结业了。

一旦下了决心，他就等待时机了。不久时机来临，老割风去世。

冉阿让请求院长接见，说明他哥哥临死留下一小笔遗产，今后他不用干活就能过日子了，打算辞掉修院的差使，并把女儿带走。不过，珂赛特没有发愿，免费接受教育也不公道，因此，他恳请院长俯允，他向修院捐赠五千法郎，作为珂赛特在修院五年的赔偿。

就这样，冉阿让离开了永敬会修院。

他离开修院时，那只小提箱夹在自己腋下，不交给任何搬运工，钥匙也总放在自己身上。箱子里逸出一股香料味，引起珂赛特的极大兴趣。

现在就交代清楚，此后，这只箱子他再也不放手，总搁在自己房间里。每次搬家，这是他要携带的头一件，有时是唯一的一件东西。珂赛特拿这当笑谈，称这箱子为"形影不离的朋友"，还说："真叫我嫉妒。"

冉阿让虽然回到自由的空气中，但内心还惴惴不安。

他发现了普吕梅街那座宅院，便到那里蜷伏，此后也用于尔梯姆·割风这个名字。

与此同时，他在巴黎还另外租了两处房子，免得总待在同一街区惹人注意，稍有一点情况就可以换个地方，不至于像那天夜晚那样措手不及，只是奇迹般逃脱了沙威的追捕。那两套公寓房相当简陋，外观也很破旧，位于两个相隔很远的街区，一处在西街，一处在武人街。

他不时带着珂赛特，或去西街，或去武人街，住上一个月或一个半月，只让都圣看家。在公寓小住时，他请门房干些杂事，自称靠年息生活，住在郊区，在市区有个落脚点。这位品德高尚的人为了逃避警察，在巴黎有三处住所。

二、冉阿让加入国民卫队

确切地说，他还是住在普吕梅街，生活做了如下安排：

珂赛特跟保姆住在小楼，她占油漆护壁的大卧室，使用有漆金线角的起居室、当年院长用的有地毯和壁毯并配有大圆椅的客厅，她还拥有花园。

冉阿让给珂赛特的卧室安的大床，配有带天盖的三色旧锦缎幔帐；铺的古老而美丽的波斯地毯，是从圣保罗无花果树街戈歇大妈的铺子买来的。不过，为了冲淡这种精美的古董所造成的肃穆气氛，他又配置了适于少女的各种各样明快秀美的小用具：多宝槅、书橱和金边书籍、文具、吸墨纸、镶嵌螺钿的案台、镀金的针线银盒、日本瓷的梳妆台。楼上垂挂的长窗帘，三色深红花锦，跟床帷幔一样；楼下则挂着毛织窗帘。整个冬季，珂赛特的小楼上下都生了火。而他呢，则住在后院的一个下房里，只有一张铺草垫的帆布床、一张白木桌、两把草垫椅子、一个陶瓷水罐，以及放在木板上的几本旧书，他那只宝贝箱子放在墙角，屋里从来不生火。他跟珂赛特一起吃饭，餐桌上专门给他摆一块黑面包。当初都圣一进家门，他就对她说："家里的主人是小姐。""那么，您呢，先……先生?"都圣十分诧异，反问道。"我嘛，比主人高多了，我是父亲。"

珂赛特在修院学会了持家，她管理为数不多的花销。每天，冉阿让都挽着珂赛特的手臂，带她去散步，带她到卢森堡公园，走在游人罕至的小径上。每逢礼拜天，他们都去做弥撒，而且总去高台阶圣雅克教堂，只因为那儿离家很远。教堂坐落在一个贫困街区，他就大量施舍，在教堂里总被穷苦人围住，因此，德纳第在信中称他为："高台阶圣雅克教堂的行善先生。"他爱带珂赛特去探望穷人和病人。普吕梅街这座宅院没有生人进去过。都圣采购食物，冉阿让亲自去附近大道旁一个水龙头打水。木柴和葡萄酒存放在半地下室里，这个半地下室，靠近巴比伦街那道门，壁面镶嵌了石块贝壳，是当年院长先生当石窟用的。因为在游戏场和精神病院那个时代，没有石窟就谈不上爱情。

在巴比伦街那道独扇大门上，挂着一个储钱罐式的信报箱。不过，普吕梅街这座小楼的三个居民既没有收到过报纸，也没有收到过信件。这个箱子，从前是艳情的媒介，是一位风流法官的知己，现在全部用途，只收收催税单和卫队的通知书了。要知道，割风先生，年金收入者，参加了国民卫队。1831年那次人口普查网眼很密，也没有漏掉他。市府调查人员一直深入到小皮克普斯修院，而冉阿让从那穿不透的神圣云雾中出来，在区政府看来就是值得尊敬的人，当然有资格派班站岗。

每年总有那么三四次，冉阿让穿上军装去站岗，而且，他打心眼儿里愿意，对他来说，这是一种正当的乔装打扮，既能跻身于大众之间，又能独来独往。冉阿让刚满六十岁，这是法定的免役年龄，可是他的外貌还像个五十以内的人。再说，他无意躲避那位上士，也不想同路洛博伯爵较劲。他没有公民身份，隐瞒自己的姓名、自己的真实身份、自己的年龄，什么都隐瞒了。不过，正如我们说的，他是个诚心服役的国民卫队队员。他的全部志向，就是像一个普通纳税人。这个人心中的理想是天使，身外的表率是资产者。

有个细节应当指出。冉阿让带珂赛特出门的时候，他的衣着打扮，如我们所见，有几分像旧军官。可是，他单独外出的时候，通常要等天黑之后，他总是一身工人打扮，换上短外套和长裤，低低地戴着一顶鸭舌帽，把脸遮起来。这究竟是谨慎，还是自卑呢？两者兼备。珂赛特早已习惯了自己命运神秘的一面，也就不大注意父亲的奇特行为。至于都圣，她对冉阿让敬若神明，觉得他做什么都是正当的。卖肉的老板见过冉阿让，有一天他对都圣说："他是个怪人。"都圣回答说："他是个圣人。"

无论冉阿让、珂赛特还是都圣，出来进去只走巴比伦街那道门。除非隔着花园的栅门看到他们，否则很难猜到他们住在普吕梅街。

那道铁栅门始终关着。冉阿让有意抛荒，不管理花园，以免引人注目。

然而，他这样想也许错了。

三、叶茂枝繁

这座园子荒废了半个多世纪，变得非同一般，别有一番美妙的景象。四十年前，打这条街经过的人，常常驻足观赏，却想不到葱翠深深所掩藏的秘密。两根霉绿的柱子中间，立着一道上了锁的古老铁栅门，铁条已扭曲，摇摇晃晃，门楣上的阿拉伯装饰图案也已模糊不清。当年漫步遐想的人走到门前，不止一个从铁柱之间向里张望，神思贸然深入进去探幽。

花园一角有一张石椅、两三尊青苔被覆的雕像，还有几个葡萄架，年深日久钉子脱落了，倾颓在墙上腐烂。整个园子已不辨路径，也没有草坪，到处长满了绊脚草。园艺离开，大自然回来。杂草闯入这块可怜的园地，纷纷争妍斗奇。桂竹香花会，色彩绚烂。园中万物繁盛，神圣的勃勃生机毫无阻难，欣欣向荣如在家园。树梢俯下来接近荆棘，荆棘往上拔节去够树枝，藤蔓攀缘上去，枝条垂下来，匍匐在地上的去会见在空中开放的，而迎风招展的则俯就在青苔间爬行。树干、枝丫、叶子、纤维、花簇草丛、卷须、嫩枝、荆棘，全都穿插纠缠，结织错乱。这块三百法尺见方的园地，在造物主满意的目光下，植物深情地紧紧抱在一起，庆祝完成了它们神秘的友爱，并象征人类的友爱。这花园不复为花园，赫然成了一片榛莽之地，可以说，难以穿越如丛林，密密麻麻如城市，瑟瑟抖动如鸟巢，幽邃阴暗如教堂，独立孤寂如坟茔，生趣盎然如众生。

到了花开季节，这一大片榛莽，在铁栅门里和四面围墙之间，无拘无束，进入发情期，暗中普遍奋发蓄息，在阳光下激动，几乎像一只野兽，嗅到了天地间求爱的气息，感到4月的汁液在脉管里升腾，于是扬起头来，迎风抖动浓密纷披的绿发，向湿润的地面、剥蚀的雕像、楼前颓毁的台阶，乃至僻静街道的路石，撒下繁星般鲜花、珍珠般露珠，撒下繁丰、美丽、生命、喜悦、芬芳。中午，千百只白蝴蝶躲进园中，在绿荫丛间曼舞飞旋，宛如有了生命的夏雪，那景象真是神仙境界。在那里，在绿荫快活的幽暗中，一群天真的声音，向灵魂软语倾诉，而啾啾鸟语遗漏，则由嗡嗡虫声弥补。夜晚，园中飘逸出梦幻似的水蒸气，笼罩全园，仿佛覆盖了雾气织成的殓布，覆盖了清绝静谧的帷怅。忍冬和牵牛花各处飘香，令人醉倒，好似无比醇美的毒酒。你能听见旋木雀和鹡鸰在枝叶下入睡时最后几声呼唤，你能感到鸟雀和树木那种神圣的亲密无间。白天，鸟的翅膀愉悦树叶；夜晚，树叶保护鸟的翅膀。

到了冬天，荆丛变黑了，湿漉漉的，枝条横斜散乱，临风抖瑟，那栋小楼也就隐约可见了。现在满目所见，已不是枝头的繁花、花间的清露，而是在由黄叶铺成的又冷又厚的地毯上，鼻涕虫留下的长长银带。不过，无论什么景象，也无论春夏秋冬哪个季节，这块小小的园地总透出伤感、沉思、孤寂、悠闲，总不见人影，而唯有上帝；那道锈迹斑斑的老铁栅门，仿佛在说：这园子是我的。

尽管这一带周围全是巴黎的铺石马路，尽管瓦雷纳街古雅豪华的府邸仅隔两步路，残疾军人院的圆顶近在咫尺，众议院也相去不远，尽管勃艮第街和圣多米尼克街车水马龙，炫耀排场，黄色、褐色、白色、红色公共马车，也在下一个十字路口往来如梭，可是，僻静冷清仍然盘踞在普吕梅街。旧时的房主早已故去，又经历了一场革命，豪门世家衰微破败，人去楼空，遗忘、抛弃并闲置达四十年之久。这足以使这块风流宝地重又长满了蕨草、毒鱼草、毒芹、菁草、毛地黄、长茅草，以及叶子硕大浅绿、茎秆凸凹生纹的其他高大植物，还有蜥蜴、金龟子等警觉快速的昆虫。这足以使一种难以描摹的蛮荒的物景，从深深的地下破土而出，在四堵墙里再现壮观的气象。这足以使大自然——一贯打乱人为的狗苟蝇营，既可附在蝼蚁身上也可附在鹰身上，随意全面扩展的大自然——终于在巴黎一个鄙陋的小园里焕发神采，既犷悍又壮伟，俨然在新大陆的原始森林。

诚然，什么都不是渺小的。善于深入大自然探幽的人，全明白这一点。虽然在确定前因还是在限定后果方面，哲学根本得不到完满的解决，但是鉴于各种分解的力量总要复归一统，沉思者仍不免陷入无止境的冥想。一切都为一个整体运行。

代数可以运用于云层，日光有利于玫瑰，哪个思想家也不敢断言，山楂的芳香对星体毫无益处。谁又能计算出一个分子的行程呢？我们怎么能知道星体不是陨落的沙粒形成的呢？谁又能够了解无限大和无限小相反相成，始因在物体的深渊中回响，以及宇宙形成时的大崩溃呢？小虫也不容忽视，小即大，大即小。在必然性中，一切都处于平衡状态。对思维来说，真是骇人的幻象。在生物和物体之间，有奇异的关系。在这永不穷尽的整体中，从太阳到蚜虫，谁也不能藐视谁，彼此都相互依存。阳光不会糊里糊涂将地上的芳香带上碧空，夜色也会将星体的精华散发给睡眠中的花朵。飞鸟的爪子无不系着无限世界的绳索。万物化育，会因为一颗流星的出现、乳燕的破壳而变得复杂，并同样导引一条蚯蚓的出生和苏格拉底的问世。望远镜丧失效力之处，显微镜则开始起作用。哪一种视野最广呢？选择吧。一个霉点就是一束鲜花。一片星云就是一个星体的蚁穴。精神的东西和实体的现象同样错综复杂，甚至有过之而无不及。元素和法则彼此混杂、交融、结合，相辅相成，结果产生同样光明的物质世界和精神世界。现象永远返归自身。在天体广泛的交会中，宇宙生命呈未知数量，往来如梭，将一切卷入各种气息的无形神秘中，并且利用一切，连一次睡眠的一场梦也不放过。在这里播下一只微小动物，又在那里粉碎一个星球，摇摇晃晃，斗折蛇行，将光化为力，将思想化为元素，到处扩散又无形无影，分解一切，独有"我"这个几何点例外。还将一切引回到原子灵魂，让一切在上帝身上焕发异彩。还将一切活动，从最高级到最低级，交织在一种炫目的机制的昏蒙中，将一只昆虫的飞行系于地球的运转上，将彗星在天宇的运行纳入，谁知道呢？哪怕是由于法律的同一性吧，纳入纤毛虫在一滴水中的旋转，精神构成的机体。无比巨大的齿轮传动系统，其最初动力是小蝇，而最末的齿轮是黄道。

四、换了铁栅门

这园子，当初建成放荡秘事的掩蔽所，后来似乎改变，适于用来庇护纯洁的秘事了。庭园中，摇篮、草坪、花棚、石窟，都已不复存在，唯见一片葱茏，枝蔓扶疏纷披，好似各处垂下的帷幔。帕福斯[1]重又恢复伊甸园。但不知是什么悔恨净化了这处幽居。这个卖花女，现在向灵魂献花了。这座风流园，从前名声很坏，现在又回到处子贞洁的状态。一位法院院长由一名园丁当帮手，后来一个家伙自认为接过拉姆瓦尼翁[2]的衣钵，而另一个

---

[1]　帕福斯：位于塞浦路斯，维纳斯之城。
[2]　吉约姆·德·拉姆瓦尼翁（1617—1677）：法国司法官，曾任巴黎高等法院首席院长。

家伙也自认为是勒诺特尔[1]的继承人，他们都整理这园子，剪枝、扭曲、修饰、打扮，只为博得美人儿的欢心。可是，大自然又把它夺回来，满园撒下绿荫花影，布置成爱的圣地。

这座幽园里，也有一颗准备好的心，只待爱前来相见。这里有一座寺庙，由绿树、青草、苔藓、鸟的叹息、缠绵的幽暗、摇曳的树枝建造而成。这里也有一颗灵魂，由柔情、信念、纯真、希望、憧憬和幻想构筑而成。

珂赛特离开修院时，几乎还是个孩子，她才十四岁过一点儿，正处于"青春期"。我们说过，除了那双眼睛，她那模样不仅算不上美，反而有点丑，倒不是说五官不端正，只是显得笨拙、瘦弱，既不大方，又毛手毛脚，总之是个大女孩儿。

她的教育已然完成，也就是说，接受了宗教，尤其是虔诚的教育；还学了"历史"，即修院里这样称呼的东西，地理、语法、分词、法兰西国王；学一点儿音乐，学画一个鼻子等，其余的一无所知。这样既有可爱之处，又包含一种危险。一个少女的心灵，不能让它蒙昧无知，否则以后会产生过分突然而强烈的幻景，如同久在黑屋子里那样。她应当逐渐地、谨慎地接触光亮，先接触现实生活的反光，而不是直接刺眼的光芒。有益的朦胧之光，肃穆而优美，能消除幼稚的恐惧，并防止失足跌跤。唯有慈母的本能，包容处女时的回忆和婚后的经验那种卓绝的直觉，才知道如何并用什么发出这种朦胧之光。什么也取代不了这种本能。要培育一个少女的心灵，世间所有修女加起来，也抵不上一位母亲。

珂赛特长这么大没有母亲，只有许许多多的嬷嬷。

至于冉阿让，他心里充满无限慈爱、无限关怀，但他毕竟是个根本不懂的老人。

要让一个女性做好迎接人生的思想准备，这是一种教育事业，是一种严肃的事情，需要多少真知灼见，来同所谓的天真，那种莫大的愚昧作斗争啊！

1　勒诺特尔（1613—1700）：法国园林设计画家和建筑师。

让一名少女酝酿痴情的地方，莫过于修道院。修院把人的思想引向未知世界。一颗心退守封闭，无法扩展，便向内挖掘，不能开放，便往深进取。从而产生种种幻象、种种臆想、种种推测，从而构思离奇的故事，盼望冒险奇遇。这些光怪陆离的营造，这些在内心深处黑暗中建起的海市蜃楼，全是隐秘的幽居，一旦铁栅门打开，狂热的情欲就会进驻。修院是一种压制，要压服人心，就必须终生保持压力。

珂赛特离开修院，搬到普吕梅街，再也找不到比这适意，也更危险的住所了。这是孤寂的继续，又是自由的起始。一座幽闭的园子，却有茂盛鲜美、醉人心魄的自然景物。依然是在修院中的那些梦想，却能瞥见青年男子的身影。虽有一道铁栅门，却又临街。

然而，再重复一遍，她初到这里，还是个孩子。冉阿让将这座荒园交给她，说道："你在这里愿干什么就干什么。"珂赛特非常开心，她拨开所有草丛，翻动所有石块，要找"虫子"；她喜欢这园子，眼下因为能在脚下杂草中找见昆虫，以后就要因为举头能从树枝间望见星光了。

此外，她一心爱她父亲，就是说爱冉阿让。她出于天真的子女亲情，把老人当作一个可心而又可爱的伴侣。我们还记得，马德兰先生看书很多，冉阿让则继续阅读，结果也就善于言谈。他是个谦虚而实在的聪明人，通过自学提高了文化素养，蕴蓄了丰富的知识，说话头头是道。他还保留了几分粗鲁，足以中和他的厚道。他这个人看似粗犷，内心却很善良。在卢森堡公园里，爷儿俩促膝交谈，他总能从阅读的书籍和苦难经历中汲取知识，向她娓娓讲解各种各样问题。珂赛特一边倾听，一边游目四望。

这个淳朴的人能满足珂赛特的思想，正如这座荒园能满足她的嬉戏。她追够了蝴蝶，气喘吁吁跑到他跟前，说道："噢！再也跑不动啦！"这时，他便亲一亲她的额头。

珂赛特爱戴这位老人，总是如影随形跟在身后。冉阿让在哪里，哪里就给人舒服之感。他既不住在小楼，也不待在园子里，因此，珂赛特虽有开满鲜花的园子，却更爱去那铺石地面的后院；她虽有镶了壁毯、摆着软垫圆椅的大客厅，却更爱去那间只有两张草垫椅的小屋。有时，冉阿让被她纠缠得好不惬意，就笑呵呵地嗔怪道："还不回你自己屋去！让我一个人清静一会儿！"

女儿也耍起娇来，憨态十分可爱，反而柔声责怪父亲：

"爸，我在您这儿冻得要死，屋里为什么不铺块地毯，安个火炉呀？"

"亲爱的孩子，多少人比我差多了，头上连一块瓦都没有呢。"

"那么，我屋里为什么生火，什么也不缺呀？"

"因为你是女的，还是个孩子。"

"嗳！男的就该挨冻受苦吗？"

"有些男人就该这样。"

"好吧，那我就总来这儿，就叫您非生起火不可。"

珂赛特还问他：

"爸，为什么您吃这样差劲的面包？"

"不为什么，孩子。"

"那好，您吃我也吃。"

这样，为了不让珂赛特吃黑面包，冉阿让也吃白面包了。

珂赛特只是模模糊糊记得一点童年生活。她早晚都为她不认识的母亲祈祷。在记忆中，德纳第夫妇好似梦里见到的两张狰狞面孔。她还能想起"有一天夜晚"，她去树林里打水。她以为那地方离巴黎很远。她恍惚从前生活在地洞里，是冉阿让把她从洞里拉出来的。童年在她的印象中，是她身边爬满蜈蚣、蜘蛛和蛇的时期。她不大明白怎么会是冉阿让的女儿，他又怎么会是她父亲。晚上入睡之前，她就想这事，想象是她母亲的灵魂附在这老人身上，来跟她待在一起的。

在他坐着的时候，珂赛特常把脸贴在他那白发上，悄悄掉下一滴眼泪，心中暗道：这男人，也许就是我母亲吧！

还有一点，说起来尽管很怪：珂赛特是在修院长大的姑娘，什么也不懂，而在童贞时期，也绝难理解母性，结果就想象她几乎等于没有母亲。那位母亲，她连名字都不知道，每次她问起她母亲叫什么，冉阿让总是默不作声。她若是再问一遍，他就笑而不答。有一次，她非要追问到底不可，逼得没法儿，那微笑就终于化作一滴泪水。

冉阿让守口如瓶，用夜幕将芳汀罩住了。

在珂赛特小时候，冉阿让总爱跟她谈她母亲，现在她长成大姑娘，就不能那样做了，他觉得再难张口了。是顾忌珂赛特吗？还是顾忌芳汀呢？他产生一种宗教式的敬畏，不敢让这阴魂进入珂赛特的头脑，不敢让这死者作为第三者进入他们的命运。在他心目中，这幽灵越是神圣，就越显得可怕。他一想起芳汀，就感到压抑得只能缄口。他仿佛看见黑暗中有什么东西，像是一根按在嘴唇上的手指。芳汀身上的整个廉耻心，在她生前负气而去，难道在她死后又回到她身上，悲愤地守护死者的安宁，警惕地守护她的坟墓吗？冉阿让不知不觉中，是不是受到这种压力呢？我们相信鬼魂，因此不会拒绝这种神秘的解释。这就是为什么，即使在珂赛特面前，也不能提芳汀这名字。

有一天，珂赛特对他说：

"爸，昨晚我做梦，看见我母亲了。她有两只大翅膀。我母亲生前，应当达到圣女的品级了。"

"通过殉难达到的。"冉阿让回答。

珂赛特同他一道出门时，总爱偎依着他的胳臂，又自豪又幸福，感到心满意足。冉阿让看出这温情的种种表示，仅仅对他一个人，十分可心，就感到自己的思想融入幸福之中了。可怜的人沉浸在天使般的快乐中，乐得浑身颤抖。能这样度过一生，他喜不自胜，心想他所受的苦难，还不配得到如此美好的幸福。因此，他由衷地感谢上帝，感谢上帝让他这个微不足道的人，得到这个天真孩子的热爱。

五、玫瑰发现自己是武器

有一天，珂赛特偶然照照镜子，诧异了一声："咦！"她几乎觉得模样挺美，心里顿时产生一种特别的烦恼。直到现在，她根本就没想过自己的脸蛋儿。她照镜子也不瞧自己。况且，她常听人说她长得丑，只有冉阿让轻声说；"不对！不对！"不管怎样，珂赛特一直认为自己长得丑，丑就丑吧，小时候也不在乎，她就带着这种念头长大。不料现在，镜子也像冉阿让那样，突然对她说："不对！"她这一夜没睡着觉。"我长得美又怎么样呢？"她心中暗道，"真滑稽，我也会长得美！"于是，想起她伙伴中长得好看的，在修院里就引人注意，不禁思忖道："怎么！难道我也像某某小姐那样！"

次日，她又照镜子，这回可不是偶然举动，但是怀疑起来："我犯傻啦？"她说道："不，我长得丑。"其实很简单，她没睡好觉，眼睛有了黑圈，脸色也苍白了。前一天，她认为自己美，也没有怎么兴高采烈，可是不这样看了，倒有点伤心。她不再照镜子，一连两个多星期，她竭力背对着镜子梳头。

晚上吃过饭之后，她多半在客厅里做绒绣，或者做点儿从修院学来的针线活儿，冉阿让在一旁看书。有一次，她从活计上偶尔抬起眼睛，发现父亲看她的那种不安神色，不禁大吃一惊。

另一次，她在街上走，分明听见后面说的话，但没有看见说话的人："这女人好漂亮，可惜穿得差劲。"她心中暗道："嗳！不是说我。我穿得像样，长得不好。"

还有一天，她在园子里，听见可怜的都圣大妈说："先生，小姐越长越漂亮，您注意到了吗？"珂赛特没听见父亲回答什么，但是，都圣的话好像震动了她，她当即逃出花园，上楼回房间，跑向三个月没照面的镜子，惊叫了一声。她自己都感到光艳照人。

她又美丽又清秀，不能不同意都圣和镜子的看法。她的身段成形了，肌肤白净，头发光润，蓝眼珠里燃起从未有过的神采。一时间，她对自己的美貌深信不疑了，如同太阳放射的耀眼光芒。而且，别人也注意到了，都圣说了出来，街上那个行人显然也是指她而言，这一点再也无可怀疑了。她又下楼回到园子里，俨然以王后自居。虽然时值冬令，她望着金灿灿的天空、树木之间的阳光、荆丛里的花朵，听鸟儿歌唱，不禁心花怒放，心情说不出来有多欢畅。

然而，冉阿让那边，却抓心搔肝，心情说不出来有多沉重。

事出有因，一段时间以来，他怀着恐惧的心理，注视着珂赛特可爱的脸蛋儿上，这种美貌日益焕发夺目的光彩。这曙光，在所有人看来都明媚可喜，在他看来却凄惨可悲。

珂赛特觉察之前，容貌早就变美了。这出乎意料的阳光缓缓升起，逐渐被覆这少女的全身。殊不知从第一天起，这道阳光就刺痛了冉阿让忧郁的眼睛。他感到这是幸福中的一种变化。生活太幸福了，他一动也不敢动，生怕打乱了什么。这人一生饱受苦难，创巨痛深，至今还涔涔流血，从前几乎堕落成恶人，现在几乎变为圣徒，他在苦役犯牢中拖曳锁链之后，现在又拖曳着无名耻辱的无形但沉重的锁链。对这个人，法律并没有松懈，随时可能抓住他，把他从他德行的黑暗中拉出来，重新投到公开羞辱的光天化日之下。这个人接受一切，原谅一切，宽恕一切，祝福一切，善待一切，而他向老天，向世人，向法律，向社会，向大自然，向世界，只要求一件事：让珂赛特爱他！

让珂赛特继续爱他！上帝不要阻止这孩子的心向他，留在他身边！得到珂赛特的爱，他就会感到治愈、康复、平静、满足，得到报偿，胜似做国王。得到珂赛特的爱，他就觉得很好！此外别无所求。假如有人问他：你还要更好吗？他一定回答：不要。假如上帝问他：你要上天堂吗？他一定回答：得不偿失！

凡有可能触及这种现状，即使擦擦表面的东西，他就心惊胆战，以为另一种东西冒头了。他始终不大了解一个女人的美貌是怎么回事，但他通过本能知道那非常可怕。

这女孩天真而又令人生畏的额头，就在他身边，就在他眼前，越来越焕发光彩夺目的美，而他却蜷缩在自己的丑陋、年迈、烦恼、抵触和颓丧的深处，瞪着惊恐的眼睛注视着。

他心中暗道："她多美啊！而我呢，会变成什么样子？"

这正是他的爱和母爱之间的差异。他见了便惶恐不安的东西，母亲见了会心中欢喜。

初期征兆不久就显现出来。

"毫无疑问，我长得美！"从她这样自言自语的第二天起，珂赛特就留心打扮了。她想起街上行人的那句话："漂亮，可惜穿得差劲。"这话好似神风，从她身边吹过，虽然消失得无影无踪，却已在她心上播下要占据女人一生的两颗种子之一，即爱俏，另一颗则是爱情。

对自己的美貌一旦有了信心，女性的整个灵魂就会焕发出异彩。珂赛特厌恶了粗呢衣裙，戴绒帽也觉得丢人了。父亲从来没有拒绝过她任何要求。她也一下子就掌握了选择帽子、衣裙、短斗篷、皮靴、袖套、合适布料、适当颜色等一整套学问，也正是这套学问将巴黎女人变成极为迷人、极为深奥，又极为危险的尤物。"勾魂女人"这个词，就是为巴黎女人造出来的。

还不到一个月，小珂赛特虽然隐居在巴比伦街，却不但跻身巴黎最漂亮的女人之列，这已实属不易，而且进入巴黎"穿得最好"的女人之列，这尤为难得了。她真希望再碰见"当初那个行人"，看他还有什么可说的，也"好教训教训他"！事实上，她仪容修美，无处不曼妙迷人。就连是热拉尔帽店还是埃尔博帽店的帽子，她都分辨得清清楚楚。

冉阿让惶恐不安地注视着这种千娇百媚。他感到自己只配在地上爬行，顶多立起来走路，可是，他却眼看珂赛特长出翅膀了。

不过，一个女人只要稍微瞧一瞧珂赛特的装束，就会看出她没有母亲。一些小规矩，一些特殊习惯，珂赛特就没有遵照。母亲若在跟前，就会告诉她，一个女孩子不能穿锦缎。

珂赛特穿上黑花缎衣裙，披上黑花缎披肩，戴上白绉呢帽子，头一天出门，上前挽住冉阿让的胳臂，真是兴高采烈，神采飞扬。"爸，"她问道，"我这么打扮，您觉得怎么样？"冉阿让答道："真美！"但声调却像眼红的人那样酸溜溜的。他们还像往常一样散步，回到家里，他又问珂赛特：

"你不想再穿那件衣裙，再戴那顶帽子了吗？你知道我指的什么。"

这话是在珂赛特房间讲的。珂赛特转向挂她那身寄读学生服的衣橱。

"这身怪衣裳！"她答道，"爸，您怎么想得出来？哦！当然不了，这样难看的东西，我绝不再穿了。这玩意儿扣在头上，我就成了疯狗太太了。"

冉阿让长叹一声。

从这时候起，他注意到珂赛特总张罗出门了。而从前，她总要待在家里，总说："爸，我同您在这儿更开心。"是该出去，如果不显示，那么长一张漂亮脸蛋，有一身高雅的打扮又有什么用呢？

他还发现，珂赛特也不再那么喜欢后院了。现在，她爱待在花园里，还有兴致在铁栅门那儿走来走去。冉阿让怕见人，就不踏进花园，像狗一样待在后院。

珂赛特一意识到自己漂亮，便丧失了那种浑然不觉的美妙情态，因为，美丽再由天真增色，就美不胜收了。一位天真少女光彩照人，手里拿着钥匙走向天堂还不知道，这比什么都更可爱。不过，她丧失的天真情态，又从深沉的柔媚补回来。她整个人儿洋溢着青春、纯洁和貌美的欢乐，又流露出一种令人销魂的忧郁。

隔了六个月，正是到这个阶段，马吕斯又在卢森堡公园遇见她了。

六、开战

珂赛特也像马吕斯那样，幽独自守，但是心里一团火，一触即发了。命运总是那么从容不迫、神秘莫测而又无法抗拒，现在将两个人慢慢拉近。这两个人都满负激情的暴风雨雷电而倦慵，这两颗灵魂都负载着爱情，如同两块乌云负载着雷电，只需一道目光，就像乌云中一道闪电，便会接触而扭结在一起。

爱情小说中把目光写得太滥，结果没有分量了，现在不大敢说两个人一见钟情了。然而，人就是这样，也仅仅是这样相爱的。此外就是此外，是随后发生的事儿。两颗灵魂交换这种闪光时，给予对方的强烈震撼，比什么都真实可信。

正是在这种时刻，珂赛特有了这种能让马吕斯神魂颠倒的目光，自己却不知道；马吕斯同样没有意识到，自己也有了能让珂赛特神魂颠倒的目光。

他给她造成同样的烦恼和同样的欣慰。

珂赛特早就看见他了，并且端详他，不过，姑娘观察人总像漫不经心。还在马吕斯觉得珂赛特是个丑姑娘的时候，珂赛特就觉得马吕斯好看了。但是，那个青年根本没注意她，因此在她眼里也就无所谓了。

然而，她心里总不免琢磨，认为他头发美，眼睛美，牙齿美，听他跟同学谈话，觉得他声音也美妙。如果真要挑毛病的话，那就是他走路的姿势不好看，但是有自己的风致，一点也不显得蠢笨。他整个人儿体现出高尚、温柔、朴实和自豪，看样子贫寒，但举止不俗。

到了这一天，两人的目光相遇，终于用目语，突然相互传递了模糊而难以言传的最初感觉。但是，珂赛特并没有一下就明白，回到西街住宅还若有所思。当时冉阿让正按照习惯来西街住六个星期。次日醒来，珂赛特又想起这事儿，想到那个陌生的青年多久以来，态度一直冷漠，视若未见。现在似乎注意她了，但是，这种注意丝毫也没有给她带来愉快，心里甚至有点恼火，怪那个英俊青年瞧不起人。于是内心蠢蠢欲动，要较量一番，觉得终于有机会报复了，从而感到一种还未脱孩子气的欣喜。

她知道自己美，就感到有了一件武器，尽管这种意识还不十分明晰。女人玩弄自己的美貌，正如孩子舞刀弄枪，迟早要伤了自己。

我们还记得，马吕斯迟迟疑疑，躲躲闪闪，战战兢兢，总坐在长椅上，不肯靠近。珂赛特对此又气又恼，有一天她对冉阿让说："爸，咱们往那边走走吧。"她见马吕斯不过来，自己就干脆过去。碰到这种情况，每个女人都像穆罕默德那样[1]。说来也怪，真正爱情的最初征兆，小伙子往往变得胆怯，而姑娘则往往显得大胆。这令人惊诧，其实道理非常简单：两性相互接近时，采纳对方的品格了。

那天，珂赛特一个秋波，就让马吕斯发狂，而马吕斯一瞥，也令珂赛特发抖。马吕斯满怀信心走了，而珂赛特心里却七上八下。从那天起，他们俩就相爱了。

1　伊斯兰教典中讲到，穆罕默德不能把一座山唤来，就朝山走去。

珂赛特首先产生的感觉，就是一阵惶惑而深沉的忧伤。她觉得自己的灵魂一天天变黑，连自己都辨认不出了。少女灵魂的洁白，是由冷淡和喜悦构成的，跟雪一样，一照见它的太阳——爱情，就融化了。

珂赛特还不知道爱情是什么。她从来没有听人按照世俗的意义讲过这个词。在修院采用的世俗音乐教材里，"爱情"一词用"鼓声"或"大兵"代替。这就成了谜语，锻炼那些大姑娘的想象力，例如："啊！鼓声多么惬意！"或者："怜悯不是大兵！"不过，珂赛特离开修院时年龄尚小，还没有怎么关心"鼓声"。因此，她现在感受到的东西却叫不上名称。难道不晓得病名就不害那种病了吗？

她爱而不懂，也就爱得更加炽热。她不知道这是好事还是坏事，有益还是有害，必要还是致命，长久还是短暂，允许还是禁止。她在爱，仅此而已。假如有人对她说："您睡不着觉吗？这样可不准啊！您吃不下饭吗？这样可不好啊！您感到胸闷心跳吗？这样可不成啊！您望见绿荫小道那端出现一个穿黑衣服的人，脸就红一阵白一阵吗？这样可丢人啊！"她听了会感到奇怪，莫名其妙，很可能要这样回答："这样一件事，我无能为力，又根本不懂，怎么能怪到我头上呢？"

呈现在她面前的爱，又恰好最适合她的心态。那是一种远距离的崇拜、一种默默的仰慕、一个陌生人的神化。那是青春对青春的幻象，是化为传奇又止于梦乡的夜晚之梦，是久盼而终于有了血肉之躯的幽灵，但是还没有名称。没有过错，没有污点，没有要求，也没有缺陷。总之，是一个遥远的、停留在理想中的情人、一种有了形体的幻想。珂赛特还半没在修院弥漫出来的迷雾中，在这发蒙时期，任何更具体、更切近的接触，准会把她吓跑。女孩的各种担心和修女的各种担心，在她身上交织起来。她受修院精神熏陶了五年，这种精神还从她周身慢慢往外释放，使她周围的一切都颤抖不已。在这种情况下，她所需要的不是情人，甚至不是恋人，而是一种幻象。她开始崇拜马吕斯，只是把他当作迷人的、光灿的、不能获取的东西。

极度天真总是邻近极度卖俏，珂赛特向他微笑，心里却十分坦然。

每天她都焦急等待去散步的时刻，在那里见到马吕斯，便感到一种说不出来的欣悦。她对冉阿让这样说，就以为坦率地表达了自己的全部思想："卢森堡这座公园多美妙啊！"

马吕斯和珂赛特彼此还茫然无知。他们不交谈，不打招呼，只是相望，如同遥隔千万里的星辰，在相望中生存。

珂赛特就这样逐渐成长，长成一个美丽多情的女人，她意识到自己的美貌，却不明了自己的爱情。由于天真，她尤其喜欢卖俏。

七、你愁我更愁

任何情况都有本能反应。古老而永恒的大自然母亲暗暗警告冉阿让，让他注意马吕斯的出现。冉阿让在内心最深处惊悸。他什么也看不见，什么也不了解。可是，他却顽固地注意观察他黑暗的周围，就好像感到一方面有什么东西在形成，另一方面又有什么东西在瓦解。由于慈悲上帝的深奥法则，马吕斯同样得到大自然母亲的警示，要尽量避开"父亲"。尽管如此，冉阿让有几次还是看见他了。马吕斯小心起来鬼鬼祟祟，大胆起来又笨手笨脚。他不再像从前那样走近，而是坐在远处出神。手中倒是捧着一本书，假装阅读，但他装样子给谁看呢？从前，他来公园穿一身旧衣裳，现在却天天换上新衣服，他烫没烫发也很难说，眼神显得很古怪，还戴上了手套。总而言之，冉阿让从内心深处讨厌这个年轻人。

珂赛特却讳莫如深。她摸不准自己的心事，但明确感到这事非同小可，必须隐瞒起来。

珂赛特喜欢打扮了，那个陌生青年也改了习惯穿起新衣服，同时发生这两种情况，使冉阿让很不痛快。也许这是巧合，没错儿，肯定是巧合，但凶多吉少。

他从不开口向珂赛特提起那陌生青年，然而有一天，他实在憋不住了，隐约怀着绝望的心情，忽然要探一探自己不幸的深度，就对她说："瞧那个青年，一脸书呆子相！"

如果在一年前，珂赛特还是个无动于衷的小姑娘，就会这样回答："不嘛，他很讨人喜欢。"如果十年之后，她心里怀着对马吕斯的爱，又会这样回答："书呆子相，真没法儿看！让您说对啦！"可是，她在现实生活和感情的支配下，表情十分平静，仅仅说了一句：

"就是那个青年？"

就好像她头一次举目看他。

"我真蠢！"冉阿让想道，"她还没有注意到那人，我却指给她看了。"

啊，老人的单纯！孩子的深沉！

这又是一条法则：少年初识痛苦和忧愁的滋味儿，初恋中同初遇的障碍进行激烈的斗争，姑娘就绝不上当，而小伙子则有当必上。冉阿让暗中向马吕斯开战了，而马吕斯蠢到了家，毫无觉察，表现出他这年龄热恋的特点。冉阿让给他设下许多陷阱：改时间，换座位，遗落手帕，单独来卢森堡公园。马吕斯低着脑袋，钻进了所有圈套。冉阿让在他路上立了一块块问号牌，他都天真地回答：是的。而这期间，珂赛特表面上无忧无虑，泰然自若，掩饰得密不透风，致使冉阿让得出这样的结论：那傻瓜热恋珂赛特是单相思，珂赛特根本就不知道有他那么个人。

尽管如此，冉阿让的心还是因痛苦而震颤。珂赛特爱的时刻随时会到来。开头不全是无动于衷吗？

珂赛特只失误了一次，把他吓得够呛。他们在长椅上坐了三小时，他起身要走，珂赛特却说了一句："已经该走啦？"

冉阿让没有停止去卢森堡公园散步，他不想有任何异样的举动，尤其怕促使珂赛特醒悟。一对恋人享受这无比温馨的时刻，珂赛特向马吕斯送去微笑，马吕斯则心醉神迷，在这世界已眼无余物，现在只有心上人那张神采飞扬的脸。而冉阿让却眼睛冒火，狠狠盯着马吕斯。他早以为自己再也不会产生恶念了，然而他看着马吕斯在那里，就觉得自己又恢复了野蛮和凶残，感到昔日积满怒火的心灵重又张开，要向那青年喷出旧恨宿怨。他心上恍若又形成一座座陌生的火山口。

什么！那个人，就在这儿！他来干什么？他来这儿转悠，东闻闻西嗅嗅，又查看，又试探！他分明在说：哼，有何不可呢？打着鬼主意，到他冉阿让的生活周围转悠，到他的幸福周围转悠，妄想夺走！

冉阿让心中还想道："对，准是这样！他来寻找什么？来寻乐子！他要干什么呢？要风流一下！风流一下！那么我呢？什么！我起初是最穷困的人，后来又成为最不幸的人。跪着生活六十年，受尽了人间的痛苦，没有青春人就老了。一辈子没有家庭，没有亲人，没有朋友，没有妻子，没有儿女。鲜血洒在所有石头上，所有荆棘上，所有路碑上，所有墙壁上。别人对我凶狠，我还要温顺，别人对我凶残，我还要和善。我不顾一切，要改邪归正，当个好人。我痛悔自己做的恶，也宽恕别人对我做的恶，我终于得到好报，终于熬到头，快要达到目的，得到我渴望的东西了。是啊，这很好，我付出了代价，终于得到了。可是，这一切又要飞走，这一切又要消失，我要失去珂赛特，我要失去我的生命、我的快乐、我的灵魂，就因为一个大傻瓜一时高兴，跑到卢森堡公园来游荡！"

转念至此，他的眸子充满异样的凶光。这情景，已不再是一个男人怒视一个男人，不再是一个仇敌怒视一个仇敌，而是一条看家狗怒视一个盗贼。

后来发生的事，我们已然知道。马吕斯没头没脑，继续乱闯，有一天尾随珂赛特到西街，还有一天向门房打听。门房又把话告诉冉阿让，并且问他："先生，一个好奇的小伙子打听您，他是干什么的？"第二天，冉阿让就狠狠瞪了马吕斯一眼，马吕斯总算看到了。一周之后，冉阿让便搬了家，暗暗发誓再也不跨进卢森堡公园一步，再也不去西街了。他回到普吕梅街。

珂赛特没有发一声怨言，什么也没有说，什么也没有问，也根本没想了解为什么。她已经到了心事怕人猜破、怕流露出来的人生阶段。对于这类隐秘，冉阿让毫无体验，而这正是唯一美妙的、他唯一没感受过的隐秘。因此，他根本不理解珂赛特沉默的重大含义，仅仅注意到她变得忧伤了，而他也变得郁闷了。双方较量，却都没有经验。

有一回，他试探一下，问珂赛特：

"去卢森堡公园走走好吗？"

珂赛特苍白的脸顿时开朗了。

他们去了公园。这已经是三个月之后的事了。马吕斯已不去那里。马吕斯不在公园。

次日，冉阿让又问珂赛特：

"去卢森堡公园走走好吗？"

她忧伤而温顺地回答：

"不想去了。"

冉阿让见她这么忧伤不免诧异，见她这么温顺又不免伤心。

这小脑袋瓜究竟怎么了，小小年龄就这么令人难以捉摸？脑袋瓜里究竟在想什么呢？珂赛特的灵魂究竟出了什么事？冉阿让有时不睡觉，就坐在破床旁边，双手捧着头，整夜整夜地冥思苦想：珂赛特的头脑究竟产生了什么念头？他竭力想珂赛特可能想的东西。

噢！在这种时刻，他以多么痛苦的目光，回顾那修院，那贞洁的高峰，那天使的仙境，那高不可攀的美德冰山！他怀着多么痛惜的心情，出神地观赏那修院的园子，那满园人所不知的鲜花、与世隔绝的处女，全部芳香和所有灵魂，都径直飞上天空！他多么迷恋那永远关闭的伊甸园，而他却自愿离开，昏头昏脑地滑下来！他多么后悔克己为人，糊涂透顶，竟然把珂赛特带入尘世，做出自我牺牲的可怜英雄，反为自己的慷慨精神所误，进退维谷！他反反复复地想："我干的是什么事？"

不过，这一切没有向珂赛特透露半分。既没有发脾气，也没有变得严厉，始终保持那张安详和善的面孔。而且，冉阿让的态度，显得格外温和，格外慈祥了。如果有什么东西能令人猜出少了几分快乐，那就是他多了几分宽厚。

而珂赛特却整天无精打采。当初能见到马吕斯，她就满心欢喜；现在见不到面，就黯然神伤，尤其是说不准究竟怎么回事儿。当时，冉阿让一反往常，不带她去散步了。女性的本能从心底向她暗示，不要显得过分看重卢森堡公园的散步，如果装作无所谓，那么父亲还会带她去。然而，一天天过去，几周、几个月过去了，冉阿让默默接受了珂赛特的默许。她后悔了，但悔之已晚。她重新回到卢森堡公园那天，马吕斯不在了。马吕斯已经消失。全完了，怎么办呢？还能再找见他吗？她感到一阵阵揪心，而且日甚一日，无法排遣。再也不管是冬还是夏，是晴还是雨，不管鸟儿是否鸣唱，是大丽花还是雏菊的开花季节，卢森堡公园是否比杜伊勒利公园更宜人，洗衣工送回的衣服、床单浆得太板还是不够，都圣"采购"的食品好不好。她从早到晚心灰意懒，怔怔地出神，只注意一个念头，目光失神而又专注，就好像夜里凝视一个鬼魂忽然隐没的黑洞洞的地方。

不过，她除了苍白的面容，同样也没有让冉阿让看出什么，在他面前仍保持一副甜甜的笑脸。

然而，这张苍白的面孔就足以让冉阿让操透了心。有时他问珂赛特：

"你怎么啦？"

她回答说：

"没什么。"

双方沉默了片刻，她猜出他心里同样愁苦，就问道：

"您呢，爸，您有什么不高兴的事儿吗？"

"我吗？没什么。"他答道。

这两个人多少年来相依为命，彼此倾注了全部爱心，情深意长令人感佩。可是现在，虽然还厮守在一起，却各怀苦衷，都因对方而愁肠百结，双方相互隐忍不谈，毫无怨艾，还总是强颜欢笑。

八、锁链

他们二人最苦恼的还是冉阿让。年轻人，即使伤心，自身总还有几个亮点。

有时候，冉阿让忧闷到了极点，就变得幼稚起来。这正是痛苦的特点，能让成年人重现童稚的一面。他不由自主，总感到珂赛特要从他身边逃走。他很想搏斗，留住她，用身外闪光的东西振奋起她的精神。刚才说过，这种想法很幼稚，同时也是老糊涂，但是正因为带着孩子气，他通过这种念头比较准确地认识到，花边饰物对少女想象力的影响。有一回，他看见一位全副武装的将军、巴黎卫戍司令库塔尔伯爵，骑马从街上走过。他羡慕那个服饰金光闪闪的人，心想那身军装真是无可挑剔，自己若是能穿上该有多神气，珂赛特准会看花了眼；他再和珂赛特挽着胳臂，一同从杜伊勒利宫铁栅门前经过，接受卫兵举枪致敬，这样一来，珂赛特也就会满足，不想把目光移向那些青年男子了。

思想本来就很凄苦了，不料又受到一次震撼。

他们过着孤寂的生活，自从搬到普吕梅街之后，就养成一种习惯，时常出去游玩看日出。这种恬然自乐，恰恰适合刚刚进入人生和行将离开人世的人。

一大早起来散步，对于爱独来独往的人来说，不但等于夜间散步，还有大自然的野趣。街道空荡荡的，鸟雀鸣唱。珂赛特本来就是一只小鸟，愿意早早起来。头一天就准备好清晨的冶游：冉阿让提议，珂赛特接受。好像合谋干什么事情，天不亮就动身，每一次珂赛特都兴致勃勃。这种无伤大雅的古怪行为，最投年轻人的口味。

我们知道，冉阿让爱去人迹罕至的地方、偏僻的角落、被遗忘的场所。巴黎城关一带有些贫瘠的田地，几乎同市区犬牙交错，那里夏天长着瘦弱的麦子，秋收之后，空荡荡不像收割完，而像剃光一样。冉阿让喜欢光顾那种地方，珂赛特也一点不觉得无聊。他爱其僻静，而她则求得自由。一到那里，她又变成小姑娘，可以乱跑，几乎可以随便玩耍。她还摘掉帽子，放到冉阿让的双膝上，跑去采野花。她看着花上的蝴蝶，但并不去捉；随着爱情会产生宽厚怜惜之心，这姑娘心中有个抖瑟而脆弱的理想，就怜惜起蝴蝶的翅膀。她用虞美人编成花冠，戴到头上，阳光透进去映得火红，就好像她那粉红鲜艳的脸蛋儿上顶着一盆炭火。

即使生活变得愁苦之后，他们仍然保留着清晨散步的习惯。

且说1831年10月的一天早晨，他们受到秋高气爽的天气诱惑，又出门游玩了，天蒙蒙亮就走到曼恩城关附近。刚刚拂晓，还没有曙光满天，是美妙的迷蒙时刻。泛白的深邃天空还有几颗星辰，大地一片漆黑，而天空一片白，野草微微抖瑟，在晨曦中无处不在神秘地震颤。一只云雀仿佛飞到星际之间，凌虚歌唱，那小生命对无限的颂歌，似乎使广宇宁静下来。在东方，惠恩谷黝黑的巨大身影，由铜色的天边衬出。耀眼的金星从那圆顶后面升起，就像从一座黑的建筑物中逃逸出来的灵魂。

一切都平和静谧，街道上没有一个行人。两侧小道上隐约有几个赶去上班的工人。

冉阿让坐在侧道工地门口堆放的房架上，脸朝大道，背对着曙光，把要升起的太阳置于脑后，完全沉浸在冥想中。这种冥想集中全部神思，相当于四堵墙，连目光都给围住了。有些凝思可以说是垂直的：一直深入到底之后，需要一定时间才能返回地面。当时，冉阿让就是陷入这样的冥思苦索中。他想到珂赛特，想到如果没有什么插到他们中间，就可能享有的幸福，想到她用以充实的生活的这种光明，他的灵魂赖以呼吸的光明。他在这种沉思中几乎感到幸福。珂赛特站在他身边，望着渐渐呈现玫瑰色的云霞。

珂赛特突然高声说道："爸，那边好像有人来了。"冉阿让举目张望。

珂赛特没有看错。

大家知道，这条街道通向曼恩老城关，是塞夫尔街的延续部分，由内环马路垂直切断。就从这条街道和内环路的拐角，也就是分岔的地方，传来这种时刻很难解释的声响，而且出现一团模模糊糊的东西，说不出是什么形状，刚从内环路拐进这条街道。

那东西越来越大，仿佛有秩序地移动，浑身长满了刺，微微颤抖，看似一辆大车，但是看不清车上装着什么。有马匹、车轮、喊叫和鞭响。那东西虽然还隐没在黑暗中，轮廓却逐渐分明了。果然是一辆大车，刚从内环马路拐进这条街道，朝着离冉阿让不远的城关驶来。随后第二辆，而且一模一样，接着第三辆、第四辆，总共七辆大车，陆续拐进这条街，马头接车尾连成一长串。车上人影攒动，点点闪光在晨曦中依稀可见，好像出了鞘的战刀，还传来哗啦哗啦的声响，仿佛牵动锁链。那长列向前行进，声响渐渐大起来，真是触目惊心，恍若从魔窟中钻出来的。

那长列越来越近，形状也清晰了，从树后出来，像鬼魂一样青灰色，继而渐渐发白。天色也越来越亮，照见那一大群人不人、鬼不鬼的东西，只见身影上面的脑袋变成一张张死尸的面孔。实际情况如下：

街道上一溜儿七辆车向前行驶。头六辆构造奇特，好像运酒桶的长车，是两个车轮上安了长梯，梯杆的前端便是辕木。每辆车，说得准确些，每道长梯，由排成一长串的四匹马拉着。长梯上拖着人，也排成奇特的长串。晨光熹微，只能猜出是人，还看不真切。每辆车上有二十四名，每边各十二名，背靠背，脸对着行人，双腿悬空牵拉着。那些人就是这样赶路。他们背后有哗啦哗啦响的东西，那是铁锁链，脖子上有闪亮的东西，那是枷锁。枷锁每人各有一个，锁链则是共有的。因此，二十四人若是下车行走，就不得不一致行动，那情景就像一条大蜈蚣，以锁链为脊椎在地上爬行。每辆车前后各站着一个挎枪的人，脚踏着锁链的一端。枷锁是方形的。第七辆是安了车栏的大货车，但是没有篷，有四个轮子，套着六匹马；车上装了一大堆颠得直响的熟铁锅、生铁锅、铁炉子和锁链，乱东西堆里还躺着几个人，全捆绑着，看样子是病号。那辆车虽有栅栏，却支离破碎，好像是老式囚车。

车队行驶在马路中间，两侧各有两行恶俗不堪的押解卫队，头戴高筒三角帽，好似督政府时期的士兵，帽子满是污痕破洞，肮脏极了，全身是花子装。残疾军人的制服和掘墓工的长裤，半灰半蓝，几乎破成布条，还戴着红肩章，挎着黄背带，配备砍菜刀、步枪和木棍，真像一帮随军仆役。这些打手，似乎兼有乞丐的卑劣和刽子手的专横。那个队长模样的人，手里挥着长马鞭。所有这些细节，在熹微的晨光中本来模模糊糊，随着天色渐亮才越来越清晰。车队的前头和末尾，有一些骑马的宪兵，他们手握马刀，神情冷峻。

这支队伍拉得很长，第一辆车驶到城关，最后一辆才刚从内环路拐过来。

不知从哪儿来了一大群人，转瞬间蜂拥而至，挤在街道两侧看热闹，这是巴黎常有的事。附近街巷里人声相呼，此起彼伏，菜农跑来看热闹，木鞋"嗒嗒"响成一片。

堆在车上的那些人任凭颠簸，全都一声不吭，在清晨的寒气中脸色灰白。他们穿着粗布裤，光脚穿着木鞋。至于衣裳帽子之类，无不穷凑合，有啥算啥，五花八门，又怪诞又丑陋，再也没有比这种烂布片的百衲衣更凄惨的了。透了顶的破毡帽、油污的鸭舌帽、不成样子的毛绒帽，同短褂和臂肘磨穿的黑礼服搭配，还有一些戴着女帽或柳条筐。衣不蔽体，露出毛乎乎的胸脯、文身的图案：爱神庙、火焰心、丘比特等，还露出疮疤和红斑。有两三个人将草绳系在车的横木上，在下面兜住脚，就像踩着马镫一样。他们中间有一个人，拿着一块黑石头似的东西送进嘴去啃，那就是他们吃的面包。那一双双眼睛枯涩无神，或者放射凶光。押解队一路骂骂咧咧，囚犯们则敛声屏息，时而听见棍棒打在肩胛或脑袋上的声响。他们当中有几人打哈欠。一个个破衣烂衫，双脚垂在半空，肩膀不停摇晃，脑袋相撞，锁链哗哗响，眼里冒着怒火，手握成拳头或者像死人那样张开不动。车队后面尾随着一帮哄笑的儿童。

　　不管怎么说，这支车队惨不忍睹。显然，到明天，或者过一小时，就可能下一场暴雨，紧接着一场又一场。他们这些破衣烂衫就会淋透，衣服一湿就再也干不了，身子一冻僵就再也暖和不过来，湿漉漉的粗布裤会粘在骨头上，木鞋里也会灌满水，鞭子抽下来，也阻止不了他们牙齿打战，他们的脖颈仍要戴着枷锁，双脚仍要垂在半空。这些人被锁住，在秋天凄冷的乌云下，像树木、石头一样，任凭风吹雨打，任凭狂飙袭击，谁目睹这情景都要不寒而栗。

　　棍棒击打，即使躺在第七辆车上的病号也不能幸免。他们手脚捆住动弹不得，丢在那里，就像装满苦难的麻袋包。

　　太阳突然出来，从东方射出万道光芒，就好像把这些粗野人的头烧着了。舌头又能活动了，顿时爆发一阵嬉笑怒骂和歌声，如同熊熊燃起大火。一大片平射的阳光将整个队列截成两半，照亮了头和上身，而把脚和车轮留在黑暗中。每张脸上又出现了思想活动。这一时刻实在可怖。一群魔鬼原形毕露，一群恶鬼赤条条现形。即使在阳光下，这帮人也阴惨惨的。有几个情绪很快活，嘴上叼着鹅毛管，将一条条蛆吹向围观的人，特别瞄准妇女。在朝霞中，阴影部分更黑，这些凄惨的形貌也就更加鲜明。他们无一不被深重的苦难压成了畸形，而且怪异到极点，就好像将日光变成电闪。打头那辆车上的人扯着嗓门，以粗野欢快的声调，拼命唱起德索吉埃的《贞女》，一首当时非常出名的集成曲。树木都为之凄然抖瑟，而站在路边小道上的有产者一脸呆相，都津津有味地听这种鬼哭狼嚎的淫歌秽曲。

这乱哄哄的队列呈现所有苦难，那里有各种野兽的面孔：老人、青少年、秃脑壳、花白胡子、狰狞的怪样、含怒的隐忍相、咧开大嘴的笑脸、疯癫的狂态、戴着鸭舌帽的猪拱脸、鬓角垂着螺旋形鬈发的女儿脸、尤为可怕的娃娃脸、仅余一口气的骷髅头。头一辆车上有个黑人，可能当过奴隶，那样子比得上锁链。降到最底层，这些人的额头都打上了耻辱的烙印。屈辱到了这种地步，在最深层全都发生最深刻的变化，变为呆痴的愚昧无知，就等于化为绝望的聪明睿智。这些人被视为渣滓中的精华，不可能再筛选了。这个龌龊的队列，无论哪个军官押解，显然都不会把他们分成三六九等。这些人全拴在一起，排列混杂，也许没有按照字母顺序，胡乱装上车的。不过，丑恶的东西聚在一起，总要产生一种合力。不管多少不幸的人，加起来就有一个总和。每条长链都出现一颗共同的灵魂，每一车人都有一个共同的面貌。有一车人爱唱，旁边那车人爱叫嚷，第三辆车人向人乞讨，还有一车人全咬牙切齿，另一车人威胁行人，还有一车人诅咒上帝，而最后一车则死寂如坟墓。但丁见了，会以为七层地狱在行进。

这是从判刑走向行刑，队列阴森可怕，尤为凄惨的是，他们没有坐《启示录》所说的电光大战车，而是坐着游行示众的囚车。

押解的士兵中，有一个手持尖端带钩的木棍，不时挥舞威胁这一堆堆人类的残渣余孽。围观的人群里有个老太婆，指着让一个五岁的男孩看，对他说："小坏蛋，看你还学不学好！"

歌声和咒骂声越来越大。那个押解队长模样的人啪地打了一声响鞭，这信号一发出，一阵猛烈的棍棒，也不问青红皂白，兜头盖脑朝这七车人打下去，噼里啪啦跟下冰雹似的。许多人怒吼狂叫。那些像逐臭苍蝇的野孩子，就更加兴高采烈。

冉阿让的眼睛变得可怖了，那已不是眼珠儿，而是在某些不幸者身上代替眸子的深邃玻璃，仿佛视而不见现实，却映现恐怖和灾难的强烈反光。他看到的不是眼前的景象，而是一种幻象。他想站起来，跑开，逃掉，却一步也迈不动。有时，我们会被眼前的东西吓住，动弹不得，他就是一时愣住，定在原地，好似木雕泥塑一般，心中有说不出来的惶恐，弄不清这惨绝人寰的迫害究竟意味什么，这追逐他的乱舞的群魔是从哪儿来的。他猛地抬手按住额头，这是人恍然忆起往事的习惯动作，他想起这里的确是必经之路，要走通往枫丹白露的大路可能惊动王驾，照例得绕这段弯路。三十五年前，他也是经过了这道城关。

珂赛特也同样惊恐，但情况有所不同。她不理解是怎么回事儿，一时不敢出大气，只觉得眼前的景象不可能是真的。她终于大声问道：

"爸！那车上装的是什么呀？"

冉阿让答道：

"苦役犯。"

"他们去哪儿？"

"去苦役场。"

这工夫，一百多根棍棒打得越发起劲，还杂以刀背的砍击，形成鞭抽棍打的风暴。苦役犯全俯首了，那是酷刑压服的一种丑恶场面，他们全住了声，但那眼神却像锁住的恶狼。珂赛特浑身颤抖，又问道：

"爸，他们还算人吗？"

"有时还算吧。"这不幸的人答道。

那一批押解的犯人，天亮之前就从比塞特出发，走勒芒大道，以便避开国王去游玩的枫丹白露。这样一改道，可怕的旅程就要多走三四天。不过，为了不让国王看到这一惨景，多走几天路也不算什么。

冉阿让回到家里，情绪十分沮丧。遇到这种事是沉重打击，留下的印象类似巨大的震撼。

冉阿让带珂赛特回巴比伦街，一路上根本没有注意她又问起刚才看到的情景，也许他精神过于颓丧，无心旁顾，听不见她说的话，也无从回答。

不过到了晚上，珂赛特离开他要去睡觉，嘴里嘀咕的话让他听见了："我在生活的道路上，若是遇到那样一个人，哪怕近前看一眼，我也觉得自己非吓死不可！"

幸好，在那凄惨一天的次日，正赶上国家庆典，记不清是什么节日了，巴黎组织庆祝活动。演武场上阅兵，塞纳河上比武，香榭丽舍大街上唱大戏，星形广场上放焰火，处处悬灯结彩。冉阿让狠了狠心，打破自己的习惯，带着珂赛特去开开心，以此冲淡前一天给她留下的印象，用全巴黎欢乐热闹的场面，抹掉在她眼前发生的那一幕惨剧。用阅兵仪式点缀这次节庆，街上自然有许多戎装的军人来来往往。冉阿让也换上他那套国民警卫队制服，但心里隐约总有一种避难的感觉。总的来说，这次游逛似乎达到了目的。珂赛特投父亲所好，这已是她的行为准绳，况且她看什么场景都新鲜，因而欣然同意出去看热闹，显示年轻人随意轻松的情致，而且面对所谓公共节日的那种俗而又俗的欢乐，也没有嗤之以鼻。结果，冉阿让真以为一举成功，消除了那可怕幻视的痕迹。

过了几天，在一个阳光明媚的早晨，他们两人都在对着花园的台阶上。这又是一次破例。冉阿让违反了自定的规则，珂赛特则打破了因忧伤而爱待在屋里的习惯。珂赛特穿着浴衣站在那里，少女裹着晨衣好似云霞拥着太阳，一副美妙的情态；头沐浴在阳光里，因睡了好觉而面色红润，接受老人怜爱的温柔目光。她在一片一片揪一朵雏菊的花瓣，但她不知道这迷人的口诀："我爱你，爱一点儿，热恋……"然而谁能教给她呢？她出于本能，天真地揉搓这朵花，并没有意识到揪一朵雏菊的花瓣，就是剥露一颗心。如果有第四位美惠女神，名为"忧伤仙女"，并微微含笑，那么她就是这仙女的模样儿。冉阿让呆呆望着这朵花上的小手指，一时心醉神迷，在这少女的光艳中将一切置之脑后。一只红喉雀在旁边的荆丛中唧啾。片片白云欢快地掠过天空，就好像自由放飞了似的。珂赛特还在聚精会神地扯花瓣，仿佛想什么事儿，不过想的一定是美事儿。忽然，她以天鹅似的优美姿态，慢悠悠地转过头来，对冉阿让说："爸，苦役场是怎么回事儿呀？"

第四卷 人助也许是天助

一、外伤内愈

他们的生活就这样日益黯淡下来。

只剩下一种消遣方式，也就是从前一种幸福的事儿——给挨饿的人送面包，给受冻的人送衣服。珂赛特常陪冉阿让去访贫问苦，从中能找回一点儿他们往日的情感交流。有时，一天下来很有成绩，帮助了不少穷人，温饱了不少小孩儿。到了晚上，珂赛特的情绪就快活一些。正是在这一时期，他们走访了容德雷特的那间破屋。

走访的次日早晨，冉阿让来到小楼，还和往常一样平静，可是左臂膀却有一大块创伤，红肿得厉害，相当严重，像是烧伤，他随便解释了一句。这次受伤，他发烧长达一个月，不再出门，也不肯请医生，有时珂赛特催得急了，他就说："找个狗大夫来吧。"

珂赛特早晚给他包扎，神态那么超凡，因为能为他尽力而流露莫大的欣慰。冉阿让深有所感，觉得自己的担心和惶恐烟消云散，往日的快乐又全部回到心头。他凝望着珂赛特，常说道："嘿！伤得好啊！嘿！疼得好啊！"

珂赛特见父亲病了，就抛弃小楼，又爱待在小屋和后院了。她几乎每天守在冉阿让身边，给他念他挑选的书，主要是游记。冉阿让恢复了生趣，他的幸福重又焕发异彩。什么卢森堡公园、那个在周围转悠的陌生青年、珂赛特变得冷淡的态度，这些乌云全从他心头消散。他有时就想："那一切，全是我想象出来的。我真是个老疯子！"

他感到无比幸福，就连在容德雷特的破屋，意外遭遇德纳第那样的险事，也可以说从他身上滑过去了。他逃脱了，而且甩掉了跟踪，余下的事儿，就无所谓啦！他再想起来，只觉得那帮歹徒可怜，心想他们关进大牢，此后再也不能为非作歹，不过那家人陷入绝境，未免太悲惨了。

至于在曼恩城关那惨不忍睹的一幕，珂赛特再也没有提起。

在修院时，珂赛特上过圣麦什蒂德嬷嬷的音乐课。她天生一副黄莺似的好嗓子，富有感情。到了晚上，在这受伤的老人小屋里，她有时就唱起忧伤的歌曲，大大愉悦了冉阿让。

春天来临，每年到这个季节，园中景色十分迷人。冉阿让就对珂赛特说："你总不去园子了，我要你去走走。"珂赛特回答："听您的就是了，爸。"

她顺从父亲的意思，又恢复了到园中散步的习惯，但多半独自一人。我们指出过其中的缘故：冉阿让几乎从不去花园，大概是怕铁栅门外有人瞧见。

冉阿让的创伤，倒为他消愁解闷了。

珂赛特见父亲痛苦减轻，创伤渐渐平复，似乎有了喜色，她的心情也就欢畅了，但自己并没有注意到，因为这种心境来得十分舒缓而自然。继而进入3月份，白天逐渐延长，冬季离去，而且总带走我们的一部分感伤。接着便到4月，这是夏季的黎明，像每天拂晓一样清爽，像每个童年一样欢快，有时也像初生婴儿一样啼哭。在这1月里，大自然将明媚的春光，从天空，从云彩，从树木，从草地，从鲜花传入人心。

珂赛特还太年轻，不能不让同她相仿的4月的喜悦沁入心脾。不知不觉中，连她自己都没意识到，她头脑中的黑影消失了。忧伤的心灵在春天也敞亮，正如地窖在正午也明亮一样。珂赛特也如此，已经不那么忧郁了。这是实际情况，但她没有觉察出来。每天吃过早饭，将近十点钟，她挽着父亲受伤的手臂，拉他到台阶前的花园里，在阳光下走一刻钟，这工夫她动不动就咯咯笑起来，显得非常快活，而自己却丝毫也不觉得。

冉阿让见她脸色又变得红润鲜艳，心中也喜不自胜。

"嘿！伤得好哇！"他低声重复道。

他甚至因此感激德纳第夫妇。

伤治好之后，他又恢复了夜间独自散步的习惯。

独自到巴黎无人居住的地段散步，如果以为不会碰到意外，那就想错了。

二、普卢塔克大妈自有说法

一天晚上，小伽弗洛什没有吃东西，他还记得昨天晚饭就没有吃。总这样下去可受不了，就决定去找顿夜宵，便到妇女救济院那一带，在人迹罕至的地方转悠。在那里会有意外收获，没有人的地方往往能找到东西。他一直走到几户人家聚居点，好像是奥斯特利茨村。

他来这儿游荡过，有一次就注意到有一座老园子，只有一个老头和一个老太婆出没，园中那棵苹果树还说得过去。苹果树旁边有个关不严实的鲜果箱，从里边也许能掏出个苹果来。一个苹果，就是一顿晚餐。一个苹果，就能救人一命。害了亚当的东西，也许救了伽弗洛什。园子隔着一道篱笆便是小街，小街没有铺路石，两边杂草丛生。

伽弗洛什朝园子走去，找到小街，认出那棵苹果树，看到那个鲜果箱，查看了一下篱笆。一道篱笆，抬腿就能跨过去。天色黑下来，小街连只猫都不见，正是好时候。伽弗洛什刚要起跳，猛地又停下。园中有人说话。伽弗洛什从篱笆缝儿往里窥视。

那边的篱笆脚下，离他两步远，恰好在他打算跨过豁口的着地点，平放着当凳子坐的一块条石，园中的那个老头儿坐在上边，对面站着那个老太婆。老太婆絮絮叨叨。伽弗洛什也不管那一套，偷听起他们的谈话。

"马伯夫先生！"老太婆说道。

"马伯夫!"伽弗洛什想道,"这名字好滑稽。" [1]

被呼唤的老头儿一动不动。老太婆又叫了一声:

"马伯夫先生!"

老头儿眼睛没有离地,终于决定应声:

"什么事儿,普卢塔克大妈?"

"普卢塔克大妈!"伽弗洛什想道,"又一个滑稽的名字。" [2]

普卢塔克大妈又说下去,老头儿却勉强答话。

"房东不高兴了。"

"为什么?"

"欠了人家三个季度房租。"

"再过三个月,就欠四个季度了。"

"他说要把您赶到街上睡。"

"走就走。"

"果品店老板娘也要付账,她不肯再赊给木柴了。今年冬天您拿什么取暖?我们一点木柴都没有了。"

"有太阳呢。"

"肉店老板也不肯赊账,不愿卖给肉了。"

"不卖正好。吃肉我消化不良。太腻了。"

"那吃什么呢?"

"吃面包。"

"面包铺老板也要清账,他说不拿现钱不卖面包。"

"好吧。"

"那您吃什么?"

"我们这棵树上还有苹果。"

"可是,先生,没有钱,往下没法儿活呀。"

1　马伯夫的法语发音类似"我的牛"。

2　普卢塔克(约50—125):原是古希腊作家,这里是借用。

"我没钱。"

老太婆走了，老头儿独自留下，他开始考虑。伽弗洛什也考虑起来。天几乎全黑了。

伽弗洛什考虑的头一个结果，就是蹲在篱笆脚下，不想跨过去了。绿篱脚下枝条稀薄一点儿。

"咦，"伽弗洛什心中惊叹道，"一个小窝!"于是他蜷缩进去，后背几乎靠到马伯夫老爹的石凳。他听到那八旬老人的呼吸。

就这样，他想用睡觉代替晚餐。

猫儿睡觉，只闭一只眼。伽弗洛什一边打盹儿，一边窥伺。

暮晚天空的白光照白了大地，在两排幽暗的荆棘之间，小街呈现出一条灰白线。

忽然，在灰白带上出现两个身影，一前一后，相隔不远。

"来了两个人。"伽弗洛什咕哝道。

头一个身影像个老市民，弓背低头沉思，衣着十分简朴，因上年纪而步履缓慢，披着星光夜游。

第二个是细高挑儿，身子挺拔，正按前边那个人调整自己的步伐，有意放慢速度，但能让人感到他的动作灵活敏捷。不知为什么，这个身影显得凶险而令人不安。他整个仪表正是当时所谓的时髦青年：帽子是好式样，紧身燕尾服剪裁得体，大概是上等料子的。他的头高扬，既健壮又高雅，那顶帽子下面，少年的一张苍白侧脸，在暮色中隐约可见。那侧脸嘴上叼着一朵玫瑰。第二个身影伽弗洛什熟识，那就是蒙巴纳斯。

关于另外那个人，伽弗洛什只看出是个老头儿，此外一无所知。

伽弗洛什立即注意观察。

这两个行人，显然有一个要对另一个图谋不轨。伽弗洛什处于有利位置，便于观察事态的发展。这个小窝恰好成了掩蔽体。

蒙巴纳斯在这样时刻，到这种地方打猎，那是非常危险的。伽弗洛什这个流浪儿感到心生怜悯，暗暗为那老人叫苦。

怎么办? 插手吗? 一个幼弱去救助一个老弱! 那只能让蒙巴纳斯笑掉

大牙！伽弗洛什明明知道，那个十八岁的强盗特别凶残，那一老、这一小，两口就会让他吞掉。

伽弗洛什这边心里还在犯合计，那边已经开始凶猛的袭击。那是猛虎袭击野驴，蜘蛛袭击苍蝇。蒙巴纳斯一下吐掉那朵玫瑰，扑向老人，揪住他的衣领，狠狠掐住他的脖子。伽弗洛什差点儿喊出声来。过了一会儿，一个就把另一个压在下面，用坚如石头的膝盖顶住胸口；下面那个拼命挣扎，但是已经气短力竭。不过，情况完全不像伽弗洛什预料的那样。被打倒在地的，是蒙巴纳斯，压在上面的，是那个老头儿。

这一场面，就发生在离伽弗洛什几步远的地方。

老人受袭击，立刻还击，而还击之猛烈，转瞬间，攻击者和被攻击者就调换了位置。

"好一个勇猛的老将！"伽弗洛什心中赞道。

他不由得鼓起掌来，但是掌声单弱，传不到相搏的两个人那里：二人气喘吁吁，正全力拼搏，听不见周围的动静了。

那场面戛然静止了。蒙巴纳斯不再挣扎。伽弗洛什不免嘀咕一句：

"他死了吧？"

那老人一句话未讲，一声也未喊，他直起身来。伽弗洛什听他对蒙巴纳斯说：

"起来。"

蒙巴纳斯爬了起来，但仍被老人揪住，他又羞又恼，那狼狈样子恰似被绵羊咬住的一条狼。

伽弗洛什瞪大眼睛，竖起耳朵，尽量用听力加强视力，他觉得开心极了。

作为旁观者，他的担心得到了报偿，能捕捉住他们的对话，而这场对话借助于黑暗，具有一种难以形容的悲剧腔调。老人盘问，蒙巴纳斯回答：

"你多大年龄？"

"十九岁。"

"你有力气，身体又好，为什么不干活呢？"

"我觉得无聊。"

"你是干什么营生的？"

"游手好闲。"

"说话正经点儿。能帮你什么忙吗？你想做什么？"

"做强盗。"

二人沉默片刻。老人仿佛在沉思，他一动不动，但是没有放开蒙巴纳斯。

那年轻的歹徒又健壮又敏捷，像一只被捕兽器夹住的野兽，不时乱蹦几下。这时，他猛然一挣，来个勾脚，双手拼命扭动想挣脱。老人全然不觉，只用一只手抓住他的两个手腕，就像掌握了一种绝对力量那样毫不在意。

老人凝思了片刻，眼睛又盯住蒙巴纳斯，在这昏天黑地，他声调和蔼，语重心长地规劝一番，字字都传入伽弗洛什的耳中：

"我的孩子，你因为懒惰，就进入了最辛苦劳累的生涯。唉！你说你游手好闲！那还是准备劳动吧。有一种可怕的机器，你见过吗？那叫轧机。要特别当心，那可是个险恶的东西，它只要咬住你的衣襟儿，你整个人就会搅进去。那种机器，就叫无所事事。止步吧，趁现在还来得及，赶紧逃开！要不然，就完蛋了，不用多久，你就会给搅进齿轮里，一旦卷进去，就没救了。那就要把你累死，懒骨头！再也没有停歇的时候。苦役的无情铁手死死抓住你。还是自谋生路，找一份活儿干，履行一种职责，你不愿意！像别人那样，你觉得无聊！那好吧！你就要成为另外一种样子。劳动是法则。谁厌烦推开劳动，谁就要受劳动的刑罚。你不愿意当工人，那就得当奴隶。劳动从这一端放开你，只为了从另一端抓住你。你不肯当它的朋友，那就要当它的黑奴。哼！你不愿意要老实人的疲劳，那就得下地狱去流汗。在别人唱歌的地方，你只能哀号哭泣。你在底层远远望见别人劳动，就觉得他们是在休息。耕地的人、收割的人、水手、铁匠，都在光明里，在你看来像天堂中快乐的人。铁砧放射多美妙的光芒！扶犁、捆麦子，又是多么快乐。船在风中自由行驶，该有多么痛快！而你，懒家伙，你就刨吧，拖吧，滚吧，行进吧！戴上你的笼头，你成了地狱里拉重载的牲口！哼！什么也不干，这就是你的目的。好吧！你就要每一周、每一天、每一小时都累得精疲力竭。你搬起什么东西都要战战兢兢。熬过的每一分钟，都会让你的筋骨咯咯作响。对别人轻如羽毛的东西，对你就要重如岩石。最简单的事情，就要变得比登天还难。你周围的生活将变成恶魔。走一步路，喘一口气，无不变成沉重的劳动。你就觉得自己的肺承受百斤重负。走这边还是走那边，也要变成极难解决的问题。任何人想出去，推一下门就行了，跨出门槛就到了户外。而你呢，若想出去，你就得在墙壁凿开洞。要想上街，大家都怎么办呢？走下楼梯就行了。而你，还得撕开床单，一段一段拧成绳子，再从窗口下去。你抓住绳子吊在深渊上面，还要在黑夜里，趁着狂风暴雨、飞沙走石的天气。万一那根绳子太短，你就只有一个办法下去，松手往下掉，盲目掉进深渊，究竟有多深，究竟掉在什么上面？反正掉在下面，掉在未知的东西上。要不然，你从烟囱爬出去，冒着烧死的危险，或者从排粪沟爬出去，冒着淹死的危险。我还要告诉你，挖出的洞必须掩盖起来，洞口的石头，每天不知有多少回取下再安上，挖出的灰土要藏在草垫里。门上有一道锁，市民兜里有锁匠给打的钥匙。可是你呢，若想通过，就不得不造出一件惊人的杰作。你得弄一个大铜钱，剖成两个薄片，用什么工具呢？你自己发明去吧，这是你的事儿。然后，你将两片的里面挖空，要小心别损坏表面，再把周边刻出螺纹，两片合起来能严丝合缝，就跟盒底盒盖一样。上下两片拧紧，谁也看不出来。你虽然受监视，但是看守会以为是枚大铜钱，而对你来说却是个小盒。盒里装什么呢？装一小段钢条。怀表的一段发条，你已经在上面凿了许多齿，成为一把小钢锯，有别针那么长，藏在铜钱里，可以用来锯断锁舌、门插销、挂锁的梁、你窗上的铁条、你脚上的锁链。这件杰作完成了，这件奇物造出来了，在艺术、技巧、灵活、耐心方面显示这么多奇迹，可是一旦让人发现是你干的，你会得到什么报酬呢？关进地牢。这就是前途。懒惰，追求享乐，多么凶险的悬崖峭壁！无所事事，就是要自讨苦吃，你知道吗？依赖社会物质，游手好闲地生活！做个无用的人，也就是有害的人！那只能把人直接引到悲惨的绝境。要当寄生虫，就要遭大难！就要成为蛆！哼！你不喜欢干活！哼！你只有一个念头：吃好，喝好，睡好。到那时你只能喝凉水，吃黑面包，睡木板，手脚还要戴上锁链，让你夜晚皮肉感到冰凉！你要挣断锁链，要逃跑，那很好。可是，你得在荆棘丛中爬行，像森林野人一样吃草，最后还要被抓回去。那样一来，就要把你投进地牢关几年，用铁链拴在墙上，你得摸黑找水罐喝水，啃一块连狗都不吃的恶心的黑面包，吃那种虫蛀的蚕豆。你变成地窖里的甲虫！唉！可怜你自己吧，不幸的孩子，小小年纪，断奶还不到二十年，母亲一定还活着！我劝你，听听我的话。你要穿优质黑呢子衣服，穿薄底皮鞋，要烫头发，给鬈发涂上香喷喷的发蜡，要讨女人喜欢，要英俊漂亮。可是到那时，你就得剃成光头，戴红囚帽，穿木鞋。这会儿你要戴戒指，到那时你脖子上得戴枷锁。你若是瞧一眼女人，就得挨一棒子。你二十岁进去，五十岁才能出来。你进去时非常年轻，面色红润，皮肤细嫩，眼睛炯炯有神，牙齿雪白，一头少年的美发。可是出来的时候，人垮了，背驼了，皮肤皱了，牙齿掉了，头发白了，样子难看极了！唉！我可怜的孩子，你走错了路，懒惰给你出了坏主意。最艰苦的劳动，就是抢劫。相信我，不要干当懒汉那种苦差事。成为一个坏蛋，并不怎么舒服，还不如做诚实人那么自在。现在你走吧，想一想我对你说的这番话。对了，刚才你要我什么东西？我的钱袋，给你吧。"

老人放开蒙巴纳斯，将钱袋放在他手上。蒙巴纳斯托在手上掂了掂，然后像偷来似的，以机械的动作，小心翼翼地揣进燕尾服的后兜。

老人说完这番话，又做完这件事，便转过身去，继续悠然地散步。

"老傻瓜！"蒙巴纳斯咕哝一声。

那老人是谁？想必读者已经猜到。

蒙巴纳斯怔怔地望着他消失在暮色中。他这一呆望又倒霉了。

老人那边走远，伽弗洛什这边却凑近了。

伽弗洛什往旁边瞧了一眼，看清马伯夫仍坐在石凳上，大概睡着了。他就从荆丛窝里钻出来，沿着黑地朝愣着不动的蒙巴纳斯背后爬去，爬到他身边。蒙巴纳斯没有看到，也没有听见。于是，流浪儿伸手，悄悄探进那优质黑呢礼服的后兜，抓住钱袋，抽回手来，又爬开了，像游蛇一样溜进黑暗中。蒙巴纳斯毫无理由警惕周围，而且有生以来，这是他头一回思考问题，也就一点也没有发觉。伽弗洛什回到马伯夫老爹旁边，从篱笆上边把钱袋扔过去，撒腿跑掉了。

钱袋落到马伯夫老爹脚下，把他惊醒了。他俯下身拾起钱袋，一时莫名其妙，便打开看看。那钱袋分为两格，一边有点零钱，另一边有六枚拿破仑金币。

马伯夫先生大吃一惊，赶紧送给老保姆。

"这是天上掉下来的。"普卢塔克大妈说道。

第五卷 结局不像开端

一、荒园和兵营相结合

四五个月前，珂赛特还心痛欲碎，黯然神伤，不知不觉中，她的心情平静下来了。大自然、春天、青春，对父亲的爱、鸟儿和鲜花的喜悦，不知把什么类似遗忘的情绪，一天一天，一点一点，一滴一滴，注入这颗贞洁而年少的灵魂。在这颗灵魂中，火完全熄灭了吗？还是仅仅覆上一层灰烬呢？反正她几乎没有忧心如焚的感觉了，这也是实际情况。

一天，她忽然想起马吕斯，自言言语道："怪啦！我不再想他了。"

就在那个星期，她发现一名英俊的枪骑兵军官从园子铁栅门前走过，只见那人蜂腰身段，军装十分标致，头戴漆布军帽，手臂下一把战刀，脸蛋像姑娘，胡须上了蜡油，再看那金黄色头发、金鱼眼睛、圆圆的脸，那副样子又庸俗，又放肆，又漂亮，正是马吕斯的反面形象。他嘴里还叼根雪茄烟。珂赛特心想：那军官一定是驻扎在巴比伦街部队的。

次日，她又望见那军官经过，并留心注意时间。

从那时起，她几乎天天看他经过，难道这是偶然的吗？

那军官的伙伴也发现，在那难看的老式铁栅门里，"管理不佳"的花园中，有一个漂亮妞儿，每当英俊的中尉经过时，几乎总待在那地方。那名中尉，读者并不陌生，他就是特奥杜勒·吉诺曼。

"嘿！"他们对他说，"那儿有个小妞儿，向你飞眼呢，瞧瞧啊。"

"凡是看我的姑娘，都让我瞧瞧，我有那个工夫吗？"枪骑兵军官回答。

正是在这种时候，马吕斯心灰意冷，走到死亡的边缘，嘴上反复念叨："死之前哪怕再见她一面也好啊！"他的意愿若是实现，他若是看见在这种时刻，珂赛特正瞄准一个枪骑兵，那他就会哑口无言，痛苦而死。

这是谁的过错呢？谁也没有错。

马吕斯这种性情，陷入苦恼就不能自拔，而珂赛特沉下去却能浮上来。

再说，珂赛特正经历一段危险时期，即女性耽于梦想而易失足的阶段。在这种时候，一个孤寂的少女的心，好似葡萄藤的卷须，不管遇到的是大理石柱头，还是酒馆的木柱，都同样会攀附。这一稍纵即逝的严重时刻，对任何没有双亲的孤女，无论其贫富，都是具有决定性的关头，因为富有并不能防止错误的选择。错误的结合往往发生在社会上层，而真正的错误结合是灵魂的错误结合。多少默默无闻的青年，出身微贱，没有名望，也没有财产，却是大理石柱头，能支撑一座伟大感情和伟大思想的庙宇。反之，一个上流社会的男人，踌躇满志，腰缠万贯，穿的靴子油光锃亮，说的话光滑流利，然而，如果不看他外表，而看他内心，即他给妻子保留什么，那就不难看出他不过是个蠢物，心里装满卑污狂妄的淫欲邪念，是酒馆的一根木柱。

珂赛特灵魂里有了什么呢？有平静下来或入睡的痴情，处于漂浮状态的爱，表面清澈明亮、在一定深度浑浊、到深底幽暗的某种东西。那英俊军官的形象映现在表面。深处有没有一种记忆呢？——幽底呢？——也许吧。珂赛特并不知道。

这期间，突然出了一件怪事。

二、珂赛特的恐惧

4月份的前半个月，冉阿让出了一趟门。我们知道，每隔很长一段时间，他就要旅行，离家一两天，顶多三天。他去哪里呢？任何人，甚至连珂赛特也不知道。不过有一次他出门，珂赛特乘出租马车一直送到一条死巷口，看见角上的牌子：小板巷。他在那里下车，让马车把珂赛特送回巴比伦街。冉阿让这种短期旅行，往往安排在家里缺钱的时候。

晚上，珂赛特独自一人待在客厅。为了解解闷，她揭开管风琴盖，边弹边唱，弹唱的是《厄里安特》[1]中《迷失在森林中的猎人》，这也许是整个音乐中最美的乐段。她弹唱完了，就坐在那儿想心事。

忽然，她仿佛听见园子里有脚步声。

不会是她父亲，父亲出门了。也不会是都圣，都圣睡下了。已是晚上十点钟。

她走过去，耳朵贴到客厅关好的窗板倾听。

仿佛是男人的脚步，但是走路极轻。

她急忙上楼回卧室，打开窗板上的小气窗，张望花园。正值望月，园里明如白昼。

花园没有人影。

她打开窗户。园中寂静无声，街上也同往常一样阒无一人。

珂赛特心想自己听错了，原以为听见脚步声，那只是韦伯那段阴森怪异的合唱曲所引起的幻觉。那乐曲向人的思想展示幽邃可怕的意境，犹如骇人的密林震撼视觉，仿佛听见猎人在苍茫的暮色中不安地徘徊，踏得枯枝咯咯作响。

她不再想这事儿了。

况且，珂赛特天生就不大知道害怕，她的脉管中流淌着光脚闯荡的吉卜赛女人的血液。不要忘记，她是云雀，而不是白鸽。她的秉性粗犷而勇敢。

第二天，没有那么晚，天刚黑下来，她在园中散步，心里正胡思乱想，仿佛又间歇听见昨晚那种声响，就像离她不远的树下幽暗中有人走动。不过她想，两根摇曳的树枝相摩擦，比什么都像草丛里的脚步声，于是不再注意了。况且，她什么也没有看到。

1　《厄里安特》：卡斯蒂尔－布拉兹的歌剧，韦伯作曲，创作于1831年。

她从"荆丛"里走出来，再穿过一小块绿草坪，就能回到楼前台阶。月亮从她身后升起，在她走出树丛时，将她的身影投射在面前的草地上。

珂赛特恐怖地站住。

在她影子旁边的草地上，月光又清晰地投下一个特别瘦人、特别可怖的影子，一个戴圆帽的影子。

好像是个男人的影子；那人在珂赛特身后几步远，站在树丛边上。

她一时说不出话，叫不出也喊不出来，动不了也回不过头去。

终于，她鼓起全部勇气，毅然决然转过身去。

一个人也没有。

她再瞧瞧地上，那影子也消失了。

她又回到树丛，壮着胆子搜寻每个角落，一直到铁栅门，但什么也没有找到。

她真感到脊背冒凉气。难道又是错觉？什么！连续两天？一次错觉，也就罢了，还会产生两次错觉？令人不安的是，那肯定不是鬼影。鬼魂一般不戴圆帽。

次日，冉阿让回来了。珂赛特向他讲了她以为听到和看到的，本以为父亲会耸耸肩膀，让她放心，会对她说：你真是个小疯丫头！

不料，冉阿让却忧虑起来。

"难说没有什么事儿。"他说道。

他找了个借口走开，到园子去了。珂赛特望见他仔细检查铁栅门。

珂赛特半夜醒来，这回没错儿，她听得清清楚楚，窗下台阶附近有人走动。她跑过去，打开小气窗，果然看见园中有个人，手持一根粗木棒。她正要喊叫，又瞧见月光照亮那人的侧影，原来是她父亲。

她又睡下，思忖道：他确实很担心啊！

冉阿让一夜待在园中，随后又连守了两夜。珂赛特从小气窗看见他。

第三天夜晚，月亮由圆到缺，升起的时间也迟了，约莫半夜一点钟，珂赛特忽听有人哈哈大笑，又听见父亲喊她的声音：

"珂赛特！"

她跳下床，穿上便袍，去打开窗户。

她父亲站在下边的草坪上。

"我把你叫醒，是要让你放心，"他说道，"瞧，这就是你说的戴圆帽的影子。"

他指着月光投射在草坪上的影子让她看，那确实像戴圆帽之人的鬼影，却是邻居屋顶一个戴帽子的铁皮烟囱的投影。

珂赛特也笑起来，所有不祥的推测不攻自破。次日她同父亲吃早饭时，还当笑话说起铁烟囱影子闹鬼的园子。

冉阿让的心情又完全平静下来。至于珂赛特，她也不大注意，那铁烟囱是否在她看到或以为看到的影子的方位，月亮是否在天空的同一点上。她心中也丝毫没有产生疑问，那铁烟囱怎么那样古怪，还怕被当场捉到，一有人瞧它的影子，就赶紧缩回去了，因为那天晚上，珂赛特转身的工夫，那影子就消失了，对此她觉得很有把握。珂赛特完全放心了：这种解释很圆满，说什么傍晚或半夜园子里有人走动，这完全是她的臆想。

然而又过了几天，又发生了一件怪事。

三、都圣添枝加叶

那园子临街铁栅门旁边，有一条石凳，由一道绿篱挡住好奇者的视线；不过，过路的人要从栏杆和绿篱缝儿伸进手臂，还真能摸到石凳。

还是这个4月份的一天傍晚，冉阿让出去了。日落之后，珂赛特坐在石凳上。树木间清风习习，珂赛特在想心事，一种无名的忧伤逐渐袭上心头，暮晚的愁绪无以排遣，谁知道呢？也许是这种时刻半开的坟墓一种神秘力量引起的吧。

芳汀也许就在这昏暗中。

珂赛特起身，绕园子漫步，踏着缀满露水的青草，仿佛梦游人，忧伤地自言自语："真的，这个时辰在园子里走，非得穿木鞋不可。容易感冒。"

她又回到石凳。

她正要坐下，忽然发现座位上放了一个大石块，明明刚才是没有的。

珂赛特凝视这块石头，一时莫名其妙。她猛然想到，石头不会自己跳上石凳，是有人放上的，刚才肯定有一条胳膊从铁柱之间探进来。一产生这个念头，她就害怕了，这回可真怕了。无可怀疑，石块就摆在面前；她没有碰，赶紧逃开，也不敢回头看一眼，一直逃回房间，立刻关上台阶上面的窗板和落地窗，插上闩，上了锁。

她问都圣：

"我父亲回来了吗？"

"还没有，小姐。"

（都圣口吃，我们已经指出，就不再赘述了。请允许我们不再强调这一点，我们讨厌将人的一种缺陷录成乐谱。）

冉阿让是个爱沉思和夜游的人，往往深夜才回家。

"都圣，"珂赛特又说道，"晚上您可要仔细关好窗板，至少园子那边插好，将小铁件插进铁环里，关严实了，好吗？"

"好！放心吧，小姐。"

都圣不会马虎，珂赛特完全清楚这一点，但她还是忍不住补充一句："这地方太偏僻了！"

"这话不错，"都圣说道，"在这要是遇害，恐怕连哼一声都来不及！而且，先生还不住在楼里。不过，您一点儿也不要害怕，小姐，我把窗户关好，就像堡垒一样。只住两个女人！真叫人提心吊胆！您能想象出来吗？半夜里，看见几个男人闯进您房间，对您说：不许出声！他们上前割您脖子。死倒不怕，死就死呗，谁都清楚反正得死，可是，感到那些男人碰您，那太可恶了。还有，他们那些刀子，肯定割起来也不痛快！上帝啊！"

"别说啦，"珂赛特说道，"门窗全关好！"

珂赛特让都圣即兴的惨剧台词吓破了胆，也许又想起上星期见鬼的事，因此她都不敢对保姆说："您倒是去瞧瞧有人放到石凳上的石头！"就怕再一打开对着园子的那扇楼门，会让"那些男人"闯进来。她让都圣仔细关严所有门窗，让她把整个小楼，从地窖到阁楼全检查一遍；她回到卧室，关好房门，又瞧了瞧床底下，这才上床，还是睡不安稳。一整夜，她都看见那块石头像座大山，到处是"洞穴"。

次日太阳升起——日出的特点，就是令我们对夜晚的种种恐惧哑然失笑，失笑的程度又往往同有过的恐惧成正比——太阳升起，珂赛特也醒来，一场虚惊，仿佛做了一场噩梦，心中想道："我想到哪儿去啦？又像上周那样，半夜三更，以为听见园子里有脚步声！又像上次那样，看到的是铁烟囱的投影！现在，我快要变成胆小鬼了吧？"阳光从窗板缝儿射进来将花缎窗帘映成紫红色，她完全放下心来，那些胡思乱想，就连那块石头，都从她脑海里烟消云散。

"石凳上不会有石块，正如园里没有戴圆帽的男人一样；石块和别的东西，全是我梦见的。"

她穿好衣裳，下楼来到花园，跑到石凳跟前，不禁出了一身冷汗。石块还在那儿。

这不过是一瞬间的反应。夜晚的恐惧，到白天就变成好奇心了。

"怕什么！"她说道，"瞧瞧看。"

石块相当大，她搬起来，看见下面有样东西，好像是一封信。

那是个白纸信封，珂赛特拿起来一看，正面没有写姓名地址，背面也没有火漆封印。信封虽然敞着口，却不是空的，里面露出几张纸。

珂赛特伸进手去掏。她感到的已不是恐惧，也不是好奇，而是有些惶惑了。

珂赛特从信封里抽出一小沓纸，每页标了号，写了几行字，她心想，字迹很娟秀。

珂赛特找了半天，不见一个名字，也没有署名。是写给谁的呢？大概是寄给她的，既然有一只手将信放到她坐过的凳子上。是谁写来的呢？她受到极大的诱惑，无法抗拒，几页信纸在手里发抖，想移开目光，望望天空，望望街道，又望望沐浴在阳光中的刺槐、邻家房顶上飞旋的鸽子，继而，目光又蓦地垂到手书上，心想应当看看信中写了什么。

信的内容如下——

四、石头下面一颗心

将宇宙缩小到唯一的人，将唯一的人扩展到上帝，这便是爱。

爱，就是天使向星辰膜拜。

灵魂若为爱而忧伤，该是何等忧伤！

不见那独自就填满世界的人，该是何等空虚！啊！心爱的人变为上帝，该是何等真实！不难理解上帝也会嫉妒，假如万物之父不是显然为灵魂而创造出世界，为爱而创造出灵魂。

只要远远望见紫飘带绉纱白帽下粲然一笑，就足以让灵魂进入梦幻的宫殿。

上帝在万物的后面，万物掩蔽上帝。事物是黑色的，人也不透明。爱一个人，就是使其透明。

某些思想就是祈祷。有时，不管身体姿势如何，灵魂却在下跪。

相爱而分离的人，能凭借千百种虚幻而真实的事物相见。有人阻止他们见面，也不准相互写信，但是，他们能找到无数神秘的办法互通音信。他们互送鸟儿的鸣唱、鲜花的芳香、孩子的欢笑、太阳的光芒、清风的叹息、星辰的闪光，互送天地万物。有何不可呢？上帝创造出来的东西全是为爱服务的。爱有足够能量委托大自然传递信息。

春天啊，你就是我给她写的一封信。

未来还主要属于心灵而不是思想。爱，是唯一能占据并充满永恒的东西。只有永不枯竭，才能满足无限。

爱，具有灵魂的特质。两者本质相同。同灵魂一样，爱也是神的火花，同灵魂一样，爱也不可腐蚀，不能分割，不会干涸。爱，是我们身上的火点，永生永世，无穷无尽，任何东西也不能熄灭，任何东西也不能局限。我们感到它一直燃到骨髓，看见它的光芒直达天际。

爱哟！崇拜！两情相悦，两心相契，两副目光相渗透！幸福哟，你会到我这儿来，对吧！二人并肩在僻静无人的地方散步！幸福灿烂的日子！有时我梦见，时间脱离天使的生活，来到凡尘度过人的命运。

上帝若给相爱的人增添幸福，别无他法，只能给他们无穷无尽的岁月。爱的一生之后，便是爱的永生，这的确是一种增长。不过，若想从此生开始，就要从强度上增加爱给灵魂的那种难以描摹的幸福，这是不可能的，甚至上帝也办不到。上帝，是上天的饱和。爱，是人的饱和。

你仰望一颗星，有两种动机，因为星既明亮，又参悟不透。你身边有一种更柔和的光辉和一种更大的神秘：女人。

无论是谁，我们全有可供呼吸的东西。如果缺少，就像缺少空气一样，我们就会窒息，从而死去。因缺少爱而死，尤为惨烈。灵魂的窒息症！

爱一旦将两个人融合为一个天使般的神圣体，他们便找到生活的真谛，他们便成了同一命运的两端，同一神灵的两翼。爱吧，翱翔吧！

一个光彩照人的女子，从你面前走过，从那一天起，你就完了，你就爱了。你别无选择，只有一件事好做：集中神思想她，结果驱使她也想你。

爱开始做的事，只能由上帝去完成。

真正的爱，能为丢失一只手套而伤心，或为找回一条手帕而欢喜。爱要把忠诚和希望寄托于永生永世。爱既由无限大，又由无限小构成。

你若是石头，就做磁石吧；你若是草木，就做含羞草吧；你若是人，就做痴情人吧。

什么也不能满足爱。有了幸福，又想乐园，有了乐园，又想天堂。

你哟，不管你爱谁，这一切都在爱中。你要善于在爱中找到。爱有上天所有：凝望。爱有上天所无：情欢。

"她还会来卢森堡公园吗？""不会来了，先生。""她是在这座教堂做弥撒，对吧？""现在她不来了。""她一直住在这楼房里吗？""她搬走了。""她搬哪儿去住了呢？""她没有讲。"

不知道自己灵魂的居所，多么惨苦啊！

爱有稚气的一面，其他狂热的感情有渺小的一面。可耻啊，把人变得渺小的情感！光荣啊，把人变成孩子的情感！

这是件怪事，你知道吗？我处于黑夜中。因为一个人走了，带走了天空。
噢！并排躺在同一个墓穴里，手拉着手，在黑暗中，不时相互轻轻抚摸一下手指，这就足以维持我的永生。

你因为爱而痛苦，还要加倍爱吧。因爱而死，就是为爱而生。

爱吧！在幽幽的星光中，这种折磨伴随着脱胎换骨。垂死中的心醉神迷。

鸟雀欢乐啊！因为鸟雀有窝有歌。

爱就是呼吸天堂的圣洁空气。

深邃的心灵啊、明智的思想啊，接受上帝所创造的生命吧。这是长久的考验，是为未知的命运所做的不可理喻的准备。这种命运，真正的命运，人从跨进坟墓的第一步就开始了。于是，他眼前会出现某种东西，他开始分辨出恒定。恒定，想一想这个词。活着的人能望见无限，而恒定只有死者才看得见。大限之前，还是爱并忍受痛苦吧，还是希望并憧憬吧。不幸啊！只爱躯壳、形体、表象的人，唉！死亡，会把这一切夺走！尽心尽意爱灵魂吧，将来你还能再见到。

我在街上遇见一个非常穷苦的青年。他在爱。他的帽子破旧，衣服破损，臂肘磨出洞，水能透进他的鞋底，但星光也射进他的灵魂。

被人爱，这是多么重大的事情！爱人，是多么更为重大的事情！心充满激情而变得英勇无畏。这颗心除了纯洁什么也不容纳了，除了高尚和伟大什么也不依赖了。邪恶之念再也不能在这颗心上萌发，正如冰山上不能长荨麻。高尚而宁静的灵魂，超脱了凡俗的情欲和冲动，俯瞰人间的乌云和黑影、疯狂和谎言、仇恨和虚荣、狗苟蝇营，高踞青天之上，只能感到来自命运深层的撼动，就像山峰感知地震一样。

如果没有人在爱，太阳就会熄灭。

五、珂赛特看信之后

珂赛特读着信，渐渐进入梦想，看到手稿最后一行，她抬起眼睛，恰是那位英俊的军官从铁栅门前经过的时刻，她望见他那得意扬扬的样子，觉得俗不可耐。

她又品味这手稿。字体非常秀美，珂赛特心想，出自同一个人的手笔，但墨迹不同，有的地方很浓，有的地方浅淡，好像墨水瓶里掺了水，可见写的日期不一样。这是有感而发，记下一声声感叹，没有筛选，纷乱无序，也没有目标，是随笔式的。珂赛特从来没有看过这类文字。这份手稿并不晦涩，她大多看明白了，给她的印象好似门微启的一座圣殿。这神妙的文字，每一句都放射耀眼的光芒，使她的心沐浴在奇异的光辉里。从前受的教育，总是向她谈论灵魂，但从来没有提过爱，近乎只讲炽炭而绝口不提火焰。这十五页手稿娓娓讲述全部爱、痛苦、命运、生命、永恒、初始和终了，一下子全向她揭示出来。仿佛有一只手猛地张开，朝她抛来一大把阳光。从这数行文字中，她感觉到一种深挚、火热、豪迈而善良的性情，一种巨大的痛苦和巨大的希望，一颗缠绵悱恻的心，一种心醉神迷的憧憬。这手稿是什么呢？是一封信。信上却没有地址，没有收信人姓名，没有日期，没有署名，情辞恳切而又无所希冀，是由句句真话组成的谜语，是由天使传递给贞女看的情书，是定在世外的幽会，是孤魂写给野鬼的爱语。仿佛是一个衰惫已极的男人，从容地要到死亡中避难，给远方的女子寄去命运的奥秘、生命的钥匙、爱情。这是脚踏进坟墓里，手指高举在天空上写出来的。这一行行落在纸上，可以称作点点滴滴的灵魂。

现在要问，这手书来自何人？是出自谁的手笔？

珂赛特毫不犹豫。只有那一个人。

是他。

她心中豁然开朗。当初的情景，全又浮现在眼前。她感到一阵前所未有的喜悦和一种深深的焦虑。是他！是他写给她的！他来啦！是他的手臂从铁栅中间探进来！就在她把他渐渐遗忘的时候，他又找到她啦！

不过，难道她真把他忘了吗？没有！绝没有忘！她一时昏了头，才这么以为。她始终爱他。始终仰慕他。在一段时间，这心中的火覆盖了一层灰，但她看得很清楚，是往深处蔓延，现在又燃烧起来，将她团团围住了。这份手书好似一点火星，从另一颗心灵落入她的心灵，于是她感到又要燃起熊熊大火。手稿一字一句拨动着她的心弦。"正是啊！"她说道，"这一切我多么熟悉呀！这一切，我都从他眼中阅读过。"

她第三遍看完手书的时候，特奥杜勒中尉又从铁栅门前经过，踏着铺石街道，弄得马刺啪啪响。珂赛特不得不抬头望一眼，只觉得他俗气、愚蠢、笨拙、无用，还自命不凡，不识进退，放肆无礼，而且面目可憎。那军官认为应当冲她笑一笑。可是她却扭过头去，心中又羞愧又恼怒，真想抓起什么东西朝他头上砸过去。

她逃回房间，关起门来，要反复阅读手书，好能背下来，以便仔细思考。她看完了，又吻了吻，将手稿塞进胸衣里。

这下子完了，珂赛特重又坠入深挚而纯洁的爱情中。伊甸园的深渊又洞开了。

一整天，她都处于陶醉状态，思绪纷乱如麻，考虑不了什么问题，也猜测不了什么情况，只是在颤抖中期望。期望什么呢？她不敢向自己许诺什么，也不敢拒绝什么。她的脸色一阵阵发白，身体一阵阵战栗，有时恍若步入幻境，心中提出疑问："这是真的吗？"于是摸摸衣裙里边的心爱的手稿，并紧紧按在胸口，感到纸角刺着肌肤，眼神流溢出前所未有的喜悦的光彩，不禁想到："对呀！正是他！这是他给我送来的！"在这种时刻，冉阿让若是见到她这种快乐神情，一定会不寒而栗。

珂赛特心想：把他还给我，这是天意，是天使相助。

爱情的美化哟！奇思异想哟！所谓天意，所谓天使相助，不过是那个面包团，由一名盗匪从查理大帝院子的抛过强力监狱的房顶，扔给狮子坑的另一名盗匪。

六、老人往往走得好

黄昏时分，冉阿让出门了。珂赛特开始梳妆打扮，她把头发梳成最合自身的式样，又换上一件衣裙。这件衣裙的领口多裁了一剪子，能露出颈窝，照姑娘的说法"有点不正经"。其实根本谈不上正经不正经，只不过比原先更漂亮了。她这样打扮起来，却不知道为什么。

她要出门吗？不是。

她要接待客人吗？也不是。

天黑下来，她下楼到园子里。都圣正在厨房干活，而厨房对着后院。

她从树下走过去，有些枝杈很低，不时要用手拨开。

她来到石凳跟前。

那块石头仍在原地。

她坐下来，将又白又嫩的手放到石头上，仿佛要爱抚并感谢它。

忽然，她有一种难以名状的感觉，虽然看不见，却能觉出背后站着一个人。

她转过头去，随即站起来。

正是他。

他光着头，脸色显得苍白，人消瘦了。几乎分辨不出他的衣裳是黑的。暮色中，他那俊美的额头映得发青，眼睛蒙上黑影。他身披无比柔和的雾纱，真有点儿像夜间出没的亡魂。他的脸上残留着白昼熄灭的余晖和魂魄临走的一念。

他那形象尚未成鬼，但已非人了。

他的帽子扔在几步远的杂草中。

珂赛特站立不稳，但是没有叫一声，只觉得受他吸引，便缓缓后退。而他却一动不动。她看不见他的眼睛，却能感到那目光，感到包围过来的难以名状的忧伤情绪。

珂赛特往后退，碰到一棵树，赶紧靠住，否则就要瘫倒了。

这时，她听见他的声音，这种声音，她确实从来没有听到过，是窃窃私语，比树叶微颤的声响大不了多少：

"请原谅我来这儿。我的心难受极了，再像这样活不下去，就来到这里。我放在凳子这儿的东西，您看了吧？您认出我一点儿了吧？不要怕我。您还记得您望我一眼的那天吗？已有很久了，那是在卢森堡公园里，在角斗士雕像附近。还记得您从我面前走过的那天吗？那是6月16日和7月2日。过去快有一年了，有很长时间我见不到您的面了。我问过公园出租椅子的那个老妇人，她说也见不到您了。当时您住在西街的一栋新楼里，是临街四楼上，您瞧我知道吧？我呀，跟随您来着。我能有什么办法呢？后来，您又消失了。有一回，我在奥德翁剧院柱廊下看报，忽然瞧见您走过，赶紧追上去，一看不对，是一个跟您戴同样帽子的人。夜晚我到这儿来，别害怕，谁也没有看见我。我走近您的窗户观望。我的脚步很轻，不让您听见，您听见也许会害怕。有一天晚上，我站在您身后，等您回过头来，我就逃走了。还有一次，我听见您唱歌，心里高兴极了。我隔着窗板听见您唱歌，对您有什么妨碍吗？对您一点儿妨碍也没有。没有吧，对不对？要知道，您是我的天使，让我来看您吧。我觉得自己快要死了。您哪儿知道啊！我呀，多么崇拜您！请原谅，我跟您说话，却不知所云。也许我惹您生气了。我惹您生气了吗？"

"噢！母亲啊！"珂赛特说道。

她说着身子一软，仿佛要死去。

他急忙上前搀扶，见她身子瘫软下去，就干脆抱住，搂得紧紧的，却没有意识到自己在做什么。他抱住她，自己身子却摇摇晃晃，头脑也晕晕乎乎。一道道闪光从他睫毛之间射出，而意念全都化为乌有。仿佛自己要完成一项宗教仪式，反而犯了亵渎神灵之罪。不过，他胸口感到这美妙女郎的形体，心中没有一点欲念。他爱到了心醉神迷的程度。

珂赛特抓住他一只手，把它按在她的心口窝儿上。他感到放在里面的那沓纸，便结结巴巴地说："看来您爱我啦？"

她回答的声音极低，好似一股清风，几乎听不见：

"别问啦！你明明知道！"

她羞红的脸，赶紧埋在这个得意而陶醉的青年怀里。

他身子一沉，坐到石凳上，她挨着坐下。二人再也不说话了。天上的星斗开始闪闪发光。他们的嘴唇是如何相遇的呢？鸟雀如何鸣唱起来，冰雪如何融化了，玫瑰如何开放了，5月如何呈现万紫千红的景象，曙光又如何在萧瑟的丘冈上幽暗树木后边泛白的呢？

一吻，一切都迎刃而解。

两个人都浑身战栗，他们明亮的眼睛在昏暗中对视。夜凉，石凳冷，泥土潮湿，青草也湿漉漉的，他们都浑然不觉，只顾四目相对，心中千言万语。他们早已手拉着手，同样浑然不觉。

珂赛特没有问他，连想都没有想问他是从哪儿进来的，是怎么闯进这园子里的，她觉得他到这儿来是极其自然的事情！

马吕斯的膝盖不时触碰到珂赛特的膝盖，两个人都颤抖了一下。

隔一会儿，珂赛特就讷讷说一句话。她的灵魂在唇边颤动，宛如花朵上的一滴露珠。

他们慢慢交谈起来。体现心满意足的沉默过后，又开始倾吐衷肠了。头上的夜空静谧而灿烂。这两个像精魂一样纯洁的人，现在畅所欲言，彼此谈了美梦、陶醉、思念、幻想，以及心慌意乱，谈了他们如何遥相渴慕，如何遥相祝愿，见不到面之后又如何痛不欲生。他们推心置腹，亲密无间到了无以复加的理想程度，各自将内心最隐蔽最秘密的东西，也都和盘托出。他们怀着在幻想中所具有的天真的信念，相互讲述爱情、青春和几分孩子气使他们产生的种种念头。这两颗心彼此倾注交流，仅过了一小时，小伙子就有了姑娘的灵魂，姑娘也有了小伙子的灵魂。他们彼此渗透，彼此诱惑，彼此迷恋了。

他们倾诉完了，全都讲出来了，她就把头偎在他的肩头，问他一句：

"您叫什么名字呀？"

"我叫马吕斯。"他回答，"您呢？"

"我叫珂赛特。"

第六卷 小伽弗洛什

一、风的恶作剧

从1823年起，蒙菲郿客栈渐渐败落，虽未跌进破产的深渊，却陷入一笔笔小额债务的泥坑里。在这期间，德纳第夫妇又添了两个孩子，全是男孩。这样，总共有五个了，三男两女，未免太多了。

两个晚生的还很小的时候，德纳第婆娘就把他们抛弃了，心里觉得特别松快。

用"抛弃"这个字眼很恰当。这个女人天性残缺，不过，这种现象也并非只此一例。德纳第婆娘同德·拉莫特－乌当库尔元帅夫人[1]一样，做母亲只限于爱自己的女儿。她的母爱在女儿身上竭尽了，而她对人类的仇恨则从儿子身上开始。冲儿子那一面，她的狠毒是陡直的，她的心在此处形成一道阴森的绝壁。正如我们所见，她讨厌大小子，也憎恶另外两个儿子。为什么呢？不为什么。最可怕的缘由和最无可争辩的回答，就是："不为什么。"

"我可不想养活一大窝孩子。"这个母亲如是说。

德纳第夫妇如何甩掉两个小儿子，甚至从中捞点好处，现在来解释一下。

1　德·拉莫特－乌当库尔元帅夫人（1623—1709），法兰西儿童会总管，有三个女儿，均为公爵夫人。

在前几页中，我们提过一个叫马侬的姑娘，她从吉诺曼老头那里争得了两个孩子的抚养费。当时她住在切莱斯廷河滨路小麝香老街拐角。那条街已竭尽全力，要将自己的臭名声变成香气[1]。大家还记得三十五年前，塞纳河沿岸街区流行白喉，医学界还利用那次机会，大规模试验明矾喷雾剂的疗效。后来，那种疗法由更为有效的外用碘酒所取代。就在那场传染病流行期间，马侬姑娘的两个男孩年龄很小，早晨一个，傍晚一个，一天当中就全死了。这是一次沉重打击。两个孩子是母亲的宝贝，他们代表每月八十法郎的收益。那八十法郎按时领取，由吉诺曼先生的年息代理人、住在西西里王街的退休公证人巴尔日先生付给。两个孩子一死，抚养费也就随之埋葬了。马侬姑娘得赶紧想法子。她所在的邪恶的黑社会中，大家什么都知道，但又相互保密，而且相互援助。马侬姑娘急需两个孩子，德纳第婆娘恰好有两个，都是男孩，年龄又一样。这一边好交代，那一边也好安置。两个小德纳第就成了两个小马侬。马侬姑娘从切莱斯廷河滨路搬到钟孔街。在巴黎，一个人从一条街迁到另一条街，身份也就改变了。

民政部门没有接到任何申报，也无从干预，冒名顶替便一举成功。只有德纳第提出要求，出借孩子每月收十法郎费用。马侬姑娘接受了，并按期付钱。自不待言，吉诺曼先生继续尽抚养义务，每半年来看看孩子，没有觉察出有什么变化。"先生，他们长得多么像您！"马侬每次都这么说。

德纳第也不难更名改姓，他趁此机会摇身一变，成了容德雷特。关于他两个女儿和小伽弗洛什，几乎没有工夫注意还有两个小弟弟。人穷困到了一定程度，相互就十分冷漠，视同游魂野鬼，就连自己最亲近的人，也往往成了朦胧的影子，在生活模糊的背景中难以分辨，容易同无形的东西混淆起来。

德纳第婆娘原本就想永远抛弃两个小儿子，可是交付给马侬姑娘的当天晚上，她忽然顾虑起来，或者故意装样子。她对丈夫说："这么干，可就是遗弃孩子呀！"德纳第却大言不惭，用这种话打消她的顾虑："让－雅

1　那条街原名为"暗娼街"，作者故而调侃。

克·卢梭干得更绝!"做母亲的人从顾虑转为不安,她说道:"警察若是来找麻烦怎么办? 德纳第先生,你说说看,我们这么干,能允许吗?"德纳第则回答:"干什么都允许。谁看这事儿,都会觉得跟天空一样明朗。再说了,对这种身无分文的孩子,谁也没有兴趣上前关心一下。"

马侬姑娘是犯罪集团中的漂亮妞儿,很爱打扮,家中的陈设既娇饰又寒酸。跟她合居的一个法籍英国姑娘,是一个非常高明的女贼,和一些富贵人家来往,颇有口碑,同图书馆勋章和马尔斯小姐的钻石首饰失窃有极为密切的关系,后来在刑事罪犯档案中相当有名。大家都叫她"密斯姐儿"。

两个孩子落到马侬姑娘手中,却一点也不委屈。他们有八十法郎的月供,就像任何可供盘剥的东西一样,自然受到照顾,穿得一点儿不坏,吃得也一点儿不糟,几乎被当成"小先生"一样侍奉,跟假母亲比跟真母亲过的日子好多了。马侬姑娘也总摆出贵妇的派头,在孩子面前不讲黑话。

他们就这样过了几年。德纳第还真有预见性。有一天,马侬姑娘来付十法郎的月钱,他就对她说:"当'父亲的'应当给他们点教育。"

两个可怜的孩子,甚至受到厄运的保护,一直得到温饱,不料猛不丁给抛进人生,不得不自谋生路了。

像在容德雷特贼窝那样大批逮捕歹徒,必然导致一连串搜捕和拘留。这是一场名副其实的灾难,降临到秘密生活在公共社会下面的丑恶的反社会。犹如一场狂风骇浪,冲垮了这个黑暗世界的许多地方。德纳第的灾难,也殃及了马侬姑娘。

关于普吕梅街的那张字条,由马侬姑娘交给爱波妮不久,有一天,钟孔街突然来了一帮警察,抓走了马侬姑娘和密斯姐儿,整栋楼里形迹可疑的人也都被一网打尽。当时,两个小男孩正在后院玩耍,根本没有看到这场洗劫。到了要回家的时候,他们才发现家门封了,整栋楼房都空了。对面铺子的一个补鞋匠招呼他们,将"他们母亲"留下的一张字条交给他们。纸上有个地址:"西西里王街8号,年息代理人巴尔日先生。"补鞋匠对他们说:"你们不住在这儿了。去那儿吧。路很近,左边的第一条街就是。拿着这张字条,问问路就行了。"

两个孩子手里拿着引路的字条，大的牵着小的走了。天气很冷，小手冻僵了，字条也抓不紧，走到钟孔街拐角的时候，让一阵风给吹跑了，天又黑下来，没法儿找到了。

他们就这样流落到街头。

二、小伽弗洛什借了拿破仑大帝的光

巴黎春天常刮起凛冽的寒风，吹在人身上不完全是寒冷，而是冰冻。这种寒风能给晴朗的天气陡增凄冷的气氛，恰如从不严实的门窗缝里吹进暖室的冷空气。冬季那扇阴森的门仿佛还半开着，一阵阵风吹进来。本世纪欧洲第一场大规模流行病，就是在1832年春天爆发的。那年春寒料峭，凛冽寒风格外刺骨。那扇门比冬季半开的门还要寒冷，简直就是一道墓门。人们感到那种寒风挟着霍乱的气息。

从气象学角度看，这种寒风还有一种特点，就是丝毫也不排除强电压。这个季节常起大风暴，伴随着疾雷闪电。

一天晚上，这种寒风吹得更起劲，仿佛又回到了1月份。有钱的人重又穿上大衣，而小伽弗洛什还穿着那身破布片，立在一家理发店门前出神，冻得愉快地打着哆嗦。他当作围巾围在脖子上的，不知是从哪儿弄来的一条女式羊毛披肩。小伽弗洛什那副样子，好像在由衷地欣赏橱窗里的一个蜡人新娘，看那新娘敞胸露怀，头戴橘花冠，在两盏灯之间旋转，向行人投来微笑。其实，小家伙眼睛瞄着店铺，看看能不能顺手牵羊，从柜台"摸走"一块香皂，好拿到郊区理发店那卖一苏钱。他时常靠一块香皂吃顿饭。这种活计他挺拿手，说是"给理发师刮胡子"。

他的眼睛一边欣赏新娘，一边瞟着那块香皂，嘴里还一边咕哝："星期二……不是星期二……是星期二吗……也许是星期二……对，就是星期二。"

谁也没有弄明白过，这种自言自语究竟是什么意思。

这种自言自语，也许偶然涉及他最后那顿饭的日期，那就意味着三天没吃饭了，因为这天已是星期五。

店里有一炉旺火，暖烘烘的，理发师正给一名顾客刮脸。他不时瞥过一眼，瞧瞧那个敌手，那个冻得发抖、双手插兜、心里显然在打鬼主意的没脸皮的野孩子。

伽弗洛什正端详新娘、橱窗和温德索香皂的时候，忽然来了两个穿戴相当整齐的孩子。他们一高一低，比他个头儿还矮，看样子一个有七岁，一个有五岁，胆怯地拧动门把手，走进店铺，不知道问什么事儿，也许是请求施舍，说话哼哼唧唧的，不像祈求倒像呻吟。他们两个同时开口，话又讲不清楚，小的抽抽搭搭语不成句，大的又冻得牙齿咯咯打战。理发师转过身，满脸怒气，右手还举着剃刀，左手推着大的，用膝盖顶着小的，将两个孩子赶到街上，关上店门，恨道：

"闲着没事儿，来把人家屋子都倒腾冷啦！"

那两个孩子一边哭一边往前走。这时，天上吹来一片乌云，淅淅沥沥下起雨来。

小伽弗洛什追上去，招呼他们说：

"你们怎么啦，小鬼？"

"我们没有地方睡觉。"大的回答。

"就为这个？"伽弗洛什说道，"这可不得了。这也值得哭鼻子吗？两个都是傻瓜怎么的！"

伽弗洛什一副略带嘲笑的高傲态度，以怜惜的权威口吻、柔和爱护的声调说：

"小娃娃，跟我来。"

"是，先生。"大的说道。

于是，两个孩子跟他走了，就像跟随大主教似的。他们不再哭了。

伽弗洛什领着他们，沿圣安托万街朝巴士底广场方向走去。

伽弗洛什边走边回头，狠狠瞪那家理发店一眼。

"那条老鲭鱼[1]，简直没长人心。"他咕哝道，"他是个美国佬。"

---

[1]　理发师绰号"鲭鱼"。

伽弗洛什打头，他们三人鱼贯而行。一个姑娘见了咯咯大笑起来，未免对这一伙人失敬了。

"你好，公共马车姐儿。"伽弗洛什回敬她一句。

过了一会儿，他又想起那个理发师，改口说道：

"那畜生我叫错了，他不是鲭鱼，而是一条蛇。理发匠，等着吧，我去找个锁匠师傅，给你的尾巴安上一个铃铛。"

他跟那个理发师怄气，见什么都发火。他跨过一条水沟时，碰见一个长了胡须的看门婆，看她拖着扫把那样子，真够资格上布罗肯峰[1]去会浮士德，于是，他就吆喝一句："夫人，您这是骑马出门啊？"

话音刚落，他又一脚踏下去，将泥水溅到一个过路人的亮皮靴上。

"小坏蛋！"那过路人十分恼火，嚷了一声。

伽弗洛什的鼻子从围巾里抬起来，问道：

"先生要告状吗？"

"告你！"过路人说。

"衙门关门，我不接案子了。"伽弗洛什答道。

然后，他沿着这条大街继续往前走，瞧见一个大门洞下有个十三四岁的女叫花子，浑身冻僵了，衣裙太缺，双膝都露在外面。小女孩开始长大，腿不该露出来。年岁增长往往这样捉弄人，恰恰到了赤裸显得不雅观的时候，裙子变短了。

"可怜的姑娘！"伽弗洛什说，"恐怕连条裤衩都没得穿。接着，先围上这个吧。"

他说着，将暖乎乎围在脖子上的羊毛围巾解下来，扔到女叫花子冻紫了的瘦肩头上。这样，围巾又变回去，成了披肩。

女孩怔忡地望着他，接受披肩却未吭一声，人穷苦到了一定份儿上，往往麻木迟钝了，受苦不再呻吟，受惠也不再道谢了。

1　布罗肯峰：德国哈茨山最高峰，相传每年4月30日至5月1日的夜晚，巫婆在那峰上聚会。歌德在《浮士德》中有描述。

这样一来，"嘚嘚嘚嘚！"伽弗洛什发出声来，抖得比圣马尔丹更厉害。圣马尔丹至少还留下半件大衣[1]。

他这一"嘚嘚"，阵雨越发恼火，下得更凶了。这种天气太坏，还惩罚善行。

"真可恶！"伽弗洛什嚷道，"这是什么意思？雨又下起来啦！仁慈的上帝呀，再这样下下去，我可要回娘胎里了。"

他又往前走。

"左右都一样。"他说着，望了一眼蜷缩在披肩下面的女叫花子，"她那身大衣还不赖呢。"

他抬头望了望乌云，嚷了一声：

"没辙啦！"

两个孩子亦步亦趋跟在他身后。

他们经过安了密实铁丝网的橱窗，显见是面包铺，因为面包和金子一样，要用铁栏保护起来。伽弗洛什转过身：

"对了，小娃娃，晚饭吃了吗？"

"先生，"大的回答，"早饭之后，到现在没吃东西了。"

"你们没有父亲，也没有母亲怎么的？"伽弗洛什郑重其事地又问道。

"先生不要乱说，我们有爸爸妈妈，只是我们不知道他们住在哪儿。"

"有时候，知道还不如不知道。"伽弗洛什说道，表明他很有头脑。

"我们走了有两个钟头了。"大的接着说，"我们找过好多墙角旮旯，可是什么东西也没有找到。"

"我知道，"伽弗洛什又说，"全让狗给吃光了。"

他沉默了一会儿，又说道：

"嘿！我们把自身的作者丢了。我们都不知道把他们怎么着了。这样不应该呀，孩子们。把老一辈人给弄丢了，这也太糊涂了。哎呀，对啦！总得吃点儿什么呀。"

1　圣马尔丹（约315—397）：图尔主教。据传他将大衣分一半给一个穷人。

此外，他再也没有向他们提什么问题。无家可归，这再明白不过了。

两个孩子中那个大点儿的变得也快，几乎又完全恢复了童年那种无忧无虑，他惊叹道：

"说起来真怪。妈妈还说过，到了圣枝主日那天，她带我们去拿祝福过的黄杨枝呢。"

"神经。"伽弗洛什应了一声。

"妈妈是位夫人，"大的又说，"跟密斯姐儿住在一起。"

"好家伙。"伽弗洛什又应了一声。

这工夫他站住了，搜索身上破衣烂衫的每个角落，摸了好半天。

他终于抬起头，那神情本来只想表示满意，而实际却得意扬扬了。

"放心吧，娃娃。这不有了，够三个人吃晚饭了。"

说着，他从一个兜里掏出一苏硬币。

他没容两个孩子惊得目瞪口呆，就推着他们进了面包铺，将一苏钱往柜台上一放，喊道：

"伙计！五生丁面包。"

面包师傅本人就是店铺老板，他拿起一个面包和一把刀。

"切成三块，伙计！"伽弗洛什又说道，接着又郑重其事地补充一句：

"我们是三个人。"

面包师打量完三个吃晚饭的人，便操起一个黑面包。伽弗洛什见此情景，就把一根手指深深插进鼻孔里，猛然吸气，仿佛指尖有一小撮弗雷德里克大帝的鼻烟，冲面包师的脸气愤地嚷了一句：

"克斯克啥？"

伽弗洛什冲面包师嚷的这句话，我们读者中如果有人以为是俄语或波兰语，甚或以为约维斯人和博托库多人[1]在荒江隔岸相呼的蛮声，我们就应当指出，这是他们（我们的读者）每天讲的一句话，即："这是个什么？"面包师完全听懂了，他回答说：

1　约维斯人和博托库多人：美洲印第安人部族。

"怎么！这是面包呀，极好的二等面包。"

"您是说粗拉通[1]吧，"伽弗洛什镇定而轻蔑地反驳道，"要白面包，伙计！要细拉通！我请客。"

面包师不禁微微一笑，他一边切白面包，一边以怜悯的目光打量他们，这又冒犯了伽弗洛什。

"喂，小伙计！"他说道，"您干吗呀，这样丈量我们？"

其实，他们三个叠起来，也不到一丈高。

面包师切好面包，收了钱，伽弗洛什就对两个孩子说：

"磨吧。"

两个小男孩都愣住了，瞪眼看他。

伽弗洛什笑起来：

"哦！真的，还听不懂，人还太嫩了点儿！"

他又改口说："吃吧。"

他说着，递给他们每人一块面包。

他又想到，这个大点儿的似乎更有资格同他交谈，值得另眼看待，应当多吃点儿，于是他克服犹豫的心理，拣了最大的一块面包递给他，又补充一句："这个，塞进你的枪筒里。"

他把最小的一块留给自己。

包括伽弗洛什在内，几个可怜的孩子真饿极了，大口大口咬面包。他们既已付了钱，再待在面包铺里就显得碍事，得不到面包师的好脸色了。

"咱们回街上去。"伽弗洛什说道。

他们又朝巴士底广场方向走去。

他们不时碰到有灯光的店铺，那个小的每次都停下，拿起用绳子套在颈上的铅表，瞧瞧钟点。

"真是个小活宝。"伽弗洛什说道。

接着，他若有所思，又喃喃说道：

1　黑面包。——雨果原注

"不管怎么说，我若是有孩子，准比这照看得好多了。"

他们吃完面包，正走到阴惨的芭蕾舞街的拐角，能望见小街尽头强力监狱那道低矮吓人的边门。

"嘿，是你呀，伽弗洛什？"一个人说。

"哦，是你呀，蒙巴纳斯？"伽弗洛什应道。

招呼这个流浪儿的是个男人，戴了一副蓝色夹鼻眼镜，伽弗洛什一眼就认出来，正是化了装的蒙巴纳斯。

"好家伙，"伽弗洛什继续说，"你披了一身麻籽酱色的皮，又像大夫一样戴着蓝眼镜，老实说，真够派头呀！"

"嘘，别这么嚷嚷！"蒙巴纳斯说道。

他急忙将伽弗洛什拖出店铺的亮地儿。

两个小孩手拉着手，不由自主地跟在后面。

他们走进通车的黑糊糊的拱顶门洞里，人看不见，雨浇不着了。

"你知道我要去哪儿吗？"蒙巴纳斯问道。

"去不愿登修道院[1]。"伽弗洛什说。

"耍贫嘴！"

蒙巴纳斯接着说道：

"我要去会巴伯。"

"哦！"伽弗洛什说，"那女郎叫巴伯。"

蒙巴纳斯压低声音：

"不是女的，是男的。"

"唔！巴伯呀！"

"对，是巴伯。"

"他不是给关起来了吗？"

"他又打开了。"蒙巴纳斯答道。

他简要地对这流浪儿讲了事情的经过。当天上午，巴伯被押往附属监

1　断头台。——雨果原注

狱的路上，经过"预审走廊"，本应向右拐，他却溜向左边跑掉了。

伽弗洛什十分赞赏这个机灵劲儿。

"真是老滑头！"他赞道。

蒙巴纳斯讲巴伯如何越狱，又补充了几个细节，最后来了一句：

"唔！还有好戏看呢。"

伽弗洛什一边听，一边抓住蒙巴纳斯拿着的手杖，下意识地抽出上半截，只见露出匕首的利刃。

"嗬！"他说着，赶紧插回去，"你还带着便衣警察。"

蒙巴纳斯眨了眨眼睛。

"哎呀！"伽弗洛什又说道，"你要跟冲子交手啊？"

"难说，"蒙巴纳斯满不在乎地回答，"身上带根别针总没坏处。"

伽弗洛什又追问了一句：

"今儿晚，你到底要干什么呀？"

蒙巴纳斯又拨动低音弦，含混答道：

"干点事儿。"

他突然改变话题：

"对啦！"

"怎么啦？"

"几天前发生的一件怪事儿。想想看，我遇到一个有钱的主儿，他赏给我一顿教诲和他的钱袋。我把钱袋放进兜里，过了一会儿，我摸摸衣兜，什么也没有了。"

"只剩下教诲了。"伽弗洛什接口说道。

"你呢，"蒙巴纳斯又说，"你这是去哪儿？"

伽弗洛什指着受他保护的两个孩子，说道：

"我带孩子去睡觉。"

"睡觉，睡哪儿？"

"睡我家里。"

"你家在哪儿？"

"在我家里。"

"你有住处啦?"

"对,有住处了。"

"住在哪儿?"

"大象肚子里。"伽弗洛什答道。

蒙巴纳斯天生不爱大惊小怪,这回也不免惊叹:

"大象肚子里!"

"对呀,没错儿,大象肚子里!"伽弗洛什又说道,"克克啥啊?"

这又是一句谁也不这么写,但人人都这么讲的话,意思就是:这有什么啊?

流浪儿深刻的指责,又把蒙巴纳斯拉回到平静的常理上。他对伽弗洛什的住处,似乎有了更好的体认。

"可不是嘛!"他说道,"对,大象……住在那里舒服吗?"

"很舒服,"伽弗洛什答道,"在那里,真的,顶呱呱,不像在桥洞下,没有穿堂风。"

"你怎么进去呢?"

"就那么进去。"

"有洞口啊?"蒙巴纳斯问道。

"还用问!这可不能说出去啊。是在前腿中间。那些拷壳[1]没看到。"

"你要爬上去喽?不错,我明白了。"

"一搭手的工夫,克利,克拉,行了,人影也不见了。"

伽弗洛什停了一下,又补充一句:

"这两个娃娃,我得弄一个梯子。"

蒙巴纳斯笑起来:

"见鬼,你是从哪儿弄来的小崽子?"

伽弗洛什随口答道:

---

1   密探,警察。——雨果原注

"两个小宝宝，是一个理发师赠送给我的。"

这时，蒙巴纳斯有了心事。

"刚才，你不费劲儿就认出我来。"他咕哝道。

他从兜里掏出两件小东西，是裹了棉花的两根鹅翎管，往每个鼻孔塞了一根，鼻子就完全变样了。

"你模样变了，"伽弗洛什说道，"不那么丑了。这玩意儿应当总放在里边。"

蒙巴纳斯是个美少年，可是伽弗洛什就爱嘲笑人。"别开玩笑，"蒙巴纳斯问道，"现在你觉得我怎么样？"

说话的声音也完全变了。转瞬之间，蒙巴纳斯变得叫人认不出了。

"嘿！给我们演一场木偶戏吧！"伽弗洛什嚷道。

那两个小孩只顾用手指掏鼻孔，一直没有注意听他们说什么，现在一听说木偶戏，就赶忙凑上来，看着蒙巴纳斯那样子，脸上开始流露出喜悦和赞赏的神色。

可惜蒙巴纳斯这会儿心事重重。

他将手掌按在伽弗洛什的肩上，一字一句加重语气对他说：

"听我说，孩子，假如我在广场上，带着我的道格、我的达格和我的地格，假如你们递给我十个苏钱，我倒不会拒绝耍个把场，但现在不是过狂欢节。"

这句怪诞的话，对这个流浪儿产生奇特的效果。他急忙转身，两只明亮的小眼睛凝神搜索周围，发现只离几步远的地方，有一名警察的背影。伽弗洛什"哎呀！"一声刚出口，又立刻憋回去，他摇了摇蒙巴纳斯的手，说道：

"好吧，晚安，我带着小乖乖去见我的大象。万一哪天夜晚你用得着我，就到那儿去找。我住在一、二楼中间的夹层，没有门房，你找伽弗洛什先生就行了。"

"好吧。"蒙巴纳斯说道。

他们分了手，蒙巴纳斯朝河滩广场走去，伽弗洛什则前往巴士底广场。

伽弗洛什和大小兄弟俩，一个拉着一个。五岁的小弟几次回头，望那走远的"木偶"。

蒙巴纳斯发现警察，用黑话通知伽弗洛什，也并没有什么奇妙的，只是运用"狄格"的半谐音，变法儿重复五六遍。"狄格"这两个音不是孤立地发出来，而是巧妙地嵌在一句话里，要表示："当心，不能随便说话。"此外，蒙巴纳斯这句话还有一种文学美，超出伽弗洛什的理解："我的道格、我的达格和我的地格"，在神庙街区一带的黑话中意味着"我的狗、我的刀和我的女人"。须知在莫里哀创作和卡洛绘画的那个伟大世纪，小丑和红尾巴[1]圈子里常讲这种话。

在巴士底广场东南角，靠近沿古狱堡护城壕挖掘的运河码头，曾有一个奇特的建筑物，二十年前还能见到，如今已从巴黎人的记忆中消失，但是值得在那里留下一点痕迹，因为，那是"科学院院士、埃及远征军总司令"的构想。

虽说只是一个模型，我们还是称作建筑物。作为拿破仑一个意念的巨大遗体，这个模型本身就是个庞然大物。连续经过两三场狂暴，它越来越远离我们，变成历史的遗迹，一反当初临时性构筑的形象，具有某种说不出来的永久性了。那头大象有四丈来高，木架和灰泥结构，背上驮着一座塔，好似一座房舍，当年由泥瓦匠刷成绿色，现在已由天空、风雨和时间涂成黑色了。广场那一角空旷萧飒，而那巨兽宽额、长鼻、巨牙、高塔、宽大的臀部、圆柱似的四条腿，身影映在星光闪烁的夜空，的确惊魂动魄。一般人不知道那意味什么。那是民众力量的一种象征，幽暗、神秘而壮伟。不知那是什么具有神力的有形魂体，耸立在巴士底广场无形幽灵的旁边。

极少有外来人参观这一建筑，行人也不望一眼。它渐渐倾圮，一年四季都有灰泥从腹部剥落，伤痕累累，不堪入目。文雅行话中所谓"市政大员"，从1814年起就把它遗忘了。它始终待在那个角落，病恹恹的，摇摇欲坠，四周圈的木栅栏也已朽烂，随时受到醉醺醺的车夫的糟蹋。它的腹部

1　指小丑。小丑戴的假发尾上系着红缎带。

龟裂，尾巴上支出一根木条，腿之间杂草丛生。由于大城市地面总在不知不觉中逐渐升高，而它周围广场的地势，三十年来也高出许多，它就好像陷入凹地中，地基下沉了似的。它那样子恶俗不堪，受人轻蔑和厌恶，但是又卓然独立，有产者觉得丑陋，思想者看着忧伤。它近乎要清除掉的一堆垃圾，又类似要被斩首的一位君王。

前面说过，夜晚景象就变了。夜晚是一切黝黯东西的真正归宿。夜幕一降临，那头老象就焕然一新。在黑暗的一片静穆中，它换上一副沉稳而凶猛的神态。它属于过去，因此属于黑夜，夜色同它的魁伟相得益彰。

这座建筑粗陋、矮壮、笨重、凶猛、冷峻，形体几乎怪异，然而确实庄严，凛凛然有几分雄伟和狂野，如今已不复存在，好让一个烟囱高耸的巨型火炉[1]君临清平世界，取代阴森森的九塔楼堡垒，颇为类似资产阶级取代封建制度。用一个火炉来象征锅炉容涵力量的时代，是极其自然的事情。这个时代行将过去，也已开始过去了。人们开始明白，如果说锅炉能产生能量，那能量也只能是在头脑中产生出来的。换言之，带动世界前进的，不是火车头，而是思想。把火车头套在思想的列车上，固然很好，但是不要将马当作骑手。

扯回话题，不管怎么说，在巴士底广场上，用灰泥建造大象的建筑师，成功地表现了伟大。而建造火炉烟囱的建筑师，却用青铜塑造出渺小。

这个火炉烟囱还起了个响亮的名字，叫做七月圆柱，这是流了产的一场革命的拙劣纪念碑，直到1832年，非常遗憾还被覆着巨大的构架，围着一大圈木板栅栏，彻底孤立了那头大象。

流浪儿带领两个娃娃，正是走向由远处一盏路灯微光照见的这个广场角落。

请允许我们在此打断一下，提醒一句，我们讲述的完全是事实。二十年前，轻罪法庭根据禁止流浪和破坏公共建筑的法令，就抓到并判处一个

1　路易·菲利浦政府为纪念七月革命，在巴士底广场上建起圆形铜柱，高五十米，柱顶有自由女神像。

睡在巴士底广场大象里的儿童。

交代了这一史实，我们继续往下谈。

到了大象跟前，伽弗洛什看出无限大对无限小产生的影响，就说道：

"小乖乖！不要怕。"

说着，他从一处豁口儿跳进大象的栅栏里，又扶着两个孩子跨进去。两个孩子有点儿害怕，跟着伽弗洛什一声不响，完全信赖这个衣衫破烂的小保护人，只因他给他们面包吃，又答应给他们住处。

有一条梯子靠着木栅栏倒放在地上，那是附近工地的工人白天用的。伽弗洛什以罕见的力量搬起梯子，竖到大象的一条前腿上。只见梯子顶端正好靠近巨兽肚子的一个黑洞。

伽弗洛什指着梯子和洞口，对两个客人说：

"爬上去，进去吧。"

两个小男孩恐惧地面面相觑。

"你们害怕呀，小乖乖！"伽弗洛什高声说。

随即他又补充一句：

"你们瞧我的。"

他不屑用梯子，双手抱住粗糙的象腿，眨眼间爬到破洞口，好似游蛇钻了进去。不大工夫，两个孩子隐约望见黑洞口探出他的头，仿佛一个白里透青的形体。

"喂，"他喊道，"小家伙，倒是爬上来呀！上来一看就知道，这儿有多舒服！"他又对着那个大的说："上来，你！我拉你一把。"

两个孩子用肩头相互推着，流浪儿又是吓唬又是劝勉，再说，雨也下得很大。大的冒险往上爬。小的见哥哥爬上去，独自一个留在巨兽的大腿之间，想哭又不敢哭。

大的摇摇晃晃，一步一步往上攀登。伽弗洛什一路给他鼓劲儿，像武术教练教徒弟，或老骡夫赶骡子那样吆喝：

"别怕！"

"就这样！"

“接着上！”

“脚放在那儿！”

“把手给我！”

“大胆点儿！”

等他能够得着了，就猛地一把抓住，拉着胳臂，一使劲将孩子拉上去。

“真棒！”他说道。

那孩子钻进豁口儿。

“现在，等我一下，”伽弗洛什说道，“请坐吧，先生。”

他像先头钻进去那样，又从洞口钻出来，顺着象腿溜下去，跟猕猴一样轻捷，等双腿一着草地，就拦腰抱起那五岁的孩子，送到梯子正中，跟在后面往上爬，一边喊那个大的：

“我往上推，你往上拉他。”

转瞬间，小家伙让人又推又拉，又送又拖，上了梯子，还没弄清怎么回事，就给塞进洞里。随后伽弗洛什也跟进来，又一脚将梯子踢翻在草地上，拍起巴掌嚷道：

“我们到啦！拉法耶特将军万岁！”

他欢呼完了，又补充一句：

“小家伙，你们到我家了。”

伽弗洛什的确到家了。

无用东西的意外用途啊！庞大事物的慈悲啊！巨人的善良啊！这个巨大的建筑原是拿破仑皇帝一念的产物，现在成了一个流浪儿的栖身之所。巨人收养并庇护了一个孩童。盛装打扮的有产者，经过巴士底广场，瞪着金鱼眼睛，轻蔑地打量那头大象，往往抛出一句：“那东西有什么用？”它就用来让一个无父无母、无衣无食又无家的小孩，免遭寒风冷雨、霜雪冰雹的袭击，使他避免睡在泥地里而发烧，避免睡在雪地里而冻死。它就用来收容社会所抛弃的无辜。它就用来减轻公众的错误。这就是敞开的洞穴，接纳处处吃闭门羹的人。这头老象惨不忍睹，摇摇欲坠，被人抛弃、判决和遗忘了，还被虫豸侵害，遍体鳞伤，满身净是疮痍霉斑。好似一个巨人乞丐，立在十字街头，徒然祈求行人抛来和善的目光，可是它却反而可怜另一个乞丐，可怜这个脚下无鞋、头上无房顶的穷小子。巴士底广场大象就有这种用场。拿破仑的这一构想，为人类所鄙弃，却为上帝所拾取。原本只想建成显赫辉煌的东西，却变为令人肃然起敬的东西了。要实现皇帝的构想，就得使用斑岩、青铜、铁和金子、大理石；要实现上帝的意图，用老式办法，将木板、木条和灰泥拼凑起来就足够了。皇帝产生一个天才的梦想，建造一头无比巨大、无比神奇的大象，高扬着鼻子，全身披挂，驮着宝塔，四周围着活跃欢快的喷泉，要用这样一头大象来象征人民。上帝却把它变成更伟大的东西，给一个儿童栖身。

伽弗洛什出入的那个豁口儿，前面说过，隐蔽在象肚子下，从外面几乎看不见，而且极窄，只有猫儿和小孩能勉强通过。

"先要嘱咐门房，就说我们不在家。"伽弗洛什说道。

他就像熟悉自己的房间的人那样，胸有成竹，钻进黑暗中取来一块木板，堵上了洞口。

伽弗洛什又钻进黑暗中。两个孩子听见火柴插进磷瓶中吱啦的响声。当时还没有化学火柴，代表那个时代进步的是福马德打火机[1]。

突然出现光亮，晃得他们直眨眼。伽弗洛什点着一根火绳。这种浸了松脂的火绳叫做地窖老鼠，点起来亮小烟多，只能隐隐约约照见大象里面。

伽弗洛什的两位客人瞧瞧四周，他们的感觉有点像装进海德堡大酒桶里的一个人，说得更准确点儿，好似《圣经》所说被吞进鲸鱼肚里的约拿。眼前赫然出现一副巨大骨骼，将他们包围起来。上面一条褐色大梁很长，每隔一段距离，就连下来两根弓形粗木肋条，这就构成了脊柱和肋骨。石膏流成钟乳石状，犹如内脏垂悬在那里。巨大的蜘蛛网从一端拉到另一端，成为挂满灰尘的横膈膜。只见各个角落一团团黑糊糊的东西，仿佛是活物，仓皇地审来审去。

从大象后背腔落到腹部的灰泥填平了凹面，走在上边就像铺了地板。

1　福马德发明的打火机，里面装硫酸，拿化学火柴往里蘸。

那个小的靠着哥哥，悄声说道：

"这么黑呀。"

这话把伽弗洛什惹火了。两个孩子神情沮丧，必须振作一下。

"你们胡说些什么呀？"他嚷道，"要开玩笑吗？要摆出什么都看不上眼的架子吗？非得住杜伊勒利宫不成吗？说说看，难道你们是傻瓜蛋？我可先告诉你们，别把我算在傻瓜堆里。难道你们是哪个大老爷的孩子吗？"

在惶恐不安的情绪中，粗鲁一点儿有好处，能稳住局面。两个孩子又向伽弗洛什靠拢了。

伽弗洛什受到如此信赖，像当父亲似的心软了，口气由"严厉转为和蔼"，对那个小的说：

"小傻瓜，"他用爱抚的声调加重这句骂人话的语气，"外面才黑呢。外面下雨，这里不下雨；外面冷得很，这里一点风也没有；外面人很多，这里一个外人没有；外面连一点月光也不见，我这儿有蜡烛，他妈的！"

两个孩子再看这房子，就不那么恐惧了，不过，伽弗洛什也不容他们仔细观赏。

"快。"他说了一声。

紧接着，他就推着他们，走向我们非常高兴能称作内室的地方。

那里摆着他的床铺。

伽弗洛什的床铺应有尽有，也就是有床垫、被子，以及拉着帷幔的凹室。

床垫是草席，被子是一条大幅灰色粗羊毛毯，很暖和，有七八成新。凹室的情况如下：

三根长木杆稳稳插在地上灰渣里，即插在大象的肚皮上，前边两根，后边一根，顶端用绳子捆在一起，成为三脚支架。一面黄铜丝网罩在上面，用铁丝巧妙地扎牢，这就把三脚架包得严严实实，周围贴地面的网边，又用大石块压住，什么也钻不进去了。这个网罩，不过是动物园里蒙鸟栏的一块铜丝网，伽弗洛什的床铺也就像放在鸟笼子里。整个网架类似爱斯基摩人的帐篷。

正是这网罩充当帷幔。

伽弗洛什搬开压在前面的几块石头，掀开两片重叠的纱网，说道：

"小家伙，爬进去吧。"

他小心翼翼地把两位客人送进笼子里，自己也跟着爬进去，再合上幔帐，搬回石头压严实了。

他们三人躺在草席上。

他们尽管都很矮，可是在凹室里谁也站不直身子。伽弗洛什始终拿着那根火绳。

"现在睡吧！"他说道，"我要熄灭蜡烛了。"

"先生，"那个大的指着铜纱网罩，问伽弗洛什，"这是什么东西呀？"

"这个嘛，"伽弗洛什一本正经地答道，"这是防耗子的。睡吧！"

不过，他觉得应当多说几句，指点指点这两个黄口小儿，又说道：

"这是植物园里的东西，是给野兽用的。满满一库房。只要翻过一道墙，爬进一扇窗户，再从下面钻过一道门，那就要多少有多少。"

他边说边给那个小的裹上一角毯子。那小的喃喃说道：

"唔！真好！真暖和！"

伽弗洛什满意地凝视毯子。

"这也是从植物园弄来的，"他说，"我是从猴子那里拿来的。"

他又指了指身下手工精细的厚厚草席，又对大的说道：

"这玩意儿，原先是给长颈鹿用的。"

他停了一下，接着说道：

"这些东西，野兽全有，让我给抄来了，也没有惹它们发火。我对它们说：这可是大象要用。"

他又停了一下，才接着说道：

"翻过墙头，根本不理睬政府的规定。就是这样。"

两个孩子又敬畏又愕然，望着这个无所畏惧而又足智多谋的人，他同他们一样流浪，一样孤苦伶仃，一样枯瘦羸弱，但是虽然穷苦，却显得无所不能，仿佛是超人。他像老江湖那样满脸怪相，又总挂着极天真极可爱的笑容。

"先生，"那个大的怯生生地问道，"您就不怕警察吗?"

伽弗洛什只是这么回答一句:

"娃子! 我们不说'警察'，而说'冲子'。"

那个小的瞪着眼睛，但是一声不吭。他躺在草席边上，他哥在中间，伽弗洛什像母亲那样，给他掖好被子，又拿一团破布垫在头部的草席底下，给他当枕头，然后才扭头对大的说:

"怎么样? 这里舒服得很吧!"

"是啊!"大的答道，眼睛注视着伽弗洛什，那表情像得救的天使。

两个可怜的孩子全身湿透，身子现在才开始暖和了。

"对了，"伽弗洛什又问道，"刚才你们干吗哭鼻子?"

他指指小的，对大的说:

"这么大点儿的娃娃，我没什么说的。可是，像你这么大了，还哭鼻子，也太傻了，就像个小牛犊子。"

"嗳，"那孩子说，"那会儿，我们没住所了，不知道去哪儿。"

"小家伙!"伽弗洛什又说道，"我们不讲'住所'，而是讲'飘来'。"

"再说，我们也害怕，黑夜里只有我们两个人。"

"我们也不讲'黑夜'，而是讲'锁哥儿'。"

"谢谢，先生。"那孩子说道。

"听我说，"伽弗洛什接着说道，"往后，不要动不动就这样哭咧咧的。我会照顾你们。你会明白该有多开心。夏天，我们和萝卜，我的一个伙伴，一起去冰库，去码头洗澡。到奥斯特利茨桥旁边，我们光屁股在驳船上跑，逗那些洗衣服的娘儿们发火。她们怒冲冲，大喊大叫，瞧她们那才好笑呢! 我们还要去看骨骼人。他还活着，住在香榭丽舍。那是个教民，瘦得皮包骨头。还有，我要带你们去看戏，带你们去见弗雷德里克-勒迈特尔。我能弄到门票，我认识不少演员，有一回我还上场演出了。我们全是这么高的小鬼，在大布下面跑来跑去，就像海上波浪。我可以吸收你们加入我的剧院。我们还要去看野人。那些野人不是真的。他们穿着肉色的紧身衣，一动就起皱纹，胳膊肘也能看出白线缝的缝儿。看完野人，我们再去歌剧院，跟捧场队一起进去。歌剧院那儿的捧场队组织得特别好。我不会跟大街上捧场的人混在一起。想想看，在歌剧院，有些人肯给二十苏，不过，那是些傻瓜蛋，都管他们叫洗碗布……还有，我们去看处决人。我让你们瞧瞧那个刽子手，桑松先生，住在沼泽街，他家门上有一个信箱。嘿！那个开心呀，痛快极啦！"

这时，一滴蜡油掉在伽弗洛什的手指上，使他回到现实生活中。

"见鬼！"他说道，"这捻儿烧得真快，注意啦！我的照亮钱，每月不能超过一苏。躺到床上，就应当睡觉，我们可没有时间看什么保罗·德·柯克[1]先生的小说。再说，灯光会从大门缝儿透出去，冲子一眼就能发现。"

"还有呢，"那个大的胆怯地指出，唯独他还敢搭腔，跟伽弗洛什交谈，"火星儿可能掉到草席上，小心别把房子给烧了。"

"我们不说'烧房子'，"伽弗洛什指出，"而是说'火折碎矿机'。"

外面风雨更紧了，在滚滚雷声之间，能听见暴雨击打巨兽后背的声响。

"大雨呀，冲吧！"伽弗洛什说道，"瓶子满了，水从房子的大腿淌下去，让我听着特别开心。冬天是个笨蛋，白往外甩货，白费那个劲儿，浇不湿我们了。让它赌气去吧，这个送水老倌！"

伽弗洛什以19世纪哲人的态度，接受雷雨的全部后果，他提到雷电的话音未落，只见强光刺眼的闪电从裂缝透进象肚子里，紧接着咔嚓一声，打了个响雷，吓得两个孩子惊叫一声，猛地坐起来，差点儿撞开网罩。可是，伽弗洛什脸上了无惧色，转向他们，借着雷声大笑起来。

"镇静，孩子们。别把屋子撞翻了。不错，这雷打得真漂亮！不是眨眨眼睛的那种雷电。真棒呀，仁慈的上帝！他妈的！跟杂剧院差不多啦！"

说罢，他把网罩整理好，轻轻地把两个孩子推到床头，再按他们的膝盖，让他们身子躺直，又高声说道：

"既然仁慈的上帝点亮了他的蜡烛，我这根就可以吹灭了。孩子嘛，就

1　保罗·德·柯克（1794—1871）：法国多产小说家。

应当睡觉，我的小伙子呀。不睡觉就太不像话了。这样你就会'先令走廊'了，或者按照上流社会的说法，就是口臭。快把被子盖严实了，我可要熄灯了。好了吗？"

"好了，"大的喃喃说道，"我这儿很舒服，脑袋就好像枕着鸭绒枕头。"

"我们不讲'脑袋'，而讲'圆木头'。"伽弗洛什高声纠正。

两个孩子紧紧地靠在一起，伽弗洛什最后让他们睡在草席上，把毯子一直拉到他们耳边，又第三次用圣事语言命令道：

"睡吧。"

同时，他吹灭了火绳。

光亮刚熄灭，罩住三个孩子睡觉的纱网就出奇地震动起来，是无数的摩擦发出的金属声音，仿佛爪子在抓，牙齿在咬铜丝，同时伴随着各种轻微尖叫声。

五岁那孩子听见头上一片喧扰，吓得魂不附体，就用胳膊肘捅他哥哥，可是，他哥哥已经按伽弗洛什的指令睡了。小孩吓得实在受不了，才胆敢叫伽弗洛什，但是屏住呼吸，声音很小：

"先生！"

"嗯？"伽弗洛什刚闭上眼睛，答应一声。

"这是什么声响？"

"是耗子。"伽弗洛什回答。

他抬起的头又放回草席上。

大象的躯壳区确实繁衍了成千上万的老鼠，正是先头我们提到的黑糊糊的斑点。有光亮的时候，它们还老实一点儿，烛光一熄，这黑洞便是它们的城池了。它们闻到了杰出的童话家贝洛所说的"鲜嫩肉味"，便蜂拥扑向伽弗洛什的帐篷，一直爬到顶上，嗑这铜丝网，势必要穿透这新型的玩意儿。

然而，那小的睡不着。

"先生！"他又叫道。

"嗯！"伽弗洛什应了一声。

"耗子是什么东西?"

"就是小老鼠。"

听了这种解释,孩子稍许放点心。他在生活中见过小白鼠,并没有害怕。可是,他又提高嗓门叫道:

"先生!"

"嗯?"伽弗洛什又应了一声。

"您怎么没养猫呢?"

"养过一只,"伽弗洛什回答,"我抱来一只,可是让它们给吃了。"

这第二个解释又破坏了第一个解释的效果,那小孩浑身又发抖了。他和伽弗洛什又进入第四轮对话。

"先生!"

"嗯?"

"是谁给吃掉了呀?"

"猫啊。"

"是谁把猫给吃了呀?"

"耗子。"

"小老鼠吗?"

"对,耗子。"

小孩惊讶不已,小老鼠居然把猫吃了。他又问道:

"先生,那些小老鼠,会把我们吃掉吗?"

"当然啦!"伽弗洛什答道。

孩子恐惧到了极点。不过,伽弗洛什又补充说道:

"别怕!它们进不来。有我在这儿呢!喏,抓住我的手,别吱声了,睡吧。"

说话的同时,伽弗洛什在那哥哥身上抓住那孩子的手。孩子把他的手紧紧搂在怀里,心中感到踏实多了。勇气和力量也能像这样神秘地传递。耗子被他们说话的声音吓跑,周围又静下来。过了几分钟,它们再回来闹翻天也不妨事,三个孩子酣然入睡,什么也听不见了。

夜晚的时辰流逝。空旷的巴士底广场一片昏黑，寒风冷雨一阵阵袭来。巡逻队各处查看门户、便道、园地、暗角，寻找夜间活动的流浪汉，他们悄声从大象跟前走过去；而这怪兽却屹立不动，在黑暗中睁着眼睛，一副沉思的神态，仿佛行了善事而心满意足，庇护进入梦乡的三个可怜孩子，免遭风雨和人的袭击。

为了弄清随后发生的事情，这里要提醒一句，在那个时期，巴士底守卫队设在广场的另一头，因此，大象附近有什么情况，那边岗哨既望不见，也听不到。

就在拂晓前的时刻，有个人从圣安托万街走出来，穿过广场，又沿着七月纪念柱大围栅走去，溜进大象围栏里，一直到大象肚子下面。假如这时有光亮照在那人身上，从他那浑身湿透的样子，我们不难看出他淋了一夜雨。他走到大象下面，便发出一种怪异的呼叫。这种呼叫不属于任何人类语言，唯独鹦鹉才可能仿效。他连续叫了两遍，下面不过是近似的文字记录：

"叽里叽叽呜！"

喊第二遍的时候，一个清亮欢快的少年声音，从大象肚子里答应：

"来啦。"

几乎同时，堵洞的那块木板移开了，一个孩子抱着象腿滑下来，轻捷地在那汉子身边着地。下来的正是伽弗洛什，那汉子正是蒙巴纳斯。

至于"叽里叽叽呜"的叫声，一定表示这孩子先头所说的："你找伽弗洛什先生就行了。"

伽弗洛什听见喊声，立刻惊醒，掀开一角网罩，从他"凹室"爬出来，再把网罩仔细合上，然后打开洞口，滑了下来。

在夜色中，那人和孩子相互默认之后，蒙巴纳斯只说了一句话："我们需要你，去帮我们一把。"

流浪儿也不问什么事。

"走吧。"他说道。

二人又沿蒙巴纳斯来的原路走向圣安托万街，步履匆匆，正遇见赶早市的一长串运菜车，他们左拐右拐从中间穿过去。

菜农都蜷缩在车上的蔬菜堆里，半睡半醒，又由于大雨滂沱，他们的大罩衣连眼睛都遮住了，连看也没有看一眼两个奇怪的行人。

三、越狱的波折

同一天晚上，强力监狱里发生了这种情况：

巴伯、勃吕戎、海口商量好越狱，德纳第虽然关在单人囚室，但也参与其谋。巴伯当天就办完自己分内的事，通过蒙巴纳斯向伽弗洛什的叙述，读者已然了解了这一点。

蒙巴纳斯则是他们的外援。

勃吕戎受惩罚，禁闭了一个月，他利用这段时间做了两件事：一是编好了一根绳子，二是考虑成熟一个计划。从前监狱惩罚囚犯，就是把他们单独关起来，那种严酷的地方叫"地牢"，由四堵石墙构成，上面石顶棚，下面石板地，放一张帆布床，只有一扇小铁窗通气，却安了两道铁门。由于普遍认为地牢太残酷，现在就改为禁闭室，有一道铁门、一扇铁窗、一张帆布床、石板地、石屋顶、四堵石墙，快到中午能透进一点阳光。禁闭室不叫地牢了，但有一点不便之处，就是让本来应当干活的人去动脑筋。

勃吕戎动了脑筋，带了一根绳子出了禁闭室。查理大帝庭院公认他是个非常危险的人物，于是把他送进新楼牢房。他到新楼发现的第一样东西是海口，第二样东西是一根钉子。海口意味着犯罪，钉子意味着自由。

关于勃吕戎其人，应当有个完整印象了。他看上去弱不禁风，一副沉思忧郁的神态，是个彬彬有礼、聪明而狡黠的年轻人，那眼神温柔，而笑容却残忍。眼神是他意志的窗口，微笑则是他本性的流露。他最先研习的技艺就是上房顶，运用所谓"处理牛百叶"之法，大大发展了掀掉铅皮房盖和流水槽的技巧。

当时越狱是个有利时机，那一阵，屋面工正给监狱一部分房顶翻新青石瓦。这样，圣贝尔纳庭院，同查理大帝庭院和圣路易庭院，就不再完全隔绝了。房顶上有不少木架和梯子，换句话说，有了通往自由的桥梁和楼梯。

新楼是整个监狱的薄弱点，到处都是裂纹，破旧到了无以复加的程度，墙壁被硝酸严重腐蚀，囚室棚顶不得不加了一层保护板，因为拱顶时有石块脱落，砸着在床上睡觉的囚犯。监狱管理处错就错在，新楼已然破旧不堪，还关那些最好闹事的囚犯，照监狱的语言说，关那些"重罪犯人"。

新楼上下有四层囚室，还有一个叫做气爽楼的阁楼、一个大烟囱。大烟囱可能通当年强力公爵的厨房，从底层建起，好似一根扁平的立柱，纵穿上边四层，将每层囚室一分为二，并且从房顶冒出去。

海口和勃吕戎分在同一囚室。为谨慎起见，把他们俩安排在二楼。他们的床头恰巧抵着壁炉的烟囱。

德纳第又恰巧在他们的头顶，关在那间叫做气爽楼的阁楼里。

行人走过消防队营房，沿圣卡特琳园地街走到浴池的大门前站住，就能望见摆满盆栽花木的院子，院子里端有一个带两翼的白色小圆亭，镶着绿色窗板，富有让-雅克田园梦幻的情调。还不过十年前，那圆亭背靠着一堵高高耸立的黑墙。那光秃秃难看的高墙，正是强力监狱的围墙巡逻道。

圆亭背后那道围墙，好似贝尔干身后的弥尔顿[1]。

尽管那道围墙很高，但是从外面仍能望见更黑的房顶越过墙头，那便是新楼的房顶。上面四扇铁窗清晰可见，那便是气爽楼的窗户。一根烟囱从楼顶冒出来，那便是贯穿几层楼囚室的烟囱。

气爽楼建在新楼的房顶，是一大间顶楼的房间，安了三道铁栅门，还有包了铁皮并用大铆钉铆住的重木门。从北面进去，左首便是那四扇铁窗，右首对着铁窗，有四个方形大铁笼，由狭窄的过道隔开。铁笼下半截是齐胸高的砌墙，上半截粗铁条直连屋顶。

从2月3日夜间起，德纳第就单独关在一个铁笼里。后来始终未能查明，他同谁勾结，如何弄到一瓶麻醉药酒。据说由德吕发明的那种药酒，因"迷魂"匪帮使用而出名了。

1　阿尔诺·贝尔干（1747—1791）：法国诗人。约翰·弥尔顿（1608—1674）：英国诗人。

好多监狱都有吃里爬外、半官半匪的狱吏，他们协助囚犯越狱，又向警方报告假情况，既邀功又捞油水。

就在小伽弗洛什收留两个流浪儿的那天夜晚，勃吕戎和海口已得知，巴伯在那天上午逃走，要同蒙巴纳斯在大街上接应，他们就悄悄起床，用勃吕戎拾到的铁钉挖通靠床头的烟囱，让灰渣落在勃吕戎的床上，以免人听见动静。这工夫，雷电交加，雨骤风狂，监狱中的门扇户枢震得噼啪山响，真是天助。惊醒的囚犯也都佯装重新入睡，任凭海口和勃吕戎干去。勃吕戎灵活，海口有力气。狱卒就睡在同牢房隔一道铁栅门的寝室里，还未等他听见一点声响，两个悍匪就打穿侧壁，从烟囱里爬上去，捅开烟囱口的铁丝网，来到房顶。风雨越发猛烈，房顶很滑。

"这是抽筋儿多好的锁哥儿呀！"[1]勃吕戎说道。

他们和巡逻墙道之间，横隔一道六法尺宽、八十法尺深的鸿沟。他们往沟底望去，只见一个岗哨的枪支在黑暗中闪光。他们将勃吕戎在地牢里编的绳子，一头拴在烟囱口上刚被他们折弯的铁条上，另一头从巡逻墙道上面抛过去，抓住绳子一跃越过鸿沟，双手抓住围墙边，先后滑落到连着浴池房的一个小屋顶，再抽回绳子，跳到地上，穿过浴池房大院，推开门房室门上的小窗，伸进手去拉一下门绳，便打开大门，来到街上了。

他们在黑暗中，手里拿着铁钉，脑袋装着一个计划，从起床到越狱，还不到三刻钟。

不大工夫，他们便会合了在附近游荡的巴伯和蒙巴纳斯。

他们那根绳子抽回时拉断了，还留一段拴在楼顶烟囱口上。他们手掌皮几乎全磨掉了，除此之外再也没有受伤。

这天夜晚，德纳第没有睡，他已得到通知，但是通过什么方式，狱吏却未能查明。

将近凌晨一点钟，夜一片漆黑，他从铁笼对面的天窗望出去，狂风暴雨击打楼顶，忽见闪过两个人影，其中一个在窗口还略微停了一下，但只

1　"这是越狱的多好夜晚呀！"——雨果原注

是一眨眼的工夫。那是勃吕戎。德纳第认出他来，当即就明白了。这就足够了。

德纳第被指控为黑夜行凶杀人的强盗，受到监视囚禁。铁笼前总有一名值勤士兵，荷枪实弹走来走去，每两小时换一班。气爽楼里照明，只有一盏壁灯。囚犯脚踝儿还锁着五十斤重的一对铁球。每天下午四点钟，一名狱卒带两条獒犬，还按当时的办法来到囚笼，在他床前放下两斤重的面包、一罐凉水、一满碗漂着几粒蚕豆的清汤，然后检查脚镣，再敲敲囚笼的铁条。到夜晚，此人带着獒犬还要来检查两次。

德纳第曾得到允许，给他留下一根铁扦子，一头插着他的面包，一头插进墙缝里，说是"要防耗子给吃了"。既然有人时刻监视他，那么留下铁扦子就没有什么不妥。后来大家才想起，当时有个狱卒就说过：

"给他留根木扦子恐怕更好些。"

凌晨两点钟换班，一名新兵换走了一名老兵。过了一会儿，那个狱吏带狗来巡视，觉得那个"丘八"太嫩，又"土里土气"，除此并没有什么异常情况，也就离去。过了两小时，到了凌晨四点钟，来换班的人发现那个新兵倒在德纳第的铁笼旁边，像石头一样睡得死死的，而德纳第却不知去向，方砖地上丢着他那折断的脚镣。囚笼的顶端有个破洞，上面屋顶也有个破洞。他的一块床板被撬掉，不翼而飞，再也没有找到，想必被他带走了。在牢房里还找到半瓶迷魂药酒，那士兵被药酒麻醉，他的刺刀也不见了。

发现这种情况的时候，大家都以为德纳第已经逃之夭夭。殊不知他逃出新楼，还处于非常危险的境地，越狱远没有得逞。

德纳第到了新楼的房顶，发现勃吕戎拴在烟囱顶罩上的那半段绳子，可惜太短，他不能像勃吕戎和海口那样，越过巡逻墙道逃出去。

从芭蕾舞街拐进西西里王街，几乎立刻就能看到右首有一块肮脏不堪的洼地。上世纪那里有一栋楼房，现在只残留一堵后墙，有四层楼高，立在其他楼房之间，确是破楼的危墙。那道残垣断壁不难辨识，上面有两扇大方窗户，如今还能望见。中间靠右山墙那一扇，上面有一条虫蛀了的方木横梁。从前，透过那些窗口能望见一道阴森森的高墙，那正是强力监狱的一段巡逻墙道。

那楼房拆毁之后，临街留下一块空地，只有半边围着木栅栏。栅栏由五根石柱扶撑，木板已朽烂，中间开了一道门，几年前还只插了一根木门闩。栅栏里紧靠危墙脚，隐蔽着一间小木棚。

凌晨三点过后不久，德纳第就是到了那围墙顶上。

他是如何到了那上面呢？谁也不理解，也无法解释。看来，闪电对他既有妨碍，又有帮助。也许他利用铺瓦工的那些梯子和木架，从一个房顶到另一个房顶，从一道围墙到另一道围墙，从一个院落到另一个院落，大概从查理大帝院楼房到圣路易院楼房，再到巡逻墙道，从那里移到西西里王街那道断壁上的吧？然而，这样一条路线，中间有几处不可能连起来。也许他用床板搭成桥，从气爽楼到巡逻道墙头，再沿墙头绕着强力监狱爬行，直到那断壁上的吧？然而，强力监狱巡逻道边墙筑有雉堞，而且起伏不平，邻近消防队营房那一段低下去，到浴池房的那一段又高起来，一路有几处还被建筑物隔断，靠拉姆瓦尼翁府邸那一段和对着石路街那一段，高度就不一样，处处可遇陡坡和直角。况且，那些岗哨也会看到逃犯的黑影，因此，德纳第走这条路线，几乎同样说不通。这两种逃跑的方式都不可能。德纳第极度渴望自由，也就情急智生，将深渊化为浅沟，铁栅化为柳篱，双腿残疾化为运动健将，足痛风患者化为飞鸟，迟钝化为本能，本能化为智慧，智慧化为天才。他是否灵机一动，发明了第三种方法泥？这事儿一直是个谜。

越狱的奇迹，不可能都弄得清楚。再重复一遍，一个人要逃脱绝境，就有灵感。在越狱的神秘闪念中，往往有星光和闪电。奋力求生和振翅飞向崇高，都同样令人惊讶。人们谈起一个越狱的匪徒，就会说："他怎么翻过那个屋顶的呢？"同样，人们谈到高乃依，也会说："他怎么想出'让他死忘吧'这句妙语呢？"

不管怎么说，德纳第逃到那里，照孩子们形象的说法，伏在那堵危墙的"刀儿"上。他大汗淋漓，浑身被雨浇透，手掌擦破了皮，臂肘流血，双膝也磨破了，已然精疲力竭，同铺石街面还隔着四层楼高的峭壁。

他身上带的那根绳子太短了。

他面如死灰，气力耗尽，满怀的希望也破灭了，只好在那里等待。眼下还有夜色掩蔽，可是很快就要天亮，就要听到附近圣保罗教堂报四点的钟声，监狱里换岗的人就要发现那哨兵在酣睡，屋顶捅了个大窟窿。德纳第转念至此，不禁惊恐万状，再借着昏暗的灯光往下瞧，高度骇人，更是吓得魂不附体。那湿漉漉黑糊糊的铺石街道，既让人渴望又很可怕，既意味着自由，又意味着送命。

他心中嘀咕，那三个同谋越狱是否成功，是否在等他，会不会来搭救他。他倾听周围的动静。自从他到了那上面，除了过去一个巡逻队，街上就再也没见一个行人。从蒙特伊、夏罗讷、万森和贝尔西来赶早市的菜农菜贩，几乎全走圣安托万街。

报四时的钟声响了。德纳第胆战心寒。不大工夫，监狱里就乱了套，发现有囚犯越狱所必然爆发的惊慌失措的喧闹，牢门开开关关响成一片，铁栅门吱咯尖叫，看守乱作一团，狱卒嘶哑的嗓门呼唤，枪托撞击庭院的石板地，嘈杂的声响一直传到他的耳畔。灯火在牢房铁窗上下移动，一支火把在新楼房顶奔跑，隔壁消防队员也调来了，火光映照他们的头盔冒雨在房顶来来往往。与此同时，德纳第又望见巴士底广场那个方向，阴惨惨的天边开始泛白了。

而他呢，趴在十法寸宽的高墙上，背后浇着大雨，身下左右两侧都是深渊，动弹不得，害怕头一晕就可能摔下去，又恐惧肯定要被抓回去，他的神思就像钟锤，在两个念头之间摆来摆去。掉下去就没命，待在这儿就要被逮住。

街道还一片漆黑，德纳第正自万分惶恐，忽然看见一个人从石路街过来，溜着墙根儿，走到德纳第悬空的下边空地站住。随后跟上来一个人，走路同样十分小心，接着又来第三个、第四个人。四个人会齐之后，其中一个拉开栅栏门闩，一齐走进有木棚的栏圈里，正巧停在德纳第的下方。他们选择这块空地来谈话，显然是要避开行人和几步之外强力监狱边门岗哨的耳目。应当交代一句，这时哨兵正躲在岗亭里避雨。德纳第看不清他们

906

的面孔，但侧耳细听，这个自知要完蛋的可怜家伙，在绝望中特别注意他们的谈话。

那些人讲的是黑话，德纳第听了，眼前仿佛闪现一线希望。

第一个人声音很低，但是清楚地说道：

"溜吧。咱们在这里个化什么装？"[1]

第二个回答道：

"老天哭得连鬼火都要浇灭了。再说，色狼要过来，那边有个老憨儿在卖呆儿。咱们别在这里卡让人给打包了。"[2]

"这里个"和"这里卡"，是"这儿"的两种说法，前一种是城关一带黑话，后一种是神庙街一带黑话，这对于德纳第来说，等于两道光亮。听"这里个"，他认出城关一带的飞贼勃吕戎。听"这里卡"，他认出巴伯——巴伯什么行当都干过，曾在神庙街一带卖过旧货。

17世纪的古老黑话，只有神庙街区还有人讲讲，甚至可以说，唯独巴伯还能讲得地道。他要是没讲"这里卡"，德纳第也绝认不出来，因为他完全改变了声调。

这时，第三个人接口道：

"急什么，再等一等。怎么能断定他不需要我们呢？"

这句话是正常的法语，德纳第听出是蒙巴纳斯讲的。蒙巴纳斯的高雅之处，就是能听懂各种黑话，而他却不讲任何一种。

第四个人没有开口，但是那宽阔的双肩却将他暴露了，德纳第一眼就看出那是海口。

勃吕戎始终压低声音，但是有几分激烈地反驳道：

"你跟我们胡嘞什么？地毯商很可能没有抽好筋。这行道他不懂，怎么的！扯鼻涕虫，割安扒肤，好改编一条麻筋，给重门打脚手洞，接连法

1　"我们走吧。我们待在这儿干什么呀？"——雨果原注
2　"这雨下得把鬼火给浇灭。再说，警察要过来，那边有个士兵在站岗，我们别在这里让人给抓住。"——雨果原注

票，改编豆荚，割硬家伙，将麻筋吊到外面去，隐身，变脸，必须油一点儿！老家伙干不来，他不懂这一套！"[1]

巴伯始终像蒲拉叶和卡尔图什那样，讲一口规范的古典黑话，而勃吕戎则大胆突破创新，使用一种色彩鲜明的新奇黑话，两者的差异，就好像拉辛的语言同安德列·舍尼埃的语言相比。巴伯补充道：

"你诺格地毯商在楼梯就炒了栗子。非得有点道行不可。他还是小把戏。他让人套上笼头了，上了老警的当，甚至上了套乡亲的小探的当。竖起配搭儿，蒙巴纳斯，学校里哗哗的罗筛，你听见了吧？那些枝条你也看见了。算了，他跌了跤。要拉二十条缰绳才能了事。我并不塌，我可不是塌夫，这谁都鸽派。现在只能晒太阳，要不就得受人摆弄了。别埋怨了，跟我们格走吧，一道去抿一瓶老窖。"[2]

"朋友有难，总不能丢下不管。"蒙巴纳斯咕哝道。

"我跟你吹他病啦！"勃吕戎又说道，"敲这个点儿的时候，那个地毯商不值一根钉子了！咱们也毫无办法。还是开溜吧。我觉得随时会来个冲子，一把抓住我。"[3]

蒙巴纳斯只是有气无力地坚持。事实上，这些匪徒相互绝不抛弃，他们四人怀着这种忠实的态度，不顾任何危险，在强力监狱周围转悠了一整夜，期望看见德纳第从一处墙头出现。然而，这个夜晚变得实在太美好

---

[1] "你跟我们说什么呀？那客栈老板很可能没有逃出来。他不懂行，怎么的！撕开衬衣，裁床单，好编一条绳子，把牢门打穿洞，制作假证件，配制假钥匙，砸断脚镣，拴牢绳子吊到外面，要躲藏，化装，必须有个机灵劲儿！那老家伙干不了，他不会干！"——雨果原注

[2] "你那个客栈老板也许让人当场抓住了。非得有点机灵劲儿不可。他还是个小学徒。也许他上了警察的当，甚至上了一个冒充同伙的密探的当。听听，蒙巴纳斯，监狱一片喊声，你听见了吧？那些烛光你也看见了。算了，他又被抓住了！坐二十年牢才能把他放出来。我并不怕，我可不是胆小鬼，这谁都知道。现在什么忙也帮不上了，要不走，就得让人牵着鼻子走。别生气，跟我们走吧，一道去喝一瓶酒吧。"——雨果原注

[3] "我跟你说他又给逮住了。到了这种时候，那个客栈老板一钱不值了。我们也毫无办法。还是离开吧。我觉得随时会来个警察，一把抓住我。"——雨果原注

了，大雨滂沱，把街道浇得空无一人；他们也透心儿凉，成了落汤鸡，衣裳湿透，鞋底洞穿，而且，监狱里闹腾起来，叫人惶恐不安；时间一分一秒过去，又撞到一伙伙巡逻队，希望渐渐消逝，恐惧却渐渐返回，这种种情况，都迫使他们撤退。蒙巴纳斯也许多少算点儿德纳第的女婿，连他也退让了。再过一会儿，他们就全走掉了。德纳第趴在墙头气喘吁吁，就像美狄斯号船海难者站在木排上那样，望着一条船渐渐消失在天际。

他不敢呼叫，叫声让人听见就全完了。在危急关头，他眼睛一亮，有了个主意，也是最后一招儿了。他从衣兜里掏出勃吕戎拴在新楼烟囱上的那截绳子，投到栅栏里边。

绳子正巧落到他们跟前。

"一个寡妇。"[1]巴伯说道。

"是我的麻筋。"[2]勃吕戎也说道。

"客栈老板在上面呢。"蒙巴纳斯接口道。

他们抬头望去，而德纳第也把脑袋探出来一点儿。

"快！"蒙巴纳斯说道，"另一截子还在你身上吗，勃吕戎？"

"还在。"

"将两截绳子接起来抛上去，他拴在墙上，还够长，能下来。"

德纳第冒险提高嗓门说："我冻僵了。"

"会给你暖和过来的。"

"我动不了。"

"你顺着滑下来，有我们接住。"

"我两手都木了。"

"把绳子绑在墙上总归行吧？"

"不行。"

"我们得有个人上去。"蒙巴纳斯说道。

1　一条绳子（神庙区黑话）。——雨果原注
2　我的绳子（城关黑话）。——雨果原注

"四层楼高!"勃吕戎来了一句。

从前木棚里生火炉,有一根灰泥烟囱,贴着那堵墙砌上去,接近德纳第所在的墙头;烟囱灰泥早已脱落,还看得出痕迹,管道满是裂纹开缝,里面相当狭窄。

"可以从那里上去。"蒙巴纳斯说。

"钻那烟囱?"巴伯高声说,"一架管风琴[1]没门儿! 需要一个米瓮[2]。"

"需要一个馍母。"勃吕戎说道。

"到哪儿去找个小孩?"海口接口道。

"等一等,"蒙巴纳斯说,"我有办法。"

他轻轻把栅栏门推开一条缝儿,看清街上没有行人,就悄悄出去,回手带上门,撒腿朝巴士底广场方向跑去。

七八分钟过去了,对德纳第来说真像过了八千个世纪,巴伯、勃吕戎和海口都紧咬牙关。栅栏终于又打开了,蒙巴纳斯气喘吁吁,带着伽弗洛什进来了。雨还下个不停,街上阒无一人。

小伽弗洛什走进栅栏,从容地打量这几个匪徒的面孔,雨水从他头发往下淌。海口先同他打招呼:

"娃娃,你是条汉子吗?"

伽弗洛什耸了耸肩膀,答道:

"像俺自格这样一个馍母,就是一架管风琴;像你们札伊这些管风琴,就全是馍母。"[3]

"这米瓮真会耍瘐盂!"[4]巴伯高声说道。

"庞丹的馍母,可不是肥兰丝装扮起来的。"[5]勃吕戎附和道。

"你们找我什么事儿?"伽弗洛什问道。

1　一个汉子。——雨果原注
2　一个孩子(神庙区黑话)。——雨果原注
3　"像我这样一个孩子,就是条汉子;像你们这些汉子,就全是孩子。"——雨果原注
4　"这孩子嘴皮子真厉害!"——雨果原注
5　"巴黎的孩子不是湿草编的。"——雨果原注

蒙巴纳斯答道：

"从这烟囱里爬上去。"

"带着这个寡妇。"巴伯说道。

"将这麻筋拴在上边。"勃吕戎接口说。

"拴在攀登骑上。"[1]巴伯跟着说。

"拴在风挡木上。"[2]勃吕戎补充道。

"还有呢?"伽弗洛什问道。

"就这些。"海口回答。

流浪儿瞧了瞧绳子、烟囱、墙壁和窗户，嘴唇噗噗噗发出难以言传的轻蔑声响，分明表示：

"就这点事儿!"

"那上边有个人，要你救下来。"蒙巴纳斯又说道。

"行吗?"勃吕戎问道。

"傻瓜!"孩子回了一句，就好像他从未听到这种问题。他随即脱掉鞋子。

海口抓住伽弗洛什，一只胳膊就把他举到木棚顶上，再把勃吕戎趁蒙巴纳斯去找人时结好的绳子递上去。孩子脚下虫蛀的棚顶板弯下去，他一步步走向那烟囱，而烟囱挨棚顶处有一个大豁口儿，钻进去很容易。这工夫，德纳第看见来了救星，又有了生路，脑袋便探出墙头，初现的曙光照见他那汗水淋漓的额头、灰白色的颧颊、细长野蛮的鼻子、散乱的花白胡子。伽弗洛什正要钻进豁儿往上爬，抬头望了望，一眼便认出他来：

"咦!"他诧异道，"是我那老爸……嗳! 管他是谁呢。"

他用牙齿咬住绳子，毅然决然地开始攀登。

他爬到顶，便骑在那老墙头上，将绳子牢牢系在窗户上面横木上。

过了一会儿，德纳第便回到街面。

1　"拴在墙头。"——雨果原注
2　"拴在窗户横木上。"——雨果原注

他双脚一沾铺石路面，一感到自己脱离了危险，疲惫之意就顿消，浑身也不再麻木颤抖了。他所经历的凶险，刚一脱身，就烟消云散了。他那怪异而残忍的整个聪智一苏醒，一站立起来，得到自由，就准备进取了。此人开口头句话就是：

"现在，我们要去吃谁呢？"

这个极为透明的字眼无须解释，同时意味凶杀、谋害和抢劫。"吃"真正的词义是："吞噬"。

"咱们聚拢点儿，"勃吕戎说道，"三两句话就解决问题，然后就立即分手。普吕梅街好像有一桩好买卖，那条街冷冷清清，孤零零一栋房子，花园有一道朽了的古老铁栅门，孤孤单单住着女人。"

"好哇！为何不干一把呢？"德纳第问道。

"你那仙女[1]爱波妮，已经到现场看过。"巴伯回答。

"她给马侬送去一块饼干，"海口补充说，"那儿没有什么可改装的了[2]。"

"仙女可不落夫[3]，"德纳第说道，"然而，还是应当瞧瞧去。"

"对，对，应当瞧瞧去。"勃吕戎附和道。

这工夫，几个大人似乎谁也没注意伽弗洛什了。伽弗洛什靠坐在栅栏的一根支撑石柱上，看着他们谈话，等了一会儿，也许等他父亲朝他回过身来，继而，他又穿上鞋子，说道：

"事儿完了吧？你们这些大人，你们的事儿解决了，用不着我了吧？那我就走了，还得去叫我那两个娃娃起来呢。"

说罢，他就走了。

五条汉子也鱼贯走出木栅栏。

伽弗洛什拐进芭蕾舞街不见了，这时，巴伯把德纳第拉到一旁，问道：

1　你女儿。——雨果原注
2　那儿没有什么搞头。——雨果原注
3　女儿可不傻。——雨果原注

"你注意看那个孩子了吗?"

"哪个孩子?"

"就是爬上墙头、给你送绳子的那个孩子。"

"没怎么留意。"

"对了,我也说不好,那好像是你儿子。"

"嗳!你这么认为?"德纳第说道。

说罢,他也走了。